ullstein

Das Buch

Baden-Baden nach dem Zweiten Weltkrieg: Mit Fingerspitzengefühl und unternehmerischem Geschick macht Christina Graber aus ihrer kleinen Konditorei ein erfolgreiches Backimperium. Obwohl das Geschäft floriert, muss die tatkräftige Unternehmerin auch Tiefschläge hinnehmen und immer wieder um das Bestehen der Firma kämpfen – ebenso wie um ihr privates Glück. Ihre große Liebe Jakob kann sie nicht vergessen, auch als sie ihren Ehemann, den Arzt Dr. Karsten Berghausen, kennenlernt …

Besonders hart trifft es Christina, als ihr eigener Bruder beginnt, gegen sie zu intrigieren. Doch sie kann sich auf Hilfe aus ihrer Familie verlassen: Zusammen mit ihrer Tochter und Enkeltochter stellt sie sich den schlimmsten Krisen, und mutig setzen die drei Frauen alles daran, die Graber-Dynastie zu retten.

Die Autorin

Elfie Ligensa schreibt erfolgreich Romane und Drehbücher und lebt mit ihrem Mann und einer eigenwilligen Katze in der Nähe von Köln.

Von Elfie Ligensa sind in unserem Hause bereits erschienen:
Mitternachtssonne am Fjord · *Mittsommersehnsucht*
Das Paradies liegt in Afrika
Im Herzen der Feuersonne

Unter ihrem Pseudonym Johanna Nellon sind in unserem Hause bereits erschienen:
Ein Sommer am Chiemsee · *Liebesleuchten am Bodensee* · *Marillenglück und Gummistiefel*
Nussgipfel und Alpenglück

Elfie Ligensa

TÖCHTER DER FREIHEIT

Roman

Ullstein

Besuchen Sie uns im Internet:
www.ullstein-taschenbuch.de

MIX
Papier aus verantwortungsvollen Quellen
FSC® C083411

Originalausgabe im Ullstein Taschenbuch
1. Auflage Januar 2016

Umschlaggestaltung: ZERO Werbeagentur, München
Titelabbildung: © gettyimages/Cultura Travel/Philip Lee Harvey (Konditorei); © gettyimages/peter zelei (Frau)
Satz: LVD GmbH, Berlin
Gesetzt aus der Sabon
Druck und Bindearbeiten: CPI books GmbH, Leck
Printed in Germany
ISBN 978-3-548-28739-3

Prolog

»Dieses Jahr haben wir einen besonders schönen Baum.« Christina Graber sah zu der hohen Blautanne auf, die in einer Ecke des großen Wohnraums stand.

»Das sagst du jedes Jahr, Mutter.«

»Ich weiß. Aber für mich ist unser Weihnachtsbaum jedes Jahr wieder der schönste, den ich je gesehen habe.« Die Zweiundachtzigjährige lachte leise. »Nennt mich sentimental, das ist mir gleich. Für mich ist Weihnachten nun mal das wunderbarste Fest des Jahres.« Sie sah sich um. »Und wenn ihr alle herkommt und wir alle zusammen sind, ist es besonders schön.«

»Apropos alle zusammen ...« Ihre Tochter Jasmin stand neben dem Christbaum und erneuerte einige der gelben Bienenwachskerzen, die zusammen mit dunkelroten Kugeln und Strohsternen die einzige Dekoration darstellten. Sie sah auf die Uhr. »Patricia und Steven kommen mal wieder zu spät.« Sie biss sich auf die Lippen. »Meine Tochter kann einfach nicht pünktlich sein. Nicht mal an einem Tag wie heute!«

»Sei nicht so streng mit ihr. Sie wird schon noch rechtzeitig hier sein.« Ein liebevolles Lächeln glitt über das Gesicht der alten Frau, das noch fast ganz ohne Falten war. »Das Baby hat sie eventuell aufgehalten, du weißt doch, dass mit so einem kleinen Wurm immer mal was sein kann. Außerdem ist der Gänsebraten noch nicht gar.«

Christina stand auf und trat ans Fenster. Draußen, im Vorgarten der Villa, stand ebenfalls ein Tannenbaum, und seine Lichter spiegelten sich auf der hellen Schneedecke. Ein paar vereinzelte weiße Flocken tanzten durch die Dunkelheit und glitzerten silbrig, wenn sie ins Licht der Kerzen kamen.

Vor Christinas Augen verschwammen die Lichter und Schneeflocken. Sie sah nach draußen, doch vor ihren Augen entstand das Bild eines kleinen Bäumchens, das ihr Vater heimlich im Forst geschlagen und auf der Wiese hinter dem halbzerstörten Haus aufgestellt hatte. Ein alter Zinneimer, mit Sand gefüllt, hielt die dürftige Pracht aufrecht. Anstelle von Kerzen hingen Holzäpfel, die die Mutter rot bemalt hatte, in den dünnen Ästen. Und Strohsterne, in deren Mitte ein Kreis aus Goldpapier glänzte.

Als mickerig und armselig würde man das Bäumchen heute bezeichnen, doch damals erschien es Christina der schönste Baum der Welt zu sein. Jahrelang hatten sie gar keinen Weihnachtsbaum gehabt, höchstens ein paar kleine Zweige, die eine Illusion von Weihnachtsfrieden vortäuschten. So wie die abgezählten Vanillekipferl, die nicht im entferntesten nach Vanille dufteten, aber zumindest eine Kipferlform aufwiesen. Und die kleinen runden Plätzchen mit der Marmeladenfüllung, die sie so liebte, waren aus Maismehl gebacken worden.

Und doch waren sie unendlich glücklich gewesen an diesem ersten Weihnachtsfest nach dem Krieg! Endlich Frieden! Endlich keine Angst mehr vor Bomben und Granaten. Vor plündernden Soldaten und vor nagendem Hunger.

»Ich brauche noch drei neue Kerzen.« Jasmin strich sich über das dunkelblaue Kaschmirkleid, dessen einziger

Schmuck eine schmale Brillantnadel war. »Du hast doch noch zwei Päckchen besorgt, Michael?«

»Sicher doch.« Michael Wallmer schlug die Beine übereinander. »Sei nicht so nervös, Liebes.«

»Ich bin nicht nervös, ich bin sauer!«

»Musst du nicht sein. Spätestens zur Bescherung werden die jungen Leute da sein. Sie sind schließlich heute Morgen pünktlich in Frankfurt gelandet.« Christina lächelte ins Dunkel des Gartens hinein. »Das Baby hat eventuell Jetlag und weint. Der Flug war sicher strapaziös für so ein kleines Kind. Ach, ich bin ja so gespannt auf die Kleine!«

»Womit sollte das Baby sie aufhalten? Nimm sie nicht immer in Schutz, Mutter.« Jasmin Wallmer legte die langen Streichhölzer auf die antike Kommode, die links neben der Tanne stand, und griff nach ihrem Sektglas. Ihrem Mann, der in einem der bequemen Sessel saß und sich wieder dem interessanten Kunstband zugewandt hatte, in dem er zuvor gelesen hatte, warf sie einen knappen Blick zu.

»Aber das tu ich doch gar nicht.« Christina drehte sich um und ging zu ihrem Sessel zurück. Sie war mit ihren zweiundachtzig Jahren immer noch eine aparte Frau. Hoch gewachsen, schlank, das weiße Haar modisch kurz geschnitten. Seit einer komplizierten Hüftoperation vor drei Jahren ging sie bei schlechtem Wetter etwas mühsam, doch sie ignorierte die Beschwerden, so gut es ging.

Michael Wallmer legte mit einem kleinen Seufzer das Buch beiseite und ging durch eine breite Flügeltür hinüber in die Küche. Als er zurückkam, hielt er eine Sektflasche hoch. »Wer möchte noch ein Glas?« Er ging erst zu seiner Schwiegermutter, die zustimmend nickte, dann schenkte er Jasmin ungefragt nach. Kurz legte er ihr die Hand auf den Arm. »Sie kommt sicher gleich.«

Jasmin antwortete nicht, sondern wandte sich mit einer brüsken Bewegung ab und ging zum CD-Player. »Bach?« Sie wartete keine Antwort ab, sondern schob eine schon ausgewählte Scheibe ein.

Eine Weile sagte niemand etwas, nur die beeindruckenden Klänge von Bachs Weihnachtsoratorium schallten durch den großen Raum.

»Da sind sie ja! Endlich!«

Drei kurze Huptöne waren zu hören, draußen fuhr ein Wagen die gekieste Einfahrt hoch, umrundete einmal das Rondell, in dem im Sommer Rosen blühten, und hielt dann vor den Garagen, die links vom Haus standen. Die Reifen knirschten auf dem gefrorenen Schnee.

»Ich geh schon.« Michael Wallmer ging zur Tür.

Wenige Minuten später kamen Patricia Wallmer und Steven Stanford herein. Behutsam trug der große blonde Mann einen Babykindersitz und stellte ihn auf die Couch an der Längsseite des Zimmers.

»Hallo zusammen. Frohe Weihnachten.« Er ging auf Jasmin zu und küsste sie auf die Wange. Dann beugte er sich zu Christina. »Danke für die Einladung, Granny.«

»Ich freue mich, dass ihr hier seid.« Nur flüchtig sah Christina zu dem gutaussehenden Lebensgefährten ihrer Enkelin hoch, ihre Aufmerksamkeit war ganz auf das Baby gerichtet.

Patricia bemerkte ihren Blick. Sie lachte leise. »Ich bring sie dir sofort, Großmutter.« Vorsichtig nahm sie das Baby aus der Tasche und legte es Christina in den Schoß. »Darf ich vorstellen: Eva-Maria Wallmer. Exakt zweiundzwanzig Tage alt, viereinhalb Kilo schwer und schon sehr neugierig auf ihre Urgroßmutter.«

»Sie ist ... sie ist wunderschön!« Christinas Stimme zitterte ein wenig, als sie die leichte Wolldecke, in die das Baby gewickelt war, zur Seite schob. Zwei, drei Minuten lang schaute sie dem kleinen Mädchen ins Gesicht. »Willkommen daheim, kleine Eva-Maria«, sagte sie dann. »Ich wünsche dir alles Glück der Welt für dein zukünftiges Leben.«

Sie sah zu Patricia auf. »Gratuliere, mein Schatz. Das hast du wunderbar gemacht.«

»Ich war auch ein bisschen beteiligt«, warf Steven lächelnd ein. Obwohl er sehr gutes Deutsch sprach, hörte man doch gut heraus, dass Englisch seine Muttersprache war.

Patricia und er hatten sich während des Studiums kennen- und lieben gelernt. Seiner Familie, die noch vor vier Generationen in Frankfurt gelebt hatte, gehörte ein großes Weingut in Südafrika. Steven war nach Freiburg gezogen, um an der Albert-Ludwigs-Universität Betriebswirtschaft und Jura zu studieren. »Aber meine Eltern haben auch nur Patricia gelobt.«

»Natürlich lobe ich dich auch. Aber nur ein ganz kleines bisschen.« Christina zwinkerte ihm zu, dann wandte sie die ganze Aufmerksamkeit wieder dem Säugling zu. Zärtlich strich sie dem Kind über die schlafwarme Wange. »Wie hat sie den Flug von Kapstadt hierher überstanden?«

»Ganz wunderbar. Sie hat nur geschlafen und nicht mal bei der Landung geweint.« Patricia kniete sich neben den Sessel der Großmutter.

»Es war aber trotzdem leichtsinnig, dass ihr so lange in Südafrika geblieben seid.«

»Die Kleine hatte es eilig, normalerweise wäre sie doch erst Ende Januar auf die Welt gekommen. Aber sie ist kräftig und topfit.

»Und deine Mutter, Steven? Hat sie die Herz-OP gut überstanden?«

»Ja, danke. Eva-Maria hat Mums Genesung einen riesigen Schub nach vorn gegeben.«

»Ich fand's trotzdem gewagt, dass Patricia während der Schwangerschaft diese lange Reise gemacht hat«, warf Jasmin ein.

»Ach was!« Patricia lachte und warf das lange blonde Haar mit einer knappen Bewegung in den Nacken. »Mir ging's doch super. Und Stevens Vater wurde vor acht Tagen fünfzig, das mussten wir doch noch mitfeiern.«

»Du hast Glück gehabt, dass alles so gut ausgegangen ist«, fuhr ihre Mutter hartnäckig fort.

»Ach, weißt du, mir ging's die ganze Schwangerschaft über so wahnsinnig gut.« Patricia zögerte. »Eventuell hab ich mich sogar mit dem Geburtstermin verrechnet, das meinte auch der Arzt in der Klinik. »Eva-Maria ist voll ausgetragen, alles optimal.«

»Schön, dass du sie nach deiner Urgroßmutter nennen willst.« Christina warf Patricia einen zärtlichen Blick zu.

»Traditionen soll man pflegen, hab ich mal gelesen.«

»Ich freue mich auch darüber.« Jasmin strich ihrer Tochter über den Arm, dann sah sie auf die schmale Weißgolduhr an ihrem Handgelenk. »Ich schau mal nach der Gans. Die müsste gleich fertig sein.«

»Bleib noch zwei Minuten.« Patricia nickte Steven zu, der aus einer Tasche ein kleines, in rotes Geschenkpapier eingeschlagenes Päckchen zog. »Ich hab das Dessert mitgebracht.«

»Aber das hat Annika doch schon fertig.«

»Annikas Orangenparfait essen wir bestimmt auch noch. Aber erst mal probiert das hier.« Sie legte Christina das Päckchen in den Schoß.

»Was ist das?«

»Mach's auf.«

Gespannt sah Patricia zu, wie ihre Großmutter das Papier entfernte und dann die kleine goldene Pappschachtel öffnete.

»Oh! Gebäck!« Sie nahm eines der Plätzchen, die entweder eine Herz- oder Sternenform besaßen, in die Hand und roch daran. »Das duftet hervorragend.«

»So schmeckt es auch.« Patricia hockte sich auf die Sessellehne, so, wie sie es schon als kleines Mädchen getan hatte. »Koste.« Gespannt sah sie ihre Großmutter an.

Christina biss vorsichtig ein Stück ab. »Hmm. Köstlich. Was ist da drin? Koriander, Zimt, ein Hauch von Amaretto? Nein, das ist es nicht, das ist zu süß.« Sie biss noch ein Stück ab. »Das ist Calvados, oder irre ich mich?«

Patricia lachte. »Es ist auch noch was anderes dabei. Aber ... die Rezepte unserer Produkte werden nicht verraten. Betriebsgeheimnis, weißt du doch!«

Ihre Großmutter nickte. »Ja, stimmt. Die Rezepte unserer Firma sind unser wertvollster Besitz.«

I

Die Schneeflocken draußen vor dem Fenster wirbelten in einem wilden Tanz durcheinander. Dicht wie ein weißer Vorhang trennten sie das flache Backhaus vom Wohnhaus ab und nahmen Christina die Sicht auf die Backstube. Nur ein schmaler Lichtschein, den die alte, halbzerborstene Hoflampe ausstrahlte, durchdrang das Flockenballett.

Fröstelnd zog sich Christina die graue Strickjacke fester um die Schultern, dabei hauchte sie kreisrunde Löcher auf die Scheibe, an der sich immer wieder zarte Eisblumen bildeten.

Christinas Zimmer war nicht geheizt, ebenso wenig wie alle anderen Räume des Hauses, die große Wohnküche ausgenommen. Brennholz war knapp, und fast alles, was sie zugeteilt bekamen, wurde für das Heizen des Backofens gebraucht.

Einen letzten, sehnsüchtigen Blick warf Christina hinüber zur Backstube, dann kletterte sie herunter von dem Stuhl, auf dem sie gekniet hatte, strich sich eine vorwitzige Locke aus der Stirn und ging hinunter in die Stube, in der es heimelig warm war.

Ihr Herz klopfte ein bisschen schneller als sonst, denn sie war gespannt, was sie wohl von der Mutter und den Großeltern geschenkt bekommen würde. Schließlich wurde sie heute dreizehn Jahre alt. Sie war also fast schon erwachsen!

»Guten Morgen, Chrissie. Ich gratulier dir zum Geburtstag! Alles, alles Gute.«

Sie hatte erst die Hälfte der Treppenstufen zurückgelegt, als Jakob ihr entgegenkam. Schnee lag auf seinem schwarzen Haar und bedeckte die alte Lodenjoppe, die die Mutter schon so oft geflickt hatte. Aber sie hielt warm, und Jakob scherte sich nicht darum, dass man Flicken aus vier anderen Stofffarben an den Armen und an der Knopfleiste aufgenäht hatte. So wie es ihn auch nicht wirklich zu kümmern schien, dass die Ärmel inzwischen viel zu kurz waren.

»Hier, für dich. Zum Geburtstag viel Glück!« Seine dunklen Augen, die das schmale, blasse Gesicht beherrschten, lachten Christina an, während er ihr ein kleines Päckchen entgegenstreckte. Auf Zeitungspapier prangte ein Tannenzweig, darauf war eine wunderschöne Christrose gebunden.

»Danke, Jakob! Was ist das?«

»Mach's auf.« Er schüttelte sich den Schnee aus den Haaren.

»Du machst alles nass. Zieh dich hinten im Flur aus, sonst schimpft die Großmutter wieder.«

»Gleich.« Er ließ ihren Blick nicht los. »Mach's auf.«

»Nein.« Christina schüttelte den Kopf. »Das mach ich nachher, in der Küche. Komm mit.«

»Geht nicht. Ich muss gleich rüber in die Backstube. Bin schon viel zu spät dran. Aber …« Er lachte. »Die Blume musste ich doch noch pflücken.«

»Woher hast du sie?«

»Das sag ich lieber nicht.« Er zwinkerte ihr zu. »Und jetzt schau schon nach.«

Mit klammen, froststeifen Fingern zog Christina die dünne Kordel vom Päckchen und schlug das Papier auseinander. Ein schmales Holzkästchen, dessen Deckel mit kleinen roten Rosenblüten bemalt war, kam zum Vorschein.

»Oh Jakob, das ist wunderschön!«

»Nun mach's doch schon auf!«

Langsam öffnete Christina den Deckel. Auf rotem Papier lagen zwei silbrig glänzende Zopfspangen, die die Form von Edelweiß hatten.

»Jakob! Wie schön! Woher hast du die denn?«

Er zuckte mit den Schultern. »Eingetauscht.«

»Ja, aber ...«

»Frag nicht.« Er strich ihr kurz über die Wange. »Ich weiß doch, dass du solche Spangen wolltest. Und jetzt muss ich los.«

»Danke! Danke, lieber, lieber Jakob!« Sie wollte ihn umarmen, aber da war er schon wieder nach draußen gestürmt. Zurück blieb ein Schwall eisig kalter Morgenluft.

Hastig schloss Christina das Kästchen wieder, klemmte sich das Papier unter den Arm und sprang die letzten Stufen hinab.

Jakobs Geschenk war wunderschön! Und Jakob so lieb!

Kurz nur dachte Christina daran, wie sie den jüdischen Jungen vor drei Jahren in einem kleinen Schuppen hinten im Garten gefunden hatte. Verschreckt, dreckig und halb verhungert hatte er auf einem Strohballen gelegen. Seine einzige Habe waren ein alter Rucksack und die Sachen gewesen, die er am Leib trug.

Christina hatte ihre Mutter gerufen, die Jakob am späten Abend, als es dunkel war, ins Haus geholt hatte. Er hatte sich waschen können, hatte etwas Warmes zu essen bekommen und hatte dann wieder davonschleichen wollen. Gehetzt und voller Panik hatten seine dunklen Augen die Menschen angesehen, die ihm gerade Gutes getan hatten.

»Danke. Aber jetzt muss ich los. Sie wissen …« Nur kurz hatte er auf den gelben Stern auf seiner Jacke gedeutet, dann wieder den Kopf gesenkt.

Das aber hatten die Großeltern nicht zugelassen. Und auch Christinas Mutter hatte erklärt: »Du bleibst. Erst einmal oben auf dem Speicher. Ich richte dir eine Schlafstatt her. Abends, wenn es dunkel wird, kannst du runter zu uns kommen.«

Christina hatte damals noch nicht verstanden, in welche Gefahr sich die Großeltern und die Mutter begeben hatten. Einen Juden zu beherbergen, ihn aufzunehmen, zu ernähren … das war im Nazideutschland ein Unding gewesen. Und es wurde grausam bestraft.

Dennoch – Jakob blieb. Er wurde nicht entdeckt, und als der Krieg endlich zu Ende war, blieb er in Himmelsheim bei den Grabers wohnen.

»Was hast du vor, jetzt, wo du dich wieder frei bewegen kannst?«, fragte ihn Eva-Maria, Christinas Mutter, ein paar Wochen nach Kriegsende. »Willst du zurück nach Berlin?«

Doch Jakob schüttelte den Kopf. »Da gibt es niemanden mehr, den ich kenne.« Tränen standen ihm in den Augen, und Eva-Maria legte ihm tröstend die Hand auf den Arm.

»Du bleibst einfach so lange hier, wie du willst. Denn in Baden-Baden wohnt ja sicher auch niemand mehr von deinen Verwandten.«

Jakob schüttelte den Kopf. »Sicher nicht.«

»Gut, dann kannst du uns ja weiter in der Backstube helfen.« Sie lächelte den Fünfzehnjährigen mit den viel zu ernsten Augen an, und Jakob nickte zustimmend.

Er erinnerte sich noch genau an den Abend, an dem man seine Verwandten abgeholt und nach Dachau gebracht hatte. Jakob war es im letzten Augenblick gelungen, sich zu verstecken, in der Dunkelheit war er aus der Stadt geflüchtet und hatte sich in dem etwa zehn Kilometer entfernt liegenden Dorf Himmelsheim versteckt. Im Schuppen der Bäckersfamilie Graber.

Er sprach kaum von seiner großen Familie, die in Berlin eine Backwarenfabrik betrieben hatte. Sein Vater und sein Großvater hatten in dem großen Unternehmen gearbeitet, bis man ihren Besitz enteignet hatte. Ebenso war es zwei Onkeln ergangen, die einst eine der größten Privatbanken des Landes besessen hatten.

Jakob hatte bei den Grabers eine neue Familie gefunden. Seine Dankbarkeit war grenzenlos, doch er wusste auch, dass er nicht ewig in Deutschland bleiben würde. Noch sprach er mit niemandem darüber, schon gar nicht mit Christina.

Für das Mädel war er wie ein großer Bruder, mit dem sie für die Schule lernte, dem sie heimlich Bücher besorgte, damit er sich damit die Zeit vertreiben konnte, mit dem sie Mühle und Halma spielte und von dem sie viel über Geschichte und Geographie lernte. Jakob hatte eine sehr gute Schule besucht in Berlin, und sein Großvater, der viel gereist war, hatte ihm immer wieder von fremden Städten und fernen Ländern erzählt. Außerdem las er alles, was er in die Finger bekam. Und das Wissen, das er sich in den vielen einsamen Stunden in seinem Versteck angelesen hatte, gab er seiner kleinen Freundin an langen Abenden begeistert weiter.

Und jetzt, da der Krieg endlich vorüber war, gehörte er wie selbstverständlich zur Familie. Niemand im Ort wagte es, Fragen nach seiner Herkunft zu stellen. Und die Grabers taten einfach so, als sei er immer schon einer der ihren gewesen.

Ein einziges Mal nur hatte es ein alter Nachbar gewagt, Skepsis gegenüber Jakobs Anwesenheit zu äußern, doch da hatte ihn Christinas Großvater nur eindringlich angesehen und gesagt: »Wenn du weiter solche Fragen stellst, werde ich mal öffentlich nachforschen, was du in den letzten Jahren gemacht hast – und vor allem, welche Ämter du in Berlin innehattest.«

Daraufhin war der Nachbar still gewesen. Christina, die nicht ganz verstand, womit der Großvater gedroht hatte, wollte von ihm wissen, was der Nachbar denn in Berlin getan hätte, doch der alte Bäckermeister winkte nur ab. »Alte Geschichten, die wärmt man besser nicht auf.«

In der Wohnküche war es herrlich warm. Der alte Ofen an der Längsseite des Raums bullerte kräftig. Die Großmutter, die am Tisch saß, vor sich eine Tasse Malzkaffee, hatte besonders gut eingeheizt.

»Guten Morgen, meine Kleine.« Sie stand auf und streckte die Arme nach Christina aus. »Alles Gute zum Geburtstag!«

»Danke, Oma.« Noch in der Umarmung der Großmutter blinzelte Christina hinüber zum Tischende, wo drei Päckchen lagen. Auf dem größten, das in helles Packpapier eingeschlagen war, prangte eine große rote Schleife!

Wie aufregend und verheißungsvoll!

»Darf ich schon aufmachen?« Sie stellte sich ans schmale Ende des hell gescheuerten Eichentischs und sah auf die Päckchen.

»Nein.« Katharina Graber schüttelte den Kopf. »Warte, bis deine Mutter und der Großvater hier sind.« Sie warf einen raschen Blick zur kleinen Kuckucksuhr an der Wand. »Sie sind bestimmt gleich da.« Sie ging zu Christina und strich ihr übers dichte blonde Haar. Zwei dicke Zöpfe fielen dem Mädchen über die Schultern, nur über den Ohren und über der Stirn kringelten sich ein paar vorwitzige blonde Löckchen.

Aufgeregt trat Christina von einem Fuß auf den anderen. Das Warten fiel ihr ganz schrecklich schwer.

»Wo ist denn der Wolfgang?«

Katharina Grabers Gesicht verdunkelte sich. »Ich weiß es nicht. Seit vorgestern ist er nicht mehr nach Hause gekommen.« Kurz barg sie das Gesicht in den Händen. »Vielleicht ist er nach Baden-Baden gefahren und sucht dort Arbeit.«

Christina nickte nur. Ihr großer Bruder war erst vor drei Monaten aus amerikanischer Kriegsgefangenschaft heimgekehrt. Ein Fremder, der wenig sprach, der kaum am Familienleben teilnahm und sich weigerte, dem Großvater in der Backstube zu helfen. Womit er seine Tage verbrachte, wusste niemand.

»Da ist ja unser Geburtstagskind!« Mit schweren Schritten kam Martin Graber in die Stube, gefolgt von seiner Tochter, die sich die eisigen Schneekristalle, die sich auf ihr helles Haar gesetzt hatten, abwischte. Sie trug, so wie ihr Vater, eine schwarzweiß karierte Hose und eine weiße Jacke. In den Händen hielt sie einen kleinen, nur handtellergroßen Kuchen, auf dem eine einzelne Kerze brannte. Der Duft des Gebäcks erfüllte sofort den Raum.

Lächelnd ging sie zu Christina und zog sie fest an sich.

»Alles Liebe zum Geburtstag, meine Kleine. Ein wunderbares neues Lebensjahr wünsche ich dir. Hier, dein Geburtstagskuchen, mit Nüssen.«

»Ein Nusskuchen? Mama!« Christinas Augen strahlten auf. »Wie hast du das geschafft?«

»Mein Geheimnis.« Eva-Maria Graber lächelte. Sie hatte einiges eingetauscht, um an Nüsse und zusätzliche Fettmarken zu kommen. Aber das Glück, das aus Christinas Augen strahlte, war die Mühe wert gewesen!

»Puste die Kerze aus und wünsch dir was.«

Sofort kam das Mädchen der Aufforderung nach. Ihr Blick ging zu Jakob, der noch an der Tür stand und ihr zuschaute, wie sie die kleine Kerze ausblies. Sie wünschte sich so sehr, dass er für immer hier bei ihnen blieb! Sie hatte ihn viel lieber als ihren richtigen Bruder, der immer so mürrisch war und nie ein nettes Wort für sie übrig hatte.

»Und jetzt die Geschenke.«

»Sofort. Ich bin ja so gespannt!«

Ihr Großvater lachte. Er war ein untersetzter, kräftiger Mann mit weißem Stoppelhaar und einem harten, wettergegerbten Gesicht. Seit sein einziger Sohn im Krieg gefallen war, arbeitete er wieder mit ganzer Kraft in der Bäckerei.

»Nun schau schon nach. Wir können mit dem Frühstück noch ein paar Minuten warten.« Mit einem unterdrückten Seufzer setzte er sich auf die Bank unter den beiden Sprossenfenstern.

Christina griff zunächst nach dem weichen Päckchen, das ihr am nächsten lag.

»Das ist vom Großvater und mir.« Katharina setzte sich neben ihren Mann und sah gespannt zu, wie Christina das zugeschnürte Päckchen öffnete.

»Eine neue Jacke!« Begeistert hob Christina die tannengrüne Strickjacke mit den dicken Hornknöpfen hoch. Vorn waren bunte Blüten aufgestickt.

Katharina hatte das Garn im Nachbarort gegen vier große Schwarzbrote eingetauscht und heimlich stundenlang an der Jacke gestrickt.

»Oma, danke! Danke! Die ist wunderschön!«

Im zweiten Päckchen befanden sich dicke Socken, auch selbst gestrickt. Zwar waren sie sehr nützlich, doch ganz so groß wie beim Jäckchen war Christinas Begeisterung über dieses Geschenk nicht.

»Und jetzt das hier.« Sie hob das Paket mit der roten Schleife hoch. »Das Band ist toll ...« Vorsichtig zog sie an der Schleife. »Davon kann ich mir ein Haarband machen.«

»Ja, kannst du.« Eva-Maria nickte.

Quälend langsam, so, als müsse sie die Vorfreude noch ein bisschen genießen, schlug Christina das Papier auseinander – und stieß einen lauten Freudenschrei aus.

»Eine Bäckerhose! Und eine Jacke!« Sie stürmte auf ihre Mutter zu und umarmte sie. »Danke, Mutsch! Danke! Danke!«

»So ein Unsinn«, knurrte Martin Graber. »Was soll das Mädel denn mit so einer Sach, ha?«

»Arbeiten werd ich mit euch, Opa!« Christina strahlte. »Du weißt doch, wie sehr ich mir das wünsche!«

»Papperlapapp! Frauen haben in einer Backstube nix zu suchen.«

»Aber die Mama ist doch auch …«

»Das ist was anderes«, schnitt der alte Mann ihr das Wort ab. »Das geht nun mal nicht anders. Irgendwer muss ja helfen. Dein Bruder treibt sich ja nur rum, der Lauser. Dabei wär es seine Pflicht, euren toten Vater zu ersetzen.« Für einen kurzen Moment holte er tief Atem und wischte sich über die Augen. Noch immer konnte er nicht verwinden, dass sein einziger Sohn im Krieg gefallen war. In Monte Cassino, dem italienischen Schicksalsort der deutschen Fallschirmjäger, hatte er im Frühjahr 1944 den Tod gefunden.

»Großvater, ich …«

»Nix da, du kommst mir nicht in die Backstube. Niemals!« Hastig stand er auf und ging zur Tür. »Bin wieder drüben.«

Bedrückt sahen ihm die anderen hinterher. Christina wischte sich eine Träne aus den Augen.

»Er meint es nicht wirklich böse, er ist nur … traurig«, nahm Katharina ihren Mann in Schutz.

»Aber ich kann doch nichts dafür, dass der Papa tot ist.«

»Nein, mein Schatz, dafür kannst du nichts. Dafür kann niemand etwas.« Eva-Maria zog ihre Tochter kurz an sich. »Es ist ein grausames Schicksal, das der Krieg …«

Sie hatte noch nicht ausgesprochen, als von draußen ein lauter Schrei ertönte.

»Der Vater!« Gleichzeitig sprangen die beiden Frauen auf und hasteten nach draußen.

Nur ein paar Meter vom Haus entfernt lag Martin Graber kopfüber im Schnee. Sein linkes Bein war unnatürlich vom Körper abgewinkelt, und vergeblich versuchte der alte Mann aufzustehen.

»Vater, um Gottes willen, was ist passiert?« Eva-Maria kniete neben ihm nieder und versuchte, ihn aufzurichten, doch mit einem Schmerzenslaut sank Martin Graber zurück.

»Mein Bein … es ist sicher gebrochen. Und die Hand kann ich auch nicht bewegen.« Stöhnend hob er den linken Arm an.

»Wartet, ich helfe.« Jakob versuchte, den Bäckermeister hochzuziehen, doch auch er war zu schwach.

»Ruf den Nachbarn, Christina«, sagte er, und schon flitzte Christina los. Sie rutschte ein paarmal aus, fiel in den Schnee, doch rasch rappelte sie sich wieder auf. Tränen schossen ihr in die Augen und liefen über die kälteroten Wangen, wo sie sich mit den dichten Schneeflocken, die wieder vom Himmel fielen, vermischten.

Eine halbe Stunde später war Martin Graber auf dem Weg ins Spital.

»Eine Katastrophe ist das. Eine schreckliche Katastrophe.« Katharina Graber konnte sich nicht beruhigen. »Was soll denn jetzt werden? Wer soll denn die Arbeit in der Backstube machen, jetzt, wo der Vater so krank ist?«

Eva-Maria legte ihr den Arm um die zuckenden Schultern. »Es geht schon weiter, Mutter. Irgendwie geht's immer weiter.«

»Ich helfe der Mama in der Backstube!« Christina, die den Ernst der Situation noch nicht richtig erfassen konnte, lächelte und griff nach der neuen Bäckerjacke. »Ich hab ja jetzt alles, was ich dazu brauche.«

*

Der dunkelblaue Mantel schützte nur unvollkommen gegen die eisige Kälte. Wie mit tausend Nadeln stachen die gefrorenen Wassertropfen, die der Ostwind ihnen mit Macht ins Gesicht blies, auf die Haut.

»Du hättest mich allein gehen lassen sollen. Es ist viel zu kalt.« Besorgt sah Jakob zu Christina hin, die schwer an einem Holzbündel schleppte, das er ihr auf den Rücken gebunden hatte.

»Ach was, das geht schon. Ich hab ja wenigstens feste Schuhe an.« Sie sah auf Jakobs alte, halb zerfetzte Stiefel. Die trug er seit mehr als einem Jahr, dabei war er gewachsen und die Stiefel schon zu klein. Aber es gab im Moment nichts Besseres, sosehr sich Eva-Maria Graber auch bemühte, dem Jungen passendes Schuhwerk zu organisieren.

»Die Großmutter hat mir dicke Socken gestrickt, ich hab keine kalten Füße«, log Jakob und hob noch drei weitere dicke Äste auf.

Seit die Versorgung mit Kohle und anderen Brennmaterialien immer schlechter wurde, gingen die Dorfbewohner regelmäßig in die zwei Wälder, die das Dorf umgaben, um Holz zu sammeln. Die Älteren schlugen auch Bäume, egal, ob es junge oder alte Stämme waren. In diesen Zeiten hatte niemand Interesse daran, dass der Wald erhalten werden musste. Das eigene Überleben war wichtig, dahinter stand alles andere zurück.

Jakob schlug sich den Kragen der braunen Joppe wieder hoch. Noch vor drei Jahren hatte er auf dem Stoff an der linken Brust den gelben Judenstern tragen müssen, doch Eva-Maria hatte ihn gleich abgetrennt, als sie Jakob in ihrem Haus aufgenommen hatte.

»Den brauchst du nicht. Nicht hier bei uns«, hatte sie

erklärt und mit zitternden Fingern alle gelben Sterne von Jakobs wenigen Kleidungsstücken entfernt.

»Ich hab deinen Bruder gesehen.« Jakob sah Christina nicht an bei diesen Worten.

»Wo denn?« Das Mädchen hielt inne, rückte das Holzbündel wieder gerade und wischte sich das kalte Nass aus dem Gesicht. Seit fast einer Woche war Wolfgang jetzt schon verschwunden, und die Mutter machte sich große Sorgen um ihn. Gestern erst hatte Christina gesehen, dass sie geweint hatte, als die Großmutter wieder einmal über Wolfgang schimpfte, der sich irgendwo herumtrieb, statt in der Backstube zu helfen. Jetzt, wo der Großvater für Wochen ausfallen würde, war jede helfende Hand wichtig.

»In Baden-Baden.«

»In der Stadt? Was macht er denn da? Hat er den Großvater im Spital besucht?«

»Keine Ahnung. Aber das glaub ich nicht.« Jakob zuckte mit den schmalen Schultern, doch gleich geriet das Holzbündel auf seinem Rücken ins Wanken, und er hatte Mühe, es festzuhalten. »Vielleicht sucht er sich da Arbeit.«

Christina antwortete nicht. Der ältere Bruder war ihr völlig fremd geworden. Früher hatten sie oft miteinander gespielt, er war lustig und fürsorglich gewesen. Jetzt kam er ihr manchmal sogar bedrohlich vor. Er war mürrisch und verschlossen, sprach kaum mit ihr, und daheim war er in den letzten Wochen auch immer seltener, seit der Großvater verlangt hatte, er solle endlich mal mit anpacken, statt den Tag mit Nichtstun zu verplempern.

Vor zweieinhalb Jahren, als man ihn mit knapp siebzehn Jahren eingezogen hatte, war er noch ein fröhlicher Junge gewesen. Immer gut gelaunt, ein Draufgänger, der in der Hitlerjugend aktiv war, sehr zum Missfallen seiner Mutter. Aber Wolfgang glaubte an den Führer, wie so viele andere zu jener Zeit. Er war ehrgeizig, auch in der Schule. Täglich fuhr er nach Baden-Baden ins dortige Gymnasium.

Bis man ihn eines Tages in eines der vielen Wehrertüchtigungslager steckte, wo er lernte, mit Waffen umzugehen. Als immer deutlicher wurde, dass der Krieg nicht gewonnen werden konnte, kamen die Jungs aus diesen Lagern direkt an die Front. Viele von ihnen waren begeistert bei dem Gedanken, für ihr Vaterland zu kämpfen, und die wenigsten ahnten, dass sie in den sicheren Tod geschickt wurden. Und ihre Mütter und Väter, die es besser wussten, hatten keine Chance, ihre Kinder daheim zu behalten.

Auch Wolfgang war stolz darauf gewesen, jetzt Soldat zu sein; dass seine Mutter sich grämte, die Großmutter weinte und ihn gar nicht ziehen lassen wollte, begriff er nicht.

Über die Zeit, die hinter ihm lag, sprach er nicht. Doch er kam als ein anderer zurück nach Hause. Wolfgang war nicht mehr wiederzuerkennen. Aus dem fröhlichen Buben war ein verschlossener junger Mann geworden, der mit dem Alltagsleben und dem neuen Frieden, der in Deutschland herrschte, nicht zurechtkam.

»Es wird bald dunkel, wir müssen uns beeilen, dass wir rechtzeitig nach Hause kommen.« Jakob beschleunigte den Schritt. Sie überquerten eine Schneise, auf der im Schnee noch die Kufen eines Schlittens und die Abdrücke von Hufeisen zu erkennen waren. Tannenzweige, mutwillig abgeschlagen und zum Teil auch unter der Schneelast abgebrochen, lagen am Wegrand.

»Ich nehme noch ein paar Zweige mit. Davon mache ich uns einen Adventskranz.«

»Nein, lieber nicht!« Jakob streckte abwehrend die Hand aus, aber da hatte Christina sich schon gebückt.

In der nächsten Sekunde schrie sie auf, verlor das Gleichgewicht und stürzte. Das Holzbündel auf ihrem Rücken, nur locker zusammengebunden, rutschte von ihren Schultern. Wie Mikadostäbe fielen die dünnen Äste in den Schnee und verteilten sich wie ein holziger Fächer auf dem harten, gefrorenen Boden.

Zwei, drei Sekunden lang blieb Christina reglos liegen. Der heftige Schmerz, der durch ihr linkes Knie gezuckt war, raubte ihr für einen Moment den Atem.

»Steh auf!« Jakob streckte ihr die Hand entgegen.

»Ich ... ich kann nicht.«

»Hast du dich verletzt?« Schon machte er Anstalten, sich das Holzbündel abzuschnallen.

»Nicht. Lass das. Ich ... ich steh schon wieder auf.« Mühsam rappelte sich das Mädchen hoch. Tränen standen ihr in den Augen, als sie auf die vielen Holzscheite sah, die sie jetzt mühevoll wieder aufsammeln musste.

»Leg mir noch welche auf. Ich kann gut noch was tragen.« Jakob beugte sich vor, damit Christina an ihn heranreichte.

Sie zögerte. »Du trägst doch sowieso schon viel mehr als ich.«

Er lachte. »Bin ja auch älter und größer.«

»Aber dünner.«

»Das heißt gar nix.« Wieder lachte er und ignorierte seinen schmerzenden Rücken. Dann half er Christina, so gut es eben ging, die Äste wieder aufzuladen und mit den vier kurzen Riemen, die sie hatte, festzuzurren. »Das nächste Mal nehmen wir den Handkarren wieder mit.«

»Damit war heute doch die Großmutter unterwegs. Sie wollte nach Lichtental zu einer Freundin, zur Hanni Immig. Die lebt mit ihrer Familie auf einem großen Bauernhof, und mit etwas Glück kriegt Großmutter ein paar gute Sachen von ihr. Schließlich ist bald Weihnachten.« Ein sehnsuchtsvoller kleiner Seufzer kam über ihre Lippen.

Jakob nickte nur. Weihnachten war für ihn und seine Familie kein Fest gewesen, das man feierte. Stattdessen hatten sie immer Hanukkah gefeiert, das große Lichterfest.

Jakob presste bei der Erinnerung daran die Lippen fest zusammen. Es war so lange her, dass er mit seiner Familie Hanukkah oder ein anderes jüdisches Fest erlebt hatte. Eine Ewigkeit. Wie in einem anderen Leben kam es ihm vor.

Unbewusst begann er, leise vor sich hinzusummen. Ein Lied, das die Mutter so gern gesungen hatte. Den vollständigen Text kannte er nicht mehr, doch er wusste noch die ersten Zeilen und sang sie hin und wieder, wenn er allein war:

Ein Stern fällt vom Himmel, ein funkelnder Stern
bringt dir eine Botschaft von fern und das große Glück

Christina sah zu ihm auf. »Das ist so schön! Du hast lange nicht mehr gesungen. Weißt du noch, damals, als ich dich im Schuppen gefunden hab ... Ich hab gehört, wie du ganz leise das Lied gesungen hast.«

Jakob nickte nur. Wie könnte er diesen Moment, der sein Leben von Grund auf geändert, der ihm wohl das Leben gerettet hatte, je vergessen!

Mit einem zärtlichen Lächeln sah er auf Christina, deren blonde Zöpfe ganz nass waren. »Es ist viel zu kalt zum Singen. Komm, lass uns rascher gehen, sonst wird es noch dunkel, und du fällst noch mal in den Schnee.«

Der Wind flachte ab, und die eisigen Kristalle verwandelten sich in dichte Schneeflocken, die zwar nicht so kalt auf die Haut klatschten, doch ihre Sachen wurden dadurch noch stärker durchnässt.

Aus einem der breiten Hauptwege kam ein Pferdefuhrwerk. Zwei alte Braune, an den Mäulern schon weiß, zogen einen großen Leiterwagen, auf dem lange Tannenstämme lagen.

»Hey, ihr zwei. Wollt ihr aufsitzen?« Der Mann in dem grauen alten Militärmantel, an dem er die Rangabzeichen abgeschnitten hatte, zügelte die Pferde und sah die Kinder auffordernd an. Den breitkrempigen Hut hatte er tief ins Gesicht gezogen, um die Augen gegen den Schnee zu schützen.

»Danke. Ja!«

»Dann nichts wie hoch mit euch.« Forschend sah er von Christina zu Jakob. »Ihr gehört zum Graber-Bäcker, gell?«

»Das ist mein Opa.«

»Aha. Ich hab gehört, er ist gestürzt.«

»Ja. Aber wir backen trotzdem jeden Tag Brot. Und der Großvater kommt sicher noch vor Weihnachten heim.«

»Das ist gut.« Mehr sagte der Kutscher nicht. Er schwieg, bis sie vor dem Haus der Grabers angekommen waren. Dort zügelte er kurz die beiden Braunen und wartete, bis Christina und Jakob heruntergeklettert waren, dann fuhr er weiter.

»Wer war das? Kennst du den?«

Christina schüttelte den Kopf. »Nein. Aber es war nett von ihm, uns mitzunehmen.« Sie gingen auf dem schmalen Plattenweg, der links ums Haus herumführte, zur Hintertür und luden dort unter einem kleinen Dachvorsprung das Holz ab.

»Das reicht sicher für ein paar Tage«, meinte Christina, doch Jakob schüttelte den Kopf.

»Wenn wir nicht bald neue Kohlen und Holz zugeteilt bekommen, kann deine Mutter nicht mehr backen. Das hier ...« Er wies auf das gesammelte Holz, »reicht nicht mal dazu, den Backofen zwei Tage lang zu heizen.«

»Und dann?«

Ehe Jakob antworten konnte, öffnete sich die Hoftür, und Katharina Graber winkte die Kinder ins Haus. »Schnell, kommt rein! Es gibt Bratkartoffeln mit Speck und Eiern!«

Für einen Moment hielten die beiden inne.

»Bratkartoffeln mit Speck?« Jakob sah ungläubig drein.

»Und mit Eiern.« Katharina nickte lächelnd. »Glaub's mir ruhig, Jakob.«

»Das ist ja wie Weihnachten und Hanukkah zusammen!«

Christina flitzte an ihm vorbei ins Haus. Noch im Laufen zog sie sich Handschuhe und Mantel aus. Bratkartoffeln mit Speck und Eiern ... das war unglaublich. Sie konnte es kaum erwarten, sich mit eigenen Augen davon zu überzeugen, dass sie heute Abend ein Festessen haben würden!

*

Noch bevor der Wecker im Zimmer ihrer Mutter klingelte, war Christina wach, stand auf und zog sich an. Die neue Bäckerhose passte wie angegossen. Dass sie nicht mehr neu war, störte das Mädchen nicht im Geringsten. Auch die Jacke passte. Und die war tatsächlich nagelneu. Und für den Kopf hatte sie sich noch gestern Abend eine weiße Papierhaube gebastelt.

Hastig steckte sie die nur flüchtig geflochtenen Zöpfe unter das dicke Papier, dann huschte sie aus dem Zimmer. Genau in dem Moment, in dem auch ihre Mutter aus dem schräg gegenüber liegenden Elternschlafzimmer kam.

»Christina? Was machst du denn jetzt schon?«

»Ich geh mit in die Backstube!« Die großen blauen Augen blitzten erwartungsfreudig.

»Aber … der Großvater würde das nicht wollen!« Eva-Maria zog ihre Tochter kurz an sich. »Du weißt doch, dass er es schon kaum erträgt, dass ich mitarbeite. In der Backstube haben Frauen nichts zu suchen, das sagt er doch immer wieder.« Ein kleiner Seufzer folgte diesen Worten.

»Aber er kann doch gar nicht richtig arbeiten. Nicht mal stehen kann er mit dem dicken Gipsbein, und mit der gebrochenen Hand kann er keinen Teig formen. Da kann er gar nicht böse sein mit uns.«

Eva-Maria antwortete nicht. Seit vorgestern war der Vater aus dem Spital zurück. Er hatte es in der Klinik einfach nicht mehr ausgehalten und war – gegen den Rat der Ärzte – heimgegangen. Einen alten Rollstuhl hatte ihm der Chefarzt mitgegeben und dafür das Versprechen bekommen, dass ihm Martin Graber zu Weihnachten eine Schachtel Gebäck schickte.

Wie er dieses Versprechen einhalten sollte, wusste der

alte Bäckermeister noch nicht, aber es drängte ihn heim. Und so rollte er, so gut es eben ging, durch die Wohnung.

Als Christina und ihre Mutter die Backstube betraten, waren Martin Graber und Jakob schon da. Der Junge hatte den Backofen angeheizt, und in der alten Teigmaschine, die den Krieg überdauert hatte, lag bereits der erste Klumpen Sauerteig.

»Vater! Was soll das? Du darfst doch nicht arbeiten! Wenn du noch mal fällst, wächst das Bein vielleicht nicht mehr richtig zusammen. Und was dann?«

»Und was ist, wenn wir nicht backen können, ha?« Der alte Mann schüttelte den Kopf. »Ich bleibe hier. Der Jakob kann alles das machen, was ich nicht kann.« Er wies auf Christina. »Aber die Kleine geht raus. Was will sie hier? Sie stört nur. Die Backstube ist kein Spielplatz.« Nur kurz sah der alte Bäckermeister seine Enkelin an. »Raus. Ich hab gesagt, ich will nicht noch ein Weibsbild in meiner Backstube!«

»Aber Opa! Ich kann euch doch helfen! Und ich hab doch schon meine Sachen an!«

»Nix da! Ich leid's einfach nicht. Schlimm genug, dass deine Mutter hier mitschuften muss, aber das geht nun mal nicht anders. Du aber gehörst ins Bett. Und hinterher auf die Schulbank!«

»In die Schule geh ich schon noch.« Christina trat dicht neben den Großvater und streichelte seinen Arm. »Bitte, lass mich wenigstens heute bleiben. Es ist auch so schön warm hier ...« Sie rieb sich die Hände.

Martin Graber seufzte auf. »Du weißt, dass es mir missfällt, aber wenn du unbedingt willst ... gut, aber nur heute!« Er wies hinüber zu einer breiten Holzpalette.

»Kannst die ersten Brote da drüben hinlegen. Aber pass auf, dass du dich nicht verbrennst.« Er wandte sich an Eva-Maria. »Die Kohlen gehen zur Neige. Wir müssen Holz nachlegen.« Ein tiefer Seufzer folgte. »Wie stellen die Herren von der Militärregierung sich das eigentlich vor? Nur dreißig Kilo Kohle gibt's noch für uns. Damit soll ich über hundert Kilogramm Mehl verbacken. Ein Unding ist das!«

»Zum Glück haben wir wenigstens jetzt, vor Weihnachten, genügend Eier. Und die Mutter hat ja auch noch Maismehl organisieren können.« Sie nahm den ersten großen Klumpen Mehl aus der Mischmaschine und begann, Brotlaibe zu formen. »Irgendwie geht's doch immer weiter, Vater.«

»Aber wie! Es ist zum Verzweifeln. Die Brotmarken werden auch immer stärker rationiert. Wir haben schlimmere Zustände als im Krieg.« Müde strich er sich mit der Hand übers Gesicht mit den grauen Bartstoppeln, und seine Wangen wirkten noch eingefallener als normalerweise.

Eine Weile arbeiteten alle schweigend, doch nach einer halben Stunde musste Martin Graber sich hinsetzen. Es ging ihm schlecht, das Bein schmerzte, und ihm wurde schwarz vor Augen, auch wenn er das nicht laut sagte.

Kurz sah er zu seiner Enkelin hinüber, die mit hochroten Wangen neben ihrer Mutter stand. Wenn sie auch noch nicht viel schaffte, die Kleine, sie stellte sich sehr geschickt an, das musste er zugeben.

Christina half der Mutter, die Laibe zu formen und sie in den Backofen zu schieben. Zwischendurch musste der alte Ofen immer wieder mit Holz bestückt werden, und auch diese Arbeit übernahm das Mädchen.

Nach einer Stunde sah Eva-Maria auf die runde Uhr an

der schmalen Wand der Backstube. »Zeit, dass du in die Schule kommst, Christina. Der Hannes wartet nicht.«

Hannes Brakmeier war einer der Männer, die in Baden-Baden Arbeit gefunden hatten. Er arbeitete als Dolmetscher für die französischen Besatzer und hatte sich bereit erklärt, die drei Kinder des Ortes, die das Gymnasium besuchten, jeden Tag mit in die Stadt zu nehmen.

An diesem 21. Dezember 1946 war Christina die einzige Schülerin, die er mitnahm.

»Der Volker ist stark erkältet und muss das Bett hüten, und die Jette muss bei ihrer kranken Oma bleiben und sie versorgen«, sagte er, als Christina in den Volkswagen kletterte, der Hannes' ganzer Stolz war. »Darfst heute vorne sitzen.«

»Und die Hand rausstrecken, wenn's der Winker wieder nicht tut«, lachte Christina. Der Winker des Wagens funktionierte bei Kälte nicht immer, und die Kinder hatten Spaß dran, beim Abbiegen Handzeichen geben zu können.

»Du riechst nach frischem Brot.« Der Hannes schnupperte. »Habt ihr heute gebacken?«

»Ja. Und ich durfte helfen, weil der Großvater sich doch das Bein und die Hand gebrochen hat. Damit kann er nicht richtig arbeiten. Warte. Ich hab was für dich.« Vorsichtig holte Christina eine kleine Schachtel aus ihrer Schultasche. Genau genommen war es immer noch ihr kleiner Ranzen, den sie als Erstklässlerin schon bekommen hatte. Doch etwas Besseres besaß sie nicht, und der Ranzen war gerade richtig, die wenigen Schulbücher und das karge Frühstücksbrot, das sie mitnahm, zu transportieren. »Zu Weihnachten für dich. Hab ich selber gebacken. Vorgestern. Ganz heimlich. Keiner hat was gemerkt.«

Hannes, gerade mal siebenundzwanzig Jahre alt, fuhr etwas langsamer und öffnete die Schachtel mit einer Hand.

»Das sind ja richtige Weihnachtsplätzchen!«

»Nur für dich.« Christina lächelte ihn an. »Weil du mich immer mitnimmst. Und vielleicht auch bald den Jakob.«

»Warum geht der eigentlich nicht zur Schule?«

»Tut er ja. Aber im Nachbarort, bei Doktor Heusstamm. Der hat im Krieg beide Beine verloren und kann nicht mehr unterrichten. Nur den Jakob.«

»Und warum den?«

»Weil ...« Christina zögerte. »Der Jakob ist doch lange nicht zur Schule gegangen und hat einiges versäumt. Das lernt er mit Doktor Heusstamm nach, damit er nach Ostern mit aufs Gymnasium kann.«

»Ach so.« Hannes zögerte, aber dann fragte er doch: »Und ... was ist mit Verwandten? Hat er niemanden außer euch?«

Christina schüttelte den Kopf. »Die sind alle tot.«

»Traurig. Aber das war nun mal so in diesem verdammten Krieg.«

Das Mädchen schüttelte den Kopf. »Meine Mutter sagt, das mit den Juden, das wäre die größte Sünde überhaupt gewesen. Und das hätte nicht passieren dürfen.«

Hannes schwieg. Er war, so wie viele, Parteimitglied gewesen. Im Krieg hatte er an der russischen Front gekämpft und war froh, schon wieder daheim zu sein. Über den Krieg sprach er nie, erst recht nicht mit Christina, die ja viel zu klein war, um all die Grausamkeiten, die er gesehen und erlebt hatte, verstehen zu können. Es war sicher auch besser so, wenn sie nicht ahnte, wie entsetzlich die Schreie der Verwundeten über das Schlachtfeld hallten, wie schrecklich es war, in die gebrochenen Augen von Kameraden sehen zu müssen.

Er roch noch einmal an den Weihnachtsplätzchen. »Die sind, das weiß ich jetzt schon, mein schönstes Weihnachtsgeschenk.«

»Ich muss sie dir heute schon geben. Es ist ja der letzte Schultag.«

»Danke. Die werde ich aber erst am Heiligen Abend essen.«

Auf einem kleinen roten Papierstreifen lagen fünf perfekt gebackene Tannenbäume. Drei, vier Tupfer Eigelb prangten darauf und ein paar kleine Nusssplitter. Auf einem von ihnen war sogar etwas Kirschgelee verteilt. Der war zwar noch immer weich, aber das störte weder Christina noch Hannes.

»So, wir sind da. Aussteigen, junge Dame.« Hannes lenkte den Brezelkäfer an den Straßenrand. »Und – danke für die Plätzchen.«

»Danke fürs Mitnehmen.« Christina stieg aus und hastete über die schneebedeckte Straße. Das Schulgebäude wies noch etliche Schäden auf, Granatsplitter hatten Spuren an der Vorderfassade hinterlassen, und ein Teil des linken Gebäudeflügels war so zerstört, dass man darin nicht unterrichten konnte. Auch die breite, mit schmalen Eisenornamenten verzierte Eingangstür, durch die Christina an jedem Schultag ging, war von Bomben beschädigt und wies drei große Löcher auf, die der Hausmeister der Schule mit groben Brettern zugenagelt hatte. Doch die meisten der Klassenzimmer waren so weit wiederhergestellt, dass normaler Unterricht abgehalten werden konnte.

Christina sah nicht nach rechts und links, sie hatten

heute für die Strecke etwas länger gebraucht als normalerweise, und sie wollte nicht zu spät kommen. Daher bemerkte sie das kleine schwarze Mäppchen im Schnee erst im letzten Augenblick, gerade, als sie das Schultor passieren wollte. Sie bückte sich und schlug das Lederetui auf. Ein französischer Pass! Auf dem Foto war ein junger Offizier zu sehen. Mit lockigen Haaren und freundlich dreinblickenden dunklen Augen unter etwas zu buschigen Augenbrauen. Und noch drei weitere Blätter fand sie, die wie Ausweise und irgendwelche Urkunden aussahen. Es gab kein Bild, doch etliche Stempel und verschiedene Unterschriften, die sie aber nicht lesen konnte.

Rasch drehte sich Christina nach Hannes um – aber er war schon fort! Sie sah nur noch die Rücklichter des Wagens, der um die Straßenecke bog.

Sie zögerte. Auf dem Schulhof erklang soeben die Glocke, die zum Unterricht rief. Aber da waren die Papiere, die bestimmt einem der französischen Besatzungsoffiziere gehörten und vielleicht wichtig waren. Noch einen Augenblick lang zögerte Christina, dann rannte sie los.

Bis zur Kommandantur war es nicht weit. Das schmale schwarze Etui fest in der rechten Hand, hastete sie durch die vereisten Straßen, bis das große Gebäude, vor dem die französische Fahne wehte, vor ihr auftauchte. Christina blieb stehen und sah zögernd auf die vier Soldaten, die davor patrouillierten.

»Nein, lieber nicht«, murmelte sie und machte Anstalten, wieder umzukehren. Von einer Sekunde zur anderen hatte sie der Mut verlassen.

»Hallo, petite Mademoiselle, was hast du da?« Einer der Soldaten kam auf sie zu.

»Das hier hab ich gefunden.« Christinas Stimme war vor Aufregung kaum zu verstehen.

»Gefunden. Aha. Zeig her.«

»Ja. Gefunden hab ich's. Vor meiner Schule lag es im Schnee.« Jetzt wurde sie mutiger. Der Soldat hielt sie ja wohl nicht für eine Diebin! »Sehen Sie ... es ist ganz nass.«

»Warte hier.« Er ging ins Haus, kam aber schon ein paar Minuten später in Begleitung eines älteren Mannes zurück, der eine Uniform mit vielen Abzeichen trug.

»Mademoiselle, ich danke dir.« Er sprach sehr gut Deutsch, und das Lächeln, mit dem er Christina ansah, war beinahe väterlich. »Das sind ganz wichtige Papiere. Ich habe sie schon vermisst.« Er biss sich kurz auf die Lippen. »Gestern bin ich bestohlen worden.«

»Aber nicht von mir!« Das klang ebenso empört wie trotzig.

»Nein, nein, es war ein Mann. Wir haben versucht, ihn und ein paar andere auf dem Schwarzmarkt zu verhaften. Er konnte entkommen, der Mistkerl!« Eine Ader schwoll auf seiner Stirn, aber rasch hatte er sich wieder in der Gewalt. »Er hat das Geld genommen, das in dem Etui steckte, aber mit den Papieren konnte er wohl nicht viel anfangen. Doch gerade die sind für mich am wichtigsten.« Er streckte Christina die Hand entgegen. »Sag mir deinen Namen und wo du wohnst. Wenn ich in der Gegend bin, komme ich vorbei. Ich möchte mich dann noch richtig bei dir bedanken.«

Christina zögerte, dann nannte sie ihre Anschrift. »Wir haben da eine Bäckerei.« Verlegen zog sie an ihrem linken Zopf und zwirbelte die Enden um die Finger.

»Alors, meine Kleine, ich muss wieder hinein. Merci noch einmal. Und ein schönes Weihnachtsfest.«

»Danke. Ihnen auch.« Sie biss sich auf die Lippen. Am liebsten hätte sie dem Soldaten gesagt, dass sie in diesem Jahr sicher kein so schönes Fest wie er haben würden. Es gab nicht genug zu essen, keine Kohlen, und ob sie ein Weihnachtsgeschenk bekommen würde, wusste sie nicht. Dennoch freute sie sich darauf, dass sie alle beisammen sein konnten. Denn das war ja auch ein Geschenk, nicht wahr?

Sie sah dem Offizier nach, der hinter der breiten Eingangstür verschwand, ohne sich noch einmal umzusehen. Christina biss sich auf die Lippen und rannte davon.

*

Die vier Schachteln *Lucky Strike* wogen schwer in seiner Jackentasche. Lauernd sah er sich nach allen Seiten um, ehe er den dämmrigen Hinterhof verließ. Seit Wochen kam Wolfgang Graber regelmäßig hierher. Das war einer der besten Orte der Gegend, um lukrative Schwarzmarktgeschäfte zu tätigen.

Gestern hatte er seit Monaten mal wieder Glück gehabt: Einer der wichtigsten französischen Offiziere war bei einer Kontrolle dabei gewesen, und Bernie, der kleine, verwachsene Bengel aus Freiburg, hatte ihm tatsächlich die Brieftasche entwendet.

Aber dann hatte Bernie, wohl aus Angst vor den beiden Soldaten, die hinter ihm herrannten, die Brieftasche in einen Graben geworfen. Und er, Wolfgang, war zum Glück ganz in der Nähe gewesen und hatte in einem unbeobachteten Moment das schwarze Etui an sich nehmen können.

Himmel noch mal, diesen Tag konnte er sich im Kalender rot anstreichen! Ein ganzes Bündel Geld gehörte jetzt ihm! Zwar wurde Geld fast täglich weniger wert, aber mit den französischen Banknoten ließ sich doch einiges erreichen. Vorsichtshalber warf er das Etui auf dem Weg nach Hause irgendwo in den Schnee. Die Papiere waren für ihn wertlos, das Geld hingegen ermöglichte es ihm, ein paar lukrative Tauschgeschäfte zu machen.

Am wertvollsten waren die Zigaretten. Sie waren bares Gold wert!

Hastig ging er zu einer der Oos-Brücken, ein weiterer Platz, wo sich Schwarzhändler trafen.

Die Versuchung, sich eine der Zigaretten anzustecken, war groß, doch Wolfgang beherrschte sich. Er brauchte etwas ganz anderes!

»Dopamin? Kokain?« Er flüsterte es in die Dämmerung, die unter der Brücke herrschte.

»Eine halbe Flasche Cognac hab ich. Französischer Cognac bester Güte«, kam es aus einer Ecke zurück.

»Wie viel?«

»Sechs Zigaretten.«

»Drei.«

»Fünf.«

Sie einigten sich auf vier. Langsam schlenderte Wolfgang weiter, tauschte an der nächsten Brücke wieder ein paar Zigaretten gegen ein paar feste Schuhe.

Seine Finger zitterten, die Schmerzen in seinem Kopf wurden von Minute zu Minute stärker. Vor seinen Augen begann es zu flimmern, und er steckte sich nun doch eine Zigarette an. Nikotin war zwar kein Dopamin, aber besser als gar nichts.

Seine Stimmung, vor drei Stunden noch euphorisch,

sank immer mehr. Erst als er in einer Kneipe am Stadtrand ein paar Gläser Wein getrunken hatte, fühlte er sich besser, der Schmerz im Kopf ließ nach.

Einer seiner ehemaligen Kriegskameraden wohnte im Nachbardorf. Er besaß ein altes Motorrad und nahm ihn mit heim.

»Umsonst ist das nicht«, sagte er, als Wolfgang vor der Bäckerei abstieg. »Vergiss nicht – ich brauche Weihnachten ein zusätzliches Brot.«

»Die sind abgezählt, das weißt du doch.«

»Nicht mein Problem.« Sein Kumpan zuckte mit den Schultern. »Wir sehen uns. Morgen um die gleiche Zeit.« Und schon fuhr er davon.

Langsam ging Wolfgang ins Haus. Er wohnte bei den Großeltern im vorderen Haustrakt, hatte dort ein kleines Reich für sich. Seine zwei kleinen Zimmer lagen am Ende des Korridors, und er hoffte, ungesehen ins Haus zu kommen. Sein ehemaliges Zimmer im Seitentrakt hatte der Judenjunge eingenommen. Wolfgang hätte ihn am liebsten rausgeprügelt, als er aus der kurzen Gefangenschaft heimgekommen war, doch das wäre wohl mehr als gefährlich gewesen. Noch sprach niemand darüber, dass er in der SS gewesen war. Und es war sicher klug, nicht aufzufallen.

Doch gerade, als er leise die Haustür schließen wollte, kam ihm seine Mutter entgegen.

»Wo warst du nur wieder, Junge? Hast du was gegessen? Es ist noch Graupensuppe da. Und ein paar Bratkartoffeln mit Speck. Die Großmutter hat einiges organisieren können.«

»Hab keinen Hunger.«

»Aber du musst doch was essen!«

»Hör auf mit deiner elenden Bemutterung! Ich bin kein Kleinkind mehr! Lass mir endlich meine Ruhe!« Hart fiel die Tür hinter ihm zu.

Eva-Marias Augen schwammen in Tränen, als sie ihm nachblickte. Der junge Mann, der so wirkte, als hätte er einen Eisenwall um sich herum errichtet, hatte nichts mehr mit dem liebenswerten Jungen gemein, der als Siebzehnjähriger in den Krieg hatte gehen müssen.

Zurückgekehrt war ein mürrischer, unnahbarer, verbitterter junger Mensch, der seiner eigenen Wege ging und das Zusammentreffen mit der Familie mied, wo immer es ging.

»Wie kann ich dir nur helfen, Junge?«, flüsterte sie und sah auf das dunkle Holz der Zimmertür. »Was kann ich tun, um dich all das Grauen, das du erlebt hast und das dich so verändert hat, vergessen zu lassen?

Sie wusste keine Antwort.

*

»So einen schönen Baum hatten wir seit Jahren nicht mehr.« Katharina Graber holte noch eine der glänzenden roten Kugeln aus dem alten Karton und hängte sie in die dichten grünen Zweige. »Schau nur, Christina, sogar die Tannenbaumspitze ist noch heil. All die Jahre hindurch hab ich sie nicht rausgeholt, aber jetzt …« Ein Lächeln glitt über ihr Gesicht. »Bei diesem wunderschönen Baum kommt sie wieder zu Ehren, nicht wahr?«

Christina nickte nur. Mit angespannter Miene hockte sie auf dem graurote Wollteppich und verschnürte ein Päckchen mit einer schmalen roten Kordel. Statt einer

Schleife legte sie zur Dekoration einen kleinen Tannenzweig darauf.

»Ob mein Geschenk dem Jakob gefallen wird?«

»Aber sicher doch!« Katharina lächelte ihrer Enkelin beruhigend zu. »Die Wolle ist ganz weich, und so einen warmen Schal kann er sehr gut brauchen, wenn er früh am Morgen unterwegs ist.«

»Für Handschuhe hat die Wolle aber nicht gereicht.« Christina senkte den Kopf. Bedauern schwang in ihrer Stimme mit.

»Wart's nur ab, vielleicht bringt ihm das Christkind die passenden Handschuhe.«

»Das Christkind!« Mit nachsichtigem Lächeln sah Christina zu ihrer Großmutter auf. »So eine schöne Geschichte ist das! Aber daran glaub ich doch schon seit ein paar Jahren nicht mehr. Das weißt du doch.«

Noch zwei Kugeln hängte Katharina in den kleinen Baum, dann kletterte sie vom Stuhl und setzte sich für einen Moment hin. Das graue Haar hatte sie im Nacken zu einem Knoten zusammengebunden. Ein paar Strähnen hatten sich gelockert, und sie strich sie sich zurück hinter die Ohren. Sie hatte sich schon umgezogen, trug ihr bestes Kleid, das sie über all die Jahre hinweg geschont hatte, so gut es eben ging. Es war aus einem weichen dunkelblauen Wollstoff, ein weißer Spitzenkragen war ebenso Schmuck wie die neun kleinen Perlmuttknöpfe, die bis zur Taille reichten. Im spitzen Ausschnitt hing eine dünne Perlenkette.

Auch Martin hatte sein bestes weißes Hemd schon angezogen, dazu eine dunkelrote Krawatte, die Einzige, die er besaß.

Der Tannenbaum, den Eva-Maria und Jakob am vorhergehenden Abend aus dem Wald geholt hatten, stand auf einem kleinen Tisch, darunter hatte die alte Krippe, die seit drei Generationen schon im Besitz der Familie war, ihren Platz gefunden.

»Vielleicht lernst du heute, doch wieder ans Christkind zu glauben«, lächelte Katharina und strich der Enkelin kurz übers blonde Haar. »Und jetzt sieh zu, dass du in die Küche kommst. Deine Mutter braucht noch Hilfe beim Kochen.«

Martin Graber saß in seinem Lieblingssessel, das bis übers Knie eingegipste Bein lag auf einem alten Hocker. Er las in der *Badischen Illustrierten*, die erst seit wenigen Monaten wieder regelmäßig gedruckt werden konnte.

»Ich bin gespannt, was es gibt«, murmelte er. »Ihr macht so ein großes Geheimnis draus.«

Seine Frau lächelte. »So ist das nun mal zu Weihnachten.«

Eine gute Stunde später war es so weit: Ein kleines Glöckchen ertönte, die fünf Kerzen am Baum waren angezündet, die Bescherung konnte beginnen!

Für Christina hatten Mutter und Großeltern einen neuen Wintermantel besorgt. Den Stoff hatte eine Nachbarin über die schlechte Zeit hinweggerettet. Sie war gelernte Schneiderin und besaß das Geschick, aus wenigem etwas Schönes zu machen. Vor einigen Monaten war ihr einziger Sohn aus amerikanischer Gefangenschaft heimgekehrt. Um ihm etwas Gutes zu essen geben zu können, hatte sie ein paar ihrer Stoffe eingetauscht. Katharina hatte ihr von ihren wenigen eigenen Bezugsscheinen etliche abgegeben, denn sie hatte, dank der Freundin mit dem großen Bauernhof, genug zu essen gehabt.

Jakob bekam Handschuhe, sie hatten zwar eine andere Farbe als Christinas Schal, doch er freute sich über beide Geschenke.

Die Erwachsenen beschenkten sich nicht, ihnen war die Freude der Kinder genug.

»Und jetzt gibt's was Gutes zu essen.« Eva-Maria löschte die Kerzen und ging hinüber in die Küche, um nach den Kartoffeln zu schauen.

»Warten wir nicht auf Wolfgang?«, fragte Christina.

Über das Gesicht ihrer Mutter huschte ein Schatten. »Nein. Wer weiß, wann er heimkommt.«

»Ob er überhaupt kommt«, warf Martin bitter ein.

»Aber es ist doch Weihnachten!« Christinas Augen füllten sich mit Tränen. »Da müssen wir doch alle zusammen sein!«

Ihre Großmutter biss sich kurz auf die Lippen, sagte aber nichts.

Martin Graber streckte die Hand nach Jakob aus. »Hilf mir, Junge«, bat er, und Jakob schob den Rollstuhl an den Esstisch.

Ausnahmsweise hatten sie heute in der Wohnstube geheizt, und auf der Anrichte aus dunklem Eichenholz stand ein Kerzenleuchter mit drei roten Kerzen. Auf dem Tisch lag ein blütenweißes Tischtuch, Tannenzweige steckten als Dekoration in bunten Gläsern, und Katharina hatte sowohl das gute Porzellan mit dem breiten Goldrand hervorgeholt wie auch das Silberbesteck mit dem Monogramm KG. Oft schon war sie versucht gewesen, es auf dem Schwarzmarkt einzutauschen, doch ihre Not war glücklicherweise nie so groß gewesen, dass sie sich davon hatte trennen müssen. Stattdessen hatte sie die schönen Ohrringe mit Aquamarintropfen fortgegeben, ebenso den weichen Silberfuchskragen, den sich jetzt ihre Freundin um den Hals legte, wenn sie zur Dorfkirche ging. Aber was sollte man mit Fuchspelz, wenn man Hunger hatte? Speck und Eier waren ihr wertvoller erschienen!

Das Essen war so reichhaltig wie seit Monaten nicht mehr. Nach einer würzigen Lauchsuppe gab es Kartoffeln so viel jeder wollte, Rosenkohl und ein Stück Fleisch für jeden. Sogar Jakob aß alles mit, es war nicht die Zeit, auf koscheres Essen Wert zu legen. Das hatten sie damals, zu Hause, stets getan. Doch jetzt hatte der heranwachsende Junge fast immer Hunger, und die Hauptsache war, dass er etwas in den Magen bekam.

»Was ist das?«, fragte Christina und zerdrückte ein Stück Kartoffel in der Soße.

»Kaninchenbraten. Iss, es ist noch für jeden ein Stück da.«

Die drei Erwachsenen tranken Rotwein zum Essen; noch zwei Flaschen lagerten im Keller, denn Martin hatte sie gehütet wie einen Schatz. Christina und Jakob bekamen in ihr Wasser auch einen kleinen Schluck Wein – zur Feier des Tages.

Nach dem Essen setzten sie sich noch einmal an den Weihnachtsbaum, sangen *Stille Nacht, heilige Nacht* und *Ihr Kinderlein kommet*. Auch Jakob sang mit, er fand, dass Weihnachten ein schönes Fest war, auch wenn es nichts mit dem jüdischen Glauben zu tun hatte. Doch wann und wo hätte er seinen Glauben in dieser Zeit schon leben können?

Die Kerzen waren schon fast ganz herabgebrannt, als Jakob aufstand, ans Fenster ging und leise zu singen begann: *Ein Stern fällt vom Himmel, ein funkelnder Stern …*« Seine Stimme war dunkler geworden, samtweich und klar. Den Stimmbruch hatte er hinter sich, mittlerweile war aus dem hellen Sopran, mit dem er das Lied damals im Schuppen gesungen hatte, eine Tenorstimme geworden.

Katharina hatte Tränen in den Augen, als sie aufstand und den Jungen, der sie schon um einen halben Kopf überragte, umarmte.

»Wie wunderschön, Jakob. Das Lied hab ich eine Ewigkeit lang nicht mehr gehört.«

Jakob biss sich auf die Lippen. »Mutter hat es sehr gemocht, daran erinnere ich mich. Sie hatte eine Schallplatte, da war es drauf.«

»Ein berühmter Tenor hat es gesungen. Er hieß Josef Schmidt und war …« Katharina brach ab.

»Ich weiß.« Jakob wandte sich vom Fenster ab. »Er war Jude.« Er biss sich auf die Lippen.

Für einen kurzen Moment blieb es still. Nur das Knistern des Feuers war zu hören. Eva-Maria stand auf und legte noch einen dicken Scheit nach. »Schade, dass wir nicht zur Christmette gehen können«, sagte sie. »Aber es schneit viel zu stark, und bis zum Nachbarort ist es zu weit.«

Die Kapelle von Himmelsheim war im November 1944 von einer Fliegerbombe getroffen worden und drohte einzustürzen, Gottesdienste waren nicht mehr möglich.

Plötzlich heulte draußen ein Motor auf, und im nächsten Moment fiel etwas krachend gegen die Haustür.

»Was ist das?« Alarmiert sprang Katharina auf.

»Ich sehe nach.« Eva-Maria drückte ihre Mutter auf den Stuhl zurück und ging hinaus.

Ihr Herz klopfte rascher, als sie die Tür öffnete. Im letzten Augenblick konnte sie ihren Sohn auffangen, der am Türrahmen lehnte und sie aus glasigen Augen anstarrte. Auf der Erde lag ein Rucksack, aus dem die Läufe eines Rehs ragten.

»Der Weihnachtsbraten«, grinste er. »Zu spät, was? Aber Weihnachten ist sowieso für den Arsch.« Er torkelte in die Stube und sah von einem zum anderen.

»Du bist ja total betrunken.« Eva-Maria zog ihn am Arm zurück zur Tür. »Geh erst mal in dein Bett.«

»In mein Bett? In mein Bett kann ich nicht!« Schwankend wies er auf Jakob. »Da schläft der dreckige Jude drin!«

»Hör auf, den Jakob immer zu beschimpfen!« Christina stellte sich dicht vor ihren großen Bruder hin und sah ihn zornig an. »Der Jakob hat dir gar nichts getan! Warum bist du nur so?«

»Ich bin, wie ich bin.« Wolfgang stieß sie grob zur Seite. Sie taumelte und wäre fast gestürzt. »Und du, du bist schuld. Du hättest den Kerl damals im Schuppen verrecken lassen sollen, dann wäre Ruhe hier.«

»Wolfgang!«

»Wolfgang, Wolfgang! Ich weiß, wie ich heiße.« Er wischte mit der Hand durch die Luft. »Leckt mich doch.«

»Raus.« Martin Graber streckte die Hand aus. »Raus aus diesem Zimmer! Ich dulde nicht, dass du so in meinem Haus redest!«

»Halt's Maul, alter Mann. Du hast mir gar nichts zu sagen.« Aber er schwankte aus dem Zimmer, und Eva-Maria, die ihm nachging, sah weinend zu, wie er an der Wand entlangtaumelte und dann auf allen vieren die Treppe hochwankte.

*

Die Kerzen waren gelöscht, und im Haus war es still geworden. Von draußen drang nur das Heulen des Sturms herein, der im Lauf des Abends immer heftiger geworden war.

Christina zuckte zusammen, als es an ihre Zimmertür klopfte. Ganz leise nur, dreimal hintereinander.

»Jakob?«

»Ja. Kann ich kurz reinkommen?«

»Warte.« Sie schwang die Beine aus dem Bett und zog sich die dicke Wolldecke, die noch zusätzlich zur alten Federdecke über ihrem schmalen Bett lag, um die Schultern.

Jakob war noch angezogen, hastig schlüpfte er ins Zimmer.

»Hier. Für dich. Noch zu Weihnachten. Ich wollt's dir unten schon geben, aber dann kam der Wolfgang, und ich …« Er brach ab und umklammerte die bunte Dose, die er in den Händen hielt, so fest, dass seine Fingerknöchel weiß hervortraten. Dann öffnete er die Dose, und Christina erkannte, dass sie ursprünglich Pralinen enthalten hatte. *Knuspergold* stand darauf, und vier bunte Papageien waren in das Blech gestanzt. Vorsichtig kramte Jakob in der Dose, dann zog er ein kleines Päckchen heraus und streckte es Christina entgegen. Es war in weißes Papier eingeschlagen, auf das Jakob mit Buntstiften zwei Engel und Tannenzweige gemalt hatte.

»Ein Geschenk? Für mich?« Christina griff zögernd danach.

Jakob nickte. »Ich hatte kein Geschenkpapier«, murmelte er.

»Ist doch nicht schlimm.« Christina lächelte ihn an.

»Das Bild sieht toll aus. Komm, wir setzen uns aufs Bett. Dann seh ich nach, was es ist.«

Er folgte ihr und genoss die Wärme, die das dicke Kissen noch ausstrahlte. Im Schein der kleinen Nachttischlampe sah er genau, wie ihre großen blauen Augen aufleuchteten, als sie das Einwickelpapier auseinanderschlug.

»War das mal ein Notizbuch?«

»Mit Rezepten drin. Mein Großvater hat sie vor Jahren mit der Hand darin aufgeschrieben, damals, als er die Fabrik geleitet hat.« Ein Schatten huschte über Jakobs schmales Gesicht. »Ich finde, du solltest es haben.«

»Aber es gehört dir. Deiner Familie!«

»Ich hab keine Familie mehr. Und Kekse oder Kuchen backen werde ich sicher nie im Leben.« Er legte ihre schmale Hand auf das Notizheft, das seine Mutter einst vorsichtig zusammengefaltet hatte, damit es in die Pralinenschachtel passte. Der graublaue Einband war schon ein wenig zerfetzt, und auf einem weißen runden Aufkleber in der Mitte stand in schwarzen verschnörkelten Buchstaben nur ein Wort: *Rezepte.* »Ich hab die Dose eine ganze Zeit lang vergessen gehabt, aber jetzt hab ich mich dran erinnert. Und weil ich doch sonst kein Geschenk für dich hab …«

Christina legte die Arme um seinen Hals und gab ihm einen Kuss auf die Wange. Sie spürte seinen ersten flaumigen Bartwuchs. Jakob zuckte bei der zärtlichen Berührung leicht zusammen. »Danke. Danke, lieber Jakob. Das ist mein allerschönstes Geschenk.«

Er strich ihr kurz über die Wange. »Ich danke dir, meine Lebensretterin. Ohne dich …« Er senkte den Kopf. »Ohne dich wäre ich schon seit langem tot.«

»Aber du lebst. Und ich bin sehr, sehr froh, dass du hier bei uns bist.«

Jakob stand auf, die Dose klemmte er sich unter den Arm. Was sich darin sonst noch befand, zeigte er Christina nicht. »Ich bin auch froh. Gute Nacht, Christina. Schlaf schön.«

Sie hob das schmale Büchlein hoch. »Das werde ich sicher noch nicht tun. Erst muss ich lesen, was hier an Rezepten drinsteht!« Ein kleiner Seufzer folgte. »Ach, wenn wir doch endlich wieder genug Butter und Mehl hätten! Und Eier. Ich würde so gern richtig in der Backstube arbeiten! Und mit den neuen Rezepten würde es noch viel mehr Spaß machen.«

Er lachte leise. »Das lass deinen Großvater besser nicht hören.«

Christina straffte die schmalen Schultern. »Der wird sich noch dran gewöhnen, dass ich eine Bäckerin werde, glaub mir!«

*

Als sich die Ladentür öffnete, kam mit der hohen Männergestalt ein eisiger Windhauch in den Laden. Die vier Frauen, die vor der Theke standen und darauf warteten, von Katharina bedient zu werden, drehten sich nach dem Mann im zerschlissenen Militärmantel um.

»Guten Tag.« Er nickte in die Runde.

»Was möchten S' denn haben? Das Brot ist noch nicht fertig. Die neue Mehllieferung kam zu spät.« Die Älteste der Frauen sah ihn von unten herauf an. Taxierend. Skeptisch und auch ein bisschen ängstlich.

»Das glaub ich gern. Die Zufahrtstraße von Baden-

Baden her ist ganz verweht. Sogar ein paar Militärfahrzeuge stecken fest.« Der Fremde sah sich kurz um. »Gemütlich warm ist's hier drinnen.«

»Na, wenn das warm ist ...« Die alte Frau sah ihn zweifelnd an.

»Mir kommt's jedenfalls so vor. In Russland war's kälter. Und da draußen auf der Straße herrschen auch eisige Temperaturen.«

»Sie waren in Russland? Da auch in Gefangenschaft?«, warf eine der Frauen, Hannah Staller, ein. Ihr Sohn war seit Monaten vermisst, und es hieß, er sei von den Russen gefangen genommen worden.

Ein knappes Nicken war die einzige Antwort.

»Mein Sohn war in Stalingrad.« Die verhärmt wirkende Frau Staller mit dem eisgrauen Haar, um das sie ein grünes Tuch geschlungen hatte, ging einen Schritt auf den ehemaligen Soldaten zu. »Waren Sie auch in Stalingrad? Vielleicht haben Sie ja meinen Johann gesehen und ...«

»Lass ihn doch in Ruhe, Hannah.« Eva-Maria kam herein, im Arm fünf große Brotlaibe. »Russland ist riesengroß, und dein Johann kommt vielleicht bald heim. Man hört doch jeden Tag, dass Soldaten aus der Gefangenschaft entlassen werden. Auch aus russischer.«

»Ich war zwar in Stalingrad, aber nur für kurze Zeit. Dann wurde ich verletzt und kam auf eine Schreibstube an der Heimatfront.« Der Fremde klopfte sich kurz auf sein linkes Bein. Es klang hölzern. »Nach dem Krieg war ich für ein paar Monate in amerikanischer Gefangenschaft. Es tut mir leid, aber ich kann Ihnen nicht helfen.«

Hannah Staller presste die Lippen zusammen. Tränen standen ihr in den Augen, und sie nahm schweigend einen der Brotlaibe entgegen, die Eva-Maria verteilte. Vorgestern hatten die Frauen aus dem Dorf die entsprechenden Bezugsscheine in der Bäckerei abgegeben.

»Und was kann ich für Sie tun?« Fragend sah Eva-Maria den Fremden an.

Der wartete, griff nach der Klinke und öffnete die schwere Holztür. Doch die Frauen zögerten, sie waren neugierig und hätten zu gern erfahren, was der Fremde, der sicherlich keine Marken besaß, mit denen er einkaufen konnte, hier wollte.

»Auf Wiedersehen, die Damen.« Er lächelte und zog die Tür etwas weiter auf, so dass den Vieren nichts anderes übrigblieb, als den Laden zu verlassen.

»Also?« Fragend sah ihn Eva-Maria an, als sie allein waren. »Haben Sie Lebensmittelmarken dabei?«

Er schüttelte den Kopf. »Nein, aber ich hab das hier.« Er griff in die Brusttasche des Mantels und zog ein Stück Papier hervor. Es war in Wachspapier eingeschlagen, ganz offensichtlich war es ihm so wertvoll, dass er es auf diese Weise vor Nässe schützen wollte. »Sie brauchen Hilfe in der Backstube, hab ich mir sagen lassen.«

»Ach ja? Wer hat das gesagt?«

Er zuckte mit den Schultern. »Weiß nicht so genau. Jemand im Nachbarort, da hab ich schon nach Arbeit gesucht, aber es gab nichts zu tun für einen wie mich. Aber man sagte mir, dass es hier eine Bäckerei gibt und der Meister verletzt ist und im Moment nicht arbeiten kann.«

Eva-Maria nickte. »Stimmt, mein Vater ist gestürzt und hat sich das Bein und die linke Hand gebrochen. Aber wie Sie sehen, kommen wir zurecht.« Sie schlug das Papier auseinander, las und sah im nächsten Moment überrascht zu dem Mann auf. »Sie sind Bäckermeister – und Konditor!«

»Ja. Wir hatten eine große Bäckerei in Gleiwitz. Aber …« Ein kurzes Zögern. »Dahin kann ich nicht mehr zurück. Alles zerbombt. Alle tot.« Er presste für einen Moment die Lippen zusammen. »Ich bin für eine Weile bei Freunden in Baden-Baden untergekommen. Und von denen weiß ich, dass Sie sich in einer gewissen Verlegenheit befinden.«

Eva-Maria zögerte. Der Mann hatte gutmütige dunkle Augen, ein zurückhaltendes, freundliches Lächeln und … er hatte einen Meisterbrief als Bäcker!

»Wir können uns keine Hilfe leisten«, sagte sie leise. »Tut mir leid, Herr …« Sie sah kurz auf die Urkunde, »Herr Wegener.«

»Ja dann …« Langsam wandte er sich ab und ging zur Tür zurück. Sie sah, dass er leicht hinkte. »Es war ein Versuch.« Er setzte sich die alte, verschlissene graue Kappe wieder auf. »Mir fehlt meine Arbeit, wissen Sie.« Er warf noch einen letzten Blick zurück in den Laden.

»Tut mir leid«, wiederholte Eva-Maria.

Eisige Luft schlug ihr entgegen, als der Mann im Soldatenmantel seine Kappe wieder aufsetzte, die Tür öffnete und Anstalten machte, die drei Stufen zur Straße hinunterzugehen. Er musste erst das steife Bein auf die Stufe setzen, dann das andere nachziehen und bewegte sich vorsichtig, um nicht auszurutschen.

Zwei, drei Herzschläge lang wartete Eva-Maria.

»Halt!« Schnell lief sie um die Theke herum und hielt die Tür fest. »Kommen Sie wieder zurück. Bitte. Wir sollten uns in Ruhe unterhalten. Und zusammen mit meinem Vater. Vielleicht gibt es doch einen Weg …« Sie biss sich auf die Lippen. »Hilfe könnten wir schon brauchen.«

Langsam, zögernd drehte Joachim Wegener sich um. Ein knappes Lächeln glitt über sein ausgezehrtes Gesicht. Hart stachen die Wangenknochen hervor, die Augen lagen tief in den Höhlen, und Eva-Maria bemerkte die zwei tiefen Falten, die sich von der Nase zum Mund zogen.

»Danke. Es wäre gut, endlich wieder was zu tun zu haben. Das ist mir noch wichtiger als Geld, denn das ist im Moment sowieso nicht viel wert«, fügte er mit einem knappen Lächeln hinzu.

»Da haben Sie recht. Kommen Sie, meine Eltern sind in der Wohnküche. Vater muss entscheiden, ob Sie bleiben können.«

*

»Da kommt Militär!« Jakobs Stimme zitterte. »Der Wagen hält direkt vor eurem Haus! Schau nur!«

Christina ging schneller. Sie und Jakob waren wieder einmal im Wald gewesen und hatten Holz gesammelt. Schwer lasteten die beiden Bündel auf den schmalen Schultern.

Gerade, als ein Soldat die hintere Tür öffnete, damit der Offizier, der dort saß, aussteigen konnte, kamen Christina und Jakob vor dem Haus an.

Jakob blieb abwartend stehen. Noch immer konnte er seine Furcht vor Uniformen nicht verbergen. Sein Herz schlug aufgeregt, und mit brennenden Augen blickte er auf das Militärfahrzeug.

Christina sah zögernd zu dem Wagen hin. Die französische Fahne steckte als feste Standarte an beiden Seiten des Fahrzeugs. Und jetzt drehte sich der Mann in Offiziersuniform um und winkte ihr zu.

»Hallo, petite Mademoiselle! Kennst du mich noch?«

Sie nickte scheu und rückte wieder das rutschende Holzbündel fest.

»Ich war heute zufällig in der Nähe und dachte, das wäre eine gute Gelegenheit, mich endlich bei dir zu bedanken.« Er sprach fast akzentfreies Deutsch und streckte Christina die Hand hin. »Noch einmal: Danke, dass du mir meine Papiere gebracht hast.« Er winkte seinem Adjutanten, der ausstieg und ein Paket aus dem hinteren Teil des Wagens holte. »Ich habe dich nicht vergessen. Hier, das könnt ihr sicher brauchen.«

Christina sah ihn aus großen Augen an, unfähig, ein Wort zu sagen.

Der Offizier lächelte. »Brauchst keine Angst zu haben.« Er machte eine knappe Kopfbewegung. »Jules bringt das Paket zu euch in den Laden.« Er hob die Hand grüßend an das Käppi mit den goldenen Kordeln. »Au revoir, ma petite, wir müssen weiter.«

»Danke!« Christina sah jetzt überrascht zu dem Offizier hoch. »Danke, Monsieur.«

»Lasst es euch schmecken.« Noch ein knappes Lächeln, die beiden Männer stiegen ein, und wie ein Spuk verschwand der Wagen in der einsetzenden Dämmerung.

»Kinder, kommt rein! Rasch!« Eva-Maria stand in der Ladentür. Sie war aufgeregt und konnte das, was gerade passiert war, kaum begreifen. »Legt das Holz vor die Tür, dann sehen wir nach, was in dem Paket ist.« Sie legte Christina den Arm um die Schultern. »Mein Gott, Liebes, ich hätte nie gedacht, dass er wirklich kommt und sich bedankt.«

»Ich auch nicht.«

Jakob hob das Paket hoch. »Wohin damit?«

»In die Stube natürlich!«

Die ganze Familie – Wolfgang ausgenommen, der war seit Tagen nicht mehr nach Hause gekommen – versammelte sich um den Tisch, als Eva-Marie die Kordel vom Paket löste.

»Den Rest macht Christina. Es ist ja ihr Paket.«

Mit zitternden Fingern nahm Christina das erste Päckchen heraus. »Schokolade. Echte Schokolade! Und das ist Kaffee.« Sie reichte das Paket der Großmutter, die mit geschlossenen Augen an der Köstlichkeit roch.

»Den hab ich seit Monaten nicht mehr getrunken«, murmelte sie dabei.

»Und hier, drei Würste. Und ein Wolltuch. Das ist für dich, Mama. Und die Strümpfe auch.«

Eva-Maria sah fasziniert auf das kleine, dünne Päckchen, in dem sich hauchfeine Seidenstrümpfe befanden. »Die sind ein Vermögen wert«, murmelte sie. »Wenn wir die eintauschen ...«

»Die sind für dich, Mama, nicht zum Tauschen.«

Als Nächstes zog sie noch Zucker, Tee und drei Apfelsinen aus dem Paket. Ganz unten dann fand sich der größte Schatz: ein Paar feste Schuhe!

»Neue Schuhe!« Beinahe andächtig nahm Christina das Paar in die Hand. Es waren neue hellbraune Schnürschuhe. Und sie passten perfekt!

»Der Offizier hat dich aber genau angeschaut«, murmelte Eva-Maria.

»Vielleicht hat er Kinder in deinem Alter.« Katharina strich ihrer Enkelin über das blonde Haar. »Es gibt noch gute Menschen. Auch unter denjenigen, die wir einmal als unsere Feinde angesehen haben.«

»Die Zeiten sind vorbei, Gott sei Dank.« Eva-Maria nahm den Kaffee in die Hand. »Mutter, was hältst du von einer Tasse echtem Bohnenkaffee?«

»Das wäre einfach wundervoll!«

»Und dazu ein Stück Schokolade«, warf Christina lachend ein und riss vorsichtig das knisternde Papier auf.

*

»Lass stehen, das mach ich schon. Der Sack ist doch viel zu schwer für dich!« Mit drei Schritten war Joachim Wegener bei Eva-Maria und nahm ihr den schweren Mehlsack aus der Hand.

Bei der Berührung seiner Finger zuckte sie leicht zusammen, und ihr Herz machte einen kleinen Sprung.

Seit mehr als vier Monaten arbeitete Joachim jetzt schon in der Backstube mit, und davon, dass er nur als Aushilfe bleiben sollte, war keine Rede mehr. Sogar Martin Graber war froh, in Joachim einen fähigen Bäcker an der Seite zu haben, der ihn entlasten konnte.

»Hast du dir eigentlich die Wohnung in der Sonnengasse angesehen?«, fragte Eva-Maria und sah zu, wie Joachim den schweren Sack hochhob, als sei er ein Leichtgewicht. Der große Mann hatte in den letzten Wochen ein wenig zugenommen, er war wieder kräftig und trotz seiner Beinprothese geschickt und wendig. Noch immer schlief er in der provisorisch eingerichteten Kammer neben der

Backstube, doch das war, fand Eva-Maria, auf Dauer kein Zustand.

»Ja. Hab ich.« Konzentriert bestückte er die Mischmaschine.

»Und?«

»Kommt nicht für mich in Frage.«

»Und warum nicht?« Dicht trat sie neben ihn, atmete den Duft seiner Haut ein, diesen ganz typischen Geruch nach Schweiß, Mehl, Rasierschaum und den Minzbonbons, die er lutschte, sobald er ein paar davon ergattern konnte.

Er drehte sich zu ihr um. Sein Blick verfing sich in ihren graublauen Augen. »Das weißt du doch.« Er hob die Hand und strich ihr zärtlich über die Wange. Eine kleine weiße Mehlspur blieb zurück.

Eva-Maria nickte und lehnte sich für einen kurzen Moment an seine Schulter. Dabei verrutschte ihr graublaues Kopftuch, und die dichten dunkelblonden Locken, die sie nur lose hochgesteckt und unter dem Tuch verborgen hatte, fielen ihr auf die Schultern.

»Du bist so schön.« Joachim zog die zarte Linie von ihren hohen Wangenknochen zu ihren Lippen nach. »Und ich würde lieber draußen im Garten auf der Bank schlafen, als von hier wegzugehen.«

Eva-Maria stellte sich auf die Zehenspitzen und gab ihm einen raschen Kuss. »Es ist gut, dich hier zu haben.«

»Ich bin froh, dass ich bei euch so etwas wie eine neue Heimat gefunden habe.« Für einen kurzen Moment glitt ein Schatten über sein Gesicht. »Nach Oberschlesien kann ich wohl nie mehr zurück.« Liebevoll sah er Eva-Maria in die Augen. »Und ich will es auch nicht mehr. Dort gibt es nichts mehr, das mich halten könnte. Unsere Bäckerei ist zerstört, das Haus total ausgebombt, meine Frau, mein kleiner Sohn und meine Eltern tot …«

»Es tut mir so leid.« Eva-Maria strich ihm über den Arm.

»So wie mir geht es Tausenden. Es ist hart, aber so ist das nun mal nach einem Krieg. Viele verlieren die Heimat, viele das Leben. Krieg ist grausam.« Er richtete sich energisch auf. »Komm, wir haben keine Zeit, Trübsal zu blasen. Der Teig muss fertig werden. Außerdem wolltest du doch noch ein paar Kuchen backen.«

»Ja, endlich geht das wieder!« Eva-Maria lächelte. »Der Vater findet zwar, dass wir uns nur aufs Brotbacken konzentrieren sollten, aber die Leute wollen sicher auch mal wieder eine Schwarzwälder Kirschtorte oder einen Käsekuchen essen.«

»Bestimmt.«

»Gleich heute Nachmittag fange ich an. Wenn ich auch noch nicht weiß, wie ich alle Zutaten zusammenkriegen soll.«

»Dann musst du eben improvisieren!«

»Klar. Aber wir haben noch Marmelade vom vorigen Jahr, und eingeweckte Kirschen. Und ich hab da noch so eine Idee.« Sie lachte leise. »Mal sehen, was draus wird.«

Joachim lächelte sie zärtlich an. »Ich bin sicher, dass du alles schaffst, was du dir vornimmst.« Als er sich zu ihr beugte, um sie zu küssen, rutschte das weiße Käppi von seinem Haar. Gemeinsam bückten sie sich danach, und für einen glücklichen Moment versanken ihre Blicke ineinander.

*

So hart und eisig kalt, wie der Winter gewesen war, so heiß war der Sommer, der darauf folgte. Es regnete viel zu selten, und die Bauern klagten, es würde sicher keine gute Ernte geben, der Hunger würde wohl noch länger zu Gast in den meisten Häusern sein.

Christina kümmerten die Sorgen der Erwachsenen nicht sonderlich. Sie freute sich, dass Jakob jetzt jeden Morgen mit ihr zur Schule fuhr. Erst recht aber freute sie sich auf die Sommerferien.

»Dann hab ich endlich Zeit!« Sie sah Jakob an, mit dem sie gerade aus dem Bus gestiegen war. Seit einigen Wochen gab es wieder halbwegs regelmäßige Busverbindungen zwischen Baden-Baden und den umliegenden Dörfern, so dass Schüler und Arbeiter in die Stadt fahren konnten.

»Was hast du denn vor?«

»Backen natürlich! Ich hab doch noch gar nicht sehr viel von dem, was in deinem Buch steht, ausprobieren können.«

»Und das willst du jetzt tun? In den Ferien?«

Christina nickte eifrig. »Ja. Und der Joachim hat versprochen, mir dabei zu helfen.«

»Er ist nett, auch zu mir.« Jakob biss sich kurz auf die Lippen. »Dein Bruder leider gar nicht. Dem Wolfgang wär's nur recht, wenn ich bald verschwinden würde.«

»Das stimmt doch nicht!«

»Doch. Erst vorgestern wieder hat er gesagt, dass ich mich fortscheren soll. In Palästina sei Platz genug für uns Juden.«

Behutsam griff Christina nach seiner Hand und drückte sie. »Der Wolfgang ist nicht wirklich böse. Nur traurig. Und irgendwie ...« Sie zuckte mit den Schultern. »Krank ist er irgendwie, seit er bei diesem schweren Bombenangriff verschüttet wurde. Das sagt jedenfalls die Großmutter immer wieder.«

Jakob schüttelte den Kopf. »Nein, das glaub ich nicht, dass er krank ist. Er ist tief im Innern immer noch ein Nazi, und am liebsten wär es ihm sicher, ich wäre tot.«

»Nein! Nein, so was darfst du nicht sagen!« Heftig schüttelte Christina den Kopf. Die blonden Zöpfe, an denen die silbrigen Edelweiß-Haarspangen glänzten, wippten aufgeregt hin und her. »Der Wolfgang ist nur unglücklich. Dabei kann er auch ganz nett sein. Mir hat er mal Seidenband besorgt, das ich mir so gewünscht hatte. Das war richtig lieb von ihm.«

»Du bist ja auch nicht jüdisch«, murmelte Jakob leise vor sich hin. Dann aber wurden sie beide abgelenkt, denn vor der Bäckerei stand ein halbes Dutzend Frauen und redete aufgeregt durcheinander.

»Was ist denn hier los?« Christina schob sich an den Frauen vorbei.

»Kuchen! Es gibt echten Sahnekuchen bei euch! Und Gebäck! Seht euch das an! Das sind Nussschnitten! Und Streuselkuchen!«

Aufgeregt redeten die Frauen durcheinander und überlegten, was sie sich leisten konnten.

Der Ansturm auf den Laden hielt den ganzen Tag über an. Katharina und Eva-Maria verkauften alles, und am Abend waren die Regale bis auf den letzten kleinen Keks leer.

Christina nutzte die Gelegenheit, zusammen mit Joachim in der Backstube zu werkeln. Aus ein paar Teigresten, die der Mann für sie zurückgelegt hatte, formte sie kleine Plätzchen, die sie fantasievoll dekorierte. Zum Schluss bat sie: »Können wir noch einen Blechkuchen machen?«

Joachim zögerte. »Es ist nicht mehr viel Margarine da. Und Butter erst recht nicht.«

»Dann ein halbes Blech. Bitte, Joachim!«

»Was hast du denn damit noch vor?«

»Mein Geheimnis!« Christina trat aufgeregt von einem Bein aufs andere. »Bitte, gib mir die Sachen. Ich kann auch alles allein backen.«

Seufzend gab Joachim nach. Es fiel ihm schwer, dem Mädchen, das so eifrig in der Backstube mithalf, einen Wunsch abzuschlagen. Er hoffte nur, dass dem Chef morgen nicht auffiel, dass ein Teil der wöchentlichen Ration fehlte. Noch immer kam Martin Graber jeden Tag in die Backstube, doch er haderte nicht mehr, wenn er sah, dass auch Eva-Maria bei der Arbeit half. Insgeheim war er froh, entlastet zu sein, denn der Rücken, vom jahrelangen Säckeschleppen krumm, schmerzte ebenso wie der schlecht verheilte Beinbruch. Dennoch ließ er es sich nicht nehmen, täglich die Produktion der frischen Brötchen und Brote zu überwachen. Ein paar Handreichungen machte er auch noch, doch er musste einsehen, dass seine Gesundheit zu stark angeschlagen war, um noch stundenlang mit den anderen zu arbeiten.

»Na gut, aber das heute, das ist eine Ausnahme«, sagte Joachim.

»Ja. Versprochen.«

»Dann geh ich jetzt. Ich wollte noch mal in die Stadt.« Er zog sich die Bäckerjacke aus, darunter trug er ein Hemd, das einmal Bernhard Graber gehört hatte. Nur kurz hatte

Eva-Maria gezögert, dann hatte sie Joachim einige der Sachen ihres verstorbenen Mannes gegeben. Es war nicht die Zeit, Skrupel zu haben oder falscher Pietät nachzugeben. Vier Hemden, zwei Hosen, eine leichte Jacke ... Joachim brauchte sie dringend. Einen anderen Teil hatte sie für Jakob umgearbeitet, und ihr Sohn war mit einem Wintermantel und dem weichen Filzhut losgezogen, um sie gegen eine Extraration Butter einzutauschen.

Es war das einzige Mal, dass er seiner Mutter geholfen hatte. Das war vor drei Wochen gewesen. Seither war er verschwunden. Niemand wusste, wo er sich aufhielt.

Christina konnte es kaum erwarten, bis der Blechkuchen fertig war. Vorsichtig nahm sie die hellbraune Platte entgegen und eilte damit zum Schuppen am Ende des Gartens. Hier, wo sie Jakob vor Jahren gefunden hatte, trafen sich die beiden nun in den Ferien jeden Abend.

Heute ließ Christina nicht zu, dass Jakob in einem seiner geliebten Bücher las. »Du musst mir helfen. Allein schaff ich es nicht«, sagte sie.

»Was soll ich tun?«

»Mir helfen, kleine Kartons zu falten. Oder wenigstens Papierecken, in die ich die Kuchenstücke legen kann.« Sie öffnete einen alten Karton, darin lagen Scheren, Klebstoff, Pappstücke sowie weißes und buntes Papier.

»Was willst du denn damit?«

»Da leg ich kleine Kuchen rein. Immer vier verschiedene Stücke. Unterschiedlich verziert, mal mit Nüssen, dann mit Johannisbeeren oder Erdbeeren.«

»Und woher kriegst du das alles?«

Christina lachte. »Hab ich schon. Die ersten Johannisbeeren sind reif, ein paar davon hab ich in meinem Zimmer versteckt. Und im Wald gab's noch Walderdbeeren. Dazu Blätter vom Maikraut. Warte nur ab.«

Es dauerte eine Weile, bis sie die ersten Papiere so zurechtgeschnitten, mit verschieden großen Löchern verziert und zusammengeklebt hatten, dass quadratische Minikartons entstanden.

»So, warte, die ersten beiden sind für dich.« Christina holte aus einer Dose zwei Gebäckstücke. Eins war mit Johannisbeeren verziert, die kleine Dolde war mit Zuckerguss auf dem hellen Teigboden befestigt. Das zweite Stück hatte sie mit Eigelb bestrichen und in Herzform kleine Nussstücke darauf dekoriert. In der Mitte des Herzens prangte eine Walderdbeere.

»Toll sieht das aus!« Jakob sah fasziniert auf die Kunstwerke.

»Noch ist es nicht perfekt.« Kritisch sah Christina auf die nicht ganz glatten Seiten. »Aber das wird noch, warte ab. Ich will auch versuchen, die Rezepte, die in deinem Heft stehen, nachzubacken, aber dazu brauche ich mehr Zutaten, die haben wir einfach noch nicht. Ich wünschte, ich hätte schönere Schachteln, um die Kuchen darin aufzubewahren. Aber ...« Sie zuckte mit den Schultern, »die Kartons tun es ja auch.«

»Und – was machst du dann damit?«

»Verkaufen natürlich! Alles, was ich in Zukunft backen werde, wird verkauft!« Sie sah in den Himmel hoch, an dem kleine Wolken entlangzogen, die bereits von der sinkenden Sonne einen rotgoldenen Mantel umgehängt bekommen hatten. »Nur du, du kriegst immer alles umsonst, Jakob!«

»Danke, das find ich aber nett!« Lachend verbeugte er

sich, ohne dabei aufzustehen. »Ich weiß deine Großzügigkeit zu schätzen, Frau Konditorin.«

»Du bist schließlich mein bester Freund.« Sie griff nach seiner Hand, und so saßen sie, still und jeder vor sich hinträumend, bis die Dunkelheit hereinbrach. Christina sah sich schon die herrlichsten Torten backen und sie üppig verzieren. Jakob hingegen dachte an die buntlackierte Dose, die er, nur wenige Meter von hier, im Schuppen vergraben hatte. Eine kleine Ewigkeit war das her. Nur einmal hatte er sie ausgegraben und das Rezeptbuch für Christina herausgeholt. Seither lag die Dose, die ihm seine Mutter zugesteckt hatte, als sie ihn auf die Reise nach Baden-Baden geschickt hatte, in der Erde, eingeschlagen in Wachspapier und von alten Blumentöpfen gut verdeckt.

Die ersten Sterne blitzten am Himmel auf.

»Ein Stern fällt vom Himmel, ein funkelnder Stern …« Leise begann Jakob zu singen, und Christinas Herz klopfte aufgeregt, als er den Arm um sie legte und sie fest an sich drückte. Sie lehnte den Kopf an seine Schulter und schloss die Augen.

Einige Ameisen krochen an dem Karton hoch, in dem noch ein paar Kuchenkrümel waren, und ließen es sich schmecken.

*

Leise wehte der Wind durch die hohen Kornfelder. Viele der Ähren waren taub, es fehlte der Regen, hier wie auch auf den Kartoffelfeldern und auf den Obstplantagen.

»Es ist wie ein Fluch«, murmelte Eva-Maria und strich mit der Hand über ein paar der Ähren. »Wir werden noch länger hungern müssen.«

Joachim schüttelte den Kopf. »Wir zum Glück nicht. Die Hanni Immig, die Freundin deiner Mutter, ist ja wirklich großzügig. Obwohl wir kaum was zum Tauschen mitnehmen konnten, hat sie uns so viel Gutes eingepackt.«

»Auf dem Hof schlachten sie immer mal wieder heimlich ein Schwein oder ein paar Kaninchen.« Eva-Maria zog sich den Rucksack höher. »Sie hat uns auch noch mal Butter eingesteckt und Buttermilch. Ich weiß gar nicht, wie wir ihr das jemals vergelten können.«

»Der Tag kommt sicher noch.« Joachim wies auf eine schiefergraue altersschwache Bank, die unter einer großen Buche stand. Dichtes Laub hielt die Sonnenstrahlen ab und spendete Schatten.

Genau bei der Buche gabelten sich vier Feldwege. Links von der Bank begann ein Laubwald, der erschreckend große Kahlschläge aufwies. Die französische Besatzungsmacht ließ die Bäume fällen und transportierte sie nach Frankreich, es war ein Teil der Reparationszahlungen. »Magst du ein bisschen ausruhen?«

Eva-Maria nickte. Sie waren seit dem frühen Nachmittag unterwegs. »Gern.« Sie schnallte den Rucksack ab, lehnte sich an das sonnenwarme Holz und schloss für einen Moment die Augen.

Joachim Wegener tat es ihr nach; dicht setzte er sich neben sie und legte den Arm um ihre Schultern. Eva-Maria, die während der Arbeit ihr Haar unter einem Tuch verbarg, trug es an diesem Tag offen, und in einer großen Innenwelle fiel es ihr auf die Schultern. Das geblümte Sommerkleid mit dem ovalen Ausschnitt und den kurzen Ärmeln hatte sie sich kurz vor dem Kriegsausbruch gekauft. Das lichte Blau passte gut zu ihren blaugrauen Augen, und die kleinen gelben und dunkelblauen Blüten verliehen dem Kleid eine ungeheure Leichtigkeit. Der dunkelblaue Gürtel betonte ihre Taille.

»Du bist wunderschön.« Joachim zog sie näher an sich. »Ich liebe dich, Eva-Maria. Nie hätte ich gedacht, dass ich das noch einmal zu einer Frau sagen würde.« Sanft glitten seine Lippen über ihre Wange, und seine Zunge spielte für einen kurzen Moment mit ihrem Ohr, ehe sein Mund den ihren suchte.

Langsam drehte sich Eva-Maria zu ihm um; sie legte die Arme um seinen Nacken und erwiderte den Kuss voller Leidenschaft. Sie war noch jung und sehnte sich nach Zärtlichkeit, nach dem Zusammensein mit einem Mann. Seit fast fünf Jahren hatte sie auf körperliche Liebe verzichten müssen. Seit ihr Bernhard gefallen war, gab es für sie nur noch die Kinder und die Pflichten in der Bäckerei.

»Du ...« Mit zitternden Fingern öffnete sie die Knöpfe seines grauweiß gestreiften Hemdes und schob die breiten Hosenträger von seinen Schultern. Sacht glitt ihre Hand unter den Stoff, sie streichelte das weiche Brusthaar und schmiegte sich noch fester an den geliebten Mann neben ihr.

»Evchen!« Der Kosename trieb Eva-Maria Tränen in die Augen. Sie spürte seine Hand auf ihrer Brust, und sacht streichelte Joachim die kleinen, festen Hügel, während seine Küsse immer leidenschaftlicher, immer fordernder wurden. Er spürte, wie sich Eva-Marias Brustwarzen aufrichteten, und sein Atem beschleunigte sich.

»Komm ...« Er stand auf und zog sie mit sich.

Drei Schritte machten sie ins Kornfeld hinein, Joachim trat ein paar der Halme an der Erde fest, dann ließ er sich etwas mühsam nieder, und Eva-Maria legte sich neben ihn. Sie genoss seine Liebkosungen und erwiderte sie voller Leidenschaft.

»Ich will dich«, flüsterte Joachim zwischen zwei Küssen. »Ich will dich endlich ganz.« Er öffnete die Knöpfe von Eva-Marias Kleid, das sie sich abstreifte und achtlos neben sich zur Erde warf. Ihre Blicke ließen einander nicht los, als sie ihm aus der Hose half. Es war das erste Mal, dass sie seine Prothese sah, aber sie zuckte nicht zusammen, sondern strich nur einmal kurz über das Holzteil.

Tiefer, immer tiefer beugte sie sich über Joachim, küsste seine Lippen, seinen Hals, seine Brust. Dann, langsam, ein wenig zögernd noch, ließ sie sich auf ihm nieder.

Ein tiefer Seufzer kam über ihre Lippen, als er in sie eindrang und sich erst langsam, dann immer rascher in ihr zu bewegen begann. Eva-Maria passte sich dem Rhythmus an.

Später lagen sie erschöpft nebeneinander und sahen sich atemlos glücklich in die Augen. Sanft strich Joachim ihr über die erhitzten Wangen und ließ den Finger eine Weile auf ihren halbgeöffneten Lippen ruhen.

»Ich liebe dich«, sagte er. »Ich liebe dich, seit ich zum ersten Mal in euren Laden gekommen bin und dich gesehen habe.«

»Ich liebe dich auch. Und ich will dich nie mehr missen.« Eva-Maria richtete sich halb auf und legte den Kopf auf seine Brust. Sie hörte seinen harten Herzschlag, der im Rhythmus ihres eigenen Blutes zu pulsieren schien.

»So ein Glück …« Joachim streichelte ihr Haar und spielte mit den hellen Locken, die im Sonnenlicht wie Gold schimmerten. »So ein großes unverdientes Glück …«

»Du hast alles Glück der Welt verdient«, widersprach ihm Eva-Maria. Sie zögerte, nahm seine Hand und legte sie auf ihre Brust. »Ich möchte, dass du zu mir in die Wohnung ziehst«, sagte sie leise.

»Aber …«

»Kein Aber. Mir ist egal, was die Leute sagen. Du und ich, wir gehören zusammen.« Sie sah ihm lächelnd in die Augen. »Ich hasse Heimlichkeiten. Und glaub mir, Lieber, es wird niemand wagen, meine Entscheidung zu kritisieren.«

*

Regungslos stand Eva-Maria an der Ladentür und sah dem französischen Militärfahrzeug nach, das, eine Staubfahne hinter sich herziehend, um die nächste Straßenecke bog. Sie hörte noch das Knattern des Motors, und wenn dieses Geräusch nicht gewesen wäre, wenn sie nicht den Staub geschluckt hätte, den der Wagen bei dem allzu rasanten Start des Fahrers hinterlassen hatte – sie hätte an einen Spuk geglaubt.

»Ein Wunder!« Endlich regte sie sich, drehte sich um und rannte in die Backstube, wo Joachim alles, was die beiden französischen Soldaten eben hereingebracht hatten, einräumte.

»Jo, was sagst du dazu? Ich … ich fass es einfach nicht! Es ist unglaublich. Wahnsinn!«

Lächelnd drehte er sich um, das Paket mit Kuvertüre, Nüssen, einer Flasche Cognac und einer Dose Pistazien noch in der Hand. »Es ist wirklich total verrückt. Der Vizechef der Verwaltung lässt sich von dir Torten backen! Und das alles, weil Christina mal seine Papiere gefunden hat.« Er machte eine kleine Pause, reckte sich und stellte die Flasche Cognac ganz oben in ein Regal. »Seine Dankbarkeit ist so groß, dass es schon beschämend ist.«

»Die Papiere müssen immens wichtig gewesen sein.«

»Das glaub ich auch.« Joachim sortierte weiter die wertvollen Köstlichkeiten, die das Paket enthielt, in ein Regal ein. Zusätzlich hatten die Franzosen eine Extraration Mehl, Fett und eine kleine Kanne Sahne geliefert. »Wann musst du alles fertig haben?«

»Am Samstag.«

»Dann haben wir noch drei Tage. Lass dir noch heute was ganz Spezielles einfallen, mein Schatz.« Er lächelte sie an. »Du schaffst das. Ganz bestimmt.«

Eva-Maria verzog leicht den Mund. »Ich weiß nicht … Mir wird ganz elend bei dem Gedanken, dass ich mich auf ein ziemlich unbekanntes Terrain begebe. Mit einfacher Schwarzwälder Kirschtorte ist es sicher nicht getan.«

»Wenn sie gut ist – warum denn nicht?« Er küsste sie zärtlich. »Und ich weiß, dass du etwas ganz Exquisites zaubern wirst.«

Stundenlang brütete Eva-Maria über Rezepten, blätterte in alten Backbüchern, beriet sich mit Joachim. Allzu viele Experimente konnte sie nicht machen, die Zutaten waren rar und viel zu wertvoll, um eventuell zu riskieren, dass eine der Torten misslang.

Schließlich aber standen vier herrlich dekorierte Torten in der Backstube. Die klassische Schwarzwälder Kirschtorte, eine Schokoladensahne, eine Eierlikörtorte und ein Frankfurter Kranz. Alle vier mit Sorgfalt verziert, soweit das Material dazu ausreichte. Aber sie hatte aus Eiern und dem Cognac Eierlikör gemacht, dazu gab es Minzblätter und frische Beeren aus dem Garten als Dekoration. Geraspelte Schokolade und kleine Schokoherzen, die sie selbst hergestellt hatte, waren ebenso schöne Dekorationsstücke.

»Ganz, ganz toll!«, lobte Katharina und umarmte ihre Tochter. »Das hast du wunderbar gemacht.«

»Ja, ganz ordentlich.« Zu mehr Lob konnte sich Martin Graber nicht aufraffen, doch aus seinen Augen leuchtete der Stolz. Allmählich akzeptierte er, dass seine Tochter mit Joachims Hilfe die Bäckerei ebenso gut leitete wie er selbst.

Alle hielten gespannt den Atem an, als am Samstagmittag der Militärjeep wieder vorfuhr. Der ältere Soldat, den Eva-Maria schon kannte, salutierte lächelnd, ehe er die Torten vorsichtig in den Wagen trug. Eva-Maria hatte sie in extra zurechtgeschnittene Kartons gepackt und hoffte, dass sie die Fahrt heil überstehen würden.

»Bitte, fahren Sie vorsichtig«, bat sie.

»Oui, naturellement, Madame.«

»Und nehmen Sie das auch mit.« Ehe Eva-Maria sie zurückhalten konnte, flitzte Christina zum Wagen und drückte dem verdutzten Soldaten ein kleines Päckchen in die Hand. »Bitte! Es ist für den Offizier.«

Er lächelte. »Oui, oui. Et – au revoir!« Noch ein kurzes Tippen ans Käppi, dann fuhr der Wagen langsam an.

»Um Himmels willen, Kind, was hast du jetzt wieder getan?« Eva-Maria rüttelte Christina leicht an den Schultern.

»Ich hab dem Offizier noch Plätzchen geschickt. Selbstgebackene!«

»Du hast heimlich Plätzchen gebacken? Womit?«

»Na ja …« Christina lachte leise. »Mit Mehl natürlich. Und Fett. Aber ich hab nur ein bisschen genommen, du hast es gar nicht gemerkt, dass was fehlt.«

»Ich hab ihr ein bisschen beim Backen geholfen«, warf Joachim ein. »Sie hat großes Talent, deine Tochter. Und eine beeindruckende Kreativität!« Er zwinkerte Christina verschwörerisch zu.

»Ja, ich hab es ganz gut hingekriegt. Sie sehen toll aus! Ich hab sie dekoriert und in kleine Papiertüten gepackt.«

»Kind, Kind, wenn das nur gutgeht und wir keinen Ärger kriegen!«

Joachim legte ihr den Arm um die Schultern. »Ach was, warum sollte man ihr böse sein? Sie hat's nur gut gemeint, das wird der Offizier schon erkennen.«

»Hoffentlich.« Eva-Maria drehte sich um und ging ins Haus zurück. Sie hatte ihre Wohnung noch nicht erreicht, als Wolfgang über den Hof kam. Er war wieder einmal so betrunken, dass er sich kaum auf den Beinen halten konnte.

»Spielst du jetzt auch noch das Franzosenliebchen?«, schrie er seine Mutter an. »Reicht dir der Krüppel nicht, den du ins Haus geholt hast? Zum Juden noch einen Krüppel … ich hab ein tolles Daheim!«

»Wolfgang! Du bist sofort still!« Eva-Maria sah ihren Sohn wütend an. »Du vergisst wohl, mit wem du redest.«

»Ich vergesse gar nichts. Nichts!« Wolfgang taumelte weiter, strauchelte und fiel auf die Bruchsteine, mit denen ein Teil des Gartens ausgelegt war. Auf der schmalen Terrasse standen ein alter Tisch und drei Stühle; es war nur ein kleiner Platz, doch zum Entspannen nach der Arbeit in der Backstube war er gerade recht.

»Verdammter Mist! Das auch noch!« Im Liegen griff Wolfgang in die Manteltasche und zog eine zerbrochene Flasche heraus. Er schnitt sich an einem größeren Splitter, doch die blutende Wunde ignorierte er. Mit glasigem Blick sah er auf den Flaschenhals in seiner Hand, dann brach er hysterisch schluchzend zusammen.

Auf den Steinen breitete sich eine stark nach Alkohol riechende grüne Flüssigkeit aus.

»O mein Gott«, murmelte Eva-Maria, als sie den starken Wermutgeruch einatmete. »Das ist Absinth!« Sie versuchte, Wolfgang aufzurichten, doch brüsk wehrte er sie ab und rappelte sich allein hoch. »Junge, damit bringst du dich noch um!«

»Und? Wen stört's?« Schwankend ging er zum Haus.

»Lass mich wenigstens deine Hand verbinden! Du blutest ja alles voll.«

»Rühr mich nicht an!«, brüllte er und versuchte, nach ihr zu schlagen. Er taumelte weiter, und weinend wandte sich Eva-Maria ab.

*

»Was singst du denn da?« Christina legte das Englischbuch zur Seite. »Das ist schön.«

»Es ist ein amerikanischer Song. Hab ihn im Radio gehört.« Jakob lehnte den Kopf an die Schuppenwand. Wieder einmal hatten sie sich in die hintere Gartenecke zurückgezogen, um ungestört zu sein. »Ich wünschte, wir wären in der amerikanischen Zone.«

»Warum?«

»Dann könnte ich noch mehr Jazz hören. Das ist ein irrer Sound. Joachim findet das auch.«

»Joachim?«

»Ja. Er hat doch ein paar Monate in amerikanischer Gefangenschaft verbracht und da die moderne Musik gehört. Bei den Nazis war sie verboten, aber ich weiß, dass viele

Leute heimlich die Musik gehört haben.« Jakob richtete sich auf. »Joachim will versuchen, ein Grammophon und Schallplatten zu kaufen. Glenn Miller mag er am liebsten.«

»Wer ist das?«

Jakob lächelte. »Ein toller Bandleader muss das gewesen sein, der sehr gute Arrangements geschrieben hat. Er ist im Krieg mit einem Flugzeug abgestürzt.«

Christina legte den Kopf leicht schräg. »Du verstehst ziemlich viel von Musik, glaub ich.«

»Na ja ...« Jakob zuckte mit den Schultern. »Damals, in Berlin, haben wir viel musiziert. Ich glaube, ich war gerade neun, da haben mich meine Eltern zum ersten Mal mit in die Oper genommen. Ich hab auch Klavierstunden gekriegt. Na ja, das ist lange her.«

»Schade, dass wir kein Klavier haben.«

»So schade nun auch wieder nicht.« Er lachte. »Ich hab sicher das meiste von dem vergessen, was ich gelernt hab. Umso toller wäre es aber doch, wenn Joachim ein Grammophon kaufen könnte, meinst du nicht?«

»Doch, das stimmt.« Sie blätterte lustlos in dem Englischbuch. »Ob Joachim wohl lieber in der amerikanischen Zone leben würde?«, fragte sie nach einer Weile.

»Nö, sicher nicht. Und wenn, dann nur wegen der Musik.« Jakob legte ihr die Hand auf den Arm. »Ich denke aber, dass er mit deiner Mama zusammen sein kann, ist ihm viel wichtiger.«

»Meinst du?«

»Da bin ich ganz sicher. Aber jetzt gib das Buch her, ich hör dich die neuen Vokabeln ab.«

»Ich mag kein Englisch lernen. Französisch muss man heute können.«

»Auch Englisch. Glaub mir, das ist die Sprache, die in den meisten Ländern der Welt verstanden wird. Also los jetzt …«

Eine halbe Stunde lang übten sie im Schatten des alten Schuppens, dann wurde es Zeit, hinüber zum nahen Wald zu gehen und nach Brennholz zu suchen. Noch immer waren die zugeteilten Rationen zu gering, um den Backofen lange Zeit heizen zu können, und jeder Ast, jedes größere Stück Holz wurde gebraucht.

Es war Zufall, dass auch Joachim Wegener an diesem Tag an seine Zeit in amerikanischer Gefangenschaft zurückdachte. Aus dem alten Radio, das er sich vor einigen Wochen gekauft und im Schlafzimmer aufgestellt hatte, klangen Melodien von Perry Como, Ella Fitzgerald und Charly Parker. Katharina und Martin mochten diese Musik nicht, also hörte er sie allein.

Er zuckte zusammen, als es klopfte und Eva-Maria hereinkam. Sie trat hinter den Sessel, den er sich ans Fenster gezogen hatte, und legte die Arme um ihn. »Schön«, murmelte sie.

»Gefällt's dir wirklich?«

»Sehr sogar.«

Joachim drehte sich halb zu ihr um. »Was meinst du … sollen wir riskieren, uns in den amerikanischen Sektor durchzuschlagen? Allzu schwierig kann das doch nicht sein. Wir müssen nur die großen Straßen meiden. Oder einfach frech riskieren, dass sie uns nicht kontrollieren.«

»Und was willst du bei den Amerikanern?«

Er lächelte. »Geschäfte machen. Euer Brot, die Kuchen und Teilchen eintauschen gegen …« Er biss sich auf die Lippen. »Na ja, vielleicht gegen zwei, drei gute Schallplatten. Du weißt doch, die Amis sind nicht so verbissen wie die Franzosen, unsere Besatzer. Die saugen uns viel stärker aus, denn sie haben selbst nicht viel und nehmen mit nach Hause, was sie kriegen können. Du siehst doch selbst, dass sie schon wieder ein riesiges Waldstück abgeholzt haben.«

»Ja, und zu Ostern haben sie Mutter ihre gute Deckenlampe abmontiert. Dazu den Pelzmantel mitgenommen, auf den sie so stolz war und der das einzig warme Kleidungsstück war, das sie besaß.«

»Wir haben den Krieg verloren, das lässt man uns spüren.« Joachim stand auf und umarmte Eva-Maria. »Aber wir raffen uns wieder auf.« Er küsste sie zärtlich. »Du bist mit deiner Bäckerei, die immer mehr Zuspruch bei den Leuten findet, auf dem besten Weg.«

Noch zwei Wochen vergingen, dann, an einem sonnigen Samstagmorgen, machten sie sich auf den Weg. Hannes Brakmeier lieh ihnen seinen Volkswagen, er war der Einzige im Ort, der einen Wagen besaß. Als sie das graue Fahrzeug vor seinem Haus, das noch massive Kriegsschäden aufwies, abholten, deutete er auf Joachims steifes linkes Bein.

»Kannst du damit überhaupt kuppeln?«

»Das klappt schon.«

»Hoffentlich.« Hannes sah aus, als bereue er seine Zusage vom Vortag, doch einen Rückzieher konnte er nun auch nicht mehr machen. Eva-Maria hatte ihm und seiner alten Mutter einen großen Brotlaib geschenkt, dazu ein paar Stücke Kuchen.

Leise pfiff Joachim vor sich hin, als sie über die nicht sehr stark befahrene Straße in Richtung Karlsruhe fuhren. Fest umklammerte Eva-Maria ihre Handtasche mit dem

Ausweis, doch sie wurden von den Soldaten, die die Grenze von der französischen zur amerikanischen Zone bewachten, nur kurz kontrolliert.

»Die haben schon Wochenende«, lachte Joachim. »Hoffen wir, dass sie auch Appetit auf deine Kuchen haben.«

Er fand gleich zwei Lokale, in denen die Soldaten verkehrten, und Eva-Maria knüpfte beste Kontakte. Sie verkaufte ihr Gebäck in Windeseile, und einer der Offiziere, der ihr gleich eine ganze Torte abnahm, erzählte: »Das sieht aus wie daheim in New Jersey. Meine Grandma kommt aus Hamburg, sie kocht und backt immer noch für uns. Und der Kranz hier ...« Er hob einen Frankfurter Kranz hoch, »... so was hat sie uns auch oft gemacht.«

Der Offizier verriet Joachim dann noch, wo es einen besonders guten Jazzkeller gab, als der ihn nach einer Adresse fragte.

»Du magst Jazz?« Überrascht sah er Joachim an.

»Sehr! Ich hab schon vor Jahren heimlich Benny Goodman und Glenn Miller gehört. Und diese Ella Fitzgerald ... eine Wahnsinnsstimme hat die Frau.«

»Dann viel Spaß.« Er zog Eva-Marias Hand an die Lippen und zwinkerte ihr zu. »Kommt bald mal wieder. Und – good luck.«

Es war schon dunkel, unzählige Sterne glitzerten am Himmel, als sie zurück nach Himmelsheim fuhren. Zwei Stunden lang hatten sie in dem dunklen, rauchigen Jazzkeller verbracht und der Musik zugehört. Eva-Maria fand die Klänge immer noch etwas gewöhnungsbedürftig, doch Joachim war hin und weg von dem neuen Sound des Bebop. »Da ist noch viel mehr Schwung drin, und die Musiker improvisieren ... fantastisch!«

Eva-Maria lächelte über seine Begeisterung, und sie drängte auch nicht heim. Erst als es dunkel wurde, brachen sie auf.

»War das ein Tag!« Eva-Maria gähnte verhalten. »Ich bin total erledigt.«

»Dann schlaf ein bisschen.«

Sie richtete sich auf und schüttelte den Kopf. »Dazu bin ich viel zu aufgeregt! Ich hätte nie gedacht, dass wir wirklich was verkaufen könnten. Schließlich gibt es in Karlsruhe auch einige Bäcker. Und die Amerikaner haben ihre eigenen Shops, das weiß ich genau.«

Er warf ihr einen liebevollen Blick zu. »Aber keiner von all den Bäckern ist so gut wie du.«

»Du bist nicht objektiv«, lachte sie und lehnte sich an ihn.

»Nein. Bin ich nicht. Schließlich liebe ich dich.«

»Und ich liebe dich.«

In der Ferne blitzten die ersten Lichter von Himmelsheim auf. Noch war die Straßenbeleuchtung recht spärlich, doch es gab endlich wieder regelmäßig Strom. Nur kurz zögerte Joachim, dann setzte er den Blinker und lenkte den Wagen in einen Feldweg. Noch hundert, hundertfünfzig Meter, dann waren sie an einem Waldstück, das ihnen Schutz bot.

»Ich muss dich jetzt küssen.« Joachim zog sie fester an sich und begann, sacht ihre Schultern zu streicheln, während seine Lippen ihren Mund, ihre Ohrläppchen und die zarte Haut des Halses liebkosten.

Für die Fahrt hatte Eva-Maria ihre beste Bluse angezogen. Sie war weiß, mit kleinen blauen Stickereien am Kragen und am langgezogenen Revers. Dazu trug sie einen schmal geschnittenen blauen Rock und eine blaue Strickjacke. Die Haare waren an der Seite mit Kämmchen hochgesteckt, die leichten Naturlocken fielen ihr weit über die Schultern und verliehen ihr ein mädchenhaftes Aussehen.

Vorsichtig streifte Joachim ihr die Jacke ab und nestelte an den kleinen Knöpfen der Bluse.

»Du riechst gut«, murmelte er und küsste ihren Busenansatz. »Und du bist wunderschön.«

Eva-Maria schloss die Augen und gab sich Joachim ganz hin. Heute, dachte sie, ist einer der schönsten Tage meines Lebens! Ich bin unendlich glücklich!

*

»Wir müssen dringend erweitern. Die Backstube ist viel zu eng geworden.« Eva-Maria sah von Joachim zu ihrem Vater, der mit starrem Blick auf die Unterlagen blickte, die sie auf dem Esstisch ausgebreitet hatte. »Hier, das sind ein paar erste Pläne.«

»Unsinn. Der Platz reicht allemal. Wenn du nicht immerzu neuen Firlefanz ausprobieren würdest, wäre das hier …« Mit einer harschen Handbewegung wischte Martin Graber die Papiere vom Tisch, »… dann wäre das alles nicht nötig.«

»Firlefanz? Du nennst meine Torten, das Gebäck und die Kekse, die uns aus den Händen gerissen werden, Firlefanz?« Wütend sprang Eva-Maria auf und stemmte die Hände auf den Tisch. »Vater, du weißt nicht, was du da sagst!« Nervös schob sie sich eine der dunkelblonden Locken hinters rechte Ohr.

Der alte Mann biss die Lippen so fest aufeinander, dass sie einen schmalen Strich bildeten. »Ich weiß nur, dass es nicht mehr meine Backstube, mein Geschäft ist. Ihr habt alles verändert. Alles muss neu, besser sein als früher. Dabei vergesst ihr, was gutes Handwerk ist. Aber es ist meine Bäckerei. Sie trägt immer noch meinen Namen! Ich bin der Bäckermeister und Herr im Haus!«

»Aber natürlich ist es noch dein Laden!«

»Red keinen Unsinn! Ich hab doch gar nichts mehr zu sagen. Ihr backt, was ihr wollt, sogar dieses alberne französische Zeug.«

»Du meinst die Petit Fours«, warf Joachim ein.

»Meinetwegen heißt der Kram so. Egal. Ihr produziert mehr Torten und Pralinen, als dass ihr Brötchen backt. Ihr macht Geschäfte mit den Besatzern …« Tief holte er Atem. »Nein, das hat alles nichts mehr mit meiner Bäckerei zu tun!«

»Aber Vater! Das ist doch so nicht wahr! Wir expandieren, passen uns der neuen Zeit an. Das ist doch nicht falsch!« Eva-Maria machte eine kleine Pause, dann fügte sie hinzu: »Außerdem geht es uns sehr gut, das musst du zugeben.«

»Da hat Eva-Maria recht.« Katharina Graber, die sich normalerweise nicht in die geschäftlichen Angelegenheiten einmischte, nickte energisch. »Der Laden läuft wirklich gut. Sogar aus Baden-Baden kommen Leute her. Und …« Sie strich sich über das neue grüne Wollkleid, das sie erst vor einem Monat in Baden-Baden gekauft hatte. Zusammen mit einem wunderschönen hellen Strohhut, um den sie jeder im Ort beneidete.

»Monsieur Bertrand hat mir schon wieder meine Plätzchen abgekauft«, warf Christina ein. »Das ist doch ganz toll, Opa.«

»Ach, du und dein französischer Offiziersfreund! Das ist auch nicht normal.« Der alte Mann machte eine unwillige, wegwerfende Handbewegung. »Weiß der Teufel, was der an einem Kind wie dir findet.«

»Er ist nett. Sehr nett sogar!« Christina biss sich auf die Lippen, damit die Tränen, die ihr in die Augen gestiegen waren, rasch wieder versiegten.

»Deine Tochter ist sehr geschäftstüchtig und klug«, sagte Joachim Wegener ruhig. »Und Christina ist es auch.« Liebevoll sah er das Mädchen an. »Ich finde, es ist fürs Geschäft sehr gut, dass der französische Offizier einen Narren an ihr gefressen hat. Wir haben dadurch etliche Vorteile.«

»Er sagt, er hat eine Tochter, die nur ein bisschen älter ist als ich.« Christina lächelte. »Und ich erinnere ihn an sie.«

»Dann soll er doch abziehen, dann ist er wieder bei ihr«, knurrte der alte Mann.

»Das ist sicher auch bald so weit.« Eva-Maria setzte sich und schob die Papiere zusammen. »Doch bis die Besatzer alle fort sind, arbeiten wir weiter wie bisher. Und wir erweitern den Laden, soweit es sich verantworten lässt. Wir wären dumm, wenn wir unsere Chancen nicht wahrnehmen würden.« Kampflustig sah sie ihren Vater an.

Martin Graber wandte den Kopf ab. Er wusste im Grunde nur zu gut, dass es seiner Tochter zu verdanken war, dass das Geschäft blühte. Aber um nichts in der Welt hätte er das zugegeben. Frauen in der Arbeitswelt, die selbständig handelten und sogar Erfolg hatten ... das passte nicht in sein Weltbild.

»Ich werde mich erkundigen, was wir machen können,

ohne allzu viel zu investieren. Aber vergrößern müssen wir, auch im Laden.« Eva-Maria stand auf. »Mag noch jemand Kaffee?« Fragend sah sie in die Runde.

Niemand meldete sich. Der Bohnenkaffee, immer noch ein seltener Genuss, blieb in der großen blauweißen Kanne.

»Gut, dann geh ich jetzt wieder rüber.« Sie sah Joachim an. »Kommst du mit?«

Er nickte nur und erhob sich schwerfällig. Heute schmerzte sein Beinstumpf besonders stark, es würde mit Sicherheit bald Regen geben. Den Wetterwechsel spürte er stets ein, zwei Tage im Voraus. Dennoch half er Eva-Maria bis zum Abend in der Backstube. Sie hatte in den letzten Tagen drei neue Plätzchensorten kreiert, die wollten verziert und verpackt werden.

So wie Christina dem französischen Offizier vor längerem ihre ersten Plätzchen in kleine, feine Papierkörbchen eingepackt hatte, so machten es ihre Mutter und Joachim jetzt auch. Nur mit dem Unterschied, dass sie fertige kleine Rosetten bezogen, sie mit dem Gebäck füllten und dann in buntverzierte Schachteln packten.

Mit der Hand band Eva-Maria Schmuckschleifen darum. Es war eine zeitraubende und langwierige Arbeit, doch die Kunden waren begeistert und kauften immer häufiger diese Dosen.

»Hat jemand Jakob gesehen?«, fragte Christina, ehe ihre Mutter und Joachim das Zimmer verließen.

»Nein, keine Ahnung. Hat er länger Schule heute?«

»Nein. Wir sind zusammen heimgefahren.«

»Vielleicht ist er auf seinem Zimmer und lernt«, meinte Joachim. »Er will unbedingt das beste Abitur seiner Klasse machen.«

»Ich seh gleich mal nach.« Christina drückte sich an den zwei Erwachsenen vorbei und lief über den Flur zum Anbau im Hof, wo sie beide ihre Zimmer hatten.

Jakob hockte auf dem Boden, den Rücken an sein schmales Bett gelehnt. Er trug eine hellgraue Hose, dazu ein kariertes Hemd, dessen Ärmel er sich bis zum Ellbogen hochgekrempelt hatte. Auf seinen Knien lag ein Briefbogen. Das Kuvert, auf dem fremde Briefmarken klebten, lag auf dem bunten Flickenteppich, der das graue Linoleum verdeckte und dem kleinen Raum etwas Wärme verlieh.

»Was hast du denn da?« Christina hockte sich schräg vor Jakob hin und griff nach dem Kuvert. »Tolle Marken. Woher stammen die?«

»Aus Palästina.« Jakobs Stimme, die im letzten Jahr einen dunklen, warmen Ton bekommen hatte, klang brüchig.

»Aus Palästina? Wieso ...« Christina brach ab.

»Na, aus Palästina eben.« Jakob sah sie nicht an, hielt den Blick starr auf das Blatt Papier gerichtet. »Da leben inzwischen viele Juden, das weißt du doch.«

»Ja, klar, aber ...« Zögernd streckte Christina die Hand nach dem Blatt Papier aus. »Darf ich?«

Er nickte nur.

Der Brief war mit der Hand geschrieben, Christina hatte Mühe, die steile Schrift zu entziffern. Einfacher war es, den Briefkopf zu lesen.

»Der kommt von einer Bank.« Kurz sah sie Jakob an. »Von einer Bank in Tel Aviv.«

»Ja.«

»Woher hast du den?« Sie hob den Bogen höher. »Meine Güte, du lässt dir jedes Wort einzeln aus der Nase ziehen!«

»Na, er ist mit der Post gekommen. Ich hab den Zeitungsboten getroffen, als ich drüben beim Schuster war.« Er biss sich auf die Lippen. »Er hat mir die Post mitgegeben.«

»Aber wieso ...«

»Ich hab versucht, Verwandte ausfindig zu machen.« Jakob nahm das Kuvert auf und drehte es in den Fingern hin und her. »Ich hab gedacht, dass es einem von ihnen vielleicht doch gelungen ist, dem KZ zu entgehen. Deshalb hab ich mich an die Behörden gewandt.«

»Und du hast mir nichts davon gesagt!«

Er zuckte mit den Schultern. »Wozu? Es hätte genauso gut sein können, dass man niemanden findet. Aber jetzt ... jetzt gibt es doch noch einen meiner Onkel in Tel Aviv.«

Christina griff nach seiner Hand. »Das ist schön für dich!« Lächelnd sah sie ihn an. »Ehrlich, ich freu mich.«

Jakob nickte, er streichelte kurz über ihre Wange, eine scheue Zärtlichkeit, die Christina erröten ließ. »Das glaub ich dir. Nur ...« Er brach ab und starrte auf seine Schuhspitzen. Seit vier Monaten besaß er endlich neue Schuhe. Bis dahin hatte er ein altes Paar von dem verstorbenen Bernhard aufgetragen. Er hatte sie mit Zeitungspapier ausgestopft, da sie am Anfang noch etwas groß gewesen waren. Inzwischen war er aber noch einmal gewachsen, und die Schuhe waren rasch zu klein geworden. Doch jetzt besaß er endlich ein neues, schwarz glänzendes Paar, das er sorgfältig pflegte.

Christina griff nach seiner Hand. »Was ist denn?« Ängstlich sah sie ihn an. »Sag, was los ist. Was will dein Onkel? Ich kann nicht alles lesen, er schreibt so komisch.«

Ein, zweimal atmete Jakob tief durch, dann sagte er leise: »Er hat zum Teil Hebräisch geschrieben, das kann ich auch nicht mehr richtig lesen. Aber er will, dass ich zu ihm komme. Man braucht junge Leute in Palästina. Seit ein paar Wochen, schreibt der Onkel, gibt es sogar einen ganz neuen Staat. Israel heißt er.«

»Und? Was sollst du da? Da kennt dich doch keiner! Und du kennst auch niemanden!« Christina sprang auf, und der blonde Pferdeschwanz, den sie seit ein paar Monaten statt der Zöpfe trug, wippte auf und ab. Tränen glitzerten in ihren Augen. »Du darfst nicht gehen. Niemals! Du gehörst doch zu uns! Du bist doch so was wie mein Bruder.«

Auch Jakob stand auf. Bedächtig schüttelte er den Kopf. »Nein, ich gehöre nicht zu euch. Ihr habt mich aufgenommen, mich gerettet. Ich verdanke dir und deiner Familie mein Leben. Und dafür werde ich euch immer dankbar sein. Mein ganzes Leben lang. Aber ...« Er griff nach Christinas Schultern und zog das schlanke Mädchen, das ihm gerade mal bis zur Schulter reichte, an sich. »Ich gehöre nicht wirklich zu euch. Nicht in dieses Land. Nicht hierher, in die Bäckerei.«

Christina lehnte den Kopf an seine Schulter. Heftiges Schluchzen stieg in ihr auf, und sie war nicht fähig, etwas zu sagen.

»Meine Kleine«, murmelte Jakob. »Gut ist nur, dass du nicht wirklich meine Schwester bist.« Er nahm ihr Gesicht in seine Hände und schaute ihr tief in die Augen, bevor er sie küsste.

Ein flüchtiger, scheuer Kuss. Wie ein Schmetterlingshauch lagen seine Lippen auf ihren.

Drei, vier Herzschläge lang hielt Christina still, dann

drehte sie sich ruckartig um und rannte aus dem Zimmer.

*

»Sie weint schon wieder, hörst du?« Eva-Maria richtete sich halb im Bett auf und lauschte nach nebenan.

Joachim, den sie vor drei Wochen in aller Stille geheiratet hatte, nickte. »Sie kann's einfach nicht verwinden, dass der Jakob uns verlassen will.« Er drehte sich halb zu Eva-Maria um und zog sie zurück in die Kissen. »Ehrlich gesagt versteh ich den Jungen auch nicht. So kurz vor dem Abitur ist das einfach falsch. Er hat so hart gearbeitet, um wieder den Anschluss an den Unterrichtsstoff zu bekommen. Außerdem geht es ihm hier doch richtig gut.«

»Aber er kann seine Religion nicht wirklich ausleben. Und zudem …« Sie lehnte den Kopf an Joachims Schulter. »Blut ist immer noch dicker als Wasser. Ich kann mir schon vorstellen, dass es für Jakob wichtig ist, seinen einzigen Verwandten wiederzusehen. Und bei ihm in dem Land zu leben, das ihnen seit Jahrtausenden Heimat ist.«

»Unsinn. Jakobs Heimat ist hier. Bei uns. Es gibt keine Nazis mehr, die ihm nach dem Leben trachten könnten, denen wird der Prozess gemacht.«

Eva-Maria biss sich auf die Lippen. »Leider gibt's immer noch etliche, die unverbesserlich sind und aus dem grauenvollen Krieg nichts gelernt haben. Schau dir nur Wolfgang an. Er hasst Jakob und beschimpft ihn, wann immer er ihn sieht. Glaubst du wirklich, dass sich Jakob das auf Dauer gefallen lässt? Er ist kein Kind mehr, wird sich irgendwann wehren. Und was dann?«

»Nein, so weit wird es nicht kommen, das glaub ich

nicht. Jakob ist sehr klug und vernünftig, er lässt sich nicht provozieren. Und dein Sohn …« Für ein paar Sekunden war es still im dunklen Schafzimmer. »Der Junge braucht ganz dringend Hilfe. Eine Therapie. Er hat das Grauenvolle, das er erlebt hat, einfach nicht verarbeiten können. War viel zu jung, um das Schreckliche auch nur annähernd vergessen zu können. Oder auf Verstandesebene damit fertig zu werden.«

»Aber er will sich ja nicht helfen lassen! Ich kenne viele, die auch so ein Trauma haben, aber die suchen sich Hilfe. Du weißt doch, wie oft ich es versucht habe bei ihm – er ist immer gleich ausgerastet, wenn ich den Vorschlag gemacht habe.«

Joachim drückte ihre Schulter. »Ich weiß. Und er tut mir ebenso leid wie unsere Kleine nebenan.« Er lauschte wieder. »Es bricht ihr noch das Herz.«

»Sie wird drüber hinwegkommen.« Eva-Maria legte ihm die Hand auf die nackte Brust. »Wir Graber-Frauen sind stark. Es gibt kaum einen Schmerz, der uns wirklich umwirft.«

»Aber die erste Liebe, die vergisst man nie.« Joachim zog sie fester an sich. »Allerdings muss die erste nicht die ganz große Liebe sein.«

»Nein?« Eva-Maria hob den Kopf und sah ihn lächelnd an. »Wie ist's denn bei dir?«

»Was willst du hören?«

»Dass du mich liebst. Jetzt. Hier. Heute – und für immer.«

»Ich liebe dich. Mehr, als ich jemals einen Menschen geliebt habe.« Sein Griff um ihre Schultern wurde fester, er presste sie an sich, so dass sie seinen Herzschlag hören konnte. Sein Kuss ließ sie für ein paar Minuten alles vergessen. Es gab nur noch sie beide.

Nebenan weinte sich Christina endlich in den Schlaf. Doch als sie beim ersten Morgenlicht erwachte, war der Schmerz wieder da. Und die Angst, Jakob zu verlieren.

Blass und mit rotgeweinten Augen erschien sie am Frühstückstisch, aß nur ein halbes Brötchen und trank eine Tasse Milchkaffee.

»Es ... es steht doch noch gar nicht fest, ob ich wirklich nach Israel gehe.« Jakob sah starr auf seinen Teller. Auch er hatte in der vergangenen Nacht kaum geschlafen, war ebenso blass wie Christina.

»Sicher wirst du gehen. Das spüre ich.« Die großen blauen Augen waren fast schwarz vor Gram. »Und ... ich kann es sogar verstehen. Wir sind nicht deine Familie. Es ist nicht dein Land ...«

»Doch!« Erregt sprang er auf. »Ihr seid meine Familie. Mehr, als es der Onkel je sein kann. Aber meine Heimat, die ist hier nicht.«

»Aber du lebst hier! Hier bei uns!«

Er nickte. »Ja. Ich lebe hier. Und ich liebe euch. Sehr. Doch ich glaube, dass ich drüben in Israel, in diesem neuen Staat, eine neue, wirkliche Heimat finden kann.«

Niemand antwortete, und niemand rührte mehr daran.

Wochenlang gingen sie alle ihrer Beschäftigung nach. Eva-Maria bekam neue große Aufträge, immer häufiger von den Amerikanern, die ganz begeistert von ihren Produkten waren und kein Problem damit hatten, dass sie von einer Besatzungszone in die andere ihre Waren transportierten.

Mindestens ein Mal in der Woche fuhr Joachim frisches Gebäck nach Karlsruhe, und hin und wieder begleiteten ihn Christina und Jakob. Ein paarmal gingen sie am Abend in einen der Klubs, in denen Jazz gespielt wurde, und aus dem stillen Joachim Wegener wurde dann ein anderer Mensch. Gelöst und heiter wirkte er, und einmal, nachdem einer der amerikanischen Soldaten herausgefunden hatte, dass er Klavier spielen konnte, machte er für Joachim sogar den Platz an den Tasten frei.

Vieles hatte Joachim vergessen, doch etliche Akkorde konnte er spielen, und es machte ihm einen Heidenspaß, mit den Uniformierten, die sich so locker gaben, zu improvisieren. Sie waren begeistert und applaudierten, als er sich nach einer Viertelstunde wieder an seinen Tisch setzte.

*

Im August 1948, zwei Monate nach der Währungsreform, kaufte Eva-Maria am Ortsrand ein großes Trümmergrundstück auf. Der südliche Rand war nur wenige hundert Meter von ihrer Bäckerei entfernt.

»Was soll dieser Unsinn? Reicht dir das alles hier nicht?« Martin Graber machte eine umfassende Handbewegung. »Was willst du mit dem Schutthaufen?«

»Irgendwann in naher Zukunft werde ich dort eine Fabrik bauen.« Eva-Maria sah dem alten Mann entschlossen in die Augen. »Ob es dir gefällt oder nicht, Vater, ich expandiere weiter. Und dazu gehört, dass wir eine größere Fabrik bauen müssen.«

»Papperlapapp. Hör auf mit dem Weibergeschwätz.« Schwerfällig stand Martin Graber auf. »Ich hab's ja immer gesagt: Frauen gehören an den Herd und ins Kinderzimmer. Alles andere taugt nicht.«

Kopfschüttelnd sah Eva-Maria ihm nach, als er die große Wohnküche verließ und die Tür mit lautem Knall hinter sich zuwarf. »Er will's einfach nicht akzeptieren«, murmelte sie. »Aber ich kann auf ihn keine Rücksicht nehmen. Nicht noch länger.« Sie sah ihren Mann an, der ihr aufmunternd zunickte.

Christina, die am Tischende saß, stand auf und legte von hinten die Arme um sie. »Wir schaffen das auch allein, Mama«, sagte sie. »Wir schaffen es ganz bestimmt!«

*

Langsam neigte sich der Sommer dem Ende entgegen. In Himmelsheim wurden die letzten drei Häuser, die von Fliegerbomben in Schutt und Asche gelegt worden waren, ganz niedergerissen. Die meisten Gebäude, die von Granatsplittern nur teilweise beschädigt worden waren, hatten die Besitzer schon wieder instand gesetzt. Allenthalben war auch in dem kleinen Ort die Aufbruchsstimmung, die im Land herrschte, zu spüren.

Die Frauen trugen neue Kleider, vorbei war die Zeit, wo geflickte, selbstgestrickte Jacken und zerschlissene Schuhe schon eine Kostbarkeit gewesen waren. Kittelschürzen sah man ebenso selten wie achtlos im Nacken zusammengebundene Haare oder Kopftücher. In weichen Wellen fiel den meisten Frauen das Haar bis auf die Schultern. Helle Blusen mit Stickereien an den runden Bubikragen und Ärmeln waren ebenso gefragt wie kurze Jacken, die die Taille betonten.

»Seht mal, ist das nicht schick?« Eva-Maria hob eine Zeitschrift hoch, die sie aus Baden-Baden mitgebracht hatte, und wies auf zwei Modelle von Dior. Sie kam zu Christina und Katharina hinaus in den Garten, wo die beiden am alten Gartentisch saßen. Christina sah hinüber zu Jakob, der gerade aus der Backstube kam, Katharina hatte einen Korb mit Flickwäsche vor sich stehen.

»Oh ja, aber von Christian Dior kannst du dir leider nichts kaufen, Mami.« Christina wies auf ein elegantes Kostüm. »Das da gefällt mir besonders gut.«

»Stimmt. Und ich weiß auch schon, wer mir etwas Ähnliches nähen kann.«

»Die alte Lena hat dafür kein Geschick«, warf Katharina ein.

»Nein, aber in Baden-Baden hat eine Schneiderin einen kleinen Laden eröffnet, die macht aus Vorhangstoffen schicke Kleider. Und aus Fallschirmseide Blusen, die aussehen, als kämen sie direkt aus einem Atelier in Frankreich.«

»Dann lass dir so was schneidern, Mutsch.« Christina stand auf und stellte sich hinter Eva-Maria. »Das Kostüm ist todschick.«

»Und was gefällt dir?«

Christina zögerte, dann wies sie auf eine gelbe Bluse mit kleinen bestickten Puffärmeln. »Das ist schön.«

»Ich muss erst mal fragen, was für Preise sie hat. Dann schauen wir, was wir uns nähen lassen können.« Eva-Maria schlug die Zeitschrift wieder zu. »Bald gibt es ja auch neues Geld, hab ich gelesen.«

»Ja, die *Deutsche Mark*.« Katharina lehnte sich in ihrem Stuhl zurück. »Wollen wir hoffen, dass es dann mit der Konjunktur, über die alle reden, wirklich aufwärtsgeht.«

»Wolfgang behauptet es.« Ein bitterer Zug legte sich um Eva-Marias Lippen. »Er ist nur noch in Geschäften unterwegs. Wie die aussehen, sagt er allerdings nicht.«

»Das ist sicher auch besser so.« Katharina legte die Hand auf Eva-Marias Finger, die sie fest umeinandergeschlungen hatte. »Er muss wissen, was er tut.«

»In einer Woche fängt die Schule wieder an.« Christina, die eine hellblaue Bluse mit kleinen Puffärmeln trug, stand auf und ging hinüber zu Jakob. Sie wollte vom Thema Wolfgang ablenken. Er war nur noch selten daheim, und das Mädchen wusste, wie sehr sich die Mutter darüber grämte. »Vielleicht hab ich bis dahin schon was Neues.«

»Mal sehen.« Eva-Maria winkte Jakob zu.

»Wir gehen runter zum Fluss!«, rief der den beiden Frauen noch zu, dann rannten Christina und er um die Wette hinüber zur Oos.

Es war warm, und Jakob zog sich Schuhe und Strümpfe aus und ging ein paar Schritte ins Wasser.

»Komm auch rein.« Auffordernd streckte er Christina die Hand entgegen.

»Gleich.« Christina hockte sich ans Ufer und zog die Sandalen aus, dann ließ sie, so wie Jakob, die nackten Füße ins Wasser gleiten. »Noch dieses eine Jahr, dann hab ich die Mittlere Reife und kann endlich mit meiner Lehre beginnen«, sagte sie übergangslos.

»Du willst das wirklich durchziehen, ja? Davon hast du seit Wochen geredet. Meinst du, das erlaubt deine Mutter?«

»Klar doch! Es gibt nichts, was ich mehr will.« Sie biss sich auf die Lippen. »Doch«, flüsterte sie dann und drehte den Kopf zur Seite, um Jakob direkt ansehen zu können. »Doch. Noch mehr möchte ich, dass du hierbleibst.«

Der schlaksige junge Mann zögerte, dann nahm er sie in die Arme. »Ich weiß«, murmelte er und küsste sie auf die Stirn. »Ich weiß, mein Kleines. Aber ich muss zu meinem Onkel.«

»Du musst gar nichts!« Christina funkelte ihn wütend an. »Und außerdem ... ich bin nicht dein Kleines!«

Sein Griff um die zarten Mädchenschultern wurde fester. »Nein«, flüsterte er und streifte mit den Lippen ihr blondes Haar. »So klein bist du nicht mehr.«

Langsam, so, als hätte er Angst vor dem, was er gleich tun wollte, Angst, seine geheimen Wünsche endlich in Erfüllung gehen zu lassen, näherte er seine Lippen ihrem Mund.

Zart. Flüchtig. Nicht mehr als ein Hauch war dieser erste Kuss.

Christina hielt ganz still. Sie schloss die Augen, spürte Jakobs Lippen auf den ihren, spürte ihr Herz, das wie verrückt zu schlagen begann.

»Ich hab dich lieb«, murmelte Jakob. »Und ich schwöre, ich komme wieder. Bald.«

»Das sagst du jetzt.« Christinas Augen schwammen in Tränen. Mit einem Ruck löste sie sich aus seinen Armen. »Aber wenn du erst mal in Israel bist, wirst du mich bald vergessen.«

»Nie!«

Christina schüttelte den Kopf. »Du wirst da so viel Neues kennenlernen ... Vielleicht sogar Soldat werden. Es gibt da doch auch schon wieder Krieg. Und ... es ist nicht so einfach, nach Israel einzureisen. Das hat der Joachim erst vor ein paar Tagen gelesen.« Sie nahm sein Gesicht in beide Hände. »Bleib. Geh nicht fort. Bitte, Jakob!«

Auch Jakobs Augen wurden feucht. »Ich muss«, flüsterte er. »Der Onkel hat zwei alte Freunde in Zürich, dorthin soll ich als Erstes gehen. Dann reise ich weiter. Es ist schon alles arrangiert.« Er biss sich auf die Lippen. »Selbst wenn ich hierbleiben wollte … ich muss abreisen.« Er zögerte, dann fügte er hinzu: »Ich hab doch kein Geld, bin immer noch von der Großzügigkeit deiner Familie abhängig. Das geht nicht länger. Ich muss bald auf eigenen Füßen stehen, und der Onkel, der einiges von seinem Vermögen hat retten können, wird mir dabei helfen.«

»So ein Unsinn.«

Er schüttelte den Kopf. »Ist es nicht. Und das weißt du.«

Lange sahen sie sich nur an, und es war, als schaue einer in die Seele des anderen. Dann beugte sich Christina vor und küsste ihn noch einmal.

»Ich hab dich so lieb«, flüsterte sie. »Aber ich hasse dich dafür, dass du fortgehst.«

Jakob erwiderte nichts. Zu gern hätte er ihr eingestanden, dass er nichts lieber täte, als zu bleiben. Doch er wusste auch, dass das nicht ging. Die Grabers hatten ihn schon viel zu lange beherbergt und durchgefüttert. Eva-Maria zahlte seine Kleidung, seine Schulbücher … Nein, der Onkel hatte recht, noch länger durfte er diese Güte nicht in Anspruch nehmen!

*

Vier Tage später war es dann so weit: Jakob verließ Himmelsheim.

Eva-Maria hatte ihm zum Abschied eine neue Hose gekauft, dazu ein weißes Hemd. Gut sah er aus, als er die alte Reisetasche, die ihm Katharina gegeben hatte, auf dem

Bahnsteig in Baden-Baden abstellte. »Ach Junge, ich lass dich so ungern fahren.« Auch Eva-Maria weinte, als sie Jakob zum Abschied umarmte. »Schreib, sobald du in Zürich angekommen bist. Und lass uns wissen, wie es dir geht – und wann du weiterreisen kannst.« Sie zog sich die dünne hellgraue Kostümjacke enger um die Schultern. Obwohl es noch warm war, fror sie.

»Wenn es Schwierigkeiten gibt, dann kommst du zurück. Hörst du?« Auch Joachim umarmte Jakob, der inzwischen genauso groß war wie er, kurz und heftig.

Jakob nickte nur. Seine Kehle war wie zugeschnürt. Immer wieder ging sein Blick zu Christina hin, die drei Schritte abseits stand.

Ein Pfeifton ertönte, Dampf zischte auf, und der Schaffner pfiff auffordernd.

»Ich muss einsteigen.« Jakob ging zu Christina und umarmte sie ein letztes Mal. »Leb wohl, meine Kleine. Ich werde dich nie vergessen. Und immer liebhaben.«

Christina sagte nichts. Am liebsten hätte sie ihren Schmerz laut herausgeschrien, hätte Jakob an sich gekettet und ihn so daran gehindert, in den Zug zu steigen und fortzufahren. Aber sie schwieg. Sah ihn nur an. Lange. Mit großen blauen Augen, die in Tränen schwammen.

Dann drückte sie ihm die Schachtel, die sie die ganze Zeit umklammert gehalten hatte, in die Hand, stellte sich auf die Zehenspitzen, küsste ihn – und rannte davon.

2

»Herzlichen Glückwunsch, Frau Graber!« Der Obermeister der Bäckerinnung reichte Christina die Urkunde. »Sie haben als Jahresbeste abgeschnitten.«

»Und sie ist die jüngste Bäcker- und Konditormeisterin, die wir je hatten«, fügte ein anderer hinzu.

Christina dankte und nahm die beiden Urkunden an sich. Lächelnd sah sie sich nach ihrer Mutter und Joachim um, die im Saal unten saßen und applaudierten.

Endlich geschafft, dachte Christina, als sie sich wieder zu ihren Kollegen begab, die nach und nach ihre Urkunden in Empfang nahmen. Jetzt kann ich endlich richtig loslegen!

Seit Jahren expandierte die Bäckerei Graber; im alten Haus, in dem nur noch Katharina und Martin Graber lebten, befand sich zwar noch der Verkaufsraum, doch gebacken wurde in einer neuen, größeren Halle am Ortsrand. Dass Eva-Maria dieses große Trümmergrundstück so schnell nach Kriegsende erworben hatte, war eine sehr kluge Entscheidung von ihr gewesen. Inzwischen stiegen die Preise für Bauland von Jahr zu Jahr.

Etwa zweihundert Meter vom Werksgelände entfernt hatten Eva-Maria und Joachim vor drei Jahren ein Haus gebaut. Im obersten Stock hatte Christina zwei Zimmer, ihr Bruder lebte in einem sogenannten Studio unterm Dach. Er hatte darauf bestanden, dass er einen separaten

Eingang bekam. Über eine geschwungene Eisentreppe, die sich an der seitlichen Hauswand befand, gelangte er zu seinem privaten Reich.

»Gratuliere, Christina, ich bin ganz schrecklich stolz auf dich.« Joachim Wegener, der die junge Frau liebte wie ein eigenes Kind, nahm sie in die Arme, als der offizielle Teil vorüber war.

Auch Eva-Maria gratulierte ihrer Tochter. »Ich bin auch stolz auf dich, Kind«, sagte sie. »Und? Freust du dich darauf, wie es jetzt weitergeht?«

Christina lächelte. »Das weißt du doch, Mama. Ich bin schon ganz gespannt auf meine Wochen in der Schweiz, und wenn es vielleicht danach noch mit Frankreich oder Belgien klappt, wäre es natürlich großartig. Von den dortigen Patissiers kann ich bestimmt noch eine Menge lernen.«

»Ruh dich doch erst mal ein bisschen aus. Du hast so viel gearbeitet in den letzten Wochen …«

»Ach was!« Christina lachte. »Ich bin gar nicht erschöpft. Im Gegenteil, ich würde am liebsten gleich wieder in die Firma gehen. Oder in Opas alte Backstube. Da fällt mir immer noch am meisten ein.«

»Nichts da.« Joachim legte den Arm um sie. »Jetzt wird erst mal gefeiert!«

»Von mir aus.« Christina lachte glücklich. Die Zweiundzwanzigjährige trug an diesem besonderen Tag ein marineblaues Kostüm, dessen Jacke schmal geschnitten war und die Taille betonte. Der weite Glockenrock umspielte ihre langen, perfekt geformten Beine. Die Chiffonbluse hatte ein kleines Vermögen gekostet, doch als sie die in einem Geschäft in Baden-Baden gesehen hatte, hatte sie das Gefühl überwältigt: Die muss ich haben!

Auch Eva-Maria hatte sich für diesen Festtag etwas Neues gekauft. Ihr schmal geschnittenes champagnerfarbenes Kleid wurde durch ein Jäckchen in hellem Nougatton komplettiert. Es war ein elegantes Ensemble, zu dem der helle Strohhut mit dem breiten Rand und dem nougatfarbenen Ripsband hervorragend passte.

Katharina und Martin Graber warteten schon auf sie, als sie heimkamen. Im geräumigen Esszimmer, das den Blick auf einen großen Garten freigab, war der Tisch gedeckt. Gelbe Kerzen brannten, und kleine Blumengestecke aus gelben Rosen und zartgelben Freesien verliehen der Tafel ein festliches Ambiente. Das weiße Geschirr mit den kleinen goldenen Punkten, die den blauen Kobaltrand zierten, war Eva-Marias ganzer Stolz. Vor zwei Jahren hatte sie sich dieses Service endlich gekauft, nachdem sie monatelang davon geschwärmt hatte.

»Wir haben lange genug aus Bechern getrunken und von angeschlagenen Tellern gegessen«, hatte sie gesagt. »Außer dem alten Kaffeeservice gibt es keine vier Teller mehr, die zusammenpassen.«

»Das genügt doch«, meinte Joachim.

»So was kann auch nur ein Mann sagen!«

»Das sagt dein Mann, der dich sehr liebt. Und deshalb: Kauf dir endlich ein komplettes Service.« Lachend hatte er sie in die Arme genommen. »Du bist jetzt eine recht wohlhabende Frau und brauchst nicht mehr auf die Mark zu schauen. Also erfüll dir endlich diesen Wunsch.«

Und so saßen sie jetzt an einem Tisch, der mit bestem Porzellan gedeckt war. Die Kristallgläser mit dem Goldrand waren ebenfalls neu, sie waren extra für diese Feier angeschafft worden.

Außer der Familie waren noch drei weitere Personen eingeladen: Hartmut Thannisch, ein Bäckermeister aus Karlsruhe, bei dem Christina in die Lehre gegangen war, wohingegen sie die Gesellenzeit im eigenen Betrieb absolviert hatte. Zudem waren noch Lori und Reiner Dellevsen eingeladen worden. Reiner Dellevsen war Buchhalter in der Firma Graber, seine Frau half hin und wieder im Haushalt. Sie hatte auch jetzt, zusammen mit Katharina, dafür gesorgt, dass es an nichts fehlte.

»Lasst uns auf Christina trinken. Und auf ihren Erfolg!« Joachim Wegener hob sein Sektglas. Liebevoll lächelte er die junge Frau an. »Auf dich, Christina. Auf deinen Erfolg, auf all die Pläne, die du hast. Mögen sie dir gelingen!«

»Danke.« Sie stieß mit allen an. »Ich danke euch, dass ihr es mir ermöglicht habt, meinen Traum Wirklichkeit werden zu lassen.« Sie ging zu Martin Graber. »Nun, Großvater, bist du endlich mit meiner Berufswahl versöhnt?«

Stolz sah der alte Mann zu ihr auf. Sie überragte ihn fast um Hauptesläng e. Er hob die Hand und streichelte Christinas Wange, wobei zwei Tränen in seinen Augen glitzerten. »Ja, das bin ich, Kind. Du hast wirklich Tolles geleistet. Ich bin sehr, sehr stolz auf dich.«

Diese Worte des Großvaters bedeuteten Christina fast noch mehr als der Meisterbrief und die Auszeichnung als beste Absolventin des Jahrgangs. Immer wieder hatte Martin versucht, sie davon abzubringen, das Bäcker- und Konditorhandwerk zu erlernen.

Doch inzwischen musste er anerkennen, was sowohl seine Schwiegertochter als auch Christina in den vergangenen Jahren geleistet hatten. Der alte Laden war umgebaut und modernisiert worden, die Fabrik am Ortsrand, die erst vor acht Jahren errichtet worden war, wurde auch schon wieder zu klein. Pläne zur Vergrößerung lagen schon in Eva-Marias Schreibtischschublade.

»Wer möchte noch Kaffee und die neuen Petit Fours, die Christina gemacht hat?« Eva-Maria stellte das Tablett in die Mitte des Tisches.

»Ich hätte da noch etwas.« Christina ging kurz hinaus und kam mit einer schwarzen Dose zurück. »Voilà, handgemachte Trüffel, Pralinen aus Blätterkrokant und ...« Sie lachte. »Probiert einfach selbst. Wenn's schmeckt, würde ich vorschlagen, dass wir ein neues Produkt daraus entwickeln und auf den Markt bringen.«

So, wie sie es schon als Halbwüchsige gemacht hatte, als sie für den französischen Offizier Plätzchen in selbstgebastelte Förmchen und Körbchen gesteckt hatte, so hatte Christina die Pralinen auch jetzt in Schächtelchen gesteckt oder sie in buntes Glanzpapier eingeschlagen.

»Das ist alles noch nicht perfekt, aber ich finde, die Verpackung unserer Produkte ist immens wichtig. Wir sollten versuchen, das Design noch zu verbessern.« Sie reichte die Pralinen herum, und jeder kostete.

»Die sind hervorragend. Und über deine Ideen können wir später diskutieren. Jetzt wird gefeiert, alles andere hat Zeit.« Eva-Maria hob ihr Sektglas.

»Ja. Und damit du diesen Tag nicht vergisst, haben deine Mutter und ich hier noch was für dich.« Joachim griff in die Jackentasche, zog ein kleines Etui heraus und reichte es Christina. »Mach's auf.«

Gespannt sahen alle zu, wie sie den Deckel öffnete.

»Oh, wie schön! Danke!« Strahlend umarmte sie erst

ihre Mutter, dann Joachim. »Schaut nur!« An einer schmalen Weißgoldkette hing ein Aquamarintropfen.

»Er hat genau die Farbe deiner Augen«, sagte Joachim, der es sich nicht nehmen ließ, Christina die Kette selbst umzulegen.

»Was für eine Idylle! Die ganze heilige Familie ist zusammen, um die Mustertochter zu feiern. Gratuliere auch!« Polternd kam Wolfgang herein, in der Hand eine geöffnete Rotweinflasche. Mit schwankenden Schritten lief er zum Tisch und schwenkte die Flasche in großen Kreisen durch die Luft. Seine Augen wirkten glasig, und auf dem hellen Hemd waren große Rotweinflecken zu sehen.

»Wolfgang, bitte!« Mit Tränen in den Augen sah Eva-Maria zu ihrem Sohn hoch. »Nicht heute. Bitte!«

»Ach, wann passt es denn?« Er lachte bitter auf. »Der missratene Sohn stört die Harmonie doch immer.« Ungeniert setzte er die Flasche an den Mund. Etwas Rotwein lief am linken Mundwinkel herab, versickerte im hellblauen Hemdkragen.

Wolfgang trug einen schmal geschnittenen dunkelgrauen Nadelstreifenanzug. Die rotblau gestreifte Krawatte hing halb geöffnet über die Brust.

»Wo kommst du her?« Joachim Wegener stand auf und machte drei Schritte auf Wolfgang zu. »Konntest nicht mal heute nüchtern bleiben und uns zu Christinas Fest begleiten.« Kopfschüttelnd sah er den Jüngeren an. »Ich weiß wirklich nicht, was dich umtreibt. Du hast hier alles, könntest in den Betrieb einsteigen oder etwas anderes lernen. Alle Möglichkeiten hast du, was wahrlich nicht jeder von sich sagen kann. Aber du schlägst dir in irgendwelchen

Spelunken die Nächte um die Ohren und bist schon am Nachmittag volltrunken, wie man sieht.«

»Halt's Maul.« Wolfgang ging wütend auf ihn los und hob dabei wie zum Schlag die Weinflasche hoch. »Du hast mir gar nichts zu sagen, du … du …« Es fiel ihm kein passendes Schimpfwort ein.

»Schäm dich, deine Mutter so zu kränken.« Joachim ließ sich nicht einschüchtern. »Sie arbeitet hart, unter anderem auch dafür, dass es dir gutgeht. Und Christina …«

»Ja, ja, ich weiß schon: Die gute Christina ist eine Streberin. An ihr könnte ich mir ein Beispiel nehmen. Das hör ich jetzt schon seit Jahren. Es ödet mich an.« Er ging zur Tür. »Ihr alle ödet mich an. Spießer seid ihr. Elende, armselige Spießer! Ich scheiß auf euren neuen Wohlstand!« Er drehte sich noch einmal um. »Jawohl, ich scheiß drauf!«

*

Wolfgangs Herzschlag beschleunigte sich, als er die Eingangstür zum Casino passierte. Sofort ging er zur Kasse, legte fünfhundert Mark auf den Tresen und wartete darauf, dass er Chips im Gegenwert erhielt.

Der Kassierer kannte ihn schon und wünschte ihm Glück und einen angenehmen Abend.

»Danke, das kann ich brauchen. Hatte in den letzten Wochen eine ziemlich heftige Pechsträhne«, erwiderte Wolfgang und steckte die Jetons lose in die Jackentasche.

Es war noch früh am Abend und der große Spielsaal mit den roten Tapeten und den vergoldeten Stuckleisten an der Decke noch ziemlich leer.

Nur an zweien der mit grünem Filz bezogenen Roulettetische saßen ein paar Spieler, die Herren fast ausnahmslos in dunklen Anzügen oder Smokings, die Damen in eleganten Kleidern. Schmuck glänzte an Armen und Fingern.

Wolfgang fiel eine Dame in einem tief dekolletierten schwarzen Samtkleid auf. Das Brillantcollier, das um ihren Hals gelegt war, musste ein Vermögen wert sein, wenn es wirklich echt war. Ihr blondiertes Haar hatte sie seitlich im Nacken zu einem Chignon geschlungen, und in den Ohren steckten zwei weitere große Brillanten, die jedes Mal aufblitzten, wenn sie den Kopf bewegte.

Das Licht der Kronleuchter spiegelte sich in den Edelsteinen, es ließ aber auch die helle Haut der schönen Frau seidig schimmern.

Der Herr neben ihr war weißhaarig, das Gesicht allerdings braun gebrannt und ein wenig derb wirkend. Der nachtblaue Smoking mit dem breiten Seidenrevers saß perfekt, und doch hatte man den Eindruck, dass der Mann sich in diesem edlen Anzug nicht gerade wohl fühlte. Er spielte selber nicht, sah seiner Begleiterin allerdings fasziniert zu, wenn sie sich leicht von ihrem Sessel erhob und ein paar Jetons auf die grüne Fläche warf.

Sie gewann, verlor, gewann wieder … und bei alledem verzog sie kaum eine Miene.

Nachdem Wolfgang sie eine Weile beobachtet hatte, ging er auf den Spieltisch zu und rückte sich den Sessel an der anderen Seite der jungen Frau zurecht.

»Sie gestatten doch?«, fragte er, bevor er Platz nahm.

Nur kurz sah die fremde Frau auf. »Natürlich.« Sie richtete ihr Augenmerk auf den Croupier, der gerade sagte: »Rien ne vas plus«, und die Elfenbeinkugel in Bewegung setzte.

Ohne sich zu regen, sah die Spielerin zu, wie die kleine weiße Elfenbeinkugel sich der 33 näherte. Wolfgang hörte, dass sie heftig die Luft einatmete, als die Kugel drohte, auf dieser Zahl liegen zu bleiben. Aber mit dem letzten bisschen Umdrehung rollte sie doch noch auf die 34.

»Wow, das war knapp.« Die Frau lachte leise und wandte sich an den Mann zu ihrer Linken. »Glück gehabt, mein alter Kater, ich hab wieder eigenes Geld, um weiterspielen zu können.«

Der Mann antwortete nicht, er nahm nur ihre Hand und zog sie kurz an die Lippen. »Gratuliere. Ich ordere Champagner, ja?« Ohne auf ihre Antwort zu warten, stand er auf und ging hinüber in den Raum, in dem sich die große Bar befand.

Die junge Frau reagierte gar nicht, sie war wieder auf die Felder des Roulettespiels konzentriert. Drei Jetons mit einem so großen Wert, dass ihr Wolfgang wie gebannt auf die Finger starrte, die die kleinen Plastikmarken hielten, landeten auf der 13.

»Meine Glückszahl!« Die Blonde drehte sich kurz zu ihm um. »Und wie lautet Ihre?«

Wolfgang zögerte. Er spielte nach Gefühl, hatte weder ein System noch bestimmte Zahlen, die er bevorzugte.

»Ich setze nach Gefühl«, erwiderte er und legte einen Chip auf die 0.

»Sie wollen's ja wissen!«

»Wer nicht wagt, der nicht gewinnt.« Tief sah er ihr in die smaragdgrünen Augen, die verführerisch funkelten.

»Sie haben ja so recht.« Für einen winzigen Moment legte sie ihre Hand mit den rotlackierten Nägeln auf seine Finger. »Ich liebe das Risiko auch sehr.« Kurz drehte sie sich nach ihrem Begleiter um. »Mein Mann ist da ganz anders, deshalb spielt er nicht.«

»Aber er begleitet Sie.«

»Ja. Aus Eifersucht.« Sie lachte. »Soll er nur, ich mach trotzdem, was ich will.« Wieder ein tiefer, sprechender Blick aus ihren grünen Augen.

»Darf ich Sie dann auf einen Drink einladen?«

Sie zögerte, dann schüttelte sie den Kopf. »Lieber nicht. Er ist ja an der Bar und wird gleich mit dem Champagner zurückkommen. Aber wir können noch zusammen ein bisschen spielen. Vielleicht haben wir gemeinsam doppeltes Glück.«

Zunächst sah es, wenigstens für Wolfgang, nicht so aus. Die *Zero* kam natürlich nicht, und er verlor einen großen Teil seiner Barschaft. Danach aber gewannen er und die schöne Blondine gleich dreimal hintereinander.

»Sie bringen mir Glück.« Er stand kurz auf. »Dabei habe ich mich noch nicht mal vorgestellt: Ich heiße Wolfgang Graber.«

»Und ich Charlotte Kröger.« Sie reichte ihm die Hand, die er galant an die Lippen zog.

»Sie sind bezaubernd, Charlotte.« Ungeniert nannte er sie beim Vornamen. »Zu schade, dass ich Sie nicht hinüber in die Tanzbar entführen darf.«

»Sie dürfen. Aber erst morgen. Da ist mein Mann mit einer Wirtschaftsdelegation beim Schah von Persien.« Sie zuckte mit den schmalen Schultern. »Deshalb sind wir ja auch hier. Übermorgen ist der große Empfang im Kurhaus. Der Schah und seine Frau Soraya empfangen wichtige Personen aus Politik und Wirtschaft.« Leicht verzog sie den Mund. »Mein Kater ist leider sehr, sehr wichtig.

Deshalb sollte ich ja mit. Aber Lust hab ich nicht auf dieses Theater.«

»Ungemein schade«, warf Wolfgang ein.

Sie nickte. »Aber morgen wäre ich allein. Hier im Casino«, fügte sie nach einer kleinen Atempause hinzu.

»Dann werde ich auch hier sein.« Er drückte ihre Hand und spürte, wie ihre Finger in seinen zuckten. Insgeheim hoffte er, dass sie genauso interessiert daran war, ihn wiederzusehen, wie umgekehrt.

Schon seit Wochen hatte Wolfgang keine Frau mehr gehabt. Regelmäßig ging er in ein Bordell, hatte auch hin und wieder eine Bekannte, doch keine feste Beziehung. Und seit seiner Pechsträhne sowohl beim Black Jack als auch am Roulettetisch hatte er für derlei Vergnügen kein Geld.

Charlotte Kröger und er spielten noch dreimal gemeinsam, und sie gewannen jedes Mal.

»Sie sind meine Glücksfee.« Wolfgang sah Charlotte tief in die Augen. »Zu schade, dass ...« Er brach ab, als Charlottes Mann sich näherte, zwei Champagnergläser in der Hand.

»Morgen um die gleiche Zeit«, flüsterte Charlotte Wolfgang noch zu, dann erhob sie sich und ging auf ihren Mann zu. Sie nahm ihm ein Glas aus der Hand und trank es in einem Zug leer. »Lass uns fahren, Katerchen«, sagte sie dann so laut, dass Wolfgang es noch hören konnte. »Morgen musst du ausgeruht sein.«

Arm in Arm verließ das ungleiche Paar den eleganten Saal. Wolfgang sah ihnen so lange nach, bis sie hinter einer der hohen Glastüren verschwunden waren.

Er blieb noch sitzen, spielte weiter, bis das Casino schloss. Verlor. Gewann. Verlor wieder alles.

Erst als die Kerzen an den Kristallkronleuchtern erloschen, als die vergoldeten Stuckdecken ihren Glanz verloren, erhob er sich taumelnd und ging hinaus in die kalte Nacht. Noch standen Sterne am Himmel. Der fahle Mond war von einem hellen Kranz umgeben. Irgendwo bellte ein Hund und erhielt von zwei Artgenossen lautstarke Antwort. Ein paar vereinzelte Autos fuhren schon über die nur matt beleuchteten Straßen, und die ersten Zeitungsausträger begegneten Wolfgang, als er sich todmüde zu seinem Wagen schleppte, den er nahe dem Kurhaus geparkt hatte.

Aufseufzend sank er hinters Steuer, doch er startete noch nicht. Vor seinen Augen kreisten feurige Räder, er hatte das Gefühl, sich jeden Moment übergeben zu müssen. Elend war ihm. Hundeelend. Dazu kam eine unbändige Wut. Wut auf sich selbst. Auf die Welt da draußen, die sich weiterdrehte, obwohl es ihm so mies ging. Wut auf sein verkorkstes Leben, das auf einem Schlachtfeld in Norwegen zu Ende gegangen war – wenn man es genau betrachtete. Seit dieser Zeit, seit zwei seiner Freunde dicht neben ihm Opfer von Granaten geworden waren und in der Luft zerfetzt wurden, seit er in unzählige tote Augen geschaut hatte, war er nicht mehr der Mensch, der er einmal gewesen war.

Jetzt galt es nur noch, die Tage und Nächte irgendwie hinter sich zu bringen. Und irgendwie die Bilder des Grauens, die ihn in jeder Nacht quälten, zu verdrängen. Dabei halfen Drogen und Alkohol, aber auch das Glücksspiel, dieses Prickeln, das ihm für eine Weile das Gefühl vermittelte, noch wirklich zu leben.

»Leben! Ein Scheißleben ist das!« Er biss sich auf die Lippen, bis sie bluteten. Wut erfüllte ihn, Wut auf das Casino, das ihm den letzten Groschen abgeknöpft hatte. Wut auf seine Schwester, der alles gelang, was sie anfasste. Wut auf seine Mutter, die ihn immer wieder mit diesem todtraurigen Blick anschaute, den er nicht ertragen konnte. Wut auf alles und jeden.

Mit geschlossenen Augen lehnte er in den Polstern, schlief übergangslos ein und erwachte erst, als die Frühlingssonne ihre Strahlen übers Land schickte.

Der Straßenverkehr war stärker geworden. Die Menschen hasteten zur Arbeit, eine Schulklasse ging an ihm vorbei, paarweise hielten sich die etwa vierzig Kinder an den Händen.

Wolfgang kurbelte die Scheibe herunter und atmete heftig. Ihm war schlecht. Rasch stieg er aus und erbrach sich an einem Strauch ganz in der Nähe. Erst nachdem sich sein Kreislauf normalisiert hatte und er wieder hinter dem Lenkrad saß, startete er und fuhr heim. Heim in dieses spießige Dorf, wo jeder jeden kannte, wo man ihn mit Argusaugen kontrollierte und hinter ihm hertuschelte. Er wusste das genau. Er hasste es. Er hasste sich selbst.

Und hatte doch nicht die Kraft, etwas zu ändern.

Zum Glück kam ihm niemand in die Quere, als er das Haus betrat. Ungehindert konnte er in seine Wohnung hinaufgehen und warf sich dort angezogen aufs Bett.

Er schlief bis zum frühen Abend. Gegen den Hunger aß er ein paar Scheiben Brot, schnitt sich etwas vom duftenden Schwarzwälder Schinken ab und spülte alles mit Bier herunter.

Die zweite Flasche, die er sich schon aus dem Eisschrank genommen hatte, stellte er wieder zurück. Er brauchte einen klaren Kopf heute Abend!

Lange blieb er im Bad, und als er sich ein gestärktes weißes Smokinghemd aus dem Schrank nahm und es anzog, fühlte er sich wieder jung und stark. Der Anzug von gestern Abend lag auf den Fliesen des Badezimmers, er war zerknautscht und schmutzig.

Wolfgang zuckte mit den Schultern. Egal. Er würde die Klamotten morgen oder übermorgen in die Reinigung bringen – wenn sich nicht seine überbesorgte Mutter der Dinge bis dahin schon angenommen hätte.

Ein kurzes, verächtliches Lächeln huschte über sein Gesicht. Seine Mutter glaubte immer noch, ihn zu einem »normalen« Leben, wie sie es nannte, bewegen zu können. Aber er hasste alle bürgerlichen Zwänge. Und er wusste genau, dass er niemals so würde leben können. Regelmäßige Arbeit, womöglich noch ein Chef, der ihm irgendwelche Befehle gab – niemals!

Er drehte sich um und suchte nach seinem Portemonnaie.

»Verdammte Scheiße!« Plötzlich fiel ihm ein, dass er gestern alles verspielt hatte. Nicht mal mehr zehn lächerliche Mark besaß er noch!

Die Geldbörse fand er in seiner Anzughose auf der Erde, steckte sie ein und fluchte unterdrückt noch dreimal wütend vor sich hin, während er die eiserne Wendeltreppe hinunterging.

Drüben, bei der Fabrikhalle, bemerkte er Christina, die irgendetwas vorsichtig vor sich hertrug.

»Danke, Schwesterchen. Es geht doch nichts über fleißige Verwandte«, murmelte er, grinste und ging zur Hintertür, die in den Hausflur führte. Gleich links von der Tür führte eine helle Holztreppe in den ersten Stock, wo Christinas zwei Zimmer waren.

Wolfgang Graber hatte keine Skrupel, als er die Wohnung der Schwester betrat und sich suchend umsah.

Ordentlich war es hier. Natürlich! Wie konnte es anders sein bei dieser Superfrau! Die dunkelblaue Couch war mit drei hellen Kissen bestückt, auf dem ovalen Tisch stand eine Vase mit Nelken. An der Wand, auf dem länglichen Schränkchen mit der Glasscheibe in der Mitte, standen Bilder der Großeltern und des ersten alten Ladens.

Sentimentale Gans! Wolfgang grinste verächtlich und sah sich weiter um. Auf einem kleinen Tisch direkt neben der Eingangstür lag ihre Handtasche, die hatte er beim Hereinkommen gar nicht bemerkt. Der metallische Klippverschluss war leicht zu öffnen. Wolfgangs Finger zitterten ein bisschen, als er aus einem schmalen Seitenfach die flache Geldbörse zog.

»Braves Kind.« Er grinste, nahm zwei Zwanziger und drei Fünfzigmarkscheine heraus und steckte sie ein.

Ungesehen verließ er Minuten später das Haus, stieg in seinen Wagen und fuhr vom Hof. Der dunkelrote Zweisitzer war gleich darauf hinter einer Staubwolke verschwunden.

In Baden-Baden waren etliche Straßen gesperrt, und ungewöhnlich viel Polizei war zu sehen. Der Staatsbesuch des Schahs war ein Ereignis ersten Ranges, und die ganze Stadt befand sich im Ausnahmezustand.

Wolfgang beschloss, in einer Seitenstraße zu parken und die letzten dreihundert Meter zum Casino zu Fuß zu gehen, so ließen sich die Absperrungen am besten umgehen.

Der Spielbetrieb hatte gerade erst begonnen, als er das Casino betrat. Im Foyer flanierten einige elegant gekleidete Damen am Arm ihrer Begleiter hin und her. Drei ältere Herren wechselten an der Kasse ihre Scheine in Jetons. Leise Musik erfüllte den Raum, und nebenan, in der geräumigen Bar, hatte die Band zu spielen begonnen.

Suchend sah sich Wolfgang um, doch er konnte Charlotte nirgends entdecken. Enttäuscht ging er in Richtung Kasse, wollte gerade die wenigen Scheine, die er hatte, auf den Tresen legen, als Charlotte sich neben ihn stellte.

»Hallo, Wolfgang.« Ihr Lächeln ging ihm unter die Haut.

»Charlotte.« Er zog ihre Hand im langen weißen Satinhandschuh an die Lippen. »Ich hatte schon Angst, dass du nicht kommen könntest.«

Sie lachte kehlig. »Was ich will, das mach ich auch.« Dann hielt sie seine Hand fest. »Lass das für heute. Ich weiß was Besseres als Roulette.«

Fragend blickte er sie an. Sie sah umwerfend aus in einem weinroten Seidenkleid, das vorn am Hals hochgeschlossen war. Doch das Rückendekolleté war atemberaubend. Das Haar trug sie heute offen, an den Seiten war es mit Spangen, die mit Perlen besetzt waren, hochgesteckt. Die dichten Locken fielen ihr auf die Schultern und über den nackten Rücken.

Eine Perlenkette trug sie genau verkehrt herum, die großen weißen Perlen hingen ihr auf den Rücken herab. Lässig lag eine weiße Fuchsstola um ihren linken Arm.

»Komm.« Sie hakte sich bei Wolfgang ein. »Viel Zeit haben wir leider nicht, mein Katerchen wird bestimmt gegen Mitternacht zurück im Hotel sein.«

»Warum wolltest du denn nicht mit zum Empfang des Schahs? Das ist doch was ganz Besonderes.«

Sie zuckte mit den Schultern. »Mein Mann hatte ursprünglich gedacht, es wäre ein Empfang mit Damen. Ist es aber nicht, sondern ein Herrenabend. Geschäfte. Diplomatie. Da sind Frauen nicht erwünscht.« Sie lachte. »Aber es hat ja auch was für sich. So sind wir ein paar Stunden ungestört.«

Draußen zog sie sich den Fuchspelz fester um die Schultern. »Es ist noch verflixt kalt«, murmelte sie.

»Ich rufe uns ein Taxi.« Wolfgang hob die Hand, und im nächsten Moment fuhr ein dunkler Mercedes vor.

Charlotte und ihr Mann waren im besten Hotel der Stadt abgestiegen. Dennoch nahm die schöne Frau ungeniert Wolfgang mit, ließ sich den Schlüssel zu ihrer Suite geben und bat: »Bringen Sie uns Champagner hoch. Und ein paar Häppchen dazu.«

»Du willst in eurem Zimmer essen? Ist das nicht zu riskant?«, gab Wolfgang zu bedenken.

Sie lachte und küsste ihn, als sie im Lift standen, leidenschaftlich auf den Mund. »Ich will nicht nur essen, lieber Wolfgang. So … ein bisschen Risiko macht das Leben doch erst reizvoll, oder?«

Er antwortete, indem er sie fest an sich zog. Die wenigen Meter bis zu der Suite, die die Krögers bewohnten, kamen ihnen unendlich lang vor. Nun konnten es beide kaum erwarten, allein zu sein.

Charlotte zog Wolfgang mit aufs Bett und küsste ihn stürmisch. Das Klopfen des Zimmerservice war eine unliebsame Unterbrechung. Doch dann waren sie froh, Champagner zu haben. Sie stießen miteinander an – und lagen sich gleich wieder in den Armen. Leidenschaftlich küssten sie sich, und Wolfgang fand es herrlich, eine

Frau getroffen zu haben, die keine Skrupel, keine Tabus kannte.

In den nächsten Stunden gab es nur sie beide. Sie liebten sich, aßen, tranken, liebten sich noch einmal. Und die dunklen Schatten, die Wolfgangs Leben bestimmten, verschwanden für einen herrlichen Abend lang.

*

»Warum willst du in die Schweiz und nicht nach Wien?«, fragte Eva-Maria ein paar Monate später ihre Tochter. »Im Sacher könntest du gleich nächsten Monat anfangen. Das wäre doch eine Riesenchance, dich weiterzubilden.« Eva-Maria legte für einen Moment die Spritztüte, mit der sie drei bestellte Torten verzieren wollte, zur Seite.

Christina, die ihr gegenüber am Arbeitstisch stand, schüttelte den Kopf. »Nein, nein, das geht nicht. Ich müsste ja mindestens ein Jahr, wenn nicht zwei dort bleiben. Und so lange will ich nicht von hier weg sein.« Sie lächelte Eva-Maria an. »In Zürich kann ich ein Praktikum machen, eventuell zwei oder drei Monate bleiben. Das reicht bestimmt, um neue Eindrücke zu gewinnen und wichtige Dinge zu lernen. Ich experimentiere doch nur rum, wirklich fundiertes Wissen hab ich ja noch nicht. Zumindest nicht, was die Arbeit als Chocolatier anbelangt.«

»Du bist wirklich sehr ehrgeizig.« Eva-Maria lächelte ihre Tochter liebevoll an. »Dabei hast du schon so viel erreicht! Die jüngste Bäckermeisterin, die jüngste Konditorin weit und breit, Juniorchefin unserer Firma … Was willst du denn noch mehr?«

Christina lächelte. »Ich will einfach mehr wissen. Dazulernen. Mich in der Welt umsehen. Und deshalb fahre ich erst mal nach Zürich. Später kann ich dann immer noch nach Wien fahren und mich bei Sacher oder Demel umschauen.«

Eva-Maria zögerte. Sie nahm den Spritzbeutel wieder auf, tupfte kleine Rosetten auf den dunklen Schokoladenkuchen und verzierte die Sahnehäubchen mit einem Pistazienkern.

Die kleinste der drei Torten schob sie ein wenig zur Seite und zögerte, ob sie etwas in die Mitte schreiben sollte, so, wie es die anderen Kunden gewünscht hatten.

»Hier, nimm noch die drei Marzipanrosen, und steck sie in die Mitte.« Christina lachte leise. »Der Großvater hat bestimmt keine Blumen für seine Frau besorgt, da kann er ihr die hier zum Geburtstag schenken.«

»Ach, der Großvater ...« Ein kleiner Seufzer kam über Eva-Marias Lippen. »Er macht mir Sorgen. Seit Tagen fühlt er sich nicht wohl, will aber nicht zum Arzt gehen.«

»Er ist eben ein Sturkopf.« Christina lächelte. »Es grenzt schon an ein Wunder, dass er akzeptiert hat, dass ausschließlich wir zwei und Joachim uns jetzt um den Betrieb kümmern.«

»Seine Kräfte lassen von Woche zu Woche mehr nach.« Eva-Maria sah hinüber in die angrenzende Halle, in der ein paar moderne Geräte standen, die sie in den letzten beiden Jahren angeschafft hatten.

In der Halle arbeiteten fünfzehn Frauen, hin und wieder drangen ihre Stimmen zu Eva-Maria und Christina. Sie sortierten die Ware, füllten Kartons und packten sie in größere Versandkisten. Drei von ihnen saßen ein wenig abseits, sie verzierten und verpackten die edlen Pralinen, die Christina in Handarbeit herstellte. Es war ein neuer Geschäftszweig, der noch nicht viel Geld einbrachte, doch bei den Kunden schon Anerkennung gefunden hatte. Von Monat zu Monat mehrten sich die Bestellungen.

Für einige der Frauen aus dem Dorf war die Arbeit bei der Firma Graber eine willkommene Gelegenheit, sich etwas dazuzuverdienen. Es galt ja noch so viel aufzubauen und neu anzuschaffen, da kam jede zusätzliche Mark gelegen. Es gab allerdings auch ein paar Männer im Ort, die ihren Frauen verboten zu arbeiten. Und gegen ihr Veto ließ sich nichts ausrichten.

»Ich kann mir gar nicht vorstellen, dass ich mal einen Mann für irgendwas um Erlaubnis fragen würde«, sagte Christina, als sie zum ersten Mal von einer Frau erfuhr, dass sie nicht länger zur Arbeit kommen durfte, weil der Mann nicht einverstanden war.

Eva-Maria lächelte. »So sind nun mal die Gesetze. Aber Joachim würde mich nie so einschränken. Im Gegenteil, er hat mich immer unterstützt.«

Der kleine Raum, in dem sich Mutter und Tochter aufhielten, war ihnen allein vorbehalten. Vor allem war er Christinas Refugium. Hier experimentierte sie gern mit neuen Zutaten und ließ sich Formen und exquisite Mischungen für die Naschereien, die sie inzwischen nach ganz Deutschland verschickten, einfallen.

In einer weiteren Halle wurde Brot gebacken. Dieser Geschäftszweig wurde jedoch immer kleiner.

Gerade, als Eva-Maria die drei Rosen auf der dunklen Schokoladenmasse platziert hatte, wurde die Tür heftig aufgestoßen.

»Der Großvater! Schnell!« Kreidebleich stand Katharina Graber da, sie hielt sich am Türrahmen fest und sah Tochter und Enkelin verzweifelt an. »Er … er ist einfach zu Boden gefallen. Ich krieg ihn nicht mehr hoch.«

Christina fasste sich als Erste. Sie rannte so, wie sie war, hinüber zum Haus der Großeltern. Das weiße Batisthäubchen, das bei der Arbeit ihre Haare verbarg, flatterte ihr vom Kopf, aber sie merkte es nicht einmal.

Eva-Maria folgte ihr und stützte dabei ihre Mutter, die sich kaum auf den Beinen halten konnte. »Warum hast du denn nicht angerufen?«, fragte sie die alte Frau, als sie stehen bleiben mussten, weil Katharina keine Luft mehr bekam.

»Hab nicht dran gedacht«, murmelte Katharina und wischte sich über die nassen Augen. »Ich war so erschrocken, als er sich nicht bewegte …« Sie reckte sich. »Komm weiter.«

Christina hatte das Haus schon erreicht, sie stürmte durch die weit offen stehende Ladentür – und stieß einen leisen Schrei aus, als sie ihren Großvater sah, der in dem schmalen Durchgang zwischen der alten Backstube und dem Ladengeschäft lag. Er trug die schwarzweiß-karierte Bäckerhose, die er sich immer noch jeden Morgen anzog, obwohl er nicht mehr arbeitete.

Seine Augen waren geschlossen, die linke Hand war in den hellen Hemdstoff über der Brust gekrallt. Leicht abgewinkelt lag das linke Bein vom Körper.

»Opa!« Christina kniete sich neben den alten Mann und hob vorsichtig seinen Kopf an.

Keine Reaktion.

Sie beugte sich tiefer, horchte auf seinen Herzschlag.

Nichts.

»Opa!« Ihre Stimme bekam einen schrillen Unterton vor Angst. Vorsichtig öffnete sie ihm das rechte Auge, das nur halb geschlossen war und schaute in die Pupille, die ganz starr wirkte. Dann hob sie seine Arme und versuchte es mit Wiederbelebungsversuchen, wie sie es in einem Erste-Hilfe-Kurs gelernt hatte.

Ohne Erfolg.

»Lass gut sein.« Eva-Maria legte ihr die Hand auf die Schulter. »Es ist vorbei.« Dann kniete auch sie sich neben ihren Vater, küsste ihn auf die welke Wange und strich ihm die Augen zu.

Ein dumpfer Laut, ein unterdrückter Schrei kam über Katharinas Lippen. Sie lehnte an der Wand und sah unverwandt auf ihren Mann. »Was machst du nur, Martin?«, murmelte sie. »Lässt mich einfach so allein ...«

Christina stand auf und umarmte die Großmutter. »Du bist nicht allein«, sagte sie tröstend. »Und der Opa hatte einen gnädigen Tod. Er hat nicht leiden müssen, das ist doch gut, nicht wahr?« Sie bückte sich und hob die Blechdose auf, die dem alten Mann wohl aus der Hand gefallen war. Ein schmerzliches Lächeln glitt über ihr Gesicht. »Er hat meine neuen Plätzchen probieren wollen.«

Katharina nickte. »Ja. Und er fand sie sehr gelungen.« Sie biss sich auf die Lippen. »Er war so stolz auf dich, Kleines. Auch, wenn er es nicht immer hat zeigen können.«

»Ich weiß.« Christina lächelte mit Tränen in den Augen. »Er hat sich oft Sachen geholt und heimlich probiert.«

Eva-Maria legte den Arm um ihre Mutter. »Setz dich hin«, bat sie. »Ich hole den Doktor.«

Draußen vor dem alten Laden standen zwei Frauen und schauten neugierig herein.

»Dein Vater …« Die Nachbarin, die gegenüber wohnte, sah Eva-Maria mitleidig an. »Ist er …«

Eva-Maria nickte nur, dann schloss sie die Tür von innen ab.

*

»Verdammt noch mal, Wolfgang, wo kommst du jetzt her?« Wütend sah Christina ihren Bruder an, der sichtlich verkatert aus einem Taxi stieg und schwankend auf das Haus zulief.

»Geht dich ’nen Scheiß an«, nuschelte er und wollte an ihr vorbeigehen.

»Und ob mich das was angeht!« Christina war wütend wie nie zuvor. »Gestern haben wir Großvater beerdigt, und du warst nicht dabei!«

Wolfgang zuckte nur mit den Schultern.

Zwei, drei große Schritte, und Christina war neben ihm. Hart fasste sie ihn am Arm. »Sag mal, schämst du dich gar nicht mehr? Ist dir jedes Gefühl für Anstand abhandengekommen?«

Mit einer barschen Geste wischte er ihre Hand fort. »Lass mich in Ruh!«

Doch Christina dachte gar nicht daran. Seit einigen Wochen benahm sich ihr Bruder noch schlimmer als je zuvor. Er kam nur noch nach Hause, um seinen Rausch auszuschlafen, zu duschen und sich frische Sachen anzuziehen. Etliche Male hatte Christina ihrer Mutter schon geraten, sich nicht mehr um seinen Dreck zu kümmern, doch Eva-Maria ließ es sich nicht nehmen, die Sachen ihres Sohnes in Ordnung zu halten.

»Ich will nicht, dass er wie ein Landstreicher rumläuft«,

sagte sie, wenn Christina oder Joachim sich beschwerten. »Er ist ein Graber, und ich will nicht, dass die Leute noch mehr Grund haben, über ihn zu tratschen.«

Joachim schwieg letztendlich, doch Christina war mit dem Verhalten ihrer Mutter nicht einverstanden.

»Geh zur Seite.« Wolfgang machte zwei taumelnde Schritte auf sie zu.

»Nein.« Sie stellte sich ihm in den Weg. »Heute nicht. Ich bin stocksauer auf dich. Nicht nur, dass du mich neulich bestohlen hast, du hast Mutter und Großmutter sehr gekränkt.«

»Was redest du da für einen Unsinn?«

»Das ist kein Unsinn, und du weißt es ganz genau. Du hast mir Geld gestohlen. Aber das ist gar nicht der Punkt.« Kopfschüttelnd sah sie ihn an. »Was ist nur mit dir los, Wolfgang?«

»Nichts. Gar nichts ist mit mir los. Das weißt du doch!«

»So hab ich es nicht gemeint.« Ihre Wut verflog, wieder flammte das Mitleid mit dem Bruder auf, obwohl sie genau wusste, dass sie ihm damit am wenigsten half. »Bist du in Schwierigkeiten?«

Ein bitteres Lachen war die einzige Antwort.

»Wolfgang, bitte! Du musst was ändern. Such dir Hilfe! So kann es doch nicht weiter ...«

»Schnauze!« Grob stieß er sie zur Seite.

Christina taumelte und fiel auf die Erde. Mit einem gleichgültigen Blick sah Wolfgang zu, wie sie sich aufrappelte und sich den Staub vom dunklen Trauerkleid abwischte. Dann ging er zur Wendeltreppe und zog sich, unverständliche Flüche vor sich hin murmelnd, hoch.

In seinem Appartement warf er sich in einen der drei

Schalensessel, streckte die Beine aus und schlief für ein paar Stunden ein. Als er erwachte, war gleich wieder dieser dumpfe Schmerz in seinem Hinterkopf, der sich kaum noch betäuben ließ.

Mit Grauen erinnerte er sich an den letzten Abend mit Charlotte. Sie hatte sich noch einmal aus dem Hotel geschlichen, um sich mit ihm im Park des eleganten Hotels zu treffen. Er hatte sie zu seinem Wagen geführt, der versteckt am Ende eines dunklen Parkplatzes stand.

Charlotte und er waren sich im Wesen sehr ähnlich: Sie nahmen sich, was ihnen gefiel, ohne Rücksicht auf die Gefühle anderer. So nahm Charlotte ebenso wie Wolfgang Drogen, trank gern und lebte sorglos in den Tag hinein. Sie wurde von ihrem Mann ausgehalten. Wolfgang bezog nur ein unregelmäßiges Einkommen, hin und wieder half er aushilfsweise in der Motorradwerkstatt eines Kumpels mit, verschob Drogen und pumpte seine Großmutter an, wenn es ihm gar zu dreckig ging und er keinen anderen Ausweg mehr sah, um an Geld zu kommen.

Im Moment jedoch war er flüssig, Charlotte schien ihm Glück zu bringen. Doch die Freude darüber wurde durch die rasenden Kopfschmerzen getrübt, die ihn hin und wieder mit Macht überfielen. So auch am gestrigen Abend.

Gerade, als er Charlotte das Seidenhöschen ausgezogen hatte und mit ihr schlafen wollte, war ihm ein so heftiger Schmerz durch den Kopf geschossen, dass er aufschrie und zu nichts mehr in der Lage war. Wie paralysiert hatte er halb auf Charlotte gelegen, die hysterisch geschrien hatte und nach einer Weile, als er sich immer noch nicht regen konnte, schimpfend und frustriert zurück ins Hotel gegangen war.

In der Erinnerung an diese demütigenden Momente wurde ihm heiß. Schweiß rann ihm über die Stirn, sickerte in den Hemdkragen. Er begann zu zittern und rappelte sich mit Mühe auf.

In der obersten Schublade einer hellen Schleiflackkommode lag der Schlüssel zu einem Safe, den er sich im Schlafzimmer hatte einbauen lassen. Hinter einem Wandbild, das nichts als gelbgrüne Dreiecke und Quadrate zeigte, befand sich der Safe, den er nun mit zitternden Fingern öffnete.

Das Spritzbesteck zu benutzen forderte ihm den letzten Rest an Beherrschung ab. Erst als das flüssige Kokain in seinen Adern kreiste, fühlte er sich besser.

Er legte sich aufs Bett und schloss die Augen. Himmel, war das Leben plötzlich wieder angenehm!

So ein Gefühl kannte seine arbeitsame Schwester bestimmt nicht. Sie hatte keine Ahnung, welche Freuden das Leben für jemanden bereithalten konnte, der offen für Experimente war, der bereit war, Grenzen zu überschreiten.

Er lachte wie irre. Ja, er war genialer als seine spießige Familie. Was kümmerte es ihn, dass der alte Mann ohne ihn zu Grabe getragen worden war? Er merkte doch nichts mehr davon.

Und Christina sollte nur ja aufhören, ihm Vorhaltungen zu machen. Sie hatte doch keine Ahnung!

Er merkte, dass er schläfrig wurde, die Droge nahm ihm zwar den Schmerz, ließ ihn aber auch müde werden, schaltete alles in der Welt, was außerhalb dieses Zimmers war, völlig aus.

Wolfgang rollte sich zur Seite. Er fühlte sich gut, gesund, unternehmungsfreudig. Wenn er erst ausgeschlafen hatte, dann würde er es ihnen zeigen. Allen würde er zeigen, was in ihm steckte! Vor allem seiner erfolgreichen, ehrgeizigen Schwester.

*

Als der Zug im Züricher Hauptbahnhof einlief, hatten sich die Morgennebel gelichtet, die die Landschaft im Breisgau noch in ein graues Seidenkleid gehüllt hatten. Die Sonne gewann immer mehr an Strahlkraft und küsste die Tautropfen von den Blättern und Blüten, die in frischen Frühlingsfarben die Welt verschönten. Die Rebstöcke an den Hängen entlang der Bahnstrecke trugen frisches Grün, und in den Gärten blühten Flieder, Goldregen und späte Tulpen.

Schon kurz nach sechs Uhr am Morgen war Christina daheim aufgebrochen. Mit Wolfgang hatte sie nach ihrem furchtbaren Streit nicht mehr gesprochen. Er war ihr tagelang aus dem Weg gegangen, und sie hatte auch keine Lust mehr gehabt, sich noch einmal mit ihm auseinanderzusetzen.

Es war lange her, dass Christina eine längere Reise unternommen hatte. Irgendwann im Jahr 1940, sie konnte sich nicht mehr genau erinnern, war sie mit den Eltern an den Bodensee gefahren, als der Vater Fronturlaub bekommen hatte. Damals schien die Welt – wenigstens ihre kleine Kinderwelt – noch in Ordnung.

Mit einem Ruck kam der Zug zum Stehen. Zusammen mit den meisten Reisenden stieg Christina aus und sah sich nach einem Gepäckträger um. Ihre Reisetasche war ebenso schwer wie der helle Lederkoffer, den sie sich neu gekauft hatte. Mit den alten, abgeschabten Koffern, die sich noch immer auf dem Speicher des großelterlichen Hauses befanden, wollte sie nicht in die Schweiz fahren.

Ein Taxi brachte sie nach Kilchberg, wo sich das Stammhaus der Firma Lindt & Sprüngli befand. Hier konnte sie drei Monate lang neue Erfahrungen sammeln, lernen, sich als Chocolatier weiterbilden.

Der freundliche Personalchef, mit dem sie korrespondiert hatte, hatte ihr in einer Pension ein Zimmer reservieren lassen. Auf dem Weg dorthin sah sich Christina um. Die Gegend war reizvoll, und in der Ferne schimmerte silbrig blau der Zürichsee, an dessen Westufer Kilchberg lag. Weiter entfernt erhoben sich die noch schneebedeckten Alpengipfel. Es war ein wunderschönes Panorama, und Christina beschloss, sich an freien Tagen die Gegend genauer anzusehen.

Doch da gab es auch noch etwas, was sie in Zürich unbedingt tun wollte … Schon beim Gedanken daran klopfte ihr Herz rascher.

Seit Jahren hatte sie nichts mehr von Jakob gehört. In den ersten Wochen, die er bei dem Freund seines Onkels in Zürich verbrachte, hatte er noch regelmäßig geschrieben. Doch nach und nach wurden die Briefe seltener. Es kamen kurze Grüße auf bunten Postkarten. Doch nachdem er nun in Israel war, hatte er sich nur noch wenige Male gemeldet und geschrieben, wie interessant das Land sei, ihm die neuen Heimat aber zum Teil immer noch sehr fremd wäre. Dann hörte Christina nichts mehr von ihm.

Sicher hat er viel Aufregendes und Interessantes zu verarbeiten, sagte sie sich, da kann er nicht immerzu zurück an Deutschland denken, an die schwerste Zeit seines Lebens. Vielleicht lebt er in einem Kibbuz, vielleicht arbeitet er irgendwo abseits der Zivilisation und hilft dabei, neue Städte zu errichten.

Doch ein kleiner Stachel blieb in ihrem Herzen zurück. Hatte Jakob sie wirklich vergessen? Oder wollte er vergessen?

Sie fand auf diese Fragen keine Antwort. Und jetzt war sie in der Stadt, in der er gelebt hatte!

Oder ... war er vielleicht sogar zurückgekehrt? In seinen ersten Briefen aus Israel hatte durchgeklungen, wie unwohl er sich zeitweise in der Fremde immer noch fühle. Nicht einmal die Sprache verstünde er, und er müsse sich auch neu mit seiner Religion auseinandersetzen, da er die Bräuche lange Zeit nicht gepflegt, die Regeln nicht eingehalten hatte. Jetzt aber, in der Familie des strenggläubigen Onkels, müsse er die Thora lesen, den Shabbat einhalten und regelmäßig in die Synagoge gehen.

Und einige Zeilen hatten sich besonders in Christinas Herz gebrannt, und sie konnte sie, auch nach all den Jahren, die vergangen waren, auswendig:

Ich bin fremd in dem Land meiner Väter. Und ich habe Sehnsucht nach Dir, liebe Christina. Fast jede Nacht träume ich von Dir, von der Bäckerei und den kleinen Plätzchen, die Du mir mitgegeben hast auf die Reise. Eins davon werde ich nie essen, sondern es als Erinnerung aufbewahren.

Zunächst jedoch richtete sich Christina in dem gemütlichen Zimmer ein, das für die nächsten Wochen ihr Zuhause sein würde. Das Haus, ein helles zweistöckiges Gebäude, lag an einem Hang. Von dem kleinen Balkon, der zu ihrem Zimmer im ersten Stockwerk gehörte, konnte Christina bis zum See hinüberblicken. Unten im Garten blühten noch Osterglocken und hellrote Tulpen. Der Fliederbusch an der linken Hausseite trug lilafarbene Blüten, Christina meinte, den Duft bis hoch zu ihrem kleinen Balkon zu riechen. Bienen summten und tranken Nektar an den kleinen gelben Ranunkeln, die in dem schmalen Blumenkasten standen, der am Balkongitter hing.

»Sie fühlen sich hoffentlich wohl bei uns.« Frau Lehner, die Wirtin, lächelte sie freundlich an. »Es ist einfach, aber ich tu alles, damit meine Gäste eine schöne Zeit verbringen.«

»Es ist alles sehr hübsch hier, danke«, erwiderte Christina freundlich.

»Meine Mutter wird Sie nach Strich und Faden verwöhnen, glauben Sie mir.« Unbemerkt von Christina war ein großer blonder Mann auf den Nachbarbalkon getreten. Er trug ein kariertes Hemd und eine dunkelblaue Arbeitshose. »Hallo, ich bin der Reto. Willkommen bei uns.«

»Danke.«

»Wenn Sie einen Begleiter für die ersten Erkundungsgänge brauchen – ich stehe gern zur Verfügung.« Er zwinkerte ihr zu. »Ohne Hintergedanken.«

»Ach ja?« Auch Christina lächelte. Er war ein netter Typ, dieser Reto. Sein Gesicht war ein wenig kantig, die blauen Augen waren von einem dichten Kranz dunkler Wimpern umgeben – seltsam, wo er doch blond war! Christina wunderte sich, dass ihr das auffiel. »Ich glaube, ich muss mich erst mal in der Firma umsehen, ehe ich an private Ausflüge denken kann«, erwiderte sie. »Aber bei Bedarf komme ich gern auf Ihr Angebot zurück.«

»Das will ich hoffen!« Lachend ging er ins Zimmer zurück. »Bin im Pferdestall!«, rief er seiner Mutter noch zu. »Die Lynell fohlt bestimmt in den nächsten Stunden.«

»Sie haben Pferde?«

»Ja.« Mathilde Lehner nickte. »Das war schon das Hobby meines verstorbenen Mannes. Und der Reto ist genauso tiernärrisch, wie sein Vater es war. Ihm gehört drüben, am Ende der Straße, eine große Wiese. Den Stall hat er eigenhändig für seine drei Pferde gebaut. Er trainiert in jeder freien Minute und will unbedingt nächstes Jahr an den Landesmeisterschaften teilnehmen.«

»Dann arbeitet er nicht in der Landwirtschaft?«

Mathilde Lehner lachte. »Aber nein! Er leitet eine Bankfiliale in Zürich. Und er handelt mit Wertpapieren. Er hat auch eine kleine Wohnung in der Stadt. Hierher kommt er nur in der Freizeit. Dann schläft er in seinem ehemaligen Bubenzimmer. Es liegt direkt nebenan.« Man hörte, wie stolz sie auf ihren Sohn war. »So, jetzt muss ich aber einkaufen gehen. Sie frühstücken doch mit uns?«

»Gern. Wenn's keine zu große Mühe ist für Sie …«

»Aber nein! All meine Pensionsgäste frühstücken hier. Allerdings sind Sie im Augenblick mein einziger Gast. Aber das macht nichts, der Reto bleibt auch für ein paar Tage hier. Es wird also nicht allzu einsam sein.«

»Gut. Dann schau ich mal, dass ich alles auspacke. Morgen beginnt schon meine Arbeit.«

Allzu viel hatte sie nicht mitgenommen. Außer zwei Kleidern nur ein paar Röcke und Blusen, dazu eine warme Strickjacke für die kühlen Abende.

In der ersten Nacht schlief Christina kaum, und wann immer sie kurz einnickte, träumte sie von Jakob, von dem toten Großvater und von zerknitterten Pralinenschachteln, die man ihr in großen Haufen vor die Fabrikhalle gelegt hatte.

Noch bevor der Wecker klingelte, stand sie auf und machte sich zurecht.

Das Frühstück nahm sie allein mit der Pensionswirtin ein.

»Mein Sohn ist noch bei der Stute, sie tut sich schwer mit dem Fohlen«, erklärte Frau Lehner.

Christina nickte nur. Im Augenblick hatte sie nur wenig Interesse an Pferden. Sie war gespannt auf das, was sie gleich bei Lindt & Sprüngli erwartete.

In der Eingangshalle des großen Bürogebäudes wurde sie von einem dunkelhaarigen Mann begrüßt, der nur wenig älter war als sie.

»Grüezi«, sagte er und reichte ihr die Hand. »Herzlich willkommen bei uns. »Ich bin Markus Widming, der stellvertretende Personalchef. Kommen Sie bitte mit, ich zeige Ihnen, wo Sie in der nächsten Zeit arbeiten werden.«

»Danke. Sehr freundlich.« Christina folgte ihm über einen langen Flur in eine weitläufige Produktionshalle, die sich gleich an den Bürotrakt anschloss. Eine große Conchiermaschine bewegte duftende Schokoladenmasse hin und her, dieser Prozess verbesserte die Konsistenz der Schokoladen ganz erheblich.

»Das ist aber nicht mehr die Conche, die einst Herr Lindt erfunden hat, oder?«

Markus Widming schüttelte den Kopf. »Nein, die steht im hauseigenen Museum. Das hier ist eine viel modernere Version.«

Der Rundgang durch die ersten Hallen dauerte gut zwei Stunden, dann wurde Christina einem der wichtigsten Chocolatiers der Firma vorgestellt, bei dem sie in den nächsten Wochen arbeiten würde.

»Lassen Sie sich von unserem Hubert nicht einschüchtern«, sagte Markus Widming, bevor sie das kleine Büro, das sich an der Stirnseite einer Produktionshalle befand, betraten. »Er findet es gar nicht gut, dass immer mehr Frauen einen Beruf ergreifen.«

»Das kommt mir bekannt vor«, murmelte Christina.

»Aber keine Sorge, er ist eigentlich trotzdem ganz nett. Und er muss auch hier im Betrieb akzeptieren, dass eine neue Zeit angebrochen ist. Ohne die Arbeitskraft der weiblichen Mitarbeiter könnte es ja gar nicht vorangehen.«

Christina hatte leichtes Herzklopfen, als sie Hubert Ullmann vorgestellt wurde. Der hagere Mann mit dem grauen Bürstenhaarschnitt kam hinter seinem Schreibtisch hervor und schob sich die Brille hoch, die ihm auf die Nasenspitze gerutscht war.

»Ich freue mich sehr, und ich danke jetzt schon, dass ich hier sein darf.« Sie lächelte den Mann an, dessen weißer Kittel etliche braune Schokospritzer aufwies.

»Frauen in einem solchen Beruf ...« Er schüttelte den Kopf. »Das hat's vor dem Krieg noch nicht gegeben. Aber ich hab schon gehört, dass Sie sich durchzusetzen verstehen, junge Dame. Dann wollen wir mal sehen, was ich Ihnen noch alles zeigen kann. Pralinen einpacken wollen Sie ja wohl nicht lernen.« Ein kleines Grinsen huschte über sein Gesicht. »Dabei ist das die beste Frauenarbeit. Aber ... nichts für ungut.« Er streckte ihr die Hand entgegen. »Eins sag ich aber gleich: Geschenkt wird Ihnen nichts. Sie arbeiten genauso hart wie die Männer hier, klar?«

»Klar.« Christina nickte. »Nichts anderes möchte ich.«

*

»Ich versteh nicht, warum ihr den alten Laden nicht endlich dichtmacht. Bringt nichts ein und macht nur Arbeit.« Wolfgang Graber streckte die Beine weit von sich. Er saß in dem alten Sessel, in dem schon sein Großvater am liebsten gesessen hatte, und balancierte einen Teller mit einer dünnen Torte auf den Knien.

»Weil dieser Laden schon immer existiert hat!« Eva-Maria sah ihren Sohn strafend an. »Du weißt genau, wie sehr die Großmutter dran hängt.«

Katharina nickte nur; sie goss ihrem Enkel frischen Kaffee ein und wies auf den Kuchenteller. »Den musst du unbedingt kosten. Er ist ein Gedicht!«

»Klar! Hat ja auch meine geniale Schwester gemacht, oder?«

»Nein, sie ist, wie du vielleicht noch weißt, in die Schweiz gereist. Und das schon seit einem Monat. Aber das Rezept für die Torte hat sie sich einfallen lassen. Und die Kunden sind begeistert!« Eva-Maria stand auf und ging zur Tür. »Ich weiß genau, warum du alles schlechtzumachen versuchst, was Christina tut: Du bist eifersüchtig!«

»Pah, so ein Unsinn!«

»Doch. Das bist du. Dabei könntest auch du einiges bewirken in der Firma. Bring dich doch endlich ein! Komm morgen mit, wir bekommen Besuch von zwei Herren aus dem Elsass, sie interessieren sich für ein paar der neuen Keksprodukte und wollen sie auch in ihren Geschäften vertreiben.«

»Das fehlt mir gerade noch! Soll ich mich vielleicht mit den Franzosen an einen Tisch setzen? Eventuell ist einer von ihnen derjenige gewesen, der die Bomben auf uns geworfen hat. Nee ...« Jetzt stand auch er auf und stellte den Teller, von dem er nicht einmal gekostet hatte, auf den Tisch zurück. »Macht ihr mit den Typen meinetwegen Geschäfte – aber ohne mich!«

»Tu doch nicht so!« Eva-Maria war wütend. »Du hast dir von den Amerikanern doch auch alles Mögliche besorgt. Vor allem diese verdammten Drogen, die dir das Hirn immer stärker vernebeln! Wenn wir mit den Alliierten Geschäfte gemacht haben, dann nur, um weiterleben und weiterarbeiten zu können. Du aber ...«

»Was weißt denn du schon?« Er schob sie zur Seite. Im Türrahmen stehend sagte er: »Du lebst hier in deiner kleinen heilen Welt, siehst kaum mal über den Tellerrand und willst mir erklären, wie ich zu leben haben? Nee, das läuft nicht.«

»Ich will nur verhindern, dass du dich ruinierst.« Eva-Maria wollte ihn am Arm fassen, doch brüsk wischte er ihre Hand fort.

»Bitte, Wolfgang ...«

»Was – bitte?«

»Komm mal mit rüber in die Fabrik. Du warst noch nie dort, bist dort gar nicht auf dem Laufenden. Wir haben inzwischen fünfundzwanzig Mitarbeiter, und es geht immer weiter aufwärts. Joachim könnte Hilfe gut gebrauchen. Er ist mit der ganzen Verwaltungsarbeit überfordert. Und du kannst doch gut rechnen. Es wäre dir ein Leichtes, dich mit der ganzen Arbeit, die im Büro anfällt, vertraut zu machen. Keiner verlangt, dass du Brot backst. Aber die Administration liegt dir bestimmt, da bin ich mir sicher.«

Wolfgang hob abwehrend die Hände. »Hör auf, Mutter! Das kommt nicht in Frage. Mit diesem Flüchtling arbeite ich nicht zusammen. Und erst recht nicht mit meiner Superschwester. Hebt die ruhig weiterhin in den Himmel, mich lasst aus der Chose raus.«

Ehe ihn Eva-Maria hindern konnte, stürmte er aus dem Raum. Laut fiel die hintere Hoftür zu.

Katharina biss sich auf die Lippen; Tränen glitzerten in ihren Augen, und ihre faltigen, von unzähligen blauen Adern durchzogenen Hände zitterten, als sie den Teller aufnahm.

»Er weiß nicht, was er sagt, der Bub«, flüsterte sie. »Er tut mir von Herzen leid. Er ist krank. Dieser unselige Krieg hat ihn krank gemacht. Und kaltherzig.«

»Er ist nicht der einzige ehemalige Soldat, der verschüttet wurde. Tausende haben in Schützengräben gelegen, sind verwundet worden und haben ihre Kameraden verloren. Wir alle haben gelitten. Aber wir arbeiten uns wieder hoch, wir wollen weiterleben. In einer guten Welt!«

»Mir tut der Bub trotzdem leid. Er ist unglücklich. Nur deshalb ist er so ... so ...« Sie suchte nach dem richtigen Wort.

»So verbittert, wolltest du sagen, oder?« Eva-Maria legte ihrer Mutter die Hand auf die Schulter.

»Ja. Verbittert ist er, unglücklich und auch verzweifelt.« Katharina, die seit dem Tod ihres Mannes stark gealtert war, sah ihrem Enkel bedrückt nach. »Wenn ich nur wüsste, wie man ihm helfen kann«, murmelte sie.

Eva-Marias Züge verhärteten sich. »Wenn er Hilfe gewollt hätte, hätte er sich die schon vor Jahren holen können«, sagte sie. »Wir haben ihm so oft gesagt, dass er sich einem Psychologen anvertrauen soll. Aber er hat uns ausgelacht.« Sie schwieg einen Moment, sah starr aus dem Fenster hinaus in den kleinen Innenhof. Hier hatte Joachim für die Schwiegermutter ein Blumenbeet angelegt, eine Sitzgruppe an der weißgekalkten Hauswand war der Lieblingsplatz von Katharina und Martin gewesen.

Jetzt saß die alte Frau oft allein hier, schaute zu der Backstube hinüber und dachte an vergangene Zeiten.

In dem alten Backhaus hatte ihr Martin mehr als fünfzig Jahre lang gearbeitet. Hier hatte ihr Sohn, der Bernhard, seine ersten Brote gebacken, später dann Eva-Maria, die nach dem Tod ihres Mannes tapfer versucht hatte, den Betrieb zu retten.

Jetzt wurden der hohe Raum mit dem alten Backofen schon seit längerem nicht mehr genutzt, denn alles Brot, die Plätzchen und Kekse wurden in der neuen Fabrik hergestellt. Nur Christina kam in unregelmäßigen Abständen herüber, um an Neuerungen zu tüfteln. Sie behauptete, nirgendwo so viel Inspiration zu bekommen wie in der alten Backstube.

»Jetzt fährt er schon wieder davon, der Bub.«

Eva-Maria zuckte nur mit den Schultern. Sie hatte resigniert, was Wolfgang anbetraf. Er war alt genug, um zu wissen, wie er sein Leben gestalten musste. Und doch tat ihr der Gedanke, ihn verloren zu haben, in der Seele weh.

*

Der Zürichsee schimmerte silbern in der Mittagssonne. Große weiße Ausflugsdampfer und etliche Segelboote setzten helle Tupfer ins dunkle Wasser. Drei Schwanenpaare zogen stolz ihre Bahnen, gefolgt von ihrem grauen, noch unansehnlichen Nachwuchs. Enten paddelten aufgeregt an Land, als sich einer der Schwäne fauchend nach ihnen umsah.

Lächelnd sah Christina den Tieren zu. Sie saß auf einer Bank an der Promenade, dicht am Anlegesteg der Ausflugsdampfer. Heute war Sonntag, sie genoss die Schönheiten der Stadt, von denen sie schon einige gesehen hatte. Beeindruckt war sie vom Großmünster, einem der Wahrzeichen der Stadt. Sie war auch schon zweimal über die berühmte Bahnhofstraße mit ihren schönen Geschäften geschlendert und hatte sich dazu verführen lassen, sich eine helle Handtasche aus weichem Nappaleder zu kaufen. Auch auf dem Uetliberg war sie schon gewesen und hatte vom Hausberg Zürichs aus das Panorama genossen.

All dies hatte sie schon getan und ihrer Familie einige Ansichtskarten geschrieben. Nur zu dem Ort, an den es sie eigentlich wie magisch hinzog, hatte sie sich noch nicht aufgemacht.

Heute aber wollte sie sowohl zu den roten Häusern wie auch zu den weißen Häusern gehen. So hatte Jakob die Gebäudekomplexe bezeichnet, die ausschließlich von jüdischen Familien bewohnt wurden. Rote und weiße Backsteine hatten den Häusern den Namen gegeben. In einem der weißen Häuser, so schrieb Jakob damals, besaß der Freund seines Onkels zwei große Wohnungen. In einer davon überließ er Jakob ein Zimmer, bis der junge Mann die Genehmigung erhalten hatte, nach Israel auszureisen.

Das aufgeregte Tuten eines zum Auslaufen bereiten Dampfers riss Christina aus ihren Gedanken. Sie nahm ihre Tasche auf und ging zielstrebig auf eine der wartenden Taxen zu, die in der Nähe der Anlegestelle standen.

Der Fahrer nickte nur, als sie ihm die Adresse nannte.

Die Fahrt dauerte nicht lange, und Christinas Herz klopfte rascher, als sie ausstieg. Langsam schlenderte sie dann an der hohen Hausfront entlang. In der Gartenanlage um den Häuserkomplex blühten nur wenige Blumen, doch Büsche und Sträucher milderten den kahlen Eindruck der hellen Steinwände.

Christinas linkes Augenlid zuckte vor Nervosität, als sie die verschiedensten Namensschilder las und nach dem Namen des Mannes suchte, bei dem Jakob untergekommen war. Sobald sich jemand näherte, sah sie denjenigen forschend an, immer in der Hoffnung, es könnte – wider Erwarten – doch Jakob sein.

Aber sie traf nur auf drei alte Männer in strenger dunkler Kleidung; sie trugen schwarze Hüte und beachteten Christina gar nicht. Auch die Frauen, die ihr begegneten, reagierten kaum auf ihren freundlichen Gruß.

Christinas Mut sank. Sollte sie hier wirklich nach Jakob fragen?

Eine junge Frau, die einen Kinderwagen schob, lächelte zurückhaltend, als Christina grüßte. Schließlich blieb sie stehen.

»Kann ich Ihnen helfen? Suchen Sie jemanden?«

»Ja.« Christina nickte. »Er heißt Jakob Goldstein und ist vor etwa sieben Jahren hergezogen.«

Die junge Frau schüttelte den Kopf. »Der Name sagt mir nichts. Tut mir leid. Obwohl … Goldstein heißen etliche Familien in der Gegend.«

»Jakob wollte nach Israel ausreisen, zu seinem Onkel. Er hat ein Zimmer bei Familie Gerstmann bekommen.«

Wieder Kopfschütteln. »Nein, da kann ich Ihnen nicht

helfen, so lange wohne ich auch noch nicht hier. Tut mir leid. Ich muss jetzt auch weiter.« Noch ein freundliches Nicken, dann ging die junge Frau mit ihrem Baby weiter.

Christina suchte noch eine Stunde lang alle Namensschilder ab, doch eine Familie Gerstmann fand sie nicht. Verzagt gab sie auf und schlenderte zurück in die Innenstadt.

Somit war wohl die letzte Chance vertan, Jakob zu finden. Wie schon so oft fragte sie sich, warum er sich nicht mehr meldete. Wenigstens hätte er ihr doch schreiben können, wo in Israel er jetzt lebte, was er tat – und ob er glücklich war in diesem Land, in das es die meisten seiner Glaubensbrüder zog.

Sie erinnerte sich daran, dass Jakob hin und wieder einen Judenstern in den Sand hinter dem Haus gezeichnet hatte, doch nie hatte er über seinen Glauben gesprochen. Erst recht nicht darüber, was er tun wollte, wenn er einmal in Israel Fuß gefasst hatte.

Erst als die Dämmerung hereinbrach, setzte sich Christina in Gedanken verloren in ein kleines Lokal und aß etwas. Das Geschnetzelte schmeckte ausgezeichnet, aber sie konnte heute das gute Essen nicht genießen. Jakob ... er war eben ihre große erste Liebe gewesen.

Als sie nach Hause kam, wartete Reto im Vorgarten auf sie. Heute trug er ein sauberes weißes Hemd und eine dunkelblaue Hose. Die dunkel gestreifte Weste lag neben ihm auf der Holzbank.

»Hallo, Christina. Wie war dein Tag?« Seit zwei Wochen duzten sie sich. Reto hatte sie mit zu seinen Pferden genommen, und zum ersten Mal im Leben hatte Christina in einem Sattel gesessen. Es war aufregend gewesen, doch sie musste eingestehen, dass es ihr auch ein wenig Spaß gemacht hatte. Und unter Reiterkameraden, so sagte Reto, duzte man sich.

»Danke, ich war in der Stadt«, erwiderte sie.

Er stand auf. »Schade. Ich wollte dir gerade vorschlagen, mit mir dorthin zu fahren. Es gibt einen neuen Klub dort, mit sehr guter Musik. Sie spielen die Stücke von Bill Haley und anderen bekannten amerikanischen Musikern.« Er sah sie von der Seite an. »Wenn es dir aber lieber ist, können wir auch in eine Tanzbar gehen. Irgendwo in der Stadt, hab ich gehört, tritt auch Caterina Valente auf. Sie ist ein großer Star geworden in den letzten Jahren.«

Christina schüttelte den Kopf. »Das ist sehr nett von dir, Reto, aber heute bin ich zu müde, um noch auszugehen. Ich bin den ganzen Tag auf den Beinen gewesen.«

Er griff kurz nach ihrer Hand. »Kein Problem. Dann verschieben wir das.«

»Gern.« Sie lächelte ihn an. Er war ein sehr sympathischer Typ. Immer gut gelaunt, liebenswert und charmant. Die zwei Stunden auf seinem kleinen Hof hatten ihr gut gefallen, und sie überlegte schon, ob sie ihn bitten sollte, ihr Reitstunden zu geben.

»Was machst du jetzt? Hast du schon gegessen?«, fragte er.

»Ja. Ich glaube, ich lese noch ein bisschen, dann geh ich früh schlafen. Dieses Pflasterlaufen ist anstrengend.«

Er wies auf ihre Pumps. »Vor allem mit solchen Schuhen.«

Christina trug an diesem Tag ein hellblaues Kostüm mit

einer blauweiß-getupften Bluse. Eine Schneiderin im Ort hatte ihr das Kostüm nach einem Modell von Dior nachgearbeitet, das Christina besonders gut gefiel. Sie mochte die Mode des Franzosen sehr, vor allem die eleganten Kostüme. Und weil ein Original einfach unerschwinglich war, hatte sie die Schneiderin gebeten, ihr dieses Modell nachzuarbeiten.

»Diese Schuhe müssen einfach sein.« Sie lachte Reto an. »Aber davon versteht ihr Männer nichts.«

Er nickte. »Wir sehen euch allerdings gern darin.« Er zwinkerte ihr zu. »Du hast mir aber auch in der Reithose gefallen.«

»Es war deine Hose!«

»Na und? Macht doch nichts. Jedenfalls war sie besser zum Reiten geeignet als dein Faltenrock.« Er klopfte neben sich auf die Bank. »Setz dich für einen Moment.«

Gern kam Christina der Aufforderung nach. Sie bemerkte, dass Reto dezent nach einem guten Rasierwasser duftete. Sein Hemd war leicht gestärkt, die Schuhe poliert. Seine Krawatte, dunkelrot mit kleinen weißen Tupfen, gefiel ihr sehr gut. Schade, dass sie heute nicht mit ihm ausgehen konnte. Aber sie wusste genau, dass sie heute, in der Erinnerung an Jakob gefangen, keine allzu gute Gesellschafterin sein würde.

»Deine Pferde sind wunderschön«, sagte sie. »Und das Fohlen ist reizend.«

»Die Lynell ist auch eine gute Zuchtstute.« Er lachte leise. »Dabei hab ich sie halb verhungert vor drei Jahren gekauft. Da hättest du sie sehen müssen ... regelrecht armselig sah sie aus, das arme Tier.«

»Dann hat sie sich aber toll rausgemacht.«

»Ja. Sie ist ein Prachtstück. Und gut zu reiten.«

»Mir war aber der alte Wallach lieber, ehrlich gesagt. Der gehorcht dir ja wirklich aufs Wort.«

»Stimmt.« Reto lächelte. »Ich hab ihn auch schon lange. Wenn du willst, kannst du es gern noch mal versuchen. Ich könnte dir auch Stunden geben.«

Mit einem Schlag war Christinas Müdigkeit wie weggewischt. »Das würdest du tun?«

»Aber klar doch!« Er sah sie an und legte kurz die Hand auf ihre Finger. »Es würde mir großes Vergnügen machen.« Ein kurzes Zögern, dann fügte er leiser hinzu: »So wie mir das Zusammensein mit dir immer Freude macht, Christina.«

Sie erwiderte nichts, doch eine zarte Röte kroch über ihre Wangen.

»Wann möchtest du denn mal mitkommen?«

Sie zögerte. »Am nächsten Wochenende?«

»Gern. Aber vorher gehen wir noch mal zusammen was essen, einverstanden? Ich wollte dir noch so viel zeigen, bevor du wieder abreisen musst. Warst du schon mal in Rapperswil?«

Sie schüttelte den Kopf.

»Dann müssen wir dorthin fahren. Der Ort liegt am oberen See und hat eine tolle Altstadt. Außerdem gibt es dort so viele Rosengärten wie nirgendwo sonst in der Schweiz. Leider blühen die Blumen noch nicht, aber im Juli und August duftet es in der ganzen Stadt nach Rosen.«

»Das stelle ich mir schön vor.« Christina lächelte. »Ich mag Rosen sehr.« Sie stand auf. »Und jetzt geh ich in mein Zimmer. Noch einen schönen Abend, Reto.«

»Geruhsame Nacht, Christina.« Er sah ihr nach, bis sie die Tür hinter sich geschlossen hatte.

*

Vier Tage später sah er überrascht zum Freisitz im Garten hin, als er aus Zürich zurück kam. Dort saß Christina mit seiner Mutter und trank Kaffee.

»Ja, was ist denn hier los? Kaffeeklatsch mitten in der Woche?«

»Das Fräulein Christina geht nicht mehr in die Fabrik zurück.« Mathilde Lehner stand auf. »Setz dich, ich hol dir noch ein Gedeck.«

»Was ist passiert?« Als sie allein waren, griff Reto über den Tisch hinweg nach Christina Hand und hielt sie fest. »Gab's Ärger?«

»Ärger ... so würde ich es nicht bezeichnen. Aber es ist so, dass ich nicht das lernen kann, was ich mir erhofft hatte. Man zeigt mir nur das, was ich schon wusste. Doch ich wollte Neues erfahren, nur deshalb bin ich in die Schweiz gekommen, schließlich gibt es hier die besten Chocolatiers der Welt.«

»Und die behalten ihre Geheimnisse lieber für sich.« Reto sah sie lächelnd an. »Verständlich, oder?«

»Ja, schon, aber ... das hätte man mir doch sagen müssen, dass ich zu bestimmten Bereichen keinen Zutritt bekomme. Wenn ich das vorher gewusst hätte, wäre ich doch gar nicht erst in die Schweiz gefahren.«

Eine Weile blieb es still. Frau Lehner stellte das Gedeck auf den Tisch, goss noch einmal Kaffee nach und zog sich dann zurück.

»Hat's Ärger gegeben, als du gegangen bist?«

»Nein. Man war sehr höflich, sehr verständnisvoll. Aber die Firmenleitung ist auch konsequent geblieben und hat mir den Zutritt zu einigen Bereichen verwehrt.« Sie zuckte mit den Schultern. »Mein Fehler, ich hätte es mir eigentlich denken können.«

»Ich weiß vielleicht jemanden für dich, der dir all das zeigen kann, was du wissen willst.« Reto presste die Lippen aufeinander. »Aber er ist eigen. Sehr eigen sogar.«

»Wer ist es?«

»Mein Patenonkel Reto. Er lebt zurückgezogen in einem Dorf, etwa zehn Kilometer von hier entfernt. Aber er war einmal der beste Patissier im *Baur au Lac*. Seine Schokkis waren legendär im Hotel.«

Christina hatte das Luxushotel von weitem gesehen, es lag direkt am See und wirkte von außen schon sehr elegant. Klar, dass jemand, der einmal dort gearbeitet hatte, ein Könner sein musste.

»Und was ist passiert? Warum ist denn dein Onkel nicht mehr dort beschäftigt?«

Reto schwieg einen Moment lang. »Es hat einen Unfall gegeben. Auf dem See. Dabei sind seine Frau und seine beiden Zwillingsbuben ums Leben gekommen. Wie es genau passiert ist, hat man nie herausfinden können. Die drei waren allein in einem Boot unterwegs.« Er zuckte mit den Schultern. »Meine Mutter denkt, dass die Mali depressiv war und die Buben mit sich in den Tod genommen hat. Absichtlich.«

»Wie schrecklich«, murmelte Christina.

»Ja. Egal, ob es stimmt oder nicht, die drei sind nicht mehr. Und dieser Schicksalsschlag hat Reto völlig aus der Bahn geworfen.«

»Das kann man verstehen.« Christina sah auf ihre Finger, die sie verschlungen auf der Tischplatte liegen hatte. »Und du denkst, dass er mir etwas von seinem Wissen vermitteln würde?«

»Vielleicht. Wir werden ihn einfach am Wochenende aufsuchen.«

Das Zusammentreffen mit Reto Schwarzberg verlief einfacher als gedacht. Der etwa Sechzigjährige empfing Reto und Christina in seiner Hütte, die nur aus zwei Zimmern bestand.

Im ersten Moment zuckte Christina beim Anblick des Mannes zusammen. Er war mindestens eins neunzig groß, grauhaarig mit einem langen Bart, der bis zur Brust reichte. Er trug ausgebeulte Cordhosen und ein dunkelblaues Flanellhemd, das schon ziemlich verwaschen war.

Ihr fielen allerdings sofort seine schlanken, ausgesprochen gepflegten Hände auf, die so gar nicht zu dem übrigen Aufzug passten.

»Du willst also lernen, wie man gescheite Schokolade macht.«

Christina nickte. »Vor allem, was man alles aus ihr machen kann. Daheim haben wir eine Bäckerei, und ich produziere auch ein paar Kekssorten. Aber …« Sie zögerte, sah ihm dann aber entschlossen in die grauen Augen. »Ich will mehr. Ich will richtig gute Produkte kreieren. Nicht nur einfache Nougat- oder Marzipanpralinen. Die gibt es inzwischen überall.«

Reto Schwarzberg nickte. »Meinetwegen. Dann zeig ich dir eben, was ich so alles mache. Aber nur dem Reto zuliebe.« Er nickte seinem Patensohn zu. »Und du musst versprechen, nicht drüber zu reden, dass ich drüben im Schuppen so was wie eine Werkstatt hab. Und auch, was ich dort herstelle, geht niemanden was an.«

Christina nickte. »Natürlich nicht. Wenn Sie's nicht wollen ...«

»Ich will's nicht. Das ist allein meine Sache. Wenn du also schweigen kannst, dann kommt mit.« Er drehte sich um und ging mit langen Schritten durch den verwilderten Garten bis zu einem Schuppen, dessen Vordach so lang gezogen war, dass es die Eingangstür halb verdeckte. »Ich zeig euch da drüben erst mal alles.«

Ein paar Minuten später kam Christina aus dem Staunen nicht mehr heraus. Reto Schwarzberg hatte sich einen Arbeitsplatz eingerichtet, der höchsten Ansprüchen genügte. In dem von außen halb verfallen wirkenden Schuppen war es blitzsauber, und es fehlte nichts, um gute Schokolade und Pralinés herzustellen.

»Wow! Du hast noch ein paar Sachen dazugekauft.« Auch Reto Lehner war überrascht. »Für wen machst du denn das alles hier? Das kannst du doch nicht im Dorfladen verkaufen oder alles selbst essen.«

»Es gibt da schon Abnehmer, aber darüber rede ich nicht.« Die Miene des grauhaarigen Mannes verschloss sich. »Das geht niemanden was an.«

»Wie du willst.« Reto hob kurz die Hände. »Aber du zeigst der Christina alles, was du kannst, ja?«

»Hab ich doch schon gesagt.« Der ältere Reto ging wieder zur Tür. »Montag um zehn. Hier.« Er streckte Christina die Hand hin. »Aber das bleibt unter uns. Verstanden? Nicht, dass demnächst alle möglichen Leute hier aufkreuzen und was von mir wollen.«

»Ganz, wie Sie möchten.«

»Kannst auch Reto zu mir sagen. Also – bis dahin.«

Sie gingen zurück zu Retos Wagen, den er auf der schmalen Straße geparkt hatte.

»Er ist schon sonderbar, mein Onkel, nicht wahr?«, fragte er, als er den Wagen in Richtung Rapperswil lenkte.

»Ja. Aber was er da alles in seinem Schuppen hat ... Sogar eine Kakaomühle hab ich gesehen. Und eine alte Conche. Ich möchte nicht wissen, welche Schätze er in den beiden Schränken und im Kühlfach versteckt.«

»Das wirst du bestimmt noch alles erfahren. Aber jetzt denk mal nicht an deine Arbeit, heute genießen wir den Tag.«

Sie schlenderten eine Weile durch Rapperswil. Reto zeigte Christina die Schönheiten der mittelalterlichen Stadt, deren Stadtkern noch viel von seiner Ursprünglichkeit besaß.

Erst als die Sonne im Westen zu einem rotgoldenen Ball wurde und es aussah, als würde sie jeden Moment im See versinken, fuhren sie zurück nach Hause.

Seit ein paar Wochen besaß Reto einen neuen Wagen, auf den er ungemein stolz war. Der Taunus 15 M hatte 55 PS, glitt leise über die Straßen und war in einem dunklen Blau gespritzt. Dazu sahen die Weißwandreifen super aus.

Christina achtete allerdings kaum auf solche Details, sie war in Gedanken immer noch bei der kleinen Werkstatt des eigenwilligen Reto.

»Möchte wissen, was der Onkel mit all den Dingen macht, die er fabriziert«, murmelte Reto, und es schien, als hätte er Christinas Gedanken erraten.

»Sicher hat er irgendwo einen Abnehmer. Aber wenn er nicht darüber reden will, werde ich es akzeptieren.«

Reto nickte. »Für heute sollten wir das Thema lassen«, schlug er vor. »Wollen wir nachher noch irgendwo tanzen gehen?«

Christina zögerte. Sie spürte, dass Reto sie gern hatte, und auch sie fand ihn sympathisch. Doch ihre Tage in der Schweiz waren gezählt, und es brachte nichts, eine Liebelei anzufangen, die doch keine Zukunft haben konnte. Dennoch wollte sie Reto, der sich so für sie eingesetzt hatte, nicht brüskieren.

»Von mir aus gern. Wohin soll's denn gehen?«

»Lass dich überraschen.«

»Na gut.« Sie lachte. »Muss ich mich vorher noch umziehen?«

Er schüttelte den Kopf. »Du siehst bezaubernd aus. Alle werden mich um dich beneiden.«

Christina trug ein schlichtes gelbes Hemdblusenkleid mit kleinen Karos, die in dunklerem Gelbton eingewebt waren. Der schmale weiße Lackgürtel betonte ihre schlanke Taille, mit weißem Ripsband war der Kragen eingefasst, und auch die kleinen weißen Knöpfe waren mit Ripsband überzogen. Der in acht Bahnen genähte Rock bauschte sich um ihre Beine.

»Na gut, wenn du meinst …«

Er lachte leise. »Ich bin mir sicher.«

Das Tanzlokal war schon gut gefüllt. Es lag nur einen Straßenzug von der Seepromenade entfernt. Über dem Eingang leuchtete ein roter Schriftzug: *Roxy-Bar.* Schon von draußen konnte man die Musik hören.

»Magst du den neuen Sound auch so gern wie ich?«, fragte Reto.

Christina nickte. »Dieser Elvis hat eine tolle Stimme.

Und er sieht gut aus«, fügte sie lächelnd hinzu. »Aber ich mag auch immer noch die Melodien von Nat King Cole oder Glenn Miller. Mein Stiefvater besitzt ganz viele Originalplatten von den amerikanischen Stars. Er hat die ersten von amerikanischen Soldaten bekommen. Ich persönlich mochte immer Ella Fitzgerald am liebsten. Die Stimme dieser Frau ist gigantisch.«

»Dann hoffe ich, dass du auch Sandy magst.« Reto lächelte. »Sie ist Amerikanerin, seit drei Jahren mit einem Schweizer verheiratet und singt hier in der Bar.«

Die Bar war in dämmriges Licht getaucht. Kerzen standen sowohl auf den Tischen als auch auf der breiten Theke, an der sich bestimmt zwanzig Personen drängten.

Reto winkte dem Mann hinter der Bar kurz zu, und der verließ für einen Moment seinen Platz und wies ihnen einen kleinen Tisch in einer Nische zu.

»Danke, Gianni.« Reto drückte dem etwa Gleichaltrigen einen Schein in die Hand und bestellte, ohne Christina zu fragen, zwei Hausdrinks.

Eine Weile hörten sie der Sängerin zu, dann spielte die Kapelle einen Slowfox, und Reto streckte Christina die Hand entgegen. »Wollen wir?«

Sie nickte. Hand in Hand gingen sie zu der kleinen Tanzfläche, die sich rasch füllte. Reto tanzte ausgezeichnet, und während er sie sicher führte, überlegte Christina, wann sie zum letzten Mal getanzt hatte. Das musste eine Ewigkeit her gewesen sein. Sie wusste nicht einmal mehr genau, wann sie das letzte Mal ausgegangen war.

»Du sollst nicht grübeln, sondern tanzen.« Lächelnd hob Reto ihr Gesicht ein wenig an.

»Tut mir leid …«

»Schon gut.« Er zog sie ein wenig fester an sich, und Christina lehnte kurz den Kopf an seine Schulter. Es war angenehm, Reto so nahe zu sein. Ihr Herz klopfte ein bisschen schneller, als sie seine Lippen auf ihrem Haar spürte.

Viel zu schnell endete die Tanzfolge, sie gingen zum Tisch zurück. Um die kleine Verlegenheit, die zwischen ihnen aufgekommen war, zu überspielen, tranken sie beide ihre Gläser leer.

Die Sängerin griff wieder zum Mikrophon und sang den bekannten Hit von Catherina Valente »Ganz Paris träumt von der Liebe«.

Reto lächelte Christina an. »Dazu muss ich nicht nach Paris fahren«, sagte er und streichelte zärtlich über ihre erhitzte Wange.

Christina sah ihn an, las die Zuneigung in seinem Blick und die Frage, die er nicht zu stellen wagte …

Sie lächelte ihm zu. »Wir sollten noch einmal tanzen, dann nach Hause fahren. Es war ein langer Tag.«

Er nickte nur und stand auf, um sie zur Tanzfläche zu führen. Das Lied ging viel zu rasch zu Ende, und danach spielte die Band einen schnellen Rock 'n Roll.

»O weia, das kann ich nicht tanzen«, lachte Christina.

»Ich auch nicht.«

Während sie zum Tisch zurückgingen, legte Reto den Arm um ihre Schultern und küsste sie kurz auf die Schläfe. »Gehen wir?«

»Einverstanden.«

Draußen war es inzwischen dunkel geworden, vereinzelte Sterne blitzten am Himmel auf. Aus dem Lokal schräg gegenüber drang lautes Lachen, und eine Gruppe junger Leute kam gerade heraus. Die jungen Männer trugen ausnahmslos Jeans und enge Lederjacken, die Mädchen weiße Blusen und weit schwingende Röcke, die von gestärkten Petticoats in Form gehalten wurden.

Es gab Christina einen kleinen Stich. Ihr wurde bewusst, dass sie selbst nie so unbekümmert gewesen war. Sie war nicht oft tanzen gegangen, hatte nicht geflirtet, war nicht geküsst worden ...

Es war, als hätte Reto ihre Gedanken erraten. Sacht zog er sie an sich, als sie vor seinem Wagen standen, und kurz nur berührten seine Lippen ihren Mund.

Erst als er merkte, dass Christina in seinen Armen weich wurde, als er spürte, dass sie sich enger an ihn schmiegte, küsste er sie leidenschaftlicher. Er streichelte ihren Nacken und wühlte die Finger in die blonden Locken, die im Nacken nur mit einer Spange zusammengehalten wurden.

»Ich mag dich so sehr, Christina«, murmelte er, »und ich würde dich zu gern für immer hierbehalten.«

Sanft löste sie sich von ihm, schaute ihm in die Augen, die sie so lieb anschauten, und schüttelte den Kopf.

»Das geht nicht«, sagte sie leise, »und das weißt du. Ich muss schon bald nach Hause zurück.«

»Du musst nicht. Du willst.«

Sie biss sich auf die Lippen, sah ihn aber nicht an, als sie leise »Ja« sagte.

Reto erwiderte nichts. Noch einmal küsst er sie, dann ließ er sie abrupt los und schloss den Wagen auf.

Auf dem Heimweg schwiegen sie.

*

Es war ein schwüler Sommertag, wie eine Glocke lag die Hitze über der Stadt. Die Berge, nur wenige Kilometer entfernt, waren schemenhaft zu erkennen, und hinter ihren Spitzen bauten sich schon dunkle Wolken auf.

»Es wird ein Gewitter geben.« Mathilde Lehner hielt Christina einen kleinen Beutel hin. »Hier, für die Fahrt.«

»Danke.« Christina lächelte der mütterlichen Frau zu. »Danke für alles. Ich hab mich bei Ihnen sehr wohl gefühlt.« Dann wandte sie sich an Reto. »Dir danke ich auch. Für deine Freundschaft, für alles, was du für mich getan hast.«

»Darüber brauchen wir nicht zu reden«, wehrte er ab. »Komm, der Zug wartet nicht, wir müssen los.« Er hielt ihr die Wagentür auf, und Christina stieg nach einem letzten Blick zum Haus hinein.

In ihrer Reisetasche befanden sich neue Rezepte und Proben von hervorragenden Pralinen. In den vergangenen Wochen hatte sie von Retos Onkel sehr viel gelernt, und sie hatte all sein Wissen, das er weitergegeben hatte, in sich aufgesogen. So kreativ war dieser Mann in seiner Einsamkeit! So geniale Sachen konnte er in der kleinen Scheune zaubern … Es war unglaublich! Er sprach nie viel, erklärte, was notwendig war, und ließ Christina dann arbeiten, wobei er nur eingriff, wenn sie Fehler machte.

Sie kreierten wundervolle Torten, feines Gebäck, Pralinés und Schokolade. Nicht alle Rezepte gab der alte Mann preis, er verriet auch nicht, wer heimlich zu ihm kam und ihm seine Köstlichkeiten abkaufte. Christina bekam nur mit, dass er Geld genug besaß, dass er nur die besten Zutaten verwendete und dass alles, was er selber aß, qualitativ hochwertig war. Nur bestes Fleisch, gutes Gemüse, das nicht mit irgendwelchen künstlichen Düngemitteln hochgezüchtet worden war.

»Man ist, was man isst«, war seine Devise, und Christina merkte sich den Satz.

Als sie sich am letzten Tag bei ihm bedanken wollte, wehrte Reto ab. »Schon gut. Ich bin froh, dass es jemanden gibt, der so leidenschaftlich für unseren Beruf brennt wie du.« Zum ersten Mal zeigte er Emotionen. Er zog Christina kurz an sich. »Mach's gut, Mädel. Und lass dich nicht unterkriegen. Von nichts und niemandem. Schreib mir hin und wieder. Ich würde schon gern wissen, wie dein zukünftiger Lebensweg aussieht.«

»Das versprech ich.« Auch ihr war wehmütig zumute, als sie ihn verließ. So wie sie auch traurig war, dass sie von Reto Abschied nehmen musste. Sie waren noch einige Male ausgegangen, doch mehr als Küsse hatte sie dem jungen Mann nicht gestattet.

Auf dem Bahnhof in Zürich umarmte sie Reto ein letztes Mal. »Ich … ich komme bestimmt wieder.«

Traurig schüttelte er den Kopf. »Das glaub ich nicht. Du kehrst zu deiner Arbeit zurück, und die bedeutet dir mehr als alles andere. Zumindest viel mehr als ich.«

»Sag das nicht.« Sie stellte sich auf die Zehenspitzen und küsste ihn noch einmal.

Dabei wusste sie im tiefsten Innern, dass er recht hatte. Sie hatte viel gelernt in der Schweiz und brannte nun darauf, alles zuhause auszuprobieren. Tausend Ideen geisterten durch ihren Kopf, einige Rezepte, noch reine Theorie, hatte sie schon notiert und konnte es kaum erwarten, sie auszuprobieren. Sie sehnte sich nach ihrer kleinen Backstube, nach daheim, nach der Mutter, der Fabrik.

Und während Reto sie noch einmal auf die Stirn küsste und sie so fest an sich drückte, dass sie seinen Herzschlag spüren konnte, fragte sich Christina, ob es jemals einen Mann geben würde, der ihr mehr bedeuten konnte als ihre Arbeit.

3

Müde rieb sich Christina die Augen. Der Blumenstrauß aus rosafarbenen und weißen Nelken an der linken Seite des Schreibtischs verschwand kurz hinter einem Schleier ihres erschöpften Blicks.

Gerade war eine Besprechung mit Lieferanten zu Ende gegangen. Es waren harte, zähe Verhandlungen gewesen, Christina hatte dabei um Zehntel Pfennige mit den Mehllieferanten gefeilscht, und auch für die anderen Produkte, die sie inzwischen in großen Mengen abnahm, verlangte sie Sonderkonditionen.

Falls die drei Herren gedacht hatten, mit der jungen Frau leichtes Spiel zu haben, so hatten sie sich getäuscht gesehen. Christina verhandelte sehr entschieden und stets zum Wohl des immer weiter wachsenden Unternehmens.

Joachim Wegener hatte vor drei Jahren einen Herzinfarkt erlitten und war solchen Belastungen nicht mehr gewachsen. Er arbeitete zwar noch jeden Tag ein paar Stunden, doch Aufregungen sollte er unter allen Umständen vermeiden. Auch Eva-Maria kam nur noch sporadisch in die Firma. Sie kümmerte sich mehr um ihren Mann und um ihre mittlerweile fast achtzigjährige Mutter.

Draußen vor dem Fenster wirbelten dicke Schneeflocken zur Erde, heftiger Wind trieb die weißen Kristalle gegen die Scheibe, wo sie sofort schmolzen und als kleine traurige Rinnsale die glatte Fläche hinunterrannen.

Christina stand auf und reckte die Arme ein wenig. Der Rücken schmerzte, denn sie hatte vor Anspannung viel zu verkrampft auf ihrem Schreibtischstuhl gesessen. Ein paarmal atmete sie tief durch, ging zum Fenster und sah hinaus auf den Hof. Eine dicke Schneedecke lag auf den Pflastersteinen, und einer der beiden mittelgroßen Lastwagen, die sie vor zwei Jahren angeschafft hatte, schlingerte ein wenig, als der Fahrer versuchte, das Gefährt vor der Laderampe zum Stehen zu bringen.

»Schluss für heute«, murmelte Christina. Ihr Mantel hing draußen, sie griff sich die Aktentasche, steckte noch zwei schmale Ordner mit den Notizen, die sie sich eben gemacht hatte, hinein und verließ das Büro.

Die Mitarbeiter der Tagschicht waren schon gegangen, erst gegen zwei Uhr in der Nacht würde die nächste Schicht mit der Arbeit beginnen und frische Brötchen, Brezeln und Gebäck herstellen. Später dann kamen die zwei Konditoren und die Frauen, die die Pralinés und Kekse in Schmuckkartons packten.

Eisiger Wind wehte Christina ins Gesicht, als sie das Haus verließ und quer über den Platz hinüber zum Wohnhaus ging.

Plötzlich kam ihr ein Angestellter aufgeregt winkend entgegen. »Chefin! Einen Augenblick, bitte.«

Christina blieb stehen und sah dem älteren Mann, der schon seit fast acht Jahren für die Firma arbeitete, fragend entgegen.

»Was ist denn los, Herr Dreyer?«

»Das ist los! Die Frachtpapiere ... das stimmt alles nicht! Die in München haben einen Heidenterz gemacht, weil ich falsche Ware dabeihatte.«

»Wieso das denn?«

»Keine Ahnung. Jedenfalls hatte ich die Hälfte der Sachen nicht mit. Und die Pakete mit den Mandelhörnchen und den Blätterteigherzen haben sie mir nur abgenommen, damit sie die Regale füllen konnten. Die Keksmischungen waren nicht dabei, und auch das neue Pralinensortiment fehlte. Das gab in allen drei Filialen, die ich beliefern sollte, richtig Ärger.«

Christina wurde heiß, trotz der eisigen Temperaturen, die herrschten. »Wie konnte das denn nur passieren?«

»Keine Ahnung.« Hellmut Dreyer wischte sich übers Gesicht. »Ich hab wirklich alles versucht, um den Einkäufer der Handelskette zu beruhigen, aber er will unbedingt noch heute mit Ihnen reden. Egal, wie spät es ist, Sie sollen ihn anrufen.« Er griff in seine Jackentasche. »Das hier ist seine Privatnummer.«

»Ich rufe ihn gleich an.« Sie zögerte. »Was meinen Sie – kann morgen jemand runterfahren und alles nachliefern?«

»Das mach ich. Ich geh gleich für fünf Stunden ins Bett, dann fahr ich wieder los.«

»Das würden Sie tun?«

»Klar doch.« Er lächelte gezwungen. »Schauen Sie sich die Papiere genau an, Chefin.« Er hielt ihr die Unterlagen hin. »Das sind Fehlbestände von mehr als zweitausend Mark, wenn man es so rechnet. Und jetzt – ade. Ich bin weg.«

Sekundenlang sah Christina ihm nach, wie er mit langen Schritten durch das Schneegestöber zu seinem alten VW ging, der am Ende des Hofs geparkt war. Die Papiere in ihrer Hand zitterten.

Sechs große Lampen, englischen dreiarmigen Laternen

nachempfunden, waren entlang des Steinwegs aufgestellt und spendeten ausreichend Licht.

Im Schein der gelben Lampen wirkten die Schneeflocken wie goldene Sternchen, die vom Himmel fielen.

»Das fleißige Schwesterlein! Machst du schon Feierabend? Keine Nachtschicht heute?« Wie aus dem Boden gewachsen stand plötzlich Wolfgang neben ihr.

»Meine Güte, erschrick mich doch nicht so!«

»Tu ich das? Wie schade!« Wolfgang grinste nur und ging weiter.

Christina presste die Lippen zusammen, als sie ihm nachsah, wie er, immer zwei Stufen auf einmal nehmend, die Wendeltreppe zu seiner Wohnung hinaufging. Sie hatte ihren Bruder wochenlang nicht gesehen. Er war, ohne sich zu verabschieden, eines Tages verschwunden gewesen. Wo er sich aufhielt, wusste niemand.

Es war nicht das erste Mal, dass er so handelte. Er war plötzlich verschwunden und tauchte dann, ohne eine Erklärung abzugeben, wieder auf.

Womit er seinen Lebensunterhalt verdiente, wusste niemand. Aber er schien über ausreichende Geldmittel zu verfügen, denn er war stets gut gekleidet, fuhr einen Mittelklassewagen und fragte nicht mehr nach Geld.

Langsam ging Christina weiter. Im Haus brannte nur noch im linken Flügel Licht, denn die Großmutter saß wohl noch vor dem Fernseher. Katharina hatte die Achtzig hinter sich gelassen, doch sie war immer noch rüstig und ging gern hinüber in ihren alten Laden, um dort beim Verkaufen zu helfen. Die alten Dorfbewohner hielten mit ihr ein Schwätzchen, so wie früher, als alles noch kleiner und intimer gewesen war.

Allerdings hatte die Ausstattung der erweiterten Geschäftsräume nichts mehr mit dem kleinen Laden gemein, in dem sie einst Brötchen und Brot verkauft hatte. Große, zum Teil verglaste Theken, in denen gekühlte Torten ausgestellt wurden, lockten die Kunden an. In den Regalen lagen – neben Brot und Brötchen, kleine, kunstvoll verpackte Tüten mit den verschiedensten Gebäckstücken oder Pralinen.

Schmuckschachteln mit den köstlichen Produkten der Firma Graber gab es ebenso zu kaufen wie das täglich frische Gebäck aus Hefe oder Blätterteig.

Zwei Verkäuferinnen, die weiße, mit Rüschen verzierte Schürzen trugen, bedienten die Kunden.

Himmelsheim hatte sich nach dem Krieg vergrößert, denn am Ortsrand waren drei neue Siedlungen entstanden, und ständig zogen neue Familien in den Ort. Aber auch in Baden-Baden war die Firma Graber inzwischen mit einer großen Filiale vertreten, und in der kommenden Woche würden gleich zwei neue eröffnet werden, eine in Freiburg, die andere in Karlsruhe.

Dazu kam noch, und das war ein neuer Erwerbszweig, der Versand in verschiedene Konsumgeschäfte der Republik. Eine Weile hatte Christina gezögert, ob sie dieses Risiko eingehen sollte, doch schon nach wenigen Wochen zeigte sich der Erfolg.

Umso schlimmer war es, wenn es jetzt mit den Einkäufern Schwierigkeiten gab. Christina konnte sich nicht erklären, wie es zu der falschen Lieferung hatte kommen können.

Sie ging sofort in ihre privaten Räume, nahm sich ein Glas Wein und sah dann die Frachtpapiere durch. Obwohl sie seit dem Mittag nichts mehr gegessen hatte, hatte sie keine Ruhe, sich etwas zuzubereiten. Erst wollte sie klären, wie es zu dem Problem hatte kommen können.

Aus Wolfgangs Appartement dröhnten laut die neuesten Elvis-Presley-Songs. *It's now or never* war sein Lieblingslied, und er legte die Platte gleich vier Mal hintereinander auf.

Christina unterdrückte einen Seufzer. Sie mochte Elvis auch, aber die Begeisterung, die Wolfgang für ihn aufbrachte, fehlte ihr dann doch. Ihr Bruder kleidete sich gern im Stil des amerikanischen Sängers; er kämmte sich die charakteristische Haartolle, trug Lederstiefeletten und enganliegende Kleidung.

Wieder einmal sang Elvis *It's now or never*, und die Musik wurde noch lauter gestellt. Christina wusste, dass ihr Bruder sie damit ärgern wollte.

»Nein, ich bin nicht verlassen und allein«, murmelte sie vor sich hin. Und doch gab es ihr einen kleinen Stich ins Herz. Sie war nicht einsam, sie hatte ihre Arbeit, die Familie, die Mitarbeiter. Aber es gab niemanden, den sie liebte, wie eine junge Frau in ihrem Alter lieben sollte – und der sie liebte und begehrte.

»Unsinn«, murmelte sie und griff wieder nach den Papieren. Es sah alles korrekt aus.

Nur … wie hatte es zu der fehlerhaften Bestückung der Lkws kommen können?

Die Frage ließ sich nicht lösen.

*

Nervös sah Wolfgang Graber auf seine Uhr. Der GI, mit dem er sich verabredet hatte, verspätete sich. Schon eine halbe Stunde wartete Wolfgang, und seine Nervosität steigerte sich mit jeder Minute, die verstrich.

Er sah sich um, doch auf dem abgelegenen Parkplatz in der Nähe des alten Flughafens, der sich am Rand der Nordstadt von Karlsruhe befand, war außer ihm keine Menschenseele. Es war schon dämmrig und eisig kalt. Die amerikanischen Familien, die im nahen Paul-Revere-Village wohnten, saßen schon alle daheim im Warmen.

In einer Bar in Karlsruhe hatte Wolfgang vor einigen Monaten den amerikanischen Sergeanten kennengelernt, der dort regelmäßig verkehrte. Allerdings trug John Sherwood grundsätzlich keine Uniform, wenn er heimlich in diese Bar ging. Sein Deutsch war zudem ausgezeichnet, da seine Großmutter aus Freiburg stammte, so fiel er nicht auf.

Rasch fanden Wolfgang und er zusammen. Sie hatten gleiche Vorlieben, gleiche Bedürfnisse. Und sie waren beide skrupellos und egoistisch.

Und so machten sie seit Monaten Geschäfte miteinander.

»Verdammt, John, wo bleibst du so lange?« Wolfgang zündete sich eine weitere Zigarette an und inhalierte nervös. Dabei sah er sich immer wieder um, doch bei dem schlechten Wetter, das seit Tagen herrschte, kam niemand freiwillig hier heraus.

Er hatte noch nicht zu Ende geraucht, als ein alter rostiger Chevrolet über den Parkplatz auf ihn zugerollt kam. Die Reifen hinterließen breite Steifen auf dem frisch gefallenen Schnee.

»Na endlich!«

»Hey, Wolf, sorry, aber ich konnte nicht früher weg. Meeting.« John schwang die langen Beine aus dem Wagen.

»Schon gut.« Wolfgang schnippte seine Kippe in den Schnee. »Hast du was dabei?«

»Klar doch.« John grinste. »Du hoffentlich auch.« Er schlug sich den Kragen der dicken Jacke hoch und ging zum Kofferraum. Dort lagen drei gut verschnürte Päckchen, die er heraushob und Wolfgang reichte. »Das ist erst mal alles«, sagte er. »Wir haben einen neuen Apotheker, der prüft ganz genau, was rausgeht, und auch die Bestände. Da muss ich es langsam angehen lassen.«

»Verstehe.«

»Ich fürchte, du verstehst nicht alles.« John seufzte. »Die Boys kriegen nicht mehr so viele Amphetamine wie in Kriegszeiten. Und alles wird jetzt noch strenger kontrolliert.«

»Shit.«

»Du sagst es!« John folgte Wolfgang zu dessen Wagen. Rasch ließ Wolfgang die Päckchen mit der Aufschrift *Pervitin* im Kofferraum verschwinden, holte stattdessen ein paar große Pakete hervor.

»Hier. Pralinés und Kekse. Schon umetikettiert, du kannst sie ohne weiteres in euren PX-Läden verkaufen.«

John prüfte kurz die Ware und nickte. »Dann krieg ich noch 1000 Dollar von dir.«

»Was?« Wolfgang sah ihn konsterniert an. »Spinnst du?«

Der GI schüttelte den Kopf. »Nein. Aber der Preis für meine Ware hat sich erhöht. So wie alles, was rar ist.«

Nur kurz zögerte Wolfgang, dann holte er ein zu einer

Rolle zusammengedrehtes Geldbündel aus der Hosentasche und zählte 1000 Dollar ab.

Rasch verschwanden sie in Johns Jackentasche.

Schweigend schüttelten sich die Männer die Hände, dann ging jeder zu seinem Wagen und fuhr davon. Im Schneetreiben verschwanden ihre Autos wie Trugbilder einer Fata Morgana.

*

»Hast du immer noch nicht herausgefunden, wie es zu den Fehllieferungen gekommen ist?« Forschend sah Joachim Wegener zu Christina hinüber, die sich zum zweiten Frühstück an den Tisch im Wintergarten setzte.

»Nein. Es gibt einfach keine logische Erklärung. Es fehlen diverse Kartons, und statt der hochwertigen Pralinés wurden simple Butterkekse eingepackt ... Ich hab keinen blassen Schimmer, warum.«

»Wenn es nicht der alte Dreyer gewesen wäre, der die Fuhre machte, könnte man denken, der Lkw-Fahrer hätte sich was abgezweigt. Doch beim Hellmut ist das undenkbar.«

»Das meine ich auch. Und auch jeder andere Fahrer wäre nicht so dumm, so auffallend viele Pakete zu entwenden.« Sie griff nach einer Schüssel mit Windbeuteln. »Was sagst du eigentlich dazu?«

Joachim lachte. »Verrückt bist du, mein Mädchen. Verrückt, aber genial! Ich bin sicher, die Amis werden uns die Dinger aus den Händen reißen.«

»Ich hab eine Weile experimentieren müssen, ehe ich die richtige Lebensmittelfarbe herausgefunden hatte.« Christina nahm einen hellroten und einen blauen Windbeutel in die Hand. »Das Blau ist nicht perfekt, aber besser ging es nicht.«

»Das passt schon. Und – was hast du noch?«

»Eine Verpackung mit der amerikanischen Flagge drauf. Aber der Entwurf gefällt mir noch nicht, da muss ich noch ein bisschen dran feilen, ehe wir solche Verpackungen herstellen lassen.«

»In vier Wochen ist Einweihung der neuen Filiale in Karlsruhe. Es eilt.« Joachim presste sekundenlang die Lippen zusammen. Seit Tagen litt er unter Herzproblemen, doch er ließ die Beschwerden nicht laut werden. Eva-Maria und Christina sollten sich keine Sorgen machen.

»Bis dahin ist alles fertig. Keine Sorge, Paps.« Christina lächelte dem Stiefvater zu. Joachim und sie waren seit jeher ein eingespieltes Team. Alles, was sie konnte, hatte er ihr beigebracht.

»Du hast wieder Post von Reto.« Joachim wies auf die Schale aus Muranoglas, in der die private Post aufbewahrt wurde. »Er ist schon ein treuer Kerl, der Reto.«

»Ja, er ist ein guter Freund.« Christina stand auf und ging zu dem schmalen Sideboard, auf dem die rauchfarbene Kristallschale stand.

Der Brief aus der Schweiz war ungewöhnlich dick. Neugierig öffnete sie ihn – und zuckte zusammen, als ihr eine Traueranzeige und ein gefalteter Brief entgegenfielen.

Kurz sah sie auf die Anzeige. »Der alte Reto ist gestorben«, sagte sie leise. Ihre Augen wurden feucht.

»Das ist traurig.«

»Ja. Mal sehen, was der Reto schreibt.« Sie öffnete den Brief und las leise vor:

Liebe Christina, heute schreibe ich Dir aus einem traurigen Anlass: Vor vier Tagen ist Onkel Reto sanft eingeschlafen. Wir haben ihn in seinem Bett gefunden. Ganz ruhig und friedlich lag er da, auf dem Bauch ein Buch mit Rezepten – wie könnte es anders sein!

In seinem Testament, das auch in dem Backbuch lag, hat er Dir, liebe Christina, all seine Bücher und handgeschriebenen Rezepte vermacht. Ich schicke sie Dir so rasch als möglich.

Onkel Reto wollte verbrannt werden, seine Asche soll, so hat er es aufgeschrieben, auf seinem Besitz verstreut werden. Den Wunsch werden wir ihm erfüllen, sobald der Schnee getaut ist. Vielleicht ist es Dir dann möglich herzukommen.

Dir geht es hoffentlich gut, und Du bist gesund. Dass Du Erfolg hast, verfolge ich von hier aus immer sehr aufmerksam, und ich wünsche Dir auch weiterhin nur das Beste.

In der Hoffnung, dass wir Dich bald hier in der Schweiz sehen werden, grüßt Dich Dein – Reto

Langsam ließ sie den Briefbogen sinken, schaute sich dann die Todesanzeige an, die Reto aus der *Züricher Tageszeitung* ausgeschnitten hatte.

»Wenn es zeitlich eben klappt, fahre ich wirklich hin, wenn sie die Asche vom Reto verstreuen.«

»Tu das.« Joachim stand schwerfällig auf. »Ich geh noch mal rüber zu Katharina. Der ging's heute Morgen gar nicht gut.«

»Soll ich mitkommen? Oder sollen wir besser den Doktor rufen?«

Joachim schüttelte den Kopf. »Lass nur. Ich schau mal, was sie macht. Geh du wieder rüber in die Firma.«

»Wann kommt die Mama zurück?«

Ein kleines, zärtliches Lächeln glitt über Joachims Gesicht. »Das dauert heute länger. Sie will sich neue Dauerwellen legen lassen.«

»Sie will schön sein für dich.«

»Sie ist schön. Für mich ist und bleibt sie die schönste Frau der Welt.« Er ging zur Tür, und Christina fiel auf, dass er etwas stärker hinkte als normal.

Das ist das Wetter, sagte sie sich. Bei Regen oder Schnee litt Joachim oft an Phantomschmerzen. Er behauptete dann stets, die Zehen zu spüren, die er doch schon seit vielen Jahren nicht mehr hatte.

Die alte Holzprothese, die er nach dem Krieg getragen hatte, war inzwischen gegen ein besseres Stück eingetauscht worden, doch es ließ sich nicht vermeiden, dass Joachim Druckstellen am Oberschenkel hatte. Oder eben diese Phantomschmerzen, gegen die es kein wirksames Mittel gab. Ausgenommen starke Morphinpräparate, doch die wollte Joachim nicht nehmen.

Christina trank noch eine zweite Tasse Kaffee, dann ging sie zurück in ihr Büro.

Am frühen Nachmittag erwartete sie drei Frauen, die sich bereits schriftlich als Sekretärin beworben hatten. Lange Zeit hatte Christina auf eine solche Bürohilfe verzichtet, doch inzwischen wurde die Arbeit so umfangreich, dass sie beschlossen hatte, eine versierte Sekretärin einzustellen.

Die ersten beiden Frauen besaßen ausgezeichnete Zeugnisse, doch die Erste war Christina schon auf den ersten

Blick unsympathisch, die Zweite war recht nett, doch noch wollte sich Christina nicht festlegen.

»Ich melde mich bei Ihnen«, sagte sie und sah der brünetten Vierzigjährigen nach, die auf hohen Pfennigabsätzen hinausging.

Die dritte Bewerberin kam mit hochrotem Kopf herein, sie war völlig außer Atem, hatte noch Schneeflocken im dunklen Haar und Schnee an den Schuhen.

»Tut mir leid, dass ich zu spät bin«, sagte sie mit einem ganz leichten französischen Akzent, »aber mir ist der Bus vor der Nase weggefahren.«

»Kein Problem.« Christina wies auf den Stuhl vor ihrem Schreibtisch. »Setzen Sie sich erst mal, Sie sind ja ganz atemlos.«

»Ich bin gerannt.« Sandrine Berger lächelte gezwungen. »Es ist doch zu peinlich, schon beim Vorstellen zu spät zu sein.«

»Dazu können Sie doch gar nichts.«

»Ich hätte den früheren Bus nehmen sollen.«

»Jetzt machen Sie sich mal keine Gedanken. Setzen Sie sich doch bitte, und zeigen Sie mir die Papiere.«

»Bitte schön.« Aus der leicht abgeschabten rotbraunen Schultertasche zog die junge Frau ihre Unterlagen. »Sie können das lesen, ja?«

Christina runzelte leicht die Brauen, aber im nächsten Moment verstand sie, was die Bewerberin meinte. Ihre Unterlagen waren ausnahmslos in Französisch ausgestellt, und Christina musste eingestehen, dass sie nicht sehr viel lesen konnte.

»Tut mir leid, aber … da muss ich passen«, gestand sie. »In der Schule hatte ich nur zwei Jahre lang Französisch, und es war nicht gerade mein Lieblingsfach.« Sie schlug den schmalen Ordner zu und sah ihr Gegenüber interessiert an. »Wie kommen Sie eigentlich nach Deutschland?«

Über das schmale Gesicht der jungen Französin glitt ein zärtliches Lächeln. »Es ist wegen Arnold. Wir haben uns in Colmar kennengelernt. Ganz in der Nähe wohne ich, und Arnold war da nach seinem Studium für sechs Wochen in Urlaub. Er ist Französisch- und Geschichtslehrer und hat in seinen Ferien auf dem Weingut meines Onkels gearbeitet.«

»Und Sie? Was besagen die Zeugnisse hier?«

»Dass ich sehr gut Schreibmaschine schreiben kann, gut Englisch spreche und in Stenographie zwei Extrakurse belegt und mit Auszeichnung abgeschlossen habe.«

Christina lächelte. »Ich bin beeindruckt.« Sie sah ihr Gegenüber an. »Und – warum möchten Sie gern hier bei uns arbeiten?«

Sekundenlang blieb es still, dann reckte sich die zierliche junge Frau und gestand: »Weil mich niemand sonst einstellen wollte. Erstens, weil ich Französin bin, und zweitens, weil wohl niemand geglaubt hat, was dort steht.« Sie wies auf ihre Unterlagen.

»Ich glaube Ihnen.« Christina lehnte sich in ihrem Schreibtischsessel zurück. »Und deshalb würde ich es gern mit Ihnen versuchen. Sie sollen allerdings nicht nur Stenogramme aufnehmen, sondern mich in allen bürokratischen Dingen entlasten. Trauen Sie sich das zu?«

Sandrine nickte. »Ja.«

»Dann …« Christina stand auf, »dann sind Sie hiermit eingestellt.«

Sandrine Berger war schon an der Tür, da fiel Christina

ein: »Ach übrigens, was sagt Ihr Mann dazu? Ist er einverstanden, dass Sie arbeiten?«

»Ja. Er findet es gut. Er vertritt die These, dass Frauen genauso gut in ihrem Job sein können wie Männer. Und dass sie ruhig zeigen dürfen, was in ihnen steckt.« Sie biss sich kurz auf die Lippen. »Er ist sehr progressiv manchmal. Aber mir gefällt das.«

»Mir auch. Ich hoffe, dass ich Ihren Mann bald einmal kennenlerne.«

»Danke, Frau Graber! Ich danke Ihnen sehr! Soll ich gleich Montag anfangen?«

Christina zögerte, dann schüttelte sie den Kopf. »Lieber erst Dienstag. Meine Großmutter ist ein bisschen abergläubisch, und sie sagt immer: ›Montag wird nicht Wochen alt‹.«

»Und was heißt das?«

»Dass die Leute, die an einem Montag anfangen zu arbeiten, nicht lange bleiben.« Christina lächelte. »Ich möchte aber gern, dass Sie sich hier wohl fühlen und bleiben.«

»Dann komme ich gern am Dienstag.«

»Abgemacht.«

*

»Ei, ei, schau an, das gnädige Fräulein hat sich einen neuen Wagen gegönnt.« Lässig die Zigarette im linken Mundwinkel, schlenderte Wolfgang Graber um das Mercedes Cabrio herum. »Nicht schlecht.«

Christina erwiderte nichts auf seine Bemerkung. Sie legte die Reisetasche auf den Rücksitz und setzte sich hinters Lenkrad. Seit ein paar Wochen besaß sie ein dunkelblaues Mercedes Cabrio mit hellbraunen Sitzen. Es war der einzige Luxus, den sie sich seit Jahren gönnte, und sie freute sich darauf, den Wagen auf der Autobahn in Richtung Zürich ausprobieren zu können.

»Machst du einen Ausflug?« Ihr Bruder stützte beide Hände auf die Kühlerhaube und sah sie durch die Frontscheibe an. Seine Augen waren stark gerötet, die Haare zerzaust. Von der Elvis-Tolle, die er jeden Morgen ausgiebig gelte, war nicht viel übrig nach der langen Nacht, die hinter ihm lag.

»Ich fahre zu einer Beisetzung.«

»Wer ist gestorben? Hab ich was verpasst?« Sein Gesicht verzog sich zu einer hämischen Grimasse. »Na ja, sicher ein Geschäftsfreund von dir. Wirkliche Freunde hast du ja nicht. Musst ja immer arbeiten.«

»Du hast auch keine Freunde. Zumindest keine, die diesen Namen wirklich verdienen.« Christina startete den Motor. »Und was den Wagen betrifft: Würdest du in der Firma mitarbeiten, könntest du dir auch so ein Auto zulegen.«

»Darauf bin ich zum Glück nicht angewiesen.« Er schlug mit der geballten Faust auf die Motorhaube. »Hau ab, blödes Stück. Du nervst mich.«

Christina schluckte, doch sie antwortete nicht und fuhr vom Hof. Woher ihr Bruder zu dieser frühen Stunde kam, wollte sie gar nicht wissen. Wenn er daheim wohnte, war er nächtelang unterwegs. Was er tat, wenn er über Wochen nicht zu Hause war, wusste niemand.

Die Fahrt in die Schweiz machte ihr Vergnügen, sie kam zügig voran, und das Wetter wurde von Stunde zu Stunde besser. Als sie die Grenze passierte, schien die Sonne von einem fast wolkenlosen Himmel.

Langsam rollte der Wagen am Zürichsee entlang, auf dem schon die ersten Boote ihre Bahn zogen. Enten und Schwäne schwammen in größeren oder kleinen Formationen am Ufer entlang, und die Frühjahrssonne ließ die noch schneebedeckten Bergspitzen in hellem Silberton glänzen.

Schon früh am Morgen war sie daheim aufgebrochen, und ihr Herzschlag beschleunigte sich, als sie den kleinen Ort erreichte, in dem sie ein paar schöne, lehrreiche Wochen verbracht hatte.

Kaum dass sie den Wagen neben das Wohnhaus der Lehners gefahren hatte, kamen Mathilde und Reto heraus.

»Wie schön, dass du gekommen bist!« Reto umarmte sie und schob sie dann ein paar Zentimeter von sich. »Gut siehst du aus! Und Erfolg scheinst du zu haben.« Er wies auf den neuen Wagen.

Christina nickte. »Ja, die Firma läuft gut.« Dann wandte sie sich an Mathilde, die in ihrem schwarzen Kleid älter aussah, als Christina sie in Erinnerung hatte. »Guten Tag, Mathilde. Ein trauriger Anlass für ein Wiedersehen, nicht wahr?«

»Schon. Wir freuen uns aber doch sehr, dass du da bist. Komm rein, und trink erst mal einen Kaffee, ehe wir zur Kirche gehen.« Kurz sah sie zur Uhr. »Es ist noch ein bisschen Zeit.«

»Ja, komm rein, und erzähl, wie es dir geht.« Reto nahm ihr den Mantel ab.

»Gut geht's. Die Firma wächst, und ich hab entsprechend viel zu tun.«

»Du bist immer noch allein?« Reto nahm ihre Hände und sah sie liebevoll an. »Die Männer in deiner Umgebung müssen blind sein.«

»Ach du!« Christina lachte leise. »Ich hab einfach keine Zeit, um auszugehen. Und in meinem Büro lerne ich keinen interessanten Mann kennen.«

»Zu schade. Wenn das noch lange so weitergeht, muss ich doch kommen und dich heiraten.«

Christina lachte. »Lieber nicht. Wir sind beste Freunde, das ist doch wunderbar.«

»Stimmt. Und ich bin froh, dass es dich in meinem Leben gibt.«

»Keine andere Frau?« Mit leicht schräg gelegtem Kopf sah sie ihn an.

Er zögerte. »Na ja, da ist schon jemand ...«

»Aber?«

»Aber sie ist viel zu jung. Gerade mal zwanzig.«

»Na und? Was zählt denn das Alter, wenn man sich liebt?«

Er nickte. »Du hast ja recht. Ich denke, ich werde sie bald fragen, ob sie mich heiraten will.«

Mathilde stand auf. »Wir müssen los.«

In dem kleinen Gotteshaus des Ortes hatten sich nur wenige Trauernde eingefunden. Der alte Reto war ein Eigenbrötler gewesen, der kaum Kontakte geknüpft und schon gar keine Freundschaften gepflegt hatte. Zwei Fremde standen ganz hinten in der Kapelle, sie waren sehr gut gekleidet, ihre schwarzen Anzüge sicher nicht von der Stange. Christina, die die beiden diskret musterte, war sich sicher, dass es sich bei den Herren um die geheimnisvollen Abnehmer von Retos Köstlichkeiten handelte.

Der Geistliche fand nur wenige Worte, und rasch war der Gottesdienst zu Ende. Reto hob die Urne auf, die vorn am Altar gestanden hatte, und trug sie ins Freie hinaus.

Nur von seiner Mutter und Christina begleitet, verstreute er die Asche seines Onkels dann auf dem Grundstück des Verstorbenen.

»So wenig Spuren hinterlässt ein Mensch«, murmelte Mathilde und tupfte sich ein paar Tränen aus den Augen.

Christina legte tröstend den Arm um sie. »Doch, der Reto hinterlässt Spuren. Große sogar. In seinen Arbeiten, in seinen Aufzeichnungen, in dem, was er an wunderbaren, köstlichen Dingen kreiert hat.«

»Davon wird nicht viel bleiben. Leider.«

»Doch, das versprech ich dir.« Sie zögerte, denn diese Idee war ihr spontan in diesem Moment gekommen. »Er hat mir so viel Wissen vermittelt, ich denke, eine neue Pralinensorte werde ich nach ihm benennen. Was hältst du davon?«

Mathilde zog sie in die Arme. »Das würdest du tun?«

»Das ist das wenigste, was ich tun kann. Ich verdanke ihm so vieles. Er hat mir nicht nur gezeigt, wie man wirklich gute Schokolade herstellt, er hat mir auch ein paar seiner besten Rezepte verraten. Und die sind unendlich wertvoll für mich. Solche Produkte kennen wir in Deutschland gar nicht. Wenn ich die in größerem Stil rausbringe, schließe ich damit eine Marktlücke. Und das wäre wirklich fantastisch, meinst du nicht auch?«

Wieder einmal war Christina von der eigenen Idee so fasziniert, dass sie sich am liebsten in eine ruhige Ecke verzogen und alles aufgeschrieben hätte, was ihr gerade durch den Kopf schoss.

Reto stand auf und streckte ihr die Hand entgegen. »Komm mal mit.« Er zog sie an der Hand mit in den Schuppen, in dem der alte Mann bis zu seinem Tod gearbeitet hatte. »Mein Onkel hat dich wirklich sehr gemocht. Hier, schau dir das an.« Er wies auf ein schmales Heft. Es war versiegelt, und Christinas Name stand darauf. »Das hatte er beim Pfarrer hinterlegt, und der hat es mir für dich mitgegeben. Du sollst dieses Heft allerdings nur bekommen, wenn du zu seiner Beisetzung kommst, hat der Onkel verfügt.«

»Und – was ist das?«

Reto zuckte mit den Schultern. »Keine Ahnung.« Er strich sich eine Haarsträhne aus der Stirn. Seine Miene war angespannt, als er zusah, wie Christina das kleine Heft zögernd in den Fingern hin und her drehte. »Mach's einfach auf, und sieh nach.«

»Er hat mir doch schon so viele Rezepte vermacht.« Vorsichtig, ein bisschen zögernd brach Christina das Siegel auseinander. Ein schmales, handgeschriebenes Heft kam zum Vorschein. Auf dem Umschlag stand in großen Buchstaben:

Rezepte und Adressen

Christina schlug die erste Seite auf, ein zusammengefalteter Zettel fiel heraus. Sie faltete das Papier auseinander und las leise:

Liebe Christina, die Tage mit Dir waren mit die schönsten, die ich in den letzten Jahren erleben durfte. Deine Begeisterung für unseren Beruf, Dein Ehrgeiz und Deine Kreativität erinnern mich daran, wie ich selbst in meiner Jugend war. Ich wünsche mir sehr, dass Du weiterhin viel Erfolg hast. Hör nicht auf, Neues zu probieren. Auch aus Fehlschlägen lernt man.

Christina, Du warst mir so lieb wie die Tochter, die ich nie hatte. Deshalb sollst Du meine wertvollsten Dinge bekommen: Die komplette Liste meiner Lieferanten, die aus der ganzen Welt kommen, und die letzten, geheimen Rezepte, die außer mir niemand kennt.

Bewahre sie gut – und mir ein Andenken. – Dein Reto

Langsam ließ Christina das Blatt sinken. Tränen rannen ihr übers Gesicht, und sie warf sich aufschluchzend in Retos Arme.

»Das ist wirklich ... er weiß auch jetzt noch zu überraschen«, murmelte Reto und streichelte mechanisch über Christinas Rücken.

»Du bist doch nicht böse?« Christina sah ihn aus verweinten Augen an.

»Aber nein!« Entschieden schüttelte er den Kopf. »Ich bin nur überrascht, dass er so viel für dich empfunden hat. Das hätte ich nie vermutet.« Er machte eine kleine Pause, schob sie ein Stück von sich und sah sie lächelnd an. »Aber es ist gut, dass du seine Kunst in irgendeiner Form fortführen kannst. Ich hatte leider nie Geschick für die Patisserie. Es hat mich auch nicht interessiert. Ich bin ein Zahlenmensch.«

»Rechnen muss ich auch in der Firma. Und das ist oft ziemlich anstrengend.«

Er nickte. »Aber eine gute Kalkulation ist doch das A und O einer erfolgreichen Geschäftspolitik.« Wieder machte er eine kleine Pause. Dann, lachend, fuhr er fort: »Onkel Reto war allerdings auch in diesem Punkt eine Ausnahme. Er hat ein kleines Vermögen verdient hier in seiner Arbeitsstube. Und nie etwas davon verlauten lassen.«

»Das passt zu ihm.«

»Ja. Aber es ist gut, dass er alles meiner Mutter vermacht hat. Sie kann jetzt wirklich sorglos leben.«

»Freut mich für sie.« Christina nahm wieder das Heft zur Hand und blätterte darin. Fein säuberlich aufgelistet fand sie noch gut zwei Dutzend Rezepte, dann eine Doppelseite mit den Adressen der Lieferanten, von denen Reto seine Grundprodukte bezogen hatte. Vorsichtig und so, als seien sie wertvoll, strich Christina über die Blätter.

»Und – kannst du davon was gebrauchen?«, fragte Reto.

»Aber ja doch!« Sie lächelte ihn an. »Du ahnst gar nicht, wie wertvoll diese Unterlagen für mich sind.«

»Dann freu ich mich für dich. Aber jetzt komm, wir trinken mit der Mutter noch einen Kaffee, dann fahren wir runter zum See. Oder musst du gleich wieder zurück?«

»Nein. Ich wollte gern drei Tage bleiben, wenn's dir recht ist.«

»Ich freu mich!« Er legte den Arm um sie, und so gingen sie hinüber zum Haus, wo Frau Lehner schon den Kaffee gekocht hatte.

Christina musste von sich, der Familie und der Firma erzählen, erst nach einer Stunde brachen Reto und sie auf, nachdem Christina ihre Trauerkleidung gegen ein leichtes Kostüm getauscht hatte.

»Sollen wir eine Bootstour machen?«

»Gern.«

Reto nickte. »Und wenn wir dann auf dem Wasser sind, erzählst du mir, was mit deinem Bruder los ist. Ich hab doch gemerkt, dass du nicht die Wahrheit gesagt hast, als Mutter sich nach ihm erkundigt hat.«

Es fiel Christina schwer, über Wolfgang und das

schlechte Verhältnis, das sie zu ihm hatte, zu reden. Doch als sie am Bug des weißen Ausflugsschiffes saßen, begann sie von allein zu sprechen. Es tat gut, sich einmal allen Kummer von der Seele reden zu können, und Reto hörte aufmerksam zu, ohne sie zu unterbrechen.

»Kannst du verstehen, dass ich einfach resigniert habe?« Christina sah ihn traurig an. »Ich komme nicht an ihn ran, keinem gelingt das mehr, und ich bin es, offen gesagt, auch leid, mich immer wieder mit ihm zu streiten.«

»Jeder ist für sein Leben selbst verantwortlich«, sagte Reto und schaute hinaus aufs Wasser. »Dein Bruder hätte nach dem Krieg Hilfe in Anspruch nehmen sollen. Vielleicht hätte es etwas genützt. Aber das wollte er nicht – und jetzt musst du, aber auch deine Familie, akzeptieren, wie er lebt.«

»Es ist nicht einfach.«

»Ich weiß.« Reto lächelte und griff nach ihrer Hand. »Mach dich von dem Gedanken frei, dass du für ihn verantwortlich bist.«

»Das denke ich schon lange nicht mehr.«

»Dann ist's ja gut.« Er lächelte. »So, und jetzt trinken wir drüben in Rapperswil ein gutes Glas Wein und vergessen für eine Weile alle Sorgen.«

*

»Sandrine! Was ist los mit Ihnen?«

»Ich ... ich weiß nicht, was ich davon halten soll.« Sandrine Berger wies auf ein paar Unterlagen auf ihrem Schreibtisch. »Da stimmt schon wieder was nicht.«

Christina, die gerade aus der sogenannten »Werkstatt«

kam, wie sie die alte Backstube nannte, beugte sich über den Schreibtisch der Sekretärin.

»Was ist das?«

»Wieder Frachtbriefe für Karlsruhe. Und wieder ist falsche Ware ausgeliefert – beziehungsweise gar nicht geliefert worden. Und mit der Marge für München stimmt auch was nicht, aber ich bin noch nicht dahintergestiegen, was falsch gelaufen ist. Ich hab auch schon mit Angelika gesprochen, sie hat alle Rechnungen geprüft und konnte keinen Fehler finden.«

»Angelika Wolters meinen Sie?« Christina schüttelte den Kopf. »Die Buchhalterin kann das nicht checken, der Fehler muss vorher passiert sein, bei den Bestellungen oder beim Ausstellen der Versandpapiere.«

»Das meinte Angelika auch.« Sandrine hatte sich ein wenig mit der kleinen rothaarigen Buchhalterin angefreundet, die seit einigen Monaten in der Firma Graber arbeitete.

»Verflixt noch mal, das kann doch nicht sein! Irgendjemand schludert da.«

Sandrine Berger zögerte und sagte dann: »Schauen Sie, Christina. Das ist Ihre Unterschrift.« Sie wies auf die drei Briefe, die Christina am Morgen unterschrieben hatte. »Und das hier sind …« Sie zögerte, »das sind definitiv nicht Ihre Unterschriften.«

Christina nickte. Langsam ließ sie sich auf der Schreibtischkante nieder, denn die Beine wollten sie kaum tragen. Sie erkannte die leicht lilafarbene Farbe des Kugelschreibers wieder: Mit diesem speziellen Stift, den er angeblich von einem amerikanischen Freund bekommen hatte, schrieb Wolfgang besonders gern!

»Ich ... ich kläre das.« Ihre Stimme war kaum zu verstehen.

Sandrine sah sie besorgt an. »Ist Ihnen nicht gut? Sie sind ganz blass geworden.«

Christina riss sich gewaltsam zusammen. »Es geht schon wieder.« Sie legte kurz die Hand auf die Schulter der Sekretärin. »Über die Angelegenheit kein Wort, ja?«

»Gut, wie Sie meinen.« Sandrine zögerte, dann nahm sie andere Papiere zur Hand. »Hier sind neue Bestellungen. Wollen Sie sich die gleich jetzt durchsehen?«

»Nein, das mach ich später.« Christina zögerte, dann drehte sie sich um. »Ich bin noch mal drüben. Sie erreichen mich in der Werkstatt.«

Die alte Backstube war, so wie früher, auch jetzt ein Zufluchtsort. Christinas Hände zitterten, als sie sich an den Arbeitstisch setzte und das Heft durchblätterte, das der alte Reto angelegt hatte. Da waren unter anderem Rosentörtchen aufgemalt, dazu wurden kleine Blätterteig-Torteletts mit einer Masse aus Eiweiß, Zucker, Mandeln und Rosenwasser verrührt, dann auf den Blätterteig gegeben und gebacken. Kleine echte Rosen, in Eiweiß getaucht und mit Zucker bestreut, dienten als Dekoration.

Christina fand diese Kreation gewagt, doch sie wollte sie ausprobieren. Ebenso die Mokka-Baiser-Torte mit Beeren und Kokosnuss. Als Alternative hatte Reto Ananas und in Sekt eingeweichte Erdbeeren vorgeschlagen.

Christina las sich ein Rezept nach dem anderen durch, doch heute konnte sie sich nicht dazu aufraffen, auch nur ein Teil davon auszuprobieren. Ihre Gedanken kreisten unentwegt um die gefälschten Papiere.

»Warum, Wolfgang? Warum?«, murmelte sie und barg das Gesicht in den Händen.

Warum hasste ihr Bruder sie so sehr, dass er ihr geschäftlich schaden wollte?

Die Dämmerung brach schon herein, als sie die Werkstatt verließ und hinüber zum Wohnhaus ging. Im Wohnzimmer der Großmutter brannte Licht, aber in den Räumen der Eltern war es dunkel, ebenso wie in Wolfgangs Appartement.

Ihren Bruder hatte Christina in den vergangenen Tagen nicht gesehen, er schien wieder einmal untergetaucht zu sein. Eva-Maria war in Baden-Baden, sie wollte in den ersten Monaten nach der Neueröffnung des dortigen Geschäfts täglich da präsent sein.

»Joachim? Bist du da?« Christina läutete kurz, dann trat sie ein. Alles war dunkel, doch sie hatte Joachims Wagen vor der Garage gesehen, also war er daheim.

»Joachim?«

Aus dem Wohnzimmer drang unterdrücktes Stöhnen.

Christina knipste das Deckenlicht an, trotzdem wäre sie beinahe über eine Kiste mit Akten gestolpert, die in der halbgeöffneten Tür zum Wohnzimmer lag.

»Joachim!« Mit drei Schritten war sie bei ihrem Stiefvater, der mit schmerzverzerrtem Gesicht auf dem Teppich lag, die linke Hand auf der Brust verkrallt. Er atmete flach, und die Augen waren geschlossen.

Doch als Christina sich neben ihn kniete und noch mehrfach seinen Namen rief, flatterten die Lider, und er sah sie an.

»Ganz ruhig.« Christina bemühte sich, nicht aufgeregt oder gar ängstlich zu klingen. »Bleib ruhig liegen, ich rufe einen Arzt.« Sie wollte sich wieder aufrichten, doch da griff Joachim nach ihrer Hand und umklammerte sie so fest, dass es schmerzte.

»Nicht. Wolf ...« Seine Stimme war kaum zu verstehen.

»Ich bin's, Christina.« Sie streichelte kurz sein Gesicht. »Du brauchst einen Arzt, Joachim, ich rufe sofort Dr. Steining an.«

»Nein ... Wolfgang ... Du musst dich vor ihm in Acht ...« Noch einmal sah er sie an, sein Blick schien sie förmlich zu durchbohren. Dann seufzte er noch einmal laut auf – und hörte auf zu atmen.

»Joachim! Paps! Nein! Nicht!«

Christina wusste nicht, was sie zuerst tun sollte. Sie versuchte, die Wiederbelebungsversuche anzuwenden, die sie vor Jahren in der Fahrschule gelernt hatte, dann sprang sie auf und hastete zum Telefon. Wählte mit zitternden Fingern die Nummer des langjährigen Hausarztes.

»Doktor Steining, Christina Graber hier. Mein Stiefvater ... er ist ...« Die Stimme brach.

»Was fehlt ihm, Christina?« Der ruhige Ton des Arztes bewirkte, dass sie sich zusammenriss.

»Er ist ... er ist tot! Als ich gerade heimkam, atmete er noch, hat ein, zwei Worte gesprochen, dann ist er gestorben.«

»Ich bin schon unterwegs.« Es klickte in der Leitung, und die Verbindung war unterbrochen.

Christinas Augen schwammen in Tränen, als sie sich neben ihren Stiefvater kniete. Behutsam, als könnte sie ihm noch Schmerzen zufügen, nahm sie seinen Kopf und bettete ihn auf ihrem Schoß.

»Das kannst du nicht machen, Jo«, flüsterte sie und

strich über das blasse, schmale Männergesicht. »Du kannst uns doch nicht allein lassen! Du … wir brauchen dich. Ich brauche dich. Was soll ich denn ohne dich machen?«

Keine Antwort. Still lag der Mann, der Christina über Jahre hinweg nicht nur den Vater ersetzt hatte, sondern auch ihr Freund und Ratgeber gewesen war, in ihrem Schoß.

Christina weinte. Leise. Lautlos. Sie ließ den Tränen freien Lauf, die auf das weiße Hemd des Toten fielen und es nässten. Dabei streichelte sie ununterbrochen Joachims Wangen, so, als könnte sie ihn mit ihrer Liebe, ihrer Zärtlichkeit wieder aufwecken.

Erst als der Arzt an der Haustür läutete, zuckte sie zusammen. Vorsichtig hob sie Joachims Kopf an und legte ihn auf den dickflorigen Teppich, dann stand sie auf und hastete zur Tür.

»Wo ist er?« Der Arzt hielt sich nicht erst mit langen Begrüßungsfloskeln auf.

»Im Wohnzimmer.«

Dr. Steining kannte den Weg, Sekunden später kniete er neben Joachim. Er untersuchte ihn kurz, leuchtete in die starren Pupillen, tastete noch einmal nach dem Puls. Dann sah er zu Christina hoch, schüttelte den Kopf und schloss dem Toten die Augen.

»Tut mir leid, aber ich kann nichts mehr tun. Es war wohl ein Herzinfarkt. Ein sehr schwerer Infarkt.« Er verstaute Stethoskop und Taschenlampe in seinem Arztkoffer. Dann nahm er Christinas Hände und drückte sie fest. »Ich weiß, dass es jetzt kein Trost für dich ist«, sagte er leise, »aber für Joachim war es ein gnädiger Tod. Er war schwer herzkrank, und so wie ich die Situation einschätze, hätte er noch zwei, drei Jahre vor sich gehabt. Doch es wären keine guten Jahre mehr geworden.«

Christina, die den Arzt seit vielen Jahren kannte, nickte nur. »Er hat sich bestimmt aufgeregt«, murmelte sie. »Da, die Akten …« Sie wies auf den umgefallenen Karton. »Irgendwas muss er darin gefunden haben, was ihn ganz schrecklich aufgeregt hat.«

»Wie kommst du darauf?«

»Er hat sich nie Arbeit mit nach Hause genommen. Mutter wollte das nicht. Gearbeitet wird in der Firma, sagt sie immer, daheim soll man entspannen und es sich gutgehen lassen.«

Erst in dem Moment, in dem sie Eva-Maria erwähnte, fiel ihr ein, dass sie ihre Mutter informieren musste.

»Mutter … ich muss sie anrufen!«

»Tu das. Aber erst mal sollten wir Joachim ins Schlafzimmer tragen. Dort kann ich ihn eingehender untersuchen und den Totenschein ausstellen. Kannst du mir helfen?«

Christina nickte nur.

Es war nicht einfach, den großen Mann hinüber ins Schlafzimmer zu tragen.

»Geh telefonieren, ich komme zurecht.« Dr. Steining schickte Christina aus dem Raum, und erst, als er allein war mit dem Toten, begann er die notwendigen Untersuchungen vorzunehmen, nach denen er den Totenschein ausstellen konnte.

Christinas Hände zitterten, als sie zum Telefon griff und die Nummer der Baden-Badener Filiale wählte.

*

»Ich kann es immer noch nicht begreifen.« Eva-Maria tupfte sich die Augen trocken. »Wie konnte das nur so plötzlich passieren?« Sie schüttelte den Kopf, bückte sich und sortierte ein paar der Kranzschleifen neu, die der Wind zerzaust hatte. »Er fehlt mir so!«

»Er fehlt uns allen.« Christina legte den Arm um ihre Mutter. Sie hatte den Eindruck, dass Eva-Maria in den zwei Wochen, die seit Joachims Beisetzung vergangen waren, kleiner geworden war. So zierlich, so zerbrechlich wirkte sie in den schwarzen Trauerkleidern!

Eva-Maria richtete sich entschlossen auf. »Er war mir ein guter, sehr guter Mann. Wir hatten eine schöne Zeit miteinander. Dafür bin ich dem Schicksal dankbar.«

»Und ich hätte mir keinen besseren Stiefvater und Freund wünschen können. Er hat mir genauso viel Liebe gegeben, wie es mein echter Vater sicher getan hätte, wenn er am Leben geblieben wäre.« Christina entzündete eine neue Kerze. »Er war bei allen beliebt, alle haben ihn geachtet. Denk nur dran, wie viele Leute bei der Beerdigung waren.«

Eva-Marias Miene verdunkelte sich. »Nur dein Bruder war mal wieder nicht dabei. So eine Unverschämtheit.« Sie holte tief Luft. »Das verzeih ich ihm nie.«

Christina biss sich auf die Lippen. Sie hatte ihren Bruder seit Joachims Todestag nicht mehr gesehen. Wie vom Erdboden verschwunden war er wieder einmal.

Und Christina wurde das bittere Gefühl nicht los, dass Joachims Tod und Wolfgangs Verschwinden irgendwie zusammenhingen. Immer wieder musste sie an die letzten Worte des Toten denken. Was hatte Joachim ihr noch sagen wollen? Hatte er etwas herausgefunden, das er ihr mitteilen wollte – und nicht mehr konnte?

»Lass uns zurückgehen. Ich muss noch mal in die Firma.« Christina warf einen letzten Blick auf das helle Holzkreuz, auf dem nur Joachims Name stand, dann wandten sich die beiden Frauen mit gesenktem Kopf zum Gehen.

Seit der Beisetzung zog es Eva-Maria jeden Tag hierher, nicht immer konnte Christina sie begleiten. Joachims Tod hatte auch in der Firma eine große Lücke hinterlassen. Noch stärker als zuvor musste sich Christina jetzt um die Buchhaltung kümmern, die bisher vor allem Joachims Domäne gewesen war.

Zu Hause angekommen, sagte Christina zu ihrer Mutter: »Ich geh dann rüber zur Oma und trinke einen Kaffee mit ihr.«

»Tu das«, erwiderte Eva-Maria und fuhr nach kurzem Zögern fort: »Morgen fahre ich wieder mit nach Baden-Baden. Du kannst das dem Fahrer ausrichten, der morgen die Ware ausliefert.«

»Du willst wirklich schon wieder arbeiten?«

Eva-Maria nickte. »Wem ist damit geholfen, dass ich mich verkrieche? Trauern kann ich im Herzen, da muss ich nicht immerzu hier herumsitzen und heulen. Das hätte Jo auch nicht gewollt.«

»Meine tapfere Mutsch.« Christina zog sie in die Arme. »Aber du hast recht, das Leben geht weiter. Und wir werden es meistern!«

*

Mitternacht war vorüber. Es war still auf dem Firmengelände, noch waren die ersten Mitarbeiter der Frühschicht, die frische Brötchen und Brot backen würden, nicht an ihren Arbeitsplätzen eingetroffen.

In Christinas Büro brannte immer noch Licht.

Mehrere Ordner lagen auf dem Boden verstreut, und Christina saß, den Kopf in die Hände gestützt, vor verschiedenen Papieren. Bestimmt ein halbes Dutzend Mal hatte sie alles gesichtet, hatte Zahlen verglichen, Adressen kontrolliert, Auftragsbestätigungen und Frachtpapiere geprüft – und immer die gleichen Differenzen herausgefunden.

Ihr schlimmer Verdacht war ihr nun zur bitteren Gewissheit geworden: Wolfgang, ihr eigener Bruder, hatte die Firma bestohlen, Rechnungen gefälscht, mehrere Lastwagen umgeleitet und die Ware irgendwo veräußert.

»Und Joachim hat es tatsächlich herausgefunden«, sagte sie in die Stille des halbdunklen Raums hinein.

Vor einem Jahr hatte Christina sich ihr Büro neu eingerichtet. Die alten Eichenmöbel, die sie zu Beginn aus alten, nicht zerstörten Büros zusammengekauft hatten, waren durch moderne, funktionale und doch elegante Möbel ersetzt worden. Auf dem Boden lagen zwei Perserbrücken, hellgelbe Gardinen hingen vor den Fenstern. Wer zum ersten Mal hierherkam, spürte gleich, dass es das Büro einer Frau sein musste, denn alles war harmonisch aufeinander abgestimmt, ohne dass die Funktionalität außer Acht gelassen worden war.

Christina zuckte zusammen, als sich leise die Tür öffnete.

»Ich hab geahnt, dass du noch hier bist.« Katharina, in einem dunklen Kleid, über das sie eine graue dicke Strickjacke gezogen hatte, kam herein. »Seit zwei Stunden bin ich wach, und seither schau ich immer wieder zu deinem Bürofenster hoch.« Sie trat an den Schreibtisch und warf einen Blick auf die Papiere.

»Was kontrollierst du da? Jetzt, mitten in der Nacht?«

»Ach, nichts Wichtiges. Das sind nur Arbeiten, zu denen ich tagsüber nicht gekommen bin.« Christina schob ein paar der Blätter zusammen.

»Du bist eine schlechte Lügnerin, Kind.« Katharina legte beide Hände auf Christinas Schultern. »Das warst du schon immer.« Eine kleine Pause, ein kaum zu vernehmender Seufzer. »Im Gegensatz zu deinem Bruder.«

»Wie meinst du das?«

Ein wehes, unendlich trauriges Lächeln huschte über das faltige Gesicht von Katharina Graber. »Du weißt, was ich meine.« Sie ging um den Schreibtisch herum und setzte sich auf einen der beiden Besucherstühle auf der anderen Seite des Schreibtischs. »Ich habe ihn immer in Schutz genommen, als er noch ein Junge war. Er tat mir so unendlich leid, als er in den Krieg musste. Und noch stärker hab ich ihn bedauert, als er heimkehrte – verstört, geschlagen, im tiefsten Innern verletzt.« Sie schloss die Augen, und ihre Hände, knochige, verarbeitete Hände, verkrampften sich im Schoß. »Aber er ist kein Junge mehr, den man bedauern kann. Er hätte alle Hilfe haben können, die es gibt, aber er wollte sie nicht. So, wie er unsere Liebe nicht will.«

»Bitte, Großmutter, hör auf.«

»Nein.« Die alte Frau schüttelte den Kopf. »Es stimmt, und einer von uns muss es aussprechen: Wolfgang hat eine kranke Seele.«

Christina schwieg. Sie sah Katharina an, die klein und irgendwie verloren wirkte. Und doch war da plötzlich dieser entschlossene, kämpferische Ausdruck in ihren Augen, den sie als junge Frau besessen hatte, den auch Eva-Maria noch oft hatte, wenn sie etwas durchsetzen wollte.

Christina ahnte nicht, dass auch sie so aussah, wenn sie etwas Neues plante und mit aller Kraft diese Pläne umsetzen wollte.

»Du musst ihn zur Rede stellen.« Katharina beugte sich vor, sah die Jüngere eindringlich an. »Er betrügt dich. Er betrügt uns, die Firma.« Sie atmete heftiger. »Das darfst du dir nicht gefallen lassen, Christina.« Sie wies auf die Papiere auf dem Schreibtisch. »Du hast es doch sicher schon herausgefunden, nicht wahr? Er verschiebt Ware, fälscht deine Unterschrift.«

»Woher weißt du?«

Katharina Graber zuckte mit den Schultern. Sie wirkte jetzt wieder alt und gebrechlich. »Ich hab's nicht gewusst. Nur geahnt. Du hast es mir jetzt bestätigt.«

Christina stand auf und ging um den Tisch herum, beugte sich über die Großmutter und schloss sie in die Arme.

»Ich weiß einfach nicht, was ich tun soll«, murmelte sie. »Wenn sich unser Verdacht bestätigt, wenn er wirklich gegen uns, die Firma, intrigiert hat ... was soll ich dann tun? Ich kann doch meinen Bruder nicht verklagen!«

»Red mit ihm. Er ist krank. Krank vor Eifersucht, vor Enttäuschung ... ich weiß auch nicht, was in ihm vorgeht.« Katharina drehte den Kopf und sah Christina an. »Ich bin aber sicher, dass Joachim einiges herausgefunden hat. Und dass er sich darüber so aufgeregt hat, dass sein Herz letztendlich versagt hat. Auch das hat er auf dem Gewissen, der Junge. Wenn ich nur wüsste ...« Sie biss sich auf die Lippen und sprach den Satz nicht zu Ende.

»Ja. Ja, ich weiß. Und die Schuld, die er damit auf sich geladen hat, ist viel größer als der Schaden, den er der Firma zugefügt hat.«

Katharina hob die Hand. »Kämpf um das alles hier, mein Murkelchen«, sagte sie, und es war das erste Mal seit vielen Jahren, dass sie den Kosenamen benutzte, mit dem sie Christina als Kind so oft gerufen hatte. »Du hast so viel erreicht, hast so hart gekämpft, das darf Wolfgang nicht zerstören.«

*

Das Hotel, nur zwei Kilometer von der Grenze zum Elsass entfernt, war schäbig und lag am Rand eines kleinen Waldstücks. An der Wetterseite blätterte der Putz von der Wand, ein Stück Dachrinne hing schief herab, und die beiden Blumenkästen neben dem Eingang waren sicher seit Jahren nicht mehr bepflanzt worden. In ihnen wucherte das Unkraut, ebenso auf den schmalen Beeten neben dem Haus. Nur ein paar Rosenstöcke versuchten, sich durch das Unkraut zu arbeiten, und setzten mit ihren hellroten Blüten ein paar leuchtende Akzente. Doch statt den tristen Eindruck zu mildern, machte dieses verzweifelte Bemühen alles nur noch schlimmer.

Über dem Eingang hing ein verwittertes Schild. »Zur Einkehr« stand in altdeutscher Schrift darauf – ein Relikt aus der Zeit vor dem Ersten Weltkrieg, als das Elsass zeitweise zum Deutschen Reich gehört hatte.

Die drei Autos, die an der linken Seite neben dem Eingang geparkt waren, ein schwarzer Mercedes, ein heller Opel Rekord und ein dunkelroter amerikanischer Straßenkreuzer, passten absolut nicht vor dieses schäbige Gebäude.

An diesem frühen Abend befanden sich außer dem Wirt, einem feisten Mann mit viel zu langen grauen Haaren und ungepflegtem Bart, nur noch vier Personen in der Gaststube: Wolfgang Graber und drei seiner sogenannten Geschäftspartner. Einer war John Sherwood, der inzwischen eine Deutsche geheiratet hatte und in Karlsruhe lebte, der andere hieß Pierre und war Elsässer. Der dritte Mann, etwas älter und seriös wirkend, sagte nichts, doch er sah sich Wolfgangs Unterlagen genau an.

Wer dieser Mann war, wusste Wolfgang ebenso wenig, wie er Näheres über Johns derzeitige Geschäfte wusste. Einmal hatte er den alten Bekannten danach gefragt, doch seine nichtssagende, unfreundliche Antwort hatte ihm klargemacht, dass John über seine Geschäfte nicht sprechen wollte. Und im Grunde genommen interessierte es Wolfgang auch nur am Rande. Für ihn war nur wichtig, dass die so unterschiedlichen Männer bereit waren, ihm für die Unterlagen, die er aus dem Familienunternehmen entwendet hatte, ein kleines Vermögen zu zahlen.

»Wie besprochen – Bargeld.« John schob ihm ein Kuvert zu, das Wolfgang öffnete, kurz zog er ein Geldbündel heraus und zählte es nach. Dann nickte er.

»Von mir das hier.« Der Franzose schob ihm eine Liste zu. »Das sind die Weine, die sich im Lager in Offenburg befinden. Ihr Wert beträgt, grob geschätzt, zehn- bis zwölftausend Mark. Ich denke, das ist ein ausreichend großer Grundstock, um einen Weinhandel zu eröffnen.« Der Mann sprach gutes Deutsch mit hörbarem Akzent.

Wolfgang nickte nur. Er war unruhig, der ältere Typ im seriösen dunklen Anzug, der die Unterlagen immer noch zu prüfen schien, machte ihn nervös. Dabei war er sich sicher, alles Wesentliche aus Christinas Tresor im Büro entwendet zu haben. Die blöde Gans hatte sich so ein simples

Ding angeschafft, dessen Code jedes Kind knacken konnte. Zudem war es typisch für sie, dass sie das Geburtsdatum ihrer Mutter als Code eingegeben hatte. Sentimentale dumme Kuh! Es schadete ihr gar nichts, dass er jetzt einen Teil der Rezepte und Geschäftskontakte, die sie so hütete, an ihren Konkurrenten veräußerte.

Wolfgangs Neid auf die erfolgreiche Schwester war grenzenlos. Immer wieder, wenn er daheim war, stand ihm vor Augen, was sie geschaffen hatte. Die Firma wuchs stetig, aus dem ersten, noch kleinen Fabrikgebäude waren mittlerweile drei große Hallen geworden. Das Vermögen der Familie vergrößerte sich ebenso rasch, wie die Gebäude wuchsen.

Nur, dass er von diesem Vermögen nichts abbekam!

Und deshalb nahm er sich an diesem Abend seinen Anteil! So einfach war das!

»Das war's.« Der Mann im dunklen Anzug stand auf. »Wir können gehen.«

Sofort erhoben sich John und Pierre. Sie gaben Wolfgang die Hand, John klopfte ihm auf die Schulter.

»Immer wieder schön, mit dir Geschäfte zu machen«, grinste er.

Falls Wolfgang erwartet hatte, dass ihm auch der Ältere die Hand zum Abschied reichen würde, sah er sich getäuscht. Mit einem knappen Kopfnicken ging der Mann aus der Tür, gefolgt von Pierre und John.

»Wie zwei dressierte Hunde«, murmelte Wolfgang bitter. Dann winkte er dem Wirt, der die ganze Zeit über mechanisch an ein und demselben Glas herumpoliert hatte. »Einen doppelten Weinbrand. Und dann sag Elli Bescheid, dass ich gleich hochkomme.«

»Madeleine ist auch da. Obwohl heute ja eigentlich Ruhetag ist.« Der Wirt grinste anzüglich. »Ich hab sie extra deinetwegen herbestellt.«

»Na dann …« Wolfgang stand auf und steckte das Geld in seine Manteltasche. »Dann bring schon mal zwei Flaschen Sekt hoch. Ich geh nur noch mal kurz zum Wagen.«

Ein knappes Nicken, dann ging der Wirt nach hinten, um aus dem Lager zwei Champagnerflaschen zu holen. Er ahnte, dass Wolfgang gerade ein gutes, wenn auch nicht seriöses Geschäft abgewickelt hatte. Also konnte er auch Schampus zahlen!

Wolfgang legte den größten Teil des Geldes in den Kofferraum seines Wagens, verschloss ihn gut und schlenderte dann, zufrieden grinsend, zurück ins Hotel.

Oben, im ersten Stockwerk, empfingen ihn schon die zierliche Elli und die langbeinige Madeleine, deren beachtliche Oberweite nur von einem knappen roten BH gehalten wurde. Dazu trug sie einen roten Spitzenslip und rote Strapse. Die langen Beine wurden von schwarzen hauchdünnen Seidenstrümpfen bedeckt.

Elli, fast knabenhaft schlank, war in eine schwarze Lackkorsage gekleidet, sie stand neben dem Bett und hielt eine Peitsche hoch.

»Auf die Knie mit dir«, befahl sie, und Wolfgang gehorchte.

»Ich bin dein gehorsamer Diener«, winselte er.

»Küss mir die Füße. Und die Füße meiner Freundin.«

Er gehorchte.

»Und jetzt leck mich«, fuhr Elli in gebieterischem Ton fort. »Da, wo ich es mag.«

Er gehorchte nur zu gern. Er mochte diese Spiele, und

die beiden Freudenmädchen wussten genau, was sie zu tun hatten, um ihn zu befriedigen.

Zwei Stunden genoss Wolfgang ihre Dienste, dann verließ er, um etliche Scheine ärmer, aber zufrieden, das Hotel.

Als er ungehindert die Grenze überquert hatte, atmete er auf. Er fühlte sich frei. Endlich ungebunden und frei! Frei von Geldnot, von Existenzangst, frei von den Gedanken an seine kleinkarierte Familie, in der alles um diese Scheißfirma kreiste, die er so hasste.

Die Firma ... die gab es vielleicht schon bald nicht mehr!

Wolfgang lachte lauthals. »Vorbei!«, rief er gegen die Windschutzscheibe. »Es ist bald vorbei! Aber für mich fängt das Leben jetzt an!«

*

Um achtzehn Uhr kam Christina in das weitläufige Ladengeschäft, das in Baden-Badens Innenstadt lag und auch jetzt noch, kurz vor Feierabend, gut besucht war. Sie maß den Raum mit einem langen Blick. Schön war er, einfach nur schön. Gediegen, unaufdringlich elegant mit dem hohen Kristallleuchter an der Decke und den verspiegelten Wänden. Die Verkäuferinnen trugen hellblaue Kleider, darüber weiße Rüschenschürzen.

Die Regale waren aus hellem Ahornholz, der Boden mit schwarzweißen Fliesen ausgelegt. Es duftete nach frischem Gebäck und Brötchen. Als erstes Geschäft weit und breit wurde bei Grabers auch nachmittags noch eine neue Lieferung Brötchen angefahren, was viele Kunden sehr schätzten.

Christina ging um den Verkaufstresen herum in den

kleinen Lagerraum, an den sich der Aufenthaltsraum für das Personal anschloss. Er war gemütlich eingerichtet, ein runder Tisch, ein paar Stühle und eine schmale Anrichte, auf der Kaffeetassen und ein paar Teller standen. Am Fenster bauschte sich eine weiße Gardine, und auf dem Tisch standen eine Schale mit Gebäck sowie ein kleines Blumengesteck.

Christina war überzeugt, dass Frauen, die bei der Arbeit eine angenehme Atmosphäre um sich hatten, mit mehr Freude schafften.

Ihre Mutter kam ihr nach und ließ sich mit einem tiefen Seufzer auf einen der Stühle sinken. »Die neuen Alpenglück-Pralinen liegen wie Steine in den Auslagen. Entweder mögen die Kunden die Kreationen von deinem alten Freund Reto nicht, oder wir sind zu teuer.«

»Nein, das ist es nicht.« Christina nahm ihr gegenüber Platz und barg für einen Moment das Gesicht in den Händen. »Die Pralinés sind ausgezeichnet, und der Preis ist auch in Ordnung. So viel haben unsere Kunden bisher auch für Spitzenprodukte bezahlt.«

»Aber was ist es dann?«

»Die Konkurrenz nimmt uns Kunden ab. Nicht nur die Hausfrauen, die bei uns kleine Mengen einkaufen, auch zwei Großkunden sind wieder abgesprungen. Sie kaufen jetzt bei der Konkurrenz. So wie die drei anderen vorigen Monat auch schon.« Sie hob den Kopf. »Es tut mir leid, Mutter, aber ich muss es dir jetzt sagen: Wolfgang hat Unterlagen aus dem Büro entwendet und sie an die Konkurrenz verkauft. Und die bringt unsere Produkte um einiges billiger auf den Markt. Zwar nicht in genau der gleichen Qualität, aber das ist nicht der Punkt.«

»Nein!« Entschieden schüttelte Eva-Maria den Kopf. »Das glaub ich nie und nimmer!«

»Aber es ist so.« Christina beugte sich vor und sah sie eindringlich an. »Joachim hat es kurz vor seinem Tod herausgefunden. Er hatte sich Papiere mit nach Hause genommen, wollte sie da wohl in Ruhe durcharbeiten – und ist auf Wolfgangs Machenschaften gestoßen.«

»Ich ... ich glaube das nicht! Wolfgang würde doch dem Familienunternehmen nie so stark schaden! Er kann sich doch denken, was das bedeutet!«

»Natürlich ist er sich darüber im Klaren.« Christina zögerte, sie hatte die Mutter schonen und ihr nicht die ganze Wahrheit über Wolfgang sagen wollen, doch es ging nicht mehr, Eva-Maria musste wissen, was passiert war. »Joachim wusste es, ich hab die Unterlagen noch einmal genau gesichtet – und fand seinen Verdacht bestätigt.« Kurz zögerte sie, dann fuhr sie fort: »Großmutter hat es mir auf den Kopf zugesagt, sie weiß auch Bescheid.«

»Aber ... warum hast du mir nichts gesagt?«

Christina stand auf und legte den Arm um Eva-Marias schmale Schultern. »Ich wollte dich damit nicht auch noch belasten. Joachims Tod ist schon schlimm genug. Und du hast dich so gegrämt, dass Wolfgang nicht zur Beisetzung gekommen ist ...« Sie biss sich kurz auf die Lippen. »Es ist mir inzwischen ganz klar, warum er sich nicht mehr heimtraut.«

»Und was wird jetzt?«

Christina zuckte mit den Schultern. »Ich weiß es nicht. Wenn noch zwei, drei große Kunden abspringen, müssen wir aufgeben. Zumindest die Fabrikproduktion rentiert sich dann nicht mehr.«

Fassungslos, ungläubig sah Eva-Maria sie an. »Das überleb ich nicht«, murmelte sie und sank weinend über dem Tisch zusammen.

*

»So müsste es gehen.« Christina legte den Stift zur Seite und sah auf die Zeichnung, die sie gerade mehr schlecht als recht angefertigt hatte. Sie zeigte einen Engel mit goldenen Flügeln und einem trapezförmigen weißen Kleid. Der Kopf des Engels war rund, ohne Gesicht. Darin sollte sich, so Christinas Idee, ein großes Praliné befinden. Im Kleid dann viele kleine Schokoplätzchen in Sternform.

Seit Tagen tüftelte Christina in der alten Backstube an diesem Engel herum. Er sollte nicht nur aus Pappe sein, nicht nur Verpackung für die Schokolade. Nein, die Kinder, die diesen Engel bekamen, sollten auch mit ihm spielen können!

»Ein Kleid aus Glanzpapier …« Sie schraffierte das trapezförmige Kleid. »Ja, aus dickem Papier, in Falten gelegt, so dass man den Engel richtig aufstellen kann.«

Sie nahm das nächste Blatt zur Hand, auf dem sich schon diverse Zeichnungen von Sternen und Kugeln befanden. Es waren aufwendige Verpackungen, die ihr vorschwebten, aber so etwas gab es noch nicht auf dem deutschen Markt, und sie war sicher, dass die Eltern, die selbst in ihrer Jugend so viel hatten entbehren müssen, ihren Kindern nun, da das Wirtschaftswunder dem Land wieder Wohlstand beschert hatte, nur das Beste kaufen würden.

»Und das müsste zu Ostern mit Hasen und großen Pappeiern auch funktionieren«, murmelte sie und notierte sich die Idee, ehe sie die Unterlagen in den alten Schrank räumte, der direkt neben der Tür stand. »Fürs diesjährige Weihnachtsgeschäft komme ich mit der Idee sowieso zu spät. Zumindest kann ich nicht in größeren Mengen produzieren.« Sie sah zu den beiden Bildern hin, die an der Wand hingen. Von dem einen sah der Großvater auf sie herab, das andere Foto zeigte Joachim, der vor der Backstube stand und lachend zwei Torten in Händen hielt. »Aber das wäre doch mal was Neues, oder?«

Die beiden Männer auf den Fotos antworteten nicht, aber Christina hatte sich angewöhnt, hin und wieder Zwiesprache mit ihnen zu halten.

Ihre Augen brannten, als sie das Licht in der Werkstatt löschte und hinüberging zum Wohnhaus. Seit Tagen schlief sie nur wenig, die Sorgen um die Firma, mit der inzwischen schon so viele Existenzen verbunden waren, ließen sie nicht zur Ruhe kommen.

Morgen wollte sie nach Frankreich fahren und mit den beiden Importeuren dort noch einmal verhandeln. Es durfte einfach nicht sein, dass man sie so im Stich ließ. Schließlich bestand die Geschäftsbeziehung zwischen der Firma Graber und den Franzosen schon seit mehr als fünf Jahren.

Kurz vor Sonnenaufgang stand sie auf, packte nur noch ein paar Kleinigkeiten ein und fuhr in Richtung Baden-Baden, von wo aus sie die Autobahn in Richtung Nancy nehmen wollte.

Der Himmel war grau und wolkenverhangen. Noch waren die Straßen leer, nur wenige Fahrzeuge waren um diese frühe Stunde unterwegs.

Noch ehe sie den Autobahnzubringer erreicht hatte, begann es, leicht zu schneien. Es waren keine dicken, weichen

Flocken, sondern kleine, harte Eiskristalle, die vom Himmel fielen und die Straßen rasch in gefährlich glatte Rutschbahnen verwandelten.

Christina drosselte das Tempo. Jetzt nur keinen Unfall verursachen!

Den hohen Kastenwagen, der viel zu schnell aus einem schmalen Seitenweg kam, bemerkte sie erst im letzten Moment. Verzweifelt versuchte sie auszuweichen – zu spät.

»Nein!« Mit weit aufgerissenen Augen sah Christina, wie der hohe Wagen auf sie zukam, ein drohendes Ungetüm, das ihr die Sicht nahm. Blech knirschte, der Motor heulte noch einmal auf, Glas splitterte, und die Hupe des anderen Wagens schrillte schmerzhaft laut durch den stillen Morgen.

»Mei, so ein Unglück.« Christina blinzelte. Sie sah den alten Mann wie durch einen Schleier. Er beugte sich über sie und versuchte, sie aus dem Wagen zu ziehen. »Das wollt ich net, wirklich net. Aber die Straße war so glatt, da hab ich net mehr rechtzeitig bremsen können und …« Mit zitternden Fingern griff er wieder zu. »Warten S' noch, ich versuch es gleich noch einmal.«

»Au!« Sie schrie auf, als ein heftiger Stich ihr linkes Bein durchzuckte. Ihr war schlecht, und sie fürchtete, sich jeden Moment übergeben zu müssen.

»Ich pack's net.« Der alte Mann streichelte unbeholfen über ihre Haare. »Warten S' ein paar Minuten, ich hol Hilfe.«

Tief atmete Christina ein und aus, um die Übelkeit zu unterdrücken. Dann versuchte sie, ihren Unterkörper zu bewegen. Vergeblich. Hände und Oberkörper waren frei, das linke Bein jedoch war eingeklemmt, und als sie sich vorsichtig ein wenig zur Seite beugte, sah sie, dass Blut aus einer Wunde am Oberschenkel spritzte.

Da ist bestimmt eine größere Ader getroffen, dachte sie noch, dann wurde sie ohnmächtig.

*

»Hallo, da sind Sie ja wieder!« Die Männerstimme drang wie durch Watte zu ihr. »Frau Graber, hören Sie mich? Schauen Sie mich an!«

Es war eine ungeheure Kraftanstrengung, der Aufforderung zu folgen und die Lider zu heben. Christina bemühte sich mehrmals, denn die Männerstimme klang dunkel und freundlich, aber bestimmt.

»Na also!« Der Mann mit der angenehmen Stimme beugte sich über sie.

»Wo bin ich?« Irritiert sah Christina den Fremden an. Er trug einen weißen Kittel, hatte ein leicht gebräuntes Gesicht und dunkle Haare. Ihr fiel das Grübchen am Kinn auf, das wie ein tiefer Einschnitt wirkte. Komisch, dass sie so etwas jetzt bemerkte!

»Frau Graber, alles wird wieder gut. Sie hatten einen Unfall, erinnern Sie sich?«

Sie wollte den Kopf schütteln, aber das ging irgendwie nicht. Eine dicke weiche Schiene lag um ihren Hals.

»Warum ...?« Sie hob die Hand.

»Ruhig, ganz ruhig.« Der Mann im weißen Kittel legte seine Hand auf ihre. »Sie haben ein Schleudertrauma, ich hab Ihnen vorsichtshalber diese Manschette angelegt. Ich bin Doktor Berghausen und hab Sie gleich nach der Einlieferung in die Klinik behandelt.«

»Das Auto!« Plötzlich war das Geschehen wieder präsent. »Irgendjemand ist mir in den Wagen gefahren!«

»Ja. Aber Sie hatten Glück im Unglück. Außer dem verstauchten Nacken haben Sie nur noch ein gebrochenes Bein. Und eine Fleischwunde am Oberschenkel.«

»Ist das schlimm?«

»Nicht allzu sehr. Allerdings haben Sie eine Menge Blut verloren.« Der Druck seiner Finger verstärkte sich. »Aber das kriegen wir wieder hin. In ein paar Wochen sind Sie wieder fit.«

»In ein paar Wochen ...« Christina sah ihn an. »Das geht nicht. Ich muss verreisen. Dringend!« Sie versuchte, sich aufzurichten, doch der Arzt drückte sie gleich wieder in die Kissen zurück.

»Liegen bleiben. Ganz ruhig liegen bleiben. Nichts ist so wichtig wie Ihre Gesundheit. Alles andere findet sich.«

»Sie haben ja keine Ahnung, Herr Doktor.« Christina spürte, wie eine dunkle Wattewand auf sie zukam. »Mir wird schlecht«, murmelte sie.

»Das kommt von der Narkose. Aber das geht bald vorbei. Jetzt schlafen Sie ein bisschen, das tut Ihnen gut.«

Christina spürte den Einstich einer Injektionsnadel, dann schlief sie übergangslos ein.

Als sie wieder erwachte, war es dunkel im Zimmer. Nur eine schwache Lampe über ihrem Bett verbreitete diffuses Licht. Christina bemerkte den Blumenstrauß auf dem kleinen Tisch, der ihrem Bett gegenüberstand. Sie sah den Infusionsgalgen, und aus der durchsichtigen Flasche tropfte eine helle Flüssigkeit in eine Vene ihrer linken Hand.

Nach kurzem Zögern drückte Christina den Rufknopf.

»Jetzt sind Sie richtig wach! Hallo, Frau Graber!« Statt der erwarteten Pflegerin kam der Arzt zurück, an den sich Christina vage erinnerte. Er tastete nach ihrem Puls, und während er ihre Herzschläge zählte, sah er sie unverwandt an.

»Sehr gut.« Er lächelte, hielt ihre Hand aber weiter fest. »Wie fühlen Sie sich?«

»Ganz gut, danke.«

»Freut mich.« Er zog sich einen Stuhl neben das Bett. »Sagen Sie auf jeden Fall, wenn Sie Schmerzen haben, dann bekommen Sie noch etwas. Leiden sollen Sie bei uns nicht.«

»Ich brauche ein Telefon. Und die Aktentasche aus meinem Wagen.« Sie sah ihn ernst an. »War meine Mutter hier?«

»Ja. Sie ist vor einer Stunde gegangen. Sie hat Ihnen ein paar Dinge gebracht. Schwester Juliane hat alles in den Schrank geräumt.«

»Hat meine Mutter meine Aktentasche mitgebracht? Hat sie etwas hinterlassen? Eine Notiz oder so?«

Dr. Berghausen schüttelte den Kopf. »Das weiß ich nicht. Aber daran sollten Sie auch wirklich nicht denken. Sie brauchen Ruhe, keine Büroarbeit. Ich bin sicher, man kommt eine Weile ohne Sie aus.«

Christina antwortete nicht. Der Arzt hatte ja keine Ahnung, wie schlimm es war, dass sie nicht nach Frankreich fahren konnte, dass sie auch in der Firma für eine Weile nicht präsent war.

Tränen stiegen ihr in die Augen, und sie presste fest die Lippen zusammen, um ein Schluchzen zu unterdrücken.

»Aber, aber ... Das ist doch kein Grund, so verzweifelt zu sein. In drei, vier Wochen können Sie wieder laufen –

und arbeiten, wenn es denn sein muss.« Er lächelte sie an. »Bis dahin muss Ihr Chef ohne Sie auskommen.«

»Mein Chef?« Leicht runzelte Christina die Stirn. »Ich hab keinen Chef.«

»Ja, dann ist es doch gar nicht schlimm, wenn Sie eine Weile hier liegen müssen.« Er stand auf. »Ich muss noch die Abendvisite auf der Station machen. Wir sehen uns später, Frau Graber.«

*

»Das ist das letzte Mal, Wolfgang, dass ich dir Unterlagen besorge. Fast hätte mich Sandrine erwischt, als ich mich am Schreibtisch deiner Schwester zu schaffen gemacht hab.«

»Du bist die Beste, Mausi. Ich danke dir.« Wolfgang Graber zog Angelika Wolters an sich und küsste sie. »Du, dafür hast du dir etwas Besonderes als Dank verdient. Was hältst du von einem Trip hinüber zum Bodensee?«

Strahlend sah Angelika ihn an. »Das wäre toll, Wolfgang, aber ich kann jetzt nicht wegfahren. Leider. Ich hab ja noch keinen Urlaubsanspruch.«

»Schade.« Wolfgang grinste still vor sich hin. Das hatte er bei seinem angeblich großherzigen Angebot genau einkalkuliert. »Aber vielleicht ist es auch ganz gut, wenn du noch eine Weile vor Ort bist. Du musst mir berichten, was los ist in der Firma – jetzt, wo meine Schwester in der Klinik liegt. Da geht es doch bestimmt drunter und drüber, oder?«

Angelika sah sich in der kleinen Dachgeschosswohnung um. »Du wolltest doch renovieren lassen«, meinte sie. »Es ist hier immer noch nicht wirklich gemütlich.«

Wolfgang zuckte mit den Schultern. »Keine Zeit. Also, wie ist es in der Firma?

»Wie immer. Deine Mutter kommt jeden Tag, sie sitzt meist im Büro deiner Schwester.«

Wolfgang unterdrückte nur mit Mühe einen Fluch. Das hatte er nicht erwartet, dass seine Mutter jetzt Christinas Platz einnahm.

»Aber wenn ich hier mit einziehen soll, muss sich was ändern.« Angelika, die nicht bemerkte, wie wütend er war, zog einen Schmollmund. Sie stand auf und setzte sich auf Wolfgangs Schoß. »Du hast es versprochen!«

»Ja, ja, und ich halte mein Versprechen auch. Aber im Moment sind andere Dinge wichtig.«

»Und die wären?«

Wolfgang machte eine wegwerfende Handbewegung. »Geschäfte. Davon verstehst du nichts.«

»Ach nein? Ich versteh nichts von Geschäften?« Angelikas grüne Augen schossen Blitze. »Aber ich versteh genug davon, um dir die Unterlagen zu kopieren, die du brauchst, nicht wahr?«

»So hab ich das nicht gemeint. Komm her, Mausi.« Rasch änderte Wolfgang seine Taktik und zog Angelika an sich. Seine Hand tastete in den Ausschnitt ihrer Bluse, und er streichelte die kleinen, festen Brüste, während er Angelika küsste.

Vor einem Jahr waren sie sich zufällig in einer Tanzbar in Kaiserslautern begegnet, und Angelika hatte sich sofort in den gut aussehenden Mann verliebt. Dass Wolfgang sich stärker für sie interessierte, geschah aus reinem Egoismus. Angelika erzählte, sie sei Buchhalterin – und dass sie in ihrem Job unglücklich sei.

»Mein Chef ist alt und verknöchert, da komme ich nie und nimmer weiter«, hatte sie erzählt – und damit Wolfgang die ideale Basis für seinen Plan geliefert.

Er überredete Angelika, bei der Firma Graber anzufangen, und sich möglichst rasch mit der engsten Mitarbeiterin seiner Schwester anzufreunden.

»Was hast du eigentlich gegen deine Schwester?«, wollte Angelika wissen, kaum dass sie ein paar Wochen angestellt war. »Sie ist doch sehr nett.«

»Nett! Ein verlogenes Biest ist sie, eine krasse Egoistin, die mich um meinen Anteil gebracht hat.« Wolfgang verstand es doch immer wieder meisterlich, die Tatsachen zu verdrehen und sich als unverstandenes, ausgenutztes und betrogenes Familienmitglied darzustellen.

Angelika, verliebt und ziemlich naiv, glaubte ihm jedes Wort.

Wolfgang genoss seinen Triumph! Er wusste, dass er nicht noch einmal Christinas Unterschrift fälschen konnte, das hätte sie sich wohl nicht gefallen lassen. Aber neue Ideen entwenden, Werkspionage betreiben, das konnte er!

Und in Angelika hatte er das willige Werkzeug dazu gefunden!

»Komm, Mausi, lass uns ins Bett gehen. Ich hab mich so nach dir gesehnt.« Er wusste genau, wie er Angelika besänftigen und ablenken konnte. Und als sie erst in seinen Armen lag, als er sie liebte und ihr zuraunte, dass sie die Frau seines Lebens sei, da schmolzen ihre Bedenken und Skrupel so rasch wie Graber-Schokolade in der Sonne.

*

»Jetzt weiß ich endlich, wer Sie sind.« Der weiße gestärkte Kittel raschelte leise, als sich Dr. Berghausen an Christinas Bett setzte. »Die Schwestern schwärmen von den beiden Torten, die Ihre Mutter heute Morgen mitgebracht hat.«

»Ein Stück davon hat Ihnen wohl auch geschmeckt.« Christina wies auf den kleinen Schokoladenfleck auf seinem linken Revers. »Das sieht nach unserer Nougattorte aus.«

»Ertappt.«

»Und? War sie gut?«

»Hervorragend. Ich liebe Schokolade in jedweder Form.« Lächelnd sah er Christina an. »Jetzt weiß ich natürlich auch, warum Sie so ungeduldig sind. Sie sind, wie alle Selbständigen, der Ansicht, dass es ohne Sie nicht geht in Ihrer Firma.«

Christina antwortete nicht. Stattdessen sah sie fasziniert auf das kleine Schokofleckchen im linken Mundwinkel des Arztes. Sie war versucht, die Hand zu heben und es wegzuwischen, doch sie beherrschte sich.

Aber insgeheim gestand sie sich ein, dass Dr. Berghausen viel zu oft durch ihre Gedanken geisterte. Er war genau ihr Typ. Dunkelhaarig, sportlich, groß. Er trug keinen Ring, das hatte sie gestern schon bemerkt. Aber wahrscheinlich trug kein Chirurg einen Ehering, der störte gewiss bei der Arbeit.

»In welchen Regionen schweben Sie gerade?« Karsten Berghausen lächelte sie an. »Ich hab Ihnen doch nur ein leichtes Schlafmittel für die Nacht verschrieben. Das bedeutet nicht, dass Sie auch Tagträume haben sollen. – Es sei denn, Sie träumten von mir.« Sein intensiver Blick ging ihr unter die Haut.

Es ärgerte Christina, dass sie verlegen wurde. »Tut mir leid, was haben Sie gefragt?«

»Eigentlich wollte ich nur wissen, wer in Ihrer Firma die köstlichen Kirschwasser-Trüffel macht. Der Mann ist genial.«

»Danke. Ich freue mich, dass ich Ihren Geschmack getroffen habe.«

»Sie haben die Trüffel selbst hergestellt?« Überrascht sah er sie an.

»Nicht alle!« Christina lachte leise. »Aber ich weiß schon, was Sie gemeint haben. Ja, ich hab den Beruf von der Pike auf gelernt. Ich bin Bäckermeisterin, Konditorin, Patissière.«

»Wow!«

»Es hat mir immer Spaß gemacht. Und schließlich ist es nur gut, wenn man als Chef weiß, wovon man spricht.«

»Sie leiten die Firma tatsächlich?« Immer noch ein wenig ungläubig sah er sie an. »Sie sind noch sehr jung ...«

Christina nickte. »Das muss kein Manko sein, oder?«

»Ich bin beeindruckt.« Er stand auf. »Sie müssen mir noch mehr von sich erzählen. Später, ja?« Noch einmal griff er nach ihrer Hand, doch nicht, um den Puls zu kontrollieren, sondern um die schmalen Finger zärtlich zu drücken. »Wenn mein Dienst vorbei ist ... darf ich dann noch mal kommen?«

Christina antwortete nur mit einem Nicken. Ein Glück, dass er meinen Puls nicht ausgezählt hat, dachte sie. Der ist bestimmt gerade in schwindelerregende Höhen geschossen.

Die Zeit bis zum Abend verging ihr viel zu langsam. Besuch bekam sie nur von der Großmutter, die ihr zum Glück ein paar Zeitschriften mitbrachte, die sie ablenken würden.

»Ich müsste aber auch ein paar Akten haben«, sagte Christina. »Sandrine soll sie mir möglichst morgen schon bringen.«

»Du bist krank, Kind.«

»Ach was. Ich hab ein zweifach gebrochenes Bein und eine Wunde am Oberschenkel. Die ist genäht, der Bruch gerichtet ... alles wird gut.« Sie lächelte Katharina an.

»Hoffentlich.« Katharina beugte sich vor. »Dass es so weit kommen musste, ist einfach furchtbar.«

»Aber Oma, ich hab dir doch gesagt, dass mein Bein wieder ganz in Ordnung kommt. Und der blöde Unfall war einfach Schicksal, dafür kann man niemanden verantwortlich machen.«

»Ich meine nicht dein Bein.« Katharina rang die Hände im Schoß. »Ich muss immerzu an Wolfgang denken. Und daran, dass die Firma vielleicht ruiniert ist. Durch seine Schuld.« Sie presste die Lippen so fest zusammen, dass sie in dem blassen Gesicht einen schmalen Strich bildeten.

Entschieden schüttelte Christina den Kopf. »So weit wird es nicht kommen. Auf keinen Fall!«

»Deinen Optimismus kann ich nicht teilen, Kind.« Katharina sah aus dem Fenster. Von hier aus konnte man nur auf drei Baumkronen von alten Eichen sehen, die jetzt, im kalten grauen Spätherbst, schon alles Laub verloren hatten. Die Zweige wiegten sich im starken Wind, der draußen herrschte, ein paar Amseln suchten Schutz in der Stammnähe.

Ohne Christina anzusehen, fuhr Katharina fort: »Ich hab gedacht, nach den grausamen Geschehnissen, die wir im Krieg haben erdulden müssen, könnte mich nichts mehr umwerfen. Aber jetzt …« Sie brach ab und fuhr dann ganz leise, fast unhörbar, fort. »Jetzt hab ich keine Kraft mehr.«

»Aber wir brauchen dich noch, Oma!« Christina versuchte, sich aufzurichten; eindringlich sah sie die Großmutter an, die ihr auf einmal wirklich alt und gebrechlich erschien. »Mutter braucht dich, und ich erst recht.« Ein kleines Lächeln glitt über ihr Gesicht. »Ich muss dir was anvertrauen.«

»Ja?«

»Ich hab mich verliebt. Glaube ich.« Verlegen biss sich Christina auf die Lippen.

»Kind! Wie schön! Endlich!« Sofort belebte sich Katharinas Miene. »Und ich hatte schon befürchtet, das würde nie geschehen. Du arbeitest immerzu, gehst kaum einmal unter Leute … Wer ist es?«

»Doktor Berghausen. Er ist unheimlich nett. Wir unterhalten uns hin und wieder auch privat.«

Katharina stand auf und umarmte die Enkelin. »Es wäre wundervoll, wenn du dein Glück finden würdest, Kind. Ich hoffe es von Herzen für dich.«

*

»Du liebe Güte, wie sieht es denn hier aus?« Schwester Sabine, eine kräftige, etwa fünfzigjährige Pflegerin, sah sich konsterniert in Christinas Zimmer um. »Das hier ist eine Klinik, kein Bürogebäude. Und Sie sind krank, Frau Graber!«

»Ach was, Schwester, ich hab nur ein kaputtes Bein, mein Kopf ist doch intakt.«

»Sie sollen sich schonen, das hat der Herr Chefarzt am

Morgen bei der Visite doch ausdrücklich gesagt. Vergessen?« Streng sah Schwester Sabine auf Christina nieder.

»Schon gut. Nur noch die beiden Briefe hier, dann mach ich Schluss.«

»Jetzt ist Schluss. Gleich kommt das Abendessen.« Schwester Sabine sah ihre Autorität gefährdet und machte Anstalten, der Patientin die Papiere vom Bett zu nehmen.

»Lassen Sie's gut sein, Schwester Sabine. Ich sorge dafür, dass Frau Graber Ruhe hält.« Karsten Berghausen war unbemerkt eingetreten und schenkte der älteren Pflegerin ein gewinnendes Lächeln.

»Ja dann …« Schwester Sabine zog sich zurück.

»Danke. Sie waren meine Rettung.«

Karsten Berghausen setzte sich kurz auf die Bettkante, ein paar Papiere gerieten ins Rutschen, doch es kümmerte weder Christina noch den Arzt. »Ich wollte nur, dass sie geht.« Sein Lächeln brachte Christinas Herzschlag wieder einmal aus dem Takt. Er nahm ihre Hand. »Christina, ahnen Sie, was ich Ihnen gern sagen würde?« Er wartete ihre Antwort nicht ab, sondern fuhr fort: »Aber noch sind Sie meine Patientin, und es geht nicht, dass wir …«

»Mir geht es aber schon wieder sehr gut«, fiel ihm Christina ins Wort.

»Ja?«

Sie nickte, lächelte und sah so verführerisch aus in ihrem hellblauen Nachthemd – genau in der Farbe ihrer Augen –, dass Karsten Berghausen nicht anders konnte, als sie zu küssen.

»Eine ausgezeichnete Medizin ist das«, murmelte Christina mit geschlossenen Augen. »Krieg ich davon noch eine Dosis?«

Kurz und sacht nur presste er seine Lippen noch einmal auf ihren Mund. »Ich bin im Dienst.«

»Schade. Sehr schade.« Lächelnd sah sie ihn an. »Und wann hat mein Lieblingsdoktor frei?«

»In zwei Stunden.«

»Dann muss ich mich wohl so lange gedulden.« Sie strich ihm kurz über die Wange.

Karsten Berghausen stand auf. »Gut. Ich hoffe, liebe Patientin, dass Sie bis dahin an so akuten Herzbeschwerden leiden, dass ich länger hier bei Ihnen bleiben muss.«

Christina lachte leise. »Mir ist jetzt schon ganz schwindelig.«

Noch einmal beugte er sich über sie. »Mir auch«, sagte er leise. »Verflixt noch mal, mir auch.«

4

Der kleine Turm Jetons schrumpfte zusehends. Wolfgang Grabers Finger waren eiskalt, als er zweihundert Mark auf die Dreizehn setzte.

»Selten vorsichtig heute.« Der Mann, der unbemerkt hinter ihn getreten war, lachte leise. »So kenn ich dich ja gar nicht.«

Wolfgang drehte sich halb um. »Dann hab ich dich eben mal überraschen können.« Sofort wandte sich Wolfgang wieder dem Spieltisch zu und sah wie gebannt auf die kleine Elfenbeinkugel, die sich rasend schnell drehte – und auf der Dreizehn liegen blieb.

»Na also, geht doch!« Der Mann hinter ihm lachte. »Darauf kannst du einen Drink ausgeben.«

»Noch ein Spiel, dann komme ich mit.« Wolfgang spürte, dass sein Blut rascher durch die Adern floss. Endlich mal wieder gewonnen! Seit drei Stunden saß er im Casino, hatte mal gewonnen, dann verloren. Leider waren die Gewinnsummen wesentlich geringer als der Verlust, den er an diesem Abend erlitten hatte.

Wieder setzte er zweihundert Mark, diesmal auf *Zero*. Das 36-fache des Einsatzes würde er gewinnen, wenn die Null kam.

Er hielt den Atem an, als der Croupier die Kugel in Gang setzte. Unendlich langsam schien sie sich zu bewegen. So jedenfalls kam es Wolfgang vor, der die kleine Elfenbeinkugel förmlich zu hypnotisieren schien mit seinen Blicken.

»Zero!« Die Stimme des Croupiers klang sachlich und ruhig wie immer. Er schien die Anspannung, die die meisten Menschen hier am Tisch erfüllte, nicht nachvollziehen zu können. Sein Blick war gelassen, als er Wolfgang den großen Gewinn zuschob.

»Gratuliere! Jetzt aber los, das muss begossen werden!«

Lachend stand Wolfgang auf und knöpfte sich den Smoking zu, dann schob er dem Croupier noch ein paar Jetons zu. »Für die Angestellten«, sagte er leichthin. Er wartete den Dank des Mannes nicht ab, sondern drehte sich zu dem Bekannten um. »Recht hast du, mein Lieber.« Er reichte dem aschblonden Mann die Hand. »Schön, dich mal wieder zu treffen. Alles klar bei dir?«

Mathias Rollgarden nickte und strich sich mit einem schnellen, selbstgefälligen Lächeln über das wellige Haar, das exakt geschnitten und leicht mit duftender Pomade eingecremt war. »Kannst mir auch gratulieren«, sagte er. »Ab übernächster Woche bin ich Leiter der Bank. Endlich! Ich dachte schon, der alte Reitmeyer würde nie in den Ruhestand gehen.«

»Gratuliere! Das sind gute Neuigkeiten.« Wolfgang legte dem etwa Gleichaltrigen die Hand auf den Arm. »Ich bin sicher, dass wir in Zukunft noch so manches gute Geschäft zusammen machen können.«

»Willst du jetzt doch noch in eure Firma einsteigen?«

»Es ist nicht meine Firma. Ich hab was Eigenes inzwischen.« Wolfgang verzog den Mund. »Mein kluges Schwesterchen wird sich umsehen in naher Zukunft. Der Laden geht den Bach runter, wart's ab.«

»Wie das? Ich dachte, bei Graber-Schokolade ist alles bestens.«

Wolfgang antwortete nicht, doch sein Lächeln verriet ihn.

»Du hast da an was gedreht, stimmt's?«

»Ja. Ich lass mich nicht zum Narren machen. Und mich auch nicht so mir nichts, dir nichts ausbooten. Das werden sie bereuen, meine lieben Verwandten!« Er winkte dem Kellner. »Noch zwei Whisky.«

Eine Weile tranken sie schweigend und sahen hinüber zu den Spieltischen, um die sich immer mehr Casinobesucher scharten. Die meisten der Damen trugen elegante Cocktailkleider, etliche auch Abendgarderobe. Schmuck blitzte auf, und es war nicht klar, ob er echt oder unecht war. Die meisten Herren trugen einen Smoking, nur wenige dunkle Anzüge.

»Willst du heute gar nichts riskieren?«, fragte Wolfgang nach einer Weile.

»Bin schon pleite für heute.« Mathias Rollgarden zuckte mit den Schultern. »Ist einfach mies gelaufen.«

»Hier.« Lässig drückte ihm Wolfgang ein paar Jetons in die Hand. »Nimm. Und versuch dein Glück.«

»Aber das kann ich nicht annehmen!«

»Kannst du. Und musst du.« Wolfgang grinste verschwörerisch. »Du kannst dich aber revanchieren: Wenn meine Schwester oder meine Mutter zu dir kommen und um einen Kredit bitten, dann sagst du einfach nein.«

»Nein? Das geht nicht! Es ist unser Geschäft, Kredite zu vergeben. Und ihr habt doch Sicherheiten genug.«

»Du sagst nein.« Wolfgang sah den zukünftigen Bankdirektor, der ebenso leidenschaftlich spielte wie er selbst, eindringlich an. »Lass dir was einfallen, womit du die Ablehnung begründen kannst. Es soll dein Schaden nicht sein.«

*

Weiße Flocken tanzten vom Himmel, Millionen kleine Kristallsterne, die das Land nach und nach mit einer weißen Decke überzogen.

»Schön.« Christina sah aus dem Fenster. »Ich mag Schnee. Die Welt erscheint dann für eine Weile so sauber und rein.«

»Romantikerin.«

Ein knappes Kopfschütteln von Christina ließ den Arzt lächeln. »Bisher war ich alles andere als das.«

»Und jetzt?«

»Jetzt ...« Langsam drehte sie sich zu ihm um und sah ihm in die dunklen Augen. Sie trug ein braunes Tweedkostüm mit einem kleinen Kragen aus Bisamfell. Die Stulpen an den Ärmeln waren ebenfalls mit einem schmalen Fellstreifen verbrämt. Dazu passten der weiche helle Rollkragenpulli und die hellbraune Hose. Die Hosenbeine waren zum Glück so weit geschnitten, dass sie darunter den leichten Gehgips, den sie immer noch brauchte, verstecken konnte.

»Was wolltest du sagen?« Karsten legte ihr die Hände auf die Schultern und zog sie näher zu sich. »Du hast die Entlassungspapiere schon in der Tasche, du bist jetzt nicht mehr meine Patientin«, murmelte er, bevor er sie küsste.

»Genau das wollte ich sagen.« Christina bog den Kopf nach hinten, hielt seinen Blick fest. »Und – was jetzt?«

»Jetzt bringe ich meine Lieblingspatientin persönlich

zur Tür. Und auf dem Weg dorthin frage ich sie, ob ich sie am Abend zum Essen abholen darf. Aber vorher …« Er zog sie wieder an sich, »vorher muss ich dich noch mal küssen.«

Der Kuss dauerte eine kleine Ewigkeit. Sie hörten nicht, dass draußen auf dem Flur die Schwestern mit dem Geschirrwagen vorfuhren und geräuschvoll begannen, das Mittagessen auszutragen. Sie bemerkten auch nicht, dass Schwester Sabine kurz den Kopf ins Zimmer streckte, sich aber rasch wieder zurückzog.

»Hab ich mir's doch gedacht«, murmelte sie und hielt die junge Lernschwester Rita im letzten Moment zurück, die mit einem Tablett ins Zimmer gehen wollte.

»Was haben Sie sich gedacht?« Rita sah sie fragend an. »Hab ich was falsch gemacht?«

»Nein, nein, alles in Ordnung. Holen Sie mir doch bitte aus dem Schwesternzimmer die Unterlagen von Frau Berthold. Die hab ich vergessen.«

Schwester Rita nickte nur und flitzte davon. Zweimal schon hatte sie einen Fehler gemacht und sich von der gestrengen Schwester Sabine einen Rüffel eingehandelt. So was sollte nicht noch mal passieren.

Schwester Sabine schaute erst noch im Nebenzimmer nach dem Rechten, ehe sie zurück zum Einzelzimmer von Christina Graber ging. Laut klopfte sie an – und sah im letzten Moment, dass sich die junge Frau und der Stationsarzt einen Schritt voneinander entfernten.

»Ich wollte mich verabschieden.« Schwester Sabine lächelte harmlos. »Der Doktor ist mir ja schon zuvor gekommen. Haben Sie Frau Graber schon den nächsten Kontrolltermin gesagt?«

Karsten Berghausen räusperte sich. »Noch nicht. Ich hab das Datum nicht im Kopf.«

»Verständlich.« Schwester Sabine nickte Christina zu. »Kommen Sie gut heim. Und schonen Sie sich noch ein bisschen. Alles Gute.«

»Puh, das war knapp.« Christina ging zum Bett und griff nach den Krücken, die sie vorsichtshalber noch benutzte. »Sie sollten vorsichtiger sein, Herr Doktor.«

»Ach was!« Karsten legte einen Arm um ihre Schultern, mit der anderen Hand hob er die Reisetasche auf, in der Christinas Sachen verstaut waren. »Von mir aus kann jeder sehen, dass ich dich mag. Sehr mag.«

Auf dem Weg zum Fahrstuhl ließ er sie nur für einen Moment los. »Ich hab noch was für dich.« Er verschwand im Arztzimmer, kam aber schon zwei Minuten später mit einem Rosenstrauß zurück. »Damit du mich bis zum Abend nicht vergisst.«

»Danke!« Christina steckte die Nase in die herrlichen Blüten. »Die sind wunderschön.«

»Wie du.«

Vor der Klinik half er ihr ins wartende Taxi, verstaute ihre Tasche im Kofferraum und zwinkerte ihr zu. »Spätestens um acht stehe ich vor deiner Tür.«

»Bis dann. Ich freu mich.«

*

»Na so was!« Überrascht sah Sandrine Berger auf. »Warum haben Sie nichts gesagt? Ich hätte Sie abholen können.«

»Ach was, mit dem Taxi ging's sehr gut.« Christina lehnte die Krücken an den Schreibtisch. »Wie ist's gelaufen in den letzten Tagen, Sandrine? Wir haben uns gar nicht mehr gesprochen, und meine Mutter konnte – oder wollte mir nichts erzählen.«

Die Sekretärin zuckte mit den Schultern. »Wirklich Neues gibt es auch nicht. Nur … gestern kam wieder eine Auftragsstornierung.«

»Mist, verflixter! Wenn ich nur wüsste, was man dagegen machen kann.«

»Gar nichts, fürchte ich.« Sandrine stand auf. »Sie setzen sich jetzt erst mal hin, ich koche frischen Kaffee, dann können wir weiterreden.« Forschend sah sie Christina an. »Ist was passiert? Sie strahlen so. Gibt's doch Entwarnung?«

»Nein.« Christina streckte die Hände nach Sandrine aus. »Aber ich bin dennoch glücklich.«

»Sie haben sich verliebt!«

»Ja.«

»Und – in wen, wenn ich fragen darf?« Sandrine sah sie forschend an. »Sagen Sie jetzt nicht, dass es dieser gutaussehende Arzt ist, den ich mal bei Ihnen im Zimmer gesehen habe.«

»Doch, genau der ist es.«

»Gratuliere.«

»Um Himmels willen!« Christina hob abwehrend die Hände. »Dazu ist es noch viel zu früh.«

»Abwarten. Man kann nie wissen …« Sandrine schenkte Kaffee ein. »Sagen Sie, Christina, wollen Sie heute schon arbeiten? Oder nur mal hallo sagen?«

»Ich seh mir gern die Post von gestern und heute an. War was Besonderes dabei, Sandrine? Außer der Stornierung, meine ich.«

Sandrine trank auch einen Schluck Kaffee, nahm dann ein Plätzchen aus der Schale, die immer auf ihrem Schreibtisch stand, und knabberte an dem Gebäck herum.

»Was ist los?« Christina war sofort alarmiert. »Los, raus damit.«

»Das hat auch noch Zeit bis morgen.« Sandrine sah ihre Chefin bei den Worten nicht an.

»Nichts da. Sagen Sie schon, was los ist.«

Sandrine schwieg weiter, aber sie beugte sich zu ihrer großen Handtasche, die auf dem Boden stand, und zog eine hellrote Tüte heraus. Wortlos reichte sie sie Christina.

»Was ist das?«

»Sehen Sie selbst. Mein Mann hat mir das vorgestern aus Köln mitgebracht. Er war geschäftlich dort und …« Sie brach ab und sah ihr Gegenüber besorgt an.

»Nein!« Christinas Gesicht verlor alle Farbe. »Das … das gibt es nicht! Das kann nicht sein!«

»Das hab ich auch gesagt. Aber das ist fast genau der gleiche Engel, den Sie vor ein paar Wochen aufgezeichnet haben und von dem wir zu Weihnachten die ersten Stücke probeweise produzieren wollten.«

»Ich glaub's nicht.« Christina drehte den kleinen Engel, dessen Pappkörper innen hohl war und in dem ein paar Pralinen hin- und herrollten, immer wieder in ihren Händen. »Fast genau so hab ich es mir vorgestellt.«

Sie stand auf und ging hinüber in ihr Büro. Aus dem Wandschrank hinter ihrem Schreibtisch holte sie den Ordner mit den neuen Entwürfen. Ja, der Engel, der schon fertig zum Verkaufen produziert war, ähnelte ihrem Entwurf bis auf wenige Kleinigkeiten.

»Das ist das Ende«, murmelte sie und ließ sich auf den

Sessel hinter dem Schreibtisch sinken. »Auf diese Idee hab ich all meine Hoffnungen gesetzt.«

Sandrine kam leise herein. »Wie konnte das passieren?«, fragte sie.

»Ich weiß es nicht. Sagen Sie es mir.«

»Keine Ahnung.«

»Aber außer uns beiden weiß doch noch niemand von dieser Idee!« Christina barg das Gesicht in den Händen. »Ich hab die Skizzen angefertigt, kurz bevor ich den Unfall hatte, und nur Ihnen gezeigt. Und ich wollte doch den Franzosen unter anderem diese Entwürfe präsentieren. Darum hatte ich eine Kopie dabei. Und die hab ich noch in meiner Aktentasche.«

»Glauben Sie vielleicht, ich hätte die Entwürfe an die Konkurrenz verraten?«

»Nein.« Christina schüttelte den Kopf. »Um Himmels willen, nein! Daran hab ich nicht gedacht. Nur ... wer könnte hier hereingekommen sein und sich die Unterlagen kopiert haben?«

Sandrine Berger zuckte mit den Schultern. »Keine Ahnung. Ich schwör's Ihnen, Chefin, ich hab nicht die geringste Ahnung.«

*

Der Schneefall hatte aufgehört. Wie mit Puderzucker bestreut lagen Wiesen und Felder rechts und links der Straße. Dr. Karsten Berghausen kniff die Augen leicht zusammen, um besser sehen zu können. Die Seitenstraße, die zu Christinas Adresse führte, war schmal und um diese Uhrzeit nur noch spärlich beleuchtet.

Als Erstes bemerkte er die große Fabrikhalle. Der geschwungene blaugoldene Schriftzug *Graber* über dem Eingang war hell erleuchtet, ebenso die stilisierte Brezel auf der einen und die Praline auf der anderen Seite des Namens. Karsten pfiff leise durch die Zähne. So groß hatte er sich die Firma nicht vorgestellt! Aber die Ausmaße der Halle waren tatsächlich imposant. Fünf Lastwagen mit der gleichen Aufschrift parkten auf einem Platz links neben dem Gebäude.

Erst nachdem er auf dem Platz gewendet hatte, entdeckte er den schmalen asphaltierten Weg, der zu einem Privathaus führte. Er war hell erleuchtet, ebenso ein weißgestrichenes L-förmiges Gebäude.

Karsten lenkte seinen alten VW hinüber und stoppte gleich rechts neben dem Eingang.

Kaum war er ausgestiegen, öffnete Christina auch schon die Tür. Sie trug ein weinrotes Hauskleid, und das lange blonde Haar fiel ihr in weichen Wellen bis auf den Rücken.

Lächelnd streckte sie ihm die Hand entgegen. »Komm rein. Es ist ziemlich kalt geworden.«

»Ja.« Karsten küsste sie zur Begrüßung. »Wohin fahren wir?«, erkundigte er sich dann. »Ehrlich gesagt kenne ich mich nicht gut aus in Baden-Badens Gastronomie. Meistens esse ich in der Kantine.«

Ehe Christina antworten konnte, küsste er sie noch im Hausflur. »Ich hab wochenlang drauf warten müssen, meine bezaubernde Patientin zu küssen, das muss ich nachholen.«

Für ein paar Minuten vergaß Christina ihren Kummer, sie schmiegte sich in seine Arme und erwiderte seine Zärtlichkeit.

»Was hast du?« Karsten schob sie von sich, sah ihr forschend ins Gesicht. »Hast du Schmerzen?«

»Nein, nein, das ist es nicht.« Sie zog ihn mit sich ins Wohnzimmer, das von zwei Stehlampen erhellt wurde, die rechts und links der hellen Ledercouch standen. Ein Glastisch stand davor, an seiner schmalen linken Seite stand noch ein Sessel. Auf dem Tisch bemerkte Karsten etliche Zeichnungen, einen Ordner und eine kleine rote Tragetasche.

»Setz dich, bitte.« Christina blieb stehen. »Wäre es schlimm, wenn wir heute nicht ausgingen? Mir ist, ehrlich gesagt, nicht danach.«

»Natürlich können wir hierbleiben. Ganz wie du willst.« Er nahm ihre Hand und zog sie zu sich. »Was ist denn los?«

Unvermittelt brach Christina in Tränen aus.

»Aber Liebes ...« Hilflos sah Karsten sie an. »Was ist denn passiert, um Himmels willen?«

Noch zwei, drei Seufzer, dann berichtete ihm Christina, was geschehen war.

»Und jetzt?« Karsten begriff noch nicht ganz, welche Konsequenzen diese Spionage hatte. »Musst du jetzt neue Engel entwerfen?«

»Nein.« Wieder weinte Christina auf. »Das Geschäft ist geplatzt. Ich kann doch nicht viel später als der Mitbewerber mit dem ähnlichen Produkt auf den Markt kommen. Und beweisen, dass es im Grunde meine Idee war, kann ich auch nicht.«

»Das ist fatal.«

»Das ist unser Ruin.« Christina sah ihn an. »Entschuldige, dass ich dich mit meinen Sorgen behellige, aber heute wäre ich eine sehr schlechte Gesellschafterin. Es tut mir sehr leid.«

»Aber nein, ich bin froh, dass ich dir beistehen kann. Wenn ich nur wüsste, was jetzt zu tun ist.«

Christina stand auf. »Erst mal mache ich uns was zu essen. Du hast doch sicher Hunger.«

Wie auf Kommando knurrte Karstens Magen laut und vernehmlich.

»Magst du Schnitzel? Die hab ich vorrätig. Dazu könnte ich uns ein paar Spätzle machen.«

»Mach dir keine Arbeit. Ein Brot reicht.«

Doch Christina ließ es sich nicht nehmen, zwei Schnitzel zu braten und etwas Salat anzurichten. Sie selbst bekam, als das Fleisch in der Pfanne briet, auch Appetit.

Der Rotwein, den sie tranken, half ihr, sich ein bisschen zu entspannen. Als sie nach dem Essen eng umschlungen auf dem Sofa saßen und Musik hörten, fühlte sich Christina schon besser. Karstens Nähe tat ihr gut, er gab ihr Sicherheit, und seine Zärtlichkeiten ließen sie für Stunden vergessen, was geschehen war.

*

Am nächsten Morgen war sie schon früh in der Firma und ging zunächst in die Bäckerei, wo es nach frischem Brot, Brezeln und Hefeteig roch. Die zweite Ladung Brot kam gerade aus den drei großen Öfen, und zwei junge Gesellen waren dabei, geschickt die Laugenbrezeln zu formen.

Kurz begrüßte Christina die Mitarbeiter, dann ging sie zurück ins Büro. Dort stand Angelika Wolters, die Buchhalterin, an Sandrines Schreibtisch und hielt einen aufgeschlagenen Aktenordner in der Hand. Unmerklich zuckte sie zusammen, als Christina hereinkam.

»Frau Wolters, wollen Sie zu mir?« Freundlich lächelnd streckte Christina ihr die Hand entgegen.

»Nein, nein, ich warte auf Sandrine ... ich meine Frau Berger.« Sie klappte den Aktenordner zu und legte ihn auf den Schreibtisch zurück. »Sie holt gerade die Post.«

»Ja dann ... Wir sehen uns später sicher noch.« Christina ging in ihr Büro und legte dort das verletzte Bein hoch. Wenn sie zu lange stand oder ging, schwoll es noch an und schmerzte leicht.

Angelika Wolters atmete erleichtert aus, als sich die Tür hinter Christina schloss. Das war knapp gewesen! Die Buchhalterin strich sich über das schmal geschnittene rostrote Kleid, zu dem sie ein knappes graues Jäckchen trug. Das rote Haar hatte sie an den Seiten streng nach hinten gekämmt und mit zwei Spangen festgesteckt. Sie sah sehr seriös aus. Niemand, der sie so sah, hätte ahnen können, dass sie eine leidenschaftliche Geliebte war und Wolfgang Graber all seine Wünsche erfüllte. Doch nicht nur sexuell war sie ihm inzwischen hörig, sie tat stets, was er verlangte.

In der Nacht zuvor erst, nach einer leidenschaftlichen Stunde, hatte er sie gebeten nachzuprüfen, ob seine Schwester vielleicht neue Entwürfe gezeichnet oder sich Notizen über neue Produkte gemacht hatte.

Die zehn Minuten, in denen Sandrine normalerweise die Post sortierte und ins Chefbüro holte, wollte Angelika nutzen und sich genauer umsehen. Pech, dass Christina Graber so unerwartet aufgetaucht war.

Das wird Wolfgang nicht gefallen, schoss es Angelika durch den Kopf, als sie sich wieder hinter ihren Schreibtisch setzte. Aber heute erreiche ich gar nichts mehr.

Dennoch probierte sie es am frühen Nachmittag noch einmal. Diesmal aber rief sie vorher bei Sandrine an.

»Sag mal, hast du einen Moment Zeit? Ich muss dir unbedingt was erzählen. Ich hab einen tollen Mann kennengelernt!«

»Freut mich für dich. Aber ich muss noch etliche Briefe schreiben, tut mir leid, heute passt es gar nicht. Ich muss wohl auch länger bleiben und hab keine Zeit für einen Plausch.«

»Schade.« Angelika machte eine kleine Pause. »Gibt es denn so viel Neues, dass du Überstunden machen musst?«, fragte sie lauernd.

»Die Chefin hat einiges aufzuarbeiten, ist doch klar.«

»Lass dich nicht von ihr ausnutzen. So doll ist die Bezahlung bei der Firma Graber nun auch wieder nicht, dass man sich ausbeuten lassen muss.«

»Wie kommst du denn jetzt darauf? Davon kann doch gar keine Rede sein! Ich dachte immer, dass es dir hier gefällt?«

»Na ja. Mal so, mal so. Ich jedenfalls werde keine Überstunden machen, die mir nicht mal gut bezahlt werden. Aber ich will dich nicht aufhalten. Lass die Frau Chefin nicht warten. Bis später mal.« Das klang spitz und boshaft.

Nachdenklich legte Sandrine den Hörer auf den Apparat zurück. Was war denn plötzlich mit Angelika los? Vor ein paar Wochen noch war sie Feuer und Flamme darüber gewesen, dass sie so einen guten Job bekommen hatte.

Immer wieder musste Sandrine an die junge Buchhalterin denken. Wieso hatte sie sich so verändert?

Je länger sie darüber nachdachte, umso mehr Details fielen Sandrine auf. Seit Wochen trug Angelika immer wieder neue Kleider. Das Haar war stets frisch onduliert, außerdem ging sie, wie sie einmal erzählt hatte, regelmäßig zur Kosmetikerin und besaß zwei Dutzend Paar Schuhe.

»Man muss sich ein bisschen verwöhnen«, hatte sie nur gelacht, als Sandrine erklärte, so viele Schuhe zu besitzen wäre doch der reinste Unsinn. »Und ich lasse mich verwöhnen – und tu es selbst auch.«

Sandrine war zu gut erzogen, um zu fragen, wie Angelika ihren plötzlich so aufwendigen Lebensstil finanzieren wollte. Aber der Gedanke ließ sie einfach nicht mehr los. Abends sprach sie mit ihrem Mann darüber, und der fragte schließlich, nach einigem Überlegen: »Ist sie eigentlich oft bei dir im Büro?«

Sandrine schüttelte den Kopf. »Nein. Nicht allzu oft.«

»Aber sie kommt doch hin und wieder rein, oder?«

»Klar.«

»Auch, wenn du mal nicht da bist? Schließt du immer ab, wenn du das Büro verlässt?«

»Ach was, warum sollte ich? Da liegen doch keine Geheimnisse auf meinem Schreibtisch.« Sie hatte den Satz noch nicht ganz zu Ende gesprochen, als sie zusammenzuckte. »Nein!« Ihre Stimme klang ganz leise. »Nein, das glaub ich nicht. Das kann einfach nicht sein. So was würde sie nicht tun. Sie war doch richtig froh, bei Graber eine feste Anstellung gefunden zu haben.«

Arnold Berger zog sie an sich. »Aber abwegig ist der Gedanke nicht, oder?«

Sandrine biss sich auf die Lippen, doch sie schüttelte nur den Kopf.

»Stell sie auf die Probe. Oder red lieber gleich mit deiner Chefin«, riet Arnold Berger.

»Und wie soll ich das anstellen? Sie auf die Probe stellen, meine ich.«

»Keine Ahnung. Leg einfach irgendwas hin, was so aussieht, als wären es wichtige Unterlagen, die auch eure Konkurrenz interessieren könnten.«

*

Den Jahreswechsel verbrachten Christina und Karsten in Garmisch Partenkirchen bei Freunden des jungen Arztes. Mit zweien der Männer hatte er zusammen studiert, beide waren inzwischen verlobt und arbeiteten in München an einer bekannten Klinik, der Dritte, ein schlanker, nicht allzu großer Mann, war ein bekannter Eisläufer. In seinem Elternhaus schmiss er eine feucht-fröhliche Silvesterparty.

Christina vergaß für ein paar Stunden ihre Sorgen und feierte unbeschwert mit der Clique ins Jahr 1962.

Die Kirchturmglocken kündigten mit zwölf dumpfen Schlägen das neue Jahr an, am Himmel schossen Leuchtraketen in die Dunkelheit, laut und fröhlich wünschten sich alle »Prosit Neujahr«.

Karsten zog Christina, noch ehe sie mit den anderen angestoßen hatten, in einen kleinen Erker. »Ein frohes, glückliches Neues Jahr, mein Engel.« Er hob Christinas Hand hoch und steckte ihr einen schmalen Goldreif an den Finger. »Ich liebe dich«, sagte er und sah ihr in die Augen. »Willst du mich heiraten?«

»Ja.« Christina umarmte ihn stürmisch. »Ja, ich will.« Sie lachte. »Und ob ich will!«

Ein langer Kuss, ein inniger Blick, dann gingen sie eng umschlungen zu den Freunden zurück.

»Ihr könnt uns gratulieren.« Karsten hob Christinas Hand hoch. »Sie will mich heiraten!«

Umarmungen, Gratulationen, fröhliches Lachen folgten, und erst nach einer halben Stunde kamen Christina und Karsten dazu, miteinander zu tanzen.

Sie waren ein schönes Paar: Christina trug ein türkisfarbenes Kleid mit einem weiten Chiffonrock, das Oberteil war aus matter Seide, der Ausschnitt mit kleinen Perlen und türkisfarbenen Glasstäbchen bestickt. Als einzigen Schmuck hatte sie die dünne Goldkette gewählt, an dem der blaue Aquamarinanhänger glitzerte, den ihr Joachim einmal geschenkt hatte.

Karsten machte in seinem dunkelblauen Anzug, dem weißen Hemd mit der gelbblau-gestreiften Krawatte auch eine sehr gute Figur.

Sie amüsierten sich bis zum Tagesanbruch und gingen erst dann in ihre Pension zurück, als hinter den Bergen schon das erste zarte Rot der Morgensonne zu ahnen war.

»Glücklich?« Karsten zog Christina fester an sich. Es wehte ein eisiger Wind, der sogar die dicken Wollmäntel durchdrang.

»Sehr, sehr glücklich«, erwiderte sie aus ganzem Herzen.

Schweigend legten sie die letzten hundert Meter bis zur Pension zurück. Bevor sie das Haus betraten, sah Christina noch einmal zum Himmel hoch. Unzählige Sterne glitzerten dort, und der Mond, eine schmale weiße Sichel, schien von dem tanzenden Sternenreigen umringt zu sein.

»Schau! Da!« Karsten wies nach rechts. »Eine Sternschnuppe. Wünsch dir was.«

Für einen Moment schloss Christina die Augen. Sie wünschte sich ein langes, glückliches Leben mit Karsten. Sie wünschte sich aber auch, dass es der Firma bald wieder besserging und es für alle Probleme bald eine Lösung gab.

*

Christinas Knie zitterten, als sie das hohe Bankgebäude betrat. Die weitläufige Halle, mit Marmorboden und breiten Blumenkübeln als Raumteiler, war fast leer. Nebenan, in dem zweiten großen Raum, wurde das Tagesgeschäft abgewickelt. Hinter kleinen verglasten Theken saßen sechs Mitarbeiter, nahmen Überweisungen entgegen, zahlten Geld aus oder berieten ihre Kunden.

Christina musste sich bemühen, ihre Nervosität zu kaschieren, als sie das Büro des Filialleiters betrat. Flüchtig sah sie sich in dem großen Raum um, in dessen Mitte ein heller Seidenteppich lag. Das grünrote Medaillon in der Mitte lag genau unter dem runden Kristallleuchter, der von der holzgetäfelten Decke hing.

Der langgestreckte Mahagonischreibtisch war fast leer, wenn man von den drei Telefonapparaten rechts und einem Orchideengesteck auf der linken Schreibtischecke absah. Die grüne Schreibtischunterlage aus Leder hatte den gleichen Farbton wie die Sesselgruppe am Fenster und die beiden Besucherstühle vor dem imposanten Arbeitsplatz des leitenden Bankbeamten.

Seit vielen Jahren arbeitete die Firma Graber mit der bekannten Privatbank zusammen, und Christina hoffte inständig, dass Direktor Reitmeyer ihr noch einmal den Kreditrahmen erweitern würde, ohne dass es allzu große

Probleme gab. Sie kannten sich schon so lange, da war es sicher nicht allzu schwer, ihn dazu zu bewegen.

»Bitte, nehmen Sie doch schon Platz, Frau Graber, es dauert noch einen kleinen Moment. Darf ich Ihnen eine Erfrischung anbieten?«

»Danke, ich nehme gern ein Wasser.« Christina sah der schlanken blonden Sekretärin nach, die auf hohen Absätzen aus dem Raum schwebte. Sie trug ein tailliert geschnittenes blaues Kostüm mit einem recht kurzen Rock, darunter eine für eine Bankangestellte ziemlich durchsichtige Organzabluse. Obendrein baumelten lange Perlhänger an ihren Ohren.

Christina fragte sich, wo die seriös wirkende, etwa fünfzig Jahre alte Frau Hufnagel geblieben war, die lange Jahre hindurch für Dr. Reitmeyer gearbeitet hatte.

Noch ehe die blonde Vorzimmerdame zurück war, öffnete sich eine Seitentür, und mit ausgestreckten Armen kam ein jüngerer Mann auf sie zu.

»Frau Graber! Wie schön, Sie endlich einmal kennenzulernen.« Er verbeugte sich knapp. »Wir hatten ja noch nicht das Vergnügen, obwohl ich schon einiges über Ihre Firma weiß. Ich bin Mathias Rollgarden, der neue Chef in dem Laden hier.« Er lächelte selbstgefällig und strich sich kurz übers Haar. »Sie müssen entschuldigen, die Vorstandssitzung … es hat ein wenig länger gedauert. Ich bin neu, und da gibt es noch einiges zu klären. Sie verstehen?« Er sah sich kurz um. »Hat man Ihnen noch nichts zu trinken angeboten?«

»Doch, doch.« Christina war leicht geschockt. Sie hatte erwartet, mit Dr. Reitmeyer reden zu können, jetzt sah sie sich einem Fremden als Verhandlungspartner gegenüber. Das machte die Sache bestimmt nicht leichter.

Leise öffnete sich die Tür, und die blonde Sekretärin kam herein. Auf einem kleinen Silbertablett standen drei verschiedene Wasserflaschen und hohe, geschliffene Gläser.

»Danke, Veronique.« Mathias Rollgarden lächelte der Blondine zu, wartete, bis sie eingeschenkt hatte, dann lehnte er sich in seinem Sessel zurück und fixierte Christina mit forschendem Blick.

»Was führt Sie zu mir?« Er trank einen Schluck. »Sie entschuldigen, wenn ich gleich zur Sache komme, aber ich habe im Moment nur wenig Zeit. Es gibt einiges aufzuarbeiten. Mein Vorgänger hat ...« Er machte eine wohl berechnete kurze Pause. »Nun ja, der gute Reitmeyer war nicht mehr der Jüngste und hat so einiges schleifen lassen, offen gestanden. Aber das soll Sie nicht tangieren. Also – was kann ich für Sie tun?«

Christina richtete sich entschlossen auf. »Dann komme ich gleich zur Sache. Sie haben sich vielleicht auch schon mit unseren Konten vertraut gemacht, kennen unsere Firma ...« Fragend sah sie ihn an.

»Selbstverständlich!«

»Nun, dann wissen Sie gewiss auch schon, dass unsere Gewinne in den letzten Monaten drastisch zurückgegangen sind. Ich ... ich habe ein paar neue Ideen, denn wir müssen uns gegen harte Konkurrenz behaupten. Aber um meine Ideen umsetzen zu können, um eine neue Produktpalette auf den Markt zu bringen, dazu brauche ich frisches Kapital.«

»Aha.«

Die Miene des Mannes war undurchdringlich, und Christina spürte, dass ihr der Schweiß ausbrach, obwohl es in dem klimatisierten Büro angenehm kühl war. Verstohlen wischte sie sich die feuchten Hände an dem blaugrauen Kostümrock ab. Zu gern hätte sie sich auch die obersten Knöpfe der weißblau-getupften Seidenbluse geöffnet, doch sie beherrschte sich.

»Wir haben Sicherheiten zu bieten«, sagte sie. »Das Firmengelände samt der darauf stehenden Gebäude ist unser privater Besitz, dazu gehören noch zwei Autos und ...«

»Stopp!« Mathias Rollgarden hob eine Hand. »Ich möchte mir erst ein umfassendes Bild machen. Nur so viel für heute: In den nächsten drei, vier Monaten kann ich auf keinen Fall neue Kredite bewilligen. Zu viel muss aufgearbeitet werden.«

»Aber ich brauche höchst kurzfristig frisches Geld!«

Sein Lächeln war so kühl, als käme er gerade aus der Antarktis. »Tut mir leid, aber mir sind die Hände gebunden. Ich hoffe auf Ihr Verständnis.« Er stand auf. »Kommen Sie in ein paar Monaten wieder, Frau Graber, dann lässt sich bestimmt was machen.«

Christina sah ihn entsetzt an. »Das ist Ihr letztes Wort?«

»Ja. Tut mir leid.«

»Mir auch.« Sie ergriff die dargebotene Hand nicht, nahm ihre Tasche und verließ das Büro. Es fiel ihr ungemein schwer, Haltung zu bewahren. Doch erst, als sie in ihrem Wagen saß, ließ sie ihren Tränen freien Lauf.

Eva-Maria sah ihr bei der Heimkehr sofort an, dass der Bankbesuch in Baden-Baden nicht erfolgreich verlaufen war.

»Und? Was möchte Dr. Reitmeyer für Sicherheiten?«, fragte sie, kaum dass Christina ihre Tasche abgestellt und die Kostümjacke ausgezogen hatte.

»Keine.«

»Das ist ja wundervoll! Ich hab's ja insgeheim geahnt, dass er sehr großzügig agieren wird.« Eva-Maria atmete auf. »Komm mit, ich hab im Wintergarten gedeckt. Magst du frischen Kaffee?«

Christina schüttelte den Kopf. Sie ging nervös auf und ab, zupfte an ein paar Blättern einer Birkenfeige, ging dann zum Fenster und sah hinaus in den Garten. Sie sah ihre Mutter nicht an, als sie erklärte: »Dr. Reitmeyer ist in Rente. Jetzt sitzt irgend so ein junger Typ da, der sich wie der Herrgott persönlich vorkommt. Nur, dass er eiskalt und aalglatt wirkt. Er kann uns noch keinen Kredit gewähren, behauptet er, er will auch von Sicherheiten nichts wissen. Er hat mir mit einem versteckten Grinsen im Gesicht erklärt, sich erst einmal ein umfassendes Bild über alles machen zu müssen, was in der Bank vor sich gegangen ist in den letzten Jahren.«

»Das klingt ja so, als würde er Dr. Reitmeyer unseriöses Verhalten vorwerfen!« Eva-Maria richtete sich empört auf. »Das kann ich mir überhaupt nicht vorstellen.«

Christina nickte. »Er hat es nicht ausgesprochen, doch indirekt klang an, dass er seinem Vorgänger etwas anhängen will. Dabei bin auch ich mir ganz sicher, dass Dr. Reitmeyer ausgesprochen seriös war.« Sie ließ sich aufseufzend in einen der hellen Sessel sinken, die mit rotgeblümten Kissen ausgelegt waren. »Stell dir vor, dieser Rollgarden hat auch eine neue Sekretärin. So eine aufreizend gekleidete Blondine, die sicher nicht annähernd so gut ist wie ihre Vorgängerin. Zumindest sieht sie nicht so aus, wie man sich die engste Mitarbeiterin eines Bankleiters vorstellt. Aber ... sie passt zu ihm. Und wahrscheinlich soll auch nichts mehr an den alten Chef erinnern.« Sie biss sich auf die Lippen. »Und was jetzt, Mutsch?«

»Ich weiß es nicht. Ich hab keine Ahnung, was jetzt passieren soll. Können wir irgendetwas verkaufen, um an Geld zu kommen? Oder irgendwas woanders beleihen? Es gibt schließlich nicht nur ein Bankinstitut in Baden-Baden.«

»Ich war auch schon bei der Sparkasse, gleich, nachdem ich mich ein wenig gefasst hatte. Aber da will man natürlich auch Sicherheiten. Außerdem hatte ich den Eindruck, dass der Filialleiter der Sparkasse bereits mit diesem Mathias Rollgarden gesprochen hatte.«

»Dann ... dann ist das jetzt das Ende?« Eva-Marias Augen schimmerten feucht. Sie sah sich in dem großen Wintergarten um, den sie in den letzten Jahren mit sehr viel Liebe ausgestattet hatte. Zwischen Farnen und Feigenbäumen standen Orchideentöpfe und drei in voller Pracht stehende Kamelien. Der Blick hinaus in den frühjahrsgrünen Garten zeigte ein üppiges Blumenmeer aus Tulpen, Stiefmütterchen und Narzissen.

»Wenn wir das alles hier verlieren ...« Eva-Maria schluchzte auf. »Das überleb ich nicht.«

»Aber nein!« Christina sprang auf und umarmte ihre Mutter. »Unser Zuhause verlieren wir auf keinen Fall. Das darfst du nicht mal denken! So leicht geben wir doch nicht auf, Mutsch. Wir kämpfen. So wie wir es immer getan haben!«

*

Es war noch ruhig auf der Chirurgischen Abteilung. Die meisten Patienten schliefen noch, eben hatte die Nachtschwester ihre letzten Einträge ins Stationsbuch gemacht und wartete darauf, die Arbeit an die Kolleginnen der Tagesschicht übergeben zu können.

»Guten Morgen, Schwester Ulla.« Gut gelaunt betrat Dr. Berghausen das Zimmer. »Ich hatte gehofft, bei Ihnen einen guten Kaffee zu kriegen. Wie sieht's aus?« Er schenkte der älteren Pflegerin sein charmantestes Lächeln.

»Kaffee gibt's hier immer. Und für Sie sogar noch ein paar Kekse dazu, Herr Doktor.«

»Danke. Aber ich bin zum Frühstück mit meiner Verlobten verabredet.«

Schwester Ulla lächelte. »Dann bekommen Sie sicher was Besseres als meine simplen Butterkekse.«

»Im Moment wäre mir eher nach ein paar Stunden Schlaf.«

»Das glaub ich gern. Ich bin froh, wenn ich mich gleich aufs Ohr legen kann.«

In der Nacht hatten sie drei Notfälle aufnehmen müssen, und daran, sich ein wenig auszuruhen, wie es zum Glück bisweilen vorkam, war in der vergangenen Nacht nicht zu denken gewesen.

»Hier bitte, Ihr Kaffee.«

»Danke.« Karsten trank in kleinen Schlucken. Der Kaffee war heiß und stark und belebte ihn wieder etwas. Dankbar lächelte er Schwester Ulla an. »Danke, das hat gutgetan. Ich wünsche Ihnen einen ruhigen Tag.«

»Ich Ihnen auch. Oder … lieber nicht?« Sie zwinkerte ihm vielsagend zu.

»Erst mal muss ich ein bisschen schlafen, dann kann ich das Wochenende genießen. Bis nächste Woche.« Er trank aus und verließ das Schwesternzimmer.

Draußen auf dem Flur kam ihm ein junger Mann entgegen, der aufgeregt mit einem großen Kuvert winkte.

»Herr Doktor, die Karten! Es hat tatsächlich noch geklappt!«

»Wundervoll, Volker! Ich danke Ihnen.«

»Das hab ich doch gern gemacht. Sie haben mir schließlich das Leben gerettet.«

Karsten lachte. »Sie übertreiben maßlos. Ich hab Ihnen den Blinddarm rausgenommen, das ist alles.«

»Aber das haben Sie toll gemacht.« Volker Trenning, dessen Eltern ein Reisebüro betrieben, lachte. »Ich bin froh, mich ein bisschen revanchieren zu können.« Er reichte Karsten den Umschlag. »Es sind ausgezeichnete Plätze.«

»Danke. Die Rechnung liegt bei?«

»Ja. Aber das hat keine Eile.«

»Nach dem Wochenende komme ich vorbei und zahle. Danke erst mal.« Karsten steckte das Kuvert ein. Wie weggeblasen war seine Müdigkeit, er freute sich drauf, gleich bei Christina zu sein und sie mit den Karten für die Bregenzer Festspiele überraschen zu können.

Christina hatte den Tisch schon gedeckt und begrüßte ihn mit einem langen Kuss. »Schön, dass du schon da bist.«

Liebevoll zog er sie an sich. »Ich hab's kaum erwarten können.« Er drückte ihr das Kuvert in die Hand. »Mach auf«, verlangte er.

»Eine Überraschung?«

»Ja. Ich verordne dir drei Tage Urlaub am Bodensee. Das Hotel ist gebucht, und das hier sind Eintrittskarten für die Seebühne in Bregenz.«

»Was?« Christina sah ihn strahlend an. »Du hast wirklich noch Karten gekriegt? Wie hast du das denn angestellt?«

»Beziehungen.« Er lachte und zog sie wieder an sich.

»Erst sehen wir Tschaikowskys *Nussknacker*, dann eine neue Operette von Robert Stolz. Freust du dich?«

»Du ahnst nicht, wie sehr. Zu den Bregenzer Festspielen wollte ich schon immer mal, aber es hat irgendwie nie geklappt.«

»Du hattest keine Zeit.«

»Ja.« Für einen Moment wurde sie ernst. »Die hab ich eigentlich auch jetzt nicht.«

»Aber du nimmst dir die kleine Auszeit. Ich verordne sie dir als dein Leibarzt.« Eindringlich sah er sie an. »Du musst wirklich mal ausspannen, Liebling. Ganz blass bist du, dabei ist herrlichstes Sommerwetter.« Zärtlich strich er ihr eine blonde Haarsträhne hinters Ohr. »Wenn du schon keine Zeit hast, mich zu heiraten, dann fahr wenigstens ein paar Tage mit mir weg.« Eine kleine Pause folgte, dann fügte er schmunzelnd hinzu: »Wenn nicht, frag ich Schwester Sabine.«

»Oje, dann muss ich mich wohl opfern!« Christina lachte. »Mit der gestrengen Sabine hättest du sicher nicht viel Spaß.«

»Wer weiß? Vielleicht ist sie musikalisch.«

»Schuft.« Christina küsste ihn. »Ich bin überredet.«

Am nächsten Morgen fuhren sie in aller Frühe los. Es war schon warm, und es machte Spaß, in Christinas Cabrio durch die herrliche Landschaft zu fahren. Die Sonne schien durch die hohen Tannengipfel des Schwarzwalds und zauberte helle Reflexe auf den Asphalt.

Bis zum Bodensee war es nicht allzu weit, und schon mittags konnten sie auf der Terrasse des Hotels sitzen, das Karsten gebucht hatte, und ein leichtes Mittagessen genießen. Silbern schimmerte der Bodensee nur wenige Meter entfernt, und Christina gestand: »Am liebsten würde ich gleich ein Bad nehmen. Das Wasser ist sicher warm genug.«

»Wer oder was hindert dich? Wir haben noch ein paar Stunden Zeit bis zur Aufführung.«

»Kommst du mit?«

»Aber klar doch!«

Eine Stunde später tollten sie wie übermütige Kinder im warmen Seewasser. Christina fühlte sich endlich einmal wieder jung und unbekümmert, und sie schloss die Augen, als sie sich auf den Rücken legte und sich für eine Weile auf dem Wasser treiben ließ. Die Sonne schien warm auf ihr Gesicht, und alle Sorgen waren in weite Ferne gerückt.

Plötzlich wurde sie von hinten gepackt und einen Moment unter Wasser gezogen. Im gleichen Moment spürte sie Karstens Lippen auf ihrem Mund und seine Hände, die sie streichelten. »Sag sofort, dass du mich noch im Herbst heiratest, sonst tauche ich dich so lange unter, bis du nur noch nicken kannst.« Er lachte, und Christina küsste das Grübchen in seinem Kinn.

»Erpresser!«

»Anders krieg ich dich ja nicht dazu, endlich mit mir zum Altar zu gehen.«

»Dann also – ja! Wir heiraten noch im Herbst!« Sie schlang die Arme um seinen Nacken. »Du bist unmöglich, Herr Doktor! Überfällst und bedrängst mich ...«

»Schuldig aus Liebe.« Ungeachtet der anderen Badegäste küsste er sie wieder und wieder, und Christina war restlos glücklich.

Noch ehe die Dämmerung hereinbrach, fuhren sie ans österreichische Ufer des Sees und suchten sich ihre Plätze an der Seebühne. Fasziniert folgten sie der hinreißenden

Ballettvorführung, ließen sich von der meisterhaften Musik Tschaikowskys mitreißen und begeisterten sich an der Kunst der Tänzerinnen und Tänzer des Wiener Staatsopernballetts.

Genauso schön wie der erste Tag verlief der zweite, sie schauten sich die Umgebung an und genossen am Abend die neue Operette *Trauminsel* von Robert Stolz, die er extra für diese Seefestspiele komponiert hatte.

»Stolz dirigiert selber, hast du das gelesen?« Christina war ganz aufgeregt. »Ich bin ja so gespannt auf ihn! Er ist über achtzig und noch immer so kreativ! Bewundernswert.«

Mit strahlenden Augen verfolgte sie das Geschehen auf der Bühne, während Karsten seine Blicke mehr auf seine schöne Begleiterin richtete. Bezaubernd sah sie aus in dem nougatfarbenen Seidenkleid mit den kleinen weißen Tupfen. Das weiße knappe Jäckchen schützte vor dem leichten Wind, der vom See herüberwehte. Die blonden Haare trug sie offen, in einer großen Außenrolle fielen sie ihr bis auf die Schultern.

Hin und wieder streichelte Karsten über ihre Schulter, und Christina sah ihn zärtlich an. Sie liebte ihn! Bei ihm fand sie Ruhe und Geborgenheit. Zudem konnte er fantastisch küssen, war leidenschaftlich und außerdem humorvoll.

Sie beschlossen den Abend auf der Terrasse ihres Hotels. Mitternacht war vorbei, aber noch immer war es angenehm warm. Auf den Tischen flackerten Windlichter, sie beleuchteten die kleinen Rosenarrangements, die als Dekoration aufgestellt waren.

»Ein wunderschöner Abend war das.« Christina lehnte

sich in den weichen Polstern zurück. »Danke, dass du das arrangiert hast.«

»Sehr gern.« Karsten zog ihre Hand an die Lippen. »Du musstest einfach mal raus.« Liebevoll lächelte er sie an. »Vergiss einfach für vier Tage die Firma und die Sorgen, die du hast.«

Das ist leichter gesagt als getan, dachte Christina, doch sie nickte zustimmend.

»Wenn das Wetter so schön bleibt, fahren wir morgen mal auf die Insel Mainau. Die Blütenfülle dort muss herrlich sein.«

»Ja, das hab ich mir auch gedacht. Außerdem möchte ich gern seit langem mal nach Lindau und nach Meersburg. Dort hat Annette von Droste-Hülshoff gelebt, wusstest du das?«

Er nickte. »Ja. Sie war oft am Bodensee, und immer hat sie auf der Meersburg gewohnt. Ich glaube sogar, dass man die Räume besichtigen kann, in denen sie gewohnt hat.«

»Dann haben wir ja volles Programm.«

»Du wirst dich aber auch ausruhen. Das ist eine Anweisung.«

»Ja, werde ich.« Christina nickte. Sie merkte, dass ihr schon dieser erste Urlaubstag guttat. Und eine halbe Stunde später, als sie in Karstens Armen lag, vergaß sie vollkommen, was sie so sehr bedrückte.

*

Seit Tagen regnete es. Auf dem Fabrikhof bildeten sich riesige Pfützen, auf denen die neuen dicken Regentropfen Blasen bildeten. Sobald ein Wagen den Platz befuhr, spritzte das Wasser in breiten Fontänen rechts und links der Reifen durch die Luft.

»So ein Mistwetter!« Angelika Wolters schüttelte sich die letzten Tropfen aus den Haaren. »Und dann hatte auch noch mein Bus Verspätung.« Sie machte einen Schritt auf die Tür zu, die zum Chefbüro führte, und sah neugierig hinein. »Ist die Chefin noch nicht da?«

»Nein. Sie kommt heute nicht.« Sandrine stand auf und schloss die Tür zu Christinas Büro. Seit Christinas und Karstens Reise zum Bodensee und ihrer Heirat kurz darauf im Herbst waren schon wieder mehrere Wochen vergangen.

»Ach? Und warum nicht?«, fragte Angelika leicht spöttisch.

Sandrine zuckte mit den Schultern. »Keine Ahnung.«

»Ach komm! Natürlich weißt du genau, wo sie ist. Du weißt doch alles über sie!« Angelika hockte sich auf die Schreibtischecke und ließ die Beine baumeln. Ihre spitzen hellen Pumps wiesen dunkle Wasserflecken auf. »Ihr seid inzwischen doch richtig befreundet. Man könnte direkt neidisch werden.«

»Red doch nicht so einen Unsinn.«

»Wieso? Es stimmt doch! Seit der Hochzeit der Chefin bist du ganz eng mit ihr. Das weiß ich genau. Und ich gönn's dir auch von Herzen.« Sie stand wieder auf und zog den engen Pulli ein wenig mehr nach unten, so dass der spitze Ausschnitt einiges von ihrem üppigen Busen sehen ließ.

Sandrine antwortete nicht. In den letzten Wochen kam Angelika immer häufiger unter einem Vorwand zu ihr, und Sandrine fragte sich, was sie damit bezweckte.

»Wie sieht's eigentlich mit neuen Aufträgen aus?« Angelika ging zum Fenster und sah hinaus in den Regen.

»Wieso willst du das wissen?«

»Nur so.« Angelika drehte sich um und zuckte mit den Schultern. »Ich hab mir nur überlegt, dass ich mir eventuell eine andere Arbeit suchen muss, wenn es mit der Firma immer mehr bergab geht.«

»Wie kommst du denn auf so was? Das ist doch Unsinn!«

Lässig zuckte Angelika mit den Schultern. »Ich mache hier die Buchhaltung, vergessen?« Ein knappes Lächeln glitt über ihr rundes Gesicht mit dem blutrot geschminkten Mund. »Und ich weiß mindestens ebenso gut wie du, dass es schlecht steht um die Firma.«

»Unsinn.«

»Kein Unsinn. Was glaubst du denn, warum die Chefin vor ein paar Monaten so still und heimlich geheiratet hat? Sie muss sparen! Normalerweise hätten die Grabers doch ein Riesenfest gefeiert! Schließlich ist so eine Hochzeit doch ein gesellschaftliches Ereignis!«

»Sie wollten vielleicht gern unter sich sein und haben deshalb in kleinem Kreis gefeiert.«

»Na ja, du musst es wissen. Warst ja die Trauzeugin.« Unverhohlener Neid sprach aus diesen Worten.

Sandrine griff nach einem Aktenordner, der hinter ihr auf dem halbhohen Schrank lag. »Sei mir nicht bös, Angelika, aber ich muss arbeiten.«

»Schon gut, ich verzieh mich ja schon.« Angelika war schon an der Tür, als sie sich noch mal umdrehte: »Wohin ist die Chefin denn gefahren?«

»Keine Ahnung. Ich weiß nicht mal, ob sie überhaupt fortgefahren ist.«

»Ach, das glaubst du doch selber nicht!« Die Buchhalterin kam noch einmal zurück und stützte die Arme auf den Schreibtisch. Eindringlich sah sie Sandrine an. »Sie versucht mal wieder, irgendwo Geld aufzutreiben, nicht wahr?«

»Ich weiß es nicht. Und jetzt lass mich bitte arbeiten, Angelika.« Sandrine presste die Lippen zusammen. Sie fand, dass sich die Buchhalterin unmöglich benahm.

»Schon gut. Ich geh ja schon.«

Als sie allein war, griff Sandrine zum Telefon und rief im Wohnhaus an.

»Ja bitte?« Christinas Stimme klang leise und gepresst.

»Ich bin's, Sandrine. Was ist los mit dir? Kommst du heute gar nicht mehr?«

»Ich ... Mir ist wieder so schlecht.«

»Dein Baby wird bildschön.« Sandrine lachte. »Meine Mutter hat immer gesagt, dass man ein besonders hübsches Kind bekommt, wenn es einem während der Schwangerschaft schlechtging.«

»Das ist ein schwacher Trost.«

»Ich komme gleich mal rüber.« Sandrine legte auf, ohne eine Antwort abzuwarten. Bevor sie das Büro verließ, legte sie ein paar Akten in den Schrank zurück, schloss ihre Bürotür ab und verließ das Firmengebäude.

Es war kein Zufall, dass Angelika Wolters sie dabei beobachtete. Kaum war Sandrine fort, nahm Angelika ihren Zweitschlüssel, den sie sich heimlich hatte anfertigen lassen, griff nach ein paar Unterlagen, die sie zum Schein mitnahm, und huschte ins Zimmer der Sekretärin.

Die Tür zum Chefbüro war zwar verschlossen, doch auch hierzu besaß sie inzwischen einen Ersatzschlüssel.

Noch einmal lauschte sie nach draußen – nichts war zu hören. Angelika hatte Zeit, sich genau umzusehen. Ein paar Akten fotografierte sie ab, ebenso die Korrespondenz mit einem Schweizer Lieferanten und einem afrikanischen Kakaoproduzenten.

Zufrieden schlich sie wenig später zurück in ihr Büro. Niemand hatte sie bemerkt.

*

In der alten Backstube war es drückend schwül, und Christina wischte sich die verschwitzten Haare aus der Stirn. Seit Stunden versuchte sie sich an neuen Kreationen, hatte Plätzchen geformt, Calvadoscreme in kleine, hohle Schokoladenherzen gefüllt und eine Apfel-Walnuss-Tarte ausprobiert.

Alles war gelungen, schmeckte ausgezeichnet, und doch war nichts davon der große, einmalige Durchbruch, mit dem sie bundesweit von sich reden machen würde. Sie brauchte ein ganz besonderes Produkt, etwas Einmaliges. Nur so würde sie die Firma retten können.

Wieder dachte sie an den Engel und den Hasen mit der großen Kiepe auf dem Rücken, die sie sich vor zwei Jahren ausgedacht hatte – und die jetzt ein großer Mitbewerber erfolgreich verkaufte.

»Ich gäb Gott weiß was drum, wenn ich wüsste, wer uns so verraten hat«, sagte sie wohl zum hundertsten Mal und wischte sich die Hände an der großen weißen Schürze ab. Sie waren alle Möglichkeiten durchgegangen und hatten auch gegen einige aus der Belegschaft Verdacht geschöpft, doch sie hatten nie etwas nachweisen können.

Ihr Mund war trocken, und sie nahm einen großen Schluck Wasser gleich aus der Flasche. Auch der Rücken schmerzte, und die Hitze in der kleinen Backstube machte das Atmen schwer.

Vorsichtig stellte sie die Torten und die Bleche mit dem frischen Gebäck zur Seite, dann öffnete sie weit die Tür.

»Kind, was machst du denn bei dem Wetter noch in der Backstube? Es ist viel zu heiß!« Katharina kam leicht hinkend ums Hauseck. Sie schob den Kinderwagen mit dem wenige Wochen alten Frank in den Schatten des alten Apfelbaums, der nur noch wenige, viel zu kleine Früchte trug. Es lohnte schon lange nicht mehr, die Äpfel zu ernten, meist fielen sie sowieso vorzeitig ab. Doch die Äste spendeten angenehmen Schatten.

»Großmutter!« Christina ging auf sie zu. »Warum nimmst du denn deinen Stock nicht mit, wenn du mit dem Kleinen rausgehst?«

»Ich will mich nur ein bisschen in den Garten setzen, dazu brauch ich keinen Stock. Außerdem ist das lästig. Ich halt mich ja am Kinderwagen fest.« Katharina deutete auf die alte Holzbank an der weißen Hauswand. »Hier ist es für mich immer noch am schönsten.« Mit einem kleinen Seufzer ließ sie sich nieder. »Schau nur, wie die Rosen blühen. Und drüben am Zaun die Gladiolen!« Ein wehes Lächeln glitt über ihr Gesicht. »Die hat dein Großvater besonders geliebt. Dabei wirken sie so starr und steif. Ich mag Rosen lieber.«

»Ich auch.« Christina sah hinüber zum alten Schuppen, wo sich ein alter Rosenbusch die morsche Holzwand emporrankte. Kleine weiße Blüten glänzten in der Sonne. Der Strauch daneben aber war verdorrt.

Ihre Großmutter war ihrem Blick gefolgt. »Die gelben Rosen sind hin«, murmelte sie. »Schade. Die haben immer besonders gut geduftet. Man müsste den Strauch mal ausgraben. Das dürre Holz sieht gar nicht gut aus.«

»Das mach ich gleich.« Und schon ging Christina hinüber zum Schuppen.

»Ach was, das muss doch nicht sein! Es ist viel zu warm heute!«

»Unsinn!« Christina lächelte ihr zu. »Heute hab ich Zeit. Und so schwer ist es sicher nicht, den Rosenstock auszugraben. Außerdem muss ich Frank in einer halben Stunde wieder stillen, da lohnt es gar nicht, noch mal was anderes anzufangen.«

»Übernimm dich nicht. Du bist viel zu dünn geworden. Und blass.«

»Ach was, mir geht es gut.« Christina lächelte, obwohl sie sich alles andere als gut fühlte. Sie schlief schlecht, das Baby wurde dreimal nachts wach, außerdem ließen die geschäftlichen Sorgen nicht nach. Im Gegenteil, sie wurden größer und größer, seit der südamerikanische Kakaolieferant den Preis drastisch in die Höhe gesetzt hatte und eine Supermarktkette nun ausschließlich mit ihrem größten Konkurrenten zusammenarbeitete. Ihre Kontaktaufnahme mit einem afrikanischen Kakaoproduzenten war zwar ganz vielversprechend, doch noch gab es keinen konkreten Vertragsabschluss.

Die letzten Geldreserven waren aufgebraucht, Christina hatte bereits ihren Sportwagen verkauft und eine Hypothek auf das Firmengebäude aufgenommen. Mathias Rollgarden hatte ihr immens hohe Zinsen abverlangt, doch einen anderen Ausweg gab es nicht. Wenn sie neue

Produkte entwickeln und auf den Markt bringen wollte, brauchte sie Kapital.

Eva-Maria arbeitete, um eine Verkäuferin einzusparen, wieder ganztags in einer der Filialen mit. Sie war grau geworden und sprach nur wenig über die Sorgen, die alle quälten. Dass sie seit langem heimlich in ärztlicher Behandlung war, wusste niemand. Zwei Magengeschwüre hatte sie, doch sie beherrschte sich eisern, niemand merkte etwas von den Schmerzen, die sie litt.

In stillen Stunden gestand sich Eva-Maria ein, dass ihr Sohn Wolfgang einen großen Anteil an diesen Beschwerden hatte. Sie grämte sich immer noch um ihn. Nur ein-, zweimal im Jahr telefonierte er mit ihr, kam aber nie mehr nach Hause. Sie wusste, dass er mittlerweile einen Weinhandel betrieb, und angeblich ging es ihm hervorragend. Doch der Zwist in der Familie bedrückte Eva-Maria immer stärker, je älter sie wurde. Ihr größtes Glück war jetzt der kleine Frank, der ein gesundes, putzmunteres Baby war und prächtig gedieh.

Christina suchte in dem alten Holzschuppen ein paar Gartengeräte, mit denen ihr Großvater so oft gearbeitet hatte. Der Spaten war noch blank poliert, so als sei er gestern erst benutzt worden. Auch Arbeitshandschuhe fanden sich, so dass sie ihre Finger vor den Dornen schützen konnte.

»Das ist doch Männerarbeit«, warnte Katharina, als Christina wieder ins Freie trat. »Lass das doch einen von den Jungs aus der Firma machen.«

»Ach was. Das schaff ich schon alleine.«

Es war aber dann doch nicht so einfach, den alten Wurzelstock aus der Erde zu ziehen. Erst einmal schnitt Christina die vertrockneten Triebe an und kontrollierte, ob nicht doch noch Saft in einzelnen davon steckte. Aber der Rosenstock war nicht mehr zu retten. Sie grub tiefer und lockerte das Erdreich um die Wurzel herum so weit, dass sie hoffte, den verzweigten Ballen leichter aushebeln zu können.

»Hör lieber auf, ehe du dich verletzt.« Katharina stand in drei Metern Entfernung und sah zu, wie sich Christina abmühte. »Hätte ich doch nur nichts gesagt!«

»Ach was. Das geht schon!« Christina pustete sich eine Haarsträhne aus dem Gesicht und stieß den Spaten noch einmal tief in die Erde. Es gab ein knirschendes, metallisches Geräusch.

»Was war das denn?«, fragte Katharina.

»Sicher ein Stein.« Christina grub weiter – und zuckte zusammen. »Das ist was Metallisches.«

»Um Himmels willen, hör auf!« Katharina verlor alle Farbe. »Das ist vielleicht ein Blindgänger! Man findet doch immer wieder Bomben, die nicht explodiert sind im Krieg.«

»Ach was.« Christina schob mit den Händen die Erde noch mehr zur Seite. »So dicht am Haus ist kein Blindgänger niedergegangen.« Sie sah kurz auf. »Das ist eine Blechdose!«

»Was?« Katharina kam zwei Schritte näher. »Was für eine Blechdose?«

Es dauerte noch ein paar Minuten, bis es Christina gelang, die Dose aus der Erde zu heben.

»Eine Pralinendose!« Sie wischte den Deckel sauber. »Sieh nur, eine alte Knuspergold-Dose!« Sie hielt vor Spannung den Atem an. »Die hat Jakob gehört, das weiß ich genau!«

»Die habt ihr als Kinder sicher beim Spielen hier vergraben.« Katharina ging zur Bank zurück. »Ihr habt oft mit Sachen aus dem Laden gespielt. Sicher hat Jakob das Ding vor dir versteckt.«

Christina sagte nichts, aber ihr Herz pochte heftig. Sie bemühte sich, den Deckel, der schon rostig war, an den Rändern zu öffnen. Ein Fingernagel brach ihr ab, und sie wollte schon im Schuppen nach einem geeigneten Werkzeug suchen, als es ihr gelang.

Mit einem Ruck ging der Deckel ab.

»Papiere sind drin.« Sie hob ein paar Blätter hoch, die vergilbt und fleckig waren. »Das ist …« Sie atmete hastiger. »Das ist aber nicht Jakobs Schrift! Und da sind auch ein paar Noten.«

Ihre Knie zitterten, sie ging zur Bank und setzte sich neben Katharina. Es waren nur drei Blätter, die sie herauszog. Die Handschrift war schon halb verwischt, und Christina konnte nur noch Satzfetzen entziffern:

»Sei tapfer, mein Junge, ich hoffe von Herzen, dass wir Dich in Sicherheit … Jetzt kann ich nichts mehr lesen.« Christina drehte das Blatt ein bisschen. »*Falls wir uns nicht wiedersehen, vergiss nicht* …« Sie sah Katharina an. »Das hat bestimmt Jakobs Mutter geschrieben.«

»Klingt so.« Katharina nickte. Tränen schimmerten in ihren Augen. »Kannst du noch was lesen?«

Christina nahm den letzten Zettel zur Hand und sprach langsam und stockend: »*Die Steine sind das Letzte, was wir noch besitzen. Achte sorgfältig darauf. Sie mögen Dir die Zukunft leichter* … Jetzt ist das Blatt halb abgerissen. Und hier, auf der Rückseite … das sind Noten.« Sie summte die kleine Melodie, die ihr die Tränen in die Augen trieb. »Das ist Jakobs Lied!«

»Welches Lied?«

»Ich hab den Text vergessen. Es war irgendwas mit einem Stern. Jakob hat es manchmal gesungen. Immer dann, wenn ich Angst hatte. Oder sehr traurig war.«

Katharina nickte nur. »Er war ein so lieber Junge! Ich hab es nie bereut, dass wir ihn versteckt haben.«

»Nein, ich auch nicht.« Christina schaute noch einmal in die Schachtel. »Da liegt noch was.« Sie zog ein zusammengeknülltes Knäuel Zeitungspapier heraus, versuchte es zu glätten – und stieß einen Schrei aus.

»Was ist denn?«

»Steine ... Das sind Brillanten, Oma. Große Brillanten.« Ihre Finger zitterten, als sie den ersten runden Stein, der in der Sonne funkelte, aus dem Papierknäuel zog. Sechs weitere, einer quadratisch, die anderen auch rund geschliffen, funkelten in allen Spektralfarben, als sie sie gegen das Licht hielt.

Katharina sagte nichts, sie sah nur starr auf die alte Pralinendose.

»Ich hab die Dose schon mal bei Jakob gesehen«, murmelte Christina. »Das war an Weihnachten, als er mir die alten Rezepte geschenkt hat. Jetzt weiß ich es wieder genau.«

»Und ... die Steine? Hat er nie was davon erwähnt?«

»Nein.« Christina drehte die Dose, doch außer den Blättern und den Steinen war nichts mehr darin. »Warum hat er sie nicht mitgenommen, als er gegangen ist?«

»Er hat sie bestimmt vergessen.«

»Wie kann man so einen Schatz vergessen?« Christina schüttelte den Kopf.

»Er wusste vielleicht gar nicht, wie wertvoll die Steine

in Wirklichkeit sind.« Katharina nahm einen der Brillanten auf. »Das sind etliche Karat«, murmelte sie. »Jakob war noch ein Kind, als seine Mutter ihm die Dose gab. Er hat vielleicht gar keine Ahnung von dem Wert gehabt.«

»Und er hat die Dose vergessen, als er in die Schweiz fahren sollte.« Christina biss sich auf die Lippen. »Er war so aufgeregt, so traurig ... da hat er vielleicht nicht mehr dran gedacht, dass er sie während des Krieges mal hier vergraben hat. In den letzten Wochen, als die Franzosen immer näher rückten, hat er wieder so große Panik gehabt, dass er oft ganz verstört war.«

»So kann es gewesen sein. Oder er hat sie extra hiergelassen.«

»Warum sollte er? Er konnte doch nicht voraussetzen, dass wir sie finden. Nein«, Christina schüttelte den Kopf. »Ich bin sicher, dass er sie vergessen hat.«

»Und – was jetzt?«

»Keine Ahnung.« Gebannt sah Christina auf den Schatz in der alten Knuspergold-Dose. »Wenn wir auch nur drei oder vier Steine verkaufen, sind wir bestimmt all unsere finanziellen Sorgen los. Meinst du nicht auch?«

Katharina schwieg.

»Sag doch was, Oma.«

»Hmm.« Katharina nahm den größten Stein in die Hand. »Das sind bestimmt fünf Karat«, murmelte sie. »Genau kenne ich mich nicht aus, aber ich weiß, dass so ein Stein etliche Tausender wert ist. Es kommt auf die Reinheit und Größe an. Und vielleicht ist der hier auch noch ein bisschen größer. Das kann nur ein Fachmann herausfinden.«

Christina nickte. Immer wieder sah sie auf die Steine,

die auf dem Blechboden der alten Dose lagen und in der Sonne so stark funkelten, dass es blendete.

»Wenn Jakob wüsste, in welcher Notlage wir sind ... er würde sicher wollen, dass ich die Steine verkaufe«, murmelte sie.

»Ganz bestimmt.« Katharina legte den größten Brillanten vorsichtig zurück. »Und wenn es uns wieder gutgeht, kannst du ihm das Geld ja irgendwie erstatten.«

»Ich werde alles daransetzen, Jakob zu finden.« Vorsichtig schloss sie die Dose wieder, nachdem sie auch die Brieffragmente zurückgelegt hatte. »Und ich lege ein Konto an, auf das ich all unsere Gewinne einzahle, damit ich unsere Schulden bei ihm tilgen kann.«

Fest presste sie die Dose an sich. »Jakob ...« Ihr Blick ging in weite Ferne. »Ich wüsste zu gern, wie es ihm geht.«

»Warum hat der Junge sich nur nie mehr gemeldet?«

»Ich weiß es nicht.«

Katharina wischte sich über die Augen. »Es waren grausame Zeiten damals. Vielleicht hat er beschlossen, Deutschland – und uns – zu vergessen.«

Christina nickte nur. Der Gedanke, dass Jakob sie wirklich aus seiner Erinnerung gestrichen hatte, tat weh.

*

»Was macht unser Prinz?« Lächelnd beugte sich Karsten Berghausen über das Bettchen, in dem sein kleiner Sohn lag und friedlich schlummerte. »Es ist zu schade, dass ich ihn im Moment nicht zu Bett bringen kann. Aber der Nachtdienst lässt sich leider nicht tauschen. Zwei kranke Kollegen, ein noch viel zu junger Assistent ... da muss ich schon in der Klinik sein.« Bedauernd sah er Christina an, die an der anderen Seite des Kinderbetts stand und auf den kleinen Frank schaute, der mit roten Wangen in den hellblauen Kissen mit den kleinen gelben Sternchen lag.

»Professor Elbers hat mir den Oberarzt-Posten in Aussicht gestellt.« Karsten lachte. »Endlich. Das war seit Monaten überfällig.«

»Gratuliere!« Christina kam ums Bett herum und umarmte ihren Mann. »Ich bin stolz auf dich.« Sie küsste ihn innig.

»Du weißt aber, dass das mit noch mehr Arbeit verbunden sein wird.« Er strich ihr liebevoll eine Haarsträhne aus dem Gesicht. »Aber das packen wir auch, nicht wahr?«

»Sicher.«

»Und – wie geht's bei dir?«

»Alles bestens.« Christina zog ihn mit zur Tür. »Komm, wir setzen uns auf die Terrasse. Noch ist es schön, wir sollten die letzten Sommertage genießen.«

»Ich weiß was Besseres.« Lächelnd zog Karsten zwei Kinokarten aus der Hemdtasche. »Wir fahren in die Stadt, gehen ins Kino und essen dann einen Eisbecher bei Giovanni.«

»So spät noch?«

Er lachte. »Für Eis ist es nie zu spät. Und im Kino läuft in den nächsten zwei Tagen noch mal *Frühstück bei Tiffany*. Den Film wolltest du doch unbedingt sehen. Und es hat bisher nie geklappt.«

Christina griff nach den Karten. »Klasse! Ich sag nur Mutter Bescheid, dass sie nach Frank sehen soll. Und dann zieh ich mich schnell um und …«

»… und wir kommen zu spät.« Karsten griff nach ihrer

Hand und zog sie kurz an sich. »Du siehst wunderschön aus. Bleib, wie du bist.«

Christina strich sich über den einfachen grünen Rock, zu dem sie eine weiße Hemdbluse mit kleinen grünen Sternchen trug. Ein paar Perlohrringe, die ihr Karsten zum letzten Weihnachtsfest geschenkt hatte, waren ihr einziger Schmuck. Bis vor zwei Stunden hatte sie in ihrer Werkstatt gearbeitet. Nachdem sie vier von den Diamanten aus Jakobs Dose verkauft hatte, besaß die Firma wieder Geld genug, um investieren und neue Produkte entwickeln zu können.

Christina war für einen Moment sprachlos gewesen, als der Juwelenhändler aus Karlsruhe, dem sie die Steine zur Begutachtung und eventuell späterem Verkauf angeboten hatte, ihr sagte, die sieben Steine seien mehr als vier Millionen Mark wert. Er selbst war nicht daran interessiert, ihr die Steine abzukaufen, vermittelte jedoch das Geschäft mit einem Kollegen aus Pforzheim.

Christina war es egal, wer die Steine kaufte, ihr war nur wichtig, dass die Firma endlich wieder so liquide war, dass sie neue Produkte auf den Markt bringen konnten.

Noch bevor John F. Kennedy, der amerikanische Präsident, im Jahr 1963 zu Besuch nach Deutschland kam, brachte sie kleine Bonbondosen auf den Markt, die mit der amerikanischen Flagge verziert waren. Als Pendant gab es diese Dosen in den Farben Schwarz-Rot-Gold.

Ein Renner waren auch die Pralinen in verschiedenen Nationalfarben. Sie bestanden aus Nougat, Marzipan oder eingefärbtem Zuckerguss.

Immer neue Produkte probierte Christina aus, und einige fielen bei den Testverkäufen, die sie in den zwei nahegelegenen Filialen durchführte, auch durch.

Einen großen Erfolg hatte sie allerdings mit einer Schmuckdose, in der sich eine Auswahl bester Kekse befand. Die mit Nougat gefüllten Herzen aus zartem Teig, der wiederum mit Schokolade überzogen und mit einer kleinen Pistazie verziert war, erfreuten sich allergrößter Beliebtheit.

An diesem Abend im Kino jedoch, als sie der bezaubernden Audrey Hepburn zusah, die so quirlig und charmant-verrückt das Herz eines Mannes eroberte, vergaß Christina die Geschäfte und war nicht die erfolgreiche Unternehmerin, sondern eine junge Frau, die in den eigenen Mann verliebt war. Sie genoss den Film und spürte Karsten dicht neben sich, der ihre Hand hielt und hin und wieder ihre Finger an die Lippen zog, um einen nach dem anderen zärtlich zu küssen.

Als die Audrey Hepburn voller Frust ihren Kater im Regen aussetzte, seufzte Christina tief auf.

Karsten lachte leise. »Es gibt schon noch ein Happy End«, versicherte er.

»Weiß ich. Dennoch ...« Gebannt schaute sie hoch zur Leinwand und wischte sich verstohlen eine Träne aus dem Augenwinkel, als sich das Liebespaar endlich fand, sich küsste und dabei den nassen ausgesetzten Kater im Arm hielt.

Als sie das Kino verließen, kam plötzlich ein eisiger Wind auf. Fröstelnd zog Christina die Schultern hoch und beschleunigte den Schritt.

»Warte.« Karsten zog sich die cognacfarbene Lederjacke aus und hängte sie ihr fürsorglich um die Schultern.

Hastig gingen sie hinüber zum Parkplatz. Seit einigen Wochen fuhr Christina wieder ein Cabrio, es war der einzige Luxus, den sie sich gönnte, und auch Karsten fuhr den Wagen gern.

Sie hatten ihr Fahrzeug noch nicht erreicht, als Christina plötzlich wie angewurzelt stehen blieb. Entgeistert sah sie nach links, wo sich gerade ein Paar innig umarmte, ehe es einen großen amerikanischen Wagen bestieg.

»Ich ... ich glaube, das war mein Bruder. Mit unserer Buchhalterin.« Christinas Stimme war heiser vor Erregung.

Sie sah dem mintfarbenen Straßenkreuzer nach, der zur Ausfahrt fuhr. Sie konnte das Kennzeichen nicht genau lesen, doch dass der Wagen aus Kaiserslautern kam, sah sie genau.

»Wenn das stimmt ...« Ihre Stimme klang heiser. »Wenn die beiden sich kennen ...«

»So schlimm wäre das nun auch nicht.« Karsten schloss die Wagentür auf. »Komm rein, ehe du dich erkältest.« Im Wagen drehte er die Heizung auf, und schon bald wurde es wärmer.

»Er hasst mich doch so sehr«, sagte Christina leise und starrte durch die Windschutzscheibe hinaus in die Dunkelheit. »Und ich bin sicher, dass er jede Gelegenheit nutzt, mir zu schaden und die Firma zu ruinieren. Als hätte ich es geahnt, dass irgend so was hinter all diesen mysteriösen Vorfällen steht, die der Firma in den letzten Jahren widerfahren sind.« Sie atmete heftiger. »Auf jeden Fall werde ich diese Frau Wolters im Auge behalten! Wenn sie mit Wolfgang unter einer Decke steckt, ist alles klar. Dann weiß ich, wer ihm meine geheimen Unterlagen zugespielt hat.«

*

»Sie hat uns gesehen!« Angelika Wolters' Stimme zitterte. »Glaub mir, sie hat uns erkannt!«

»Scheiße!« Wolfgang fluchte unterdrückt. »Warum hab ich Esel mich auch drauf eingelassen, mit dir in diese Schnulze zu gehen! Wären wir bei mir daheim geblieben, wäre nichts passiert.«

»Ich hab aber keine Lust, mich immer zu verstecken! Du hast gesagt, dass ich bald zu dir ziehen kann, aber nichts passiert. Ich will mit dir zusammen sein. Will mit dir ausgehen! Alle Welt soll sehen, dass wir zusammengehören.« Sie lehnte den roten Lockenkopf an seine Schulter und atmete den Geruch nach Leder und Sandelholz ein, den Wolfgang verströmte.

Seit zwei Jahren trug er mit Vorliebe Lederjacken, seit neuestem hautenge Jeans. Das Haar war ein bisschen zu lang, aber gepflegt, so wie die schlanken Hände, die jetzt das Lenkrad so fest umklammerten, dass die Knöchel weiß hervortraten.

»Du bist so gemein! Schläfst mit mir, wann du willst, aber an ein gemeinsames Leben denkst du nicht. Ich will aber nicht länger deine Geliebte sein, sondern …«

»Halt den Mund, sonst vergess ich mich!« Nur mit Mühe konnte er sich beherrschen. Seine Wut auf sich selbst, auf Angelika war grenzenlos.

»Was hab ich dir denn getan? Was hast du denn auf einmal?«

»Nichts. Halt einfach die Schnauze.«

»Wie redest du mit mir?« Angelika Wolters reckte sich in den weichen Polstern mehr nach vorn. »Das lass ich mir nicht gefallen. Du kannst mich nicht …«

Weiter kam sie nicht. Kurz und hart schlug Wolfgang

zu. Blut sickerte aus ihrem Mundwinkel, und die Lippe platzte auf.

Unterdrückt schluchzte sie auf und tupfte sich mit einem Taschentuch das Blut ab.

Es blieb still zwischen ihnen, bis Wolfgang den Wagen vor dem großen Mietshaus anhielt, in dem Angelika wohnte.

»Raus.«

»Aber ...«

»Raus, oder du fängst dir noch eine.« Sein Blick flackerte, und Angelika bekam plötzlich Angst vor ihm. Hastig stolperte sie aus dem Wagen, der in der nächsten Minute mit quietschenden Reifen davonfuhr. In dieser Nacht betrank sich Wolfgang Graber bis zur Besinnungslosigkeit, um das Wissen um sein elendiges Leben und seinen Ekel vor der Welt und sich selbst zu betäuben.

*

»Hast du Nachrichten gehört, Christina?« Aufgeregt und ohne anzuklopfen platzte Sandrine ins Büro ihrer jungen Chefin. »Der amerikanische Präsident ist erschossen worden. Auf offener Straße.«

»Nein! Das ist ja schrecklich!« Christina schloss die Unterschriftenmappe. »Weiß man schon Näheres?«

»Keine Ahnung. Ich hab's nur eben im Radio gehört.«

»Komm mit, wir gehen rüber ins Haus und machen das Fernsehgerät an. Ich wollte sowieso mal nach Frank schauen. Der Kleine hatte am Morgen leichtes Fieber, und Margot hat ihren freien Tag.«

Normalerweise passte Margot, eine liebenswerte Fünfzigjährige, die den Haushalt in Ordnung hielt, auf Frank auf, wenn Franks Mutter oder die Großmutter arbeiteten. In den letzten Wochen aber hatte sich die inzwischen vierundfünfzigjährige Eva-Maria nicht gut gefühlt und war daheim geblieben.

Draußen fegte ein eisiger Wind. Die Sträucher rechts und links des Wegs, der vom Firmengelände zum Privathaus führte, verneigten sich vor dem Sturmgott, Blätter wirbelten durch die Luft, vermischten sich mit den ersten kristallharten Regentropfen. Von den Schwarzwaldhöhen herüber schoben sich immer schwärzere Wolken heran.

»Ich bin's, Mutter!« Christina steckte nur kurz den Kopf in die große Wohnküche.

Keine Antwort.

»Hallo, wo steckt ihr?«

Sie ging ins Wohnzimmer, doch auch hier war Eva-Maria nicht. Rasch stellte Christina das Fernsehgerät an, und tatsächlich liefen auf beiden Kanälen Sondersendungen zum Tod des in Deutschland so beliebten amerikanischen Präsidenten, den man in Dallas erschossen hatte, als er im offenen Wagen durch die Straßen fuhr. Das Fernsehen zeigte Bilder der schönen Präsidentengattin Jackie Kennedy, die sich über ihren Mann beugte, man sah in geschockte, entsetzte Gesichter.

»Setz dich, Sandrine, und schau dir die Nachrichten an. Ich geh eben rüber zu meiner Mutter. Sie hat den Kleinen wohl mit zu sich genommen.«

Christina wies auf einen der bequemen Sessel, die sich um einen länglichen Glastisch gruppierten. An der Längsseite des Raums, gegenüber der breiten Fensterfront, standen noch eine geblümte Couch, an deren Seiten jeweils ein kleiner runder Beistelltisch.

Durch einen schmalen Gang waren die beiden Wohntrakte miteinander verbunden. Vor einigen Monaten hatten Eva-Maria und Christina noch erwogen, dass Eva-Maria hoch in Wolfgangs Appartement ziehen sollte.

»Der kommt doch nie mehr zurück. Warum sollen wir die Räume leer stehen lassen?«, hatte Eva-Maria gemeint. »Ich richte mich dort ein, und ihr habt hier unten viel mehr Platz. Vor allem, wenn sich noch weiterer Nachwuchs ankündigt.«

»So weit ist es noch lange nicht, Mutter.«

»Wer weiß!« Eva-Maria hatte ihre Tochter kurz umarmt. »Ich würde mich über einen zweiten Enkel freuen. Der kleine Spatz hier ...« Ein kurzer, zärtlicher Blick war zu Frank gegangen, der in seinem Laufstall mit einem Paar Holzpferde spielte, »... der Spatz ist eine Bereicherung meines Lebens.«

»Die Idee ist nicht schlecht. Aber das packen wir erst im nächsten Frühjahr an«, hatte Karsten gesagt. »Vielleicht hätte ich dann ein eigenes kleines Arbeitszimmer, das wäre wirklich nicht schlecht.«

Sie sprachen wochenlang nicht mehr über diese Pläne, doch Eva-Maria begann insgeheim, die Wohnung ihres Sohnes aufzuräumen. Sie packte seine persönlichen Dinge – es waren wenig genug – in eine große Kiste und ließ sie von einem jungen Angestellten in einen Lagerraum der Firma tragen. Küchengerät war kaum vorhanden, und die Möbel hatte Wolfgang zum Teil auch heimlich abtransportiert.

Immer, wenn Eva-Maria an ihn dachte, gab es ihr einen Stich ins Herz. Es tat weh zu wissen, dass sie ihn verloren hatte. Dabei liebte sie ihn. Liebte ihn immer noch. Was sonst konnte eine Mutter tun?

»Mutter! Wo steckst du?«

Aus dem Radio in der kleinen Küche drangen auch hier Nachrichten; die Stimme des Sprechers, der Neuigkeiten aus Dallas vermeldete, mischte sich mit dem fröhlichen Krähen, das der kleine Frank ausstieß, als er die Stimme seiner Mutter hörte.

»Da bist du ja, mein Spatz!« Lächelnd ging Christina zu dem quadratischen Laufstall, der im Durchgang zwischen Wohnraum und großer Küche stand. Sie hob Frank hoch, der sich jauchzend in die Luft werfen ließ. »Hast du mit der Oma Möhrengemüse gegessen? Man sieht's noch genau.« Lachend, den kleinen Jungen auf dem Arm, ging sie ins Wohnzimmer.

In ihrem Lieblingssessel am Fenster saß Eva-Maria und sah hinaus in den Garten. Die letzten Rosenblätter wirbelten durch die Luft und mischten sich mit dem Herbstlaub.

»Mutter, schläfst du?«

Keine Antwort.

Besorgt und irritiert beugte sich Christina tiefer – und schrie entsetzt auf. Mit geschlossenen Augen saß ihre Mutter da, das Gesicht schief und verzerrt. Speichel rann ihr aus dem Mundwinkel, und ihr Atem war kaum noch zu erahnen.

»Sandrine!« Christinas Stimme übertönte die Nachrichten aus dem Fernseher. »Komm! Schnell!«

Noch ein Blick auf die Mutter, die nicht reagierte, dann setzte sie Frank zurück in seinen Laufstall. Das Protestgeschrei des Jungen ignorierte sie und hastete wieder zum Sessel.

»Das sieht nach einem Schlaganfall aus.« Sandrine hatte den Telefonhörer schon in der Hand. »Ich rufe den Notarzt.«

Christina nickte nur. Sie hockte sich vor den Sessel und streichelte Eva-Marias Hand, die wie leblos an der Seitenlehne herunterhing. Auf Ansprache reagierte Eva-Maria nicht, und auch, als wenig später der Notarzt eintraf und sie kurz untersuchte, wirkte sie total apathisch.

»Wie lange ist die Patientin schon in diesem Zustand?«, erkundigte sich der Notarzt, ein älterer, grauhaariger Mann mit dicker Goldbrille.

»Ich weiß es nicht. Ich hab sie so gefunden.«

»Vermutlich ist es noch nicht allzu lange her.« Sandrine blieb sachlich. »Das Baby hat doch nicht geweint, der Kleine wirkte fröhlich, oder?«

»Ja.«

»Dann hat er bestimmt nicht lange allein in dem Laufstall gehockt.«

Der Notarzt nickte. »Das könnte so sein«, murmelte er und ließ Eva-Maria von zwei Sanitätern abtransportieren. »Wir dürfen keine Zeit verlieren«, sagte er, an Christina gewandt. »Je eher die Patientin versorgt wird, umso größer ist die Chance, dass keine Langzeitschäden bleiben.«

»Ich verstehe …« Christina kämpfte mit den Tränen. »Sie wird aber wieder gesund?«

Der Arzt zuckte mit den Schultern. »Das kann ich noch nicht sagen. Aber wir tun unser Bestes.« Kurz reichte er ihr die Hand, dann folgte er den Sanitätern nach draußen.

»Ich komme mit!«

Sandrine hielt sie zurück. »Das ist kein guter Gedanke. Du musst dich um Frank kümmern. Und deiner Mutter kannst du im Moment nicht helfen. Ruf Karsten an, er wird in der Klinik zusammen mit Kollegen mehr für deine Mutter tun können als du.«

Bange Stunden vergingen. Sandrine blieb bei Christina, und gemeinsam kümmerten sie sich um Klein-Frank, der nicht verstand, warum seine Mutter nicht mit ihm lachte und scherzte wie sonst. Er war quengelig und beruhigte sich erst, als Sandrine sich auf die Erde hockte und dort mit ihm spielte, bis es Zeit für ihn wurde, schlafen zu gehen.

Christina telefonierte unterdessen mehrmals mit Karsten, der sofort nach ihrem ersten Anruf in die Notaufnahme eilte und sich dort, zusammen mit einem Neurologen, um Eva-Maria kümmerte.

Nach der ersten Infusion kam sie schon wieder zu sich, doch sie litt an Wortfindungsstörungen und konnte auch den rechten Arm nicht bewegen. Die Lähmung der rechten Gesichtshälfte ging rasch zurück, und als Karsten spät abends heimkam, konnte er seine Frau beruhigen: »Es geht ihr schon wieder ganz gut. Aber deine Mutter braucht jetzt viel Ruhe. Sie leidet noch an einer nicht unerheblichen Orientierungsstörung und hat starke Kopfschmerzen. Die sind typisch, und man gibt ihr an Medikamenten, was zu verantworten ist.«

»Sie darf nicht sterben.« Christina schmiegte sich in Karstens Arme. »Ich brauche sie doch noch!«

»Sie wird nicht sterben. Ganz sicher nicht.«

»Wie konnte es nur dazu kommen? Heute Morgen war sie noch topfit.« Christina beugte sich in seinen Armen ein wenig zurück, um ihn ansehen zu können.

»Ich weiß es nicht. Manchmal kommt es ganz unverhofft zu solchen Schlaganfällen. Es kann sich um ein geplatztes Blutgefäß handeln, die Ursache kann aber auch eine Spontanblutung bei gestörter Blutgerinnung sein. Das wird sich noch abklären lassen bei den nächsten Untersuchungen.« Er küsste sie zärtlich. »Mach dir keine allzu großen Sorgen, deine Mutter ist stark, sie wird wieder gesund werden.«

»Ich geh noch mal in ihre Wohnung. Vielleicht ist da was, das uns weiterhelfen kann.«

»Ich komme mit.«

Gemeinsam gingen sie in Eva-Marias Wohnzimmer zurück und sahen sich dort um. Auf dem Tisch lagen, außer zwei Zeitschriften, noch ein Liebesroman und ein aufgeschlagener Ausstellungskatalog. Eva-Maria interessierte sich für impressionistische Malerei und hatte erst kürzlich eine Ausstellung in Karlsruhe besucht.

»Was ist denn das?« Karsten bückte sich und hob einen Aktenordner auf, der am Tischbein lehnte. Ein Blatt war herausgefallen und lag halb unter dem Sofa. Er bückte sich und zog den leicht zerknitterten Bogen Papier hervor. Nur kurz überflog er den Text.

»Oh, mein Gott. Jetzt wundert mich nichts mehr«, murmelte er und reichte Christina das Blatt.

»Was ist das?«

»Schau selbst.«

Christina musste nicht viel lesen. Das Firmenlogo rechts oben am Bogen, und die wenigen getippten Zeilen sagten alles.

»Das ist ein Dankschreiben unseres größten Konkurrenten.« Christinas Stimme war rau vor Aufregung.

»Sieht so aus.«

Die Buchstaben verschwammen in den nächsten Sekunden vor Christinas Augen, und erst nachdem sie ein paar Mal tief durchgeatmet hatte konnte sie weiterlesen:

»... und freuen wir uns, Ihnen vereinbarungsgemäß

zehntausend Mark auf Ihr Konto überweisen zu können. Für weitere Lieferungen von Skizzen oder Rezepten haben wir jederzeit ein offenes Ohr. Hochachtungsvoll …«

»Wolfgang hat uns tatsächlich an die Konkurrenz verraten.« Sie schüttelte den Kopf. »Das ist unglaublich! Und so eine riesengroße Schweinerei …«

»Er hasst dich. Er neidet dir den Erfolg, deine Kreativität, deinen Fleiß.« Karsten drückte ihren Arm. »Das weißt du doch schon lange, also gräm dich nicht allzu sehr. Nicht, dass du mir noch so krank wirst wie deine Mutter.«

»Du glaubst also auch, dass sie deshalb den Schlaganfall erlitten hat?« Empört schlug sie gegen das Blatt Papier.

Karsten nickte. »Es könnte gut möglich sein. Sie hat sich geärgert, aufgeregt – und zusätzlich noch stark gelitten, weil es ihr eigener Sohn war, der die Firma beinahe ruiniert hätte. Und das alles für läppische Zehntausend!«

Christina barg das Gesicht in den Händen. In ihrem Innersten tobten die unterschiedlichsten Gefühle. Wut auf den Bruder, Zorn über sein verantwortungsloses Verhalten. Aber auch Trauer, weil sie erkennen musste, dass er grenzenlos hassen konnte.

»Ich glaube nicht mal, dass es ihm nur ums Geld ging«, sagte sie leise. »Eher wollte er uns schaden. Mir vor allem. Es ist schrecklich, was er getan hat. Aber dass er Mutters Leben dadurch aufs Spiel gesetzt hat, ist einfach unverzeihlich.« Sie presste die Lippen zusammen.

Karsten nickte nur. Er blätterte in dem Ordner, suchte nach weiteren verdächtigen Unterlagen, aber er fand nur noch ein Schreiben aus dem Elsass, doch daraus ging nicht genau hervor, dass Wolfgang Graber Firmeninterna verraten hatte. In dem Brief, den der Arzt nur mit Mühe entziffern konnte, bedankte sich der Schreiber nur für Wolfgangs Hilfe. Und er hoffte sehr, dass sie sich bald mal wieder zu amüsanten Stunden mit netten Begleiterinnen im Hotel treffen könnten.

»Hier!« Er zog einen schon älteren Brief heraus. »Da lehnt ein Fabrikant aus Österreich es ab, Rezepturen anzukaufen.«

»Er schreckt wirklich vor nichts zurück.« Christina legte den Brief auf den Tisch. »Was machen wir jetzt?«

»Such ihn einfach mal auf, und stell ihn zur Rede.« Karsten stellte den Aktenordner auf ein schmales Sideboard. »Ich finde, er soll wissen, dass du ihm auf die Schliche gekommen bist. Und außerdem musst du herausfinden, wer ihm hilft. Er muss einen Komplizen in der Firma haben, denn er war ja nicht mehr hier. Oder doch?«

»Nein. Ich hab ihn weder gesehen noch gehört.« Christina stand auf. »Aber ich denke auch, dass es jemanden gibt, der ihm hilft. Und das kann eigentlich nur Angelika Wolters sein.«

»Dann stell ihr eine Falle. Eventuell mit gefälschten Unterlagen. Dann wirst du sehen, ob die beiden zusammenarbeiten.« Er machte eine kleine Pause, ging zum Fenster und sah in den Garten hinaus, wo der Sturm immer noch die Büsche und Bäume beutelte. »Oder soll ich mit ihm reden? Ich würde den Kerl gern mal zwischen die Finger kriegen.«

»Lieber nicht.« Christina trat neben ihn und lehnte den Kopf an seine Schulter. »Wenn, dann rede ich mit ihm. Aber im Moment pack ich das noch nicht. Außerdem ist erst einmal nur Mutter wichtig.«

*

Der erste Schnee des Winters hüllte die Kuppen des Schwarzwalds in ein weißes Kleid. Um die höher gelegenen Straßen befahren zu können, mussten die Autofahrer teilweise Schneeketten anlegen, denn der eisige Wind, der seit Tagen übers Land fegte, hatte die Schneedecke auf den Straßen gefrieren lassen.

In den tiefer liegenden Ortschaften war von dem harten Wintereinbruch noch nichts zu sehen, doch der Wind ließ die Menschen auch hier vor Kälte zittern.

Fest zog sich Christina den Mantel enger um die Schultern, als sie frühmorgens hinüber zur Firma ging. Es herrschte Hochbetrieb in den letzten Tagen vor Weihnachten, und die Chefin half, wo immer man sie brauchte.

Heute würde sie ein paar Stunden beim Verpacken der delikaten Schneebälle helfen, die seit ein paar Wochen der absolute Verkaufsschlager waren. Sie bestanden aus weißer Schokolade, waren innen mit einer zarten Nougatcreme gefüllt und wurden in einer Dose verschickt, die die Form eines Schneemanns hatte.

Für den Jahreswechsel waren Kleeblätter aus der gleichen Konsistenz hergestellt worden, zum Teil wurden sie in grünes Stanniolpapier verpackt.

»Marzipanschweinchen macht jeder«, hatte Christina gesagt. »Wir versuchen es mit Kleeblättern. Vielleicht auch noch mit Hufeisen. Und die werden nicht aus Marzipan sein.«

Auch diesmal hatte sie Erfolg mit ihren Produkten. Zwei der Lieferanten, die für eine Weile abgesprungen waren, orderten wieder, und es gelang ihr zudem, neue Vertriebswege zu erschließen.

Nachdem sie drei Stunden beim Verpacken geholfen hatte, ging sie zurück ins Büro.

»Meine Güte, du bist ja ganz blass. Was ist passiert?« Forschend sah Sandrine sie an.

»Nichts.« Christina winkte ab. »Mir ist nur ein bisschen übel. Wird schon wieder vergehen.« Flüchtig sah sie die Post durch. Sie fühlte sich tatsächlich sehr elend. Brechreiz quälte sie, und der Kreislauf war auch alles andere als stabil.

»Setz dich erst mal, ich mach dir einen starken Kaffee.«

»Nein, lieber nicht. Heute Morgen konnte ich den schon nicht riechen.« Sie hatte den Satz kaum ausgesprochen, als es sie siedend heiß durchzuckte.

»Keinen Kaffee?« Sandrine sah sie skeptisch an.

»Nein. Ich …« Christina stand wieder auf. »Ich glaube, ich geh rüber und leg mich hin.«

»Schau dir nur noch kurz die neuen Aufträge an.« Sandrine wies auf drei Schreiben, die sie separat gelegt hatte. »Das werden super Geschäfte!«

Christina nickte. »Gott sei Dank! Es geht wieder aufwärts.«

Die Sekretärin nickte. »Ja. Ich bin auch riesig erleichtert. Vor allem, weil ich …« Sie biss sich auf die Lippen. »Ich fürchte, ich bin nicht ganz unschuldig daran, dass ein paar deiner Entwürfe von der Konkurrenz aufgegriffen werden konnten.«

»Wie kommst du denn darauf?« Für einen Moment war Christinas Übelkeit vergessen. Sie lehnte sich an Sandrines Schreibtisch und sah die Freundin forschend an.

»Weißt du …« Sandrine zögerte. »Ich will wirklich niemanden beschuldigen oder verdächtigen. Aber Angelika … sie ist wieder sehr oft hier. Und ich hab sie in der letzten Woche zweimal dabei ertappt, dass sie allein in meinem

Büro war. Immer dann, wenn ich zum Mittagessen in die Kantine gegangen bin. Das ist doch kein Zufall!«

Bedächtig schüttelte Christina den Kopf. »Nein, ist es nicht.« Sie erzählte, dass sie Angelika vor einigen Wochen in Begleitung ihres Bruders gesehen hatte. »Sicher bin ich mir immer noch nicht, aber … es wäre ihm zuzutrauen, dass er eine junge Frau so manipuliert und beeinflusst, dass sie für ihn hier bei uns spioniert.«

»Das hat mein Mann auch schon gesagt! Weißt du was? Wir stellen ihr diesmal eine todsichere Falle!«

»Daran haben Karsten und ich auch schon gedacht. Und wie soll die aussehen?«

»Keine Ahnung. Vielleicht ein fingiertes Schreiben. Oder eine Zeichnung für neue Verpackungen. Oder ein Rezept … Lass du dir was einfallen. Du bist die Kreative.«

»Hmm. Ich denk drüber nach. Schließ auf jeden Fall sofort hier ab, wenn du den Raum verlässt.«

»Mach ich schon seit langem. Aber irgendwie kommt sie doch rein. Falls sie es ist, die dich bestiehlt.« Sandrine stand auf und legte den Arm um Christinas Schultern. »Aber das klären wir später. Du gehst jetzt erst mal rüber und legst dich hin.«

»Zu Befehl.« Christina versuchte sich an einem Lächeln, doch es misslang kläglich, da sie in diesem Moment von einer neuen Übelkeitswelle überrollt wurde. Hastig hielt sie sich die Hand vor den Mund und lief hinüber zur Toilette.

Als sie zurückkam, lächelte Sandrine vielsagend. »Ich ahne was.«

»Ich auch.« Ein kleines verträumtes Lächeln huschte über Christinas blasses Gesicht. »Aber ganz sicher bin ich mir noch nicht. Am besten geh ich gleich mal zum Arzt.«

Kurz umarmte sie Sandrine. »Bis morgen. Halt die Stellung hier!«

»Aber klar doch.«

An diesem Abend brach früh die Dämmerung herein, und der leichte Regen, der am frühen Nachmittag eingesetzt hatte, ging in immer dichteren Schneefall über.

Christina saß im Wohnzimmer in ihrem Lieblingssessel. In den beiden antiken Silberleuchtern, die sie vor zwei Jahren zusammen mit Karsten auf einer Auktion ersteigert hatte, brannten Kerzen und verströmten ein mattes Licht. In einer schmalen Vase standen drei rote Rosen, und auf dem Barwagen waren delikate Häppchen angerichtet.

Christina lauschte nach draußen, aber es dauerte lange, bis sie Karstens Wagen hörte.

»Hallo, Liebes! Wo steckst du?«, rief er noch aus der Diele.

»Ich bin im Wohnzimmer.«

»Puh, war das ein Tag heute!« Mit vier, fünf langen Schritten durchquerte er den Wohnraum und beugte sich über Christina. »Mein Engel, wie war's bei dir?«

»Ich war nicht den ganzen Tag in der Firma.« Christina stand auf und umarmte ihn. »Ich war bei Doktor Borsig.«

»Bei Borsig?« Für einen Moment war Karsten irritiert. Dann begriff er – und zog Christina stürmisch in die Arme. »Stimmt es wirklich? Du bist schwanger?«

Sie nickte strahlend. »Ja. Es besteht kein Zweifel, im Sommer kriegt Frank ein Geschwisterchen!« Sie küsste ihn, beugte sich in seinen Armen zurück und fragte: »Freust du dich?«

»Ob ich mich freue?« Er hob sie hoch und wirbelte sie durchs Zimmer. »Wie verrückt freu ich mich!« Noch eine

Drehung, dann stellte er sie vorsichtig auf den Boden. »Mein Alles! Danke. Ich danke dir. Das ist schöner als jedes Weihnachtsgeschenk!«

*

»Sitzt du bequem, Mama?«

»Aber ja. Nun mach nicht so ein Aufhebens um mich. Ich bin wieder ganz fit.« Eva-Maria lehnte den Kopf an die Sessellehne und sah hinüber zum Fernsehgerät. »Holst du uns noch eine Flasche Wein, Karsten? Ich finde, wir sollten endlich einen Schluck auf meine Genesung trinken. Oder spricht was dagegen?«

Dr. Berghausen schüttelte den Kopf. »Gegen ein Glas ist gar nichts zu sagen.« Er lächelte seiner Schwiegermutter zu. »Außerdem heißt es ja, dass Rotwein einen Rekonvaleszenten stärkt, nicht wahr?«

»Du sprichst mir aus der Seele.« Sie lächelte ihm zu.

Vor drei Tagen war Eva-Maria von einem kurzen Rehabilitationsaufenthalt in Bad Wildungen heimgekehrt. Sie hatte die Folgen des Schlaganfalls gut überstanden, fühlte sich kräftig und hätte sich am liebsten gleich wieder hinter eine Ladentheke gestellt.

»Im Weihnachtsgeschäft wird jede Hand gebraucht. Und ich bin nicht mehr krank«, sagte sie jeden Morgen, doch sowohl Christina als auch Karsten ließen es nicht zu, dass sie schon wieder arbeitete.

»Die Damen – einmal Schwangerensekt für Christina, Rotwein für Oma Katharina, Eva-Maria und mich.« Lächelnd stellte Karsten die Gläser auf den Tisch. »Ich hole noch ein bisschen Gebäck. Salzig, feurig oder süß?« Lächelnd sah er Christina an.

»Salzig.« Sie lachte. »Das wird ein kerniger Junge.« Liebevoll strich sie sich über den noch flachen Bauch.

Eva-Maria schüttelte den Kopf. Sie war in den letzten Monaten grau geworden, aber es stand ihr gut, zumal sie sich in der Kur einen flotten Kurzhaarschnitt hatte machen lassen. »Ich bin sicher, es wird ein Mädchen.«

»Wie kommst du darauf?«

»Man sieht's dir an.«

»Unsinn.« Karsten schüttelte den Kopf. »Das kann man doch nicht sehen!«

»Sagt der Wissenschaftler und Mediziner. Aber ich bin mir sicher, dass wir eine kleine Prinzessin bekommen.«

»Still jetzt, die Sendung fängt an.« Christina saß auf der Couch und sah hinüber zum Fernsehgerät. Die Ansagerin kündigte in diesem Moment die Live-Übertragung des Weihnachtsoratoriums aus London an.

»Das hab ich das letzte Mal 1940 gehört«, murmelte Eva-Maria und sah zu Katharina hinüber. »Damals hatte Bernhard Heimaturlaub, und wir sind zu einem Kriegskameraden von ihm nach Leipzig gefahren. Der Thomanerchor hat Bachs Oratorium aufgeführt.« Für einen kurzen Moment kam Wehmut in ihr auf. »Kannst du dich noch dran erinnern, Mutter?«

»Aber ja doch.« Katharina verschlang die Hände im Schoß. »Es war das letzte Mal, dass Bernhard gesund nach Hause gekommen ist. Die beiden letzten Male war er immer verletzt. Oder er hatte diese schwere Lungenentzündung.« Kurz glitt ein Schatten über ihr Gesicht, doch gleich darauf sah auch sie gespannt zum Bildschirm, wo die Kamera erst einen Schwenk übers Publikum machte, dann fing sie das Geschehen auf der weitläufigen Bühne ein.

Eine Weile hörten sie dem wundervollen Eingangschor zu, dann trat der Evangelist auf. Der Sänger, ein großer Mann mit dunklem Haar, besaß eine warme, hervorragende Tenorstimme. Nach wenigen Minuten nahm die Kamera ihn im Porträt auf.

»Jakob!« Christina sprang auf. Das Glas vor ihr auf dem Tisch fiel um, und die helle Flüssigkeit ergoss sich über die Weihnachtsdecke, die Katharina vor vielen Jahren gestickt hatte. »Das ist Jakob!« Sie machte ein paar Schritte auf das Fernsehgerät zu, als könnte sie den Sänger auf diese Weise noch näher betrachten.

Eva-Maria runzelte die Stirn. »Das ... das kann nicht sein.« Sie sah den großen Mann, der die beiden anderen Sänger, die neben ihm standen, um mehr als einen halben Kopf überragte, aus schmalen Augen an. Wenn sie sich an Jakob erinnerte, sah sie stets den dürren, schlaksigen Jungen vor sich, der immer Hunger hatte und der auch dann noch viel zu mager war, als es wieder genug zu essen gegeben hatte. Und aus diesem schmalen Buben sollte dieser stattliche Mann geworden sein?

Sie schüttelte den Kopf. »Aber geh, das bildest du dir ein. Wie kommst du drauf?«

»Die Augen ... und schau nur, wie er den Kopf leicht nach rechts legt, wenn er die hohen Töne singt ... das hat Jakob auch immer gemacht.« Sie wandte sich an ihre Großmutter. »Was denkst du, Oma?«

»Ich weiß es nicht. So genau kann ich die einzelnen Personen nicht mehr erkennen.« Katharina schüttelte den Kopf. »Wie soll Jakob nach England gekommen sein?«

»Wenn er ein bekannter Sänger geworden ist, könnte er doch für diese Rolle engagiert worden sein.« Christina sah wie gebannt auf den Bildschirm. Noch ein paarmal wurde der Tenor gezeigt, doch sie konnten sein Gesicht nicht mehr erkennen.

»Vielleicht wird sein Name beim Abspann genannt.« Karsten legte den Arm um seine Frau. »Reg dich nicht so auf, Liebes. Es ist doch nur eine vage Idee von dir.«

Christina presste die Lippen aufeinander, um die Tränen, die in ihr aufsteigen wollten, zu unterdrücken. Sie war sicher, dass sie Jakob erkannt hatte.

»Er ist es«, flüsterte sie.

Karsten schwieg. Aber tief in seinem Innern fühlte er einen kleinen Stich der Eifersucht.

Mit brennenden Augen verfolgte Christina die gesamte Aufführung und wartete auf den Abspann. Doch ihre Hoffnung, dass sie die Namen der Sänger hätte lesen können, erfüllte sich nicht. Viel zu schnell lief der dunkle Streifen am rechten Bildrand hinunter.

Stunden später noch lag sie wach. Ihre Gedanken kreisten um Jakob, und sie fragte sich zum sicher tausendsten Mal, was aus ihm geworden war – und ob er wirklich bei dieser Aufführung gesungen hatte.

»Kannst du nicht schlafen?« Karsten streckte die Hand nach ihr aus.

»Nein.« Christina legte ihren Kopf in seine Hand. Die vertraute Wärme, die von dieser großen Hand ausging, ließ sie ruhiger werden. »Aber es geht mir gut«, murmelte sie und lächelte in die Dunkelheit, als Karsten noch näher zu ihr rückte und sie fester an sich zog.

Schließlich schlief sie in seinen Armen ein.

*

»Du spinnst wohl, du blöde Schlampe!« Wütend, das Gesicht stark gerötet, warf Wolfgang Graber die Aktenmappe auf den Tisch. »Was hast du dir dabei gedacht, ha? Willst du mich blamieren?«

»Aber wieso? Das waren alle Unterlagen, die ich finden konnte. Stimmt was nicht damit?« Angelika Wolters presste die Lippen aufeinander.

»Wieso fragst du?« Wolfgang kannte sich kaum noch vor Zorn. Am liebsten hätte er alles kurz und klein geschlagen, nur ein letzter Rest von Vernunft hinderte ihn daran. Seine zwei Zimmer in einem Hinterhaus in Gengenbach waren zwar sparsam, doch geschmackvoll möbliert. Um seiner Wut ein Ventil zu geben, hieb er immer wieder mit der geballten Faust auf die Aktenmappe.

»Schrott ist das! Unbrauchbarer Mist!«

»Aber ich hab die Unterlagen genau gesehen! Sie lagen auf dem Schreibtisch deiner Schwester. Ich hab sie so, wie sie waren, abfotografiert.« Angelika schluchzte auf. »Warum bist du so sauer?«

»Weil das alles Unsinn ist, was hier steht! Mein Geschäftspartner hat mir die Hölle heißgemacht, weil das Produkt, das er hieraus hergestellt hat, einfach scheiße schmeckt! Außerdem waren die Mengenangaben falsch, die Kekse sind noch nicht mal richtig aufgegangen, waren außerdem so ekelhaft süß, dass kein Mensch den Mist runterkriegte. Er fühlte sich total veräppelt!«

»Aber …«

»Schnauze!« Er machte drei Schritte auf sie zu und hob die Hand.

Instinktiv duckte sich Angelika und wimmerte vor Angst auf.

»Ja, ja, heul du nur. Mir ist auch zum Heulen zumute. Weißt du, wie viel Geld mich das hier gekostet hat? Ein Vermögen musste ich als Regress zahlen.« Wieder nahm er die Akten auf und schlug damit auf die Schreibtischplatte.

»Dafür kann ich doch nichts!« Angelika presste die Lippen zu einem schmalen Strich zusammen. Sie sah zu Wolfgang hin, der mit hochrotem Kopf immer wieder auf die Akte starrte, dann zu ihr, dann wieder auf die Akte.

Angst stieg in ihr auf. Angst vor dem Mann, dem sie seit Jahren hörig war.

»Ich gehe.«

»Ja, hau ab, ehe ich mich vergesse! Und lass dich nie mehr hier sehen!« Wolfgang griff nach einem blauen Aschenbecher aus Muranoglas und warf ihn in ihre Richtung. Das Kristall prallte gegen die Tür und zersplitterte auf dem Boden.

Mit langen Sätzen lief Angelika Wolters über den kleinen Hof bis zur Straße. Sie zitterte am ganzen Körper vor Angst. So zornig wie eben hatte sie Wolfgang noch nie gesehen. Schon etliche seiner Wutanfälle hatte sie miterlebt, und er hatte sich auch schon zweimal vergessen und sie geschlagen. Doch heute hatte sie echte Angst um ihr Leben gehabt.

»Er ist nicht mehr normal«, murmelte sie und schloss mit zitternden Fingern den alten VW auf, den sie eine Querstraße weiter geparkt hatte. Wolfgang bestand darauf, dass sie ihn stets heimlich besuchte.

»Ich will nicht noch mal riskieren, dass man uns zusammen sieht wie damals nach dem Kino«, hatte er gesagt.

»Aber wir gehören doch zusammen! Du liebst mich!«

»Ja, ja, das stimmt. Aber es ist noch kein Grund, dass man dich hier bei mir sieht.« Nur flüchtig hatte er sie geküsst, sich dann wieder der neuen Weinlieferung zugewandt. Er bekam viel Wein geliefert, und Angelika fragte sich, ob er so viel tatsächlich hier, in einer Weinregion, verkaufen konnte, wo es doch so viele kleine Weingüter gab, bei denen man direkt vom Erzeuger her seinen Wein kaufen konnte.

Doch sie hatte Wolfgang nur einmal gefragt.

»Meine Geschäfte sind für dich uninteressant. Halt dich einfach raus, wenn du dir keine einfangen willst«, hatte er gesagt. Und sie hatte nicht mehr nachgehakt.

Angelika setzte sich hinters Steuer und legte die Hände ums Lenkrad, ohne den Wagen zu starten. Mit leerem Blick sah sie auf die Straße. Menschen gingen vorüber, Autos fuhren vorbei. Ein paar kleine Jungen spielten auf dem Gehweg mit einem alten Fußball. Einer schoss gegen ihren Wagen, doch sie reagierte nicht einmal darauf.

Er ist verrückt, dachte sie immer und immer wieder. Er ist verrückt geworden vor Hass auf seine Schwester. Alles, was er tut, ist nur dazu angetan, ihr zu schaden.

Und du hast dich zu seinem Werkzeug machen lassen, sinnierte sie weiter. Du hast geglaubt, dass er dich liebt. Du bist auch verrückt. Verrückt vor Liebe zu ihm. Dabei kann er nicht lieben. Er hat dich nur benutzt.

Sie weinte, bis sie keine Tränen mehr hatte. Die Dämmerung war hereingebrochen, sie hatte es nicht bemerkt. Erst als sich ein Polizist näherte und Anstalten machte, auf ihren Wagen zuzukommen, startete sie und fuhr davon.

Noch an diesem Abend kündigte sie ihre kleine Wohnung, entschlossen, in einer anderen Stadt ein neues Leben zu beginnen. Eine Kündigung bei der Firma Graber ersparte sie sich.

Wolfgang Graber haderte eine ganze Woche lang mit sich und der Welt. Nur mit Mühe gelang es ihm, seinen Geschäftspartner zu beruhigen. Und weil der erklärte, dass er auf keinen Fall weiter mit ihm zusammenarbeiten würde, konzentrierte er sich erst einmal ausschließlich auf seinen Weinhandel.

Mit Christina würde er später noch einmal abrechnen, das stand fest! Und auch Angelika, die dumme Pute, konnte mit einem schmerzhaften Denkzettel rechnen!

In den beiden großen Garagen, die er zusätzlich zu seiner Wohnung gemietet hatte und die am Ende des Grundstücks standen, kontrollierte er die Bestände der dort gelagerten Flaschen. Die meisten kamen aus der Gegend, denn der badische Wein war nicht nur in Deutschland sehr beliebt, sondern auch in der Schweiz und in Österreich.

Er verkaufte aber auch französischen Wein, ein ganzes Regal war gefüllt mit bestem Bordeaux.

Als Wolfgang gegen die beiden großen Fässer klopfte, die etwas versteckt hinter ein paar Kartons standen, verzog er das Gesicht zu einem hämischen Grinsen. »Zeit, wieder mal einen Trip hinunter nach Italien zu machen«, murmelte er vor sich hin. Er griff nach einem schwarzen, in Kalbsleder gebundenen Buch und verließ die Garagen.

Das Buch war sein sogenanntes Auftragsbuch, doch nur auf den ersten Seiten fanden sich Namen von Kunden und ihre verschiedensten Bestellungen. Schon nach etwa zwanzig Seiten fanden sich in dem Buch nur noch weiße Blätter.

Aber dass die privaten Besteller immer weniger wurden, interessierte ihn im Moment nicht. Er führte zwei Auslandsgespräche und packte eine Reisetasche für den Trip nach Italien.

*

»Aufstehen, Faulpelz.« Ein Kuss auf Christinas noch im Halbschlaf geöffnete Lippen, dann zog Karsten ihr mit einem Ruck die leichte Bettdecke fort.

»Nein! Bitte nicht!« Ohne die Augen zu öffnen, tastete Christina wieder nach der Decke. »Ich bin noch hundemüde.«

»Das vergeht gleich. Versprochen. Meinst du nicht auch, Prinzessin? Die Mama wird sofort wach, wetten?« Lachend setzte er die kleine Jasmin neben Christina, und die Einjährige patschte der Mama begeistert ins Gesicht.

»Du kleines Räuberchen!« Christina streckte die Arme nach ihrer Tochter aus, die schon vierzehn Monate alt war. »Jetzt bist du munter, und die halbe Nacht hindurch hast du geweint.«

»Sie kriegt Zähne.« Lachend hob Karsten die Kleine wieder auf die Arme. »Komm, Spatz, die Oma wartet schon auf dich.«

»Wieso das denn?« Christina setzte sich im Bett auf. Sie strich sich die Haare aus dem Gesicht und sah zu Karsten hoch. Wie immer, wenn sie Vater und Tochter so dicht nebeneinander sah, wurde ihr die frappierende Ähnlichkeit der beiden bewusst. Die kleine Jasmin hatte das gleiche dunkelbraune, leicht gewellte Haar wie ihr Vater, die gleichen dunklen Augen. Auch das Grübchen, das Karsten besaß und das Christina von Anfang an so fasziniert hatte, fand sich schon im Kindergesicht. Frank hingegen kam mehr nach seiner Mutter, zumindest war das die einhellige Meinung aller, die den Vierjährigen kannten.

Lachend patschte Jasmin auf Karstens Wange. »Moma«, plapperte sie. »Moma.«

»Ja, wir gehen sofort zur Oma. Der Frank ist auch schon da und wartet auf dich. In der Zwischenzeit steht deine Mama auf und macht sich fertig.« Er beugte sich kurz zu Christina. »Los, raus aus den Federn. Ich bin in zehn Minuten zurück. Frühstück steht auf der Terrasse bereit.« Schon an der Tür, drehte er sich noch einmal um. »Zieh dir was Hübsches an. Wir machen einen Ausflug.«

»Wohin? Heute ist doch kein Sonntag.«

»Aber ein Feiertag. Also beeil dich.« Lachend ging er hinaus.

Während sie unter der Dusche stand, überlegte Christina, welches Jubiläum sie vergessen haben könnte. Der Hochzeitstag war es nicht, der Kennenlerntag auch nicht … Es fiel ihr nichts ein. Aber sie war gespannt auf die Überraschung, die Karsten ihr versprochen hatte.

Von Tag zu Tag liebte sie ihn mehr. Er war zärtlich, fürsorglich, ein guter Vater und ein toleranter, großzügiger Ehemann, der es klaglos akzeptierte, dass sie viel arbeitete und mehr Zeit in der Firma verbrachte als daheim.

Umso wichtiger, das fanden sie beide, waren die gemeinsamen Stunden, die sie miteinander hatten – und die sie uneingeschränkt genossen.

Als sie aus dem Bad kam, stand Christina eine Weile vor ihrem Kleiderschrank. Was sollte sie anziehen? Sie wusste ja nicht, was Karsten vorhatte. Schließlich entschied sie sich für ein modisches zweiteiliges Kostüm. Der kurze Rock des fliederfarben-gelb gemusterten Kleides ließ viel von ihren langen Beinen sehen. Und das kurze lilafarbene Jäckchen war die perfekte Ergänzung.

»Wie schön du bist.« Unbemerkt war Karsten eingetreten, umarmte sie von hinten und küsste ihren Nacken. »Ich könnte dich glatt hier und jetzt vernaschen. Du bist nun mal das süßeste Stück deiner Firma.«

»Was ist denn mit dir los?« Lachend drehte sich Christina zu ihm um. »Romantik am frühen Morgen? Muss ich mir Gedanken machen, Herr Doktor?«

»Ja. Aber nur darüber, was du noch brauchst für einen Dreitagetrip.«

»Wir bleiben drei Tage weg?«

Er nickte. »So ist meine Überraschung geplant. Also los, Weib, pack ein, was du brauchst. Ich hab meinen Koffer schon fertig.«

Sosehr sie ihn auch bedrängte, Karsten verriet nicht, wohin die Reise gehen sollte. Und erst, als sie die französische Grenze erreichten, ahnte Christina, was er vorhatte.

»Wir fahren ins Elsass!«

»Da wolltest du doch immer mal wieder hin.« Für einen Moment nahm Karsten den Blick von der Straße und sah sie an. »In Colmar hab ich ein Hotelzimmer gebucht. Wir sehen uns erst die Stadt an, dann erkunden wir das Weinland in der Umgebung. Einverstanden?«

»Aber ja! Ich bin hin und weg!« Sie streckte die Hand aus, legte sie ihm in den Nacken und kraulte ihn spielerisch.

»Hej, lass das, du weißt genau, dass mich das erregt.« Er lachte sie zärtlich an.

»Und – wär das so schlimm?«

»Im Gegenteil.« Er nahm ihre Hand und küsste die Innenfläche.

In bester Stimmung erreichten sie Colmar. Gleich nachdem sie ihre Koffer im Hotel untergebracht hatten, machten sie sich zu einem ersten Bummel durch die wunderbar erhaltene Altstadt auf. Sie bewunderten die zahlreichen Bürgerhäuser aus dem Mittelalter und der Renaissance, die der Altstadt über Jahrhunderte hinweg ihren ganz eigenen Charme und Charakter verliehen hatten.

»Das da ist die ehemalige Zollstation.« Karsten, den Reiseführer in der Hand, wies auf ein ausladendes Gebäude aus dem 15. Jahrhundert. »Hier steht, dass im Erdgeschoss Waren gelagert wurden, im darüber liegenden Raum versammelten sich die Abgesandten des Zehnstädtebundes.«

Interessiert hörte Christina zu, ließ die Eindrücke und Informationen auf sich wirken und wies dann auf ein prachtvolles Gebäude, das über und über mit Köpfen verziert war: »Und was ist das da? Das sieht ja verrückt aus.«

»Das ist das sogenannte Kopfhaus«, erklärte Karsten, »und es sind exakt einhundert Köpfe, die hier angebracht wurden.« Auch er schaute fasziniert zu der imposanten Fassade mit ihrer außergewöhnlichen Verzierung hoch. Dann schlenderten sie weiter, sahen sich das Münster von außen an, gingen aber in die berühmte Dominikanerkirche, wo sie das Gemälde *Madonna im Rosenhag* Martin Schongauers von 1473 ausgiebig bewunderten.

»Genug der Kultur«, beschloss Karsten schließlich. »Jetzt hab ich Appetit und hätte auch Lust auf ein gutes Glas Wein.«

In einem Gartenlokal direkt am lauschigen Flüsschen Ill aßen sie hervorragend und tranken dazu köstlichen Elsässer Wein.

»Morgen schauen wir uns dann noch den Isenheimer Altar im Museum an. Oder willst du lieber gleich in die Umgebung rausfahren?«

Christina schüttelte den Kopf. »Den Altar will ich auf

jeden Fall sehen. Danach können wir ja immer noch entscheiden, ob wir lieber in die Weinberge fahren oder weiter nach Straßburg. Was meinst du?«

»Es ist deine Reise.« Karsten drückte ihre Hand. »Du bestimmst, was wir machen.«

»Was feiern wir eigentlich?«, fragte Christina. »Ich überlege schon die ganze Zeit, wie ich zu diesem Ausflug komme.«

»Denk nach.«

»Das tu ich schon seit dem frühen Morgen.« Sie drehte gedankenverloren das Weinglas zwischen den Fingern. »Ich hab einfach keine Ahnung.«

»Es ist exakt zehn Jahre her, dass du die Firma Graber gegründet hast.« Karsten hob sein Glas. »Ich feiere hiermit den Erfolg der klügsten und schönsten Frau der Welt.« Er beugte sich vor. »Gratuliere, Schatz.«

»Zehn Jahre ...« Christina trank ihm zu. »Stimmt, es ist zehn Jahre her, seit wir angefangen haben, in größerem Rahmen zu produzieren. Dass du daran gedacht hast ...«

»Deine Mutter hat mir das Datum genannt. Sie weiß noch genau, wann der Grundstein für den Fabrikbau gelegt wurde.«

»Dann trinken wir jetzt auf meine Mutter. Sie hat am Erfolg mindestens so großen Anteil wie ich.«

*

Die Tage im Elsass, in denen sie ausspannen und neue Eindrücke gewinnen konnte, hatten Christina gutgetan. Sie fühlte sich hervorragend und konnte es kaum erwarten, die Ideen, die sie aus Frankreich mitgebracht hatte, umzusetzen. Etliche Gebäckstücke, die sie probiert hatte, ließen sich verändern und in größerem Stil vermarkten, da war sie sich sicher.

»Ich bin für den Rest des Tages drüben in der Backstube«, sagte sie zu Sandrine, nachdem sie die Post gesichtet und ein paar wichtige Briefe diktiert hatte.

»In Ordnung.«

»Hast du noch mal was von Angelika Wolters gehört?« Schon an der Tür, drehte sich Christina noch mal um. »Sie hat nicht mal gekündigt.«

»Kein Wunder.« Sandrine lachte bitter auf. »Es steht doch fest, dass sie hier spioniert hat. Ich weiß nur, dass sie nicht mehr in ihrer Wohnung wohnt. Da bin ich nämlich gewesen und hab versucht, sie zur Rede zu stellen. Aber es weiß niemand, wo sie abgeblieben ist.«

»Dann hoffe ich, dass wir nie wieder was von ihr hören.« Christina ging hinaus, doch während sie durch den sonnenwarmen Tag hinüber zum alten Wohnhaus und der Backstube ging, dachte sie daran, dass sie auch von ihrem Bruder seit einer Ewigkeit kein Lebenszeichen mehr erhalten hatte. Er mied jeden Kontakt zur Familie und hatte nicht einmal das Bedürfnis, seine Mutter nach ihrer schweren Krankheit zu besuchen.

Erst als sie in der alten Backstube stand, sich über Rezepte beugte und versuchte, ein paar neue Plätzchen zu kreieren, fühlte sich Christina wieder besser. Die trüben Gedanken verschwanden wie ein Spuk im hellen Sonnenlicht, als sie begann, den Teig zu kneten.

Zwei Tage lang experimentierte sie an dem neuen Produkt herum, verwarf Rezepte, machte neue Mischungen, überlegte sich attraktive Verpackungen.

»Irgendwas fehlt noch«, murmelte sie und sah hinaus in den schönen Tag. Aber der zündende Gedanke, die Idee, wie sie das Produkt noch pfiffiger machen könnte, wollte ihr nicht kommen.

Spontan schloss sie die Backstube ab und ging hinüber zum Wohnhaus. Eva-Maria saß auf der Terrasse und passte auf die kleine Jasmin auf, die auf einer Decke hockte und spielte.

»Wo ist denn Frank?«

»Im Dorf bei seinem Kindergartenfreund Ulli.« Eva-Maria lächelte. »Die beiden sind ein Herz und eine Seele. Hast du gewusst, dass der kleine Ulli ein Großneffe von unserer Margot ist?«

»Nein, keine Ahnung.« Christina sah sich um. »Ist Margot schon gegangen?«

»Sie musste zum Zahnarzt.« Eva-Maria sah zu ihrer Enkelin hinüber, die begeistert einen kleinen Baukastenturm umwarf, um gleich darauf wieder vier, fünf Steine aufzuschichten. »Ich passe gern auf unsere Prinzessin auf. Zumal du mich ja noch nicht wieder voll arbeiten lässt.«

»Richtig.« Liebevoll umarmte Christina ihre Mutter. »Ich finde, du solltest dir mehr Ruhe gönnen. In den Filialen kommen sie gut ohne dich zurecht.«

»Das sagst du! Ich bin sicher, dass man die Leute kontrollieren muss. Nicht umsonst heißt es, dass die Mäuse auf dem Tisch tanzen, wenn die Katz aus dem Haus ist.«

»Ach Mutsch. Die Angestellten sind alle zuverlässig. Und nichts ist mir wichtiger als deine Gesundheit.«

»Die wieder ganz ausgezeichnet ist.«

»Na gut, ganz wie du meinst.« Christina ging zu Jasmin und hob sie auf die Arme, was die Kleine mit lautem Jauchzen quittierte. »Was meinst du, Mäuschen, sollen wir deine Uroma besuchen?« Sie sah Eva-Maria an. »Kommst du mit?«

»Nein, nein, geht allein auf den Friedhof. Ich bleib hier sitzen, es ist noch Flickwäsche da.«

»Ach Mutter, das muss doch nicht sein!«

»Muss es doch.« Eva-Maria wollte nicht eingestehen, dass sie sich erneut nicht besonders wohl fühlte. Seit dem plötzlichen Tod ihrer Mutter vor sieben Wochen plagten sie hin und wieder leichte Herzbeschwerden, sie sagte aber niemandem was davon. Wenn sie sich ruhig verhielte, dachte sie, würden dieses krampfartige Ziehen und die Kurzatmigkeit sicher von allein wieder vorbeigehen. Als sie allein war, lehnte sie den Kopf an die Sessellehne und schlief ein.

Christina schob den Kinderwagen hinüber zum Friedhof. Sie hatte ein paar Freesien gekauft und legte ihrer Oma einen Strauß ihrer Lieblingsblumen aufs Grab. Vor sieben Wochen war Katharina friedlich eingeschlafen. Eines Morgens hatte sie, die Hände über der Brust gefaltet, tot in ihrem Bett gelegen.

»Weißt du noch, Oma«, sagte Christina leise und steckte die frischen Blumen zwischen einige noch nicht verwelkte in eine Vase, die als einziger Blumenschmuck auf dem frischen Erdhügel stand, »wie du dich nach dem Krieg über den ersten Freesienstrauß gefreut hast? Das ist eine Ewigkeit her. Jetzt sind wir eine bedeutende Familie, die Firma ist zehn Jahre alt geworden …« Sie lachte leise, dann fuhr sie im Selbstgespräch fort: »Wenn Karsten mich nicht dran erinnert hätte, vielleicht hätte ich gar nicht dran gedacht. Wir sollten ein kleines Schild an der Hauswand anbringen, meinst du nicht?«

Als Antwort erklang lautes Geschrei, Klein-Jasmin war von einer Wespe gestochen worden.

»Ach du liebe Güte! Lass sehen, Mäuschen.« Christina vermochte ihr schreiendes Mädchen kaum zu beruhigen, und nur mit Mühe gelang es ihr, den Stachel herauszuziehen. »Ganz ruhig, mein Spätzchen, bald ist alles wieder gut.«

Eilig trat sie den Rückweg an. Daheim ging sie gleich in die Küche und gab Zwiebelsaft auf die gerötete Stelle. Das alte Hausrezept half besser als jede Salbe, das hatte Oma Katharina schon immer gesagt, und es stimmte.

Jasmin hatte sich gerade beruhigt und lag schläfrig in ihrem Bettchen, als das Telefon klingelte.

Hastig, damit die Kleine nicht gleich wieder wach wurde, nahm Christina den Hörer ab. »Graber, guten Tag.«

»Hier Schwester Marianne von den Städtischen Kliniken in Offenburg.« Schon bei der Erwähnung des Krankenhauses erfasste Christina eine schreckliche Vorahnung, und ihr Herz begann zu rasen …

*

Wolfgang Graber reckte sich. Die drei Fässer mit billigem italienischen Tafelwein waren leer, gemischt mit besserem Grauburgunder und Weißherbst aus dem Badischen. Jetzt musste er nur noch die letzten neuen Etiketten auf die Flaschen kleben, dann war die Lieferung fertig.

Zwei Wochen lang hatte er in den Garagen gearbeitet und den billigen Wein mit besserem gepanscht. Seine Abnehmer kamen aus dem Osten, wer sie genau waren, wusste er nicht. Doch sie würden, so viel hatte er erfahren, den Wein sowohl in der DDR als auch in der Tschechoslowakei vertreiben. Wohin die Ware sonst noch ging, wusste er nicht. Es war ihm aber auch egal, der Gewinn, den er mit dem gepanschten Wein machen würde, war so groß, dass er die nächsten Monate ohne Sorgen überstehen konnte.

Als es dreimal an die Garagentür klopfte, ahnte er nichts Böses und ließ das Tor hochfahren.

Im nächsten Moment standen drei breitschultrige Typen in der hell ausgeleuchteten Garage. Den ältesten von ihnen kannte Wolfgang, es war derjenige, mit dem er bisher verhandelt und die letzten beiden Lieferungen abgeschlossen hatte. Er sprach mit stark slawischem Akzent, hatte ein vernarbtes Gesicht und war bis zu den Handgelenken an beiden Armen tätowiert. Auch am Hals erkannte man Spuren von dunklen Tätowierungen.

Seine beiden Begleiter, ebenfalls ganz in schwarzes Leder gekleidet, waren wesentlich jünger. Sie sagten nichts, positionierten sich aber so am offenen Tor, dass Wolfgang keine Chance hatte, an ihnen vorbeizukommen.

»Was sollte das? Was hast du dir dabei gedacht, du Misthund?« Ohne Vorwarnung versetzte der ältere Mann Wolfgang einen Kinnhaken, so dass der das Gleichgewicht verlor und gegen ein paar Weinkisten taumelte.

Leicht benommen rappelte sich Wolfgang auf. »Was hast du denn? Spinnst du?«

»Ich nicht. Aber du bist wohl wahnsinnig geworden.« Breitbeinig stellte sich der Mann in der abgewetzten schwarzen Lederjacke vor ihn hin. »Die letzte Lieferung war für drei Ministerien. Das hatte ich dir gesagt und beste Ware verlangt. *Ausdrücklich* verlangt!« Ehe Wolfgang reagieren konnte, schlug er wieder zu. »Wir wollten Top-Ware. Und was lieferst du? Scheiß. Billigen Essigscheiß.«

Noch ehe Wolfgang reagieren oder sich gar verteidigen konnte, schlug er erneut zu. Diesmal so hart, dass Wolfgang das Gleichgewicht völlig verlor und mit Wucht gegen die Weinkisten fiel. Klirrend gingen die ersten Flaschen darin zu Bruch.

Wolfgang war noch nicht ganz wieder auf den Beinen, da winkte der Narbige seinen beiden Begleitern zu. Sie sagten kein Wort, doch die Wucht ihrer Schläge ließ Wolfgang aufstöhnen. Er wollte etwas sagen, doch sie prügelten so hart auf ihn ein, dass er nun noch wimmerte.

»Ich ... geb euch Ersatz.« Die Worte waren kaum zu verstehen.

Der Narbige antwortete mit drei heftigen Fußtritten, so dass Wolfgang gar nichts mehr sagen konnte. Etliche Zähne waren ausgeschlagen, die Haut unter den Augen aufgeplatzt. Er sah alles wie durch dicke graue Schleier. Nur die Schläge und Tritte, die spürte er deutlich.

Noch ein-, zweimal versuchte er sich aufzurichten, dann brach er inmitten von unzähligen Glassplittern zusammen.

Mit unbewegten Mienen ließen die drei Männer endlich von ihm ab.

»Nehmt die Kisten von nebenan mit.« Der Ältere trat Wolfgang noch einmal mit aller Gewalt in die Rippen, ehe er den beiden anderen voraus in den zweiten Garagenraum ging. »Hier liegen die guten Weine. Da hinten schaut nach, da muss der Bordeaux gelagert sein. Den Schrott hier könnt ihr stehen lassen.« Er lachte auf. »Soweit überhaupt noch ein paar Flaschen ganz sind.«

Wie lange Wolfgang inmitten von zerbrochenen Weinflaschen und Pfützen von gepanschtem Weißwein gelegen hatte – er wusste es nicht. Die Dunkelheit brach schon herein, als er wieder zu sich kam und auf allen vieren aus der Garage kroch.

Immer wieder versuchte er, sich aufzurichten, es ging nicht. Schmerzen, unmenschliche Schmerzen ließen ihn laut aufstöhnen.

Er schaffte es nicht ganz bis zur Straße, doch ein junges Pärchen, das sich in die Einfahrt zurückziehen wollte, um sich ungestört zu küssen, entdeckte ihn schließlich.

Davon, dass mit blinkendem Blaulicht und eingeschalteter Sirene der Krankenwagen vorfuhr, ein Notarzt ihn untersuchte und seine sofortige Einweisung ins Offenbacher Krankenhaus anordnete, merkte er nichts mehr.

Man fand seinen Personalausweis in seiner durchweichten, nach Wein stinkenden Jacke und informierte seine Angehörigen, während die Ärzte alles Menschenmögliche taten, um die inneren Blutungen, die die brutalen Fußtritte hervorgerufen hatten, zum Stillstand zu bringen.

Als Christina und Eva-Maria eintrafen, lag Wolfgang auf der Intensivstation.

»Um Himmels willen, was ist passiert?« Eva-Maria musste sich auf ihre Tochter stützen, ihr war schwindelig vor Aufregung.

Der diensthabende Arzt der Intensivstation sah sie teilnahmsvoll an. »Es tut mir leid, genau kann ich das auch nicht sagen. Aber anhand seiner Verletzungen vermuten wir, dass der Patient brutal zusammengeschlagen wurde.«

»Was hat er?« Christina blieb ruhig. Nur am Flackern ihrer Augen hätten diejenigen, die sie gut kannten, erkennen können, wie aufgewühlt auch sie war. »Kommt er … ich meine, wird er wieder gesund?«

Der Arzt zuckte mit den Schultern und tastete nach dem Stethoskop, dessen Enden in der Brusttasche des weißen Kittels steckten.

»So sagen Sie doch was!« Eva-Maria sah ihn aus tränennassen Augen an.

»Man kann noch nichts Genaues sagen. Wir wissen allerdings, dass er einen schweren Milzriss hat, der innerhalb der nächsten drei Stunden operiert werden wird. Noch ist kein Operationsraum frei, aber in einer guten Stunde bestimmt.«

»Und dann wird er gesund?«

»Wir hoffen es.« Der Arzt sah auf die Uhr. »Tut mir leid, ich muss weiter.«

»Können wir zu meinem Bruder hinein?«, fragte Christina.

»Nein. Besser nicht.« Er sah diskret zu Eva-Maria hin. »Er braucht absolute Ruhe.«

»Verstehe.« Christina nickte ihm zu. Sie ahnte, dass Wolfgang so schlimm aussah, dass der Arzt Eva-Maria den Anblick nicht zumuten wollte.

Sie nahm ihre Mutter am Arm und zog sie ein wenig abseits. »Setz dich erst mal. Ich hole uns einen Kaffee. Dann nehmen wir am besten drüben in dem kleinen Wartebereich Platz. Die Operation dauert sicher eine Weile.«

Sie hatten den Kaffee noch nicht ganz ausgetrunken, da sahen sie, wie zwei Pflegerinnen Wolfgang von der Intensivstation holten und hinüber zum Operationssaal schoben.

»Er wird vom Chef selbst operiert«, sagte eine der

Schwestern und nickte den beiden wartenden Frauen aufmunternd zu.

Quälend langsam vergingen die Stunden. Hin und wieder kam eine Schwester vorbei, sah die beiden Frauen kurz an, nickte und verschwand wieder. Erst nach knapp drei Stunden meldete eine junge Pflegerin: »Die Operation dauert noch. Sie müssen sich gedulden. Gehen Sie doch ein wenig nach draußen.«

Doch weder Christina noch Eva-Maria konnten sich entschließen, die Klinik zu verlassen.

Stunde um Stunde verging.

Christina ahnte, dass es kein gutes Zeichen war, dass der Eingriff sich so lange hinzog.

Als sich endlich die Tür öffnete und der Arzt hereinkam, erkannte sie sofort, dass er keine guten Nachrichten hatte. Sein Gesicht war grau vor Erschöpfung, der grüne OP-Kittel nass geschwitzt.

Eva-Maria stand auf. »Wie geht es ihm?«

Der Arzt biss sich kurz auf die Lippen, schüttelte dann den Kopf. »Es tut mir leid, aber ... wir konnten nichts mehr für ihn tun. Der Milzriss war immens groß, zudem waren etliche Rippen gebrochen, von denen sich eine in die Lunge gebohrt hat.«

»Aber ...« Eva-Maria schwankte leicht.

»Der Blutverlust ließ sich nicht eindämmen. Wir haben alles versucht – aber leider ist auch unsere Macht begrenzt. Der Kreislauf ließ sich nicht stabilisieren, und das Herz war sehr schwach. Kann es sein, dass er über einen längeren Zeitraum hinweg Drogen konsumiert hat?«

Christina schüttelte den Kopf. »Tut mir leid, wir haben keine Ahnung.«

Der Arzt zuckte bedauernd mit den Schultern. »Es ist auch nicht mehr relevant. Alles in allem hat man ihn übel zugerichtet. Und ich konnte nichts mehr für ihn tun. Es tut mir leid.«

Eva-Maria senkte den Kopf. Sie weinte nicht mehr. Zu viele Tränen hatte sie um ihren Sohn vergossen. »Danke, Herr Doktor.« Sie gab dem Arzt die Hand, dann wandte sie sich ab und ging mit raschen Schritten davon.

»Möchten Sie Ihren Bruder noch einmal sehen?« Der Arzt hielt Christina, die ihrer Mutter folgen wollte, am Arm zurück.

Sie zögerte, nickte dann. »Ich hole meine Mutter zurück«, sagte sie und eilte Eva-Maria nach.

Als sie Wolfgang ein letztes Mal sahen, hatten die Schwestern ihn gewaschen und seine Verletzungen gnädig mit einem Tuch verdeckt. Dennoch sah sein Gesicht so geschunden aus, dass Eva-Maria einen unterdrückten Schrei ausstieß.

Auch Christina musste hart schlucken. Wer immer Wolfgang so zugerichtet hatte, war voller Zorn – und ohne Skrupel gewesen. Allzu sehr vermochte sie nicht um ihren Bruder zu trauern, obwohl sie einige schöne Kindheitserinnerungen an ihn hatte. Doch seit er im Krieg gewesen war, hatte sie nie mehr etwas Gutes von ihm erfahren.

Eva-Maria strich noch einmal zärtlich über die blaurot geschwollene Wange. »Was immer auch passiert ist«, sagte sie leise, »er war doch mein Sohn … und ich hab ihn liebgehabt.« Sie straffte sich und wandte sich dann mit einem Ruck um. »Lass uns heimfahren, Christina.«

5

»Willst du wirklich noch stärker expandieren? Ich finde, du arbeitest genug. Wir haben jetzt schon viel zu wenig Zeit füreinander und für die Kinder. Und die Zeit verfliegt, gestern spielten unsere Kleinen noch im Sandkasten und wollten ständig schmusen, und nun sind sie schon so groß, und eh man sich's versieht, sind sie aus dem Haus.«

Karsten Berghausen schob sich die dünne Goldbrille, die ihm wieder einmal auf die Nase heruntergerutscht war, hoch.

»Die Konkurrenz bringt laufend neue Produkte auf den Markt. Wenn wir nicht versuchen mitzuhalten, verpassen wir eines Tages den Anschluss.«

»Und – wäre das so schlimm?«

»Wie kannst du so etwas nur sagen?« Christina sah ihren Mann kopfschüttelnd an.

»Ach Liebes, ich mein's doch nicht böse.« Karsten, der vor anderthalb Jahren zum Chefarzt der Chirurgischen Abteilung ernannt worden war, legte ihr die Hand auf den Arm. Sie saßen auf der Terrasse und sahen den Kindern zu, die mit Freunden durch den Garten tobten. Es war Jasmins achter Geburtstag, und sie hatte eine Menge Freunde und Klassenkameraden einladen dürfen.

Ein paar Jungs spielten Tennis, man hörte das Aufschlagen der Bälle genau. Im hinteren Bereich hatte Karsten vor einigen Jahren einen Tennisplatz anlegen lassen, den vor allem Vater und Sohn benutzten. Christina fand nur wenig Gefallen am Spielen, doch Karsten zuliebe nahm sie immer wieder Trainerstunden.

Karsten spielte sehr gut, doch Frank war ein riesiges Talent, das auch im Verein herausragende Leistungen brachte. Er interessierte sich aber auch jetzt schon für die Firma, kannte etliche Rezepte auswendig und ging gern mit seiner Mutter in die alte Backstube, wo sie begeistert experimentierten.

Jasmin hingegen ließ sich weder für Süßigkeiten noch für Gebäck begeistern. Sie aß am liebsten Obst, liebte Tiere, vor allem Pferde, und hatte nur einen Wunsch zum achten Geburtstag: endlich reiten lernen zu dürfen.

»Wann können wir denn endlich Bescherung machen?« Sie kam zur Terrasse, gefolgt von ihrer besten Freundin Andrea.

»Ja, wir wollen die Geschenke verteilen!« Andrea, ein zierliches kleines Mädchen mit weißblonden Zöpfen, hüpfte aufgeregt von einem Bein aufs andere. »Jasmin hat gesagt, erst packt sie ihre Geschenke aus, dann gibt es Kuchen.« Sehnsüchtig schaute sie hinüber zum Tisch, der mit Luftschlangen, kleinen Luftballons und Blumen dekoriert war. In der Mitte der Tafel prangte eine dreistöckige Geburtstagstorte, auf der acht Kerzen steckten und in der Mitte eine große rote Acht aus Glanzpapier.

Zwei weitere Torten waren ebenfalls traumhaft schön dekoriert, und Andrea lief beim Anblick der Köstlichkeiten, die sie daheim nie bekam, das Wasser im Mund zusammen.

»Aber du hast jetzt schon Appetit auf Kuchen, gell?«

»Jaa.«

»Na dann …« Karsten stand auf. »Alle herkommen!«, rief er in den Garten. »Es gibt gleich Kakao und Kuchen!«

In Blitzgeschwindigkeit waren alle Kinder um ihn versammelt. Christina staunte immer wieder, wie gut er mit den Kleinen umgehen konnte. Auch jetzt übernahm er die ›Regie‹, wie er es nannte, beim Auspacken der Geschenke.

Jasmin freute sich über all die Mitbringsel ihrer Freundinnen und Freunde, doch gespannt sah sie immer wieder zu dem kleinen Tisch hinüber, der am Ende der Terrasse stand und der mit einem alten Tischtuch komplett zugedeckt war. Sie ahnte, dass sich darunter das Geschenk ihrer Eltern verbarg.

Seit dem frühen Morgen wartete sie gespannt darauf, dass sie das Tischtuch endlich entfernen durfte. Normalerweise bekamen sie und ihr Bruder die Geschenke gleich nach dem Aufstehen, doch heute, hatte ihr Paps gesagt, wäre eine Ausnahme.

Und endlich, endlich sagte er lachend: »Und jetzt das Geschenk von Mami und mir. Lauf rüber, und sieh's dir an.«

Das ließ sich Jasmin nicht zweimal sagen. Mit einem einzigen Ruck zog sie die Decke vom Tisch.

»Ja!« Sie drehte sich zu den Eltern um, die lächelnd hinter ihr standen. »Ich hab's so gehofft! Danke! Danke!« Als Erstes griff sie nach der Reitkappe und setzte sie sich auf. Dann freute sie sich über eine Gerte, eine Reithose und ein Buch über Pferdepflege.

»So tolle Sachen.« Andrea, die still dabeigestanden hatte, sagte es ohne Neid. »Ich würde auch gern reiten lernen. Aber das geht nicht, sagt mein Vater.«

»Ich nehm dich mit.« Jasmin nahm die Hand der Freundin. »Wenn ich reiten gehe, kommst du einfach mit.« Sie drehte sich zu ihren Eltern um. »Das darf sie doch, oder?«

»Mitnehmen kannst du sie. Aber ob Andrea auf ein Pferd darf, müssen ihre Eltern entscheiden.« Christina zwinkerte dem kleinen Mädchen, das sie sehr mochte, zu. »Ich werde mal mit ihnen reden, einverstanden?«

»Danke!« Das kam gleichzeitig von Jasmin und Andrea.

Frank, der ruhig neben dem Tisch gestanden hatte, griff in die Hosentasche und zog eine kleine Schachtel heraus. »Das ist von mir.« Er grinste. »Ich hab extra gespart für dich.«

»Danke.« Gespannt öffnete Jasmin das Päckchen. »Eine Anstecknadel!«

»Die brauchst du, wenn du mal ein Turnier reitest. Damit macht man die Schleife an der Bluse fest.« Frank warf sich in die Brust. »Ich hab das nachgelesen.«

»Danke!« Sie wollte ihm einen Kuss geben, doch er wandte verlegen den Kopf zur Seite.

»Lass das«, murmelte er. »Das ist Mädchenkram.«

Aber er freute sich, dass er mit der schmalen Silberbrosche, in deren Mitte sich ein Hufeisen befand, das Richtige ausgesucht hatte.

Die Kuchenschlacht, die anschließend folgte, war noch nicht zu Ende, als das Telefon klingelte.

»Die Klinik.« Eva-Maria, die sich in der Küche um Nachschub an Kuchen und Kakao kümmerte, rief Karsten ins Haus.

»Ich muss los. Ein Unfall auf der Autobahn. Es gibt mehrere Schwerverletzte.« Ein rascher Kuss, ein Winken in Richtung des Geburtstagskindes, dann war er auch schon fort.

Christina seufzte auf. So war es in den letzten Monaten oft gewesen: Karstens Verantwortung wuchs, damit aber auch das Arbeitspensum. Doch sie wollte sich nicht beklagen, sie selbst arbeitete ja auch mehr als acht Stunden täglich.

Die Firma florierte, inzwischen hatten sie ein weitverzweigtes Vertriebsnetz für die Produkte der Firma Graber aufgebaut. Im Elsass waren sie vertreten, auch schon in den Beneluxländern. Christina versuchte seit kurzem, auch in der Schweiz und Österreich Fuß zu fassen, doch noch hatte sie nicht die richtigen Kooperationspartner gefunden.

»Woran denkst du?« Eva-Maria setzte sich zu ihr und sah den Kindern zu, die sich bestens amüsierten.

»Daran, wie gut es uns geht.«

»Ja, dafür müssen wir dankbar sein.«

*

»Schon wieder eine Eins im Zeugnis. Und keine Vier. Du bist ein kleines Genie, mein Mädchen.« Lächelnd strich Christina ihrer Tochter über das dunkle Haar.

Jasmin zuckte nur mit den Schultern. Das Lernen fiel ihr leicht, sie musste sich nicht übermäßig anstrengen. »Darf ich dann endlich den Aladin als Pflegepferd haben und ihn jeden Tag besuchen?«

Aladin hieß der dunkle Wallach, der einer Apothekerin aus Baden-Baden gehörte, die allerdings nicht genügend Zeit für ihr Tier hatte. Sie war froh, wenn Jasmin sich um das Pferd kümmerte und es regelmäßig bewegte.

»Na gut, meinetwegen.«

»Der Quälgeist hat wieder seinen Willen durchgesetzt,

wetten?« Frank kam zu seiner Mutter und küsste sie kurz auf die Wange. Er war ein aufgeschossener Junge mit einem zarten Gesicht. Das blonde Haar trug er zu einer modischen Pilzfrisur geschnitten. Die Beatles waren seine Idole, er spielte ihre Platten rauf und runter, zum Leidwesen seiner Großmutter, die von dieser modernen Musik gar nichts hielt.

»Lass ihr das Hobby. Sie ist glücklich auf dem Pferderücken.«

»Ich sag doch gar nichts dagegen.« Frank grinste. »Sie pubertiert im Stall, das ist ganz praktisch.«

»Und du bist unmöglich, mein Sohn.«

»Ich weiß.« Er lachte und verzog sich in sein Zimmer. Dort hing ein großes Poster der Beatles, außerdem standen auf einem Regal die Pokale, die Frank schon beim Tennis gewonnen hatte.

Christina ging zurück in die Firma. Sie hatte zusammen mit den Kindern einen Imbiss zu sich genommen, am Abend wollten sie alle zusammen essen.

Der Nachmittag verging wie im Flug. Christina inspizierte die neue Verpackungsmaschine, die erst von zwei Wochen geliefert worden war und eine enorme Zeitersparnis beim Sortieren und Verpacken ihrer beliebtesten Plätzchenkollektion bedeutete. Lange Zeit hatte sie überlegt, ob sich diese Investition lohnen würde, sich dann aber von der Effektivität überzeugen lassen.

Mit Sandrine, die ihr erstes Kind erwartete, aber unbedingt noch arbeiten wollte, trank sie kurz vor Feierabend noch ein Glas Saft.

»Wie sieht's aus? Ist wieder alles in Ordnung zwischen Arnold und dir?« Besorgt sah sie die Freundin an, die viel zu blass war. Unter ihren Augen lagen dunkle Ringe, und sie machte absolut nicht den Eindruck einer glücklichen Schwangeren.

Sandrine schüttelte den Kopf. »Er trinkt wieder.« Sie biss sich auf die Lippen. »Ich weiß schon gar nicht mehr, wie oft er Besserung gelobt hat. Und wie oft ich ihm geglaubt habe. Aber ... jetzt ist Schluss.«

»Wie bitte?« Christina stellte ihr Glas ab und zog Sandrine in die Arme. »Komm, wir setzen uns drüben bei mir bequem hin. Und dann erzählst du mir alles.«

»Nein, nein, ich muss daheim sein, wenn er nach Hause kommt, sonst gibt es gleich wieder Ärger. Außerdem will ich ihm was zu essen kochen. Wenn er eine gute Unterlage hat, verträgt er das Feierabendbier besser.« Sie biss sich auf die Lippen. Die vagen Erklärungen, die sie gab, waren zu fadenscheinig, als dass die Freundin sie hätte glauben können.

»Verlass ihn endlich.« Christina sah die Freundin eindringlich an. »Du musst dich nicht länger von ihm drangsalieren lassen.«

»Ich bin schwanger, vergessen?«

»Absolut nicht. Gerade weil du schwanger bist, solltest du dich von ihm lösen.« Sie drückte Sandrines Hände. »Meinst du, ich hätte nicht gemerkt, dass er dich hin und wieder schlägt? Bei so einem Kerl bleibt man nicht. Und du musst das auch nicht erdulden. Wir finden einen Weg. Gemeinsam.«

Doch Sandrine schüttelte den Kopf. »Er hat sich gebessert. Er wird nicht mehr handgreiflich. Glaub mir, wenn er sich in dem Punkt nicht geändert hätte, wäre ich schon lange fort.«

»Aber so wie jetzt ist es auch kein Zustand.«

»Er ist mein Mann. Und wir haben uns doch geschworen, in guten wie in schlechten Tagen zusammenzustehen.«

»Alles hat seine Grenzen«, sagte Christina. »Versprich mir, dass du mir Bescheid sagst, wenn du deine Meinung änderst.«

»Ja.«

»Versprich es. Schwör es mir!« Sacht rüttelte Christina die Freundin an der Schulter. »Es gibt hier im Ort etliche Neubauten. Da finden wir ohne Schwierigkeiten eine schöne Wohnung für euch.«

»Ich überleg's mir.« Sandrine strich sich kurz über den leicht gewölbten Bauch. »Er freut sich auf das Baby. Wirklich. Und ich hoffe so sehr, dass er sich wieder fängt und aufhört mit dem Trinken.«

Christina antwortete nichts mehr. Aber sie war überzeugt, dass Arnold sich nicht mehr ändern würde. Schon zwei Entziehungskuren hatte er hinter sich, war aber immer rückfällig geworden.

»Du hast Besseres verdient«, sagte sie leise, ehe sie gemeinsam mit Sandrine das Büro verließ.

Erst beim Abendessen mit ihrer Mutter und den Kindern kam sie auf andere Gedanken. Die Kinder erzählten von der Schule, den Zeugnissen, von ihren Plänen für die Ferien.

»Wann kommt Paps endlich heim?«, fragte Jasmin, als die Uhr über dem Kamin neunmal schlug.

»Keine Ahnung. Er hat nur was von einem Unfall auf der Autobahn gesagt. Sie müssen etliche Verletzte versorgen.«

»Dann geh ich auf mein Zimmer.«

»Ich auch.« Frank beugte sich zu seiner Mutter und gab ihr einen flüchtigen Kuss. »Gute Nacht.«

»Euch auch gute Nacht.«

Eva-Maria erhob sich ebenfalls. »Ich geh auch nach oben. Es war ein langer Tag, und ich bin, ehrlich gesagt, ein bisschen müde. Die Sommerhitze schafft mich von Jahr zu Jahr mehr.«

Als sie allein war, setzte sich Christina mit einem Glas Wein hinaus auf die Terrasse. Sie nahm sich die Mappe mit, in der sich die ersten Entwürfe des Architekten für einen Erweiterungsbau befanden. Vor einigen Monaten hatte Christina ein drei Hektar großes Grundstück gekauft, das fast an ihren Besitz grenzte. Nur ein Forstweg und zwei schmale Äcker trennten die Grundstücke. Wenn sie bauen wollte, war es ratsam, auch die Äcker aufzukaufen. Über ein Wegerecht, den Forstweg betreffend, ließe sich bestimmt mit dem Jagdpächter verhandeln, hatte der Architekt gemeint.

Sie seufzte auf. Riesige finanzielle Belastungen würden auf sie zukommen, wenn sie diese Pläne realisierte. Doch es war wohl unumgänglich, wenn sie mit den neuesten Entwicklungen auf dem Markt Schritt halten wollte. Vor allem die Billigmarken, die es vermehrt in den Supermärkten gab, machten ihrem Unternehmen Konkurrenz. Doch es galt vor allem, neue Vertriebspartner im Ausland zu werben.

Es war schade, dass sie niemanden hatte, mit dem sie die geschäftlichen Probleme besprechen konnte. Ihre Mutter wollte sie damit nicht belasten, Eva-Maria fühlte sich in der letzten Zeit nicht ganz wohl, weigerte sich aber, in die Klinik zu gehen und sich dort gründlich untersuchen zu lassen, wie es Karsten vorgeschlagen hatte.

Und mit ihrem Mann war es auch schwierig, über Geschäfte zu reden. Karsten verstand nicht viel von Betriebswirtschaft, er interessierte sich gar nicht für die Produkte, die sie vertrieb. Ihm war nur wichtig, dass Christina glücklich war in ihrer Arbeit und sich nicht zu viel zumutete. Ansonsten ging er ganz in seiner chirurgischen Arbeit auf, versuchte, auf dem neuesten Stand der Medizin zu bleiben, und besuchte viele Kongresse, Seminare und Vorträge bedeutender Kollegen.

Christina seufzte unterdrückt auf, trank ihr Glas leer und goss sich noch einen Schluck ein. Am liebsten wäre sie jetzt noch hinüber in die Backstube gegangen und hätte an den halbfertigen Entwürfen, die sie in den letzten Monaten begonnen hatte, gearbeitet. Doch es war schon nach elf Uhr, sicher würde Karsten bald heimkommen.

Ein Poltern, dann ein lauter Schrei ließen sie zusammenzucken. Etwas von dem Rotwein spritzte auf ihre gelbe Bluse und auf die helle Leinenhose, die sie trug.

»Mutter!« Christina sprang auf und hastete hoch zur Wohnung von Eva-Maria. »Wo bist du?«

»Hier ... Ich bin ausgerutscht. Au, das tut verflixt weh.«

Eva-Maria lag in ihrem Bad auf der Erde, sie trug schon ihr Nachthemd. Ein Tiegel mit Nachtcreme war ihr aus der Hand gefallen, auf einem großen Klecks der Creme war sie ganz offensichtlich ausgerutscht.

»Warte, ich helfe dir auf!« Christina versuchte, Eva-Maria aufzurichten, doch mit einem Schmerzenslaut sank ihre Mutter wieder zurück.

»Es geht nicht. Es tut viel zu weh.« Sie presste die Lippen zusammen und versuchte wieder, die Beine anzuziehen, doch es war unmöglich. Der heftige Schmerz, der sie durchzuckte, trieb ihr die Tränen in die Augen.

»Bleib liegen. Ich rufe einen Krankenwagen. Und ich versuche, Karsten zu erreichen.« Eilig legte sie noch ein Badetuch und den weichen Frotteebademantel über Eva-Maria, dann hastete sie zum Telefon.

Eine gute Viertelstunde später, inzwischen waren auch die Kinder aufgewacht und standen betroffen neben der Großmutter, traf der Notarzt ein. Er war noch jung und wirkte nervös und leicht verunsichert, als er die Patientin untersuchte.

Zum Glück fuhr wenige Augenblicke später auch Karstens Wagen aufs Grundstück.

Gemeinsam untersuchten die beiden Ärzte Eva-Maria. Die Diagnose war eindeutig: »Das ist ein klassischer Oberschenkelhalsbruch«, erklärte Karsten. Er legte seiner Schwiegermutter die Hand auf die Schulter. »Wir müssen dich in die Klinik bringen, eventuell sogar operieren.«

»Keine Operation! Das will ich nicht!«

»Lass uns in Ruhe nachschauen, ob es von allein heilen kann oder nicht. Im Zweifelsfall kommst du unters Messer. Keine Widerrede.«

Eva-Maria seufzte auf. Die Schmerzen, die sie hatte, ließen kein Aufbegehren mehr zu, und sie bekam vor der Abfahrt ins Krankenhaus noch eine Injektion.

»Das nimmt dir wenigstens die schlimmsten Schmerzen«, sagte Karsten, dann fuhr er mit den Sanitätern und seinem jungen Kollegen zurück nach Baden-Baden. Er wollte, falls eine Operation notwendig werden sollte, vor Ort sein, eventuell auch selbst operieren.

»Geht schlafen, ihr zwei, die Oma ist im Krankenhaus bestens versorgt. Wir können im Moment gar nichts für sie tun«, sagte Christina zu ihren Kindern.

»Aber der Papi, ja?« Jasmins dunkle Augen waren nass.

Christina zog ihre Jüngste liebevoll in die Arme. »Der Papi hilft ihr bestimmt, bald wieder gesund zu werden. Mach dir keine Sorgen.« Ihr Blick ging zu Frank, der sie skeptisch ansah. Sie nickte ihm aufmunternd zu, obwohl sie im Innersten auch voller Sorge war.

Vier Stunden dauerte es, bis Karsten sich telefonisch meldete.

»Sie ist operiert und stabil«, sagte er. »Ich bleibe heute Nacht hier, falls es zu Komplikationen kommt.«

»Aber sie wird gesund?«

»Ich hoffe es.« Ein kleiner Seufzer folgte. »Es war kein normaler Sturz, vermute ich. Es spricht einiges dafür, dass sie einen leichten Schlaganfall erlitten hat, schwindelig wurde und deshalb stürzte. Die entsprechenden Maßnahmen sind auch schon eingeleitet.«

»Ein Schlaganfall? Aber wieso …«

»Noch kann ich nichts Konkretes sagen. Morgen, wenn sie stabiler ist, werden wir noch etliche Untersuchungen vornehmen. Mach dir keine zu großen Sorgen, Liebes.«

Christina verdrehte die Augen. Wie konnte er so etwas sagen? Natürlich machte sie sich Sorgen! Am liebsten wäre sie gleich in die Klinik gefahren, sah aber ein, dass das sinnlos war.

In dieser Nacht ging sie nicht zu Bett, sie legte sich auf die Couch im Wohnzimmer, sah hinaus in die sternklare Nacht und wartete auf den erlösenden Schlaf.

Doch erst als der Morgen heraufdämmerte, schlief sie für zwei Stunden ein.

*

Obgleich Eva-Maria die Operation nach ihrem Sturz, der tatsächlich aufgrund eines leichten Schlaganfalls geschehen war, gut überstand, wurde sie nie wieder ganz die alte. Der Oberschenkelhalsbruch verheilte zwar, aber Eva-Maria war und blieb gezeichnet. Sie hinkte ein wenig, hatte Konzentrationsschwierigkeiten und ermüdete rasch. Doch die quirligen Veränderungen des familiären und geschäftlichen Lebens um sie herum hielten sie in den folgenden Jahren weiter auf Trab, und sie fühlte sich in alle Entwicklungen wie selbstverständlich eingebunden.

Auch Christinas Freundin Sandrine war sowohl für die Firma als auch für die Familie eine echte Stütze geworden.

»Du kannst unbesorgt mit Frank in die Schweiz fahren«, sagte sie am Vorabend einer wichtigen Reise zu Christina. »Ich kümmere mich um deine Mutter. Und um den Rest der Familie auch. Außerdem vergisst du, dass Jasmin inzwischen zwanzig ist und ausgesprochen selbständig.«

»Ich weiß. Und trotzdem …« Christina schloss die Unterschriftenmappe und reichte sie der Freundin über den Schreibtisch hinweg an. »Ich hab irgendwie ein ungutes Gefühl.«

Sandrine lachte leise. »Jetzt bist du auch noch unter die Orakel gegangen. Überlass das besser der guten alten Kassandra.«

»Hast recht.« Christina stand auf und umarmte ihre Freundin. Seit mehr als zehn Jahren war Sandrine nun geschieden; es hatte zwar gedauert, bis sie die Trennung von Arnold durchgezogen hatte. Aber er war immer wieder rückfällig geworden, hatte maßlos getrunken und sie immer häufiger im Alkoholrausch geschlagen. Schließlich hatte sie sogar bei ihrer Schwangerschaft eine Frühgeburt erlitten und dabei ihren kleinen Sohn verloren, den sie sich so sehr gewünscht hatte.

Das war das Ende ihrer Ehe gewesen. Sosehr Arnold seine Handgreiflichkeiten auch bereute, den Verlust ihres Kindes hatte sie ihm nicht verzeihen können.

Sandrine lebte nun ebenfalls in Himmelsheim, sie besaß eine schöne Maisonettewohnung in der Nähe der Firma und genoss das unbeschwerte Leben, das sie nun endlich führen konnte. In Christinas Kindern hatte sie einen Ersatz für die Kinder gefunden, die ihr versagt geblieben waren, und in Christina und Karsten gute Freunde.

»Ich hab dir noch mal alles Wesentliche über die Firma Alberti zusammengestellt.« Sandrine ging ins Vorzimmer und holte eine schmale Akte aus dem Schrank. »Nimm's einfach mit, und lies es in einer ruhigen Stunde.«

»Wenn ich die kriege.«

»Dafür ist doch gesorgt. Frank hat mir gesagt, dass er drauf besteht, dass ihr drei Tage Urlaub am Zürichsee macht. Und dein Sohn weiß, was er will.«

»Das stimmt.« Stolz schwang in Christinas Stimme mit. Der fast vierundzwanzigjährige Frank hatte, so wie sie einst, in Rekordzeit eine Ausbildung zum Konditor gemacht, jetzt studierte er Betriebswirtschaft. Dass er einmal ins Unternehmen einsteigen würde, war unstrittig.

Auch Jasmin wollte eines Tages in der Firma mitarbeiten, doch im Gegensatz zu ihrem Bruder interessierte sie nicht die Herstellung, sondern eher der Vertrieb und das Marketing.

Ein wenig war Christina enttäuscht, dass ihre Tochter so gar nicht kreativ war und keinerlei Neigung zeigte, eine praktische Ausbildung zu machen. Doch sie redete dem

Mädchen nicht hinein. Jasmin war zielstrebig, ungemein klug und hatte die Schule in Rekordzeit hinter sich gelassen. Sie studierte Betriebswirtschaft wie ihr Bruder, dazu noch Marketing und Kommunikationswissenschaften.

Nach wie vor war die Reiterei ihr größtes Hobby. Sie besaß inzwischen ein eigenes Pferd, das sie täglich bewegte, mochte Jazz und modernen Tanz.

Frank hingegen war ein Auto- und Motorradfan. Er entspannte sich bei Ausfahrten mit seinem Motorrad, ging allerdings zusammen mit den Eltern auch gern in die Oper und ins Konzert. Bei solchen Unternehmungen klinkte sich Jasmin gern aus.

»Ich bleibe bei der Oma«, sagte sie, und Eva-Maria genoss es, die Enkelin eine Weile bei sich zu haben. Und so wünschte sie Christina am folgenden Morgen auch viel Glück und Erfolg, als sich Mutter und Sohn auf den Weg in Richtung Zürich machten.

»Schade, dass der Reto auf Geschäftsreise ist«, meinte sie. »Sonst hättet ihr euch endlich noch mal treffen können.«

»Reto hat Karriere gemacht. Er ist jetzt oft in New York im Auftrag seiner Bank.« Christina lächelte. »Er hat ja nach dem Tod seiner Mutter keine Verwandten mehr, um die er sich kümmern müsste, also ist er ungebunden und kann arbeiten, wo er will.«

»Er war nett.«

»Das ist er immer noch.« Christina pflegte nach wie vor engen Kontakt zu Reto, der inzwischen auch mit Karsten gut befreundet war. Sie verstanden sich blendend, wann immer sie sich trafen. Oft war das nicht, Reto war ständig unterwegs, doch er telefonierte manchmal aus den entlegendsten Winkeln der Welt mit den Freunden, wenn ihm danach war.

»Los geht's, Mutsch.« Frank öffnete ihr den Wagenschlag. »Ich fahre, einverstanden?«

»Du willst mein neues Auto fahren?« In gespieltem Entsetzen sah sie ihn an.

»Klar doch!« Mit einem großen Satz schwang sich Frank hinters Steuer. Sicher lenkte er den schnittigen Wagen durch die Straßen. Aus dem Autoradio klangen Melodien von Strauß, Gershwin und schließlich Puccini.

Leise summte Frank die Arie des Rudolf aus Puccinis *La Bohème* mit. Mit geschlossenen Augen saß Christina neben ihm. Sie wusste genau, wer da sang: Jakob Goldstein war inzwischen weltbekannt, ein Star und auf allen Opernbühnen zu Hause. Oft war Christina versucht gewesen, sich bei ihm zu melden, sicher war es keine Schwierigkeit, über seine Plattenfirma oder das Management mit ihm Kontakt aufzunehmen.

Doch bislang hatte sie sich noch nicht dazu durchgerungen. Sie war zu stolz, hatte Angst, dass Jakob sie nicht mehr kennen wollte. Warum nur hatte er sich nie gemeldet? Warum nicht ein einziges Mal geschrieben?

Diese Fragen quälten sie auch jetzt wieder, als sie der weichen Stimme zuhörte.

»Das ist dein Jakob, nicht wahr?«

Christina nickte. »Ja. Aber er ist nicht *mein* Jakob.«

»Komisch, dass er sich nicht mal gemeldet hat. Oma hat erzählt, was ihr alles für ihn getan habt.«

Frank lenkte den Wagen in Richtung der Zollschranke, der Zöllner aber winkte sie weiter, ohne nach ihren Pässen geschaut zu haben.

Christina nahm ihre Sonnenbrille aus dem Etui und zog sie an. Die Sonne schien jetzt, gegen Mittag, mit ganzer Kraft, und obwohl sie offen fuhren, war es warm.

»Das möchte ich auch zu gern wissen«, sagte sie.

»Vielleicht können wir ihn fragen.« Frank fuhr etwas langsamer, er war noch nie in dieser Gegend gewesen und wollte sich alles genau ansehen. »Ich hab gelesen, dass er in Zürich gastiert.«

Mit einem Ruck setzte sich Christina auf. »Und das sagst du erst jetzt?« Sie griff sich an die Brust. »Meine Güte, wir hätten uns doch um Karten bemühen können. Ich hätte Gelegenheit bekommen, ihn zu sehen, zu sprechen …« Vor Aufregung kippte ihre Stimme.

»Ich hab's ja versucht. Alle Karten waren ausverkauft.« Frank zuckte mit den Schultern. »Ich hätte dich so gern mit den Tickets überrascht. Aber das hat nicht geklappt.«

»Schade.«

»Na ja, wir können trotzdem versuchen, mit ihm zu reden. Außerdem gibt es übers Hotel vielleicht doch noch die Möglichkeit, an Karten zu kommen.« Zuversichtlich lächelte er Christina zu. »Lass mich nur machen, Mutsch.«

*

Nervös zupfte Christina an einer Haarsträhne, die ihr bei dem leichten Abendwind in die Stirn gefallen war. Sie trug ein mintfarbenes Seidenkleid, dazu eine champagnerfarbene Stola aus leichtem Kaschmir. Wie immer hatte sie nur dezentes Make-up aufgelegt, doch ihre Wangen glühten vor Aufregung.

»Nun sei doch nicht so hibbelig, Mutsch.« Frank lächelte nachsichtig auf sie herab. Er überragte Christina fast um Kopfeslänge.

»Und wenn wir ihn nicht sehen können? Schau dir nur die vielen Menschen an. Die meisten stehen an, um ein Autogramm von ihm zu bekommen.«

»Na und? Das tun wir ja auch. Schade, dass es wirklich keine Karten mehr gibt. Der Portier des Hotels hat sich wirklich die größte Mühe gegeben, aber es waren definitiv keine Karten mehr zu bekommen.«

»Mir reicht es schon, wenn ich ihn sehen kann.« Christina zog sich den Schal etwas fester um die Schultern. Sie zitterte ein wenig vor Aufregung, obwohl draußen immer noch sommerliche Temperaturen herrschten.

Plötzlich brandete Beifall auf, denn aus einem Taxi stiegen eine bekannte Sopranistin und Jakob Goldstein.

Im Nu waren die beiden von Bewunderern umgeben, die ihnen entweder eine Schallplatte zum Signieren entgegenstreckten oder um ein Autogramm baten.

Christina rührte sich nicht von der Stelle. Wie gebannt sah sie zu Jakob hinüber. Wie gut er aussah! Stattlich, ungemein gutaussehend in dem hellen Sommeranzug! Das ehemals schwarze Haar wirkte ein wenig heller, und an den Schläfen glaubte sie, einen Silberschimmer zu erkennen.

»Komm, wir gehen auch rüber zu ihm.« Frank griff nach Christinas Hand, doch sie rührte sich nicht vom Fleck. Immer noch sah sie wie gebannt zu dem Mann hin, der Autogramme schrieb und mit seinen meist weiblichen Bewunderinnen scherzte.

Plötzlich sah er auf – und hielt mitten in der Bewegung inne. Wie hypnotisiert wirkte er, als er zu Christina hinsah, die ihren Blick nicht von seinem lösen konnte.

Entschlossen schob Jakob dann seine Bewunderinnen zur Seite, machte die ersten Schritte in Richtung Christina und Frank.

Da endlich löste sich auch Christinas Starre. Ein, zwei zögernde Schritte, dann rannte sie auf ihn zu.

Kein Wort sagten sie. Hielten sich nur fest umarmt. Lachten und weinten gleichzeitig.

Erst nach einer kleinen Ewigkeit lösten sie sich voneinander. Jakob hielt Christina ein Stück von sich ab. »Wie schön du bist.« In seinen Augen war ein zärtliches Leuchten.

Christina zog ihre Finger aus seiner Rechten und wischte sich über die Augen. »Du hast mich gleich wiedererkannt, nicht wahr?«

»Aber natürlich!« Er zog sie erneut an sich. »Ich hab so oft an dich gedacht. Und so sehr gehofft ...«

»Was hast du gehofft?« Ungeachtet der Tatsache, dass sie von vielen Augen beobachtet wurden, strich sie ihm zärtlich über die Wange. Ihr Zeigefinger glitt über seine kleine Narbe am Kinn, die er sich zugezogen hatte, als er im Herbst 1944 spätabends heimlich das Haus verlassen hatte und auf einen Baum geklettert war. Damals hatten die Grabers Todesängste ausgestanden, dass man ihn erwischen könnte. »Hast du gehofft, dass ich mich melde?«

»Ja. Zumindest eine Antwort auf meine Briefe hatte ich erwartet.«

»Ich hab dir doch geantwortet. Postlagernd, so wie du es wolltest. Aber dann kam von dir keine Reaktion mehr, und da ...« Sie biss sich auf die Lippen. »Ich dachte, du hättest mich vergessen.«

»Wie konntest du das nur denken?« Er strich ihr kurz über die Wange. »Ich hab dir mehrfach aus Israel geschrieben, lange Briefe, in denen ich dir mein Leben dort geschildert habe.« Er biss sich auf die Lippen. »Ich war so unglücklich dort, und diesen Kummer hab ich mir von der Seele geschrieben.«

»Ich hab nur ein paar Briefe und Karten bekommen.«

»Und ich hab von dir nichts mehr gehört – nachdem ich dir ganz oft geschrieben hatte.« Er zögerte. »Doch, einmal noch kam eine Reaktion.« Jakob atmete heftig. »Du hast mir geschrieben, du hättest dich in einen Schulkameraden verliebt und ich sollte dich in Ruhe lassen. Es war ein kühler Brief, den du sogar auf der Schreibmaschine verfasst hast.«

»Nie hab ich das geschrieben!«

»Ich hab dir ja auch weiterhin Briefe geschickt. Vor allem dann, wenn ich in Israel großes Heimweh nach euch hatte. Aber nie kam Antwort. Dann hab ich es aufgegeben – und euch erst nach Jahren mitgeteilt, dass ich im Fernsehen auftreten werde. Ich dachte, ich schreibe euch das, und ihr könnt euch das Konzert ansehen.«

»Das haben wir! Wie gebannt haben wir alle vor dem Apparat gesessen. Aber ich habe keinen Brief mehr von dir bekommen. Ich schwör's.«

»Mein letzter kam mit dem Vermerk ›Annahme verweigert‹ zurück.«

»Das hab ich nie geschrieben! Ich schwöre!« Ganz entsetzt war sie bei der Vorstellung.

»Ich konnte es mir auch nicht vorstellen. Aber das ist jetzt nicht mehr wichtig. Du bist da, das allein zählt.« Jakob nahm ihren Arm. »Komm mit in meine Garderobe. Da können wir noch ein wenig weiter reden. Ich muss mich aber gleich auf den Auftritt vorbereiten.«

Christina nickte. Sie drehte sich zu Frank um, der etwas abseits gewartet hatte, und winkte ihn zu sich.

»Das ist mein Sohn.« Lächelnd sah sie von dem jungen zu dem älteren Mann. »Und das, Frank, ist Jakob Goldstein. Wir haben so unendlich viel miteinander erlebt. Damals, nach diesem schrecklichen Krieg.« Sie sah Jakob ins Gesicht. Er war leicht gebräunt, doch sie bemerkte die kleinen Falten um seine Augen, die vereinzelten weißen Strähnen im ansonsten dunklen Haar.

»Ich hab schon viel von Ihnen gehört. Und ich besitze etliche Platten von Ihnen. Mutter hört sie aber noch häufiger als ich«, fügte er hinzu. »Ich hatte so sehr gehofft, Mutter mit einer Karte für die heutige Aufführung überraschen zu können. Aber es gibt keine mehr. Leider.«

»Da lässt sich gewiss etwas arrangieren. Aber jetzt muss ich mich fertig machen, das Schminken und Umziehen dauert leider eine Weile und ist lästig. Aber es muss sein. Kommt mit.« Ohne auf Christinas Antwort zu warten, zog er sie mit sich zum Bühneneingang.

»Mein Gott, dass du da bist …« Immer wieder sah er Christina an. »Wie geht es euch? Du bist verheiratet, nicht wahr? Ich will genau wissen, wie du lebst, was passiert ist in den vergangenen Jahren.« Er machte eine kleine Pause und sah zu Frank hinüber. »Es ist fast ein halbes Leben her, seit wir uns gesehen haben«, murmelte er. »Aber ich will alles wissen.«

»Das dauert aber«, lächelte Christina.

»Und Sie müssen gleich auf die Bühne«, warf Frank ein. »Wir stören doch jetzt nur.«

Jakob zögerte. »Ich besorg euch Plätze, darum kümmert sich am besten Regina.«

»Wer ist das?«

»Die Sekretärin des Opernchefs. Warte, ich rufe sie gleich an.« Schon griff er zum Telefon, das auf seinem Garderobentisch stand. Kurz trug er seine Bitte vor und drehte sich dann lächelnd zu Christina um. »Ihr sitzt in der Loge des Direktors«, sagte er augenzwinkernd. »Viel Vergnügen.«

»Danke.« Frank strahlte ihn an. »Das ist einfach super!«

Christina sagte gar nichts, sie konnte kaum einen Blick von Jakob lassen. Ihr Herz klopfte so laut, dass sie meinte, jeder müsse es hören.

»Es tut mir leid, aber ich muss mich jetzt wirklich fertig machen. Umziehen und rasch noch ein wenig einsingen.« Jakob nahm Christinas Hände und zog sie an die Lippen. »Mein Gott, wie froh ich bin! Nach der Vorstellung reden wir, einverstanden?«

»Einverstanden.« Christina umarmte ihn. »Ich kann dir gar nicht sagen, wie mir zumute ist. Ich könnte schreien vor Glück – und gleichzeitig heulen.«

Jakob nickte. »So geht es mir auch.« Noch einmal zog er sie an sich. »Dass ich dich gefunden habe ... heute ist der schönste Tag seit Jahren.«

Christina strich ihm liebevoll über die Wange. »Bis nachher. Und toi, toi, toi.«

Er nickte nur, dann schloss er hinter Mutter und Sohn die Tür.

Von der Oper bekam Christina kaum etwas mit, obwohl sie *La Bohème* ganz besonders gern hörte. Wie gebannt sah sie immerzu auf die Bühne, wartete auf Jakobs Auftritte, ohne das Geschehen wirklich zu verfolgen. Wie aus einem Traum erwachend zuckte sie zusammen, als der Schlussapplaus aufbrandete. Mehrfach verbeugten sich die Sänger und der Dirigent.

Der letzte Vorhang war gefallen, da trat Jakob noch einmal vor und schaute ins Rund des Saales, dann sah er hoch in die Loge, in der Christina und Frank saßen. Still wurde es im großen Rund des Theaters, und alle warteten gespannt, was jetzt geschehen würde.

Der Dirigent hob kurz den Taktstock, dann begann das Orchester ein kurzes Vorspiel.

Christina griff nach Franks Hand und drückte sie beinahe schmerzlich fest. »Unser Lied«, flüsterte sie. »Das ist unser Lied.«

Der junge Mann begriff nicht, was sie meinte. Erst als der berühmte Tenor zu singen begann, als über das Gesicht seiner Mutter Tränen rannen, ahnte er, was gerade geschah.

»Ein Stern fällt vom Himmel, ein funkelnder Stern, bringt wie eine Botschaft von fern uns das große Glück …«

Still war es im Opernhaus, wie gebannt lauschten alle dieser unerwarteten Zugabe.

»Ich hatte es vergessen«, flüsterte Christina und wischte sich die Tränen ab. »Ich hatte es tatsächlich fast vergessen.«

Wer ganz nah an der Bühne saß oder ein Opernglas benutzte, konnte sehen, dass auch der Tenor Tränen in den Augen hatte. Als der letzte Ton verklungen war und begeisterter Applaus aufbrandete, verbeugte er sich kurz, sah zu Christina hoch und warf ihr eine knappe Kusshand zu. Dann zog er sich sofort zurück.

»Was war das für ein Stück?«, fragte Frank. »Das Lied kenne ich gar nicht.«

»Jakob hat es als Junge hin und wieder gesungen, wenn es ihm ganz schlecht ging. Seine Mutter hat es ihm beigebracht.« Christina tupfte sich die Augen trocken. »Er hat es mir manchmal vorgesungen.« Sie biss sich auf die Lippen. »Ich hatte es fast vergessen.«

»Es ist schön. Und er hat es einfach klasse gesungen.«

Christina nickte nur. Sie warteten, bis Jakob Goldstein sich umgezogen hatte, in dem schmalen Gang, an dem die Künstlergarderoben lagen.

Als sich die Tür öffnete und er heraustrat, fiel ihm Christina schluchzend um den Hals.

»Das Lied …« Sie biss sich auf die Lippen. »Danke.«

»Ich hab's nie wieder gesungen.« Er küsste ihr Haar. »Bis heute.«

Frank, der ein wenig abseitsgestanden hatte, kam zwei Schritte näher. »Wisst ihr was – ich lass euch allein und schau mir das Nachtleben von Zürich ein bisschen näher an.«

»Aber wir könnten doch zusammen was essen gehen. Das wollten wir zwei doch sowieso tun nach der Vorstellung.«

Frank lächelte. »Ich bin kein Baby mehr, Mutsch, und kann mir selber was kaufen. Ihr beiden solltet das Wiedersehen ungestört feiern.« Er reichte Jakob die Hand. »Wir sehen uns noch, oder?«

»Gern. Was ist mit morgen Mittag?«

»Einverstanden. Am späten Nachmittag haben wir das erste Treffen mit Geschäftspartnern, das kommt also gut hin.« Er zwinkerte seiner Mutter zu. »Bis morgen früh. Ich freu mich so für euch!«

Jakob lächelte. »Einen tollen Sohn hast du.«

Christina nickte. »Ja, er ist wundervoll. Ich bin auf meine beiden Kinder sehr stolz.«

Die nächsten Stunden vergingen wie im Flug. Nachdem sie eine Kleinigkeit gegessen hatten, gingen sie in Christinas Hotelzimmer.

»Setz dich. Magst du was trinken? Die Minibar ist ganz gut bestückt, das hat Frank schon getestet.« Sie lächelte. »Dabei trinkt er gar nicht viel Alkohol. Wenn er mit seinem Motorrad unterwegs ist, schon gar nicht.«

»Gib mir irgendwas.« Jakob ließ keinen Blick von Christina. »Komm her und erzähl. Was ist mit der Firma? Ich hab hin und wieder Produkte von euch gesehen. Lebt deine Mutter noch? Wie ist dein Mann?«

Christina lachte. »Das sind zu viele Fragen auf einmal.« Sie goss zwei Gläser Rotwein ein, lächelnd prosteten sie sich zu, dann begann Christina zu erzählen. Von Karsten, den Kindern, vom Tod der Großeltern und auch kurz von den geschäftlichen Erfolgen.

Auch Jakob musste berichten, wie es ihm ergangen war. Er hatte sich vier Monate in Zürich aufgehalten, dann konnte er ausreisen.

»Jerusalem war mir zunächst fremd. Der Onkel auch. Er war, im Gegensatz zu meinen Eltern, sehr religiös, und wir sind oft angeeckt. Sobald es mir möglich war, bin ich ausgezogen und hab mich auf eigene Füße gestellt. In einer Bar, in der ich amerikanischen Jazz gesungen habe, bin ich dann von einem schwedischen Dirigenten entdeckt worden.«

Er erzählte von seinem Gesangsstudium, von der harten Zeit, bis es zum Durchbruch kam, von einer Freundin, die ihn verlassen hatte, als er sich weigerte, mit ihr in einen Kibbuz zu ziehen.

»Ich muss dir noch was sagen.« Christina griff nach seinen Händen. »Erinnerst du dich an die Knuspergold-Dose, die du bei uns im Garten vergraben hast?«

Spontan schüttelte Jakob den Kopf.

»Aber du musst dich erinnern. Darin waren die Rezepte, die du mir geschenkt hast. Und Brillanten. Deine Mutter hat sie dir anvertraut.«

Tief atmete Jakob ein und aus. »Ja ... jetzt weiß ich es wieder. Ich hatte die Dose vergraben, als es hieß, die Franzosen würden durch die Gegend ziehen und plündern. Da wollte ich die Steine in Sicherheit bringen.«

»Und hast sie dann vergessen.« Christina sah ihn an. »Ich muss dir was gestehen, Jakob.«

Es fiel ihr nicht leicht, ihm einzugestehen, dass sie mit seinen Brillanten vor Jahren die Firma gerettet hatte.

»Ich wusste einfach nicht mehr weiter. Und dann bin ich beim Graben zufällig auf die Dose gestoßen ...«

»Und hast das Richtige mit den Klunkern getan.« Er lachte. »Bin ich froh, so kann ich mich wenigstens ein bisschen bei euch revanchieren.«

»Du bekommst alles zurück, das steht fest. Wir haben wieder Erfolg, ich habe ein Extrakonto für dich eingerichtet, darauf liegt schon wieder die Summe, die uns der Verkauf einiger Steine gebracht hat. Die anderen liegen in meinem Banksafe.« Zärtlich strich sie ihm über die Wange. »Ich hab nie aufgehört zu hoffen, dass wir uns einmal wiedersehen und ich dir alles zurückgeben kann.«

Jakob zog sie an sich. Zart, ganz vorsichtig und zögernd berührten seine Lippen ihren Mund.

»Ich hab dich nie vergessen«, murmelte er. »Und es wäre zu schön gewesen, wenn wir uns früher getroffen hätten.«

»Deine Briefe ...« Christina rückte ein kleines Stück von ihm ab. Sein Kuss, so flüchtig er auch gewesen war, hatte sie aufgewühlt. Gewaltsam zwang sie sich zu einer gewissen Sachlichkeit. »Ob Wolfgang sie unterschlagen hat? Er hat mich gehasst, das weiß ich. Und er wusste, dass es mich schmerzen würde, wenn ich nichts mehr vor dir höre.«

»Das kann gut sein«, meinte Jakob. »Offen gestanden habe ich daran bisher gar nicht gedacht.« Er strich über ihre Lippen, über ihre schön geschwungenen Brauen, über ihre Schläfen, dann legte er seine Fingerspitze an seinen Mund, dann wieder auf ihre Lippen. »Vergiss es einfach. Es zählt nicht mehr.« Sein Griff um ihre Schultern wurde fester. »Meine Christina! Wie oft hab ich davon geträumt, dich einmal so halten zu dürfen.«

Behutsam machte sie sich von ihm los. »Ich bin verheiratet, Jakob. Glücklich verheiratet.«

»Verzeih.« Er rückte von ihr ab. »Es ist nur ... ich war als Junge in dich verliebt. Damals, als du noch ein Kind warst. Und ich habe immer von dir geträumt.« Ein kleines verlorenes Lächeln glitt über sein gutgeschnittenes Gesicht. »In Wirklichkeit bist du noch viel schöner, als ich es mir vorgestellt habe.«

»Ich bin über fünfzig.« Christina lachte leise. »Sieh mich mal genauer an.«

»Das tu ich. Und was ich sehe, ist wunderschön.« Er stand auf und trank sein Glas in einem Zug leer. »Aber jetzt ist es Zeit, schlafen zu gehen.« Er küsste sie flüchtig auf beide Wangen. »Ich hole euch morgen gegen elf zum Essen ab. Passt das?«

Ein wenig verwirrt nickte Christina. »Du bist mir nicht böse?«

»Aber nein. Es ist schön zu wissen, dass du glücklich geworden bist.« Er ging zur Tür. »Bis morgen, Christina.«

»Bis morgen, Jakob.« Sie blieb noch an der Tür stehen, als sie sich schon längst hinter ihm geschlossen hatte. Die Stirn an das kühle Holz gelehnt, ließ sie ihren Tränen freien Lauf.

*

In strahlendem Blau präsentierte sich der Zürichsee an diesem sonnigen Tag. Unzählige Segelboote zogen ihre Bahnen, die Ausflugsschiffe waren voll besetzt, und hinter einem leichten Dunstschleier konnte man die Berge erkennen.

Christina, Jakob und Frank saßen auf der Terrasse des Hotels *Baur au lac* und genossen ein etwas verspätetes Mittagessen. Schon früh am Morgen hatte Christina mit ihren Geschäftspartnern telefoniert und gebeten, den für diesen Tag anberaumten Termin vorzuverlegen. Zum Glück war das möglich, und so konnten Frank und sie die ersten Verhandlungsgespräche schon um halb zehn führen.

»So hab ich den Rest des Tages frei«, sagte Christina. »Was unternehmen wir?«

»Was ihr macht, weiß ich nicht.« Frank lachte. »Ich hab mir gedacht, ich fahre mal rüber nach Rapperswil und schau mir die Firma unseres Verhandlungspartners an.«

»Traust du ihm nicht?«

»Doch, das schon. Aber es kann nicht schaden, sich genau anzusehen, wie er aufgestellt ist. Außerdem ist es eine schöne Motorradstrecke bis dahin.«

»Du willst Motorrad fahren? Hier in der Schweiz?«

»Wieso nicht? Ich kann mir eine Maschine leihen und die

Lederkluft. Hab ich alles schon gecheckt.« Er stand auf und küsste Christina flüchtig auf die Wange. »Viel Vergnügen!«

»Dir auch«, wünschte Jakob.

»Pass auf dich auf.«

»Ja, ja, wie immer.« Lachend ging Frank über die Terrasse davon.

Christina und Jakob verbrachten einen schönen Tag. Sie hatten sich so viel zu erzählen, immer Neues fiel ihnen ein, was sie dem anderen unbedingt mitteilen mussten.

Abends hatte Jakob wieder Vorstellung, und wieder saß Christina in der Loge und hörte ihm zu.

Der folgende Tag verging für Christina und Frank mit geschäftlichen Besprechungen, erst abends konnten sie sich mit Jakob treffen.

»Und, wart ihr erfolgreich?«, erkundigte sich Jakob, als sie sich in der Hotelhalle trafen.

»Ja. Morgen muss ich eigentlich nur noch unterschreiben, dann haben wir einen starken neuen Partner in der Schweiz und in Oberitalien.«

»Gratuliere.«

»Danke. Das ist zum größten Teil Franks Verdienst.« Stolz lächelte Christina ihren Sohn an. »Er hat einfach genial verhandelt. Frau Doktor Schwarzbach war ganz begeistert von ihm. Sie ist die Direktorin der Schwaba-AG«, fügte sie erklärend hinzu.

»Ich hab eben einen guten Draht zu reifen Damen«, lachte Frank übermütig. Er war selbst ein wenig stolz auf sich. »Es war ganz toll von meiner Mutter, dass sie sich nicht eingemischt hat.« Er küsste Christina auf die Wange. »Danke nochmals.«

»Es war mir ein Vergnügen.«

»Das sollten wir feiern«, schlug Jakob vor, und der Vorschlag wurde nur zu gern angenommen.

Am nächsten Morgen, noch am Frühstückstisch, bat Frank:

»Kannst du allein zum Unterschreiben fahren, Mutter? Ich hab gestern ein paar nette Typen kennengelernt, wir wollten gern rüber ins Appenzeller Land fahren. Du, die zwei haben tolle Harleys. Es wird sicher nett mit ihnen. Und Jakob und du, ihr wollt doch sicher lieber allein sein.«

»Du störst gar nicht. Aber wenn du gern diesen Ausflug machen möchtest, hab ich nichts dagegen. Hab viel Spaß.«

»Danke.« Frank stand auf, küsste sie zum Abschied und eilte davon.

Lächelnd sah Christina ihm nach. Sie trank noch einen Kaffee und sah hinüber zum See. Leichter Wind war aufgekommen, blähte die weißen Segel der kleinen Boote und ließ sie wie überdimensionale Schwäne auf dem blauen Wasser erscheinen.

»Träumst du? Hoffentlich von mir.« Unbemerkt war Jakob nähergekommen. Er trug eine dunkelblaue Leinenhose, dazu ein weißes Hemd. Um den Hals hatte er sich einen blauroten Schal mit Paisleymuster geschlungen.

»Eingebildet bist du gar nicht.« Christina sah ihn lächelnd an. »Ob ich mich in die Schar deiner Bewunderinnen einreihe, muss ich mir noch überlegen.«

»Um Himmels willen, nur das nicht. Ich bin froh, bei dir einfach Jakob sein zu dürfen.«

»Was unternehmen wir?« Christinas Herz klopfte bis zum Hals. Er sah so ungemein gut aus. Wirkte weltmännisch und charmant. Alles in ihr sehnte sich danach, noch einmal von ihm geküsst zu werden.

»Willst du Boot fahren?«

Sie nickte, und so fuhren sie eine Stunde lang über den See. Hatten sie sich gestern noch lebhaft unterhalten, so war es heute still zwischen ihnen. Immer wieder sahen sie sich an, und sie lasen in ihren Augen die Sehnsucht, die sie beide erfüllte.

Ein paar kurze, flüchtige Gedanken gingen an Karsten. Christina biss sich auf die Lippen. So wie Jakob jetzt, so hatte Karsten sie schon lange nicht mehr angesehen.

Kein Wunder, dachte sie. Wir sind ein Vierteljahrhundert miteinander verheiratet, da weicht die Leidenschaft der Freundschaft, der Vertrautheit und der stillen Liebe.

»Übermorgen muss ich nach Mailand.« Jakob griff nach ihrer Hand. »Kommst du mit? Wenigstens für zwei Tage?«

Sie antwortete nicht. Sah starr aufs Wasser hinaus.

»Bitte. Ich kann dich doch nicht gleich wieder gehen lassen. Christina!« Seine Stimme warb, schmeichelte. »Wir haben so viel nachzuholen. Ich …«

»Still.« Sie sah ihm in die Augen, nahm sein Gesicht in die Hände und küsste ihn. Es war Antwort genug.

Was folgte, war nicht überlegt, aber es schien ganz natürlich: Kaum hatte das Boot angelegt, gingen sie die wenigen hundert Meter bis zum Hotel, in Jakobs Suite.

Noch immer sagten sie kein Wort, doch ihre Blicke ließen einander nicht los, als Jakob die Tür zu seinem Schlafzimmer aufstieß.

Von draußen drang, gedämpft, so als käme er aus einem anderen Universum, der Lärm der Stadt.

*

Sie lag in seinem Arm, hörte den Schlag seines Herzens und spürte seine Lippen, die zart über ihr Haar und ihre Stirn strichen. Ein heißes Glücksgefühl mischte sich mit dem schlechten Gewissen, das sie empfand, als sie flüchtig an Karsten dachte.

Aber da waren wieder Jakobs Lippen, seine zärtlichen Hände, die ihr ein Glück schenkten, das sie noch nicht gekannt hatte.

Langsam richtete sie sich ein wenig auf und sah ihm in die dunklen Augen, die vor Leidenschaft brannten.

»Wir sind verrückt«, murmelte sie.

»Ich liebe es, verrückt zu sein.«

»Aber ...«

Er küsste ihr die Einwände fort, seine Hände ließen ihre Haut glühen, und wieder setzte für eine kleine Ewigkeit ihr Verstand aus.

Erst als es dämmerte, standen sie auf. Hastig zog sich Christina an und schaute auf die Uhr.

»Himmel, so spät schon. Frank wird sicher schon zurück sein.«

Jakob winkte ab. »Der genießt den herrlichen Tag, mach dir keine Gedanken um deinen erwachsenen Sohn.« Noch einmal nahm er ihr Gesicht in beide Hände. »Komm mit nach Mailand. Bitte.«

Doch Christina schüttelte den Kopf. »Das geht nicht. Ich muss zurück. Aber wir sehen uns wieder. Bald.«

In der Sekunde, in der sie es aussprach, wusste sie, dass sie ihn nicht wiedersehen würde. Zu gefährlich war seine Nähe, zu groß die Gefahr, sich ganz an ihn zu verlieren.

»Komm, wir warten unten auf der Terrasse auf Frank. Und dann müssen wir endlich über das Geld reden, das du von mir bekommst. Und über die Brillanten deiner Mutter.«

»Einverstanden. Aber es ist nicht wichtig. Wichtiger ist, dass wir noch einmal über Mailand reden.« Lächelnd zog er ihren Arm unter seinen, so betraten sie wenige Augenblicke später die Terrasse.

Eine junge Bedienung nahm ihre Bestellung auf, sie orderten beide einen trockenen Sherry.

»Kommt sofort.« Das Mädchen, zierlich und blond, lächelte Jakob strahlend an.

Zwei Minuten später kam sie zurück, gemeinsam mit dem stellvertretenden Hoteldirektor. Während das Mädchen sich im Hintergrund hielt, trat der hochgewachsene, schlanke Mann an den Tisch, verbeugte sich knapp und wandte sich an Christina.

»Frau Graber?«

»Ja.«

»Kann ich Sie bitte sprechen?«

Verbindlich lächelte Christina ihn an. »Aber natürlich. Jederzeit.«

»Jetzt. Es ist wichtig. Bitte, kommen Sie mit mir.«

»Was ist denn? Ist etwas passiert?« Nervös folgte ihm Christina bis zu einer ruhigen Ecke in der weitläufigen Halle. Jakob war dicht neben ihr.

»Bitte, setzen Sie sich doch, Frau Graber.« Man sah dem Hotelangestellten an, wie unwohl er sich fühlte. »Wir haben schon vor einer Stunde versucht, Sie zu erreichen.« Er biss sich auf die Lippen. »Ihr Sohn ... er hatte einen Unfall.«

Alle Farbe wich aus Christinas Gesicht. »Wo ist er? In welcher Klinik?«

»In den Städtischen Kliniken. Man hat ihn mit dem

Hubschrauber dorthin geflogen.« Er senkte den Kopf. »Mehr weiß ich leider nicht. Die Klinik hat nur hier im Hotel angerufen, weil die Begleiter Ihres Sohnes wussten, dass er Gast bei uns ist.«

»Ich muss sofort zu ihm.« Christina zitterte, gewaltsam musste sie sich zwingen, nicht zu den drei Taxen zu laufen, die vor dem Hotel parkten.

Jakob blieb bei ihr, drückte beruhigend ihre Hand, als sie die Notfallambulanz erreichten und Christina sich nach ihrem Sohn erkundigte.

»Er hatte einen Motorradunfall und wurde mit dem Hubschrauber hergeflogen«, fügte Jakob hinzu, da die Schwester, eine ältere Frau mit grauen Haaren und klugen Augen, den Kopf schüttelte, als sie nach Frank fragten.

»Frank Graber.« Die Schwester zögerte. »Bitte, kommen Sie mit.«

Das Zimmer, in das sie Christina und Jakob führte, war klein und spartanisch eingerichtet. Kerzen brannten, ein schlichtes Kreuz hing an der Wand. Und auf dem Bett lag, vollkommen zugedeckt, eine schlanke Gestalt.

»Nein!« Christina taumelte. Fassungslos sah sie auf das Bett, auf die Kerzen, dann zu der Schwester hin, die neben der Tür stand und sie besorgt anschaute.

»Es tut mir leid.« Die erfahrene Schwester senkte den Kopf. »Er war zu schwer verletzt. Die Ärzte haben alles versucht …« Sie atmete zweimal tief durch. »Doktor Tennort kommt sofort und wird mit Ihnen reden.«

Christina schluchzte auf. »Was gibt es da noch zu reden«, flüsterte sie und machte den letzten Schritt auf das Bett zu, streckte die Hand aus. Zögerte. Sah sich nach der Schwester um, die den Kopf noch tiefer gesenkt hielt.

In dem Moment kam ein Arzt herein. Sein dichtes Haar war schneeweiß, er war groß und breitschultrig. Aus dunklen Augen sah er Christina teilnahmsvoll an.

»Er hat es nicht geschafft. Leider.« Er griff nach Christinas eiskalten Händen. »Es tut mir unendlich leid, aber die inneren Verletzungen waren zu schwer. Wir haben noch operiert, aber er ist ...« Sekundenlang zögerte er, fuhr dann nach kurzem Räuspern fort: »Es war ein Herz-Kreislauf-Versagen, wie wir es leider immer wieder erleben bei so schweren Verletzungen.«

»Hat er ... hat er noch etwas gespürt?« Ihre Stimme war kaum zu verstehen.

Der Arzt schüttelte den Kopf. »Nein. Er war nach dem Unfall bewusstlos. Er hat nicht leiden müssen.«

Christina streckte die Hand aus. Doch sie brachte es nicht über sich, das Tuch fortzuziehen.

Jakob stellte sich neben sie, legte den Arm um ihre Schultern. Auffordernd nickte er dann dem Arzt zu, der das Tuch ein Stück fortzog.

»Frank ...« Nur dieses eine Wort murmelte Christina. »Frank ... Frank ...«

Wie erstarrt stand sie neben der Bahre und sah auf ihren toten Sohn, der auf dem weißen Laken lag. Keine Verletzung war in seinem Gesicht zu erkennen, nur eine kleine Wunde an der Schläfe zeigte blutigen Schorf.

Sie weinte nicht, stand nur starr neben dem Toten. Dann, urplötzlich, ging ein Zittern durch ihren Körper, und sie sank neben der Bahre in die Knie. Unendlich zart streichelte sie über das schon kalte Gesicht ihres Kindes, über sein Haar, zupfte ihn am Ohrläppchen, wie sie es oft getan hatte, als er noch ganz klein gewesen war. Diesmal aber lachte er nicht glucksend vor Vergnügen. Gar nichts sagte er. Rührte sich auch nicht, als sie sich wieder aufrichtete, sich über ihn beugte und ihn küsste.

Dann wandte sie sich ab und ging hinaus.

»Danke.« Sie reichte dem Arzt und der Schwester die Hand.

Dr. Tennort hielt Jakob zurück. »Passen Sie auf sie auf«, sagte er leise.

Jakob nickte nur. Ihm war die Kehle eng, ein letztes Mal sah er zu Frank hin, der in diesem Moment wieder von der Schwester zugedeckt wurde.

Mit langen, hastigen Schritten verließ Christina die Klinik. Es hatte den Anschein, als flüchte sie vor der grausigen Wahrheit, vor dem Bild ihres toten Sohnes, das sich unauslöschlich in ihr Gehirn eingegraben hatte. Es war wie ein Déjà-vu. Erinnerungen stiegen in ihr auf, wie sie vor Jahren neben ihrer Mutter in der Klinik in Offenburg die Nachricht bekommen hatte, dass man für Wolfgang nichts mehr hatte tun können. Damals war sie zwar auch tief betroffen vom Tod des Bruders gewesen, doch insgeheim hatte sie auch ein leises Gefühl der Erleichterung über den Tod des Bruders verspürt, der ihr so übel zugesetzt hatte. Aber sie konnte den Schmerz Eva-Marias nachempfinden, denn den eigenen Sohn zu verlieren bricht einer Mutter das Herz.

Sie sprach an diesem Tag kein Wort mehr. Wie erstarrt saß sie in ihrem Hotelzimmer, überließ es Jakob, mit Karsten zu telefonieren und ihn über das furchtbare Geschehen zu informieren.

Wie in einen Kokon eingesponnen erlebte sie die nächsten drei Tage. Die erste Begegnung von Jakob und Karsten.

Den Abschied von Jakob, der nach Mailand fliegen musste. Die Heimkehr – ohne ihr Kind.

Ihre Starre löste sich erst, als sie an Franks Grab stand und endgültig Abschied nahm. Über und über mit weißen Rosen war der Sarg bedeckt, und alle weiblichen Trauergäste hielten eine weiße Rose in den Händen.

Karsten presste die Lippen zusammen, um nicht aufschreien zu müssen. Er hatte geweint, getobt, mit dem Schicksal gehadert und Christina Vorwürfe gemacht, sie hätte nicht gut genug auf den Jungen aufgepasst. Unsinnige Vorhaltungen, auf die sie nicht reagiert hatte. So wie sie auch nicht reagierte, als Jasmin sie zu trösten versuchte.

»Schlaf gut«, murmelte Christina, als sie, dicht neben Karsten stehend, in die Grube schaute. Aber sie sah nicht den hellen Eichensarg, sah nicht die Rosen. Sie sah Frank in der neuen grauen Motorradkluft, die sie ihm zum letzten Geburtstag geschenkt und über die er sich so gefreut hatte. Sie sah ihn lächeln, ihr zunicken.

Dann brach sie zusammen.

*

Die letzten Rosen reckten ihre Blüten der Herbstsonne entgegen. Asternbüsche wiegten sich im Wind, und die Sonnenblumen, die noch vor einigen Tagen stolz ihre gelben Gesichter dem Himmel zugewandt hatten, bogen ihre Köpfe mit den schweren Samen jetzt zur Erde.

In den Weinbergen begannen die Winzer mit der ersten Lese, überall auf den Hängen sah man die Erntehelfer eifrig arbeiten. Auch die Obstbauern fuhren reiche Ernte ein in diesem Jahr. Der Sommer hatte das Land verwöhnt und sowohl die Trauben zur vollkommener Süße reifen als auch das Obst besonders saftig werden lassen.

Christina saß im Wintergarten und las in einer Fachzeitschrift, als Karsten ins Wohnzimmer kam. Er trug eine helle Windjacke, das nach Franks Tod über Nacht weiß gewordene Haar war zerzaust.

»Warst du wieder auf dem Friedhof?« Kurz hob Christina den Kopf und sah hinüber in den angrenzenden Raum.

»Ja. Du gehst ja nicht hin.« Er zog sich die Jacke aus, ging zur Bar, die in die weiße Schrankwand an der Längsseite des Wohnraums eingelassen war, und goss sich ein Glas Cognac ein.

Unterdrückt seufzte Christina auf. Immer häufiger trank Karsten. Noch war es nicht exzessiv, aber ihr fiel auf, dass sein Cognac-Konsum ständig größer wurde. Sie hatte oft Angst, dass er Schwierigkeiten in der Klinik bekommen könnte, doch wenn er arbeitete, trank er keinen Tropfen.

Sie stand auf und ging zu ihm. »Quäl dich doch nicht so sehr«, bat sie und legte ihm die Hand auf den Arm.

So wie man ein lästiges Insekt abschüttelt, schob er ihre Finger von seinem Arm. »Was ich tue oder nicht, überlass mir. Du hast ja wohl gar nicht das Bedürfnis, Frank zu besuchen. Dir ist die Firma ja schon immer wichtiger gewesen als wir, deine Familie.«

»Wie kannst du so etwas sagen?«

»Es stimmt einfach.« Er trank das Glas in einem Zug leer. »Nicht mal nach Franks Tod hast du was geändert. Die Firma, neue Rezepte, Vertriebsideen … das ist von Bedeutung für dich, nichts anderes.«

»Hör auf, so was zu sagen! Du quälst mich!«

»Ach, ich quäle dich! Dann empfindest du ja doch noch was!« Nochmals goss er das Glas voll. »Hast du keine Gewissensbisse, dass du nicht genug auf Frank geachtet hast? Wenn er sich nicht auf diese verdammte Maschine gesetzt hätte, wenn du es ihm verboten hättest, auf den fremden Straßen zu fahren ...«

»Wenn ... wenn ... Man kann doch einen erwachsenen Menschen nicht daran hindern, seinem Hobby nachzugehen! Frank hat den Motorsport geliebt, er war glücklich, wenn er mit dem Motorrad unterwegs war. Und er war ein vorsichtiger, sehr besonnener Fahrer.«

»Ja, und du hast diesen Unsinn ja auch noch unterstützt! Ich war immer dagegen.«

Christina ersparte sich eine Antwort. Karsten verdrängte sehr gekonnt, dass er es gewesen war, der Frank vor Jahren das erste Moped gekauft hatte. Mit den Jahren waren die Maschinen größer geworden. Aber Frank war auch vorsichtiger geworden, war nie ein Risiko eingegangen.

Dieses tragische Unglück war nicht durch sein eigenes Verschulden passiert. Ein Lastwagen hatte die Kurve geschnitten, Frank war ihm im letzten Moment ausgewichen – und hatte dann leider doch die Kontrolle über seine schwere Maschine verloren.

All das hatte die Polizei ermittelt, Karsten wusste es genauso gut wie Christina. Doch er hörte nicht auf, ihr Vorwürfe zu machen.

Die Vorwürfe, die sich Christina machte, waren andere. Immer und immer wieder warf sie sich vor, dass sie in Jakobs Armen gelegen hatte, als ihr Kind starb.

Doch diese Schuld trug sie allein. Niemand erfuhr davon. Nicht einmal Jakob, der hin und wieder anrief und sich nach ihr erkundigte, gestand sie ein, wie sehr sie heimlich litt.

»Ich geh in mein Büro. Muss noch ein Gutachten schreiben.«

»Hast du Hunger? Ich kann dir rasch was machen.«

Er winkte ab. »Bemüh dich nicht. Ich hab in der Klinik gegessen. Und Appetit hab ich schon gar keinen.«

Christina sah ihm nach, wie er, die Schultern gebeugt, das Zimmer verließ. Karsten tat ihr unendlich leid. Er kam mit dem schweren Verlust, den sie alle erlitten hatten, einfach nicht klar. Aber er ließ sich auch nicht helfen. Er sprach mit niemandem, verschloss sich immer mehr. Nicht einmal Jasmin vermochte ihn aus seiner bitteren Trauer herauszureißen.

»Karsten, bitte ... lass uns einen Wein zusammen trinken und reden. Über Frank. Über uns.« Christina lief ihm nach, doch er wehrte sie auch jetzt wieder ab.

»Lass mich.« Flüchtig nur sah er sie an, dann schloss sich die Tür zu seinem Büro hinter ihm.

Tränen schimmerten in Christinas Augen, als sie in den Wintergarten zurückging. Sie griff nach der Zeitschrift, konnte sich allerdings nicht mehr konzentrieren. Meist fand sie Ablenkung von ihren traurigen Gedanken bei der Arbeit, doch heute gelang es nicht.

Schließlich holte sie sich eine dicke Strickjacke, warf sie sich locker über die Schultern und ging in den Garten. Auf einer Bank, die von noch immer leicht duftenden Kletterrosen umgeben war, ließ sie sich nieder und schaute zum Himmel, an dem die ersten Sterne aufblinkten.

Hemmungslos begann sie zu weinen.

»Mutti, wo steckst du?« Jasmins Stimme schreckte sie auf.

»Hier.« Rasch erhob sie sich und ging Jasmin entgegen, die aus der Tür des Wintergartens kam, gefolgt von Michael Wallmer.

»Guten Abend, Frau Berghausen. Ich hoffe, ich störe nicht.«

»Du störst nie, Michael, das weißt du doch.«

Seit sie gemeinsam ihr Studium begonnen hatten, waren Frank und Michael befreundet. Den jungen Mann hatte der Tod des Freundes tief getroffen, er war eine Weile nicht mehr zu Besuch gekommen, doch seit ein paar Wochen ging er mit Jasmin aus.

So auch an diesem Abend.

»Wir wollen nach Baden-Baden in die neue Disko.« Jasmin gab Christina einen raschen Kuss. »Bis morgen, Mutti. Weckst du mich? Ich hab eine wichtige Vorlesung.«

»Mach ich. Bleibt nicht so lange.« Sie ersparte sich die Bemerkung, dass es vielleicht besser wäre, dann nicht mehr auszugehen. Aber Jasmin war eigenwillig, ließ sich nur selten etwas sagen. Außerdem war sie eine ganz hervorragende Studentin mit besten Zwischennoten.

Jasmin lachte nur. »Glucke«, murmelte sie und gab Christina noch einen Kuss.

»Schönen Abend noch, Frau Berghausen«, wünschte Michael.

»Danke, dir auch.«

Sie sah den beiden nach, wie sie das Haus verließen.

»Geht sie schon wieder aus?« Karsten stand unter der Tür seines Arbeitszimmers. »Sie hat überhaupt keinen Anstand. Ihr Bruder ist noch nicht mal ein Jahr tot, aber sie treibt sich in der Gegend rum.«

»Das stimmt doch nicht, Karsten. Sie geht aus, sie ist

jung, und ihr Leben geht weiter. Ich bin sicher, dass Frank nicht gewollt hätte, dass wir alle in Tristesse erstarren.«

Karsten sah sie kopfschüttelnd an. »Mit dir kann man nicht reden«, meinte er und ging zurück in sein Arbeitszimmer.

In dieser Nacht blieb sein Bett neben Christina leer.

*

»Die Kanadier haben unterschrieben! Wir können ab sofort in Toronto produzieren!« Triumphierend schwenkte Sandrine ein paar Blätter durch die Luft, als sie ins Büro ihrer Chefin kam.

»Endlich! Die Herrschaften haben sich lange genug Zeit gelassen mit ihrer Entscheidung.« Christina griff nach den Dokumenten.

»Das ist der tollste Deal seit langem.« Sandrine freute sich mindestens so sehr wie die Firmenchefin. Ungeniert hockte sie sich auf die Schreibtischkante. »Fliegst du hin und schaust dir die neuen Produktionsstätten an?«

»Nein, nein, das kann Jasmin machen. Das wird gleich ihre Feuerprobe.«

»Ist das nicht zu früh? Das Kind hat gerade erst Examen gemacht, sie ist noch so jung.«

Christina lachte. »Jung, ehrgeizig, die Beste des Jahrgangs. Sie versteht von Betriebswirtschaft und Marketing viel mehr als ich. Und außerdem: Die Verträge hab ich ja unterzeichnet, sie kann also nichts kaputtmachen. Aber sie wird sich bestimmt freuen, wenn sie rüberfliegen darf.«

Sie stand auf und trat ans Fenster. Draußen regnete es, und in dünnen Fäden floss der Regen zur Erde. Wie Tränen wirkten die durchsichtigen Tropfen auf der Fensterscheibe. So jedenfalls empfand es Christina, deren Stimmung genauso trist war wie das Herbstwetter. Sie sah zu dem kleinen Tannenwald hinüber, der sich hinter dem Neubau erstreckte, die sechs, sieben hohen Tannen wiegten sich im Wind, ihre langen Zweige verbeugten sich vor dem grummelnden Wettergott.

Mit einem kleinen Seufzer wandte sich Christina vom Fenster ab und setzte sich wieder an ihren Schreibtisch.

Nach Franks Tod hatte sie sich noch mehr in die Arbeit gestürzt, denn die Verträge mit den Schweizern und Österreichern ließen das Produktionsaufkommen in die Höhe schießen. Sie erweiterte das Firmengelände noch einmal, knüpfte Kontakte nach Skandinavien und vor einem Jahr auch nach Übersee.

Ihre Ehe mit Karsten verlief ruhig, doch von der Harmonie, der zärtlichen Liebe, die sie einmal verbunden hatte, war kaum noch etwas vorhanden. Dr. Berghausen lebte nur noch für seine Arbeit, verfasste Gutachten, schrieb medizinische Abhandlungen und hielt Vorträge in ganz Europa. Es schien, als versuche er mit aller Gewalt, die Zeit, die er daheim verbringen musste, so knapp wie möglich zu halten.

Jasmin war die Einzige, die noch wirklich Zugang zu ihm fand. Er liebte sie abgöttisch und hätte sie am liebsten rund um die Uhr beschützt. Da die junge Frau sich allerdings gegen die allzu große Fürsorge auflehnte, kam es hin und wieder zu Konflikten.

»Mal sehen, was Karsten dazu sagt, dass ich Jasmin nach Kanada schicke.« Christina seufzte auf. »Er kann einfach nicht loslassen und wird sich dagegen stemmen.

Aber sie hat's verdient, dass sie mehr in die Firma eingebunden wird. Das muss Karsten akzeptieren.«

»Jasmin ist ein kluges Kind, sie weiß seine Sorge sicher richtig einzuschätzen und sich dennoch ihre Freiräume zu schaffen.«

»Das stimmt. Sie ist in letzter Zeit ganz eng mit Michael.«

»Prima. Er ist ein sehr sympathischer junger Mann.«

»Ja.« Christina biss sich auf die Lippen. »Immer, wenn ich ihn ansehe, sehe ich auch Frank vor mir. Die beiden waren sich so ähnlich …«

»Da hast du recht.«

»Wenn sie übermorgen mit Michael aus Gran Canaria zurückkommt, rede ich mit ihr. Bin gespannt auf ihr Gesicht.« Ein kleines Lächeln umspielte Christinas Mundwinkel.

»Den Urlaub hatten sich die beiden verdient. Sie haben viel gelernt. Und beide hervorragend abgeschlossen.«

»Michael will noch weiterstudieren und seine Doktorarbeit schreiben. Ihm liegt die Juristerei noch mehr als Betriebswirtschaft. Ich find's gut. Und vielleicht – wenn aus den beiden wirklich ein Paar werden sollte, kommt uns das zugute.« Sie machte eine kleine Pause. »Es sei denn, er hat ganz andere Pläne. Daran darf ich gar nicht denken.«

»Ach was. Er wird die Chance, die sich ihm als Jurist hier im Haus bietet, sicher ergreifen. Das wäre dann alles perfekt.« Sandrine lachte und griff wieder nach den Unterlagen. »Die bring ich in den Safe. Bevor wir uns in Zukunftsträumen ergehen, freuen wir uns doch erst mal über diesen Abschluss.«

»Hast recht. Alles andere hat noch Zeit.« Müde strich

sich Christina über die Augen. »Ich geh heim und leg mich heute früh schlafen.«

»Mach das. Du hast dich in der letzten Zeit wirklich übernommen. Nicht, dass du uns noch zusammenklappst. Hast viel zu viel abgenommen und bist ganz blass.«

»Keine Sorge, ich bin zäh.« Sie zwinkerte der Freundin zu. »Weißt du doch.«

»Ja, ich weiß aber auch, dass kein Mensch unbegrenzt belastbar ist.«

»Schon gut, ich werde mich ausruhen. Versprochen.«

Obwohl sie sich erschöpft fühlte, fand Christina an diesem Abend keine Ruhe. Ihr Mann kam wieder einmal spät nach Hause, angeblich wurde er in der Klinik aufgehalten. Solche Erklärungen häuften sich, und immer stärker begann Christina daran zu zweifeln, dass sie stimmten.

Sie konnte es kaum erwarten, dass Jasmin aus ihren Ferien zurückkam.

Es war ein kühler, nebliger Herbsttag, aber Jasmin strahlte, als sie ihre Eltern begrüßte.

»Danke, dass ihr mir den Urlaub geschenkt habt.« Sie strich sich das dunkle Haar hinter die Ohren. »Wir haben uns supergut erholt und viel Spaß gehabt.«

Karsten zog sie an sich. »Ich hab noch ein Geschenk für dich. Dafür müssen wir aber eine kurze Strecke fahren.« Er wandte sich an Christina. »Kommst du mit?«

Sie nickte. »Wohin fahren wir denn?«

»Überraschung.«

Nur eine knappe Viertelstunde fuhren sie durch die schon fast winterlich kahle Landschaft, dann tauchten die Gebäude des Reitstalls auf, in dem Jasmin ihr Pferd untergestellt hatte.

»Komm, Kleines.« Liebevoll legte Karsten den Arm um seine Tochter, achtete kaum darauf, ob Christina folgte oder nicht.

Sie gingen durch eine der drei Stallgassen, schließlich blieb Karsten vor der Box eines wunderschönen Rappen stehen. Nur eine schmale Blesse, beinahe ein Stern, war auf der Stirn des Tieres zu sehen.

»Darf ich vorstellen: Wirbelwind. Er freut sich drauf, mit dir das erste Turnier zu bestreiten.«

Fassungslos sah Jasmin von einem zum anderen. »Das ist … ich weiß gar nicht, was ich sagen soll. Danke!« Sie umarmte erst Karsten, dann Christina. »Damit hab ich nun gar nicht gerechnet.« Sie öffnete die Boxentür und ging zu dem Pferd, das ihr aufmerksam den Kopf entgegenstreckte.

»Damit hab ich auch nicht gerechnet«, murmelte Christina. »Warum hast du mir nichts gesagt?«

Karsten zuckte nur mit den Schultern. »Du hättest es mir vielleicht ausgeredet.«

»Vielleicht. Sie hat ja schon ein Pferd, und die Tiere machen Arbeit, brauchen Zuwendung und kosten Zeit.«

Zornig sah Karsten sie an. »Geld! Das ist mal wieder alles, was dich interessiert. Ich will nicht, dass sie mit dem anderen Pferd auf Springturniere geht. Das ist ein richtiger Teufel. Sie soll mit Wirbelwind Dressur reiten, das ist ungefährlicher.«

Jasmin ließ das Pferd los. »Hast du ihn mir nur deshalb gekauft? Weil das Reiten mit ihm angeblich ungefährlicher ist?« Sie presste sekundenlang die Lippen zu einem schmalen Strich zusammen. »Hast du immer noch nicht begriffen, dass ich alt genug bin, um auf mich aufzupassen? Paps, ich bin kein Kind mehr!«

»Du wirst immer mein Kind bleiben.« Karsten streckte die Hand nach ihr aus. »Eins hab ich verloren, weil ...« Kurz sah er zu Christina hin, aus deren Gesicht alle Farbe wich. »Ich will dir wirklich nur eine Freude machen«, fuhr er einlenkend fort.

»Freu dich einfach über das Pferd.« Christina riss sich gewaltsam zusammen. »Er ist wirklich wunderschön, der Wirbelwind.«

Jasmin nickte, doch ihre Freude über das großzügige Geschenk war getrübt.

*

»Morgen fliege ich zu einem Kongress nach Kopenhagen.« Dr. Karsten Berghausen tupfte sich die Lippen ab und trank den letzten Schluck Kaffee. »Falls Eva-Maria etwas braucht, ruf den Kollegen Bender an, er weiß, was zu tun ist.«

»Um was geht es denn?« Christina goss sich noch eine Tasse Kaffee ein.

»Um neue Transplantationstechniken. Davon verstehst du nichts.«

»Du könntest es mir erklären.«

Er winkte ab. »Ach was, das ist viel zu kompliziert. Ich verstehe ja von deiner Firma auch nichts.«

»Weil du dich nicht dafür interessierst!« Vorwurfsvoll sah sie ihn an.

»Das hatten wir doch schon vor mehr als zwei Jahrzehnten.« Unterdrückt seufzte Karsten Berghausen auf. »Du hast deinen, ich hab meinen Job.« Er trank den letzten Schluck Kaffee. »Grüß Jasmin und deine Mutter von mir. Eva-Maria soll sich nicht zu viel zumuten. Seit sie wieder ganz gut gehen kann, wird sie unvorsichtig.«

Vor einigen Wochen hatte Eva-Maria einen weiteren, diesmal schweren Schlaganfall erlitten. Das war genau an dem Tag des Mauerfalls passiert. Die ganze Familie hatte vor dem Fernsehgerät gesessen und mit Tränen in den Augen den bewegenden Bildern zugeschaut, die über die Mattscheibe flimmerten.

»Endlich!« Eva-Maria beugte sich vor, als könnte sie so die Menschen, die lachend und weinend zugleich in Richtung Westberlin zogen, besser erkennen. »Jetzt kann uns Charlotte vielleicht einmal besuchen kommen.«

»Sicher kann sie das. Wir werden sie ganz bald zu uns einladen.«

Charlotte Bewersen war eine Schulfreundin von Eva-Maria, die nach dem Krieg einen Mann aus Leipzig geheiratet hatte. Nur sporadisch hörten die alten Freundinnen voneinander, zu großen Festen hatte Eva-Maria ein Paket in den Osten geschickt.

»Ja, das machen wir.« Eva-Maria strich sich über die Stirn.

»Reg dich nicht wieder so auf, Mutter. Alles wird gut werden.«

»Ja …« Eva-Maria sah dennoch wie gebannt auf den Fernseher, schien die Bilder förmlich einzusaugen.

Die beiden Frauen hatten die deutsche Teilung selbst miterlebt, viele Erinnerungen an den Krieg und die Nachkriegszeit mit all ihren Ängsten und Entbehrungen flackerten bei diesem Ereignis nun wieder in ihnen auf. Dennoch war die Überraschung und Freude über die unfassbare geschichtliche Wende überwältigend.

Doch die intensiven Gefühle und die Aufregung waren zu viel für Eva-Maria geschwächten Körper gewesen. Nach dem Schlaganfall war sie einige Wochen lang halbseitig gelähmt gewesen, was sich zum Glück gebessert hatte. Aber sie litt immer noch an Schmerzen und Schwäche und verbrachte die meiste Zeit des Tages auf einer Liege in ihrem Wintergarten.

Da sie schon seit längerem die Treppenstufen zu ihrem Appartement nicht mehr hochsteigen konnte, war sie ins alte Haus der Familie gezogen. Christina hatte die ebenerdige Wohnung renovieren und einen kleinen Wintergarten anbauen lassen. Im oberen Stockwerk wohnte eine ehemalige Krankenschwester, die sich nun um Eva-Maria kümmerte.

Karsten stand auf und küsste Christina flüchtig auf die Wange. »Bin in spätestens einer Woche zurück«, erklärte er.

»Ist gut.« Christina nickte nur. Bis vor Franks Tod vor fünf Jahren hatte sie ihren Mann häufig auf solche Reisen begleitet. Trotz der Vorträge, die Karsten besuchte, hatten sie noch Zeit für einander gefunden.

Das hatte sich geändert. So wie vieles andere auch. Sie vermutete seit längerem, dass er ein Verhältnis mit einer seiner Assistenzärztinnen hatte, konnte aber nichts beweisen. Und sie war auch zu stolz, ihn zur Rede zu stellen. Was hätte es geändert? Seit Franks Tod lebten sie nebeneinanderher.

Schwerfällig erhob sich Christina und räumte selbst den Frühstückstisch ab. Annika, das Hausmädchen, das seit einem knappen Jahr bei ihnen arbeitete, hatte heute seinen freien Tag. Annika kam aus dem Ort, ihre Eltern arbeiteten beide in der Firma Graber. Annika kochte gern, scheute sich vor keiner Hausarbeit und kam ihrer Arbeit ebenso gewissenhaft wie unaufdringlich nach. Christina war sehr zufrieden mit der Vierundzwanzigjährigen.

Christina zuckte zusammen, als das Telefon klingelte.

»Guten Morgen. Ich bin's.«

»Jakob! Wie schön, dich zu hören.« Mit einem Schlag hellte sich ihre Stimmung auf. »Wo bist du?«

»In München.«

»Und – wann kannst du herkommen?«

Er zögerte, fragte dann: »Stimmt was nicht?«

»Wie kommst du darauf? Alles in Ordnung.«

»Lüg nicht, Christina. Ich kenne dich besser als du dich selbst. Irgendwas bedrückt dich.«

Sie schwieg. Zwei Sekunden zu lange.

»Also hast du Probleme. Oder Sorgen.«

»Unsinn. Alles läuft bestens. Jasmin arbeitet in der Firma mit, und wenn wir ein bisschen Glück haben, machen wir in den neuen Ländern bald die besten Geschäfte. Seit der Wiedervereinigung reißt man uns dort unsere Schokoladen aus den Händen.«

»Lenk nicht ab, Christina, ich spüre, dass was nicht in Ordnung ist. Willst du nicht herkommen?« Eine Sekunde lang schwieg er. »Ich hab Sehnsucht nach dir.«

Christina überlegte kurz. »Ja. Ich komme.«

»Wann?«

»Heute noch. Ist dir das recht?«

»Ich kann's kaum erwarten, dich zu sehen. Fahr vorsichtig.«

»Wo logierst du?«

»Im Bayerischen Hof.«

Klar, wo sonst sollte ein so bekannter Sänger absteigen! Jakobs Erfolge wurden stetig größer, sein Repertoire umfasste nicht nur italienische Opern und Lieder, inzwischen war er auch als Wagner-Sänger gefragt.

»In einer Stunde fahre ich los.« Plötzlich hatte Christina es eilig, sie konnte es kaum erwarten, zu Jakob zu kommen.

Jasmin war noch im Stall, sie bewegte ihre Pferde regelmäßig, bevor sie in die Firma ging.

Rasch schrieb Christina ihr eine Notiz, dass sie kurzfristig verreist sei, dann rief sie Sandrine ein, der sie gestand, dass sie zu Jakob fuhr.

»Karsten ist zu einem Kongress, er wollte nicht, dass ich ihn begleite.« Für einen kleinen Moment verdunkelten sich ihre Augen. »Er schließt mich immer mehr aus seinem Leben aus. Also ist es doch nicht schlimm, wenn ich zu Jakob fahre, oder?«

Sandrine, die wusste, wie sehr die Freundin an dem Sänger hing, schüttelte den Kopf. »Es wird dir guttun, ihn zu sehen. Er wird dich für eine Weile auf andere Gedanken bringen. Fahr ruhig. Jasmin und ich halten die Stellung.«

*

Die dicken gelben Seidenvorhänge ließen das Tageslicht nur gedämpft ins Zimmer und schlossen die Welt außerhalb der geräumigen Suite aus. Auch die Geräusche, die von der Straße heraufdrangen, waren nur ganz vage zu hören.

Christina lag in Jakobs Arm, den Kopf auf seiner Brust. Sie hörte seinen Herzschlag, der ein wenig rascher war als normal. Sie lächelte vor sich hin. Seine Leidenschaft war mitreißend, und sie hatte sich von ihr davontragen lassen.

»Ein Jahr und vier Monate ist es her, seit wir uns gesehen haben. Du fehlst mir so, Liebes.« Wieder küsste er sie, seine Hand streichelte ihre nackte Schulter, glitt tiefer zu ihren immer noch straffen Brüsten.

Schon allein diese zarte Berührung erregte sie wieder, und sie schmiegte sich fester an ihn.

»Wir benehmen uns wie Teenager.«

Jakob schüttelte den Kopf. »Wie zwei Liebende. Und sind wir das nicht auch?« Zärtlich zog er ihre Hand an die Lippen, küsste inbrünstig jede einzelne Fingerspitze. »Ich denke immerzu an dich. In Gedanken teile ich jeden Erfolg, jeden Applaus mit dir.«

Statt einer Antwort hob Christina den Kopf und küsste ihn.

Sie fühlte sich so gut wie lange nicht mehr. Jakobs Zärtlichkeit, seine Liebe und die Wärme, die er ihr schenkte, machten sie glücklich.

»Ich hab etwas für dich.« Jakob löste sich sanft von ihr, stand auf und ging zu einem schmalen Handkoffer, der auf einem Sessel unter der Fensterfront stand.

Christina schaute ihm nach. Er besaß, obwohl er die fünfzig weit hinter sich gelassen hatte, eine gute Figur, wirkte durchtrainiert und fit. Vor vier Wochen hatte er in Kapstadt gastiert, und die leichte Bräune, die er sich dort am Strand geholt hatte, besaß er immer noch.

»Für dich.« Er legte sich wieder neben sie und drückte ihr eine kleine Schachtel in die Hand. Sie war mit lilafarbener Seide bezogen und trug, in goldfarbenen Buchstaben, den Namenszug eines berühmten Juweliers. »Mach's schon auf.«

Sie zögerte, dann öffnete sie das Etui – und stieß einen kleinen Schrei aus. »Das ist ja …«

»Das ist der tropfenförmige Diamant aus der Sammlung meiner Mutter.« Er nahm den Stein, der nur eine hauchdünne Platinfassung trug und an einer dünnen Kette hing, in die Hand und legte ihn ihr auf die Brust. »Wem soll ich ihn schenken, wenn nicht dir?«

»Jakob, nein …« Sie griff nach der Kette und hielt sie in die Höhe. »Wunderschön.«

»So wie du. Und deshalb wirst du ihn tragen.« Er sah sie zärtlich an. »Ich glaube nicht, dass Karsten etwas dagegen hat.«

»Falls er überhaupt bemerkt, dass ich ein neues Schmuckstück besitze.«

Er runzelte die Stirn. »So schlimm?«

»Schlimmer.« Christina biss sich auf die Lippen. »Seit Franks Tod hat er sich total verändert. Er ist nicht mehr der Mann, den ich einmal geheiratet habe.« Sie zögerte erst, dann sprach sie das Schreckliche aus: »Ich glaube, er hasst mich.«

»Aber wieso sollte er?«

»Weil er mir die Schuld an Franks Tod gibt.«

»So ein Unsinn!«

»Es ist aber so.« Sie schmiegte das Gesicht in seine Armbeuge. »Und ich … ich mache mir Vorwürfe, dass mein Sohn vielleicht in dem Moment verunglückt ist, in dem wir beide uns geliebt haben.«

»Aber Liebling, das war Zufall, ein unglückliches Geschick. Deshalb musst du dir doch keine Vorwürfe machen.«

»Ich weiß. Aber der Gedanke lässt mich nicht los.« Sie richtete sich auf, griff nach dem Sektglas, das auf dem kleinen Nachttisch stand, und trank einen Schluck. Dann sah sie Jakob traurig an. »Außerdem bin ich davon überzeugt, dass Karsten ein Verhältnis mit einer Kollegin hat.«

»Dann lass dich scheiden. Ich wäre glücklich, wenn wir zwei dann endlich zusammenleben könnten.«

Rasch legte sie ihm die Hand auf den Mund. »Psst. Sag es nicht noch mal. Ich bin verheiratet. Und ich habe Pflichten der Familie, der Firma gegenüber.«

»Du hast aber auch das Recht, glücklich zu sein.«

»Jetzt bin ich glücklich.« Sie legte sich wieder neben ihn und schloss die Augen. »Wenn ich deine Stimme höre, deine Lieder, dann bin ich glücklich. Und fühle mich getröstet.«

»Ich hätte dich so gern immer bei mir.« Wieder küsste er sie aufs Haar. »Sei doch mutig, trenn dich. Wir könnten ein ganz neues Leben beginnen. Ohne Zwänge, ohne Pflichten. Wenn du willst, höre ich mit dem Singen auf. Ich hab genug verdient in den letzten Jahren, muss nicht mehr auf Konzertreisen gehen.«

»Nein.« Ihr Lächeln war ebenso traurig wie zärtlich. »Das will ich nicht. Du musst singen. Für mich. Für alle Menschen, die du mit deiner Kunst glücklich machst.« Sie zögerte, dann fügte sie leise hinzu: »Und ich bin viel zu feige, um mich von all dem zu trennen, was bisher mein Leben ausgemacht hat.«

»Dann bleiben uns nur diese Stunden.«

»Ja.« Sie hob den Kopf und sah ihm in die Augen. »Diese Stunden sind das Wertvollste für mich.«

Jakob antwortete nicht. Er zog sie fester an sich, und in seinen Armen fand Christina für ein paar Stunden Frieden.

6

»Wachwerden, Schlafmütze. Heiraten!«

Jasmin rekelte sich und streckte die Arme nach Michael aus. »Muss das sein?«, murmelte sie, ohne die Augen zu öffnen.

»Was, das Heiraten?«

»Das Aufstehen.« Sie versuchte, sich auf die Seite zu drehen, doch mit sanfter Gewalt hielt er sie fest. Mit leisem Lachen beugte er sich über sie, küsste die Augenlider, die kecke Nase, die Wangen, den Mund. Dann glitten seine Lippen tiefer und verharrten eine Weile in ihrer Halsbeuge, um sich dann den kleinen Brüsten zuzuwenden und zärtlich an den Nippeln zu saugen.

»Hey du, das macht mich wach!« Lachend zog sie ihn fester an sich.

»Das war genau meine Absicht.« Er sah ihr in die dunklen Augen. »Noch genau zwei Stunden, dann sitzen wir auf dem Standesamt, und du heißt schon Wallmer.«

»Mir würde dieser Akt reichen.« Jasmin schob ihn kurz von sich. »Standesamt, Sektempfang – Ende.«

»Du vergisst die Hochzeitsreise. Außerdem … ich finde es romantisch, in der Kirche zu heiraten. Und im weißen Kleid, mit einem langen Schleier wirst du hinreißend aussehen.«

»Das ist der totale Kitsch. Wie im Roman.«

»Und du bist mal wieder viel zu sachlich und vernünftig.« Für einen kleinen Moment schlich sich ein Misston ein.

Jasmin spürte es und schaltete sofort um. »Aber nein, ich find's ja eigentlich auch ganz schön.« Sie schwang die langen Beine aus dem Bett. »Und da du gerade vom Schleier gesprochen hast ... raus mit dir, ich muss duschen, Haare waschen. Die Friseurin kommt um halb zehn, da muss ich schon fertig umgezogen sein.«

»So früh schon?«

»Wenn du mich als süßes Bräutchen haben willst, musst du Opfer bringen!« Lachend lief sie ins angrenzende Bad.

Auf dem Standesamt, umgeben von den Eltern, den zukünftigen Schwiegereltern, der Großmutter und einigen wenigen, engen Freunden wurde ihr dann doch noch ein bisschen feierlich zumute. Als sie das erste Mal ›Wallmer‹ schrieb, zitterte ihre Hand ein wenig.

Doch dann ließ sich das Brautpaar gratulieren, das erste Glas Sekt wurde noch vor dem Standesamt getrunken, dann fuhren sie gleich weiter zur kirchlichen Trauung.

Die kleine Kapelle auf einem Hügel, umgeben von blühenden Kirschbäumen, war mit weißem Flieder und zartroten Rosen geschmückt. Ein breiter Weg wand sich vom Gotteshaus hinunter zu dem Gutshaus mit dem Reiterhof, in dem Jasmins Pferde standen.

»Wenn schon eine kirchliche Hochzeit, dann in der Gutskapelle«, hatte Jasmin gesagt, und Michael, der ihr keinen Wunsch abschlagen konnte, war einverstanden gewesen.

Seit einem halben Jahr wohnten die beiden zusammen in einer großen, hellen Wohnung in Himmelsheim. Von der Terrasse, die sich um die ganze Südseite und die Westseite erstreckte, hatten sie einen Blick auf das Firmengelände.

Während Michael noch täglich zur Uni fahren musste, konnte Jasmin zu Fuß in ihr Büro gehen.

Karsten behagte der Gedanke, dass seine Tochter nur in einer kleinen Kapelle und bescheidenem Rahmen heiraten wollte, ganz und gar nicht, und er hatte etliche Einwände: »In der Pfarrkirche wäre doch viel mehr Platz, und feiern könnten wir in der Firmenhalle. Oder in der *Alten Post*. Das Essen dort ist ausgezeichnet, wir hätten keinerlei Arbeit und ...«

»Ach was, wir brauchen keine große Hochzeit.« Jasmin, die ihren Eltern bei dieser Unterhaltung gegenübersaß, griff nach Michaels Hand. »Die Heirat ist doch nur noch Formsache.«

»Das sag mal nicht«, warf der junge Mann lächelnd ein. »Ich zumindest heirate dich, weil ich dich liebe.«

»Ich dich doch auch.« Jasmin sah ihn bei den Worten nicht an, sondern ihre Mutter. »Außerdem ... wir kriegen Nachwuchs!«

Christina sprang auf. »Wie herrlich!« Sie umarmte erst Jasmin, dann Michael. »Ich freu mich ja so! Wann ist es denn so weit?«

»Im Herbst. Ich bin gerade mal im dritten Monat.«

»Dann wird's auch Zeit, dass ihr heiratet.« Karsten stand auf, ging zum Barschrank und goss sich ein Glas Cognac ein.

»Meinst du nicht, es wäre der richtige Anlass für Champagner?«, fragte Christina.

»Von mir aus.« Er trank das Glas aus und ging dann hinunter in den Keller, um den Champagner heraufzuholen.

»Paps ist sauer«, stellte Jasmin fest.

»Ach was. Er ist überrascht, das ist alles.« Doch das

stimmte nicht, Christina wusste es genau. Karsten fürchtete, jetzt auch noch Jasmin zu verlieren.

Während der Hochzeitsfeierlichkeiten jedoch war er in bester Stimmung. Er führte seine Tochter zum Altar und sah strahlend zu, wie das Brautpaar die Kirche verließ und sich von den Reiterfreunden, die auf geschmückten Pferden Spalier standen, feiern ließ.

Jasmin trug ein schlichtes weißes Kleid, das nur an dem kleinen runden Ausschnitt und an den Ärmeln mit einer aparten Perlenstickerei verziert war. Perlohrringe und eine schmale Kette mit einer großen Perle, die an einem Steg mit drei Brillanten hing, waren der einzige Schmuck.

Der lange Schleier wurde von einem Kranz aus weißen Rosen gehalten, die die Friseurin geschickt in Jasmins dunkles Haar eingearbeitet hatte.

Dass die Braut schwanger war, sah man nicht, und Jasmin spürte auch noch nichts davon. Ihr war nicht übel, sie konnte alles essen, und nur aus Vernunftgründen verzichtete sie auch am Hochzeitstag auf Alkohol.

Gleich nachdem Jasmin mit Michael den Brautwalzer getanzt hatte, zog Karsten seine Tochter in die Arme.

»Bist du wirklich glücklich mit ihm?«

»Aber Paps! Wie kannst du fragen? Klar bin ich glücklich. Michael ist genau der Mann, den ich mir gewünscht habe. Wir haben viele gemeinsame Interessen, die gleichen Zukunftspläne ... es könnte nicht besser sein.«

»Ich hätte mir einen anderen für dich gewünscht.« Karsten, der im schwarzen Smoking eine sehr gute Figur machte, presste kurz die Lippen zusammen. »Einen, der nicht mit in die Firma einsteigt und von deiner Mutter vereinnahmt wird.«

»Aber genau das wollen wir beide doch: in die Firma einsteigen, da mitarbeiten und eventuell noch ein paar Neuerungen einführen.« Sie drehte sich kurz zu Michael um, der gerade mit Christina an ihnen vorbeitanzte. Dann blickte sie wieder ihren Vater an und fuhr fort: »Ich hab auch schon etliche Pläne. Mal sehen, ob sie sich verwirklichen lassen.« Sie beugte sich vor und gab ihm einen liebevollen Kuss. »Glaub mir, Paps, alles ist so, wie ich es mir gewünscht hab.«

»Na dann …« Karsten verzog den Mund. »Lass uns tanzen.«

Jasmin flog anschließend von einem Arm in den anderen. Nach einer Stunde bat sie um eine Pause; sie ging zu Eva-Maria, die lächelnd am Tisch saß, und umarmte sie zärtlich.

»So ein schönes Fest.« Eva-Maria zog ihre Enkelin mit der gesunden Hand an sich. »Bleib immer so glücklich wie heute, Kind.«

»Das wär schön. Danke, Oma.«

Erst spät in der Nacht endete das Fest. Das Brautpaar fuhr am nächsten Tag in kurze Flitterwochen nach Österreich, wo sie gute Freunde besuchten.

*

»Jetzt sind wir zwei allein.« Christina sah dem alten VW-Cabrio, das Michael gehörte, mit einem kleinen, etwas wehmütigen Lächeln nach.

»Du bist nicht allein. Du hast doch dein Büro, deine tolle Firma.« Karsten drehte sich um.

»Na und?« Sie ging ihm nach. »Was ist auf einmal falsch daran? Die Firma gehört zu unserem Leben.«

»Zu deinem. Nicht zu meinem. Nicht mehr.« Er ging in sein Arbeitszimmer und schloss die Tür.

Christina hörte, dass er von innen abschloss. Mit einem tiefen Seufzer drehte sie sich um. Es wurde von Tag zu Tag schwieriger, noch Zugang zu Karsten zu finden. Wenn er nicht in der Klinik war oder verreiste, um Vorträge zu halten, verschanzte er sich meistens in seinem Büro.

Es war ganz deutlich: Er mied ihre Nähe!

Christina fuhr sich über die Augen, dann ging sie für eine halbe Stunde hinüber zu ihrer Mutter, die wieder einmal im geliebten Wintergarten saß und zusammen mit ihrer Pflegerin in einem Fotoalbum blätterte. Als Christina kam, begannen sie mit dem Album noch einmal ganz von vorn.

»Das waren Vater und ich bei der Hochzeit.« Sie tippte auf ein vergilbtes Foto. »Vier Monate später hat er die eigene Bäckerei eröffnet. Meine Güte, was waren wir damals stolz!« Sie schauten sich noch etliche Fotos an. Den alten Laden, Christina als Kind, dann Fotos, wie Christina als Halbwüchsige hinter der Theke stand und Brötchen verkaufte.

»Schau nur, hier …« Eva-Maria wies auf zwei Bilder, die Christina und Jakob zeigten. Sie standen vor dem alten Schuppen und lachten in die Kamera, unbekümmert und die Tatsache vergessend, dass Krieg herrschte und Jakobs Leben bedroht war.

Plötzlich klappte Eva-Maria das Fotoalbum zu. »Ich bin müde.« Sie lehnte sich zurück und schloss die Augen.

»Dann ruh dich aus, Mutter.«

Eva-Maria antwortete nicht mehr. Es kam immer häufiger vor, dass sie von einem Moment zum anderen einschlief. Oder sich nicht mehr an einer Unterhaltung beteiligen wollte. Dann schaute sie in imaginäre Fernen.

Christina strich ihr noch einmal kurz über den Arm, nickte der Pflegerin zu und ging hinüber in die Firma. Arbeit lenkte sie am besten von ihren tristen Gedanken ab.

Als sie abends nach Hause kam, war das Haus leer. Auf dem blankpolierten Mahagonitisch im Esszimmer lag ein Zettel *Bin doch noch nach Konstanz gefahren. Höre mir zwei Vorträge von Professor Dobler an. Bis später – Karsten.*

Christina biss sich auf die Lippen, knüllte den Zettel zusammen und warf ihn fort. Nicht ein einziges nettes Wort hatte Karsten für sie gefunden. Und an einen Anruf drüben in der Firma hatte er erst recht nicht gedacht! Sie ahnte, dass er wieder einmal nicht allein fuhr, sondern mit seiner Assistentin.

Die Erkenntnis, dass es sie kaum noch berührte, war erschreckend.

*

Frühling in Wien!

Die Luft schien weicher als anderswo, die Menschen heiterer. Fliederduft lag in der Luft – zumindest bildete Christina sich das ein, als sie vor dem Hotel aus dem Taxi stieg.

Ihr Herz klopfte rascher als sonst, als sie die Lobby betrat. Noch bevor sie die Rezeption erreicht hatte, kam er mit ausgestreckten Armen auf sie zu.

»Jakob!«

Wie gut es tat, von ihm gehalten zu werden. Seinen unverwechselbaren Duft nach sandelholzhaltigem Aftershave zu riechen, vermengt mit einem leichten Hauch Eukalyptus von den Halsbonbons, die zu ihm gehörten wie das weiße Einstecktuch, das er stets in der Jackentasche trug.

»Meine Christina! Endlich!« Er hielt sie kurz von sich ab und sah ihr liebevoll in die Augen.

»Schau mich nicht so an. Ich bin müde und ausgebrannt.«

»Du bist wunderschön wie immer.« Er winkte einem Pagen. »Das Gepäck von Frau Berghausen auf Suite Nr. 2 – Danke.« Dann zog er Christinas Arm unter seinen. »Wir trinken erst einmal ein Glas an der Bar. Es ist herrlich, dass du gekommen bist.«

»Ich bin seit einer Ewigkeit nicht mehr in einer Premiere gewesen. Und wenn du den Alfred in *La Traviata* singst, muss ich doch dabei sein.«

»Das finde ich auch!« Unverwandt sah er sie an, während sie sich an einen Tisch in der Bar setzten. Er bemerkte die leichten Schatten unter ihren Augen und auch ein paar kleine Falten, die bei ihrer letzten Begegnung noch nicht da gewesen waren. »Champagner?«

Christina schüttelte den Kopf. »Lieber erst mal einen guten Kaffee.«

Sie hatten sich jahrelang nicht gesehen, und doch war die alte Vertrautheit sofort wieder spürbar. Jakob erzählte von seinen Konzerttourneen und den drei Aufnahmen mit Opernarien und Liedern, die sich blendend verkauften, und Christina hörte gespannt zu.

»Und bei dir? Was gibt es Neues?« Er griff nach ihren Händen und zog sie an die Lippen. »Ich würde dich so gern öfter sehen – oder zumindest anrufen, aber ich will keinen Ärger mit Karsten riskieren.« Er wies auf den Brillanten, den er ihr geschenkt hatte und den sie trug. »Hat er nichts dagegen?«

Sie schüttelte den Kopf.

»Das ist gut. Du weißt, dass ich dir die anderen Steine auch gern schenken würde. Aber das willst du ja nicht. Aus Rücksicht auf Karsten?«

»Ach, Karsten ...« Sie unterdrückte den tiefen Seufzer, der ihr über die Lippen kommen wollte. »Karsten sieht mich kaum noch an. Seit Franks Tod ist er so verändert. Er lebt sein eigenes Leben, stürzt sich in die Arbeit und beginnt, unsere Firma immer mehr zu hassen. Er macht indirekt das Unternehmen für den Tod unseres Sohnes verantwortlich, denn wir waren ja auf einer Geschäftsreise. Dabei ist das natürlich völliger Unsinn. Aber er lässt einfach nicht mit sich reden. Es ist schrecklich.«

»Und eure Tochter?«

Endlich lächelte Christina. »Die ist wie ich: Sie liebt die Arbeit, ist voller Ideen und hat schon einige sehr gute Marketingstrategien entwickelt. Leider hat sie nicht die geringste Lust dazu, das Handwerk zu erlernen. Aber das ist nicht schlimm, noch bin ich ja da, kann die Produkte kontrollieren und dem Sortiment eventuell noch ein paar neue Köstlichkeiten hinzufügen.«

»Ich weiß, der neue Brotaufstrich ist dir gelungen.«

»Er ist momentan ein wahrer Renner.« Sie lachte zum ersten Mal ganz entspannt, seit sie zusammensaßen. »Stolzer als auf den Brotaufstrich bin ich nur noch auf unsere kleine Patricia.«

Sie erzählte ein wenig von ihrer Enkeltochter, die vor einem knappen Jahr gesund zur Welt gekommen war. »Sie macht schon die ersten Schritte, und wenn sie einen anlächelt und dabei ein kleines Zähnchen sichtbar wird, kann man alle Sorgen vergessen.«

»Und wie schafft deine Tochter es, die Arbeit in der Firma und die Betreuung des Babys unter einen Hut zu bringen?«

»Das klappt sehr gut. Die meiste Zeit des Tages kümmert sich unser Hausmädchen um die Kleine. Annika geht sehr liebevoll mit ihr um. Mehr noch als Jasmin«, fügte sie leise hinzu. »Sie nimmt sich nicht allzu viel Zeit, um mit der Kleinen zu spielen.«

»Dafür hat sie ja eine Großmutter. Die bezauberndste Großmutter der Welt.« Er nahm ihre Hand. »Und ich muss diese Frau jetzt unbedingt küssen.«

»Aber nicht hier!«, wehrte Christina erschrocken ab.

»Nein?« Sein Lachen ließ ihn jung und unbekümmert erscheinen. »Dann komm mit hoch. Ich hab die Suite Nr. 1. Und wie es der Zufall will, liegt sie direkt neben deiner.«

»Ach, wirklich?« Christina lachte nun auch. Jakob verstand es wie kein anderer, alle Sorgen und Nöte für Stunden zu vertreiben.

Als sie dann in seinen Armen lag, seine zärtlichen Küsse spürte und seine Leidenschaft auf sie übergriff, fühlte auch sie sich wieder jung. Für ein paar Stunden gab es nur noch sie beide, zwei Menschen, die vom Schicksal füreinander bestimmt waren – und die doch nicht zusammenkommen durften.

Christina war gern damit einverstanden, dass Jakob das Abendessen auf den Zimmern servieren ließ. Sie wollten ungestört sein, und wenn sie in einem Restaurant saßen, kam es doch immer wieder vor, dass eine Verehrerin Jakob ansprach.

Am nächsten Tag schlenderten sie durch die Kaiserstadt, besuchten Schönbrunn und aßen im Café Sacher ein Stück der weltberühmten Torte.

Abends war Premiere, und schon drei Stunden vorher musste Jakob im Theater sein. Er wollte sich in Ruhe einsingen und umziehen. Die Rolle des Alfred war eine seiner Paraderollen, und auch an diesem Abend glänzte er erneut darin. Wie so oft wollte der Applaus kein Ende nehmen, nachdem der Vorhang gefallen war.

Und dann sang er es wieder – ihr Lied!

Ein Stern fällt vom Himmel, ein funkelnder Stern …

Christinas Augen schwammen in Tränen, so wie immer, wenn sie diese Melodie hörte, die so eng mit ihrer Zuneigung zu Jakob verbunden war.

Er stand auf der Bühne, doch sein Blick ging einzig und allein zu ihr hoch. Mancher Opernbesucher sah zu der Loge hoch, in der eine einzelne Dame saß, die jedoch verschwand, noch bevor der Applaus verklungen war.

Nach der Premiere wurde gefeiert, und Jakob konnte sich nicht ausschließen. Es war selbstverständlich, dass Christina mitkam, und sie verbrachten im Kreis der übrigen Sänger und Opernmitarbeiter noch ein paar amüsante Stunden.

Später, als sie in seinen Armen lag, sagte Jakob: »So müsste es immer sein: Nach jedem Auftritt feiere ich mit dir, wir verbringen unsere Tage – und die Nächte zusammen.«

Christina hauchte ihm einen Kuss auf die Wange. »Unerfüllbare Träume«, murmelte sie.

»Warum unerfüllbar? Du musst nur wollen.« Er richtete sich auf, sah sie eindringlich an. »Christina, wir sind nicht mehr so jung, dass wir mit unserer Zeit verschwenderisch umgehen könnten. Allzu lange werde ich die großen Rollen nicht mehr singen können, dann will ich sesshaft werden, ein Zuhause haben. Ein Zuhause bei dir. Oder besser, mit dir. Wo immer es sein würde, ich wäre da daheim.«

»Aber natürlich wirst du noch singen können.« Sie strich ihm liebevoll über die Lippen. »Deine Stimme klingt heute noch genauso toll wie vor zwanzig Jahren.«

»Mag sein. Aber die langen Opernabende werden von Jahr zu Jahr anstrengender. Ich möchte in spätestens fünf Jahren nur noch Liederabende geben. Kleine Konzerte, du weißt, wie sehr ich Schubert liebe. Oder ich könnte auch mal ein paar Operetten singen.« Er summte ihr ins Ohr: »Dein ist mein ganzes Herz, wo du nicht bist, will ich nicht sein …«

»Schön.« Christina lächelte. Es war ein trauriges Lächeln. »Du weißt, dass du der Mensch bist, der mir ganz besonders nahesteht. Aber ich kann meine Familie nicht im Stich lassen. Auch Karsten braucht mich.«

Noch während sie den letzten Satz aussprach, dachte sie: Nein, das stimmt nicht. Er braucht mich schon lange nicht mehr. Er hat seine Klinik, die Kollegen … und diese junge Kollegin, die ihm besonders nahesteht.

Voriges Jahr, in der Adventszeit, hatte sie Karsten von der Klinik abholen wollen, um gemeinsam mit ihm in Baden-Baden Weihnachtseinkäufe zu machen. Es war ein spontaner Entschluss gewesen, sie wollte ihn überraschen.

Die schmerzliche Überraschung allerdings erfuhr sie selbst, denn sie sah Karsten Arm in Arm mit einer zierlichen jungen schwarzhaarigen Frau die Klinik verlassen. Sie redeten lebhaft miteinander, als sie quer über den Parkplatz zu seinem Wagen gingen. Plötzlich wirkte Karsten wieder sehr dynamisch, und bevor er den Wagen öffnete, küsste er seine junge Begleiterin ausgiebig. Dann fuhren sie davon.

Christina hatte eine Weile wie erstarrt dagesessen, dann gab sie sich einen Ruck. Sie hatte es doch geahnt! Kein Grund also, verzweifelt oder geschockt zu sein.

Noch zweimal sah sie die beiden zusammen, doch sie war zu stolz, um Karsten zur Rede zu stellen.

Das Wissen, dass er sie betrog, hatte am Anfang weh getan, so, wie es auch weh tat, dass er sie seit Franks Tod nicht mehr anrührte, ihr nicht die geringste Zärtlichkeit mehr schenkte. Doch diese Tatsache schmerzte schon lange nicht mehr. Sie selbst hatte sich lange Wochen hindurch mit Gewissensbissen geplagt, nachdem sie das erste Mal mit Jakob geschlafen hatte. Und es war ja auch gar nicht die Leidenschaft, die sie zu ihm trieb, sondern seine Zärtlichkeit, die Wärme, die er ihr schenkte. Mit Jakob verstand sie sich auch ohne Worte. Sie konnten aber auch stundenlang miteinander reden, die Themen gingen ihnen nicht aus.

So verbrachte sie noch drei Tage in Wien, sie besuchten eine verwunschene Weinstube in Grinzing, schlenderten durch den Prater und machen eine Kutschfahrt durch die Stadt.

Hin und wieder wurde Jakob erkannt, höflich gegrüßt und manchmal auch um ein Autogramm gebeten. Dabei streifte Christina manch neugieriger Blick.

»Hoffentlich macht niemand ein Foto von uns«, murmelte sie und wandte den Kopf ab, als eine Gruppe von japanischen Touristen die Kutsche fotografierte.

»Von mir aus kann jeder sehen, dass du die einzige Frau

bist, die ich an meiner Seite haben möchte.« Jakob drückte ihre Hand.

»Ach, Jakob, mach mir den Abschied nicht wieder so schwer.«

»Es muss ja kein Abschied sein.«

Sie schüttelte den Kopf. »Lass gut sein. Du und ich, wir sind in Gedanken immer miteinander verbunden. Alles andere …« Sie strich ihm kurz über die Wange. »Sind nicht die unerfüllbaren Wünsche und Träume die schönsten?«

Jakob antwortete nicht, doch sein Kuss beim Abschied wollte kein Ende nehmen.

*

»Wenn die neue Produktionsanlage nicht bald reibungslos läuft, weiß ich nicht, wie wir die vereinbarten Liefertermine einhalten sollen.« Jasmin setzte sich für einen Moment auf die Schreibtischkante ihres Mannes. »Dabei wollten wir die gleiche Anlage in ein paar Monaten im Zweigwerk in Chemnitz aufbauen lassen.«

»Nun mal den Teufel nicht gleich an die Wand. Die Mechaniker sind doch unterwegs, oder?«

»Zwei Techniker. Und einer der Konstrukteure. Zumindest hat man mir das eben noch telefonisch versichert.«

»Dann wird doch bald alles in Ordnung kommen.« Michael strich ihr übers Knie. »Entspann dich ein bisschen, du bist viel zu blass in den letzten Tagen. Geht's dir nicht gut?«

»Doch, doch, alles in Ordnung«, versicherte sie ein wenig zu rasch, um glaubhaft zu wirken.

»Bestimmt?«

»Ganz bestimmt. Mach dir keine Sorgen, ich bin topfit.« Sie ließ die langen Beine baumeln und zwang sich zu einem unbekümmerten Lächeln.

»Wo ist eigentlich deine Mutter? Ich hab sie seit drei Tagen nicht mehr in ihrem Büro gesehen.«

»Die tüftelt irgendwas Neues aus. Sie hockt ununterbrochen in der alten Backstube.« Jasmin lachte. »Das war schon immer ihr liebster Rückzugsplatz.«

»Man kann nicht behaupten, dass sie dort keine glänzenden Ideen gehabt hätte.« Michael stand auf und zog Jasmin an sich. »Weißt du was, wir gönnen uns auch eine Auszeit. Du musst mal raus, du arbeitest zu viel. Wir fahren einfach für zwei, drei Tage an den Bodensee. Oder in die Berge. Oder einfach nur rüber in den Schwarzwald. Patricia bleibt sicher gern bei der Oma, und wir haben Zeit für uns. Wir gehen gut essen, trinken ein oder zwei Gläser Wein …«

»Nein, nein, das geht nicht. Ich hab den Schreibtisch voll.«

Michael lachte. »Ich auch. Mit der schönsten, erotischsten Frau der Welt ist er belegt.«

»Lass bitte.« Sie schob ihn von sich. »Mir ist nicht nach Sex.«

»Ich hatte auch nicht vor, dich hier auf dem Schreibtisch zu vernaschen.« Michael war gekränkt. »Aber geh ruhig. Ich kann mich auch mit Arbeit beschäftigen.«

»So hab ich es doch nicht gemeint!«

»Ich weiß. Schon gut.« Er griff nach der Unterschriftenmappe, die ihm Sandrine am Morgen hereingereicht hatte. »Ich hab die Verträge, die deine Mutter mit dem polnischen Unternehmen abgeschlossen hat, noch einmal geprüft, wie sie es wollte. Alles in Ordnung. Kannst du die Mappe bitte mit rübernehmen?«

»Ja, gib her.« Jasmin beugte sich vor, in diesem Augenblick durchzuckte sie ein so heftiger Schmerz, dass sie aufschrie.

»Um Himmels willen, was ist mit dir?« Die Verstimmung, die Michael eben noch empfunden hatte, war weggewischt, voller Sorge griff er nach Jasmins Arm. »Sag doch, was los ist!«

»Ich weiß nicht … aber die Schmerzen …« Sie taumelte.

»Leg dich da in den Sessel. Ich rufe einen Arzt.« Er führte sie zur Besucherecke und half ihr, sich niederzulassen. Jasmin stöhnte immer wieder auf, sie hatte das Gefühl, jeden Moment die Besinnung zu verlieren.

Mit zitternden Fingern wählte Michael den Notruf, und schon wenige Augenblicke später fuhr ein Krankenwagen vor, gefolgt von einem Notarztwagen.

Der junge Mediziner, blond und blass, mit schmaler Goldrandbrille und Sommersprossen auf der etwas zu breiten Nase, untersuchte Jasmin nur kurz und fragte: »Sind Sie schwanger, Frau Wallmer?«

Jasmin zögerte. »Ich … ich glaube ja. Aber ich war noch nicht beim Gynäkologen. Allerdings spricht alles dafür.«

»Sie müssen in die Klinik.«

»Was ist denn los? Stimmt was nicht?«

Der Arzt wiegte den Kopf. »Genaues muss eine umfassende Untersuchung ergeben. Aber ich fürchte, dass Sie eine Bauchhöhlenschwangerschaft haben.«

Jasmin erwiderte nichts, eine neue Schmerzwelle erfasste sie, und sie war dankbar, dass der Notarzt ihr eine Spritze gab, die die schlimmsten Beschwerden linderte.

Schon eine Stunde später stand fest, dass die Diagnose des Notarztes richtig gewesen war: Jasmin hatte eine Bauchhöhlenschwangerschaft und wurde sofort operiert.

»Wie traurig.« Christina drückte die Hände ihres Schwiegersohns. »Es wäre schön gewesen, wenn Patty noch ein Geschwisterchen bekommen hätte.«

»Sie hat mir nichts gesagt.« Michael presste die Lippen zusammen. »Sie hat mir nicht mal gesagt, dass sie schwanger ist!«

»Sie hat es noch nicht genau gewusst. Ich denke mir, dass sie dir erst etwas gesagt hätte, wenn die Schwangerschaft von einem Arzt bestätigt worden wäre.«

»Als wäre ich ein Fremder.« Michael ließ sich nicht so leicht beruhigen. Er litt unter dem Verlust des Kindes mehr als Jasmin, die sich im Geheimen eingestand, dass es ihr ganz recht war, nicht schon wieder ein Kind austragen zu müssen. So viel hatte sie vor, so viel wollte sie in der Firma bewirken, ein zweites Kind wäre da hinderlich gewesen.

»Wir können noch ein Baby bekommen. Nächstes oder übernächstes Jahr«, tröstete sie Michael, obwohl doch eigentlich sie es war, die von ihm Trost hätte erfahren müssen.

»Ja, sicher.« Er nickte, doch es dauerte etliche Wochen, bis er diesen Schicksalsschlag überwunden hatte.

Jasmin fasste sich rascher. Sie flog nach Prag, verhandelte mit Neukunden, entwickelte ein hervorragendes Marketingkonzept für das Ananaskonfekt, das Christina entwickelt hatte und das beim Verbraucher hervorragend ankam.

Klein Patricia brachte ihre Großmutter auf die Idee, weiche, zuckerarme Kekse zu kreieren, die lecker waren, aber den Zahnschmelz kaum angriffen. Auch damit hatte die Firma Graber großen Erfolg.

Allmählich kehrten Ruhe und Glück wieder in die junge Familie zurück, und als Patricia zum ersten Mal auf einem Pony saß, standen Christina und Michael am Rand der Koppel. Jasmin führte das gescheckte Islandpferdchen, und das kleine Mädchen hielt sich strahlend an der Mähne des Ponys fest.

»Ich kann reiten!« Sie hob eine Hand und winkte den Erwachsenen zu. »Seht ihr, ich kann das schon, ich bin ja auch schon groß!«

»Du machst das ganz toll«, lobte Jasmin.

»Schneller, Mami. Lauf schneller!«, forderte Patricia.

Jasmin zögerte einen Moment, dann lief sie los, und das Pony trabte brav neben ihr her. Die kleine Reiterin lachte laut vor Vergnügen und wollte immer noch mehr, immer noch schneller reiten.

»Schade, dass Karsten das nicht sehen kann.« Christina machte Fotos, während Michael die Filmkamera laufen ließ. Seit Patricia auf der Welt war, filmte er alle entscheidenden Schritte und Fortschritte seiner Tochter. Es war sein einziges Hobby, und sein liebstes Motiv war Patricia.

»Ja, er hat mal wieder was Schönes versäumt.« Kurz legte Michael seiner Schwiegermutter die Hand auf den Arm. »Ich werde ihm den Film zeigen, wenn er heimkommt.«

*

Der Bodensee lag tintenblau unter ihnen. Wie mit einem Pinsel aufgetupft wirkten die unzähligen weißen Segel, die sich im leichten Wind blähten. Die Obstbäume rechts und links der schmalen Straßen trugen schon reiche Früchte, und die Touristen strömten in die kleinen Ferienorte, die sich rund um den See gruppierten.

»Ein Glück, dass wir in unserem Hotel noch ein Zimmer bekommen haben.« Die junge Frau auf dem Beifahrersitz schmiegte den Kopf an Karsten Berghausens Schulter.

»Wir sind Stammgäste, da macht der Hotelier schon einiges möglich.«

Es war nicht das erste Mal, dass Chefarzt Dr. Karsten Berghausen ein Wochenende mit seiner schönen Assistentin verbrachte. Seit Julia Pallert an der Klinik ihre Assistenzeit begonnen hatte, war er von ihr fasziniert. Ihr erging es ähnlich. Der immer noch gutaussehende Mann, der als Gastdozent weit über Deutschlands Grenzen hinweg einen Namen hatte, gefiel ihr ausnehmend gut. Sein Charme war hinreißend, außerdem besaß er Geld und Einfluss. Beides machte ihn in Julias Augen noch interessanter.

»Ich freu mich auf das lange Wochenende mit dir.«

»Und ich mich erst, Engelchen.« Er warf seiner Begleiterin einen verliebten Blick zu.

»Sagt deine Frau eigentlich nichts, wenn du so oft unterwegs bist? Ich an ihrer Stelle würde die Erklärungen, dass du wieder mal auf einem Kongress bist, nicht akzeptieren.«

»Meine Frau hat ihre Firma, die Arbeit dort genügt ihr. Was ich mache, ist seit vielen Jahren nebensächlich.« Karsten setzte den Blinker, die Ausfahrt nach Nonnenhorn, dem kleinen Weinort direkt am See, kam in Sicht.

Er war noch keine zwanzig Meter weitergefahren, als ihnen mit überhöhtem Tempo ein Motorradfahrer entgegenkam.

»Der ist verrückt, auf unserer Spur ...« Weiter kam

Karsten nicht. Mit gewaltiger Wucht prallte die schwere Maschine gegen seinen Wagen.

Blech knirschte, Glas splitterte, wild heulte der Motor des schweren Motorrades auf.

Jemand schrie, es war Julia Pallert, doch das registrierte Karsten schon nicht mehr.

Der Tod warf ein schwarzes Tuch über ihn.

*

Das Pony ging willig ein viertes und fünftes Mal über die frisch abgemähte Wiese. Die leichte Last auf seinem Rücken spürte es kaum, und auch, dass Patricia hin und wieder an der Mähne zog, irritierte das Tier nicht.

»Unsere kleine Prinzessin ist genauso talentiert wie du, Jasmin. Sicher wird sie mal eine hervorragende Reiterin.« Michael lachte mit väterlichem Stolz und winkte Patricia fröhlich zu, die in diesem Moment weit die Arme ausbreitete. Dennoch saß sie fest und sicher in dem kleinen Sattel.

»Perfekt«, murmelte Christina. »Noch ist es ein bisschen zu früh für richtige Reitstunden, aber ich denke, sie wird tatsächlich die gleiche Pferdenärrin wie Jasmin.«

»Es gibt Schlimmeres.«

»Da hast du recht.« Christina fing das Bild ihrer übermütig krähenden Enkelin mit der Kamera ein.

»So, genug für heute«, bestimmte Jasmin, und obwohl ihr Töchterchen protestierte, hob sie die Kleine aus dem Sattel und schob sie in Michaels Richtung. »Pass mal eben auf sie auf, ich bringe nur schnell das Pony zurück.«

Michael nahm Patricia an die Hand. »Toll hast du das gemacht, Prinzessin«, lobte er.

»Mehr!« Trotzig schob die Kleine ihre Unterlippe vor.

»Nein, für heute ist's genug. Das Pony ist sicher auch müde und muss sich ausruhen.« Michael hatte den Satz kaum zu Ende gesprochen, als der melodische Klingelton seines Handys erklang.

»In deiner Hosentasche bimmelt's«, kommentierte Christina lakonisch und nahm ihm die zappelige Patricia ab.

Michael zog das Mobiltelefon, das er erst seit wenigen Wochen besaß, aus der Tasche und schaute aufs Display. »Wallmer«, meldete er sich knapp – und ging ein paar Schritte zur Seite, um den Anrufer besser verstehen zu können.

»Dein Papi und sein neumodisches Spielzeug.« Christina lenkte ihre Enkelin ab, indem sie ihr einen Haarkranz aus Gänseblümchen und Butterblumen flocht. »Es ist ja sicher ganz praktisch manchmal, aber heute stört es, nicht wahr, meine Süße?«

Das kleine Mädchen antwortete mit einem vergnügten Jauchzen, weil Christina ihm den zweiten Kranz flocht.

»Nein! Ja, ja, wir kommen sofort!« Michaels Stimme klang heiser, und er war kreideweiß, als er zu seiner Schwiegermutter zurückkam. Er nahm ihren Arm und drückte ihn fest. »Es ist etwas passiert«, sagte er leise. »Wir müssen zum Bodensee fahren.«

»Warum?«

»Karsten … er hatte einen Unfall.«

Christina presste die Lippen zusammen, um einen Schrei zu unterdrücken. »Und? Wie geht es ihm?«

»Er schwebt in Lebensgefahr. Die Schwester aus der Klinik, die gerade angerufen hat, meinte, wir sollten uns beeilen.«

»Ja dann …« Äußerlich ruhig und gefasst wirkte Christina, als sie zum Haus zurückging, sich umzog und ihre Handtasche packte.

Michael hob Patricia hoch und trug sie auf den Schultern ins Haus. Dann rief er im Reitstall an und ließ Jasmin ausrichten, dass sie sich beeilen musste. In der Zwischenzeit hatte Christina ihre Haushälterin gebeten, sich um Patricia zu kümmern.

Die Zeit, bis Jasmin kam, verging quälend langsam. Die junge Frau nahm sich nicht mehr die Zeit, sich noch umzuziehen. So wie sie war, in Jeans und einer leichten Polobluse, stieg sie in Michaels Wagen.

Christina sprach während der Fahrt zum Bodensee kaum. Sie saß im Fond des Wagens, hielt die Hände im Schoß verkrampft und sah starr geradeaus.

Auch als sie zweieinhalb Stunden später auf der Intensivstation der Klinik in Konstanz neben Karstens Bett saß, war an ihrer Miene keine Regung abzulesen. Sie hielt still seine Hand und schaute in sein geschundenes Gesicht, das viele Schrammen und Blutergüsse aufwies. Schlimmer als diese äußerlichen Wunden war jedoch die Hirnblutung, die er erlitten hatte.

Dass sie hier in diesem Krankenhaus sein musste, kam ihr fast vor wie eine entsetzlich makabre Routine. Zum dritten Mal in ihrem Leben traf sie nun eine unvorstellbar ähnliche Schreckensnachricht aus einer Klinik. Zuerst hatte ihr Bruder Wolfgang mit Leben und Tod gerungen. Bei ihrem Sohn war sie damals in Zürich auch zu spät gekommen, um ihn noch lebend zu sehen. Und jetzt lag auch ihr Mann, umgeben von lebenserhaltenden Apparaten umgeben, vor ihr, und es bestand wenig Hoffnung. Was hatte sie nur verbrochen, dass das Schicksal sie derart hart auf die Probe stellte?

»Möchten Sie einen Kaffee, Frau Berghausen?« Eine Pflegerin kam herein und kontrollierte die Infusion.

»Gern. Wann kann ich einen Arzt sprechen?«

»In zehn Minuten kommt der Chef von der Visite zurück, dann hat er sicher Zeit für Sie.«

Christina hatte den Kaffee noch nicht ausgetrunken, als die Geräte, an die Karsten angeschlossen war, alarmierend zu piepsen begannen.

Hektik kam auf. Ein Arzt stürmte herein, gefolgt von zwei Schwestern. Christina musste den Raum verlassen, und durch die leicht getönte Scheibe sah sie zu, wie sich der Arzt um Karsten bemühte.

Und dann war da dieser lange Ton. Unheilvoll. Durchdringend. Sie sah auf den Monitor, der die Körperfunktionen aufzeichnete, bemerkte die gerade Linie …

Fest presste sie die Lippen zusammen und wandte sich ab.

»Es tut mir leid. Wir haben alles versucht, aber seine Verletzungen waren zu schwer.« Der Arzt drückte ihre Hand. »Vielleicht ist es Ihnen ein Trost, wenn ich Ihnen sage, dass ihm vieles erspart geblieben ist. Die Hirnblutung war ziemlich massiv, Teile des Gehirns waren mit Sicherheit schon unwiederbringlich zerstört.«

»Danke, Herr Doktor.« Wie in einem schlimmen Traum erwiderte Christina den Händedruck des Arztes. Noch einmal trat sie an Karstens Bett, streichelte kurz über seine noch warme Wange, dann ging sie mit gesenktem Kopf hinaus.

Draußen auf dem Flur standen Jasmin und Michael an einem der Fenster und sahen hinaus in den Klinikpark.

Michael hielt Jasmin umarmt. Beide waren zunächst für ein paar Minuten bei Karsten gewesen, doch auf der Intensivstation war nicht allzu viel Platz, und so warteten sie draußen.

Als Michael seine Schwiegermutter bemerkte, drehte er sich um – und kam mit schnellen Schritten auf sie zu. »Und?«

Sie zuckte leicht mit den Schultern. »Er hat es nicht geschafft.«

»Oh nein!« Jasmin weinte auf.

»Es ist besser so.« Christina strich ihr kurz über die Wange. »Er wäre nicht mehr derselbe wie vor dem Unfall gewesen. Und ich bin sicher, dass er es nicht gewollt hätte, an Maschinen angeschlossen am Leben erhalten zu werden.«

»Nein, das sicher nicht.« Jasmin schüttelte verzweifelt den Kopf. »Kann ich noch mal zu ihm?«

»Sicher.«

»Was hatte er denn genau?«, fragte Michael und sah Jasmin nach, die mit zuckenden Schultern durch die schmale Tür ging, die zur Intensivstation führte. Zwei Pflegerinnen wollten den Verstorbenen gerade herausrollen, doch sie hielten inne, damit Jasmin in Ruhe von ihrem Vater Abschied nehmen konnte.

»Die Kopfverletzung war zu schwer, das Blutgerinnsel zu groß.« Christina wandte sich einer Schwester zu, die aus einer schmalen Tür trat und sie leise ansprach.

»Frau Berghausen, wir haben hier die Sachen Ihres Mannes. Möchten Sie sie jetzt schon mitnehmen oder später abholen?«

»Wir nehmen sie mit.« Einen kurzen Moment lang zögerte Christina, dann fragte sie: »Was ist mit der Begleiterin meines Mannes? Wie geht es ihr?«

Der jungen Schwester stieg heiße Röte in die Wangen. »Ich … ich weiß nicht …«, stammelte sie.

»Keine Sorge, ich weiß Bescheid.« Christina nahm ihr den Beutel aus der Hand, in dem sich Karstens Kleidung und seine Schuhe befanden. »Also, was ist mit der jungen Dame?«

»Das darf ich Ihnen nicht sagen.«

»Doch, doch, Sie dürfen. Ersparen Sie Ihrem Chef einfach ein wenig Zeit, und sagen Sie mir, was mit ihr ist.«

Die Schwester zögerte noch einmal kurz, dann sagte sie leise: »Sie liegt jetzt im Wachraum. Bis vor einer Stunde ist sie operiert worden. Sie hatte zum Glück nur eine etwas komplizierte Oberarmfraktur und ein paar gebrochene Rippen. Zumindest hat mir eine Kollegin aus dem OP-Bereich das gesagt.«

»Danke.« Christina nickte, dann wandte sie sich ab und verließ die Station.

»Was war das denn?« Michael nahm ihr die Tüte ab. »Wieso weißt du, dass er nicht allein unterwegs war?«

Ein trauriges Lächeln glitt über Christinas Gesicht. »Weil er nie allein war, wenn er zu einer Tagung an den Bodensee fuhr.«

»Aber …«

»Es findet im Moment auch keine Tagung hier statt.« Sie blieb kurz stehen und sah ihn an. »Es ist schon gut, mach dir keine Gedanken. Es … es tut kaum noch weh. Und jetzt ist es sowieso bedeutungslos.«

Jasmin kam ihnen nach. »Er wirkt so friedlich jetzt«, murmelte sie.

Christina nickte nur.

Bis sie die Klinik verlassen hatten, schwiegen sie.

»Ich hätte jetzt gern noch einen Kaffee«, sagte Christina und wies zu einem kleinen Café am Ende des Klinikparks. »Kommt, wir setzen uns da für ein paar Minuten hin.«

Michael nickte zustimmend. Er war noch total geschockt, Karstens plötzlicher Tod erschien ihm vollkommen unwirklich. »Und was nun?«, fragte er.

»Ich möchte dich bitten, dich um die Überführung zu kümmern. Ruf den Bestatter an, der wird wissen, was zu tun ist.«

Michael nickte nur. »Und das andere?«, fragte er nach einer Weile zögernd.

»Du meinst seine Affäre?« Christina zuckte mit den Schultern. »Vorbei. Es ist nicht mehr wichtig.«

»Hast du es wirklich gewusst?« Ungläubig sah Jasmin ihre Mutter an. »Sicher, ich hab mir auch schon manchmal gedacht, dass er sich vielleicht hin und wieder einen kleinen Flirt leistet, aber dass er mit einer Kollegin unterwegs war … das war ziemlich geschmacklos.« Sie biss sich auf die Lippen.

»Sie hat ihm vielleicht das gegeben, was ich ihm nicht geben konnte.« Christina nickte der Bedienung zu, die gerade den Kaffee servierte. »Aber ich hab nicht genau gewusst, wer es tatsächlich war, ich habe nur geahnt, dass es da wieder einmal eine andere Frau gibt.« Sie sah ins Grün der Klinikbäume. »Ich möchte nicht drüber reden.« Sie trank einen Schluck Kaffee und sagte dann an Michael gewandt. »Am besten rufst du jetzt zuerst mal daheim an und sagst Annika Bescheid.«

Michael nickte. Er war froh, dass er aufstehen und ein

paar Schritte gehen konnte. Karstens Tod brachte ihn ebenso aus der Fassung wie die Tatsache, dass sein Schwiegervater ganz offensichtlich eine Geliebte gehabt hatte.

Als er sich ein paar Schritte entfernt hatte, um ungestört telefonieren zu können, sah er zu Christina hinüber, die still und mit starrer Miene an dem kleinen Bistrotisch saß. Mit keiner Regung, keiner Geste verriet sie, was in ihr vorging.

*

Die Tage bis zu Karstens Beisetzung vergingen für Christina quälend zäh. Michael hatte sich als verantwortungsbewusster Schwiegersohn erwiesen und ihr viele der belastenden Erledigungen und Entscheidungen abgenommen.

Christina hatte den Schreibtisch ihres Mannes geordnet, alle Papiere, die notwendig waren in diesen Stunden, lagen nun in einer hellen Ledermappe gesammelt.

Als alles erledigt war, saß sie eine lange Zeit nachdenklich auf dem breiten Ehebett, in dem sie so oft in letzter Zeit allein geschlafen hatte. Auf ihrem Schoß hielt sie ein leichtes Leinenjackett, neben ihr lag der helle Sommeranzug, den Karsten auf seiner letzten Fahrt getragen hatte. Ein paar Blutflecken waren darauf, ein großer Riss zog sich vom Revers zum Ärmel.

Langsam zog sie ein Blatt Papier aus der Innentasche des Jacketts. Es war eine Hotelreservierung, ausgestellt auf das Ehepaar Dr. Karsten Berghausen.

»Ach, Karsten«, murmelte Christina und legte das Blatt zu den vier anderen Rechnungen, die sie in einem Fach seines Schreibtischs gefunden hatte. Allesamt waren es Hotelrechnungen, ausgestellt auf die Eheleute Berghausen. Sie hatte es eigentlich gewusst, und doch tat die Erkenntnis jetzt, da sie den Beweis schwarz auf weiß in den Händen hielt, unerwartet weh.

In der Jackentasche des Anzugs befand sich außer seinem Schlüsselbund und einem Taschentuch mit seinem Monogramm ein kleines Päckchen mit der Aufschrift eines Juweliers.

Langsam, zögernd nur öffnete sie den schmalen Deckel. Ein dünner, rundum mit Brillanten besetzter Ring kam zum Vorschein.

Langsam, zögernd, so, als hätte sie Angst, sich daran zu verbrennen, nahm Christina das Schmuckstück in die Hand und drehte es gedankenverloren hin und her.

Und endlich, endlich konnte sie weinen!

Es dauerte eine Weile, bis sie sich gefasst hatte. Sie legte den Ring zurück und klappte das Etui wieder zu. Sie würde das Schmuckstück verkaufen und den Erlös einer gemeinnützigen Einrichtung spenden.

Mit einem Seufzer stand sie auf und stopfte die Kleidungsstücke in einen großen Sack. Irgendwann in der nächsten Zeit würde sie alles fortwerfen und die guten Sachen verschenken.

Ihr Blick ging zu dem Hochzeitsbild, das in einem Silberrahmen auf ihrem Nachttisch stand.

»Es war nicht alles schlecht, Karsten«, sagte sie leise und strich zärtlich über das Foto. »Wir hatten auch sehr schöne, sehr glückliche Tage.«

Sie nahm sich vor, diese Tage und Jahre im Gedächtnis zu behalten.

Leise klopfte es an die Tür, und Jasmin steckte den Kopf

herein. »Ach, hier bist du.« Ein forschender Blick ging zu dem Kleidersack. »Soll ich dir helfen?«

»Danke, Schatz, ich komme schon klar. – Gibt es was Besonderes?«

»Ja, die Herren aus Italien sind da. Magst du rüberkommen?«

»Gib mir zehn Minuten, dann komme ich.«

Sie stand energisch auf, zog sich rasch um und ging hinüber zur Firma. Als sie die drei Italiener mit freundlichem Lächeln begrüßte, ahnte niemand, welchen Schicksalsschlag sie gerade erlitten hatte.

*

Der Winter kam früh in diesem Jahr. Schon im November lag auf den Schwarzwaldhöhen Schnee, aus den Alpen wurden extreme Schneefälle gemeldet, und es war ungewöhnlich kalt. Die Tannen in dem kleinen Waldstück, das dicht an die Auslieferungshalle angrenzte, die vor fünf Jahren erweitert worden war, trugen weiße Hauben, und die Lastwagen, die vom Hof fuhren, hatten Winterreifen aufgezogen und zum Teil schon die Schneeketten bereitliegen.

Auch der kleine Friedhof von Himmelsheim lag unter einer dünnen Schneedecke.

Es knirschte leise unter Christinas Füßen, als sie, die kleine Patricia an der Hand, zum Familiengrab ging und dort eine Kerze anzündete. Noch lagen ein paar Kränze auf dem Grab, doch die Blumen waren in den letzten Tagen verwelkt und erfroren. Die Schleifen der Kränze waren starr vor Kälte, und nur die Kupferlampe, in die Christina jetzt eine neue Kerze stellte, war frei von Eis und Schnee.

»Omimi ist hier, ja?« Patricia wies auf den mit Kränzen bedeckten Hügel.

»Ja, hier liegt die Omimi.« Christina nickte. Vor drei Wochen war Eva-Maria friedlich eingeschlafen. Nachdem sie am Nachmittag mit Christina eine Tasse Kaffee getrunken und dazu drei Kekse gegessen hatte, war sie eingeschlafen – und nicht wieder wach geworden.

»Hier, für dich, Omimi.« Patricia legte einen Keks aufs Grab ihrer Urgroßmutter. »Hab ich gemacht.« Sie wandte sich nach links. »Und da ist der Opa, gell?«

Christina nickte.

»Er kriegt auch einen Keks.« Das kleine Mädchen zog einen zweiten krümeligen Keks aus seiner Umhängetasche und legte ihn sorgfältig auf den Stein, der noch nicht ganz von Schnee bedeckt war.

»Das wird die Omimi und den Opa freuen.« Christina nahm die Hand des kleinen Mädchens. »Komm, wir gehen zurück, es ist viel zu kalt.«

»Wir gehen backen!« Erwartungsvoll sah Patricia zu ihrer Großmutter auf. Sie hielt sich gern in der alten Backstube auf, und wenn Christina ihr aus Papier ein Schiffchen für die Haare faltete und ihr eine kleine Schürze umhängte, war Patricia glücklich.

»Nein, nicht schon wieder.«

»Doch! Bitte!« Die Dreijährige hüpfte von einem Bein aufs andere. Sie trug einen warmen hellblauen Schneeanzug, unter dessen Kapuze das blonde Lockenhaar hervorlugte.

Es fiel Christina schwer, dem Kind die Bitte abzuschlagen, doch am späten Vormittag wollten sich zwei Herren vorstellen, die sich um die Position eines Geschäftsführers beworben hatten. Und Jasmin und Michael wollten ihre Meinung zu den Bewerbern hören, die beide ausgezeichnete Zeugnisse und Referenzen vorzuweisen hatten.

Das Hauptwerk in Himmelsheim stand jetzt unter der Leitung von Jasmin und Michael, Christina hatte sich im vergangenen Jahr immer stärker aus dem operativen Geschäft zurückgezogen. Sie beschäftigte sich mit ihrer Enkelin, war oft in der alten Backstube und versuchte sich an neuen Kreationen.

Die Arbeit wurde immer umfangreicher, denn die Produktion weitete sich aus, doch auch der Wettbewerb wurde härter. Es gab sowohl Konkurrenz für die hochwertigen Pralinés, aber auch für die preiswerteren Produkte, die die Firma Graber in erster Linie für eine große Supermarkt-Kette und für den Export produzierte. Für das Werk in Chemnitz musste unbedingt ein Geschäftsführer eingestellt werden, denn von Himmelsheim aus konnten die Geschäfte dort nicht mehr abgewickelt werden.

»Wir backen fürs Christkind!«

»Morgen backen wir wieder, heute nicht.«

»Ooch …«

Es fiel Christina nicht leicht, hart zu bleiben. Wenn Klein Patty sie mit ihren großen Augen bittend ansah, konnte sie ihr kaum widerstehen. Doch die Kleine musste auch lernen, dass sie ihren Willen nicht immer durchsetzen konnte.

Als sie den Friedhof verließen und den Heimweg antraten, begann es, leicht zu schneien. Noch waren die Flocken klein und tanzten nur vereinzelt durch die kalte Winterluft. Doch im Westen ballten sich dichtere Wolken zusammen und kündigten neuen Schneefall an.

Annika, die seit langem der gute Geist des Hauses war, nahm Patricia in Empfang. »Wir spielen Memory. Einverstanden, Spätzchen?«

Damit ließ sich Patricia trösten, und Christina ging rasch in ihre Wohnung hinüber, um sich umzuziehen. Zu einem lindgrünen Wollkleid wählte sie eine zweireihige Perlenkette, Perlohrringe und ein grün-grau-gelb gemustertes Seidentuch. Für den Weg hinüber zum Bürotrakt zog sie sich dunkelbraune Wildlederstiefel an und warf sich einen dunkelbraunen Kaschmirponcho über.

Noch immer hatte sie in der Firma ihr eigenes Büro, Sandrine residierte nach wie vor im Vorzimmer. Doch sie arbeitete jetzt in erster Linie für Jasmin, deren Büro sich gleich an diesen Raum anschloss.

Meist standen die Türen offen, so auch heute. Als Jasmin die Stimme ihrer Mutter im Vorzimmer hörte, kam sie sofort zu ihr. Wie meistens trug Jasmin auch an diesem Tag wieder ein typisches Businesskostüm, nur die weiße Bluse mit den kleinen Rüschen am Hals verlieh ihr einen femininen Touch. Zwei Brillantstecker in den Ohrläppchen und der Trauring waren ihr einziger Schmuck. Das dunkle, lange Haar hatte sie hochgesteckt, was sie älter erscheinen ließ, als sie war.

»Ich hab dir noch mal die Unterlagen auf den Schreibtisch gelegt. Es ist wirklich schwierig, sich zu entscheiden – beide Männer sind qualifiziert.« Sie setzte sich kurz auf die Lehne eines der beiden Besuchersessel. »Warst du mit Patty draußen?«

»Ja. Auf dem Friedhof. Aber es ist zu kalt, um mit der Kleinen länger an der frischen Luft zu bleiben. Sie wollte zurück und in die Backstube.«

Jasmin lachte. »Sie kommt ganz auf dich heraus. Das Talent, mit Teig umzugehen, fehlt mir total.«

»Dafür hast du viele andere Talente.«

»Nur bei der Entscheidung, wen wir als Geschäftsführer einstellen sollen, lässt mich meine Intuition im Stich. Beide sind gleichermaßen gut für den Job geeignet.«

Dieser Eindruck vertiefte sich nach den beiden Gesprächen mit den Herren, und nachdem sie wieder gegangen waren, meinte Michael: »Jetzt sind wir so klug wie zuvor. Alle beide finde ich in Ordnung. Was meint ihr?«

Jasmin zuckte mit den Schultern. »Ich kann mich auch nicht entscheiden.« Unvermittelt sprang sie auf und stürzte aus dem Zimmer.

Besorgt sah Christina ihr nach. »Was hat sie denn?«

Michael lächelte. »Wir hoffen, dass sie wieder schwanger ist. Seit vier Tagen ist ihr in der Früh übel. Nachmittags hatte sie bisher allerdings noch nie Beschwerden.« Besorgt sah er seiner Frau nach.

»War sie schon beim Arzt?«

»Nein, noch nicht. Sie wollte noch drei Tage warten und sich dann die Bestätigung vom Arzt holen.« Er zuckte mit den Schultern. »Du kennst sie doch, es gab heute einen wichtigen Termin, morgen sind wir mit dem Steuerberater verabredet, und übermorgen ist auch irgendwas, das ihr unaufschiebbar erscheint. Sie glaubt einfach, dass sie keinen Tag fehlen darf.«

»Das lernt sie mit der Zeit auch noch, wart's nur ab.« Christina stand auf und legte ihrem Schwiegersohn liebevoll die Hand an die Wange. »Noch ein Kind … das wäre wunderbar!«

»Hoffentlich klappt es diesmal.«

Christina nickte. Vor knapp anderthalb Jahren hatte Jasmin im zweiten Monat ihr Baby verloren. Sie wünschte sich jetzt ebenso sehr ein zweites Kind wie Michael.

»Sie muss sich auf jeden Fall mehr schonen, falls sie wirklich in anderen Umständen sein sollte.«

»Umso wichtiger ist es, eine Entlastung für den Job in Chemnitz zu finden. Was meinst du? Wer von den beiden gefällt dir besser? Du hast noch gar nichts gesagt.«

Christina zögerte. »Aus dem reinen Gefühl heraus würde ich mich für Herrn Wagner entscheiden. Dieser Rielenau wirkt ein bisschen zu smart auf mich.«

»Aber er ist ungebunden und kann ohne weiteres in den Osten ziehen, während die Wagners zwei Kinder haben.«

Genau das war das Argument, mit dem dieser Bewerber schon zwei Tage später absagte. Sein Sohn, der im nächsten Jahr Abitur machen würde, wollte auf keinen Fall die Schule wechseln, und Herr Wagner mochte unter der Woche nicht allein in Chemnitz leben.

»Schade. Ich glaube, wir haben mit ihm den besseren Kandidaten verloren«, sagte Christina, als sie von der Absage erfuhr.

Doch auch Gernot Rielenau arbeitete sich rasch zur Zufriedenheit der Firmenleitung ein. So konnte sich Jasmin, die tatsächlich schwanger war, unbeschwerter auf die – zur großen Überraschung bei der ersten Ultraschalluntersuchung von ihrer Gynäkologin entdeckten – Zwillinge freuen.

*

Sonntägliche Stille lag über dem Firmengelände. Aus dem Dorf herauf klang Glockenläuten, das die Gläubigen zur

Maiandacht rief. Christina, die in ihrem Lieblingssessel auf der überdachten Terrasse saß, dachte daran, dass sie als Kind immer in die Maiandacht gegangen war. Eine kleine Porzellanmadonna, die ihrer Großmutter gehört hatte, stand auch jetzt noch in einer Ecke ihres Schlafzimmers, eine Erinnerung an Katharina, aber auch die Erinnerung an eine Kindheit, die sehr behütet gewesen war, trotz der schrecklichen Kriegsjahre.

Ihr Blick ging zu dem kleinen Beistelltisch, auf dem eine gelbe runde Tischdecke lag. Eine kleine Mokkatasse mit aufgemalten kleinen Maiglöckchen stand zu dieser Jahreszeit immer dort, ebenso die dazu passende Vase, in der die ersten Maiglöckchen des Jahres standen und einen zarten Duft verströmten.

Das Glockenläuten verstummte, und Christina stand auf, um den Plattenspieler anzustellen. Gestern hatte sie sich eine neue Platte mit italienischen Opernarien gekauft, und mit geschlossenen Augen lehnte sie in ihrem Sessel und lauschte den schönen Stimmen.

Und obwohl diesmal Jakob die Tenorpartien nicht sang, dachte sie an ihn. Sah sich als Zehnjährige, die heimlich mit Jakob in den Wald schlich, um der Mutter Maiglöckchen zu pflücken. Zwei dicke Sträuße hatten sie heimgebracht, sie wusste es noch genau. Und sie sah die Angst in Katharinas Augen, als sie erfuhr, dass Jakob nach draußen mitgegangen war. So als wäre es eben erst geschehen, sah Christina die Szene vor sich: »Um Gottes willen, wie konntest du nur, Jakob!« Mit angstgeweiteten Augen hatte Katharina den hoch aufgeschossenen, viel zu dünnen Jungen an sich gezogen. »Wenn dich jemand gesehen hat …«

»Es war aber niemand im Wald außer uns. Deshalb bin

ich doch mit Christina mitgegangen, damit ihr nichts passiert.«

»Versprich mir, dass du das nicht wieder tust! Kannst du dir überhaupt vorstellen, was mit dir geschieht, wenn jemand meldet, dass du bei uns bist?«

»Ja.« Seine Stimme war kaum zu vernehmen. »Ich muss weg. So wie meine Eltern.«

»Nicht nur du, Jakob. Wir müssen dann auch weg. Weil wir dich versteckt haben.« Sie stellte die Maiglöckchen in eine bauchige blaue Glasvase, dann ging sie zum Herd. »Es ist noch ein bisschen Kakao da. Ich koche euch Kakao.«

Kakao … den gab es seit zwei Jahren nur noch, wenn jemand Geburtstag hatte. Aber an diesem Tag hatte Katharina mit wässriger Milch den Kindern Kakao gekocht. Dazu gab es für jeden drei harte Maismehlkekse. Und doch war dies ein Festmahl gewesen, das Christina nie vergessen hatte. Wann immer die Maiglöckchenzeit kam, erinnerte sie sich an diesen Tag.

Ob Jakob auch manchmal daran dachte? Sie hatte seit einem halben Jahr nicht mehr mit ihm telefoniert. Er war auf einer Konzerttournee durch die Vereinigten Staaten, sollte ein letztes Mal den Pamino an der Met singen und anschließend zum Amazonas fliegen und in der Oper von Manaus auftreten.

Aus San Francisco, New York und Boston hatte er Postkarten geschickt, kurze Grüße nur, doch jedes Lebenszeichen von ihm war Christina wichtig. Aus New York hatte er geschrieben

Das Publikum macht mir den Abschied von der Opernbühne nicht leicht, man hat mich mit Standing Ovations gefeiert. Doch ich spüre, dass mich die Kräfte verlassen.

Ich bin oft schrecklich müde, dann wünschte ich, bei Dir zu sein und die Ruhe genießen zu können.

»Mutter! Christina! Hilfe!« Michaels aufgeregte Stimme zerriss die sonntägliche Stille.

Christina sprang auf und hastete hinüber in den Trakt, in dem die jungen Leute wohnten. Die Wohnzimmertür stand offen, und als sie die ersten Schritte hinein machte, sah sie Jasmin auf der Erde liegen – unter ihrem weiten Umstandskleid breitete sich ein Blutfleck aus.

»Kind!« Christina kniete sich neben ihre Tochter und streichelte ihr über die Wangen, die tränennass waren. »Einen Arzt. Hast du schon einen Arzt verständigt?« Fragend sah Christina zu Michael auf.

»Ja. Sie sind unterwegs.« Hilflos stand er neben Jasmin und Christina, auch ihm liefen Tränen übers Gesicht.

»Meine Babys ...« Jasmin drückte Christinas Hand so fest, dass es schmerzte. »Ich darf sie nicht verlieren.«

»Das wirst du auch nicht. Bleib ganz ruhig, gleich kommt der Krankenwagen und bringt euch in die Klinik.« Christina versuchte, Optimismus in ihre Stimme zu legen, doch immer wieder sah sie auf den Blutfleck, der immer größer wurde.

Zäh zogen sich die Minuten dahin, und als der Notarzt endlich eintraf, war Jasmin so schwach, dass sie kaum noch reagieren konnte.

Sie spürte nicht mehr, dass man sie in rasender Geschwindigkeit in die Klinik fuhr und dort gleich in den Operationssaal brachte. Sie merkte nicht, dass man die Babys per Kaiserschnitt holte, und spürte erst wieder etwas, als man ihr einen der beiden kleinen Jungen kurz auf den Bauch legte.

»Ist alles in Ordnung?«

»Er ist ein bisschen schwach, schließlich ist er zu früh geboren. Wir müssen ihn gleich in den Brutkasten legen.« Der Arzt gab der Schwester, die neben ihm stand, einen Wink. Sekunden später wurde Jasmin eine weitere Injektion verabreicht. Sie schlief ein, ehe sie weitere Fragen stellen konnte.

Drei Tage bangten alle um das Leben des Jungen. Michael ließ ihn auf den Namen Andreas taufen; er saß stundenlang neben dem Brutkasten und schaute auf das Baby, das eine schwere Gelbsucht hatte und unter Atemnot litt. Es zerriss ihm das Herz, wenn er das kleine Würmchen so hilflos dort liegen sah, angeschlossen an Schläuche und Apparaturen.

Sobald Jasmin aufstehen konnte, saß auch sie bei ihrem Kind. Still und in sich gekehrt war sie, und weder sie noch Michael schafften es, über den Verlust des zweiten Babys zu reden. Jeder litt still für sich, und erst nachts, wenn sie allein war, weinte Jasmin um den toten Zwilling.

Christina kümmerte sich um Patricia, schaute in der Firma nach dem Rechten und versuchte, ihre Tochter aufzurichten, die jedoch in ihrer Verzweiflung keinem Trost zugänglich war.

Nach knapp drei Wochen – Jasmin war gerade wieder zu Hause – verschlechterte sich der Zustand des kleinen Andreas. Die Ärzte kämpften verzweifelt um das Leben des Frühchens, sie gaben Antibiotika und verabreichten alles, was bei einem so kleinen Patienten zu vertreten war. Doch alle Mühe war vergebens, und Andreas starb in der Nacht vom 24. auf den 25. Mai an Kreislauf- und Organversagen.

»Es war eine schwere Sepsis.« Der Chefarzt sah die verzweifelten Eltern bedrückt an. »Es tut mir unendlich leid, und ich versichere Ihnen, dass wir alles tun werden, um die Quelle zu finden.«

»Welche Quelle?«

Knappes Schulterzucken, dann die sachliche Erklärung: »Es kommt leider immer wieder vor, dass sich in Kliniken multiresistente Keime entwickeln. Bisher haben wir noch kein wirksames Gegenmittel gegen diese Keime gefunden, die eine so massive Sepsis hervorrufen.« Er drückte erst Jasmin, dann Michael die Hände. »Glauben Sie mir, ich kann Ihnen nachfühlen, wie schlimm das für Sie ist.«

Jasmin, die bisher apathisch zugehört hatte, sah ihn zornig an. »Was sagen Sie da? Sie können es nachfühlen? Haben Sie gerade ein Kind verloren, ja? Nein, haben Sie nicht. Also wagen Sie es nicht, solch einen Unsinn zu reden!« Mit einem Ruck drehte sie sich um und rannte davon.

Michael hatte Mühe, ihr zu folgen.

»Liebling, warte.« Er fasste nach ihrem Arm, doch mit einer brüsken Bewegung machte sich Jasmin aus seinem Griff frei. »Lass mich!«

Sie schwieg. Wie versteinert saß sie neben ihm im Wagen und starrte hinaus in den frühen Morgen, der mit einem hellvioletten Morgenrot heraufzog. Die Sonne schickte ihre ersten Strahlen aufs Land, als sie daheim eintrafen. Patricia war schon wach und kam ihrer Mami lachend entgegen. Erst da brach Jasmin in verzweifeltes Schluchzen aus, und es dauerte lange, bis sie sich gefasst hatte. Zusammengekrümmt saß sie in einem Sessel und starrte nach draußen, wo Christina mit Patricia durch den Garten hinüber zum alten Wohnhaus ging.

Die Kleine verstand nicht, warum ihre Mutter immer wieder in Tränen ausbrach, sie weinte einfach mit, und nur Christina gelang es, sie abzulenken, indem sie mit ihr in die Backstube ging.

»Wir machen heute etwas ganz Besonderes«, versprach sie der Kleinen.

»Für die Mami?«

»Ja. Für die Mami und für alle Leute, die traurig sind. Aber wenn sie dann deine Plätzchen essen, sind sie bestimmt bald wieder fröhlich.«

»Au ja!« Mit Feuereifer machte sich Patricia an die Arbeit. Ihre Augen strahlten, die Wangen waren gerötet, und sie formte aus dem einfachen Teig, den Christina rasch zubereitet hatte, die schönsten Figuren, die sie mit Schokostreuseln, bunten Zuckergusssternen und Mandeln verzierte. Großzügig verteilte sie alles auf dem Gebäck, und Christina hinderte sie nicht daran.

Wenn es doch nur tatsächlich so einfach wäre, Kummer und Leid zu verarbeiten, dachte sie und musste mit Gewalt die Tränen zurückhalten, die hinter ihren Augen brannten.

Es dauerte Wochen, bis sich Jasmin halbwegs erholte. Obwohl sie noch vor zwei Jahren den Verlust ihres ungeborenen Kindes so gut verarbeitet hatte, litt sie nun unsäglich. Sie hatte die ersten zarten Tritte der Zwillinge in ihrem Bauch gespürt und sich gemeinsam mit ihrer Familie auf den Nachwuchs gefreut. Mit Michael zusammen hatte sie auch schon überlegt, ob sie nicht ein Kindermädchen einstellen sollten. Auf drei kleine Kinder zu achten, das würde zu viel Arbeit werden für Annika, die mit dem großen Haus, das gleich zwei Wohnungen beherbergte, schon genug zu tun hatte.

Und nun dieser Schicksalsschlag, von dem sich Jasmin kaum zu erholen vermochte!

Michael schlug einen Urlaub vor, und er versuchte alles, um sie abzulenken, um ein kleines Lächeln auf ihr blasses Gesicht zu zaubern, doch es gelang ihm nicht. Stundenlang saß Jasmin in der Box bei ihrem Pferd, oder sie ritt wie die wilde Jagd über die Feldwege und durch den Wald.

Dann, ganz plötzlich und unerwartet, stand sie eines Tages wieder im Büro, äußerlich nur etwas schmäler, aber voller neuer Ideen.

»Schön, dass du wieder da bist.« Sandrine wies auf den frischen Blumenstrauß, der auf Jasmins Schreibtisch stand. »Wir haben dich jeden Tag erwartet.«

»Fein, dann lass uns gleich loslegen.« Jasmin umarmte Sandrine, die ihr seit Kindheitstagen vertraut war. »Danke, dass du da warst. Für Mutter und Michael, für die Firma ...«

»Das war doch selbstverständlich.« Sandrine ging zu einem der Wandschränke und holte zwei Ordner hervor. »Hier, die neuen Vorschläge aus Chemnitz.«

»Und? Was meinst du dazu?«

Die langjährige Mitarbeiterin zuckte leicht mit den Schultern. »Es klingt mir ein bisschen zu riskant, aber natürlich lukrativ.«

Sandrine war mit den Jahren weiß geworden; sie trug die Haare modisch kurz, kleidete sich sportlich-elegant und wirkte wesentlich jünger, als sie war. An Verehrern mangelte es ihr nicht, doch außer einer netten Bekanntschaft war sie nicht daran interessiert, noch mal einen Mann in ihr Leben zu lassen. Seit drei Jahren hatte sie allerdings Kontakt zu einem sympathischen Herrn aus Freiburg, mit dem sie hin und wieder ausging, einen Kurztrip in eine der interessanten Hauptstädte Europas machte oder auch nur gute Gespräche führte. Mehr war sie nicht bereit zu geben, und ihr Bekannter akzeptierte das.

Jasmin arbeitete von diesem Tag an so engagiert wie zuvor, doch es dauerte noch Monate, bis sie zu ihrem unbekümmerten Lachen und ihrer Lebensfreude zurückgefunden hatte.

Auch Michael betäubte sich zunächst mit Arbeit; als Jurist hatte er in dem immer stärker wachsenden Unternehmen mit den verschiedensten Produktionsstätten und Handelspartnern genug zu tun.

Während Jasmin bei ihrem geliebten Reitsport Entspannung fand, entdeckte Michael neben der Filmerei für sich das Golfen.

»Auf dem Golfplatz macht man die besten Geschäfte, hab ich gehört.« Stolz zeigte er Jasmin und Christina seine neue Ausrüstung. »Und, ehrlich gestanden, macht es mir auch Spaß, mir selbst etwas zu beweisen – und mich mit anderen zu messen.«

»Ich bin froh, dass du auch eine Sportart entdeckt hast, die dir Spaß macht.« Jasmin sah sich die Golfschläger genauer an. »Vielleicht komme ich mal mit.«

»Das wär toll! Wir könnten auch Golfurlaub machen. Auf Mallorca gibt es verschiedene gute Plätze, aber auch in Portugal lässt es sich gut spielen, hab ich mir sagen lassen.«

»So weit sind wir ja noch nicht.« Jasmin wies zum Fenster. »Und bei dem Herbststurm, der gerade tobt, kann man gar nicht spielen. Ich zumindest werde bis zum nächsten Frühjahr warten.«

»Meinetwegen.« Michael stellte die Golftasche zur Seite. »Ich werde aber auch im Winter trainieren.«

Christina stand auf. »Zumindest weiß ich, was ich dir in diesem Jahr zu Weihnachten schenken kann. Golfer können immer was für ihre Ausrüstung brauchen, glaube ich.« Sie ging zur Tür. »Schönen Abend noch, Kinder. Ich geh rüber. Sandrine holt mich in einer halben Stunde ab, wir gehen ins Theater nach Baden-Baden.«

»Viel Vergnügen. Was seht ihr euch denn an?«

»Dürrenmatt. *Der Besuch der alten Dame*. Passt doch zu uns, oder?«

»Kokettier nicht, Mutter. Das steht dir nicht.« Lächelnd schloss Jasmin die Tür hinter ihr.

*

Das Weihnachtsgeschäft war in vollem Gang. Täglich kamen neue Bestellungen herein, und Jasmin und Michael beschlossen, zweimal in der Woche Extraschichten fahren zu lassen.

»Dieses Jahr werden wir den Umsatz noch einmal steigern können.« Zufrieden lehnte sich Jasmin in ihrem Schreibtischsessel zurück. »Wenn die Entwicklung anhält, müssen wir noch mal erweitern.«

»Ich weiß nicht, ob das klug wäre.« Michael schüttelte den Kopf. »Die Umsätze sind zwar gestiegen, aber unterm Strich bleibt nicht so viel übrig wie noch vor drei Jahren. Alles wird teurer. Denk nur an die Kakaopreise.«

»Du bist ein Pessimist.«

»Nein, nur realistisch.«

»Wenn wir uns nicht weiterentwickeln, hinken wir eines Tages hinter der Konkurrenz her.« Jasmin stand auf und trat ans Fenster. Der Firmenhof war hell erleuchtet;

auch jetzt noch, in der Dämmerung, verließen zwei Lastwagen das Gelände. Im Licht der Scheinwerfer bemerkte sie Patricia, die gerade nach Hause kam. Schwungvoll lenkte sie ihr Fahrrad vor die Garagen, in denen die drei Privatwagen standen.

»Sie ist mal wieder viel zu spät. Wahrscheinlich konnte sie sich nicht von ihrer Bella trennen.«

»Schimpf nicht mit ihr. Das Pony ist ihr ein und alles. Außerdem hat sie die Tierliebe schließlich von dir geerbt.«

»Sie ist aber erst acht, und ich hatte gesagt, dass sie vor der Dunkelheit daheim sein muss.« Jasmin drehte sich um. »Du bist zu nachsichtig mit ihr.«

»Ach was, bin ich gar nicht. Außerdem ist es noch nicht richtig dunkel.« Er lachte. »Ich geh eben rüber und seh mir ihre Hausaufgaben an. Dann fahre ich noch mal in den Golfklub.«

»So spät noch?«

»Wir wollen noch Ullis Turniersieg feiern. Vorgestern kam das Gewitter dazwischen, da wollten alle nach Hause. Er hat für heute ein Buffet bestellt, das muss unbedingt geplündert werden.« Er machte eine kleine Pause. »Magst du vielleicht mitkommen?«

Jasmin zögerte, dann schüttelte sie den Kopf. »Danke, lieber nicht. Ich kenne doch kaum jemanden dort. Feiert ihr Männer mal besser unter euch. Oder kommen die anderen Frauen auch mit?«

»Keine Ahnung. Aber ich denke, es wird ein Männerabend.« Er lachte leise. »Schließlich ist Ulli seit einem halben Jahr geschieden, und auch die zwei anderen, die mit in seiner Mannschaft waren, sind Singles.«

»Dann ist es sowieso besser, ich bleibe daheim. Viel Spaß wünsch ich dir.«

»Danke.« Er küsste sie flüchtig, dann verließ er das Büro.

Jasmin schaute ihm nach, bis sich die Tür hinter ihm geschlossen hatte. Es kam in letzter Zeit immer häufiger vor, dass Michael seine Freizeit im Golfklub verbrachte. Als er mit dem Spielen angefangen hatte, hatte sie seine Begeisterung für den Sport unterstützt, war auch etliche Male mitgegangen, doch für sich selbst fand sie keinen Spaß am Golfen. Sie fühlte sich wohl bei den Pferden und ritt lieber aus. Dennoch fand sie es gut, dass Michael ein paar nette Freunde gefunden hatte, die zusammen mit ihm spielten. Er arbeitete mindestens so hart wie sie, da war Entspannung wichtig.

Sie goss sich ein Glas Wasser ein, gab ein paar Spritzer Zitronensaft dazu und vertiefte sich dann noch für eine Stunde in die Bilanzen des letzten Monats.

*

»Du hast es geschafft!« Strahlend fiel das blonde Mädchen Michael um den Hals. »Ich bin ja so happy!«

Michael zog sie in den Schatten einer Ligusterhecke, die den Parkplatz vom Klubgebäude abtrennte. Sosehr ihm Helens Begeisterung auch schmeichelte, er wollte vermeiden, mit ihr zusammen gesehen zu werden. Sie war niedlich, temperamentvoll und leidenschaftlich. Ihre Jugend bezauberte ihn, und der heiße Flirt mit ihr ließ ihn für kurze Zeit vergessen, dass er die vierzig überschritten hatte.

Helen war Studentin, ihr Vater, ein Bauunternehmer,

war Mitglied des Golfklubs, und Helen half hin und wieder an der Bar aus.

»Kommst du mit rein? Wir feiern Ullis Sieg, ich muss mich kurz da sehen lassen. Hinterher können wir zu dir gehen.«

»Okay, aber lange bleiben wir nicht, klar? Mein Dad ist da, und ich hab keine Lust, den Abend in seiner Gesellschaft zu verbringen. In der letzten Zeit fragt er immerzu nach meinen Fortschritten im Studium.« Sie verzog den Mund. »Ätzend, dabei gibt es viel Interessanteres als die Bauten der Renaissance und Gotik. Und über Dürers Pinseltechnik will ich im Grunde auch nichts wissen.«

»Warum studierst du dann?«

Sie zuckte mit den Schultern. »Irgendwas muss ich ja tun. Dad wollte, dass ich Architektur studiere, aber dazu hatte ich gar keine Lust. Und als eine Freundin nach Karlsruhe an die Hochschule für Bildende Kunst ging, bin ich einfach mit.« Sie wühlte die Finger in sein Haar. »Am liebsten würde ich Tag und Nacht mit dir im Bett liegen.« Sie schmiegte sich an ihn, er spürte ihre verführerischen Rundungen. »Bleib nicht zu lange«, murmelte sie dicht an seinen Lippen.

»Nur eine halbe Stunde, versprochen.«

Es dauerte dann doch länger, bis er sich aus der Gesellschaft der Golffreunde lösen konnte.

Helen war schon vorausgefahren, und sie schmollte, als er ihr kleines Appartement betrat, das sich in einem fünfstöckigen Gebäude am Stadtrand befand. Es gehörte ihrem Vater, und Helen bewohnte die kleine Dachwohnung. In Karlsruhe teilte sie sich eine Maisonettewohnung mit ihrer Freundin.

»Du hast mich warten lassen.« Sie drehte sich um und ging ihm voraus in den einzigen großen Raum. »Wenn ich dir nicht wichtig bin, hättest du gar nicht kommen brauchen.«

»Aber natürlich bist du mir wichtig, Spätzchen.« Er zog sie an sich. »Dein Vater, Ulli und ich mussten aber noch was wegen des Klubfestes bereden. Ich konnte mich einfach nicht eher ausklinken, das wäre verdächtig gewesen.« Er küsste sie, seine Hände tasteten sich unter ihren leichten Pulli, und unter seinen leidenschaftlichen Küssen und seinen erfahrenen Händen, die sie so stark erregten, wie es keinem Jungen zuvor gelungen war, vergaß sie ihren Ärger rasch wieder.

*

Christina und Sandrine saßen an diesem Abend in Christinas Wohnzimmer zusammen, schauten sich einen Spielfilm im Fernsehen an und aßen ein wenig von dem neuen Käsegebäck, das Christina am Vortag kreiert hatte.

»Das schmeckt richtig gut, ich denke, du solltest es ins Programm aufnehmen.«

»Ach was, es gibt so viel Käsegebäck zu kaufen.« Christina winkte ab.

»Aber deins ist exquisit. Nicht teigig, nicht zu scharf, aber der Käsegeschmack kommt sehr gut raus. Also, ich find's köstlich.« Sandrine nahm sich noch ein Stück und trank dazu einen Schluck Riesling.

»Wenn du meinst, dass es wirklich gut ist …« Auch Christina hob ihr Glas. »Wir könnten es ja erst mal in den Filialen hier in der Umgebung anbieten.«

»Mach das. Ich bin sicher …«

Das Läuten des Telefons unterbrach sie.

Christina meldete sich, und im nächsten Moment verlor ihr Gesicht alle Farbe. Aus schreckgeweiteten Augen sah sie die Freundin an.

»Ja, danke. Ich komme, so rasch ich kann. Sagen Sie ihm das bitte. Ja, danke.«

»Was ist passiert?«

»Jakob.« Christina presste beide Hände ans Herz. »Sein Manager hat mich angerufen. Jakob geht es sehr schlecht. Er will mich sehen. Und sein Manager hat gesagt, ich solle mich beeilen.«

»Oh.« Mehr sagte Sandrine nicht, doch sie half Christina, die für ein paar Minuten total kopflos war, ein paar Sachen in einen Trolley zu legen. »Zwei Blusen, ein Nachthemd, eine Ersatzhose, das reicht. Den grauen Hosenanzug ziehst du auf dem Flug an, der ist doch ganz bequem, nicht wahr?«

Christina nickte. Sie war völlig apathisch. Erst als Sandrine telefonisch den schnellstmöglichen Flug nach New York buchte, kam sie wieder zu sich.

»Du musst nach Frankfurt.« Sandrine legte noch einen dünnen Staubmantel in den Koffer. »Ob Michael dich fahren kann?«

»Das kann ich selbst.«

»Auf keinen Fall! Du bist viel zu aufgeregt. Warte, ich rufe bei Jasmin und Michael an.«

Auch Jasmin war geschockt, als sie hörte, dass es Jakob Goldstein sehr schlechtging.

»Ich rufe Michael auf dem Handy an. Er ist im Golfklub.«

»Aber wenn er was getrunken hat, kann er nicht fahren.« Christina nahm Sandrine den Hörer aus der Hand. »Lass ihn, ich fahre selber.«

»Das kommt nicht in Frage. Michael trinkt nie, wenn er seinen Wagen dabeihat. Ich rufe ihn an, dann komme ich zu dir rüber.«

Überrascht erfuhr sie wenig später, dass ihr Mann nur kurz im Golfklub gewesen war. Sie versuchte es daraufhin auf seinem Handy, aber er war nicht zu erreichen, das Handy war ausgestellt.

»Dann fahr ich dich eben. Sandrine, kannst du bei Patty bleiben?« Jasmin umarmte ihre Mutter kurz, dann schnappte sie sich den kleinen Koffer. Sie selbst hatte sich nur eine Strickjacke übergezogen, und über ihrer Schulter baumelte eine große Handtasche.

»Das ist doch selbstverständlich.« Sandrine umarmte Christina noch einmal, dann begleitete sie Mutter und Tochter zur Tür. »Ich denk an dich«, murmelte sie nur.

Christina nickte; sie hielt die Lippen zusammengepresst, um nicht laut weinen zu müssen.

Die Fahrt nach Frankfurt verlief in bedrücktem Schweigen. Christina war in Gedanken schon bei Jakob in New York, und Jasmin fragte sich, warum sie ihren Mann nicht hatte erreichen können.

Nachdem sie ihre Mutter bis zum Gate gebracht hatte, versuchte sie noch einmal, Michael anzurufen, wieder ohne Erfolg.

In Gedanken versunken ging sie zu ihrem Wagen und setzte sich hinters Lenkrad, doch sie startete den Motor noch nicht. Aus brennenden Augen sah sie in den Himmel, wo eine Maschine nach der anderen mit blinkenden Lichtern die Dunkelheit durchdrang.

Wo war Michael?

Warum erreichte sie ihn nicht?

Bei wem war er?

*

Michael Wallmer ahnte nicht, was geschehen war, als er lange nach Mitternacht zu Hause eintraf. Das ganze Haus war dunkel, doch im Wohnzimmer brannte noch das Licht einer Stehlampe.

»Jasmin? Bist du noch wach?«

»Sie ist in Frankfurt.« Sandrine, die auf der Couch gelegen hatte, richtete sich auf. »Sie hat Christina zum Flughafen gebracht.«

»Warum das denn?«

In knappen Sätzen erläuterte sie, was passiert war.

»Das ist ja furchtbar!« Michael setzte sich und drehte den Autoschlüssel in den Händen. »Und Christina ist gleich losgeflogen?«

»Sie hat einen Platz im ersten Flug bekommen, der am Morgen von Frankfurt aus geht.« Sie sah ihn forschend an. »Jasmin hat versucht, dich anzurufen.«

»Ja ...« Er zog das Handy aus der Jackentasche. »Nicht aufgeladen«, erklärte er knapp.

»Aha.« Sandrine erhob sich. »Ich geh dann mal heim. Gute Nacht.«

»Gute Nacht.« Michael brachte sie zur Tür. »Hat Jasmin irgendwas gesagt?«, fragte er, und Sandrine sah ihm das schlechte Gewissen deutlich an.

»Nicht zu mir.« Sie ging, ohne noch ein Wort zu sagen.

*

Neonreklamen. Wolkenkratzer. Die Brooklyn Bridge. Hektischer Verkehr, der jetzt, in der Rushhour, besonders stark war.

Christina nahm das alles nur am Rande wahr. Sie saß im Fond eines Taxis und konnte es kaum erwarten, dass sie das Penthouse von Jakobs Manager endlich erreichten.

Als sie dort ankamen, wandte sich Christina unten im Haus an den dunkelhäutigen Portier, der telefonisch ihre Ankunft ankündigte und sie dann mit vollendeter Höflichkeit zum Lift begleitete.

Oben angekommen, erwartete sie Paul Hochstein, ein untersetzter Mann mit klugen dunklen Augen hinter einer randlosen Brille. Seit mehr als fünfzehn Jahren arbeiteten Jakob und er zusammen, sie waren Freunde geworden in dieser Zeit.

Nach einer kurzen Begrüßung führte Paul sie in ein abgedunkeltes Zimmer. Leise Musik erfüllte den Raum, und im Unterbewusstsein erkannte Christina Beethovens Siebte Sinfonie, ein Stück, das Jakob besonders mochte.

Mit geschlossenen Augen lag Jakob im Bett, und Christina zuckte zusammen, als sie ihn sah. Vorsichtig trat sie näher.

»Wecken Sie ihn«, sagte Paul Hochstein. »Er schläft nicht tief, ruht sich nur aus. Ich denke, er wartet auf Sie.«

Christina nickte, dann beugte sie sich vor und küsste Jakob vorsichtig auf den Mund.

»Ich bin da«, sagte sie leise und streichelte seine eingefallenen Wangen. »Ich bin bei dir, Jakob.«

Langsam, so, als sei es eine große Anstrengung, öffnete Jakob Goldstein die Augen. Als er Christina erkannte, belebte sich seine Miene, Glanz trat in die Augen, und er tastete nach ihrer Hand.

»Liebes …«

»Was machst du für Sachen?« Dicht setzte sie sich zu ihm, streichelte seine Hand, die sich eiskalt anfühlte, obwohl es im Zimmer angenehm warm war. »Du hast dich übernommen, nicht wahr? Hast zu viel gearbeitet.«

Er antwortete nicht, sah sie nur an. »Meine Christina. Wie schön, dich noch einmal zu sehen.« Er versuchte, sie zu sich zu ziehen.

Christina ahnte, was er wollte. Sie lehnte den Kopf an seine Schulter, so wie früher, als sie noch ein kleines Mädchen gewesen war und mit Jakob an der alten Scheune gesessen hatte. Behutsam schmiegte sie sich an ihn und streichelte sein Gesicht, das ihr auf einmal so schmal und klein vorkam.

»Es ist Zeit zu gehen.« Jakobs Stimme, eben noch schwach, klang auf einmal kräftig wie eh und je. »Ich liebe dich.«

Mit einem Ruck richtete sich Christina auf. »Nein! Das lass ich nicht zu! Du darfst mich nicht alleinlassen!« Sie küsste ihn, doch er erwiderte den Kuss nicht.

»Sieh mich an, Jakob! Du musst bleiben. Musst leben wollen! Für mich. Für uns!«

Er lächelte sie an. Liebevoll. Entsagungsvoll. Unendlich zärtlich. »Ein Stern fällt …« Es war nur ein Hauch der Melodie, und Christinas Augen füllten sich mit Tränen. Sie sah Jakobs Gesicht durch einen Tränenschleier. Sah seine gebrochenen Augen, das kleine Lächeln, das immer noch seine Lippen umspielte.

»Mein Jakob.« Ein letztes Mal küsste sie seinen Mund und seine Augen, die sie ihm gleich darauf schloss. Dann hielt sie seine Hand und streichelte die Finger, die kälter und kälter wurden in ihren warmen Händen.

Paul Hochstein kam herein und drückte sanft ihre Schulter. »Er hat auf Sie gewartet«, sagte er leise. »Wie schön, dass er Sie noch sehen konnte.«

»Woran hat er gelitten?«

Paul zuckte mit den Schultern. »Er war erschöpft. Ich hab ihm geraten, eine längere Erholungspause einzulegen. Aber er wollte die Tournee unbedingt bis zum Ende durchhalten und keine Vorstellungen absagen. Und danach wollte er dann endgültig die Konzertreisen an den Nagel hängen. Aber sein Herz war wohl seit langem nicht mehr das stärkste, und die Anstrengung war einfach zu groß. Er kam zuerst in die Klinik, aber er mochte nicht dort bleiben, und man konnte dort auch nichts mehr für ihn tun. Also nahm ich ihn zu mir nach Hause, damit er sich hier weiter schonen und ausruhen sollte.«

»Jakob hatte so ein weites, wunderbares Herz«, murmelte Christina. Sie stand auf, und ein letzter Blick ging noch einmal zu Jakob, ein letztes, unhörbares »Lebewohl«, dann folgte sie Paul leise aus dem Raum.

Draußen auf dem Flur bedankte sich mit einem Händedruck bei Jakobs Freund und Manager, der ihr dieses letzte Wiedersehen ermöglicht hatte. Sie verabschiedete sich von ihm, fuhr mit dem Lift hinunter und trat hinaus in die brodelnde Metropole. Menschen hasteten vorüber, Autos verstopften die breiten Straßen. Die Welt drehte sich weiter, alles war wie noch vor einer halben Stunde.

Doch für Christina war nichts wie zuvor.

*

Immer, wenn Jakob in New York gastiert hatte, war er im *Waldorf Astoria* abgestiegen. Normalerweise hatte er keinen Wert darauf gelegt, in Luxushotels zu wohnen, das berühmte Hotel an der Park Avenue war eine Ausnahme.

»Wissen Sie eigentlich, warum er in New York immer nur hier wohnen wollte?«, fragte Christina seinen Freund Paul Hochstein, als sie sich am Nachmittag nochmals mit ihm in der Lobby traf.

»Ja. Er hat mir mal erzählt, dass seine Mutter davon geträumt hat, nach dem Krieg mit ihrem Mann hierher nach New York zu fahren – und dann im *Waldorf Astoria* wenigstens zwei Nächte zu verbringen.«

Christina nickte. »Das glaube ich gern. Er hat seine Eltern sehr geliebt.«

»Ja. Und Sie. Er hat mir gestanden, dass es nie eine andere Frau für ihn gegeben hat.« Paul zögerte, dann fuhr er fort: »Natürlich hatte er Bekanntschaften. Es gab so viele Frauen, die ihn verehrten, die ihm Avancen machten. Er wäre kein Mann gewesen, wenn er immer nein gesagt hätte. Aber sein Herz hat Ihnen allein gehört.«

Christina antwortete nicht. Ihre Augen wurden feucht, und sie hatte Mühe, nicht zu weinen.

»Kommen Sie, wir gehen in Jakobs Suite. Er hat mich gebeten, Ihnen etwas zu schicken nach seinem Tod. Aber er hat gehofft, dass Sie kommen, und in diesem Falle sollte ich es Ihnen direkt geben.«

Mit klopfendem Herzen folgte Christina dem Manager in den zwölften Stock. Das Zimmer des bekannten Sängers war aufgeräumt, nur wenige persönliche Dinge standen herum. An einem Stummen Diener hing der Frack, den Jakob bei seinem letzten Konzert getragen hatte. Auf dem Tisch lagen Noten, und auf dem kleinen Nachttisch stand in einem schmalen Silberrahmen Christinas Porträt.

Zögernd ging sie durch den Raum, zog das weiße Ziertuch aus der Jacketttasche des Fracks und roch daran. »Sein Eau de Toilette. Er hat die Marke nie gewechselt.« Sie steckte das Tuch ein. »Zur Erinnerung.«

Der Manager nickte. »Einen Moment, da gibt es noch etwas.« Er ging zu dem in die Wand eingelassenen Safe, tippte die Zahlenkombination ein und holte ein schmales blaues Samtkästchen heraus.

Unterdessen hatte sich Christina weiter umgesehen. Auf dem Schreibtisch zwischen den beiden hohen Fenstern lagen Jakobs Lesebrille, ein Buch und eine Keksschachtel.

»Unsere Mandelkekse.« Sie hob die schmale Dose hoch, die außer dem Bild von den ovalen Mandelkeksen nur den Graber-Schriftzug trug. »Die hat er besonders gern gemocht.«

»Ich musste sie ihm stets besorgen, wo immer wir auch waren.« Er trat zu Christina. »Bitte, das ist für Sie.«

Zögernd nur öffnete Christina das Etui. Auf dunklem Samt lagen die letzten Brillanten! Ein kleiner Zettel steckte dazwischen, darauf nur drei Wörter: *In ewiger Liebe*.

Langsam ließ Christina den Deckel zurückfallen. »Danke.« Sie streckte dem Manager die Hand entgegen. »Was geschieht jetzt?«

»Ich werde mich um alle Formalitäten kümmern. Das ist selbstverständlich.«

»Ich möchte Jakob gern nach Hause holen. Geht das?«

»Natürlich.« Pauls Lächeln war voller Wehmut. »Er hätte es sicher so gewollt.«

»Dann veranlassen Sie auch das? Ich wäre Ihnen sehr verbunden.«

»Ja, selbstverständlich.«

Christina streckte ihm die Hand hin. »Danke. Sie waren Jakob sicher ein guter Freund. Bitte verstehen Sie, dass ich jetzt allein sein möchte. Morgen fliege ich zurück nach Hause.«

Er nahm ihre Hand, hauchte einen Kuss darauf. »Bitte, sagen Sie mir, wann Sie ihn beisetzen? Ich wäre gern dabei.«

»Das ist selbstverständlich.«

Obwohl sie todmüde war und sich erschöpft wie nie zuvor fühlte, fand Christina in der Nacht keinen Schlaf. Tausend Bilder gingen ihr durch den Kopf. Sie sah Jakob als halbverhungerten, verängstigten Jungen, den sie im alten Schuppen gefunden und mit zu ihrer Mutter ins Haus genommen hatte. Sie sah ihre Mutter, die einen Todesschreck bekam beim Anblick des gelben Judensterns auf Jakobs zerschlissener Joppe. Sie sah ihn, wie er beinahe andächtig die erste Tasse warme Milch trank. Sah ihn, wie sie gemeinsam einen Weihnachtsbaum aus dem Wald schleppten, wie sie Holz für den Backofen sammelten, wie er auf dem Bahnsteig stand und nach Zürich fahren musste. Sie sah seine große Gestalt auf der Opernbühne, im Konzertsaal. Und sie sah ihn, wie er glücklich lächelnd in ihren Armen lag.

»Ich liebe dich«, flüsterte sie in die Dunkelheit.

7

Von der offenen Terrasse her wehte frischer Wind ins Haus und trug den Duft von Rosen und Oleander mit sich. Auch ein Hauch Lavendel war dabei, wie Jasmin registrierte. Für einen Augenblick hob sie den Kopf von den Unterlagen, in denen sie blätterte, schnupperte, schloss die Augen und gab sich für ein paar Minuten der Vorstellung hin, sie wären in der Provence.

Erst einmal waren sie dort in Urlaub gewesen, vor sechs Jahren, als Patricia zum ersten Mal Französischunterricht gehabt hatte und unbedingt die Sprache im Land selbst sprechen wollte. Jasmin erinnerte sich an die Enttäuschung der Kleinen, als die Franzosen sie nicht verstanden hatten – und umgekehrt sie die Einheimischen erst recht nicht.

»Das ist eben der hiesige Dialekt. Es ist so, als würde ein Bayer reinste Mundart und kein Hochdeutsch reden. Dann versteht auch ein Franzose, der sehr gut Deutsch spricht, ihn nicht.«

»Sieh nur, der Lavendel! Wie herrlich er blüht. Und die Rosenfelder …« Jasmin wollte unbedingt nach Grasse, der weltbekannten Parfümstadt.

»Das ist doch langweilig. Richtig ätzend.« Patricia sah sich das Blumenmeer mit dem uninteressiertesten Blick der Welt an. Sie wollte ihre Enttäuschung auf jeden Fall ausleben! »Was soll ich denn da? Zusehen, wie alte Männer ihre Nasen in Reagenzgläser stecken?«

Michael hatte gelacht und dann versucht, Patty abzulenken. Er liebte seine einzige Tochter abgöttisch und tat alles, um sie glücklich zu machen. »Weißt du was, wir zwei fahren ans Meer. Das ist gar nicht allzu weit weg von hier. Da sind Touristen, dort spricht man sicher akzentfreieres Französisch, und du kannst baden gehen. Oder wir mieten ein Boot.« Auf die Idee, seine Frau zu fragen, ob sie mitkommen wollte, kam er gar nicht, und Jasmin drängte sich nicht auf. Es war ganz gut, mal tun und lassen zu können, was sie wollte.

Vater und Tochter waren also zwei Tage allein unterwegs gewesen, und Jasmin hatte sich die Umgebung von Grasse angeschaut, die Führung durch eine Parfümfabrik mitgemacht und sich ansonsten im Schatten von hohen Feigenbäumen ausgeruht.

Seit dem Abend, an dem sie erfahren hatte, dass Michael sie betrog, war die Harmonie in ihrer Beziehung gestört. Es war Michael mehr als peinlich gewesen, dass sie ihn bei seiner Affäre ertappt hatte.

»Es hat nichts zu bedeuten«, hatte er ihr versichert, als sie ihn am kommenden Tag zur Rede gestellt hatte.

»Nichts zu bedeuten?« Es gelang ihr nicht, die Bitterkeit aus ihrer Stimme zu vertreiben. »Wenn es bedeutungslos ist, warum hast du dich dann auf dieses junge Ding eingelassen?«

Er zuckte mit den Schultern, suchte nach Erklärungen, Entschuldigungen. »Sie hat mich angehimmelt, das hat mir geschmeichelt. Ich schwöre dir, dass es nie wieder vorkommen wird.«

»Erspar uns das.« Jasmin hatte ihn mit einem so verletzten Blick angesehen, dass er sich in Grund und Boden geschämt hatte. »Ich will nicht mehr davon reden. Tu, was du willst, aber sei bitte diskret.«

Seit diesem Tag waren sie kein wirkliches Paar mehr gewesen. Sie lebten miteinander, und doch in Wahrheit nebeneinanderher. Sie arbeiteten gut zusammen, gingen gemeinsam aus, fuhren in Urlaub, schliefen auch hin und wieder noch zusammen. Aber es war keine leidenschaftliche Liebe mehr, die sie verband. Im besten Fall so etwas wie Freundschaft. Ob Michael später noch mal eine Affäre hatte, wusste Jasmin nicht, es interessierte sie auch nicht wirklich.

»Das musst du dir ansehen.« Michael kam herein, unterm Arm drei Ordner, die er aus dem Büro mitgebracht hatte.

»Was ist das?« Schnell stellte sie das Weinglas zur Seite.

»Unterlagen aus Chemnitz.« Er setzte sich neben sie, schob die beiden Prospekte, in denen sie geblättert hatte, bevor sie sich ein paar Angebote von Lieferanten angeschaut hatte, ans Tischende. Normalerweise nahm Jasmin keine Arbeit mit nach Hause, doch die Angebote waren erst mit der Nachmittagspost gekommen, und sie war gespannt auf ihren Inhalt.

»Das musst du dir ansehen.« Michael war aufgeregt wie selten. »Ich hab ja schon seit längerem den Verdacht, dass dieser Rielenau uns betrügt, aber wenn die Zahlen hier stimmen …« Er wies auf eine Liste, die er mit der Hand zusammengestellt hatte, »… dann kostet uns der Kerl jährlich ein Vermögen.«

Jasmin schluckte schwer. »Das kann ich kaum glauben.«

»Dann sieh dir die Zahlen an. Und den Schriftverkehr. Wenn du das alles vergleichst, die ausgestellten Rechnungen kontrollierst und den Warenausschuss in Betracht ziehst, kannst du genau erkennen, dass Rielenau in die eigene Tasche gewirtschaftet hat.«

Eine Weile las Jasmin in den Ordnern und schaute sich die Schreiben an, die Michael markiert hatte.

»Unglaublich«, murmelte sie schließlich. »Das ist perfide! Und genial gemacht, das muss man ihm lassen.« Sie sah Michael an. »Was jetzt? Sollen wir ihn gleich anzeigen?«

»Nein, ich würde ihn gern sozusagen auf frischer Tat ertappen. Wir manipulieren eine große Bestellung, und wenn er wieder größere Warenmengen abzweigt, wissen wir genau Bescheid und können sofort die Polizei einschalten.«

»Wir könnten auch eine Buchprüfung veranlassen.«

»Geht auch.« Michael schob die Unterlagen zusammen. »Das können wir ja noch überlegen.«

»Und mit dem Steuerberater besprechen.«

»Gute Idee.« Er griff nach der Weinflasche, die auf dem Tisch stand, und schenkte sich ebenfalls ein Glas ein. »Auf keinen Fall darf Rielenau zu früh gewarnt werden.«

Jasmin nickte. »Das ist klar.« Sie seufzte leise auf. »Und das alles kurz vor Patricias Abitur. Den Ärger hätte ich jetzt nicht gebraucht.«

Michael winkte ab. »Das stört doch unsere Kleine nicht. Die schafft das Abi mit links. Nicht umsonst ist sie die Beste der Klasse.« Stolz schwang in seinen Worten mit.

»Ja, das schon. Aber wenn ich mich an meinen Abistress erinnere … Ich hab Sachen vergessen, die mir drei Tage vorher noch vollkommen klar und geläufig waren.«

»Patricia hat eine Klasse übersprungen und ist dennoch

eine supergute Schülerin. Ich bin sicher, dass sie ganz entspannt zu den Prüfungen geht.« Er beugte sich über Jasmin und griff nach dem Weinglas. »Hmm, der ist gut.«

»Die Flasche steht in der Küche.«

Sie saßen noch eine gute Stunde zusammen und diskutierten, was man gegen den kriminellen Geschäftsführer unternehmen konnte. Als Fazit blieb nur, ihn anzuzeigen und dann zu versuchen, den Schaden für das Unternehmen so gering wie möglich zu halten. Vor allem wollte Jasmin nicht, dass die Kunden von dem Betrug etwas erfuhren.

Die Flasche Wein war geleert, und der Wind, der von draußen hereinwehte, wurde kühler. Jasmin stand auf und wollte gerade die Terrassentür schließen.

»Warte!« Lachend stand Patricia vor ihr. Sie war durch den Garten gekommen, das Haar zerzaust, die Augen strahlend.

»Wo, um Himmels willen, kommst du her?«

»Wir waren im Stall und dann noch ein bisschen spazieren.«

»Im Garten?«

»Unsinn. An den Feldern entlang, die vom Stall herüberführen. Wir sind erst ausgeritten, es war klasse!«

»Und wer ist – wir?«

»Steven und ich.«

»Aha.« Jasmin lächelte wissend.

»Wer ist Steven?«, fragte Michael. Er stand auf und kam zur Terrassentür. »Du hast schmutzige Stiefel!«

»Ist doch egal!« Patricia umarmte ihn temperamentvoll. »Du, Paps, er ist ein super Typ, wir haben uns ganz toll unterhalten. Und reiten kann er … genial!«

»Jetzt komm erst mal rein, dann kannst du alles in Ruhe erzählen.« Jasmin zog ihre Tochter ins Zimmer. »Es wird viel zu kalt.«

»I wo, mir ist gar nicht kalt!«

»Dir nicht. Aber mir. Ich bin schließlich nicht frisch verliebt.«

»Woher weißt du, dass ich verliebt bin?«

Jasmin lächelte ihre kleine, große Tochter liebevoll an. »Mütter wissen so was einfach.«

»Aber Väter nicht. Die sind begriffsstutziger, wie man weiß. Also, wer ist dieser Steven?«

Patricia setzte sich auf die Sessellehne, die Beine in der blauen Reithose weit von sich gestreckt. »Er ist der beste Freund von Hanno, unserem neuen Klubmitglied. Hanno hat mit seinen Eltern lange in Südafrika gelebt, dort hat er auf der Schule Steven kennengelernt. Seine Eltern haben Steven jetzt für ein paar Monate nach Deutschland eingeladen. Er möchte ein oder zwei Semester hier studieren.«

»Und was studiert er?«

Sie zögerte, zuckte mit den Schultern. »Keine Ahnung, ehrlich gesagt. Aber ich glaube, Informatik und BWL. Bin mir aber nicht sicher.«

»Ihr hattet ja auch sicher andere Themen als das Studium.«

»Sei nicht so ironisch, Mami!«

»Bin ich doch gar nicht!« Jasmin ging zu Patricia und strich ihr über die Wange. »Und wann lernen wir ihn mal kennen, diesen Steven?«

»Wenn ihr wollt, schon morgen.«

»Bring ihn einfach zum Essen mit.«

»Also ich weiß nicht, ob das jetzt wirklich sein muss.«

Michael konnte seine Eifersucht nicht verbergen. »So ein Flirt kurz vor dem Abi …«

»Was hat denn mein Abi mit Steven zu tun?« Patricia stand auf. »Ich bin perfekt vorbereitet, und ein bisschen Entspannung vor den ersten Klausuren kann nicht schaden.« Sie ging zur Tür. »Ich bin in meinem Zimmer, bis morgen.«

»Hast du keinen Hunger?«

»Nein, danke. Wir haben im Reitklub was gegessen.«

Jasmin sah ihrer Tochter lächelnd nach, als sie aus der Tür ging. Noch einmal so jung sein. So sorglos und verliebt!

Sie wandte sich um und sah Michael an, auf dessen Stirn eine steile Falte erschienen war.

»Gewöhn dich dran«, lachte sie leise.

*

»Und du willst wirklich eine Ausbildung machen?« Christina griff nach den Händen ihrer Enkelin. »Was sagen deine Eltern dazu?«

Patricia lachte. »Die wissen noch nichts von meinen Plänen. Aber ich lass mich nicht davon abbringen. Meinst du nicht auch, es wäre gut, wenn ich Ahnung vom Konditorhandwerk hätte?«

»Natürlich ist das von Vorteil. Ich jedenfalls finde die Idee gut. Man sollte immer wissen, wovon man spricht – und was man verkauft.«

Patricia umarmte die Großmutter. »Du weißt doch über alles Bescheid«, sagte sie.

»Ja. Noch. Aber wer weiß, wie lange ihr mich habt.«

Christina strich sich über das Haar. »Die Jüngste bin ich schließlich nicht mehr.«

»Kokettier nicht mit deinem Alter, Oma. Du bist jünger als manche Vierzigjährige – zumindest im Kopf.«

»Danke für die Blumen.«

»Ist ehrlich gemeint.« Patricia griff nach der Silberschale, in der ein paar in glitzernde Folie eingewickelte Pralinen lagen. »Was ist das?«

»Probier sie.« Gespannt sah Christina zu Patricia hoch, die ein Stück des Pralinés abbeißen wollte. »Steck es lieber ganz in den Mund«, riet sie.

Die Köstlichkeit aus Zartbitterschokolade war mit Armagnac gefüllt, und ein kleines Stück kandierter Orange war die perfekte Ergänzung dazu.

»Himmlisch!«

Christina schüttelte den Kopf. »Nein, nein, es ist noch nicht perfekt. Das Orangenstück ist zu groß und die Zuckerummantelung unter der Schokolade zu dick.«

»Meinst du?«

»Ich weiß es.« Christina nahm ein zweites Praliné, das eine eckige Form aufwies. »Das hier ist mit Ananas gefüllt. Die hab ich mit Gin kombiniert.«

»Wäre Wodka nicht besser? Oder hiesiger Apfelbrand.«

»Mag sein. Das können wir zusammen ausprobieren. Hast du Lust?«

»Gern. Aber nicht heute. Ich bin mit Steven verabredet. Er fliegt übermorgen für drei Wochen nach Hause.«

»Und da müsst ihr natürlich ausgiebig voneinander Abschied nehmen. Das versteh ich.« Christina drehte ein Stück Silberpapier gedankenverloren zwischen ihren Fingern. »Sag mal, was machen seine Eltern eigentlich in Kapstadt?«

»Sie leben etwas außerhalb auf einem Weingut. Das gehörte mal den Großeltern seiner Mutter, soviel ich weiß. Doch jetzt wird es von Stevens Vater und seinem Bruder bewirtschaftet.«

»Hast du nicht mal erzählt, seine Familie besäße einige Kakaoplantagen?«

»Ja, aber die leiten seine beiden Onkel und ein Cousin. Seine Eltern wollten sich lieber dem Weinanbau widmen.« Sie machte eine kleine Pause und fuhr dann fort: »Steven hat mir mal anvertraut, dass es immer noch viel zu viele Kinder gibt, die auf den Kakaoplantagen arbeiten müssen. Doch seine Familie ist strikt gegen Kinderarbeit. Zumindest wollen sie darauf achten, dass die Kleinen nicht ausgebeutet werden und dass sie vor der Arbeit zur Schule gehen.«

Christina nickte. »Ich habe immer darauf geachtet, dass unsere Grundprodukte möglichst fair angebaut werden.« Sie zuckte mit den Schultern. »Ganz lässt es sich aber wohl nicht vermeiden, dass Kinder auf den Kakaoplantagen mitarbeiten. Es sind ja oft Familienbetriebe, die ihre Ernte an die großen Konzerne liefern, da ist man machtlos.«

»Steven sagt, dass sie alles tun, was machbar ist, um ordentlich zu produzieren. Aber mir ist es, ehrlich gesagt, angenehmer, dass er auf einem Weingut daheim ist.«

»Weil du ja so viel Wein trinkst!«, lachte Christina, die genau wusste, dass Patricia kaum einmal ein Glas trank.

»Nein, aber die Landschaft dort, wo sie leben, soll wunderschön sein.« Sie machte eine kleine Pause. »Er hat mich eingeladen, ihn bei seinem nächsten Besuch zu begleiten. Seine Eltern möchten mich kennenlernen.«

»Das klingt ja so, als sei es euch ernst.«

Patricia nickte. »Das ist es.« Spontan umarmte sie Christina. »Ich liebe ihn, Oma. Er ist der Mann meines Lebens.«

»Das klingt ziemlich endgültig.« Eigentlich hatte sie theatralisch sagen wollen, schluckte das Wort im letzten Moment aber herunter. Sie wollte Patricia auf keinen Fall verletzen, denn sie war entzückend in ihrer Verliebtheit.

»Ist es auch. Glaub ich wenigstens.«

»Ich wünsche dir – euch – alles Glück der Welt, Liebes.« Sie strich ihrer Enkelin über die Wange. »Und jetzt geh ich rüber in die Firma. Sandrine braucht ein paar Unterschriften.«

Drüben in ihrem Büro erzählte sie Sandrine sofort, dass Patricia eine Ausbildung machen wollte. »Sie will Konditorin werden, ist doch klasse, oder?«

»Sehr gut ist das. Schick sie ins Ausland, da lernt sie noch viel mehr. Paris würde ihr bestimmt gefallen. Oder die Schweiz und Belgien.«

»Das kann sie alles selbst entscheiden. Ich bin einfach glücklich, dass sie in meine Fußstapfen treten will.«

*

Aus dem CD-Player klang die weiche Stimme von Dean Martin. Ein gutes Dutzend Kerzen erhellte den kleinen Raum, in dem außer einem Bett, einer Couch und einem Schreibtisch nur noch zwei Bücherregale standen. Den größten von drei Minitischen aus Acryl, die man ineinanderschieben konnte, hatte Patricia mit Kerzen und einer Flasche Sekt bestückt.

Außer einem Begrüßungsschluck hatten die Verliebten

aber noch nichts getrunken. Eng aneinandergeschmiegt lagen sie im Bett, glücklich und erschöpft. Patricia hatte Steven nach seinem Urlaub in Südafrika vom Flughafen in Frankfurt abgeholt, dann waren die beiden in ihre Studentenbude gefahren.

»Hast du mich vermisst?«

»Natürlich!« Zärtlich strich Patricia über Stevens gebräunten nackten Oberkörper. »Und wenn ich nicht zwei Klausuren hätte schreiben müssen, wäre ich gestorben vor Langeweile.«

Er küsste sie auf die Nasenspitze. »Niemand lügt so charmant wie du.«

»Und was ist mit dir? Hast du dich von allen rassigen Südafrikanerinnen ferngehalten?«

»Natürlich!« Er lachte. »Mein Freund Pete hat mich gar nicht wiedererkannt. Keine wilden Partys am Strand, keine Diskobesuche, kein Sex and Rock 'n' Roll.« Verliebt küsste er sie. »Ohne dich macht das alles keinen Spaß.«

»Wer's glaubt, wird selig.«

Steven richtete sich auf, stützte den Kopf mit dem blonden, von der Sonne ausgebleichten Haar auf die Hand und sah Patricia an. »Ehrlich, ich hab noch nie so einen ruhigen Urlaub verbracht.«

»Keine Party? Das glaub ich einfach nicht!«

»Na ja, zum Heiligen bin ich nicht gerade geworden. Wir waren surfen, haben den Walen in der Plettenberg Bay zugesehen, und natürlich hab ich Freunde getroffen.«

»Das hoff ich doch.« Patricia strich ihm sanft über die muskulöse Brust, was er mit einem tiefen Seufzer quittierte. »Ich hab nämlich keine Lust, mit einem Heiligen zusammen zu sein.«

»Das bist du auch nicht.« Sekunden später bewies er ihr, wie wahr seine Worte waren. Leidenschaftlich waren seine Küsse, seine Hände, die sie streichelten, brannten auf ihrer Haut. Und als er sie sacht herumdrehte, jeden Zentimeter ihres Rückens küsste, seufzte Patricia auf. »Mehr …«

»Du bist ein unersättliches Weib«, lachte er.

»Ich hab dich lange genug vermisst.« Sie drehte den Kopf zu ihm um und hauchte einen Kuss in die Luft. »Die letzten Tage ohne dich waren kaum noch zu ertragen. Du hast mir so gefehlt.«

»Du mir auch.«

In den nächsten Minuten zeigte er ihr, wie sehr auch er sich nach ihr gesehnt hatte, und Patricia fühlte sich wie im siebten Himmel.

*

Das Firmengelände lag in tiefer Dunkelheit, nur der vordere Eingangsbereich wurde von ein paar Neonlampen erhellt. Der Nachtpförtner, der normalerweise in einer verglasten Kabine saß, war vor zwei Stunden wegen heftiger Magenkrämpfe in die Notaufnahme einer Klinik gefahren, nicht ahnend, dass der delikate Fleischsalat, den ihm der Geschäftsführer für die Nachtschicht spendiert hatte, mit einem Abführmittel versetzt gewesen war.

Der weitläufige Hof des Fabrikgeländes, an dessen linker Seite drei Lagerhallen standen und der am Ende von einem Parkplatz begrenzt wurde, war dunkel, ebenso der zur Westseite hin gelegene Notausgang.

Gernot Rielenau hatte die Außenbeleuchtung an allen Gebäuden ausgeschaltet, nachdem er den Pförtner in ein Taxi gesetzt hatte. Nur die kleine Lampe über dem Eingang brannte noch. Er wollte nicht riskieren, dass jemand von ihm unbemerkt auf den Platz fuhr. Wenn er Scheinwerfer bemerkte, war er gewarnt!

»Lassen Sie sich durchchecken, mein Lieber, ich rufe Ersatz für Sie an«, hatte er gesagt – doch diesen Anruf nicht getätigt. Er wollte, er musste in dieser Nacht allein sein in der Firma!

In seinem Büro, das mit eleganten modernen Möbeln eingerichtet war, schaltete er nur die Schreibtischlampe ein, ehe er etliche Ordner durchsuchte, Papiere herausriss und die Blätter zusammenknüllte. Bei alledem fluchte er unterdrückt vor sich hin. Zu dumm, dass ihm Jasmin und Michael Wallmer auf die Schliche gekommen waren! Als die beiden vor zwei Tagen ganz überraschend eingetroffen waren, begann Rielenau zu ahnen, dass dieser Besuch einen ganz bestimmten Grund hatte. Die Fragen, die Michael Wallmer stellte, bewiesen, dass er Verdacht geschöpft hatte.

»Scheiße, noch zwei, drei Monate, dann wäre der große Deal perfekt gewesen«, murmelte der Geschäftsführer vor sich hin, während er eine siebenstellige Zahlenkombination in den Safe eintippte, der hinter einer Schwarzweißfotografie an der Wand verborgen war. Das Bild zeigte das erste größere Ladengeschäft der Firma Graber in Baden-Baden. Im Hintergrund erkannte man die verglasten Theken, einige Torten. Vorn sah man die alte, kunstvoll verzierte Kasse, daneben stand eine junge Verkäuferin in blauem Kleid mit weißer Rüschenschürze.

Gernot Rielenau hasste das nostalgische Foto und hätte es allzu gern gegen ein modernes Gemälde eingetauscht, doch die meisten Menschen, die in sein Büro kamen, waren von dem Foto begeistert, schließlich dokumentierte es den erfolgreichen Werdegang der Firma Graber.

Verdammt, auch er hätte sich nur zu gern ein großes Stück vom Kuchen des Erfolgs abgeschnitten. Wenn nur nicht dieser Zahlenfetischist Wallmer aufgetaucht wäre und in den Büchern herumgeschnüffelt hätte!

Gernot Rielenau war sich sicher gewesen, seine Untreue gut vertuscht zu haben, doch wenn jemand wirklich etwas von Bilanzen verstand, begriff er rasch, was Sache war.

Seine Hände zitterten noch stärker, als er einen gelben Ordner aus dem Tresor an der Wand holte. Mit fliegenden Fingern sortierte er die Papiere, nahm einige an sich, den Rest schob er in den Aktenvernichter. Das leise Summen des Geräts beruhigte seine Nerven. Jetzt gab es kaum noch Unterlagen, die beweisen konnten, dass er die Firma geschädigt hatte.

Das Geldbündel, ganz hinten im Tresor liegend, steckte er ebenfalls ein, ehe er die Lampe löschte und sein Büro verließ.

Er hatte die Halle bereits durchquert und ging auf die Glastür zu, als hinter einer Säule Michael Wallmer hervortrat und ihm den Weg versperrte.

»So spät noch bei der Arbeit, Herr Rielenau? Wir waren doch erst morgen Nachmittag verabredet.«

»Es waren noch ein paar wichtige Dinge zu regeln.« Gernot Rielenau spürte seinen Herzschlag ganz hoch in der Kehle.

»Das glaub ich Ihnen aufs Wort. Zu Ihrem Eifer passt die Dunkelheit ringsum. Treffend, würde ich sagen.« Michael wies auf die Aktentasche. »Darf ich mal einen Blick da hineinwerfen? Ich hab auch nichts dagegen, spät am

Abend noch zu arbeiten. Und um diese Zeit ist man ja ganz ungestört, nicht wahr?«

Rielenau presste die Lippen zusammen und umklammerte seine Tasche fester. »Das sind ganz private Dinge.«

»Privat? Nun, ich versichere Ihnen, ich behandle alles, was ich sehe, höchst diskret.«

»Ach wirklich. Na dann …« Mit einer raschen Bewegung griff der Geschäftsführer in die Jackentasche und zog einen silbrig glänzenden Revolver hervor. »Diskret wirst du sein müssen, Idiot«, stieß er wütend hervor. »Glaubst du, ich lass mich von dir vorführen? Da hast du dich geschnitten.«

»Was soll der Unsinn? Nimm die Waffe runter!«

»Raus.« Gernot Rielenau wies mit ausgestrecktem Arm, die Waffe unentwegt auf Michael gerichtet, zur Tür. »Raus hier.«

Michael schüttelte den Kopf. »Wir bleiben. Beide. Und reden in aller Ruhe.« Obwohl ihm die Kehle eng wurde vor Angst, wirkte er äußerlich besonnen und sachlich.

»Halt's Maul!«

Vor Gernot Rielenaus Augen tanzten feurige Blitze. Er wusste nicht mehr ein noch aus, in seinem Kopf überschlugen sich die Gedanken. Die alle in einem einzigen Satz mündeten: Dieser Mistkerl darf mich nicht überführen. Er darf nichts mehr sagen können über meine Verfehlungen!

Schon einmal hatte Gernot Rielenau wegen Veruntreuung fremden Eigentums in Haft gesessen, damals aber noch unter einem anderen Namen. Mehr als zwanzig Jahre war das her, und er war nicht gewillt, sich noch einmal überführen zu lassen.

Er hatte große Anstrengungen unternommen, um sich eine weiße Weste zu erkaufen, hatte seine persönlichen

Dokumente gefälscht, sich neue Urkunden besorgt und für sehr viel Geld Pass und Personalausweis fälschen lassen. Auch finanziell hatte er wieder ganz von vorn anfangen müssen. Mittlerweile hatte er wieder ein standesgemäßes Haus, den Wagen, von dem er schon so lange geträumt hatte, und einige gut gefüllte Konten auf den Bahamas. Seine derzeitige Freundin war eine echte Schönheit, sie himmelte ihn an und hielt ihn für einen wohlhabenden Geschäftsmann, der er ja auch war!

»Raus, hab ich gesagt!«

Michael hob mechanisch die Hände, machte rückwärts zwei, drei Schritte hin zum Ausgang – und spürte einen heißen, heftigen Schmerz in der Brust. Er griff sich mit der Hand an die Stelle und rang nach Luft.

Sekundenbruchteile später sah und fühlte er nichts mehr. Er stürzte um wie ein gefällter Baum.

*

Nervös sah Jasmin auf die Uhr. Mitternacht war lange vorbei und Michael immer noch nicht wieder im Hotel. Sie hatte schon zwei Mal auf seinem Handy angerufen, doch stets nur die Mailbox erreicht. In der Hotelbar saß Michael nicht, und er rief auch nicht zurück.

Sie hatte nicht die geringste Ahnung, wo er sein könnte. »Ich geh mal kurz raus, muss mir die Füße vertreten und nachdenken«, hatte er nur gesagt, als er sich nach dem Abendessen von ihr verabschiedet hatte.

Seit langem fragte Jasmin nicht mehr, was er vorhatte, wenn er für Stunden fortblieb. Es gehörte zu ihrem stillen Einverständnis, dass sie sich diese Freiräume ließen.

Doch jetzt wurde sie von Minute zu Minute unruhiger. Michael blieb einfach zu lange fort! Solch eine Rücksichtslosigkeit passte nicht zu ihm.

Ob er wirklich noch einmal in die Firma gefahren war? Er hatte es beim Essen vorgeschlagen, doch Jasmin war der Ansicht, dass man alle Unterlagen am Morgen und im Beisein eines Juristen prüfen sollte.

Als sie es nicht mehr aushielt, ging sie zum Parkplatz, doch ihr Wagen stand nicht mehr dort. Blieb also nur, sich ein Taxi zu rufen.

Sie nannte die Adresse der Firma, und es dauerte nur knapp zehn Minuten, bis sie das Firmengelände erreicht hatten. Das hell erleuchtete Neonschild mit dem Schriftzug Graber über dem Eingang war die einzige Lichtquelle außer einer kleinen Lampe.

Jasmins Unruhe steigerte sich noch mehr, als sie etwas abseits ihren Wagen bemerkte. Also war Michael wirklich hier.

»Bitte warten Sie auf mich«, bat sie den Fahrer und ging zögernd auf die Eingangshalle zu, die im Dämmerlicht lag. Merkwürdig, zumindest der Eingangsbereich sollte beleuchtet sein, und auch die Lampen im Hof brannten normalerweise.

Zögernd setzte sie einen Fuß vor den anderen.

Und dann …

»Michael!« Sie rannte hin zu der gekrümmt auf den hellen Steinfliesen der Halle liegenden Gestalt. Sah die Blutlache, die sich darunter ausgebreitet hatte, registrierte wie nebenbei die leere Pförtnerloge.

»Hilfe!« Sie lief ein paar Schritte zurück und winkte dem Taxifahrer. »Rufen Sie einen Notarzt! Schnell!«

Ihre Beine wollten sie kaum tragen, als sie zu Michael zurückging, sich neben ihn kniete und vorsichtig nach seinem Puls am Hals tastete. Er lag auf dem Bauch, und sie wagte es nicht, ihn zu bewegen. Mit schreckgeweiteten Augen sah sie immer wieder auf das kleine Loch in seinem hellen Jackett, auf die Blutlache um seinen Oberkörper.

Schwach, ganz schwach nur ertastete sie seinen Herzschlag, griff nach seiner Hand und drückte sie fest. Dabei sagte ihr der Verstand, dass er sie nicht wahrnahm, dass er nicht spüren konnte, dass sie bei ihm war.

»Micha ... was ist passiert, um Himmels willen? Wer war das?« Sie redete auf ihn ein, sinnlose Sätze; Sätze, die ihre Sorge um ihn widerspiegelten. Sie redete, nur um irgendetwas zu tun.

Ihre Augen schwammen in Tränen, wie durch einen Schleier sah sie das Taxi, den älteren Fahrer, der zögernd näher kam und auf den Verletzten niedersah.

»Die Polizei ist unterwegs, der Notarzt auch.«

»Danke.«

Wie erstarrt hockte Jasmin neben ihrem Mann, hielt seine Hand und schaute starr auf die reglose Gestalt. Erst als draußen mit Blaulicht und Sirene der Krankenwagen und ein Streifenfahrzeug der Polizei vorfuhren, kam sie zu sich.

Der Notarzt und zwei Sanitäter kümmerten sich um den Verletzten, und erst, nachdem eine Infusion angelegt und Michael eine kreislaufstärkende Injektion gesetzt worden war, fragte der ältere der beiden Beamten: »Was ist passiert? Waren Sie Zeugin des Vorfalls?«

»Nein.« Jasmin sah zu, wie man Michael auf eine Trage bettete und zum Notarztwagen trug. »Bitte, ich möchte mitfahren.«

»Sie können dem Notarzt hinterherfahren. Ich muss noch ein paar Daten von Ihnen aufnehmen.«

Gewaltsam unterdrückte sie den Wutschrei, den sie spontan ausstoßen wollte. Da lag ihr Mann schwer verletzt auf der Trage, und dieser Polizist dachte nur an irgendwelche bürokratischen Erfassungen.

»Es ist mein Mann. Und es ist unsere Firma. Er wollte wohl noch etwas nachsehen.«

»Mitten in der Nacht?« Zweifelnd sah der jüngere der Polizisten sie an.

»Ja. Mitten in der Nacht. Es gab – Probleme. Und wir sind von Baden-Baden hergekommen, um die zu klären.«

»Was für Probleme?«

»Ach, das ist doch jetzt unwichtig. Ich muss zur Klinik.«

Doch die Beamten drängten sie, ihnen zu erzählen, was sie vermutete. Also schilderte sie rasch den Verdacht gegen den Geschäftsführer.

»Gut. Wir werden das verfolgen.« Der ältere Beamte nickte ihr zu. »Sie können jetzt gehen.«

Der Taxifahrer wartete schon in seinem Wagen und fuhr, so rasch es erlaubt war, zur Klinik.

»Ich hoffe, Ihr Mann kommt durch. Alles Gute.«

»Danke. Sie drückte ihm einen Schein in die Hand und winkte ab, als er ihr das Wechselgeld heraussuchen wollte.

Und dann saß sie in einem kleinen Wartezimmer und starrte an die Wand, an der zwei Bilder vom Elbsandstein-Gebirge hingen, ohne wirklich etwas wahrzunehmen.

Hin und wieder kam eine Schwester, drückte ihr einen Kaffee oder Tee in die Hand und sagte etwas Aufmunterndes, Tröstendes, das Jasmin aber nicht registrierte.

Erst als ein Arzt hereinkam, ein kleines Lächeln im müden Gesicht, kehrten ihre Lebensgeister zurück.

»Was ist mit ihm, Herr Doktor?«

»Er ist über den Berg. Die Operation ist gelungen, wir konnten die Kugel entfernen.« Der Arzt zögerte, dann fügte er hinzu: »Es war knapp, ich hatte kurzfristig Angst, das Rückenmark wäre doch in Mitleidenschaft gezogen, denn es ging um Millimeter. Aber Ihr Mann hatte Glück, und ich denke, er wird wieder gesund. Wir haben ihn vorsichtshalber noch für einen oder zwei Tage in ein künstliches Koma versetzt. Die Ruhe wird ihm guttun und den Heilungsprozess beschleunigen.«

»Und – wird er wieder gehen können? Sie sagten, dass die Kugel dicht am Rückenmark entlanggegangen ist.«

»Ja, ich denke, er wird gehen können.« Er nahm ihren Arm. »Kommen Sie, für einen Moment können Sie ihn sehen.«

Jasmin hielt sich aufrecht, als sie neben dem Arzt hinüber zur Intensivstation ging. Sie bewahrte auch die Fassung, als sie Michael reglos daliegen sah, an Schläuche angeschlossen, an Apparaturen, die seine Lebensfunktionen aufzeichneten. Zart strich sie ihm über die Wange, beugte sich vor und küsste ihn auf die Lippen.

Als sie sich aufrichtete, wirkte sie gefasst und ruhig.

»Danke, Herr Doktor.« Sie gab dem Arzt die Hand. »Danke.«

Erst als sie die Klinik verlassen hatte, als sie in den dämmrigen Frühmorgen hinaustrat, begann sie zu weinen.

*

»Sie haben Gernot Rielenau gefasst.« Jasmin legte den Telefonhörer aus der Hand und sah zum großen Esstisch hinüber. »Endlich!«

Die ganze Familie hatte sich versammelt, um Stevens Geburtstag zu feiern. Da er inzwischen als Patricias fester Freund zu einem Familienmitglied geworden war, fand Jasmin, dass es nur richtig war, ihm diesen Tag ein wenig zu verschönern.

Gerade fuhr Steven Michaels Rollstuhl näher an den Tisch. Seit drei Wochen war Michael wieder daheim, doch genesen war er noch nicht. Er konnte kaum gehen, brauchte einen Stock oder, wenn es ganz schlimm war mit den Beschwerden, den Rollstuhl.

»Wo ist er denn geschnappt worden?«, erkundigte sich Christina.

»In einem kleinen Ort in den Vogesen. Da hat er sich bei einer ehemaligen Schulfreundin verkrochen. Die Frau hatte keine Ahnung, dass er von der Polizei gesucht wurde. Näheres werden wir erfahren, wenn man ihn ausführlicher vernommen hat.« Sie setzte sich neben Michael und legte ihm die Hand auf den Arm. »Erleichtert?«

Michael zuckte nur leicht mit den Schultern. »Der Mistkerl soll in der Hölle schmoren«, murmelte er und winkte ab, als ihm Patricia etwas von dem Parmaschinken und der gewürfelten Melone auflegen wollte.

Christina warf ihrem Schwiegersohn einen besorgten Blick zu. Knapp sechs Wochen war es her, dass Michael angeschossen worden war. Die Verletzung war ausgeheilt, doch noch immer konnte Michael nur mit Anstrengung gehen. Sein linkes Bein war taub, und die Ärzte standen vor einem Rätsel.

»Es ist organisch alles in Ordnung«, versicherten sie sowohl dem Patienten als auch Jasmin immer wieder.

»Nichts ist in Ordnung«, brüllte Michael den Chefarzt eines Tages an, als dieser ihm wieder versicherte, die Operation sei ein Erfolg gewesen. »Ich kann nicht richtig laufen, und das ist alles andere als in Ordnung. Wahrscheinlich haben Sie gepfuscht!«

Der Arzt antwortete nicht, bat Jasmin hinterher allerdings um ein Gespräch unter vier Augen.

»Es tut mir leid, aber ich bin sicher, dass es sich um eine psychosomatische Störung handelt. Das Bein ist gesund, die Wunde perfekt verheilt. Alle Nervenbahnen sind in Ordnung, das haben wir durchgetestet.«

»Und warum kann er nicht richtig gehen?«

Der Arzt hatte mit den Schultern gezuckt. »Ich weiß es nicht, ehrlich gestanden. Er sollte unbedingt weiter die Physiotherapie durchführen, bestimmte Übungen stärken die Muskulatur und sind gut für die Durchblutung. Mehr kann ich, offen gestanden, nicht raten.« Er zögerte, fügte dann leiser hinzu: »Vielleicht sollten Sie doch eine Therapie bei einem Psychiater hinzuziehen. Oft spielt das Unterbewusstsein bei der Rekonvaleszenz eine große Rolle.«

Jasmin tat alles in ihrer Macht Stehende, um Michael aufzuheitern, ihn zu motivieren. »Du schaffst es bald auch ohne den Rollstuhl. Und ohne Stock. Da bin ich sicher.« Sie sagte es immer und immer wieder, doch Michael winkte nur ab.

Auch Patricia versuchte, ihn aufzurichten, aber nicht mal sie schaffte es, positiv auf ihren Vater einzuwirken. Michael blieb lethargisch, verbissen, mürrisch und oft ungerecht.

Das Abendessen, das Jasmin zusammen mit Annika mit viel Liebe und Sorgfalt zubereitet hatte, verlief in bedrückter Stimmung.

»Wenn man Rielenau gefasst hat, kann man ihn auch finanziell zur Rechenschaft ziehen«, sagte Christina. »Er muss den Schaden, den er verursacht hat, so gut es geht ersetzen.«

»Das denke ich auch«, pflichtete ihr Patricia bei. »Der Kerl hat ja auch Geld gestohlen, das nicht mehr aufzufinden ist.«

»Geld! Geld! Das ist doch nicht alles!«, brüllte Michael da völlig unmotiviert heraus. »Könnt ihr denn nur daran denken?«

Besänftigend legte ihm Jasmin die Hand auf den Arm. »Nein. Aber es wäre gut und gerecht, wenn er den Schaden, den er der Firma zugefügt hat, wiedergutmachen könnte.«

»Das hier ...« Wütend schlug Michael mit der Faust auf die Lehne des Rollstuhls, »kann er nicht wiedergutmachen! Das nicht!«

Annika, die gerade mit einer neuen Flasche Wein hereinkam, zuckte zurück und ging wieder in die Küche. Das Verhalten des Hausherrn verunsicherte und verängstigte sie. Er war oft ungerecht, hatte auch sie schon etliche Male grundlos beschimpft.

Christina, die bisher nicht viel zur Unterhaltung beigetragen hatte, sah ihren Schwiegersohn eindringlich an. »Kannst du dich nicht ein bisschen beherrschen? Wir alle bedauern, dass du verletzt wurdest, und wir alle wünschen uns, dass es dir bald bessergeht. Aber bitte hör auf, uns mit deiner Laune zu tyrannisieren. Das ist ungerecht und deiner nicht würdig.« Mit diesen Worten stand sie auf und verließ den Raum.

Betreten sahen ihr alle nach. Michael biss sich auf die Lippen, dann schob er den Rollstuhl nach hinten.

»Mir ist der Appetit vergangen«, murmelte er und rollte hinüber in sein Arbeitszimmer.

»Er braucht wirklich Hilfe«, sagte Patricia. »So kann es nicht weitergehen.«

»Wem sagst du das?« Jasmin griff nach ihrem Weinglas und trank einen Schluck. »Ich hab nur keine Ahnung, was wir noch tun können, um ihm zu helfen.« Bedauernd sah sie Steven an, der ihr gegenübersaß und ziemlich verlegen wirkte. »Tut mir leid, das war kein schönes Geburtstagsessen.« Sie zwang sich zu einem Lächeln. »Wisst ihr was, ihr fahrt jetzt am besten in die Stadt und feiert dort.«

»Kommt nicht in Frage!«, widersprach Patricia spontan, doch Jasmin drängte sie, das Haus zu verlassen.

»Was habt ihr davon, wenn ihr hier herumsitzt? Damit ist niemandem gedient. Also los, raus mit euch.« Sie zwang sich zu einem unbeschwerten Lächeln.

Schließlich fuhren die jungen Leute doch los, um mit ein paar Studienfreunden unbeschwerter zu feiern.

Jasmin überließ es der Haushälterin, den Tisch abzuräumen. Viel war nicht gegessen worden, von der hervorragenden roten Grütze, die Annika nach einem alten Familienrezept zubereitete, war fast gar nichts angerührt worden.

»Das genießen wir morgen«, sagte Jasmin. »Ich bin noch mal kurz drüben.«

»Gut. Bis morgen dann. Ich geh heim, wenn ich aufgeräumt hab.«

»Ja, danke, Annika. Bis morgen.«

In ihrem Büro nahm Jasmin eine kleine zartgelbe Visitenkarte zur Hand. Der Chefarzt der Klinik hatte sie ihr bei Michaels Entlassung gegeben.

»Die Kollegin ist zwar noch jung, doch ausgesprochen kompetent. Ich halte es für dringend notwendig, dass Ihr Mann sich mit ihr trifft«, hatte er gesagt.

Michael jedoch schob den Gedanken an einen Psychiater weit von sich. »Ich bin verletzt, aber nicht verrückt!«

Noch zwei, drei Minuten lang zögerte Jasmin, dann wählte sie trotz der späten Stunde die Nummer von Dr. Hannah Sahler.

*

Der blonde Pferdeschwanz wippte bei jedem Schritt, als sie auf ihn zukam und ihn mit Handschlag begrüßte. Die großen Augen, tiefblau wie Veilchen im Mai, musterten ihn forschend.

»Nun, Michael, wie geht es Ihnen heute? Schmerzen? Beschwerden?« Hannah Sahler legte den Kopf ein wenig zur Seite.

»Es geht so«, murmelte Michael.

»Es geht so? Das ist mir zu vage.« Hannah setzte sich in den hellgelben Sessel ihm gegenüber. »Mögen Sie ein Glas Wasser? Oder lieber Kaffee oder Tee?«

»Kaffee bitte.«

Sie stand auf und goss Kaffee aus einer Warmhaltekanne ein. Es war die fünfte Sitzung, die sie abhielten, und Hannah war sich sicher, dass ihr Patient gesund war, dass es irgendeine mentale Störung oder Blockade in seinem Gehirn gab, die ihn daran hinderte, wieder normal zu gehen.

»Was meinen Sie, haben Sie Lust, mit mir drüben im Park spazieren zu gehen? Das Wetter ist herrlich.«

Nach einigem Zögern gab er nach. Hannah war eine bezaubernde junge Frau, und unter anderen Umständen hätte er sicher mit ihr geflirtet. Doch als Krüppel …

Er seufzte auf, als er ihr, schwer auf den Stock gestützt, nach draußen folgte.

Hannah ging hinunter zum Teich an der Südseite des Parks. Dort standen Bänke, und dort gab es bei gutem Wetter einen fahrbaren Eisladen mit ausgezeichnetem italienischen Eis.

Sie hatten das Wasser gerade erreicht und Hannah sah sich nach einer freien Bank um, als ein lauter Schrei erklang. Eine alte Frau wies auf das leere Kinderrad, dessen Räder sich noch in der Luft drehten.

»Hilfe!« Sie wedelte mit ihrem Schirm, auf den sie sich gestützt hatte, durch die Luft. »Der Bub … da unten im Wasser …«

Noch ehe Hannah lossprinten konnte, hastete Michael los. Seinen Stock warf er ins Gras, humpelte die zehn, zwölf Meter bis zum Ufer und ging dann noch zwei Meter weiter ins Wasser, wo der etwa Vierjährige schreiend um sich schlug.

»Ruhig, ganz ruhig, mein Kleiner.«

Es gelang ihm, das Kind zurück zum Ufer zu tragen.

Hannah stand da und sah ihn an; in ihre Augen, tränennass und ängstlich, trat ein Leuchten.

»Micha! Mein Gott, du hast ihn gerettet.«

»Na ja …« Er zuckte mit den Schultern und sah der Mutter des Kleinen entgegen, die aufgeregt auf sie zugelaufen kam. Sie schob einen Kinderwagen mit einem Säugling und keuchte: »Dieser Lauser. Ist mir einfach davongelaufen!« Erst zog sie den weinenden Jungen in die Arme, dann sah sie zu Michael hoch, der mit nasser Hose und feuchtem Hemd dastand. »Danke. Ich weiß gar nicht, wie ich Ihnen danken soll.«

»Schon gut. Ich war einfach rasch zur Stelle.«

Erst in dem Moment, in dem er es aussprach, wurde ihm bewusst, dass er ohne Stock und Hilfe gegangen war.

Hannah umarmte ihn schweigend.

Er hielt still und genoss die Nähe der jungen Therapeutin, die ihn seit dem ersten Treffen so stark faszinierte.

»Wieso kann ich auf einmal laufen?« Erst als sich Hannah sanft von ihm löste, wurde ihm klar, was geschehen war.

Sie lächelte mit Tränen in den Augen. »Der Schock ... das war wie ein heilsamer Schock.« Sie hakte ihn ein. »Komm, wir gehen zurück, du musst aus den nassen Sachen raus.« Wie selbstverständlich duzte sie ihn.

Langsam gingen sie zurück zu dem alten, gelbgestrichenen Jugendstilhaus, das in einer Seitenstraße links vom Kurpark in Baden-Baden stand. Noch immer stützte sich Michael auf seinen Stock, doch die Lähmungserscheinungen, die ihn so gequält hatten, waren schlagartig verschwunden.

Hannah gab ihm einen älteren, leicht verwaschenen Jogginganzug. »Der ist noch von meinem Vater«, gestand sie. »Aber besser den als die nassen Klamotten.«

Während sich Michael umzog, kochte sie Tee und gab einen Schuss Rum hinein.

Dann saßen sie zusammen und tranken Tee, Michael sah seine Therapeutin lächelnd an. »War's das jetzt?«

»Ja. Ich denke, du bist geheilt. Noch ein paar Massagen, noch etwas Physiotherapie, dann kannst du bald wieder ganz normal herumlaufen.«

»Schade.« Sein Lächeln ging ihr unter die Haut.

»Ich freu mich für dich.« Absichtlich missverstand sie ihn. Er war noch ihr Patient, außerdem hätte er fast ihr Vater sein können.

Und doch – als er sich verabschiedete und sie küsste, wehrte sie sich nicht.

*

Zum wiederholten Mal probierte Christina die flüssige dunkle Masse, schüttelte den Kopf und stellte die kupferne Kasserolle zur Seite. Seit Wochen tüftelte sie in der Backstube an einem neuen Pralinenrezept, doch bisher war ihr die große, die zündende Idee noch nicht gekommen.

Nachdem die Polizei Gernot Rielenau gefangen genommen hatte und man sogar einen großen Teil der veruntreuten Gelder hatte sicherstellen können, musste Jasmin immer häufiger nach Chemnitz, um den dortigen Betrieb am Laufen zu halten.

Michael war zum Glück wieder genesen, er konnte laufen, doch seine Kondition musste noch gestärkt werden. Dazu fuhr er zweimal in der Woche nach Baden-Baden zu seiner Therapeutin.

Noch einmal verfeinerte Christina die dunkle Schokoladencreme, doch wieder war das Ergebnis unbefriedigend.

»Hier steckst du! Hab ich's mir doch gedacht!«

Wie ein Wirbelwind stürmte Patricia in den Raum, stieß einen leeren Eimer um und wischte ein paar Papiere von der

Arbeitsplatte. Doch sie kümmerte sich nicht darum, sondern umarmte Christina fest.

»Geschafft!«, jubelte sie. »Ich hab's geschafft! Mit Auszeichnung abgeschlossen!«

»Was?«

»Na, das Studium selbstverständlich!« Patricias Umarmung wurde fester.

»Hilfe, du erdrückst mich!«, lachte Christina und hielt die Enkelin ein bisschen von sich ab. »Aber wieso bist du fertig? Du hättest doch erst im kommenden Frühjahr die letzten Klausuren schreiben sollen.«

Die junge Frau lachte. »Hätte ... hätte ... hab ich aber nicht. Ich war einfach etwas früher fertig.«

»Und hast uns nichts gesagt!«

»Es ging doch hektisch genug zu in den letzten Wochen. Da wollte ich nicht noch zusätzliche Sorgen bereiten.«

»Du und uns Sorgen bereiten ... das gibt's doch gar nicht.«

Patricia lachte. Sie schwang sich auf die Arbeitsplatte und steckte den Zeigefinger in die noch warme Schokomasse. »Hm, lecker.«

»Aber nicht perfekt.«

»Na ja, irgendwas fehlt, wenn das wirklich eine neue Pralinenfüllung werden soll.« Stirnrunzelnd nahm sie noch eine kleine Portion.

»Lenk nicht ab. Wieso hast du dir eingebildet, wir würden uns Sorgen machen? Wir hätten dir höchstens alle Daumen gedrückt.«

»Die braucht man zum Arbeiten, das ist wichtiger. Außerdem war es ja auch gar nicht notwendig. In BWL bin ich ziemlich gut, das meint zumindest Benjamin, der Assistent unseres Professors. Und der muss es ja wissen.« Sie lachte übermütig. »Heute hab ich dann auch noch den Marketing-Abschluss ganz gut hingekriegt.«

»Ich gratuliere dir! Weiß es deine Mutter schon?«

»Nö. Die ist doch in Chemnitz. Und Paps in Baden-Baden. Behauptet er zumindest.«

Mit hochgezogenen Brauen sah Christina sie an. »Zweifelst du etwa daran?«

»Nicht, dass er in der Stadt ist. Aber daran, dass er noch eine Behandlung braucht. Ich hab ihn mit dieser Hannah gesehen. Die beiden sahen nicht aus wie Patient und Therapeutin.«

»Nicht schon wieder«, murmelte Christina. »Er ist doch jetzt wirklich alt genug, um auf solche Eskapaden verzichten zu können.«

»Eben deshalb.« Patricia schien es nicht allzu wichtig zu nehmen, dass ihr Vater sich mal wieder einen Seitensprung erlaubte. »Er lebt wohl seine Midlife-Crisis voll aus, da müssen die Freundinnen besonders jung und hübsch sein.«

»Was du alles weißt!«

»Bin eben ein kluges Mädchen.« Patricia sprang auf die Erde. »Und deshalb feiern wir jetzt meinen Abschluss. Nur du, Steven und ich.«

»Auf keinen Fall! Ihr feiert allein. Und ich kümmere mich um diese verflixte Rezeptmischung.«

»Kommt nicht in Frage. Du feierst mit. Und morgen probieren wir hier weiter. Du und ich.« Sie zog den zweiten Topf vom Herd und griff nach Christinas Schürzenbändern. »Schließlich muss ich schon ein bisschen Praxis vorweisen, wenn ich nach Brüssel gehe.«

»Nach Brüssel? Wieso das?«

Patricia zog sie mit sich aus der niedrigen Backstube. »Das ist die nächste Neuigkeit: Im Januar fange ich bei Marcier in Brüssel an. Sie nehmen mich als Azubi. Ich kann, weil man uns kennt, noch später einsteigen als die anderen Auszubildenden, da man Grundkenntnisse bei mir voraussetzt. Bevor ich mich ins Berufsleben stürze, möchte ich nämlich noch mit Steven nach Kapstadt fliegen, er will mich endlich seinen Eltern vorstellen.«

»Kind, Kind, das sind Neuigkeiten, auf die ich wirklich ein Glas Sekt brauche.«

»Schampus, Oma. Rosé Champagner deiner Lieblingsmarke. Wir wissen doch, was du magst. Steven hat die Flasche schon kalt gestellt!«

*

Nach einem schwül-warmen Tag hatte ein heftiges Sommergewitter für Abkühlung gesorgt. Von den Bäumen des Kurparks tropfte das Wasser, die Wege waren aufgeweicht und die Straßen nass. Vor Hannahs Haus parkten bestimmt sechs Fahrzeuge. Michael fluchte unterdrückt, weil er jetzt ein paar Meter durch den noch immer leichten Regen gehen musste. Diese Umstände ließen seine Laune nicht besser werden.

Vor drei Stunden hatte Jasmin aus Chemnitz angerufen und ihm berichtet, dass es erneut Schwierigkeiten mit einer Abfüllanlage gab. Außerdem weigerte sich der Hersteller, die Reparaturkosten zu übernehmen, obwohl für die Maschine noch ein halbes Jahr lang Garantie bestand.

»Ich komme und rede selbst mit denen«, hatte Michael erklärt.

»Nein, das ist doch nicht nötig, ich komme schon klar.«

»Nichts da, spätestens übermorgen bin ich bei dir.« Er wollte es sich nicht eingestehen, aber es kam ihm nicht ungelegen, dass Jasmin seine Hilfe brauchte. Zumindest würde er es Hannah so erklären. Und auch, dass sie ihre Beziehung beenden mussten.

Er griff nach dem bunten Sommerblumenstrauß, den er für sie gekauft hatte, wollte spontan auch den Champagner mitnehmen – so wie immer, wenn er zu seiner jungen Geliebten fuhr, hatte er Champagner dabei –, doch dann legte er die Flasche entschlossen wieder zurück.

Er würde heute – sanft, aber bestimmt – mit Hannah Schluss machen. Er liebte Jasmin, sie allein. Wenn sie auch nicht mehr durch große Leidenschaft verbunden waren, so war sie doch die einzige Frau, bei der er sich zu Hause fühlte und mit der er leben wollte. Er nahm sich vor, gleich morgen nach Chemnitz zu fahren und seiner Frau zu helfen, das Problem in der Firma zu lösen. Sie waren immer ein gutes Team gewesen, und daran sollte sich nichts ändern.

*

»Die Unruhen an der Elfenbeinküste werden die Preise für Kakao in kürzester Zeit hochtreiben. Ein Glück, dass wir hauptsächlich mit den Produzenten in Ghana zusammenarbeiten.« Patricia legte die Zeitung beiseite. »Wenn wir in Südafrika sind, werde ich zusehen, dass wir mal zu Stevens Verwandten fliegen. Es ist sicher spannend, vor Ort zu sehen, wie Kakao gepflückt wird. Und angeblich sind die Onkel ja sehr seriöse Plantagenbesitzer, die ihre Angestellten, aber auch die Kleinbauern, die ihre Ernte bei ihnen auf der Farm abliefern, ordentlich bezahlen.«

»Fragt sich nur, was die Männer unter ›ordentlich‹ verstehen.« Michael sah etwas skeptisch drein. »Mach dir keine zu großen Illusionen, Patty. Der Konkurrenzkampf lässt nicht allzu viel Menschlichkeit zu in dieser Branche. Das ist seit langem bekannt.«

»Außerdem ist es kein Katzensprung von Südafrika nach Ghana«, fügte Jasmin hinzu.

»Das ist kein Problem.« Patricia lächelte. »Inzwischen weiß ich, dass Stevens Familie ziemlich wohlhabend ist. Sie besitzen sogar ein Flugzeug. Er hat es verraten, als ich gefragt hab, wie die Familie so offensichtlichen engen Kontakt halten kann, obwohl sie so weit voneinander entfernt leben. Da hat mir Steven erzählt, dass sein Vater leidenschaftlicher Flieger ist.«

»Der Junge überrascht immer wieder«, murmelte Michael vor sich hin.

»Mir ist egal, ob er reich oder arm ist. Er ist der beste Mann für mich. Außerdem interessiert er sich für unsere Firma, und das ist ja auch was wert, oder?« Sie sah von einem zum anderen.

»Das stimmt. Geld allein hat sowieso noch nie glücklich gemacht. Ich bin gespannt, was du sagen wirst, wenn du von deiner Reise zurückkommst.«

»Ich freu mich riesig.« Patricia schob sich das letzte Stück ihres Frühstücksbrötchens in den Mund. »Ach ja, da ist noch was … Ich werde übrigens nach Belgien gehen, sobald ich zurück bin. Den Ausbildungsvertrag mit Marcier hab ich schon.«

»Du willst eine Ausbildung machen? Als was?«

»Na, als Chocolatière natürlich. Und als Patissière. Alles kann ich bei den Belgiern miteinander verbinden.«

»Warum hast du vorher nichts gesagt? Du hättest doch auch hier bei uns …«

»Auf keinen Fall!«, fiel Patricia ihrem Vater ins Wort. »Genau das will ich ja nicht. Ich will andere Länder, andere Betriebe kennenlernen. Nur so ist es doch möglich, neue Inspirationen zu bekommen. Und wir brauchen bald mal wieder ein neues Produkt, das uns auf dem Markt wieder vorantreibt.«

»Du sprichst wie deine Großmutter.«

Patricia lachte. »Das nehm ich mal als Kompliment, Mutsch.« Sie stand auf, küsste kurz Mutter und Vater, dann wirbelte sie hinaus. »Ich treffe mich noch mit einer Freundin im Reitstall. Schließlich muss ich mich ja von den Pferden verabschieden. Steven holt mich morgen früh ab, dann fahren wir nach Frankfurt.«

»Und wann willst du packen?«

»Zwischendurch!« Lachend ging Patricia hinaus.

»Sie ist unmöglich«, murmelte Jasmin, doch es klang zärtlich.

»Sie ist wunderbar, unsere Tochter.« Michael griff nach Jasmins Hand und drückte sie. »Wir können stolz auf sie sein.« Mit einem Lächeln sah er Patricia nach, die quer durch den Garten hinüber zum alten Graber-Haus lief.

Wie sie es erwartet hatte, fand Patricia ihre Großmutter in der Backstube. Sie rührte wieder in einer Schokoladencreme, hatte aber auch ein paar schmale, bunte Kartons am Ende der Arbeitsplatte liegen.

»Was ist das?« Patricia wies auf die bunten Kartons.

»Vorschläge eines neuen Kunden. Wir sollen irgendeine Leckerei in diese Give-aways platzieren. Ich hab allerdings keine Idee, was Zehnjährige interessieren könnte.«

Patricia hob die Kartons auf und betrachtete sie von allen Seiten. »Mal wieder was zum Thema ›Krieg der Sterne‹, oder?«

»So was Ähnliches ist es, glaub ich.« Christina strich sich eine Haarsträhne aus dem Gesicht. »Für diese Klientel bin ich einfach zu alt. Was mögen die Kids heutzutage denn besonders gern?«

»Auf keinen Fall Pralinen.« Patricia lachte. »Ich lass mir was einfallen. Einverstanden?«

»Natürlich.« Christina band sich die weiße Schürze ab. »Kommst du noch mal mit zum Friedhof?«

Patricia nickte. Rasch schickte sie ihrer Reiterfreundin eine SMS, dass sie sich ein bisschen verspäten würde, dann gingen Christina und sie zum Friedhof hinüber, der gleich neben der Ortskapelle lag.

Kurz verharrte Christina vor dem Familiengrab, auf dem eine Kerze in einer Kupferlaterne brannte, dann wandte sie sich dem Nachbargrab zu. Es war schmaler, aber auch hier brannte ein Licht, und Rosen schmückten den Grabhügel. Auf einer schwarzen Marmortafel waren ein Notenschlüssel zu sehen und daneben ein Davidstern. Darunter stand in goldenen Buchstaben Jakob Goldsteins Name.

Es war nicht einfach gewesen, den Dorfpfarrer dazu zu bringen, Jakob auf dem katholischen Friedhof beizusetzen, doch nachdem der junge Priester Jakobs Geschichte, die so eng mit Himmelsheim verbunden war, erfahren hatte, stimmte er zu.

»Hallo, Jakob.« Christina bückte sich und hob ein paar Zweige auf, die der Wind aufs Grab geweht hatte. »Stell dir vor, meine Kleine geht bald nach Brüssel, sie wird Konditorin, so wie ich. Das hätte dir gefallen, nicht?«

Patricia entzündete auf beiden Gräbern Kerzen, dann umarmte sie Christina kurz. »Aber erst mal wartet das Abenteuer Afrika auf mich.«

*

»Ist das schön hier!« Mit glänzenden Augen sah Patricia von der Terrasse des Herrenhauses zu den Rebhängen hinüber, die sich in unendlicher Weite hinter und neben dem Haus erstreckten. Die Sonne ließ die gekalkten Mauern der Nebengebäude leuchten, das blendende Weiß tat den Augen fast ein wenig weh.

»Schau mal nach rechts.« Steven streckte den Arm aus. »Wenn du dich ein bisschen vorbeugst, kannst du von hier aus sehen, wie sich die Landzunge des Kaps in den Ozean erstreckt. Es ist ein Anblick, um den uns die anderen Winzerfamilien beneiden. Nur vom Nachbargut aus hat man eine ähnlich schöne Aussicht.«

Seit vorgestern hielten sich Patricia und Steven auf dem Weingut der Familie auf. Patricia war von Stevens Eltern und seinen beiden Schwestern, Linda und Kim, sehr liebevoll aufgenommen worden. Henry, Stevens älterer Bruder, umarmte sie und küsste sie zur Begrüßung auf beide Wangen. Dann zwinkerte er Steven zu. »Wenn sie eine Schwester hat, bring die das nächste Mal mit!«

Henry würde einmal das Weingut leiten, und er arbeitete jetzt schon mindestens so verantwortungsvoll wie sein Vater auf dem großen Besitz. Er hatte etliche Monate in Frankreich auf einem Weingut hospitiert und von dort neue Ideen mitgebracht.

Patricia fühlte sich wohl bei den Stanfords. Von der ersten Minute an gab man ihr das Gefühl dazuzugehören, ein Teil der großen Winzerfamilie zu sein.

Zur Familie zählten die Stanfords auch einen alten weitläufigen Verwandten und den Gutsverwalter Eric Roberts, der seit mehr als dreißig Jahren auf dem Weingut tätig war. Obwohl schon über siebzig, arbeitete er noch täglich auf dem Gut mit.

»Das hier ist meine Heimat, und auch meine Familie«, pflegte er zu sagen. »Etwas anderes hab ich nicht.«

Die Stanfords waren froh, dass er trotz des schon lange erreichten Rentenalters weiterarbeitete. Er war groß und kräftig, konnte es mit manch einem Jüngeren aufnehmen. Doch was am wichtigsten war: Er besaß den Respekt aller Mitarbeiter – was er anordnete, wurde widerspruchslos ausgeführt.

Auch Pit Dragensteen, dessen Familie seit fast zweihundert Jahren am Kap lebte und der einer der besten Kellermeister des Landes war, kam oft ins Haupthaus. Er wohnte in einem kleinen Gebäude inmitten der Weinberge, zusammen mit Elli, seiner dunkelhäutigen Lebensgefährtin.

»Wenn du willst, fahren wir nach dem zweiten Frühstück runter ans Meer.«

»Ich möchte aber auch zum Tafelberg hinauf.«

»Das machen wir, wenn das Wetter besser ist. Heute ist der Berg mit Sicherheit in Wolken gehüllt.« Er lachte leise. »Die Leute nennen diese Wolkenschicht ›das Tischtuch des Teufels‹. Vor allem in den Sommermonaten ist dieses Phänomen zu beobachten. Aber auch jetzt, im Frühling, verhüllt sich Kapstadts Wahrzeichen sehr häufig.«

Patricia musste sich erst dran gewöhnen, dass sie auf der anderen Seite der Erdhalbkugel waren. Während zu Hause der Herbst langsam Einzug hielt, herrschten am Kap frühsommerliche Temperaturen.

»Also gut, fahren wir ans Meer. Am besten nach Hermanus. Das ist ein ehemaliges Fischerdorf, das jetzt aber vom Tourismus erobert ist. Von dort aus kann man die Wale am allerbesten beobachten.«

»Sind die denn jetzt überhaupt zu sehen?«

»Nicht so viele wie im September und Oktober, aber einige tummeln sich bestimmt auch jetzt noch dort.«

»Ich bin gespannt.« Für einen Moment schmiegte sich Patricia an ihn. »Deine Heimat ist wunderschön.«

»Das stimmt. Aber leider gibt es auch viele dunkle Seiten, doch die will ich dir lieber nicht zeigen. Stattdessen werden wir am Abend in die Stadt fahren. Ich zeige dir dann die Sehenswürdigkeiten von Kapstadt.« Er lachte. »Eigentlich müsste man sich wochenlang hier aufhalten, um sich alles genau anzusehen. Aber einen ersten Eindruck kriegst du schon.«

Wenig später fuhren sie im offenen Jeep durch die Weinberge, die sich in scheinbar unendlichen Bahnen die sanften Hügel entlangzogen. Sie fuhren an zwei kleineren Weingütern vorbei, deren Hauptgebäude alle, so wie das Haus der Stanfords auch, im kapholländischen Stil erbaut waren.

»Wenn die modernen Maschinen, die man überall sieht, nicht wären, könnte man sich um hundertfünfzig Jahre zurückversetzt fühlen«, sagte Patricia. »Diese ungewöhnliche Architektur ... ich mag sie sehr.«

Steven streckte den Arm nach ihr aus. »Schön, dass es dir hier gefällt.«

»Alles, was ich bislang gesehen hab, ist einfach umwerfend schön. Das lässt sich kaum noch toppen.«

»Wart's ab.«

Und wirklich, als er den Wagen direkt am Strand von Hermanus parkte, als Patricia die Wellen des Atlantiks sah, die sich mächtig am langgezogenen Strand brachen, war sie noch begeisterter. Vor allem, als in der Ferne zwei Wale auftauchten, kurz eine Wasserfontäne in die Luft stießen und dann wieder verschwanden.

»Ich glaube, das ist ein Muttertier, das sein Junges sehr früh bekommen hat. Deshalb sind sie schon hier in der Bucht, wo das Wasser flacher ist. Die Bullen sind noch in der Antarktis.«

»Gigantisch.« Angestrengt sah Patricia hinaus aufs Wasser, wo sich die beiden Wale tatsächlich noch einmal zeigten.

»Hast du Lust, schwimmen zu gehen? Oder sollen wir noch ein Stück weiterfahren?«

Sie zögerte. »Schwimmen wäre super, aber ich bin auch neugierig auf alles, was es noch zu sehen gibt.«

Er zog sie an sich. »Wir kommen noch oft hierher.«

Sie bog sich in seinen Armen zurück. »Noch oft? Weißt du, was das heißt?«

Steven lachte. »Klar. Damit will ich sagen, dass du mich nicht mehr loswirst, Patty. Ich liebe dich. Und ich will mein ganzes Leben mit dir verbringen. Hier, in Deutschland, wo immer du willst.«

»Erst mal gehe ich nach Belgien, wie du weißt.«

»Da komm ich dich besuchen.«

»Versprochen?«

»Versprochen. Ich fürchte, ich werde ein Semester länger studieren müssen, weil ich zu viel Zeit in Brüssel verbringen werde.«

»Auf keinen Fall! Wir brauchen dich in der Firma.« Sie zuckte zusammen, als sie ihre geheimen Pläne ausgesprochen hatte. »Das heißt, natürlich nur, wenn du willst. Ich … ich …«

Steven zog sie fester an sich. »Ich will. Dich. Deine Familie. Die Arbeit in der Firma. Ich will. Unbedingt!«

»Und jetzt will ich dich.« Leidenschaftlich presste Patricia sich an ihn. »Am liebsten sofort.«

Er sah sich um, etliche Touristen saßen in den Strandcafés. »Leider unmöglich«, lachte er und küsste sie zärtlich. »Du musst dich bis zum Abend gedulden.«

»Sehr schwierig!« Sie zwinkerte ihm zu. »Was kannst du mir stattdessen bieten, du toller Reiseleiter?«

»Den Platz, wo Atlantik und Indischer Ozean zusammentreffen.«

»Das ist sicher noch spannender als Sex.« Patricia kicherte. »Lass uns losfahren.«

»Du bist ein Biest. Warte ab, ich werde dir später zeigen, auf was du jetzt so leichtfertig verzichtest!« Leidenschaftlich blitzte es in seinen Augen auf, und als er sie noch einmal ausgiebig küsste, ahnte Patricia, dass sie in der kommenden Nacht nur wenig Schlaf bekommen würde.

Eine halbe Stunde später parkte Steven den Jeep an einem Aussichtspunkt am Cape Agulhas.

»Voilà, die südlichste Spitze Afrikas.« Er machte eine weit ausholende Handbewegung. »Das alles hier ist Nationalpark, aber auch der alte Leuchtturm ist ein Relikt aus der Zeit, als die Seefahrer noch Mühe hatten, diese Landspitze zu umfahren.«

Patricia beugte sich ein wenig vor. Sie sah mit leuchtenden Augen hinunter zum Ozean, dessen schaumgekrönte

Wellen sich am Strand und an den hohen und spitzen Klippen brachen.

»Bilde ich es mir nur ein, oder kann man die beiden Meere tatsächlich voneinander unterscheiden? Mir kommt es so vor, als sei der Indische Ozean blauer als der Atlantik.«

»Das glaube ich nicht. Aber es kann sein, dass der Lichteinfall eine optische Täuschung verursacht.« Er warf einen Blick auf seine Uhr. »Wenn wir mehr Zeit hätten, würde ich mit dir hoch auf den Leuchtturm steigen. Von dort aus hat man einen noch besseren Blick auf die Bucht.«

»Ich find's von hier aus schon gigantisch.« Patricia konnte sich von dem Anblick kaum lösen, doch Steven drängte dazu, wieder zurück zum Gut zu fahren.

»Meine Eltern haben am Abend ein paar Nachbarn eingeladen, wir sollten uns vorher noch ein bisschen ausruhen und dann umziehen.«

»Nachbarn? Ich hab keine Nachbarhäuser gesehen.«

Steven lachte. »Die nächsten Nachbarn wohnen auch dreißig Kilometer entfernt. Deshalb ist es immer etwas Besonderes, wenn einer von uns etwas zu feiern hat. Diesmal ist es meine Heimkehr – und natürlich wollen alle meine deutsche Freundin kennenlernen.«

»Dann hat es sich schon rumgesprochen, dass wir ein Paar sind?«

»Aber ja! Und vor allem Mary Clemens wird enttäuscht sein. Sie schwärmt seit der Schulzeit für mich.« Er lachte. »Aber keine Sorge, wenn sie versucht, dir die Augen auszukratzen, rette ich dich.«

»Mein edler Ritter!« Patricia lachte, doch als sie am Abend die verkniffene Miene der rothaarigen Mary sah, begriff sie, dass sie in dem jungen Mädchen, das etwas zu füllig war, eine Feindin fürs Leben hatte.

Davon ließ sie sich die gute Laune aber nicht verderben. Sie tanzte mit Steven, seinem Vater, mit drei jüngeren Nachbarn und schließlich mit Henry, der auf charmante Art mit ihr flirtete, ohne aufdringlich zu werden.

Erst als im Osten das erste Grau des jungen Morgens heraufzog, löste sich die Gesellschaft auf.

Patricia war todmüde, als sie ins Bett fiel. Sie schlief bis in den späten Vormittag hinein. Steven war schon wach, er hatte, zusammen mit Henry und seinem Vater, einen Ritt durch den ältesten Teil der Weinberge unternommen.

Nach einem zweiten Frühstück – das für Patricia die erste Mahlzeit des Tages war – fuhr Steven mit ihr in die Stadt, und Patricia lernte sowohl das hektische Treiben der Innenstadt als auch den Hafen, die wunderbaren Strände von Camps Bay und Clifton kennen.

»Dort drüben …« Steven wies zu einer Insel im Meer, »liegt Robben Island. Du weißt, dass Nelson Mandela dort lange Jahre inhaftiert war.«

Patricia nickte.

»Da fahren wir aber ein andermal hin«, meinte Steven. »Jetzt zeig ich dir noch das Bo-Kaap-Viertel mit seinen buntbemalten Häusern. Hier leben hauptsächlich die Nachfahren der Sklaven, die einst von den Niederländern von den ostindischen Gewürzinseln hierher verschleppt wurden.«

Patricia bewunderte die schmucken, in Gelb, Ocker und in hellem Lila gestrichenen Häuser, die einen ganz besonderen Charme besaßen.

An diesem Abend gingen sie früh zu Bett, denn am folgenden Tag wollten sie schon sehr früh zusammen mit Stevens Eltern nach Ghana fliegen.

Auch von Stevens Onkeln wurde Patricia herzlich willkommen geheißen. Zunächst aßen sie in dem weitläufigen Herrenhaus, das am Rand einer großen Kakaoplantage lag, zu Mittag, dann führte Stevens jüngerer Onkel sie herum und zeigte ihr Kakaobäume und eine Farm, die ganz in der Nähe lag.

»Sie gehört Ben, einem guten Freund«, sagte er. »Seine weitverzweigte Familie arbeitet seit Jahren für mich.«

»Dann arbeiten die Leute auf eigene Rechnung?«, fragte Patricia.

»Ja. Sie sind alle Kleinbauern, die ihre Erzeugnisse an uns verkaufen.« Er sah sie ernst an. »Ich weiß, worauf du hinauswillst, Patty. Aber glaub mir, wir zahlen, was wir verantworten können. Und das ist mehr als die meisten anderen Händler. Zumal wir jetzt auch versuchen, hier vor Ort die Früchte weiterzuverarbeiten.«

In den nächsten Stunden sah Patricia, wie die Kakaofrüchte geerntet wurden. Es geschah so wie vor fünfhundert Jahren: Die Männer schlugen die reifen Früchte mit scharfen Messern vom Baum. Auf einem Sammelplatz wurden die Früchte mit Messern geöffnet und die Samen aus der Schale gelöst.

»Um aus den Samenkernen hochwertigen Rohkakao entstehen zu lassen, werden die Früchte einem Gärprozess unterzogen«, erklärte Gerry Stanford. »Dazu füllt man die Samen mitsamt dem Fruchtfleisch in Kästen oder häuft sie auf und deckt sie mit Palmblättern ab. Bald setzt der Gärprozess ein. Die herben Gerbstoffe oxidieren, das feuchte Fruchtmus löst sich auf und fließt ab. Die Kerne färben sich daraufhin dunkel, und das typische Kakaoaroma entsteht. Das alles dauert fünf bis zehn Tage.«

»Interessant.« Patricia beugte sich zu einem Hügel, unter dem die Früchte lagen, und zog ein paar Palmblätter hoch. Es roch streng, und rasch deckte sie die Blätter wieder über die gärenden Bohnen.

»Damit sind die Bohnen aber noch nicht versandfertig«, erklärte Gerry weiter. »Die Früchte müssen noch etliche Tage in der Tropensonne trocknen, dann erst können sie in Säcke gefüllt und in die verschiedenen Abnehmerländer verschickt werden.«

Sie fuhren noch zu zwei anderen Farmen, und Patricia sah sich alles interessiert an.

»In der Theorie wusste ich das ja alles«, gestand sie. »Aber es ist faszinierend, vor Ort zu sehen, wie unser wertvollster Rohstoff bearbeitet wird.«

Noch bevor Gerry oder Steven etwas erwidern konnten, stürmte ein knappes Dutzend Kinder laut schreiend auf die kleine Gruppe zu. Sie gestikulierten wild durcheinander, strahlten vor allem Steven an und zupften an seinem hellen Hemd, das er lässig über der Jeans trug.

»Diese Rasselbande. Woher wissen die immer, dass ich hier bin?«

»Das spricht sich in Windeseile rum. Wenn euer Flugzeug auf dem Rollfeld landet, erfährt es einer der Verwandten, der telefoniert mit einem anderen Verwandten ... und irgendwann kriegen es auch die Kleinen mit.« Gerry lachte. »Bist selber schuld, dass sie dich jedes Mal belagern, wenn du hier auftauchst.«

Gerry rief den Kindern in ihrem heimischen Dialekt etwas zu, und für ein paar Augenblicke ließen sie von Steven ab. Aus großen dunklen Augen sahen sie zu Patricia hin, die sie noch nicht kannten. Dann aber wurde ihre Aufmerksamkeit wieder auf Steven gelenkt, der seine große Schultertasche abnahm und sie öffnete.

Sofort umringten ihn die Kinder wieder, lachten und redeten wild durcheinander.

»Hast du ihnen was mitgebracht?«, fragte Patricia.

»Ja. So wie immer, wenn ich herkomme.« Er öffnete eine längliche Kühlbox und nahm etliche Riegel Schokolade heraus. »Weißt du, die Kleinen arbeiten schwer auf den Feldern ihrer Eltern. Und wenn Gerry und John nicht drauf drängen würden, dass sie zur Schule gehen, würden sie von morgens bis abends schuften müssen.« Er zuckte mit den Schultern, während er die Schokolade verteilte. »Aber so ist es nun mal, die Familien leben am Existenzminimum, und wenn die Kinder nicht mithelfen würden, kämen sie alle nicht zurecht.«

»Verstehe. Ich hab gelesen, wie minimal die Erzeuger bezahlt werden.«

»Ja. Und die meisten der Kinder, die auf den Plantagen arbeiten, kennen zwar die Kakaobohnen von klein auf, doch was aus ihnen gemacht wird, nämlich Schokolade, wissen sie nicht.«

Sie lächelte ihn zärtlich an. »Du bist super«, raunte sie ihm zu.

»Danke.« Er verteilte die letzten Riegel, und strahlend trollten sich die Kinder.

Später, als sie wieder im Haupthaus der großen Farm waren, sagte Patricia: »Man müsste viel mehr für die Kinder tun, meint ihr nicht?«

Gerry schüttelte den Kopf. »Wir haben schon alles getan, was zu verantworten ist. Die meisten der Kleinen gehen zur Schule, sie werden satt, weil wir anständige Preise zahlen. Aber du kannst den Eltern nicht verbieten, die Kinder mitarbeiten zu lassen, denn sonst verlieren die Familien ihre Existenz.« Er machte eine kleine Pause, fügte dann leiser hinzu: »Und wir auch. Wenn wir auf dem Weltmarkt mithalten wollen, müssen wir eiskalt kalkulieren.«

Patricia nickte. »Das seh ich ein. Dennoch, die Kleinen tun mir leid. Sie haben keine schöne Jugend.«

Steven drückte ihre Hand. »Glaub mir, sie sind privilegiert, seit Gerry und John alle ihre Zulieferer zwingen, die Kinder zur Schule zu schicken. Das ist in der ganzen Region einzigartig.«

In den folgenden Tagen musste Patricia noch einige Male feststellen, dass sie Afrika und die Lebensbedingungen in diesem Land nicht mit europäischen Standards vergleichen konnte. Und doch fand sie das Land und seine Menschen faszinierend, und sie versprach den Stanfords beim Abschied, bald wiederzukommen.

Als sie sich dem Flughafen näherten, griff Steven nach ihrer Hand. »Damit du Südafrika nicht vergisst. Und mich auch nicht«, sagte er und streifte ihr einen schmalen Ring auf den Finger.

Unmerklich zuckte Patricia zusammen.

»Keine Sorge.« Er küsste den Finger, an dem der Brillant blitzte. »Das wird kein Heiratsantrag. Ich weiß ja, dass du keine Ehe willst. Aber du und ich, wir gehören zusammen.«

Sie nickte. »Danke.« Ihre Augen leuchteten. »Danke für den Ring. Und für deine Liebe.«

8

»Heute wird nicht gearbeitet.« Energisch zog Pierre Marcier Patricia aus dem Büro im Hauptgebäude der Firma. »Seit Wochen arbeitest du ohne Pause, das muss sich ändern.«

»Und das bestimmst du, ja?«

»Ja. Schließlich bin ich der Juniorchef. Und ich will auf keinen Fall riskieren, dass unsere Firma wegen Ausbeuterei einer Mitarbeiterin angeklagt wird.« Pierre hielt die Tür weit auf. »Komm mit, heute gehen wir in die Königlichen Gärten. Die sind nur zwei Wochen im Jahr geöffnet und einzigartig.«

Patricia zögerte. Seit Monaten lernte und arbeitete sie intensiv; sie hatte sich nur an Weihnachten eine zweiwöchige Pause gegönnt und drei verlängerte Wochenenden, die sie mit Steven verbracht hatte.

Steven hatte sein Juraexamen mit Bravour bestanden, wollte jetzt darangehen, seine Doktorarbeit zu schreiben.

»Ehrgeiz steckt an«, hatte er lachend gesagt. »Dein Vater ist ganz begeistert davon, später mal einen promovierten Juristen im Betrieb zu haben.«

»Dann willst du also meinem Vater gefallen. Interessant.«

»Natürlich! Schwiegerväter sind leichter um den Finger zu wickeln als Schwiegermütter, das ist eine altbekannte Tatsache.«

»Hast du bei allen Plänen daran gedacht, dass ich nicht heiraten will? Zumindest in den nächsten Jahren noch nicht«, hatte Patricia zu bedenken gegeben.

»Kein Problem. Du bist dennoch die Frau meines Lebens. Und deine Familie ist dann auch meine Familie.« Stevens Beharrlichkeit hatte sie gerührt, und sie gab ihr auch die sichere Basis dafür, ihre eigenen beruflichen Pläne und Ziele in Ruhe zu verwirklichen.

Gedankenverloren spielte Patricia nun mit dem Brillantring, den sie nie abzog. Dann sah sie auf den Computer; auf dem Bildschirm zogen sich endlos lange Zahlenkolonnen hin.

»Einverstanden. Machen wir für heute blau.« Sie fuhr den Computer herunter und griff nach ihrer Tasche, die neben dem Schreibtisch stand.

»So gefällst du mir!« Pierre, der Sohn und Erbe der Familie Marcier, hielt ihr die Tür weit auf.

Er trug schwarze Designerjeans und ein hellblaues Leinenhemd, handgenähte Schuhe und eine teure Rolex am Handgelenk. Patricia registrierte es mit einem schnellen Blick. Sie selbst brauchte keine teuren Accessoires, um selbstbewusst auftreten zu können, doch inzwischen kannte sie Pierre gut genug, um zu wissen, dass solche Äußerlichkeiten für ihn wichtig waren.

Seit sie in Brüssel lebte, versuchte der Firmenerbe, mit ihr zu flirten, doch sie ließ ihn immer wieder auf charmante Art abblitzen. Er war ihr zu smart, zu selbstgefällig.

Vor Wochen schon hatte eine ältere Kollegin sie vor Pierre gewarnt. »Er ist ein Draufgänger«, hatte sie gesagt, »und er kann keine Niederlage ertragen. Sei also vorsichtig, wenn du ihm einen Korb gibst, das wird er nicht so ohne weiteres akzeptieren.«

Patricia dachte an diese Worte, als Pierre sie heute wieder einlud. Zwei Mal hatte sie Einladungen zu Partys und Diskobesuchen ausgeschlagen. Aber seinen Vorschlag, ihr die Königlichen Gärten zu zeigen, nahm sie gern an, schließlich waren sie dort nicht allein, und in einer großen Menschenmenge würde er sich plumpe Vertraulichkeiten sicher verkneifen.

Draußen vor dem Bürogebäude stand Pierres Porsche.

»Hast du schon wieder einen neuen Wagen?«, fragte Patricia und setzte sich in die hellen Polster.

»Nein. Ich hab den alten umspritzen lassen. Du liebst doch Schokolade mehr als alles andere, da hab ich gedacht, so ein Nougatton würde dir gefallen.«

»Du bist verrückt!«

»Verrückt nach dir.« Mit einem gekonnten Satz schwang er sich hinters Steuer, ohne die Autotür zu öffnen.

Für einen Moment wurde Patricia ernst. »Lass das, Pierre. Du weißt genau, dass ich gebunden bin. Also hör auf, mich anzubaggern, sonst steige ich gleich wieder aus.«

Er hob die Hände, während er den Motor überlaut aufheulen ließ. »Schon gut, ich bin ja still.«

Geschickt lenkte er den Wagen durch die belebten Straßen von Belgiens Hauptstadt. Einige Sehenswürdigkeiten kannte Patricia schon, vor allem beeindruckten sie die großen Gebäudekomplexe, die den Sitz der NATO und der Europäischen Union beherbergten.

Bis sie Schloss Laken erreicht hatten, sprachen sie nur wenig miteinander. Bisher hatte Patricia von der Stadt nur den Innenbereich gesehen, einmal war sie im Theater gewesen und natürlich im berühmten Schokoladenmuseum *Choco Story*, das in der Nähe der Grand Place lag. Hier konnte man vom legendären Maya-Trunk bis zur köstlichen Praline alles über die Herstellung und die Geschichte von Schokolade erfahren.

Vom Umland Brüssels kannte sie bisher noch nichts, aber sie hatte sich vorgenommen, hinaus zum Atomium zu fahren und sich auch noch ein paar der herausragenden Museen anzuschauen.

»Mein Gott, das ist ja wie eine Invasion«, entfuhr es ihr, als sie die Menschenmassen sah, die sich vom Parkplatz aus zu den Gartenanlagen hinbewegten.

»Die Gärten sind ja auch nur in diesen zwei Wochen zu besichtigen. Da will jeder die Gewächshäuser sehen.« Pierre wies auf einen gigantischen Kuppelbau. »Das da drüben ist das Prunkstück der Anlage, die sogenannte Eisenkirche. Das Bauwerk sollte eigentlich eine Kapelle für König Leopold den Zweiten werden, aber dazu ist es nicht gekommen.«

»Um das Ding im Winter zu heizen, muss man sicher ein Vermögen ausgeben«, entfuhr es der praktisch denkenden Patricia.

»Stimmt. Kannst du alles hier nachlesen.« Pierre hob einen Reiseführer in die Höhe. »Es werden exakt achthunderttausend Liter Öl jährlich benötigt. Aber die Blumen, die wir gleich sehen werden, sind wunderschön.«

»Hoffentlich können wir einige Gebäude besichtigen. Der Bustourismus ist ja wirklich gigantisch.«

Pierre lachte. »Keine Sorge, es gibt so viele Plätze und Pavillons, du wirst staunen.« Er griff nach ihrer Hand und führte sie zu einem Rondell, in dem alte Englische Rosen in verschwenderischer Fülle blühten und zarten Duft verströmten.

»Die meisten Besucher gehen erst mal in die Pavillons, aber auch im Park gibt es schöne Ecken.«

Das konnte Patricia nur bestätigen. Sie genoss die Stunden in der weitläufigen Parkanlage, die so viel Schönes zu bieten hatte. Sie schauten sich die Orangerie an und das Theater, bewunderten uralte Bäume und setzten sich schließlich in den Schatten einer Linde, die angeblich mehr als fünfhundert Jahre alt war. Dichte Rhododendronbüsche standen in der Nähe, in deren Zweigen es lebhaft zwitscherte. Gleich dahinter befand sich ein kleiner Pavillon, dessen Glasscheiben trüb wirkten.

»Da sind nur Geräte drin«, erklärte Pierre. »Glaub ich wenigstens.«

»Wenn es was darin zu sehen gäbe, wären mehr Leute hier.« Patricia zupfte sich ein paar welke Blüten von der hellen Bluse. Sie schob sich die leichten Schuhe von den Füßen und bewegte die Zehen. »Noch eine Stunde, dann hab ich kein Gefühl mehr in den Füßen.«

»Dann trag ich dich eben.«

»Angeber!«

Er lachte nur. »Lass es nicht drauf ankommen. Aber erst mal hole ich uns drüben ein Bier. Warte hier, und ruh dich aus.« Ohne ihre Antwort abzuwarten, lief Pierre los und besorgte die Erfrischung.

Patricia lehnte sich entspannt an den dicken Baumstamm und sah Pierre nach. Sie war froh, dass der Sohn ihres Chefs keine Anstalten mehr machte, mit ihr zu flirten. Es wäre ihr peinlich gewesen, ihm noch mal eine Abfuhr zu erteilen.

Pierre arbeitete zwar auch im Unternehmen seines Vaters mit, doch nicht mit der gleichen Begeisterung, wie Patricia es in dem ihrer eigenen Familie einmal tun wollte. Pierre kam im Grunde nur in die Firma, weil sein Vater darauf bestand – und weil er Sorge hatte, sein alter Herr könnte ihm das großzügig bemessene Gehalt streichen, wenn er sich nicht wenigstens an drei Tagen in der Woche in der Firma sehen ließ.

Pierre hatte noch zwei Schwestern, Zwillinge, die acht Jahre jünger waren als er. Sie lebten zurzeit in England und studierten dort.

»Mademoiselle, voilà, der Schampus für Arme!« Er hielt ihr eine Bierflasche entgegen. »Auf Gläser müssen wir verzichten. Und die Pappbecher waren aus.«

»Kein Problem.« Patricia wischte kurz über den Flaschenhals, dann trank sie zwei kräftige Schlucke.

»Ich würde dich täglich so verwöhnen, wenn du mich ließest.« Pierre legte sich ins Gras und streckte die Arme seitlich von sich. Sein Blick war starr auf Patricias schlanke Beine gerichtet, um die sie ihre Arme geschlungen hatte.

»Fängst du schon wieder an?« Unwillig drehte sie ihm das Gesicht zu.

»Nein, nein, reg dich ab.« Er griff wieder nach der Bierflasche. »Auf dich und den schönen Tag.«

Patricia nickte nur.

»Trinkst du nicht mit mir?« Unter halbgeschlossenen Lidern sah er sie lauernd an.

»Na gut. Auf den Tag. Und diesen herrlichen Park!« Sie nahm noch einen tiefen Schluck.

»Auf unseren König.« Wieder trank er ihr zu, und Patricia sah sich genötigt, wieder einen Schluck aus der Flasche zu nehmen. Sie hoffte inständig, dass Pierre ihre abweisende Haltung endlich kapieren würde, denn sie wollte jegliche Missstimmung im Betrieb ihres Arbeitgebers und Lehrherrn vermeiden. Pierres Vater war ihr gegenüber immer äußerst zuvorkommend und korrekt, und Patricia wollte ihre Zeit dort weiterhin zum Lernen benutzen und sich nicht mit solchem Beziehungskram herumschlagen.

»Und jetzt trinken wir ganz offiziell auf die belgisch-deutsche Freundschaft, das kannst du mir ja wohl kaum abschlagen«, drang Pierre dennoch weiter in sie, und Patricia hatte den Eindruck, dass ihn der konsumierte Alkohol noch immer weiter enthemmte.

»Sag mal, willst du's nicht verstehen, oder bist du zu doof dazu«, rief sie aufgebracht. »Ich hab nein gesagt, und dabei bleibe ich, und jetzt lass uns sofort zurückgehen.«

»Es ist doch nur ein Kuss, nichts weiter, jetzt hab dich nicht so ...« Er legte seinen Arm um ihren Nacken, zog sie plötzlich sehr unsanft an sich und drückte gewaltsam seine Lippen auf ihre. Sie roch seinen Bieratem und versuchte, sich angeekelt von ihm loszureißen, doch er hielt sie mit eisernem Griff fest. Patricia wehrte sich wie eine Wildkatze, doch sie konnte nicht verhindern, dass er ihr brutal an die Brust griff und sie weiter mit seinen widerlichen feuchten Küssen bedeckte. Erst als er selber völlig außer Atem war, lockerte sich sein Griff für einen Moment, und Patricia schaffte es, sich loszureißen.

»Lass mich, du bist ja total verrückt. Glaub bloß nicht, dass ich noch einmal in dein Auto steige ...«, schrie sie ihn an und rannte, ohne sich noch einmal umzublicken, von ihm weg.

Sie lief keuchend, ohne Orientierung, die abgeschiedenen Wege des Parks entlang, und erst als sie wieder in die Besucherströme eintauchte, traute sie sich zu verschnaufen.

Doch die romantische Schönheit der Königlichen Gärten war ihr jetzt egal. Sie strebte zum Ausgang, nahm sich dort ein Taxi und fuhr vollkommen aufgewühlt und zornbebend in ihr Appartement zurück.

*

Die Sache mit Pierre ließ sie nicht zur Ruhe kommen. Am folgenden Tag meldete sie sich krank bei der Arbeit, denn es graute ihr davor, dort dem Sohn ihres Lehrherrn wieder über den Weg zu laufen und vielleicht noch so tun zu müssen, als sei nichts geschehen.

Am dritten Tag hielt sie es nicht mehr aus, sie wurde allein mit dem Geschehen nicht fertig.

»Oma, kannst du mich besuchen kommen?« Sie hielt sich nicht mit langen Vorreden auf. »Ich brauche dich. Bitte komm.«

»Was ist passiert?«

»Das sag ich dir, wenn du hier bist.« Patricia zögerte, dann fügte sie hinzu: »Mach dir keine Sorgen, aber ich muss dich sehen und mit dir reden.«

»Morgen früh fahre ich los.«

»Sag den Eltern nichts. Ich ... ich will das nicht.«

Tausend Fragen brannten Christina auf den Lippen, doch sie hielt sich zurück, sagte nur noch einmal: »Morgen Mittag bin ich bei dir, mein Kleines.«

*

Das kleine Appartement in Brüssels Innenstadt lag im dritten Stock, und Christina war ein bisschen außer Atem, als sie an der Tür klingelte. Die Treppen waren extrem steil gewesen, und einen Lift gab es in dem alten Haus nicht.

Eine knappe Minute später hielt sie Patricia in den Armen. Und jetzt, endlich, konnte die junge Frau weinen.

»Um Himmels willen, Kleines, was ist passiert?«

Patricia antwortete nicht, es dauerte eine Weile, bis sie berichten konnte, was ihr zugestoßen war.

Sie saßen auf dem kleinen roten Sofa im schmalen Wohnzimmer, Christina noch im Reisekostüm. Doch daran verschwendete sie keinen Gedanken. Patricia lag, die langen Beine über die Sofalehne gelegt, in ihrem Schoß und erzählte von den Geschehnissen in den Königlichen Gärten.

Still hörte Christina zu, sie brauchte jedoch alle Selbstbeherrschung, um ihr Entsetzen zu verbergen. Sanft streichelte sie über Patricias langes Haar, hauchte hin und wieder einen Kuss darauf und streichelte sacht die Schulter der Enkelin.

Patricia biss sich auf die Lippen, um ein neuerliches Schluchzen zu unterdrücken. »Ich hab mich schon so oft geduscht in den letzten Tagen. Aber ich bilde mir immer noch ein, den Duft seines Aftershaves zu riechen.«

»Armer Liebling.«

Lange saßen sie so. Patricia wurde ruhiger, es tat gut, so gehalten zu werden. Seit sie denken konnte, war die Großmutter der Mensch, dem sie alles anvertrauen konnte, der jeden Kummer zu lindern wusste.

»So, und jetzt duschst du noch einmal, dann gehen wir aus.«

Patricia hob den Kopf. »Jetzt noch?«

»Ich hab Hunger. Und ich war schon ewig lange nicht mehr in Brüssel. Aber ich weiß noch, wo es die besten Muscheln gibt. – Also: Keine Widerrede! Wir gehen aus!«

In dieser Nacht fanden die beiden Frauen nur wenig Schlaf. Sie aßen gut, tranken eine Flasche exzellenten Wein dazu, und später redeten sie in Patricias Wohnung weiter, bis der Morgen graute.

»Meinst du, ich soll es Steven erzählen?«

Christina zögerte. »Das musst du entscheiden. Ich denke, er sollte wissen, warum du von dort weggehst.«

»Ich schäme mich. Wenn ich nicht mit Pierre losgezogen wäre, wäre es nicht passiert.«

»Wäre … hätte … Pierre ist der Sohn deines Chefs. Ihr seid etwa gleichaltrig, und da ist es naheliegend, dass er dir die Stadt zeigt. Du hättest es doch im umgekehrten Fall auch getan, oder?«

Patricia nickte. »Sicher.«

»Na also. Mach dir deshalb keine Gedanken.« Christina stand auf und umarmte sie ein weiteres Mal. »Du weißt ja – wenn du reden willst, bin ich immer für dich da. Und morgen rufe ich bei Claude Marcier an und sag ihm, dass du nicht mehr in seine Firma zurückkommst.«

»Nein.« Patricia schüttelte entschieden den Kopf. »Das mach ich selber!«

*

»Das darf nicht wahr sein!« Mit hochrotem Kopf stürmte Michael ins Büro seiner Frau. Gerade war Jasmin von einer Unterredung mit einem Großkunden zurückgekommen. Sie trug noch ihr hellgraues Jil-Sander-Kostüm und hatte nur das orangefarbene Seidentuch, das sie locker über dem

Jackettkragen getragen hatte, abgezogen. »Sieh dir das an!«

»Was ist denn passiert?«

»Das hier!« Er schlug mit der flachen Hand gegen die Blätter in der Hand. »Eine Katastrophe!«

»Reg dich nicht so auf, denk an deinen Blutdruck«, mahnte Jasmin ganz automatisch.

»Deiner wird auch gleich in die Höhe steigen. Hier. Lies.« Rasch überflog sie das amtlich aussehende Schreiben.

»Nein!« Sie sank auf den Stuhl, die Blätter in ihrer Hand segelten auf die Schreibtischplatte. »Das darf doch nicht wahr sein!«

»Ist es aber. Das da …« Michael wies auf das Schreiben einer bekannten Rechtsanwaltskanzlei, »ist die Aufforderung, unseren neuen Brotaufstrich aus dem Handel zu nehmen.«

»Lächerlich! Das kommt ja gar nicht in Frage! An dem Produkt ist monatelang gefeilt worden. Immer wieder wurde die Rezeptur verbessert, und der Erfolg ist groß. Daran gibt es nichts zu kritisieren oder zu beanstanden.«

»Das will auch niemand. Nur behauptet ein Schweizer Unternehmen, dass sie ein ähnliches Produkt auf dem Markt haben. Sie bezichtigen uns des Plagiats.«

»Ach, Quatsch! Wir haben den Aufstrich monatelang entwickelt. Es war Mutters Idee, und in der Versuchsabteilung hat man lange dran rumgetüftelt, wie es zu perfektionieren ist.«

»Aber die Schweizer haben den Aufstrich auch! Sagt zumindest dieses Schreiben.« Er wischte sich übers Gesicht. »Wie auch immer, wir müssen die Sache ernst nehmen, Jasmin.«

Sie nickte. »Natürlich muss man die ganze Sache ernst nehmen.« Sie biss sich auf die Lippen. »Ich möchte wissen, wie es dazu kommen konnte, dass zwei Unternehmen fast zeitgleich ein Produkt auf den Markt bringen, das sich so stark ähnelt, wie hier behauptet wird.«

»Wir sollten deine Mutter anrufen und ihr sagen, was los ist.«

»Nein, nein, lieber nicht. Gönnen wir ihr die paar Tage bei Patricia in Brüssel. Sie kann ja doch nichts unternehmen und würde sich nur unnötig aufregen.«

»Das wird sie sowieso noch tun.«

»Eben.«

»So eine verdammte Scheiße!« Michael ging erregt im Büro auf und ab. »Kannst du dir vorstellen, dass uns jemand das Rezept geklaut hat?«

Jasmin zögerte. »Kann sein«, murmelte sie. »Das hat's schon gegeben. Sogar in unserer Familie.«

»Wie bitte?«

»Mein Onkel Wolfgang hat mal Rezepturen an die Konkurrenz verscherbelt. Das ist eine Ewigkeit her.«

»Warum denn das, um Himmels willen?«

»Um meiner Mutter zu schaden.« Sie zuckte mit den Schultern. »Er war wohl immer neidisch auf ihren Erfolg. Und er selber hat es nie zu was gebracht.«

»Ach, deshalb redet ihr nie von ihm!«

»Es gibt nicht viel über ihn zu sagen. Er war im Krieg, hat dieses Trauma wohl nie überwunden – und ist letztendlich an seinem Leben zerbrochen. Viel mehr weiß ich auch nicht über ihn zu sagen.«

»Aber du weißt, dass er schon mal Rezepturen verkauft hat.«

»Ja. Das ist aber lange her. Dennoch ... für Geld tun Menschen so einiges. Sie vergessen ihre Loyalität, ihren Anstand.« Sie nahm das Schreiben wieder auf und las es noch einmal durch. »Dagegen muss unser Anwalt etwas unternehmen. Die Angelegenheit wird und muss so rasch als möglich aufgeklärt werden.« Sie stand auf. »Ich will unbedingt diesen Aufstrich der Schweizer probieren. Mal sehen, ob ich eine Dose in der Stadt auftreiben kann. Aber vorher rufe ich unseren Anwalt an.«

*

Die Sekretärin, die Patricia ins Chefbüro führte, musterte die junge Frau in der dunklen Hose und dem hellen Lederblazer diskret, doch voller Mitleid. Sie sagte aber nichts, meldete die Besucherin knapp an und zog sich dann sofort wieder zurück.

Pierres Vater begrüßte Patricia höflich; er wirkte verlegen und meinte, kaum dass sie beide Platz genommen hatten:

»Bevor Sie etwas sagen – es ist mir und meiner Frau unendlich peinlich, dass es zu einem so unangenehmen Vorfall kommen konnte.«

»Vorfall?« Patricia zog die Augenbrauen hoch. Seit sie mit ihrer Großmutter gesprochen hatte, fühlte sie sich besser. Und jetzt so stark, dass sie Pierres Vater die Stirn bieten konnte.

»Ich weiß.« Claude Marcier senkte den Kopf. Er wirkte fahl und ließ die Dynamik, die ihn sonst auszeichnete, an diesem Morgen vermissen. »Wir würden gern alles tun, um das, was passiert ist, ungeschehen zu machen, aber das liegt nicht in unserer Macht.« Der große Mann mit den grauen Schläfen sah Patricia bedrückt an. »Wollen Sie Anzeige erstatten?«

Patricia zögerte. »Nein«, erklärte sie dann. »Ich habe nur meiner Großmutter erzählt, was passiert ist, und sie hat mir geraten, den Ausbildungsplatz zu wechseln. Ich denke, Sie sind damit einverstanden.«

Claude Marcier hatte Mühe, seine Erleichterung zu kaschieren. »Wenn ich Ihnen einen anderen Ausbildungsplatz vermitteln kann, wäre ich froh. Es ist das mindeste, was ich tun kann.« Er zögerte. »Ich bin sehr eng mit der Familie Galler befreundet. Die Firma Galler ist Hoflieferant, und wenn Sie dort die Ausbildung beenden möchten, ist das sicher eine gute Adresse.«

Patricia zögerte, dann nahm sie das Angebot an.

»Ich wünsche Ihnen viel Glück – und viel Erfolg.« Claude Marcier zögerte, fügte dann leiser hinzu: »Ich beneide Ihre Familie. Sie sind eine würdige Nachfolgerin für die Firma Graber.«

*

»Hab ich's doch gewusst, dass ich dich in deiner Werkstatt finde!« Mit ausgebreiteten Armen kam Sandrine Berger in das kleine Backhaus.

»Du bist schon zurück?« Christina wischte sich die mehligen Finger an der weißen Kittelschürze ab, dann umarmte sie die alte Freundin. »Warum hast du nichts gesagt? Ich hätte dich abgeholt!«

»Dann wär's ja keine Überraschung gewesen.« Sandrine lachte. »Steven hat mich in Frankfurt abgeholt und gleich hergebracht.« Sie legte den Arm um Christina und beugte sich über die Arbeitsplatte.

»Was wird das?«

»Weiß ich noch nicht. Aber irgendwas muss ich einfach tun. Die jungen Leute sind tagsüber in der Firma, da muss ich nicht auch noch hinterm Schreibtisch hocken.«

»Verstehe.« Sandrine griff zu einem Stück Teig, das auf der Arbeitsplatte lag, und schob es sich in den Mund. »Hm, lecker. Was soll daraus werden?«

»Keine Ahnung. Ich hab einfach eine neue Mischung ausprobiert. Was es wird – und ob es überhaupt was wird, steht noch nicht fest.« Christina knöpfte sich den Kittel auf. »So, Schluss mit der Beschäftigungstherapie.« Sie lachte. »So nenn ich mein Tun hier selber. Aber es ist immer noch gescheiter, als Stiefmütterchen zu züchten und sich von den lachenden Gesichtchen angrinsen zu lassen.« Sie warf den Kittel über eine Stuhllehne. »Du weißt doch, für Haus und Garten bin ich nicht zu gebrauchen.«

»Stell dein Licht nicht unter den Scheffel. Du kochst sehr gut.«

»Danke.« Christina hakte sich bei Sandrine ein. »Komm mit rüber, du musst mir jetzt erst mal ausführlich von deinem Urlaub erzählen. Vier Monate warst du in Südafrika! Ich hätte nie gedacht, dass du es so lange dort aushältst.«

»Ich auch nicht.«

Draußen, im Licht der tiefstehenden Sonne, sah Christina der langjährigen Freundin forschend ins Gesicht. »Du siehst hervorragend aus. Als wärst du in einen Jungbrunnen gefallen.«

»Ich fühle mich auch ganz wunderbar.« Sandrine warf fröhlich lachend den Kopf in den Nacken. »Du, es ist so irre, aber …«

»Was – aber? Red schon!«

»Nicht hier, auf der Straße.«

Sie gingen in Christinas Wohnung und hatten den ersten Kaffee noch nicht ausgetrunken, da platzte Sandrine heraus: »Ich hab mich verliebt!«

»Wie bitte?«

Sandrine nickte. »Es stimmt. Ich hab mich verliebt. Er ist Gutsverwalter bei den Stanfords und ein wunderbarer Mann.«

»Jim Henderson? Der ist doch noch keine fünfzig!«

»Ach was, ich rede von Eric Roberts, dem alten Gutsverwalter. Er arbeitet doch immer noch mit, aber nicht mehr täglich. Und deshalb hatte er viel Zeit, mir die ganze Weinregion unten am Kap zu zeigen.« Sandrine strich sich über das perfekt geschnittene graue Haar, das in einem modischen Bob ihr schmales Gesicht umrahmte. Ihre Figur war immer noch mädchenhaft schlank, und die klugen Augen unter der randlosen Brille strahlten Christina an.

»Also ehrlich, das macht mich sprachlos.« Christina stand auf und umarmte die Freundin. »Aber ich freu mich natürlich für dich.«

»Danke. Ich kann's ja im Grunde selbst noch nicht glauben, aber wir haben uns wirklich vom ersten Moment an verstanden. Ich liebe seinen Humor, seine guten Manieren, seinen scharfen Verstand ...« Sie trank einen kleinen Schluck. »Er versteht nicht nur vom Weinmachen etwas. Auch von Musik und Kunst. Wir haben stundenlang über die Impressionisten diskutiert, die er ebenso mag wie ich.« Sie zögerte und sagte dann: »Stell dir vor, er hat eine echte Skizze von Alfred Sisley in seinem Wohnzimmer hängen.«

»Wie kam er denn dazu?«

»Er sagt, er hat sie als junger Mann mal günstig auf einer Auktion erworben.«

Christina hörte aufmerksam zu, als Sandrine noch mehr von ihrem Besuch in Südafrika erzählte. Schon vor etlichen Jahren hatte sie ihren Schreibtisch in der Firma für eine jüngere Sekretärin geräumt, die mit der modernen Bürotechnik besser zurechtkam als sie. Seither reiste sie viel, engagierte sich sozial und war, so wie seit Jahrzehnten, der Graber-Familie eng verbunden.

Nach einigem Zögern hatte sie eingewilligt, mit nach Südafrika zu fliegen und Stevens Heimat kennenzulernen. Drei Wochen lang war sie mit Steven und Patricia herumgereist, den Rest der Zeit hatte sie auf dem Weingut verbracht – und in Eric einen hervorragenden Reiseleiter gefunden.

»Und was wird jetzt?«, wollte Christina wissen. »Wann seht ihr euch wieder?«

»Das steht noch nicht genau fest. Aber ich glaube, allzu lange wird es nicht dauern, bis er herkommt.« Sie zog sich den Rock ihres königsblauen Jerseykleids glatt. »Er hat schon zwei SMS geschickt, seit ich gelandet bin!«

»Ich bin gespannt drauf, ihn kennenzulernen.«

»Wenn du mal mit Patricia und Steven nach Südafrika geflogen wärst, würdest du ihn schon kennen.«

Christina schüttelte den Kopf. »Nein, nein, das lass ich lieber.«

»Immer noch Flugangst?«

»Ein bisschen.« Christina lehnte sich im Sessel zurück. »Irgendeine Macke muss ich doch auch haben.«

»Bist du sicher, dass das deine einzige ist?«

Die Freundinnen lachten.

»Nein, wahrlich nicht«, gab Christina zu. »Aber es ist die einzige, die ich offen eingestehe.«

*

»Mach doch mal eine Pause, Patty.« Liebevoll legte Steven die Arme um Patricia. »Du hast schließlich monatelang an der Rezeptur für den neuen Snack gearbeitet, überlass die Vermarktung jetzt ruhig mal deinen Eltern.« Er küsste sie zärtlich auf die Schulter. »Ich weiß schon gar nicht mehr, wie es ist, mit dir etwas zu unternehmen.«

Schuldbewusst drehte sich Patricia auf ihrem Schreibtischsessel um. »Tut mir leid, aber ich fürchte, dass die ganze Kalkulation für meine *Naschkatzen* zusammenbricht, wenn die Kakaopreise noch weiter steigen.«

»Du kannst den Weltmarkt nicht beeinflussen.«

»Ich weiß.« Patricia stand auf und trat ans Fenster. Draußen stürmte es, Blätter wirbelten durch die Luft, und vom Schwarzwald herüber zogen immer mehr dunkle Wolken auf. »Aber es ist so frustrierend, wenn man denkt, dass man ein tolles Produkt entwickelt hat, das man aber nicht verkaufen kann, weil es einfach in der Herstellung zu teuer ist.«

»Und wenn du die Rezeptur änderst? Irgendwo was einsparst?«

»Dann schmeckt's doch nicht mehr gut!«

»Vielleicht doch. Probier doch einfach mal, ein paar der teuren Nüsse wegzulassen. Oder den Schokoüberzug nicht ganz so dick aufzutragen.«

Patricia schüttelte den Kopf. »Die Nüsse müssen bleiben. Aber der dünnere Überzug … das probiere ich aus!«

»Aber nicht heute!« Entschlossen zog Steven sie mit sich aus der Tür. »Wir haben noch was vor.«

»Und was?«

»Geheimnis!«

»Sag schon. Du weißt, dass ich es hasse, vor vollendete Tatsachen gestellt zu werden.«

Steven zog sie an sich. »Ich weiß, dass du das, was wir vorhaben, mögen wirst. Also: umziehen, Tasche packen. Wir bleiben über Nacht. Und es gibt keinen Widerspruch!«

Patricia schüttelte den Kopf. »Du bist unmöglich!«

»Mal sehen, ob du das übermorgen auch noch sagst.« Er küsste sie zärtlich. »Und jetzt los, beeil dich.«

Zwei Stunden später waren sie auf der Autobahn in Richtung Berlin. Entspannt saß Patricia neben Steven, der zügig, aber sehr sicher fuhr. Den Lkw, der auf einmal auf die Überholspur ausscherte, bemerkte er noch rechtzeitig. Er verminderte das Tempo und wich auf den linken Randstreifen aus. Gras und Erde spritzten auf, Steven hupte wie wild, und der Fahrer des Lasters riss das Steuer wieder nach rechts, doch es gelang ihm nicht, wieder in die richtige Spur zu kommen.

Der Fahrer der schweren Limousine hinter Steven war nicht so reaktionsschnell. Er bremste zu spät ab und fuhr auf den Sportwagen des jungen Paares, der durch die Wucht des Aufpralls nach vorn gedrückt wurde.

Metall bohrte sich in Metall. Die Airbags platzten auf, von irgendwo drang lautes Hupen bis ins Wageninnere, und der Lkw erschien wie eine riesige Wand aus rotem Blech vor ihren Augen.

Patricia schrie auf, als sie spürte, wie sie schmerzhaft fest von den Sicherheitsgurten gehalten wurde.

»Alles o. k. bei dir?« Steven, vor dem sich der Airbag ebenso aufblähte wie vor Patricia, sah sie besorgt an.

»Ja. Scheint zumindest so. Und du?«

»Wenn ich erst mal hier raus bin, geht's wieder.« Er versuchte, allein aus dem Wagen zu steigen, doch es gelang erst, als ein junger Mann ihm von außen half.

Schnell bildete sich ein Stau hinter der Unfallstelle, doch zum Glück waren nur drei Autos beschädigt worden, und niemand war verletzt.

Der ältere Herr in der Limousine, der Stevens Porsche touchiert hatte, zitterte am ganzen Leib, und der Notarzt, der wenig später eintraf, versorgte ihn als Ersten, da er einen Schock befürchtete.

Steven und Patricia waren mit dem Schrecken davongekommen, ebenso der Fahrer des Lasters. Er wurde von der Polizei vernommen und später in Gewahrsam genommen, als sich herausstellte, dass er seit zwanzig Stunden und ohne Pause unterwegs gewesen war.

»So ein Wahnsinn. Kein Wunder, dass der Mann eingeschlafen ist!« Patricia, die mit Steven am Rand der Fahrbahn an einer Böschung saß und sich den schmerzenden Ellbogen rieb, schüttelte den Kopf. »Es hätte noch viel Schlimmeres passieren können.«

»Allerdings. Ein Glück, dass es nur Blechschaden gegeben hat.«

»Aber wir kommen jetzt nicht weiter. Schade.« Sie lehnte den Kopf an Stevens Schulter.

»Wer sagt das? Es gibt doch Leihwagen! Alles eine Frage der Organisation.«

»Na, du hast Nerven!«

Steven grinste. Er hatte den ersten Schreck rasch überwunden. »Stimmt. Ich hab schon vor einer Horde wilder Paviane gestanden, das war damals wirklich gefährlich.«

»Das ist ein blöder Vergleich.«

»Hast ja recht, Darling. Ich wollte damit ja auch nur sagen, dass wir unverschämtes Glück hatten. Deshalb fahren wir weiter, sobald der Leihwagen da ist.« Er stand auf, gab Patricia einen Kuss und führte dann ein paar Telefonate.

Patricia stand ebenfalls auf, sie ging zum Notarztwagen hinüber, in dem der ältere Herr immer noch behandelt wurde, und erkundigte sich nach seinem Befinden.

»Ihm geht's bald wieder gut, keine Sorge.« Einer der Sanitäter sah sie forschend an. »Was ist mit Ihrem Arm?«

»Nichts Besonderes.«

Der Sanitäter bestand aber darauf, sich den Arm näher anzusehen, doch er konnte nur eine Schramme feststellen.

»Die Haut ist abgeschürft, das ist ein wenig schmerzhaft, heilt aber in wenigen Tagen ab. Sie hatten wirklich Glück.« Er sah zu Steven hin, der gerade das letzte Gespräch beendete. »Ihrem Begleiter ist nichts passiert?«

»Nein. Wir hatten wirklich Glück.«

Fast anderthalb Stunden dauerte es, bis sie in einem geliehenen Sportwagen weiterfahren konnten. Es dämmerte schon, als sie Berlin erreichten und im Hotel direkt neben dem Brandenburger Tor eincheckten.

»Ich hab keine Lust, jetzt noch auszugehen«, gestand Patricia.

»Kein Problem, dann bleiben wir hier und genießen die Küche des Hotels.«

Sie nickte nur. Im Nachhinein machte sich doch ein leichter Schock bemerkbar.

»Ich wollte es dir ja erst morgen sagen, aber du brauchst eine Aufmunterung.« Steven ging zu seiner Tasche und zog zwei Tickets heraus. »Hier. Da gehen wir morgen hin.«

Patricia griff nach den zwei länglichen Papierstreifen – und schrie unterdrückt auf. »Das glaub ich nicht!« Sie umarmte Steven, strahlte, und der Druck, der eben noch auf ihr gelastet hatte, wich mit einem Schlag. »Wir gehen zum Robbie-Williams-Konzert! Irre!«

Steven lachte. »Wusste ich doch, dass dich diese Aussicht aufmuntert!«

»Wir hatten einfach ziemlich viel Pech in letzter Zeit. Zwei Lastwagenfahrer sind ausgefallen, Mutter hatte eine schwere Sommergrippe, dann der Ärger mit den verrückten Vorwürfen der Schweizer ...«

»Die aber ja zum Glück vom Tisch sind, oder?«

Patricia nickte. »Es ist zwar noch nicht alles ausgestanden, aber fest steht, dass wir das Originalrezept hatten.«

»Also war's so was wie Werkspionage.«

»Genau.« Patricia ließ sich in einen der weichen Sessel sinken. »Jetzt muss man noch herausfinden, wer uns so gemein verraten hat. Und die Schweizer müssen natürlich ihr Produkt vom Markt nehmen. Dagegen wehren sie sich aber noch.«

»Das heißt, der Ärger geht weiter.«

»Irgendwann werden sie klein beigeben müssen, aber bis es so weit ist, haben wir eine Konkurrenz im Markt, die uns schadet.«

Steven hockte sich auf die breite Sessellehne. »Davon reden wir aber jetzt nicht mehr.« Er griff in ihr dichtes Haar und zog sie näher zu sich. »Was hältst du von einer erstklassigen Ablenkung à la Steven?«

Patricia lachte. »Viel. Sehr, sehr viel.«

*

Der erste Herbststurm fegte übers Land und ließ die Blätter der alten Linde, die auf dem Parkplatz der Firma Graber stand, aufwirbeln. Die drei Bänke rund um den großen Stamm waren nass und mit kleinen Zweigen und Blättern bedeckt. Die Tannen am Rand des Grundstücks bogen sich und neigten die langen Äste fast bis zur Erde.

Im Bürogebäude der Firma Graber merkte man von dem schlechten Wetter nichts. Es war angenehm warm in den Räumen, und sanftes Licht, das von verschiedenen Spots aus der Decke kam, verbreitete eine fast gemütliche Atmosphäre.

In den Fertigungshallen waren alle Räume optimal temperiert, und das Wetter außerhalb der Hallen interessierte hier nicht.

Jasmin Wallmers Sekretärin streckte den Kopf durch die Tür. »Wenn nichts mehr anliegt, bin ich weg, Chefin.«

»Gut. Schönen Abend, Frau Hannburg.«

»Danke.« Die Sekretärin, die erst drei Jahre lang zusammen mit Sandrine im Vorzimmer gesessen hatte, jetzt aber das Chefbüro allein leitete, zog sich den Wettermantel fester um die Schultern, als sie das Bürogebäude verließ. Sie war knapp vierzig Jahre alt, hatte kupferrotes Haar und trug mit Vorliebe Schwarz. Die verschiedenen Outfits in dieser Farbe peppte sie mit bunten Tüchern, Ketten oder, bei kühlem Wetter, mit einem Pashminaplaid auf. Seit drei

Jahren war Heike Hannburg geschieden, und seit dieser Zeit machten ihr Überstunden nichts mehr aus. Heute allerdings wollte sie mit einer Bekannten in die Oper, deshalb machte sie früher Feierabend.

»Wieder neue Bestellungen für die *Naschkatzen.*« Jasmin legte ein paar Schreiben rechts neben sich auf den Schreibtisch, dann rollte sie ihren Schreibtischsessel zur Seite und sah ihren Mann ernst an, der vor ein paar Minuten aus seinem Büro herübergekommen war, um sie zum Essen abzuholen. »Das Produkt könnte ein Riesenerfolg werden, wenn uns die stark gestiegenen Kakaopreise nicht einen Strich durch die Rechnung machen würden.«

»Wir können nur hoffen, dass wir durch die Stanfords bessere Konditionen bekommen.« Michael, der am Fenster stand und in den düsteren Herbsttag hinaussah, drehte sich zu ihr. »Steven hat doch gesagt, dass seine Verwandten seit ein paar Jahren die Kakaobohnen selbst weiterverarbeiten. Wenn wir direkt von ihnen die Rohmasse beziehen könnten, wäre das ein Riesenvorteil im Wettbewerb.«

»Ja, wenn ... Es steht aber noch gar nicht fest, ob die da unten in Ghana genügend Kakaomasse übrig haben, um uns zu beliefern. Schließlich sind die Großkonzerne auch daran interessiert, günstig einzukaufen. Und sie nehmen mehr ab als wir mit unserem kleinen Betrieb.«

Jasmin nahm eine der etwa sechs Zentimeter großen *Naschkatzen* zur Hand und drehte sie hin und her. Der Snack in Form einer liegenden Katze war in buntbedrucktes Papier eingeschlagen. Die getigerte Mieze mit den leuchtend grünen Augen zwinkerte dem Käufer entgegen. Innen bestand der Müsliriegel aus getrockneten Früchten, Nüssen und Haferflocken, gemischt mit ein wenig Nougatmasse und Honig.

Patricia, die sich die *Naschkatze* hatte einfallen lassen, war stolz darauf, dass dies ein wirklich gesundes Produkt war, dem so wenig Zucker wie möglich beigemengt wurde. Sie hatte auch das Aussehen der Katze entworfen, das später von einem Grafiker nur professionell ausgearbeitet worden war. Das Katzenbild musste schließlich auf dem dünnen Papier gut zur Geltung kommen.

Die kleinen Käufer liebten die *Naschkatze*; der Riegel verkaufte sich hervorragend und war exakt das Produkt, mit dem sie die Verluste des letzten Jahres ausgleichen konnten. Zwar hatten sie den Prozess gegen die Schweizer gewonnen, der Brotaufstrich wurde inzwischen wieder exklusiv von der Firma Graber produziert, dennoch hatte dieser Ärger den erwarteten Jahresgewinn geschmälert.

Nach längeren Recherchen hatte sich auch der Schuldige am Verrat des Betriebsgeheimnisses herausgestellt: Es war ein älterer Mitarbeiter, dessen Tochter unheilbar an Leukämie erkrankt war und der versucht hatte, mit dem erhaltenen Geld eine zweifelhafte Therapie in den USA zu bezahlen.

»Du hast aber noch nichts von Steven gehört, oder?«, fragte Michael.

»Nein. Aber er hat versprochen, sich zu melden, sobald er Genaueres weiß.«

»Es ist ja nicht nur die *Naschkatze*. Auch alle anderen Produkte werden teurer in der Herstellung. Und es ist bei dem harten Konkurrenzkampf unmöglich, die Preise zu erhöhen, da spielen die Endverbraucher nicht mit.«

»Das musst du mir nicht erklären. Ich kenne die Bilanzen

und alle eingelaufenen Rechnungen. Aber wir sollten nicht zu schwarz sehen, das Unternehmen kann auch noch ein zweites Jahr mit miesen Bilanzen verkraften.« Michael ging zur Tür. »Du hast also keine Lust, mit mir essen zu gehen?«

»Nein, ehrlich gesagt ist mir nicht danach, mich noch umzuziehen. Ich mache mir einen Salat, das reicht.«

»Na gut.« Michael war nicht enttäuscht. Er hatte höflich sein wollen, doch wenn Jasmin keine Lust hatte, ihn zu begleiten, war es auch in Ordnung. »Ich bin dann noch für eine Stunde drüben im Büro, dann geh ich in den Lions Club. Heute hält Herbert einen interessanten Vortrag. Ich wollte eigentlich nicht hingehen, aber wenn du nur Salat essen willst und keine Lust hast mitzukommen ...« Er zuckte mit den Schultern. »Mir ist nach was Deftigem, offen gestanden.«

Jasmin nickte nur. »Geh nur. Ich wünsch dir viel Vergnügen. Und grüß Herbert und Benjamin von mir. Sie sollen doch mal wieder mit ihren Frauen vorbeikommen.«

»Mach ich.« Noch ein flüchtiger Kuss, dann war er fort.

Jasmin lehnte sich entspannt zurück. Sie war ein bisschen müde, ihr Rücken schmerzte, und vor ihren Augen flimmerte es, sie hatte wieder einmal viel zu lange vor dem Computer gesessen. Seit einigen Wochen brauchte sie eine Brille, doch damit las es sich noch schlechter, fand sie.

Sie blickte zu dem Bild links an der Wand. Es zeigte Patricia vor der Firma Galler in Brüssel. Strahlend hielt sie eine Urkunde hoch, die ihr bescheinigte, dass sie als Jahrgangsbeste abgeschlossen hatte. Rechts und links von ihr standen Michael und sie selbst, die stolzen Eltern, die lächelnd scheinbar ihre Einigkeit dokumentierten.

»Schön wär's«, murmelte Jasmin, dann atmete sie tief

durch und sah wieder starr auf die Zahlenkolonnen, die auf dem Computerbildschirm erschienen. Sie musste froh sein, dass Michael und sie wieder harmonischer miteinander umgingen.

Draußen nahm der Sturm noch weiter an Stärke zu. Der Regen klatschte gegen die Fensterscheiben, und obwohl es erst später Nachmittag war, herrschte schon diffuses Dämmerlicht.

Mit lautem Hupen fuhren ein paar der firmeneigenen Lastwagen auf den Hof. Das hieß, das die Männer mit heißem Kaffee und einem Stück Torte oder einem Käsesandwich empfangen werden wollten.

Jasmin runzelte die Stirn. Es war eine dumme Angewohnheit der Fahrer, so ihre Heimkehr zu verkünden. Doch sie wollte nicht einschreiten, denn alle arbeiteten zuverlässig, und der Krankenstand war extrem gering. Da musste man über solche kindischen Aktionen hinwegsehen. Und die beiden älteren Frauen, die bis zum Abend in der Kantine arbeiteten, waren auch stets gern bereit, den Männern noch etwas zu servieren. Dieses Extra, das sie sonst in keiner Firma bekamen, schätzten die Fahrer sehr. Die meisten von ihnen waren seit vielen Jahren bei der Firma Graber angestellt und arbeiteten höchst zuverlässig.

Sie zuckte zusammen, als die Bürotür mit Schwung aufgestoßen wurde.

»Er hat's geschafft! Wir kriegen eine große Lieferung von seinen Onkeln! Die Zollformalitäten sind schon erledigt, und Steven kommt schon in drei Tagen zurück.«

Jasmin stand auf und ging auf Patricia zu, die völlig durchnässt, aber strahlend ihr Mobiltelefon hochhielt.

»Das ist ja … wundervoll.« Sie wollte Patricia umarmen, zuckte im letzten Moment aber zurück. »Himmel noch mal, wie siehst du aus? Bist ja total durchnässt!«

Patricias Reithose, die rote Bluse ... alles klebte ihr am Körper. Das lange Haar hing ihr in dicken, nassen Strähnen über die Schultern, Wassertropfen rannen ihr übers Gesicht.

Doch das störte sie nicht, sie strahlte und hielt ihrer Mutter das Handy hin. »Hier, er hat die Ladung fotografiert, bevor sie ins Flugzeug geschafft wurde.«

»Und er hat dich dann gleich angerufen.« Jasmin lächelte ihrer Tochter zärtlich zu. »Er ist wirklich ein toller Typ, dein Steven.«

»Ich weiß. Ich war noch im Stall, als er anrief, aber ich bin gleich losgefahren.« Patricia umarmte ihre Mutter, und es störte jetzt auch Jasmin nicht mehr, dass ihre Seidenbluse Wasserflecken bekam. »Ich lauf rüber zu Paps, dann zu Oma. Die beiden müssen gleich die gute Nachricht erfahren.«

*

Der Wind trug das Läuten der Kirchenglocken durch das geöffnete Fenster ins Büro der jungen Firmenchefin. Es war Sonntag, in der Dorfkirche begann in wenigen Minuten die Frühmesse.

Müde rieb sich Patricia die Augen und atmete tief ein und aus. Die halbe Nacht hindurch hatte sie auf eine Nachricht aus Kanada gewartet. Ein dortiger Großkonzern wollte das Angebot, das sie zwei Vertretern auf der letzten Süßwarenmesse gemacht hatte, prüfen. Und die Entscheidung hätte, so hatte ihr einer der Herren im Vertrauen mitgeteilt, in den vergangenen Stunden gefallen sein sollen.

»Hier bist du!« Christina kam herein, sie trug ein dunkelbraunes Cape mit Fuchspelzbesatz am Hals. Zwar war es nach dem Kalender schon Frühjahr, doch frühmorgens war es noch kühl. »Hast du vergessen, dass wir zusammen frühstücken wollten?«

»Sorry, das hab ich leider glatt vergessen.« Sie begrüßte die Großmutter mit einem Kuss.

»Kein Problem.« Christina sah ihre Enkelin forschend an. »Du bist blass. Geht's dir nicht gut?«

»Doch, doch, ich bin nur müde. Ich hab einfach nicht schlafen können, da bin ich aufgestanden und hergekommen. Steven ist gestern Abend mit zwei ehemaligen Kommilitonen zu einer Bergtour aufgebrochen, daher war's egal, dass ich die halbe Nacht hier war.«

Seit einem halben Jahr wohnten Patricia und Steven in einem Bungalow in Nähe des Reitstalls. Das Haus hatte fünf Zimmer und im Nebengebäude zwei Garagen, über denen zwei kleine Gästezimmer eingerichtet waren. Stevens Schwestern und auch seine Eltern waren schon einmal zu Besuch gekommen und hatten dort gewohnt. Patricia fühlte sich wohl in ihrem eigenen Reich. Der Garten war zwar nur klein, doch das störte sie nicht. Allerdings hatten sie einen überdachten Swimmingpool, den sie beide regelmäßig nutzten. Die fünf Zimmer hatte Patricia ganz nach ihren Wünschen einrichten können, Steven ließ ihr da freie Hand. Sie und Steven waren glücklich in den eigenen vier Wänden, und allzu weit war es auch nicht bis zu den Eltern und der Firma, was ihnen lange Wege ersparte.

»Außerdem kann ich hin und wieder Essen von daheim mitnehmen«, scherzte sie gern. »Denn als Hausfrau bin ich nicht gerade ein Ass.« Steven störte das nicht, oft standen sie gemeinsam in der hellen modernen Küche und bereiteten sich ein schnelles Essen zu.

Christina zog sich das Cape von den Schultern und setzte sich in einen der Besucherstühle vor Patricias Schreibtisch. »Ich war schon ganz früh auf dem Friedhof. Heute ist der Todestag von Jakob.« Für einen Moment huschte ein Schatten über ihr Gesicht, doch sie fing sich sofort wieder. »Hast du keinen Hunger? Soll ich dir nicht wenigstens ein Brötchen bringen lassen? Und einen Kaffee. Oder lieber Kakao?«

»Nein, nein, ich kann nichts essen, dazu bin ich viel zu nervös. Mein Magen rebelliert auch schon die ganze Zeit, seit Tagen kann ich keinen Kaffee vertragen. Das hat sicher mit der Anspannung zu tun. Es macht mich total kribbelig, dass die sich so lange Zeit lassen.«

Christina schmunzelte. »Ungeduldig wie ich früher. Ich konnte es auch nicht erwarten, dass sich ein Geschäftspartner endlich äußert, und hätte am liebsten jeden Tag angerufen und nach der Entscheidung gefragt. Aber übel ist mir deshalb nie geworden.« Forschend sah sie ihre Enkelin an, sagte aber nichts mehr.

»Es hängt so viel von dem Auftrag ab!« Patricia schloss das Fenster. »Wir wollten noch weiter expandieren, die Firma in Estland endlich bauen …«

»Das können wir doch auch so.« Christina setzte sich auf einen der Besucherstühle. »Obwohl … ich halte dieses Projekt in Estland für ziemlich riskant. Die politische Lage ist angespannt, und wir haben erst vor drei Jahren in Chemnitz umfangreich erweitert.«

»Aber der Absatzmarkt in Richtung Osten ist groß. Und eine Produktionsstätte in Tallinn wäre günstig zu erwerben, das haben Paps und ich alles schon recherchiert.«

Christina nickte. »Ich weiß. Aber wir kommen auch ohne diese Firma gut zurecht, meinst du nicht auch?«

Patricia nickte. Im nächsten Moment zuckte sie zusammen, als das Telefon klingelte.

Mit belegter Stimme meldete sie sich, hörte zu – und dann glitt ein Strahlen über ihr Gesicht. Sie drehte sich zu ihrer Großmutter um und hob den rechten Daumen, während sie ihrem Gesprächspartner schnell und verbindlich antwortete.

Gespannt hörte Christina zu und beobachtete Patricias Miene, in der alle Emotionen deutlich abzulesen waren. Zugleich gingen Christinas Gedanken in die Vergangenheit zurück. Sie sah sich selbst als junges Mädchen, das die ersten Plätzchenpakete an französische Soldaten verkaufte. Erinnerte sich an die geheimen Geschäfte mit den Amerikanern, dann an die Eröffnung des ersten großen Ladengeschäfts in Baden-Baden. Wie glücklich und stolz war sie damals gewesen! Und genau so empfand gerade Patricia. Strahlend fiel sie ihrer Großmutter um den Hals, nachdem sie das Telefonat beendet hatte.

»Geschafft! Ich hab's ja fast nicht mehr zu glauben gewagt! Aber sie nehmen vier Artikel ab und bestücken damit landesweit alle Filialen.« Sie reckte die Arme in die Luft. »Weißt du, was das heißt?«

Christina lächelte. »Ich kann's mir in etwa vorstellen. Das wird ein Riesengeschäft. Doch es heißt auch, dass wir unsere Kapazitäten hier erweitern müssen.«

»Das ist kein Problem, das hab ich alles schon einkalkuliert.« Patricia presste auf einmal die Lippen zusammen und sog heftig die Luft ein. Das strahlende Lächeln, das eben noch auf ihrem Gesicht gelegen hatte, wich, und sie musste sich an der Schreibtischkante festhalten, weil sie auf einmal das Gefühl hatte, dass sich das ganze Büro um sie drehte.

»Was hast du?« Besorgt sprang Christina auf und griff nach dem Arm ihrer Enkelin.

»Ich weiß nicht ... Mir ist übel.« Im nächsten Moment stürzte Patricia nach draußen und ins schräg gegenüberliegende Bad.

Als sie zurückkam, war sie immer noch blass. »Ich muss was Falsches gegessen haben«, sagte sie. »Mein Magen spielt total verrückt.«

Christina stand auf, zog sie an sich und sagte lächelnd: »Ich an deiner Stelle, mein Kleines, würde lieber mal einen Gynäkologen aufsuchen.«

*

Die späten Rosen, die sich wie ein goldgelber Wasserfall am Spalier hochrankten, verströmten einen zarten Duft. Das kleine Beet, das an der Westseite des Hauses angelegt war, wurde von Patricia gern gepflegt. Die Rosen machten kaum Arbeit, und die kleinen Kissen aus blauen Glockenblumen, die einen schönen Kontrast zum dunklen Gelb der Rosen bildeten, waren auch pflegeleicht.

Im Herbst würde sie zwei Kübel mit großen Astern hier aufstellen, das reichte, um sich in der windgeschützten Ecke noch wohler zu fühlen.

Sie rekelte sich ein wenig und hielt das Gesicht der Sonne entgegen, die noch sehr viel Kraft besaß. Als ein kleiner Mückenschwarm glaubte, sich genau in ihrer Lieblingsecke einem Liebesreigen hingeben zu müssen, stand sie auf. Ihr war warm, und die Luft, so kam es ihr vor, wurde von Minute zu Minute drückender.

Vielleicht gehe ich besser ins Haus, dachte Patricia. Seit der Schwangerschaft hatte sie leichte Probleme mit dem Kreislauf, nichts Besorgniserregendes, doch sie sollte ein wenig vorsichtig sein, hatte ihr der Arzt geraten.

Im Grunde genommen war es eine problemlose Schwangerschaft. Nach den ersten Wochen, in denen sie von Übelkeit geplagt worden war, fühlte sie sich nun sehr gut. Nur ihre Lust auf Schokolade, die ungebrochen war, obwohl sie doch täglich mit der süßen Verlockung zu tun hatte, war im Moment getrübt. Sie bevorzugte Herzhaftes. Am liebsten deftigen Schinken, würzigen Käse und Gurken. Annika, die Haushälterin ihrer Eltern, sorgte dafür, dass auch in Patricias Wohnung alles in Ordnung und der Eisschrank gut gefüllt war. Sie war der gute Geist der gesamten Familie.

In der Küche goss sich Patricia ein Glas Wasser ein, gab einen Spritzer Limettensaft hinzu und trank in langen Zügen. Gleich darauf fühlte sie sich schon besser.

Als sie durchs Wohnzimmer zurück auf die Terrasse ging, streifte ihr Blick den Strauß Rosen, den ihr Steven vorgestern mitgebracht hatte. Am Morgen waren sie gemeinsam bei Patricias Gynäkologen gewesen, und Steven hatte sein Kind zum ersten Mal auf dem Ultraschallbild sehen können.

Patricia lächelte, als sie daran dachte, wie gerührt er gewesen war. Mit Tränen in den Augen hatte er sie geküsst und ihr später am Abend diese herrlichen Rosen mitgebracht.

Er bestand auch darauf, dass sie pünktlich aufhörte zu

arbeiten, und sie genoss es, ein, zwei Stunden am Spätnachmittag für sich zu haben.

Als das Telefon schrillte, zuckte sie leicht zusammen.

Am Apparat war Henry, Stevens Bruder. Trotz der großen Entfernung war er ganz deutlich zu verstehen. »Hallo, Patty. Ist Steven in der Nähe?«

»Nein, er ist noch im Büro. Willst du es da mal probieren?«

»Nein, nein, ich kann nicht so lange reden. Sag ihm, dass unsere Mum schwer krank ist. Sie hatte eine schwere Lungenembolie und liegt im Koma. Die Ärzte wissen noch nicht, ob sie …« Seine Stimme brach.

»Oh nein!« Patricia presste die Lippen fest zusammen, um den Schrei, der sich ihr auf die Lippen drängte, zu unterdrücken. »Ich geh gleich rüber zu ihm. Er wird sicher sofort kommen wollen.«

»Gut. Ich rufe wieder an, sobald ich etwas Neues weiß. Dann nehme ich gleich die Handynummer.«

»Ja, gut. Alle guten Wünsche erst mal.« Patricia beendete das Gespräch und hastete hinüber zum Bürogebäude.

Steven saß, seit er das Studium abgeschlossen und vor einem Vierteljahr auch seine Doktorarbeit mit Bravour beendet hatte, im Büro von Michael, am Schreibtisch ihm gegenüber. Die beiden verstanden sich gut und teilten sich etliche Aufgaben.

Steven hatte gleich alle juristischen Angelegenheiten übernommen, doch er war so diplomatisch, weiterhin alles mit Michael zu besprechen. Und Michael, der seit Jahren mit Herzrhythmusstörungen kämpfte, ließ sich zwar informieren, redete dem Jüngeren aber nicht in seine Arbeit hinein. Wenn er sich nicht wohl fühlte, kam er auch gar nicht oder nur stundenweise ins Büro und überließ Patricia und Steven immer mehr Verantwortung.

Als Patricia hereinkam, sahen beide Männer hoch.

»Darling, was ist passiert?« Steven sprang auf.

Patricia musste erst einmal tief durchatmen. Auf dem kurzen Weg hatte sie sich mehrere Varianten überlegt, wie sie Steven die schockierende Neuigkeit am besten mitteilen könnte, doch jetzt platzte sie heraus:

»Deine Mutter ist schwer krank! Henry hat gerade angerufen.« In kurzen, abgehackten Sätzen fügte sie das wenige, das sie noch erfahren hatte, hinzu. »Henry ruft dich auf dem Handy an, sobald er Genaueres weiß.«

»Ich muss los. Sofort.«

Michael schüttelte den Kopf. »Jetzt erst mal ganz ruhig bleiben«, mahnte er. »Warte ab, was dein Bruder dir nachher sagen wird. Dann kannst du immer noch entscheiden, wann du fliegen willst.«

»Ich fliege mit dir«, erklärte Patricia und umarmte Steven.

»Nein, das ist viel zu anstrengend.« Beide Männer sagten es fast synchron.

»Was ist anstrengend?« Unbemerkt war Jasmin hereingekommen. »Ist etwas passiert?«

Schnell wurde sie ins Bild gesetzt, und auch sie riet erst einmal zur Besonnenheit.

»Dein Bruder weiß, dass du auf Nachricht wartest, er wird sicher gleich anrufen, wenn er etwas Konkretes aus der Klinik erfahren hat.«

»Bis dahin gehen wir rüber und packen das Notwendigste zusammen.« Jetzt, da Steven informiert war, wurde Patricia wieder ruhiger. Der kühle Verstand, der sie so auszeichnete, setzte sich durch.

»Aber nur Sachen für mich.«

Mit einem kleinen, liebevollen Lächeln schüttelte sie den Kopf. »Versuch gar nicht erst, mich umzustimmen, das ist sinnlos – ich komme mit.«

Zwei Stunden später, sie saßen alle zusammen auf der Terrasse und warteten, kam endlich der Anruf aus Kapstadt. Henry berichtete: »Mum ist bis vor einer halben Stunde operiert worden. Sie ist aber jetzt stabil, sagt der Doc.«

Die beiden Brüder redeten noch eine Weile miteinander, und am Ende beschloss Steven, so rasch als möglich nach Hause zu fliegen.

Patricia griff nach seiner Hand, als er sich nach dem Telefonat wieder neben sie setzte. »Ich komme auf jeden Fall mit«, sagte sie. »Ich gehöre an deine Seite.«

»Aber du bist schwanger! Der Flug ist viel zu anstrengend.«

»Unsinn.«

Jasmin stand auf und legte die Arme von hinten um Patricia, während sie Steven ansah. »Versuch nicht, es ihr auszureden. Wir Graber-Frauen haben unseren eigenen Kopf.«

*

Die größte der Tannen, die neben dem breiten Eingangstor zur Auslieferungshalle standen, war weihnachtlich geschmückt. Mehr als hundert Kerzen leuchteten in der Dunkelheit.

Auch im Eingangsbereich des Bürogebäudes stand eine große, liebevoll geschmückte Tanne, und auf dem Tresen der Empfangsdame war ein geschmackvolles Adventsgesteck arrangiert. Blickfang waren neben der großen roten Kerze und der rotgoldenen Schleife viele kleine, glasierte Gebäckstücke, die als Dekoration dienten.

Christina sorgte seit Jahren für diesen Weihnachtsschmuck, denn sie fand, dass es eine angenehme familiäre Atmosphäre schuf. Wenn die hohe Nordmanntanne geschmückt wurde, war sie stets anwesend und versorgte die drei Angestellten, die fürs Aufstellen und Schmücken verantwortlich waren, mit Kanapees und Getränken.

Seit Patricia und Steven in Südafrika waren, kam sie dreimal in der Woche ins Büro und half, wo sie konnte. Sie ging auch regelmäßig in die verschiedenen Produktionsabteilungen und kontrollierte die gefertigten Produkte, was sonst stets Patricia erledigte, seit sie ihren Meisterbrief als Konditorin in der Tasche hatte.

Es herrschte Hochbetrieb, noch immer kamen neue Bestellungen herein, viele langjährige Kunden orderten noch kurz vor Weihnachten besonders exklusive Produkte nach.

Als Christina an diesem Dezembermorgen ins Büro kam, war es noch dämmrig. Leichter Schneefall hatte eingesetzt, und die Erde war schon mit einer dünnen Schneeschicht bedeckt.

»Jetzt kommt Weihnachtsstimmung auf«, sagte Christina, als sie das Büro betrat. »Schnee zu Weihnachten, das ist perfekt.«

»Ich hab noch keine Weihnachtsstimmung.« Jasmin, die auch schon sehr früh an ihrem Schreibtisch saß, machte ein besorgtes Gesicht. »Seit Tagen hab ich nichts mehr von Patricia und Steven gehört. Seine Mutter wird hoffentlich nicht noch mal einen Rückfall erlitten haben.«

»Das hätten sie uns gesagt. Sie haben doch erst vorgestern telefoniert.«

»Da bin ich skeptisch. Manchmal denke ich, dass die Stanfords uns Patricia entfremden. Sie leben so wundervoll da unten am Kap, der Besitz ist riesig und die Familie groß ... es gefällt unserer Patricia sicher sehr dort.«

Christina schüttelte den Kopf. »So ein Unsinn! Sie gehört hierher, in die Firma Graber. Hier bei uns ist ihr Lebensmittelpunkt, daran wird sich nie was ändern.«

»Da bin ich mir nicht so sicher.«

Christina nahm ihre Tochter in den Arm. Es kam nicht oft vor, dass die beiden Frauen Zärtlichkeiten austauschten, doch heute lehnte Jasmin den Kopf an Christinas Schulter.

»Ich hab Angst, Mutter.« Ihre Stimme war nur ein Hauch.

»Wovor denn, Kind?«

»Angst, Patricia zu verlieren.«

»Ach was, das wird nie passieren.« Sie schob Jasmin ein kleines Stück von sich fort. »Wart's ab, zu Weihnachten ist sie wieder daheim. Sie musste doch noch den fünfzigsten Geburtstag von Stevens Vater mitfeiern. Es wäre nicht nett gewesen, wenn die jungen Leute vorher abgereist wären.«

»Sie waren lange genug da unten.«

»Du bist eifersüchtig.«

»Ach was! Wir hätten ja auch runterfliegen können, aber das ist doch jetzt, vor Weihnachten, undenkbar.«

»Für ein paar Tage hätten wir dich schon entbehren können.« Christina sah ihre Tochter von der Seite an. Jasmin sah noch sehr gut aus, schlank und attraktiv mit ihrem dunklen Haar, das sie halb lang trug. Heute hatte sie die dichte Fülle hinter die Ohren gestrichen, so kamen die aparten Opalohrringe gut zur Geltung. Zur dunkelblauen Hose trug sie einen wollweißen Rollkragenpullover.

Ein knappes Klopfen an der Tür unterbrach die Unterhaltung. Der Produktionsleiter kam herein. »Tut mir leid, wenn ich stören muss, aber es gibt ein Problem. Die letzte Marzipanlieferung war nicht in Ordnung. Das hab ich leider eben erst festgestellt und schon reklamiert. Wenn Sie aber noch mal persönlich Druck machen könnten, dass wir gleich Ersatz bekommen, wäre es sicher hilfreich.«

Sofort waren die privaten Nöte vergessen.

»Habt ihr schon viel verarbeitet?«, fragte Christina besorgt.

»Nein, nein, ich hab's gemerkt, bevor wir die Masse verarbeitet haben.«

»Ich kümmere mich gleich um das Problem«, erklärte Jasmin, und mit einem Nicken zog sich der Mann zurück.

»Ärgerlich, so was«, sagte sie und rief gleich beim Zulieferer an. Nachdem auch sie sich in knappen Worten beschwert hatte, orderte sie so rasch als möglich eine Ersatzlieferung der Marzipanrohmasse.

Bevor sich Christina wieder an die Arbeit begab, stellte sie sich noch für eine Weile ans Fenster und sah hinaus. Die am frühen Morgen noch dünnen Schneeflocken hatten sich inzwischen verdichtet; sie tanzten wirbelnd durch die Luft, ließen sich auf Ästen und Zweigen nieder und bedeckten die Autos im Hof mit einer hauchfeinen Schneeschicht.

Christina schaute hinüber zu der großen Tanne mit ihren vielen Lichtern, und wie so oft in den letzten Jahren, in denen die Firma immer mehr gewachsen war und der Erfolg sich stetig mehrte, dachte sie an die Anfänge zurück.

An die harte Nachkriegszeit, an den winzigen Baum, den ihr Vater im Jahr 1946 heimlich aus dem Wald geholt hatte. Mickrig hätte er ausgesehen im Vergleich zu den Edeltannen, die sie jetzt zum Heiligen Abend schmückten. Doch damals war ihnen das kleine Bäumchen mit den selbstgebastelten Strohsternen und den lackierten Äpfeln bezaubernd schön erschienen.

»Ich werde sentimental«, murmelte Christina vor sich hin und wandte sich rasch der Arbeit zu, die auf dem Schreibtisch lag.

Nur kurz zögerte sie, dann stellte sie den Computer an. Vor drei Jahren hatte sie den ersten Kurs gemacht und sich mit der modernen Technik langsam, aber sicher angefreundet. Es gehörte dazu, dass sie auch die neuen Programme kannte, so wie sie auch immer noch über jedes neue Produkt, jede Marketingaktion und jede Werbemaßnahme informiert war.

Als sie vor drei Jahren ungeschickt gefallen war und sich daraufhin einer komplizierten Hüftoperation hatte unterziehen müssen, war sie gezwungen gewesen, längere Zeit in einer Rehabilitationsklinik zu verbringen. Quälend lang war ihr die Zeit erschienen, obwohl viele Stunden des Tages mit Physiotherapien ausgefüllt waren. Dann hatte sie eines Tages am Schwarzen Brett der Klinik gelesen, dass man Computerkurse anbot.

Wenn nicht jetzt, wann dann?, hatte sich Christina gesagt und sich sofort angemeldet. Schon nach wenigen Stunden begann ihr die Sache Spaß zu machen. Sie buchte noch einen weiteren Kurs und nahm, als sie wieder daheim war, Privatunterricht bei einem jungen Informatikstudenten. Natürlich war sie nicht so firm in der Handhabung wie ihre Enkelin und Steven, doch sie konnte sich helfen, und das war ein gutes Gefühl.

Ihr privates Handy gab einen leisen Summton von sich, das Zeichen, dass eine WhatsApp-Nachricht eingegangen war. Nur mit Patricia kommunizierte sie auf diese Weise, und rasch holte sie das kleine Gerät aus der Handtasche.

»Alles bestens, Stevens Mutter ist wieder ganz fit, die Geburtstagsparty war super. Wir kommen bald nach Hause. Kuss, Patty.

»Na also.« Lächelnd lehnte sich Christina in ihrem Schreibtischsessel zurück.

*

»Früher hast du ein Gedicht aufgesagt, wenn wir mit dem Essen fertig waren.« Lächelnd sah Christina ihre Enkelin an. »Dann erst gab's die Bescherung.«

»Aber das muss heute nicht sein, oder?«

»Kommt drauf an, was du kriegst.« Steven zwinkerte Michael zu. »Ich hab noch nie ein Weihnachtsgedicht lernen müssen. So was gab's bei uns nicht. Schade eigentlich.«

»Sei froh.« Patricia lachte leise. »Ich fand's nicht immer komisch, jedes Jahr vor der Belegschaft als Christkind auftreten zu müssen und an die leitenden Angestellten Geschenke zu verteilen.«

»Aber du warst so süß in deinem Engelskostüm!«, lachte Christina. »Und die Leute hatten ihre Freunde an dir, wenn du kleine Päckchen verteilt hast.«

»Und wehe, jemand hat versucht, deine goldenen Flügel anzufassen«, warf Michael ein. »Dann wurdest du wütend, du kleine Krabbe.«

»Das hätte ich gern gesehen«, meinte Steven. »Patty als Engelchen ...« Er grinste und hauchte ihr einen Luftkuss zu.

»Es gibt Bilder davon. Ich hab das Album drüben bei uns, ich zeig sie dir morgen, wenn du magst«, sagte Jasmin.

»Und ob!« Steven nickte. »Aber wenn Patty kein Gedicht aufsagt, dann gibt es auch keine Geschenke, oder?« Sein spitzbübisches Lachen verriet, dass er eine Überraschung für Patricia vorbereitet hatte.

»Also los, Patricia, sag ein paar Zeilen auf.« Lachend griff Michael nach dem Arm seiner Tochter. »Sei deiner Tochter ein Vorbild.«

Christina blickte zu dem Baby hinüber, das in der geschnitzten alten Wiege lag, in der schon Jasmin die ersten Lebenswochen verbracht hatte. Christina hatte die Wiege mit weißem Batist und einem kleinen weißen Baldachin aus Chiffon neu ausstatten lassen, und die kleine Eva-Maria lag ganz friedlich darin und schlief.

»Das dauert aber noch, bis sie ein paar Zeilen vortragen kann«, lächelte Patricia, doch sie erhob sich, stellte sich neben die Wiege und begann:

Christkind aus goldenem Sternenraum
komm heute Nacht zu mir im Traum.
Weit offen lass ich mein Herzchen stehen,
komm nur, du kannst nicht irregehen.

»Bravo!« Steven sprang auf und küsste sie zärtlich. »Damit hast du dir zumindest von mir ein Geschenk verdient.«

»Danke sehr. Ich bin gespannt.« Lachend sah sie sich um. »Unterm Baum liegt aber nichts.«

Steven zuckte mit den Schultern. »Schade. Vielleicht

kommst du mit raus. Das Paket mit dem Geschenk ist ein bisschen groß geraten, und ich mochte es nicht ins Haus tragen.«

»Wir kommen auch mit«, erklärte Michael und reichte Jasmin die Hand.

Draußen in der weitläufigen Halle zogen sie sich Mäntel und feste Schuhe an.

Annika stand in der Tür zur Küche und bat: »Darf ich auch mitkommen?« Sie wusste, was Patricia bekommen würde, und war gespannt auf das Gesicht der jungen Frau.

»Aber klar doch, Annika. Sie gehören doch zur Familie!«

»Danke. Danach geh ich dann heim. Ich hab alles weggeräumt, den Rest erledige ich morgen.«

»Natürlich. Ihre Familie wartet sicher schon auf Sie.«

»Wir haben erst morgen früh Bescherung.« Annika zog sich ihren dicken, gefütterten Ledermantel an, ein Geschenk von Jasmin für ihre treuen Dienste über viele Jahre hinweg.

Draußen schneite es heftig, in dicken weißen Kristallsternen wirbelten die Flocken zur Erde. Von der Dorfkirche her wehte Glockenläuten.

»Sehr romantisch«, sagte Steven leise und legte den Arm um Patricias Schultern. »Weihnachten im Schnee ist viel schöner als bei uns in strahlendem Sonnenschein.«

»Das hat aber auch seinen Reiz, könnte ich mir vorstellen.«

»Irgendwann werden wir mal bei mir daheim feiern. Aber heute …« Er ging zu einer der großen Garagen, in denen die Lastwagen der Firma Graber standen, und betätigte die Fernbedienung.

Die Halle war leer – bis auf einen Wagen, der in der Mitte des Raumes stand und mit einer riesigen rot-goldenen Schleife verziert war.

»Ich werd verrückt«, murmelte Patricia und schlug beide Hände vors Gesicht. »Das Cabrio …« Langsam machte sie drei Schritte auf den dunkelblauen Sportwagen zu. »Steven, das ist … Wahnsinn!«

»Und ich dachte, das sei das Cabrio, das du dir heimlich schon immer gewünscht hast.« Er strahlte, als sei er der Beschenkte. Patricia standen Tränen in den Augen, als sie ihm um den Hals fiel.

»Du bist verrückt … so ein wertvolles Geschenk. Danke, danke.«

Das Mercedes-Cabrio stammte aus dem Jahr 1972, und seit Patricia einen solchen Wagen gesehen hatte, träumte sie davon. Doch sie war vernünftig und fuhr einen alten Golf, der ihr seit Jahren treue Dienste tat.

»Für den Kindersitz total ungeeignet«, lachte Steven, »aber du hast ja noch deine alte Kutsche.«

Patricia nickte nur. Sie war sprachlos vor Freude, und die anderen drei erfreuten sich an ihrem Glück.

Unterdessen saß Christina dicht neben der Wiege und sah immerzu auf die schlafende Kleine. Für sie war dieses Kind das größte Glück der Welt.

Als die ersten Kerzen ausgingen, stand sie auf und steckte neue auf. Dann ging sie zum Plattenspieler, der in einer Ecke des Zimmers auf einem kleinen gedrechselten Tisch stand. Sie musste die Platte nicht suchen, seit einer kleinen Ewigkeit gab es nur diese eine, die sie auf dem alten Gerät abspielte.

Mit geschlossenen Augen saß sie dann wieder neben der

Wiege und hörte Jakobs Stimme zu. Dieser Stimme, die ihr Leben schön und reich gemacht hatte:

Ein Stern fällt vom Himmel, ein goldener Stern …

ENDE

Corina Bomann

Die Jasmin-schwestern

Roman.
Taschenbuch.
Auch als E-Book erhältlich.
www.ullstein-buchverlage.de

Was in der Liebe wirklich zählt …

Ein Unfall, ein Schock und eine große Frage: Als ihr Freund verletzt ins Koma fällt, flüchtet Melanie Sommer zu ihrer vietnamesischen Urgroßmutter Hanna. Als Hanna merkt, wie sehr die junge Frau mit ihrem Schicksal und der Liebe hadert, erzählt sie ihr zum ersten Mal aus ihrem Leben: Von der dramatischen Kindheit im exotischen Saigon, vom schillernden Berlin der zwanziger Jahre und einer großen Liebe, von der schweren Zeit während des Krieges und dem Neuanfang als Hutdesignerin in Paris. Hanna hat viel verloren, aber auch unendlich viel gewonnen. Und Melanie erkennt, dass ihre schönste Zeit noch vor ihr liegt – egal, was das Schicksal noch für sie bereithält.

ullstein